U0894609

《中国区域广电作品研究（温州 2016—2017）》

主　编：王文科　黄建省

副主编：柳深扬　虞鹤鸣

编　委：黄建省　柳深扬　章迅挺　陈伟文　虞鹤鸣

陈　序　邓雄杰　陈振仕　陈永松　张永明

周云翔　吴剑波　章福敏　李文辉　许意之

方　宁　胡微微

中国区域广电优秀作品研究

（温州 2016—2017）

王文科　黄建省◎主编

·MEDIA·

目录
CONTENTS

【2016年】

广播新闻类

电视新闻类

对农节目类

服务类

文艺类

纪录片类

少儿节目类

播音主持类

广告类

专访类

对外节目类

网络音视频类

社会活动类

论文类

【2017 年】

广播新闻类

电视新闻类

对农节目类

服务类

名专栏

文艺类

纪录片类

少儿节目类

播音主持类

广告类

论文类

2016年

广播新闻类

广播连续报道

“撞限房”破“限”(节选)

(一)才买了三年的房子,土地证竟然过期了

【导语】新买的房子刚过三年,却被告知,房子的土地使用年限已经到期,想办新证得花近20万重新“买地”。就市民王女士的遭遇,记者一番调查后意外发现:我们的房屋土地使用权并非都是70年。部分上世纪商品房土地证即将到期,可能要面临补缴土地出让金的局面。下面请听连续报道:才买了三年的房子,土地证竟然过期了。

安徽人王女士三年前花了近百万元在市区横河北新村买了套二手房。近期打算卖房却意外发现,房子的土地证只有20年的使用期限,已经在2016年3月4号过期。

【出录音】王女士:“现在这个房子想拿出来交易的话交易不了,说我这边土地使用证已经到期了,现在都是到70年的嘛,一般呢,买房子也都不会去考虑到这一点的。”

为此,王女士多次向土地部门咨询,得到的答复却是让王女士按照土地市场价再购买一次。

【出录音】王女士:“按照目前的这个市场价成交。按照我这个评估,我一套房子就相当于我要二次再买了。就要个几十万了。”

接到王女士的热线之后,记者陪同她分别来到温州市土地登记交易中心、鹿城区国土资源分局,得到的答复是,目前国家尚未出台土地证续期具体实施细则。在温州如果要续期,就得按照基准地价重新购买土地使用权。

市土地登记交易中心副主任林钧表示,人们通常认为的“房产土地使用年限70年”其实存在误区。市区部分建于上世纪80、90年代的商品房小区,普遍存在土地使用年限低于70年的现象。房开公司签订土地出让合同往往从2年到70年不等,大多数都在20年以内。

【出录音】林钧:“换土地证的时候,只签了一个20年的出让合同。按照当时的价格出让年限,收取了这个20年的出让金。当时的历史原因是20年也有签,40年也有签,50年也有签,70年也有签。”

目前我国《物权法》规定,购房者有权在土地使用权到期后申请并获得延期的资格,但却没有对续期的土地出让费支付标准和办法作出明确规定。

温州市国土资源局鹿城分局副局长陶建武表示,现在我市碰到类似问题的并不只一两家。

【出录音】陶建武:“现在碰到问题的不止她一家,上陡门、小南门、横河北都有这种。我们分局已经向我们市局上报过了,市局可能也向市政府上报过,最近有一批20年的马上到期。你过期了,重新要审批。到底收多少,国家政策没定。如果现在过来要办,就要按市场评估价。”

浙江时代商务律师事务所副主任陈一来认为,在相关政策出台之前,按照目前的市场价重新向国家购买土地使用权期限,只能说是一个无奈的做法。

【出录音】陈一来:“由于上级顶层设计对到期之后没有自动延期的情况如何处理,现在并没有明文规定。从我们地方的解决办法,它可能就是依照土地使用权重新出让的原则来进行,相当于你再一次通过目前的市场价向国家购买土地使用权期限,这是一个变通的方法。”

记者在市土地登记交易中心采访时发现,几乎所有前来办理手续的市民都没有注意到土地使用权期限问题。而根据目前国土资源局的说法,这些使用权过期的房子目前无法交易,市场价值几乎为零。

(三)缺乏上层依据,一大波“撞限房”处境尴尬

【导语】本台连续报道的市民王女士、王先生等人的遭遇引发了市民的强烈关注,越来越多的市民拨打本台热线反映,他们家里土地证的土地使用年限都不是70年,而只有20年或30年。而市国土资源局确认,全市今年已过期或明年将到期的房产有1700套。下面继续来听报道:缺乏上层依据,一大波“撞限房”处境尴尬。

昨天,我们报道了市民陈先生、王先生等人和王女士类似的遭遇。其中,王先生的遭遇尤其尴尬。他在今年3月15号购买了水心榆组团的一套房子,在房屋产权顺利过户之后,却发现这套房子的土地证在今年3月4号就过期了。于是,现在王先生的这套房子,产权在自己名下,土地证却还是原来房主的名字,而且无法过户。

【出录音】王先生:“我比(安徽的)王女士更复杂的就是不上不下,钱嘛冻在银行,房产是我的,土地嘛是房东的,其实是国家的了,不三不四,他钱拿不去,我房子拿不过来。”

鹿城区行政审批中心审批科副科长陈炽透露,经过初步估算,截至2017年年底,仅鹿城区就有600套房屋面临土地证年限到期的问题,这些房屋大多集中在上陡门、水心等上世纪90年代左右建成的小区。由于目前没有相关的续期政策,按照原有的政策,续期费用必须按照房屋的市场楼面价进行评估。

【出录音】陈炽:“我们现在如果没有上层一个政策制定的话,只能以市场评估价作为收缴的依据。”

针对目前要求“撞限房”补缴土地出让金这一做法,温州市国土资源局土地利用管理处处长张少清认为是合理的。

【出录音】张少清:“不同区位、用途和利用条件的土地,它的出让金价格是不同的,不同使用年限它的价格也是不同的,很多不知道这个政策。只有几年土地使用权的房子和几十年的房子,你要考虑这一个的成本问题。”

那么,按照现有政策进行评估的话,价格是多少呢?温州市东瓯土地价格评估事务所总经理张详芬告诉记者,他们到目前为止做过两次类似的土地评估案例,但是最后评估出来的价格连他们自己都觉得太高,住户自然也无法承受。

【出录音】张详芬:“怎么评估?只能按照现行基准价来算,但是这种的话不要说住户不接受,我自己也不接受。所以这种评估我觉得是不适用的。温州人都这样,不合算就不卖嘛,放着。他们也想等政策明朗再说,可能过五六年出政策了不用交呢?”记者:“那现在就是到期了也无人监管的状态?”张详芬:“对。”

对此,温州市国土资源局土地利用管理处处长张少清也坦言,目前关于“撞限房”问题,最关键的是无法可依。

【出录音】张少清:“我们也在着手制定出让届满住宅房用地普惠性政策的政策建议,初稿已经出来了。当然,政策建议只能在法律框架范围。反映到土地价格上,可能跟民众的心理预期还是有差距。今后我个人觉得应该是要有更优惠的措施。还是等等后面有没有好的政策。”

记者调查发现,除了温州之外,青岛、深圳等地在近十年前就陆续出现过“撞限房”问题。有些有立法权的城市,如深圳,在市级层面提供了优惠性续期办法。但是这些方案在群众和专家中也存在争议,比如认为方案和《物权法》“自动续期”的说法相抵触。可以说,各地普遍存在“无法可依”的状况。

温州大学瓯江学院法学系主任毛毅坚呼吁,国家需从法律层面尽快出台顶层设计。

【出录音】毛毅坚:“前提性的问题就是我们的法律的缺失,使行政部门处于非常尴尬的地位,从依法行政角度来说,(只能)采取这种保守的措施,收取费用,呼吁国家从法律层面尽快做一个顶层设计。”

(九)温州一小步,中国一大步

【导语】近日,国土资源部就我市等地少数住房“产权到期”问题明确提出“两不一正常”过渡性处理办法。24 号,市国土资源局、市住建委联合下发通知,从今天(26 号)开始,之前土地证过期的市民可以按照国土资源部的办法,不需要提出续费申请,不需要交费,正常办理交易和登记手续了。今天一早,记者和我市第一例“撞限房”交易受阻案例的买卖当事人一起来到市不动产登记服务中心,咨询相关办理事宜。下面请听连续报道:温州一小步,中国一大步。

【出录音】记者:“今天是 12 月 26 号,我们全媒体维权联盟和我市第一例‘撞限房’交易受阻案例的买卖当事人王先生和齐女士约好,一起来到了市不动产登记服务中心咨询。”齐女士:“土地证到期了,现在可以不可以正常过户?”工作人员:“根据部里的文件已经出来,现在已经可以正常过户了!”齐女士:“好的,谢谢你,谢谢领导!感谢你们全媒体联盟帮我们这么多忙,跑前跑后,终于把这个(问题)落实下来了,谢谢啊!”

然而今天在现场,作为买方的王先生有些犹豫。他认为虽然土地使用权可以正常交易,但是土地证上的年限依然是 2016 年 3 月,他拿到手的依然是一份过期的不动产证。

【出录音】王先生:“心情还是比较激动的,因为推动了整个事情的发展,但是我们个人问题还是没有解决。现在是 2016 年 12 月,我的证是 3 月份就过期了,虽然可以买卖可以过户,但是别人肯定不会要的。”记者:“你希望这个事情……”王先生:“尽快给我们说续期多少年,直接给我们一个明确的答复。政府已经走了一大步了,希望政府部门再走一大步。”

最终王先生还是希望回家再考虑一下,因此交易并没有如期进行。对此,中介巨信房产工作人员柯茹凡也十分无奈,她表示王先生的顾虑可以理解。同时,记者从国土部门了解到,截至目前发稿,全市没有完成一例类似交易。

尽管如此,记者注意到,这次只涉及部分城市少量住房的办法,还是吸引了各界媒体的关注。对全社会来说,这是落实党中央关于完善产权保护制度的最新行动,因此舆论称之为“本年度最好消息”。新华社为此评论：温州一小步，中国一大步。

浙报传媒地产研究院院长、浙大不动产研究中心研究员、新华社财经评论员丁建刚告诉记者，在当前阶段，这应该是一个让业主满意的安排。

【出录音】丁建刚：“我觉得是一个很有智慧的办法。现在做任何惩罚性的处理都是没有法律依据。”记者：“很多市民有顾虑，因为拿到的还是过期的土地证，担心接下来的问题。未来过渡性办法之后，还会有怎样的解决吗？”丁建刚：“这个肯定要到房地产税之类的，或者是土地出让模式有个重大改革，最近肯定在提长效机制，如果土地制度改革有个模式性的改变的，但是在这个阶段，我想只能是过渡。对于业主来说，不能要求过高，因为当时交的确实就是20年的钱，现在给你使用延长，而且可以交易，我认为应该是一个令人满意的安排。”

温州大学瓯江学院法学系主任毛毅坚认为，这次的办法释放了政府一个非常积极的态度，而后续要根本解决这个问题，需要全国人大常委会修改《物权法》等相关法律，对此做一个更明确翔实的规定。而这个时间，应该不会太远了。

【出录音】毛毅坚：“前段时间中央出台了关于产权保护的规定，透露了尊重物权保护产权的信息，我个人认为是会无偿续期。无偿续期情况之后，国家在成熟情况下征收房产税。我觉得国家应该是会从积极方面去做的。国家从立法层面去解决这个问题，应该不远了。”

单位：温州广播电视传媒集团新闻综合频率

作者：周曦、何禾、陈泰涨、姜一源、杜庆新、张舒尔、陈伟文

温州一小步　中国一大步
听报道如何推进政策落实

——广播连续报道《“撞限房”破“限”》评析

焦俊波

房子是目前中国老百姓最关注的焦点之一，但新闻媒体和公众的关注点更多在房价上，而关于房子的产权问题一直像隐藏在海面下的冰山，未进入新闻媒体和公众的视野。中国的相关法律规定，房屋产权分为房屋所有权和土地使用权，其中房屋所有权是永久性的，而土地使用权是有期限的（住宅的土地使用权为70年），但是土地使用权的起始日期为该地块取得之日。对于老百姓来说，大部分人不会关注土地使用权的具体日期。另一方面对于房子到期后，如何继续持有房屋所有权和土地使用权，法律

界定也存有模糊地带。2007 年 3 月通过的《物权法》第一百四十九条规定“住宅建设用地使用权期限届满的，自动续期”。大部分民众认为自动续期为无偿续期，十年前的这部《物权法》成为房产归属问题的隐患所在。温州广播新闻综合频率的连续报道《“撞限房”破“限”》首次直面了这个问题，并最终推进中国相关政策的落实和法律的完善，意义重大。

一、新闻意义重大，推进政策落实

如前所述，由于法律界定的模糊，房产的归属问题一直存在隐患。2016 年 4 月温州市民王女士的遭遇让隐藏在海面下的冰山浮出水面，其三年前买的二手房“土地使用权过期”导致其无法交易（如果交易，需按照市场价再购买一次）。温州广播电视台记者敏锐地关注到事件的意义，从 2016 年 4 月 12 日开始到同年 12 月 26 日，温广《新闻调查》栏目作为全国第一个发现并采访温州“撞限房”事件的广播栏目，全程持续关注并报道该事件进展。

新闻一经报道就引发了民众的大规模讨论，并引起国家和当地政府的高度重视。最终国土资源部就温州市等地少数住房“产权到期”问题明确提出“两不一正常”过渡性处理办法，即土地证过期的市民可以按照国土资源部的办法，不需要提出续费申请，不需要交费，可以正常办理交易和登记手续。

尽管作为一个过渡性政策，这一办法还存在“土地使用权依然过期”的尴尬，但是对于大多数可能面临同样问题的老百姓来说，无疑在短期内给出了解决方案。同时可以预见的是，该报道暴露出的问题和引发的舆论将推进我国“产权保护制度”进一步完善。

二、记者持续跟进，新闻叙事完整

作为一个热点事件，记者对其进行了持续跟进，一共九篇连续报道，使得新闻叙事丰富完整。记者依据“事件＋问题＋如何解决”叙事逻辑进行报道，报道最终集合成一个较为完整、动态的“土地使用权到期该如何办”的新闻事件。

第一篇报道《才买了三年的房子，土地证竟然过期了》报道了市民王女士的遭遇，并指出问题所在：“法律层面的顶层设计确实导致王女士只能按照市场价重新购买土地使用权。”

后续报道中，通过调查采访，记者向公众展示了“王女士绝非个例”的现实图景，使得法律模糊导致的现实冲突更加明显。从第六篇《新华社等媒体呼吁顶层设计》开始，记者开始向公众报道国家和政府方面的反应，并动态地展示了为出台政策政府所做的努力和调查。

连续报道就单篇而言，尽管存在单篇之间报道主题雷同的情况，但是就通篇而言，记者历时八个月，持续关注事件进展，“事件＋问题＋解决”的叙事逻辑清晰，把事件中暴露的政策和法律问题阐释得较为透彻，把这一具有重要意义的新闻事件展示完整，实为难能可贵。

三、有细节，有评论，有现场，报道手段多样

九篇广播报道，有消息，有评论，报道体裁丰富。录音报道中，采访对象录音丰富，内容翔实；除录音采访之外，还有记者现场报道等，报道手段多样。

就开篇报道为例，记者采用悬念叙事的方式引出报道：“才买了三年的房子，土地证竟然过期了”（导语），“如果交易，则要按照土地市场价再购买一次”（开始）。整篇报道时长不过 3 分 30 秒，记者的采访对象层次却相当丰富。记者不仅采访了王女士，还对土地登记交易中心、市国土资源局、律师等人员进行了录音采访，声音来源丰富，叙事逻辑清晰可见。而在该篇报道的结尾，记者提出一个更为严峻的现实：“记者在市土地登记交易中心采访时发现，几乎所有前来办理手续的市民都没有注意到土地使用权期限问题。而根据目前国土资源局的说法，这些使用权过期的房子目前无法交易，市场价值几乎为零。”这样的结尾非常有吸引力和冲击力。

每一篇报道，记者的录音采访对象都达到四类人员以上，声音元素的合理运用突出了广播报道的特质，非常具有可听性。

广播新闻节目编排

早安温州

听众朋友早上好，这里是FM94.9，AM666，温州新闻广播·温州之声为您带来的直播节目《早安温州》！今天是11月10日，星期四，农历十月十一，我是余静，我是叶智。

先来了解一下今天的天气情况：

温州市区和各县，今天阴转多云，明天晴到多云，后天多云到阴，有时有小雨，今天白天最高温度17到19度，明天早晨最低温度8到10度。

来关注"历史上的今天"：2001年11月10号，世界贸易组织第四届部长级会议在卡塔尔首都多哈以全体协商一致的方式，审议并通过了中国加入世贸组织的决定。在中国政府代表签署中国加入世贸组织议定书，并向世贸组织秘书处递交中国加入世贸组织批准书30天后，中国正式成为世贸组织成员。

来关注稍后您将了解到的内容：（配乐）

1. 习近平与在天宫二号执行任务的"神舟十一号"航天员景海鹏、陈冬亲切通话。

2. 2016美国总统大选结果出炉，特朗普当选美国新一届总统，习近平向特朗普致贺电。

3. 第三届"林斤澜短篇小说奖"颁奖典礼昨晚举行，"杰出短篇小说作家""优秀短篇小说作家"逐一揭晓。

4. 林斤澜先生之女林布谷接受本台记者专访，讲述林老先生创作生涯中的那些特别故事。

5. 温州的经济发达，温州的文化同样璀璨，著名专家学者畅谈中国文学的"温州现象"。

6. "温州版"网约车实施细则公开征求意见，网约车上路即将有"章"可循。

7. 市交警对电动车违法行为正式开罚，骑行电动车不能再任性。

8. 市区停车差异化收费新标准实施一周效果明显，路边车位周转率提高，停车库空置率下降。

下面我们来听详细报道。

1.【主持人】"神舟十一号"飞船自10月17号发射升空以来，到今天已经在太空飞行了25天。昨天下午，中共中央总书记、国家主席、中央军委主席习近平来到中国载人航天工程指挥中心，同正在天宫二号执行任务的神舟十一号航天员景海鹏、陈冬亲切通话，代表党中央、国务院和中央军委，代表全国各族人民，向他们表示诚挚问候。

【出录音】

习近平：海鹏同志、陈冬同志，你们辛苦了。我代表党中央、国务院和中央军委，代表全国各族人民，向你们表示诚挚的问候！

景海鹏：谢谢总书记，谢谢全国人民！

习近平：你们已经在太空生活了半个多月，海鹏同志是第三次执行载人航天任务，陈冬同志是第一次进入太空，全国人民都很关心你们。你们现在身体状况怎么样？生活怎么样？你们的工作进展得顺利吗？

景海鹏：感谢总书记关怀！我们的身体很好，各项工作进展得也很顺利。我们还能在太空同步收看新闻联播，图像很流畅、很清晰。看到总书记在党的十八届六中全会上的画面，我们感到很亲切、很振奋。中国载人航天进入了新的高度，中国航天员在太空的工作生活条件更加完善，我们为伟大祖国感到骄傲和自豪！

陈冬：报告总书记，我已经适应了太空的失重环境，饮食起居都很正常，工作也在按计划进行。我一定再接再厉，圆满完成好后续任务。

习近平：很好！看到你们的状态很好，我们都非常高兴。你们团结协作、迎难克坚，这体现了一流的、过硬的素质。希望你们再接再厉、密切配合、精心操作，圆满完成后续任务。祖国和人民盼望你们胜利归来！

景海鹏：我们一定牢记总书记指示，坚决完成任务。请总书记放心！请全国人民放心！敬礼！

【录音止】

2. 11月9号，国家主席习近平向美国当选总统唐纳德·特朗普致贺电。

习近平在贺电中指出，作为最大的发展中国家和最大的发达国家、世界前两大经济体，中美两国在维护世界和平稳定、促进全球发展繁荣方面肩负着特殊的重要责任，拥有广泛的共同利益。发展长期健康稳定的中美关系，符合两国人民根本利益，也是国际社会的普遍期待。我高度重视中美关系，期待着同你一道努力，秉持不冲突不对抗、相互尊重、合作共赢的原则，拓展两国在双边、地区、全球层面各领域合作，以建设性方式管控分歧，推动中美关系在新的起点上取得更大进展，更好造福两国人民和各国人民。

3. 外交部发言人陆慷昨天表示，中方期待与美国新一届政府共同努力，推动中美关系持续健康稳定发展，造福两国和世界人民。一个健康的中美关系，包含着中美两个大国通过合作和努力，共同为地区和世界的和平、稳定与繁荣发挥建设性作用。我们希望有关各方能够欢迎并参与这样的共同努力。

4. 当地时间9号凌晨，北京时间9号中午，2016美国总统大选投票结果出炉。初步统计显示，共和党人唐纳德·特朗普获得超过270票选举人票，击败民主党总统候选人希拉里·克林顿，当选美国第58届总统。

希拉里随后给特朗普打电话承认败选。特朗普胜选后向支持者表示感谢。他说："我保证不会让你们失望。"

依据程序，新总统将在2017年1月20号宣誓就职。

【《早安温州》宣】+【《温广记者团》片头】

5.【主持人】两年一度的温州文坛盛典、第三届"林斤澜短篇小说奖"颁奖典礼昨晚在市人民大会堂举行。来自全国各地的文学界翘楚、文化学者们欢聚一堂，共同见证今年的"杰出短篇小说作家""优秀短篇小说作家"揭晓的荣耀时刻。

【出现场音】让我们以热烈的掌声，欢迎第三届"林斤澜短篇小说奖"优秀作家奖获得者上台领奖……（现场音压混）

本届"林斤澜短篇小说奖"评选中，苏童、王祥夫2人荣获"杰出短篇小说作家奖"，邱华栋、黄咏梅、万玛才旦获得"优秀短篇小说作家奖"。

在发表获奖感言时，70后女作家黄咏梅不禁回忆起林斤澜先生曾描述的短篇小说的创作过程：

【出录音】：我记得林先生把短篇小说的写作比喻为平衡木上的练习，那么短篇小说其实它的难度在于要作家投入很多的时间和智力。我也鼓励我自己日后写出更加好的短篇小说。【录音止】

本届"杰出短篇小说作家奖"获得者、中国当代著名作家苏童是中篇小说《妻妾成群》的作者，这部作品曾被张艺谋改编成众人熟知的电影《大红灯笼高高挂》。在颁奖典礼现场，苏童分享了与林斤澜相处时的过往点滴，表达了自己对短篇小说精神的理解：

【出录音】就是要与别人不一样，我想写一点不一样的，来一点不一样的，这个我也觉得同时也是短篇小说的一种精神。【录音止】

市委常委、宣传部长胡剑谨在致辞中表示，希望"林斤澜短篇小说奖"的评选活动能鞭策更多作家创作出好作品：

【出录音】"林斤澜短篇小说奖"自设立以来，得到了全国文学界广大短篇小说作家的大力推崇和积极参与。我们也由衷地希望，"林斤澜短篇小说奖"能够鼓励和引导广大短篇小说作家创作出更多无愧于时代的精品力作。【录音止】

据了解，"林斤澜短篇小说奖"逢双数年颁发，主要在全国范围内奖励两年评奖期中表现出色的短篇小说作家，包括2名"杰出短篇小说作家"和3名"优秀短篇小说作家”。

记者笑鸣报道。【全文止】

6.“林斤澜短篇小说奖”于 2012 年 6 月由人民文学杂志社与温州市人民政府设立，颁奖地永久设于温州。奖项以林斤澜先生命名，以此纪念我国当代重要短篇小说家林斤澜先生。这是第一个以温州人命名的文化奖项，也是全国唯一一个以“短篇小说作者”为评选对象的文学奖项。此前已有刘庆邦、邓一光、蒋一谈、阿乙、张楚、王蒙、范小青、金仁顺、薛忆沩、晓苏等作家获奖，他们都是当代文坛活跃的、成就卓著的短篇小说家。

今年这届“林斤澜短篇小说奖”除了举办隆重的颁奖典礼，还与温州第十七届文学周结合，开展各式各样的文学活动，包括林斤澜作品研讨会、温州青年作家作品研讨会、获奖作家与温州作家群对话、林斤澜文集首发式等，吸引更多的市民参与这场文学盛宴。

7.【主持人】“短篇圣手”林斤澜原名林庆澜，1923 年出生于温州市区，1950 年到北京市文联工作，其间曾担任北京作协副主席、《北京文学》主编、中国作协理事等职。2007 年，林斤澜获得北京作协“终身成就奖”，与汪曾祺并称为“文坛双璧”。2009 年，林斤澜因病在北京告别人世。那么林斤澜的创作人生，究竟还有哪些特别的故事呢？本台记者笑鸣对林老先生之女林布谷进行了专访。

林斤澜的一生可以说是坎坷曲折。早些年他曾在温台地区进行过地下斗争，随后进入北京文坛，其间担任中国著名作家老舍先生的助手，同时开始专注于创作以农民、知识分子的现实生活等为主题的短篇小说。

在女儿林布谷的印象中，父亲讲话向来言简意赅，正如他小说作品中精准、简练的用语习惯：

【出录音】我父亲他这一生他的原则就是能用两个字说清的，不用三个字，能用一个字说明白的，绝不用两个字，一点煽情和闲言碎语都没有。【录音止】

有人评价林斤澜既是革命者，又是一位杰出的作家。而在林布谷看来，父亲是一位热爱写作、认真写作的小说家：

【出录音】说敬业我觉得有点夸大了，但是他确实很尽心尽力。他这一生一直到很老的时候都在字跟词之前徘徊着、品味着。说点心里话，我觉得写短篇的人是最艰苦的，因为他是集中他思路全部的精华，而且从经济角度上讲，收入是最低的，按字算，所以能够坚持写短篇的人都是有极大毅力的人。【录音止】

尽管林布谷没有继承林斤澜的文学之路，而是成了央视的电视编导，甚至她还经常这样调侃：和父亲相比自己就是个文盲。但林布谷坦言，父亲对于创作所坚持的信念将一直支持她走下去：

【出录音】从小他对我的教育就是你必须要有你自己的东西，你自己的，跟别人不一样的，不离不弃，埋头苦干。【录音止】

【全文止】

8.【主持人】正如林斤澜之女林布谷所说，对于大多数作家而言，短篇小说创作更像是一种艺术信仰，因为稿费版税有限，难以成为理想的职业选择。但其实在温州文学界，看淡名利、默默坚守着的短篇小说作家并不鲜见，比如来自苍南的知名作家黄哲贵。下面让我们一起来听听他的故事。

1973年出生的黄哲贵是温州苍南人，现在在《温州商报》担任编委，同时也是温州市作家协会副主席兼秘书长。从2006年开始，黄哲贵相继在《人民文学》《收获》《当代》等国内知名刊物上发表过小说作品。2010年，黄哲贵凭借中短篇小说集《金属心》获得浙江省青年文学之星。

黄哲贵说，一直以来，自己也像著名作家林斤澜老先生一样，习惯用温州人的视角看世界，也喜欢把温州元素融入文学创作中：

【出录音】因为生活在温州，我主要的关注点、我的题材主要是写改革开放30多年来温州先富起来的那一拨人。我现在就发现，所有的温州文化已经渗透到我的身体里面，包括思维方式、看待世界的角度跟眼光，都是温州方式。【录音止】

在多数圈内人眼中，选择当一位短篇小说家基本就等于让自己生活在阴影里，因为不会有人注意。但黄哲贵认为，短篇写作更像是怀着一颗虔诚的艺术野心来创作实践。他说，目前在温州有十几位作家专注于中短篇小说的创作，通过自身努力在全国形成强大的影响力：

【出录音】温州的短篇小说水平大概已经靠近一流了。如果拿杂志来说，中国最好的一个是《人民文学》，一个是《收获》，我们温州的短篇小说每一年都会有好几篇在这两个杂志上出现，这个在全国也是很少的。【录音止】

【全文止】

9.“林斤澜短篇小说奖”是第一个以温州人命名的全国性文化奖项，今年，温州又有了第二个全国性文学奖项——“琦君散文奖”。就在这个月，首届“琦君散文奖”也将要举行颁奖仪式了。

琦君是当代著名女作家，原名潘希珍（一作希真），1917年7月出生在温州市瓯海区泽雅镇庙后村。在琦君的创作生涯中，其散文创作成就最高，如《烟愁》《溪边琐语》《琦君小品》等。

“琦君散文奖”由瓯海区委、区政府联合国内权威综合性文学杂志《十月》共同创办，颁奖地永久设在瓯海，每年一届，由瓯海区政府财政专项拨款60万元，评奖立足《十月》杂志，辐射全国，以奖励、提拔年度最优秀的散文作家。

另外，我市龙湾区今年也首次设立了“罗峰奖”全国非虚构散文创作大赛。首届“罗峰奖”获奖名单已在昨天下午揭晓。

10.提起温州，大家的第一反应往往是温州的经济、商业，而对温州文化相对比较陌生。但事实上，在经济发展过程中有着“温州模式”，在文学创作发展过程中，同样有着“温州现象”。

早在2010年，中国作家协会创作研究部、人民文学杂志社等单位就联合在北京举办了“文学的温州现象·温州作家群研讨会”，第一次对“温州现象”这一文学概念进行了总结。

就在这个月初，在上海复旦大学也召开了一场学术研讨会，著名评论家陈思和教授、中国作协副主席王安忆教授等多位著名专家学者与会，畅谈了中国文学的“温州现象”。

那么，到底什么是“文学的温州现象”？《人民文学》主编李敬泽曾给出这样的解释：“在经济社会发展的独特道路上取得这么大成就的同时，这些年来，特别是近十几年来，温州仅就文学这一块来说，也涌现出了一批非常活跃的、很有成就的、正在全国取得越来越大影响的作家，包括小说家、诗人、散文家。”

11.【主持人】的确，近十几年来，温籍作家笔耕不辍，温州的文化称得上光彩夺目，无论是海外的张林、陈河，还是国内的温州作家，都让人们看到了温州的文学实力。市作协名誉主席吴琪捷认为，从“林斤澜短篇小说奖”到“琦君散文奖”，这些全国性的文学大奖先后将颁奖地永久设在温州，这无疑是为温州的文化建设增添了一把火：

【出录音】虽然温州的经济比较活跃，但是温州痴迷于纯文学写作的人也是很多的，这个也是一个比较有趣的现象。这个奖的举办我们的初衷就是说更大限度地团结国内的优秀的作家，让他们来跟温州的作家交流，带一些新的观念，做一些碰撞。同时从整个文化氛围来讲，对温州也是一个促进的作用。【录音止】

12.【主持人】在温州知名作家李涛看来，当经济发展进入平稳发展时，文化的力量就会显现出来。而要推进经济的进一步发展，更需要依靠文化的力量：

【出录音】温州的文化现象，一是依赖于它原来的底蕴，第二有赖于近年来经济的高速发展，再加上当我们很多的企业在进入到转型的时候，它们也在寻找新的发展方向，而文化越来越被人意识到，它将是接下来经济发展的一个很大的动力。【录音止】

【《早安温州》宣】+【《今日最关注》栏目片头】

13.《温州市人民政府关于深化改革推进出租汽车行业健康发展的实施意见(试行)》和《温州市网络预约出租汽车经营服务管理实施细则(试行)》8号在网上发布，征求各方意见。由此，备受关注的“温州版”网约车管理办法终于有了眉目。

对于温州驾驶员来说,最关注的问题莫过于在温州开网约车到底有怎样的门槛。

根据实施细则,申请《网络预约出租汽车运输证》的车辆,必须是温州市号牌车辆,登记车辆使用性质为“预约出租客运”;燃油车车辆轴距≥2650毫米,车辆购置的计税价格≥12万元;新能源车车辆轴距≥2600毫米或者综合工况续航里程达到250千米以上;车辆行驶证载明的初次注册日期到申请时未满4年。

想要从事网约车经营的车辆所有人应当向公安机关车辆管理部门申请登记或变更车辆使用性质为预约出租客运。

在温州申请从事网约车经营的车辆所有人,还要取得道路运输管理机构发放的《网络预约出租汽车运输证》。

14. 要在温州开网约车,驾驶员又需要哪些条件呢?这次的实施细则对驾驶员户籍做了限定,规定:网约车驾驶员必须取得温州市户籍,或者在本市取得浙江居住证6个月以上。另外,网约车驾驶员必须取得市道路运输管理机构发放的《网络预约出租汽车驾驶员证》,驾驶员在完成报备注册后,才可以上岗服务。

而在顺风车方面,根据实施细则,每辆私人小客车或每个合乘服务提供者累计每天提供合乘服务不得超过4次,同一合乘线路可以多人共同合乘。

15.【主持人】自今年7月28号国家交通部等7部门联合发布《网络预约出租车经营服务管理暂行办法》,赋予网约车合法的身份后,省内其他10个地级市都先后推出了各自的《网络预约出租汽车经营服务管理实施细则》征求意见稿。相比起来,“温州版”网约车管理办法可谓姗姗来迟。所以,当征求意见稿一经发布,就立刻引发各方的热议。一起来听听大家的声音。

征求意见稿明确了网约车需要符合的条件,其中包括:本地车牌、车购价在12万元以上、购车不满4年、登记使用性质为“预约出租客运”等。网约车驾驶员须本市户籍或获得居住证6个月以上,并取得《网络预约出租汽车驾驶员证》方可上路。对此,网约车驾驶员怎么看呢?

【出录音】驾驶员1:对有些车型来说还是有影响,它们有的是几万块钱左右、八九万(元)的车,那些车占多数,那些车就开不了。

驾驶员2:车子应该会少掉,有些车比如说12万(元)以下的很多,六七万(元)、五六万(元)的很多。【录音止】

一些网约车驾驶员表示,征求意见稿一旦敲定实施,网约车数量会减少,车费可能随之上涨。

【出录音】驾驶员:如果车价超过出租车,我看生意不怎么会好。【录音止】

对于实施细则将带来的这些影响,市民对此又有什么样的态度呢?

【出录音】市民1:这个可能也是跟出租车一个竞争的市场,如果它没有这个价格优势的话它可能也会成为淘汰的商品。

市民2:排量高了起码稳定性高很多。(记者:觉得有这样一个规定会更安全是不是?)对对对,然后驾龄那方面,肯定是老司机会比较安心。【录音止】

据了解,征求意见稿还对拼车、顺风车等服务收费做出了规定。征求意见截至11月14日。

【全文止】

16.【主持人】开网约车要规范,骑电动车同样要守法。从昨天起,交警对电动车违法行为正式开罚了。昨天上午,记者玮琦跟随交警部门在市区路面执法时看到,通过前面两天的宣传,电动车违法的状况已经有所好转,但有的电动车依旧我行我素,开得非常任性。我们来听听玮琦从现场发来的报道。

上午,在市区锦绣路和车站大道交叉路口,一辆装载着大量衣被的电动车被现场执勤的交警拦下。记者看到,这辆电动车的车头、车身和车尾的空间都被装满衣被的包裹挤占,给行车的稳定、安全造成隐患。交警部门按照规定,对驾驶人处以20元罚款,并要求其当场卸下所有包裹,采取其他交通方式运走。

【出录音】(现场音)交警:你这里有三超:第一个就是超高,超出了车辆的高度载物,第二个就是超出了车把的宽度,第三个超出了车身的长度,都不能的。这样的话对自己也危险,对其他人也危险。【录音止】

另一辆装载液化气罐的电动车也被交警逮了个正着。记者看到,这辆车的后座进行过改装,除了左右两侧各挂了3只液化气罐外,还利用车辆踏板的空间放了一只液化气罐。交警部门表示,虽然这些罐子都是空瓶,但驾车人的做法依旧违法。

【出录音】(现场音)交警:运输这个要有证的,它是危险品,既是非法改装车辆,又是非法运输危险品车辆,所以你这个车必须要扣,而且该处罚还要处罚掉。你是哪个单位的?(长江能源)像这类的我们可以通过当地派出所直接约谈他们企业,对他们这个非法运输予以处罚。【录音止】

为了给市民创造文明、环保的交通出行氛围,着力解决好交通噪声问题,交警部门也全力开展机动车违法鸣喇叭集中整治行动,重点针对长时间鸣喇叭、连续多次鸣喇叭以及其他恶意鸣喇叭行为,从严从重予以处罚。

市交警支队支队长徐志宏表示,处罚是手段而不是目的,希望通过电动车违法以及机动车乱鸣喇叭专项整治,让更多驾驶员自觉守法,让城市交通更加文明、顺畅。

【出录音】徐志宏:我们的守法率跟前几天比已经有明显的提升,但今天来说,我们不同程度还存在着一些严重的违法。这项工作我们到年底是作为专项整治,到了明年我们作为常态化的管理。我们也希望广大群众,特别是助动车,还有汽车驾驶员要带头自觉遵守交通法规,使我们的城市更加文明。【录音止】

【全文止】

【新闻链接】

17. 目前，温州全市的电动车登记备案数量已达190多万辆，并且仍在不断增加。与此同时，电动车的事故占比在逐年增加。根据市交警部门的统计，今年以来，单就温州市区而言，共发生交通死人事故400多起，其中涉及电动车就有200多起，占到一半。电动车已经成为交通安全的重大隐患，整治电动车交通违法行为已经成为当务之急。也正因为如此，从这周一开始，温州交警开展了“亮剑一号”统一行动，在严管机动车违停行为的同时，把整治重点扩大到了电动车违法和机动车乱鸣喇叭违法行为。经过前两天的宣传之后，我市交警部门从11月9号，也就是昨天开始，对这两类违法行为进行处罚。

截至当天下午5点统计，“亮剑一号”统一行动市区范围内共处罚电动车违法1808起。这些违法行为主要集中在机动车道行驶、闯红灯、违法载人等，交警部门依法对驾驶员处以罚款20元、50元或扣车。

18. 市交警部门的这次“亮剑一号”行动，特别是对电动车的集中整治行动，这两天，我们949温州新闻广播的各档新闻栏目以及我们的公众微信平台对此都给予了重点关注和报道。不少听众纷纷给我们发来微信留言，对交警这次电动车集中整治行动给予了支持和点赞。

网友“钓鱼岛”：电动车确实乱，随便乱穿，应该整治！

网友“红桓”：明智的交通管理理念！当下两轮电动车已经成为交通安全的害虫，不出重拳，难以达到治本的效果！

网友“等得太久”：给120个赞！

网友“彭花菊”：支持，点赞，希望长期坚持管理！

19. 点赞的同时，当然还有很多听众针对当前的电动车乱象提出自己的看法，给出自己的建议。

网友“不可强求”：不究根源，只单纯对不守交规的电动车主进行处罚恐怕难以治根。对车主们进行处罚教育的同时，也应该重视现有的道路乱象，给骑行者提供一个安全的行车环境。

网友“随便吧”：电动车走上机动车道实属“逼上梁山”，因为有很多道路上根本没有非机动车道，即使有，很多被机动车给占了。所以，建设好、管理好正规非机动车道，让电动车有路可走，让机动车、非机动车“各行其道”才是治本之策。

网友“一滴水”：电动车之所以经常出问题，在于它没有像机动车那样接受监管，游离于机动车与非机动车之间，电动车无牌无证，即便违章被交警抓住了也不用担心被记分。也正因为这样，电动车成为了驾驶者漠视交通法规的工具，害人又害己。

20.【主持人】除了整治电动车违法行为，今年来我市还特别加强了停车序化管理，以改变停车乱象。而停车序化管理措施之一，就是实施停车差异化收费。截至昨天，这一收费新标准实施已经整整一个星期时间，这一周来，效果究竟怎么样？本台记者许琦为此走上街头做了一番实地调查。

中午12点多，正是午餐时间，记者在鹿城区五马商圈进行实地走访发现，这里的车流量已经明显增加，但平时异常紧俏的咪表车位却还有一两个空着。人民路支路新中国影都边上的7个车位被划定为一级泊位，记者刚刚站定，就有一辆私家车开到了咪表车位上。穿着统一工作服的停车泊位管理员张女士马上上前，主动说明了收费标准，并用手中的记录仪拍摄了车牌，开始计费。

【出录音】记者：一级路现在收费是？

张女士：半个小时3块，1个小时6块，1个小时以后全部是半个小时4块。【录音止】

差异化停车收费新政采取了“中心区域高于非中心区域、路面高于路外、白天高于夜间、长时间高于短时间”的原则，将市区的道路停车泊位划分为核心泊位、一级泊位和二级泊位三类。按照相关部门的说法，开展停车差别化收费政策，将实行分类别、分时段、分地区差别化的收费标准，目的是运用价格杠杆，引导市民尽可能选择公共交通出行，缓解中心城区的拥堵和停车难状况。停车泊位管理员张女士说，一周来，车位的周转率确实提高了：

【出录音】现在的人停车停快了，差不多2个小时，最长停3个小时。以前停的时间比较长，现在时间短一点。实行差异化以后，车子肯定少了。【录音止】

对于差异化停车收费，私家车主们又是怎么看的？记者也随机进行了调查。

【出录音】记者：价格好像跟以前咪表相比有提高，这个对你停车会不会有一些影响？

市民1：无所谓。

市民2：本来以前都停咪表的，因为中午都是来我妈家吃个饭就走了，现在停2个小时要14块，还是二级的，不是一级的，一级的更贵。【录音止】

据了解，第一阶段，市综合行政执法局推出的差异化收费停车泊位中，鹿城区2522个(包含咪表停车位)，龙湾区1158个，瓯海区861个。

【全文止】

21.【主持人】因为路少车多，停车难一直都困扰着温州的私家车车主，因此也导致各种停车乱象，比如各种违停，比如长期霸占路面车位……按照我市相关部门的说法，实施停车差异化收费，就是希望利用价格杠杆，发挥调节作用，来促使有限的车位资源周转。我们的记者进一步调查发现，随着差异化停车收费的逐步铺开，路面停车位周转率开始提高了，以往空置率较高的停车库现在停的车子增加了，私家车主的停车习惯正在慢慢发生变化。

中午，记者来到市中心的解放路、第一桥路走访，这两条街是按核心泊位、一级泊位收费。在第一桥路，记者看到，车主李先生正将车子倒进停车位。协管员走过来，跟他解释了刚刚实行的差异化收费政策，李先生算了一下账，觉得价格太贵，就开车停到了停车场。

【出录音】李先生：咪表现在太贵了，涨价涨太快了。以前是 2 块，涨得有点快，停车停 2 个小时停了 22 块钱。没办法，市区本来就这样，按照他们有种说法叫寸土寸金。【录音止】

记者对比地面停车场收费发现，若是停车 2 小时以上，在露天停车场停车要比路边泊位收费便宜。记者在询问停车场的管理员是否要提高停车收费时，管理员说，现在仍维持原价。

【出录音】（温州方言，普通话混压混）管理员：这几天生意有好起来，咪表有时候车位都是空的，有些人停时间长都不会停那里，停我这里只要 10 块。我这里按照物价来走，1 天 20，半天 10 块，咪表加价，我这里差不多。【录音止】

在价格杠杆的倒逼下，一些长期占用路边停车的车辆纷纷开进了停车场，市民的停车习惯也开始改变。温州世贸房开物业管理处负责人郑春萍：

【出录音】平时的话，我们是三个层面，B2 层、B3 层、B4 层，总共下面有 1000 多个车位，很空的，这段时间应该多一点，因为路面停车少了，路面管制得比较严。【录音止】

温州人本车库投资管理有限公司总经理万飞：

【出录音】目前是每个月有往好的方向去走，停车率、市民车主的认可程度都比以前有很大的好转，停车的收入也比以前要高很多。【录音止】

记者许琦报道。

【全文止】

【《早安温州》片头】

这里是 FM94.9 温州新闻广播·温州之声，现在正在为您直播的是《早安温州》，我是余静，我是叶智。欢迎回来，我们继续来关注新闻。

22.【主持人】11 月 9 号是全国消防宣传日，今年的主题是“清除火灾隐患，共建平安社区”。全市各地纷纷举办各类消防宣传活动，向市民普及消防安全知识，提高民众的消防安全意识。

【现场音】

趁着消防日之机，鹿城滨江街道开展了“全民参与消除隐患，助力大拆大整”的大型消防演习，街道居民在消防官兵的指导下，进行消防安全培训和疏散逃生演练。鹿城区滨江街道综治办主任姜建军：

【出录音】使我们大家也感受到消防工作的重要性，另外也掌握一些基本技能，为我们下一步的大拆大整工作提供好的一种氛围。【录音止】

在瑞安星海广场举行的消防宣传活动上，消防官兵表演了用液压扩张器夹鸡蛋、切割器在灯泡上切钢丝、无齿锯开啤酒瓶等技能，引起了围观市民的兴趣。

【出录音】消防战士：像今天我们也组织了趣味性比较强的一些活动，想通过这些呼唤广大群众更加关注消防、关注平安。【录音止】

永嘉机关二幼则组织小朋友参观县消防局，观察消防装备，学习消防安全知识。

【出现场音】消防战士：大家看一下，这是我们的面罩，它是用来呼吸的。像我们平时的手电筒都是有灯泡的，这是没有的，所以尽量不要照眼睛好不好。【现场音止】

消防员为小朋友们展示了消防服的穿法，并帮他们穿上，还带他们体验了一回消防专用梯子。幼儿园小朋友胡佳韵：

【出录音】我觉得消防叔叔很厉害，我也想像他们一样当消防员。【录音止】

【全文止】

23.【主持人】记者从温州市公安消防局了解到，我市消防安全隐患量大面广。那么，市民在日常生活中该如何做好火灾的防范和应对呢？来听听专业人士的建议。

据统计，我市全市规上企业有4290家，99.5%为小微企业；小作坊、小旅馆、小商铺众多，并且70%租借于民房；城市化发展混乱，旧城区、城中村以及违章违建、违规投用等造成的先天隐患遍地皆是；大量外来务工人员滋生了大量居住出租房；特有的“通天房”民居遍布全市城乡，耐火等级低、消防条件差。温州市公安消防局宣传科科长叶聪：

【出录音】现在从隐患来看，我们市民在日常要注意的就是用电问题，因为电器火灾发生率是比较多的，尤其是在冬天，冬天的话气候比较干燥，很容易用一些大功率的电器设备，就更容易造成一些火灾的发生。【录音止】

叶聪说，冬季生活用电剧增，如果市民遇到电视机、电磁炉等家用电器着火，切勿向电器泼水，应先关掉电源，然后用干粉灭火器或二氧化碳灭火器灭火，情况危急也可用浸湿的被褥等物覆盖住电器，以达到窒息灭火的目的。

记者素敏报道。

【全文止】

24.【主持人】没有工资，没有津贴，但只要有火情，只要老百姓有需要，就义无反顾地冲锋在前！在泰顺泗溪镇，就有那么一群义务消防员。今天的《用声音记录温州》，我们来听听泰顺泗溪义务消防队的故事。

【《用声音记录温州》片头】

在泰顺县泗溪镇最美廊桥边上，有这么一群中年男子，他们不计报酬、不讲得失，担起了保护廊桥和百姓的生命财产安全的责任，他们就是泗溪镇义务消防队的消防员。

【出录音】队长汤小苗：2003年加入这个消防队的，我本职工作是水电工。

驾驶员陈志强：以前是开出租车的，现在改为做泥水工。【录音止】

泗溪镇义务消防员共有9名，最小的41岁，最大的51岁，他们来自各行各业。有时候，水电工作做到一半，或出租车开到半路，接到紧急电话时，他们就马上丢下手上的活，赶去开展消防救援。

【出录音】队长汤小苗：看到老百姓发生火灾了，受灾的话，感觉就是说为老百姓出一点力吧。【录音止】

没有工资、没有津贴，但是这些义务消防队员们一直坚持着。成立至今，他们共接警出动300多次，抢救被困人员20多人，抢救财产价值约1000万元。

【出录音】班长林永祥：发生火灾了，去救火了，回来那些受灾的农户都说谢谢我们，握住我们的手，就是被他们感动着。想到这些有时候就不想退，就一直坚持着。【录音止】

【全文止】

【《早安温州》宣】

25.欢迎回来！我们继续来关注今天的新闻：

由市委组织部、市人力资源和社会保障局、市科学技术协会共同主办的“2016中国·温州民营企业高层次人才洽谈会”将于本周六举行。届时，160位海内外高层次人才将携项目与490家温州企业和园区代表开展科技项目和人才合作对接洽谈。

据市人力社保局有关人员介绍，这次参会的海内外高层次人才携带的项目涉及行业广，不仅有新能源、新材料、机器人与人工智能等战略性新兴产业和生命健康等现代服务行业，还包括能带动温州传统产业提升的创新技术和创意项目，以及高新技术项目、科研成果等。

在高洽会当天，还将举行首届“创业温州”全球精英赛信息发布会。这项赛事的目的是：希望通过大赛遴选并引进一批新一代信息技术、新材料等符合产业导向的高新技术项目落户温州，实现海外高端要素与温州资本、温商牵手，共创共赢。

26. 时值初冬，2017 届高校毕业生也陆续开始求职。本月 18 号，由市人力资源和社会保障局主办、市人才市场承办的“2016 年高校毕业生就业招聘大会”将在市人才大厦举行，届时，将有 406 家单位进场招聘，提供 8800 多个岗位。

据主办方介绍，这次参会企业中，不仅有奥康鞋业、美特斯邦威服饰、一鸣食品、人本超市等本土知名品牌，还有海信电器、华润置地、苏宁等国内一线企业，更有必胜客等国际明星企业。主办方还将在大会现场开展形式多样的主题活动，包括资深 HR 在现场提供咨询，协助求职者进行职业生涯规划。

此外，在 11 月 15 号到 11 月 30 号期间，温州人才网将推出 2016 温州高校毕业生网络就业招聘大会，给同学们创造线上求职机会。

27. 温州商学院昨天迎来转设后成立的首个由社会捐赠的社会奖学金，共 191 万元。现场还举行了颁奖大会，其中，100 多万元奖学金定向奖励该校艺术设计学院的未来设计师。

中国工艺美术大师、温州市工艺美术研究院院长叶萌春是这次社会奖学金捐赠者之一，他设立了非遗奖学金。他说：“温州自古以来有百工之乡的美誉，但如今传承的人越来越少，希望未来能有更多的孩子钻研黄杨木雕，将老祖先的东西传承下去，因此出资 10 万设立了这个奖学金。”

28.【主持人】“949 温州新闻广播 · 温州之声——我们读诗”活动又有了新玩法：第 10 季众筹观影活动已经进入倒计时，99 个众筹购票名额昨晚火热开抢。

【出录音】读诗第 10 季众筹宣传片……（压混）

“温州之声——我们读诗”第 10 季众筹观影活动将于本月 19 号在温州名人国际影城举行。本次活动负责人、温州之声主持人韩冰介绍，与以往 9 季以诗歌朗诵分享为主的活动不一样的是，本次活动主要向广大诗歌爱好者发出邀请，通过扫描微信二维码进行购票，以众筹的方式共同前往影院观看纪录电影《我的诗篇》：

【出录音】大家通过众筹购票的方式到影院里面去观影，也是因为这部片子它目前没有在院线上面排片。这部纪录片目前为止它的播映方式主要就是通过众筹的形式在全国各地的城市里面来进行，就是大家来接力。这次“温州之声——我们读诗”承接的是全国的第 949 场。【录音止】

纪录电影《我的诗篇》曾获得第 52 届台北金马影展金马奖最佳剪辑、最佳纪录片提名，也是第 18 届上海国际电影节最佳纪录片金爵奖得主。作为一部纪录片，它将镜头对准几个挣扎在社会底层的普通人，对诗歌的热爱和追求让他们的生命不再干涸。

韩冰表示，之所以采用众筹观影的方式，就是想让更多人来了解这部电影，来了解那些生活在社会底层的普通人，当他们面对生活的困顿和挫败的同时，也对生活充满希望和热情。

【出录音】韩冰：这次观影当中，他们应该会有一些共鸣，会有一些感想。在观影结束之后，我们会有一个简短的交流的活动，就是大家来谈谈对影片的感想，然后也会有一些朋友带着自己的诗歌过来跟大家分享一下。【录音止】

记者玮琦报道。

【全文止】

【《949快评》片头】

29.【主持人】新版《浙江省中小学生日常行为规范(征求意见稿)》目前正在向全省中小学教师、学生、家长以及热心人士征求意见。记者注意到，新增加的内容包括：记住父母的生日，在父母生日时能主动表达感恩之情；认识新朋友要记住对方的名字，道别时记得称呼对方；遇到危险懂得求助，会正确拨打求助电话；高中生要带着问题主动思考，多质疑，多提问，敢于发表不同见解，态度要诚恳等。来听本台评论员韩冰对此的评论。

韩冰：《中小学生日常行为规范》我记得一直都有，但是上学的时候很少有孩子把这个当真或者是记住它。据称这是行为准则12年后的一次修改，浙江版本增加了一些内容。我看了一下，内容很好，也有与时俱进的部分。但是我觉得，更应该学习这份行为准则的其实是学生的家长们，或者说，应该是家长和学生共同来学习这份准则，它才能真正有用。

都说每一个熊孩子的背后都有一个或者几个熊家长。给中小学生制定行为准则固然重要，但是如果不能连家长的行为一块儿规范起来，这教育作用恐怕也有限。比如说，你问孩子们能不能记住家长的生日，如果孩子回家问父母：你们是否记得自己父母的生日呢？回答不出来多尴尬。还有，在教育孩子随手关灯节约能源的同时，家长们能不能做到？上健康网站不沉迷电脑，要求孩子的时候，家长放下手机了吗？当他带着问题主动思考，多质疑多提问的时候，家长尊重他们了吗？

制定和修改《中小学生日常行为规范》没有问题，但是必须要知道，家长的言传身教，作用可比印在纸上的准则大多了。还是得共同学习，共同进步。

【全文止】

30.【主持人】的确，父母的身教要更重于言教。中国青少年研究中心日前发布《中国少年儿童发展状况研究报告》，认为00后更加重视自己的利益，当集体意识与个人利益发生冲突时，很多人不愿意放弃个人利益。对于这一现象，本台另一位评论员王攀也认为：要让下一代更好地成长，上一代的引导更为重要。

王攀：又开始戴着有色眼镜看人了。50后、60后看不惯70后、80后，70后、80看不惯90后、00后，甚至一代人都看不惯一代人，可到最后不都是长江后浪推前浪，一代要比一代强，社会的发展越来越好吗？

所以，应该用发展的眼光来看，新一代人的价值观和行为方式一定跟我们的不一样，而且他们也会在慢慢地改变。而上一代人对于下一代人最重要的，就是做好引导和教育就可以了。

而与有关00后存在的所谓问题相比，我更看重专家提到的品德教育两张皮的现象，课堂上的和现实中的不一致，甚至还存在学校的价值观教育解释不了社会现象的情况。而这个脱节，难道不是我们的失败吗？而这个脱节，是今天才存在的吗？

【全文止】

【《早安温州》宣】十【《资讯天下》】

31.以下我们再来关注其他国内外方面的消息：

11月7号到9号，天津港“8·12”瑞海公司危险品仓库特别重大火灾爆炸事故系列案件陆续在天津第二中级人民法院和滨海新区法院等9家基层法院开庭审理，并作出一审宣判。49名被告人被判处死缓到1年6个月不等的刑罚。其中，瑞海董事长于学伟被判死缓。宣判后，各案被告人都表示认罪、悔罪。

32.随着“双11”临近，各大电商平台早早发力，陆续推出“秒杀”“秒抢”等促销活动。近年来，“双11”等不断流行的网络促销节催生了一批“代秒族”“代拍客”。这种专门替网络消费者进行抢购的服务是否合理？会不会影响网络购物公平？会否造成消费者个人信息泄露？对此，业内专家指出，有关监管部门应积极关注，对网络代秒等新现象作出相应规范。

33.“双11”临近，又到一年物流高峰季，很多人心存侥幸，认为快递丢失这样小概率的事件不会发生在自己身上。江苏常州市民万先生也是这么想的，结果快递公司把他7万多元的货物给寄丢了，而因为万先生寄快递前没有保价，吃了个大哑巴亏。对此，律师提醒，在邮寄物品时，应将运单信息填写完整，必要时拍照录像并保存好证明物品价值的票据，贵重物品一定要保价，以免给自己带来不必要的麻烦。

34.据韩联社报道，韩国检方计划在19号前后对“亲信干政门”当事人崔顺实提起公诉，罪名包括诈骗、挪用公款以及滥用权力等。同时，检方预计将在下周决定是否直接调查韩国总统朴槿惠。此前，朴槿惠已承诺会配合检方调查。

35.英国最高法院当地时间8号发表声明称，将在12月5号到8号开庭审理有关英国脱离欧盟的案件。

英国高等法院上周裁定，英国政府在正式启动脱离欧盟的程序前，需要经过议会批准。但英国政府认为，民众已经通过公投授权政府处理“脱欧”事务，因此政府不再需要获得议会授权。英国政府不服这一裁决，决定上诉至最高法院。

节目的最后，来回顾一下今天《早安温州》播发的内容：(配乐)

1. 习近平与在天宫二号执行任务的神舟十一号航天员景海鹏、陈冬亲切通话。

2. 2016 美国总统大选结果出炉，特朗普当选美国新一届总统，习近平向特朗普致贺电。

3. 第三届“林斤澜短篇小说奖”颁奖典礼昨晚举行，“杰出短篇小说作家”“优秀短篇小说作家”逐一揭晓。

4. 林斤澜先生之女林布谷接受本台记者专访，讲述林老先生创作生涯中的那些特别故事。

5. 温州的经济发达，温州的文化同样璀璨，著名专家学者畅谈中国文学的“温州现象”。

6. “温州版”网约车实施细则公开征求意见，温州网约车上路即将有“章”可循。

7. 市交警对电动车违法行为正式开罚，骑行电动车不能再任性。

8. 市区停车差异化收费新标准实施一周效果明显，路边车位周转率提高，停车库空置率下降。

今天的《早安温州》就到这里，编辑潘茹、陈薇薇，责任编辑熊可为，节目监制陈伟文。我是余静，我是叶智，明天再会！

【全文止】

单位：温州广播电视传媒集团新闻综合频率

作者：潘茹、陈薇薇、熊可为、陈伟文、黄建省

编排用心　用资讯“包裹”话题

——《早安温州》评析

邵　文　曾海芳

《早安温州》是每天早高峰播出的一档综合性新闻品牌广播节目。栏目在编排上，摒弃了以往新闻从“硬”到“软”的传统编排方式，把关联的内容串联在一起，形成资讯“包裹”话题的整体感。同时，注重与新媒体的融合、与网友的互动，强调专家学者的分析点评，重视公众网友的观点言论。栏目设置了“温广记者团”“今日最关注”“949 快评”“资讯天下”“用声音记录温州”等小栏目，每天选编最新的国内外要闻、温州民生热点等，使整组新闻具备了权威性、时效性、服务性、可听性的特点。

广播媒介相较于其他媒介形式，优势在于容易获取、移动性强、伴随性强。缺点在于只有声音，易让听众觉得单调；听广播只靠听力，没有其他辅助理解的方式，易遗忘。同时，新闻资讯类节目也是广播节目中较受欢迎的一种，受众希望通过这类节目获取重要信息。考虑这两个方面，《早安温州》可以说是一档极“贴心”的广播节目，编排用心，同时巧用与新媒体的融合创造出不一样的互动感。

编排用心体现在两方面，一方面是在一个主题内容下的层层深入，另一方面是开头与结尾的资讯提要。

第一，同一主题的内容，强调由点上具体事件切入到面上整体现象呈现再到专家分析点评的层层深入。以“林斤澜短篇小说奖”在温颁奖为例，从颁奖典礼这个具体事件切入，解释这个奖是什么，再由一个人延伸到温州文学现象，最后安排专家对此的分析评价。本来是很平板的一个颁奖典礼，但通过精心的策划和编排延伸到对温州文学现象的讨论，也打开了一个观察温州的新视角，不再提到温州只能想到经济方面。像节目中说的：当经济发展进入平稳发展时，文化的力量就会显现出来，而要推进经济的进一步发展，更需要依靠文化的力量。这个编排看起来没大难度，但真正做出来却极需更具前瞻性的眼光。

第二，节目在开头和结尾都做了当日新闻资讯的提要。我们在学习中常常有预习、学习、复习的过程，预习是为了抓住重点，对接下来的内容有预期，就更易理解和接受，学习是详细理解的过程，复习是再次梳理、回顾。在广播节目中使用这样的方式，一是弥补了广播即听即过、易遗忘的缺点，结束后听众可能还基本能记住今天的重点资讯；二是让随时切进的听众在结束时也可知道今天的主要资讯，极大地方便了听众。

同时，在很多资讯后选取了网友的评论，将广播与新媒体相融合，非常自然，同时增强了节目的互动性与趣味性。

媒介融合是个大话题，思路可能不是在于直接去找现有传统媒体哪里能插入新媒体的因素，而是找准传统媒体与新媒体在当下的优势与劣势，思考怎么融合优点，怎么利用对方的特点解决自身的缺点。传统媒体在策划与深度诠释上更具优势，像在这个节目中，将一个看起来比较平常的颁奖延伸到温州文学，新媒体中消息再快也不能让媒体人专业的策划与深度诠释能力被替代。但新媒体的简洁、趣味性、互动性也能帮助传统媒体更易获得年轻人的青睐。

在内容上，涵盖了本地焦点、民生热点、国内外热点新闻，将时政要闻、民生新闻、实用资讯一一囊括。不只将视线放在当地新闻、实用资讯，同时引导受众关注国内外重要信息，发挥了媒体的导向性作用。

广播新闻评论

斑马线礼让行人司机获奖励

——奖出来的"礼"能"让"多久

【记者】斑马线,生活在城市的人们对它再熟悉不过了,它既是保障行人通过马路时的生命线,也是体现机动车驾驶员人文关怀的提示线,更是衡量一个城市文明素养的标尺。但现实生活中,一些司机在斑马线上硬是跟行人较劲抢道。为了倡导机动车礼让行人,乐清市推出了一项特别的奖励活动。

【出现场录音】文创(办)联创办对你刚才礼让斑马线的行为要给你奖励。

刚刚录音中就是乐清市的一位交警正对一位礼让行人的司机进行奖励的现场。没错,乐清市推出的活动正是"礼让斑马线有奖"活动。活动规定,主动礼让行人的司机,一次可获得100块钱的现金奖励。活动结束的抽奖当中,符合条件的司机还有机会获得1吨汽油油卡的大奖。

为了迎接9月份举行的G20峰会,乐清市开展了这项"礼让斑马线"接力活动。活动开展已有3周,目前已有2.9万辆机动车参与这次文明接力活动,当地财政拿出3.8万元,用于对司机的油卡、现金奖励。而来自于社会企业的赞助已经有30多万元了。当然,相关部门也解释说了,活动期间,正常的交通违章处罚并不会停止。他们希望通过这种惩罚和奖励双管齐下的措施使"礼让"的美德在司机中传播,最终达到"内化于心、外化于行"的效果。乐清市联创办督查二科科长温泉:

【出录音】这个奖励我们只是作一个初期的奖励,接下去我们就"惩奖"相结合,就是说我们有奖也有惩罚,对这些未礼让斑马线的车辆(司机)我们将处罚100块钱,扣3分。

"礼让斑马线有奖"一经媒体传播迅速引来舆论热议。不少乐清市民表示支持,因为自6月15日活动启动以来,司机的礼让意识确实提升了不少,让他们感受到了实际的变化。有市民指出,采取奖励的方式,是为了刺激大家的积极性,也能更好地起到宣传作用。乐清市呼吁文明交通协会会长陈姿:

【出录音】这段时间我们就一直在做这个活动,现在发现我们的私家车也好,公家车也好,(司机)就是在斑马线上就慢慢地学会先礼让,再通行。

在一片点赞声中,也有许多不同的声音。不少网友调侃,"一次100块,多让几次,班儿都可以不用上了";还有网友直接质疑活动的合理性,认为这本来就应该是自觉的行为,"要奖励"反不成了儿戏?

“礼让斑马线有奖”，这主意听起来是不错，但细细一想，却让人感到尴尬和别扭。且不说这种奖励的合理、合法性，单单是依托奖励出来的“文明”，能走得远吗？

斑马线礼让本就是机动车司机应尽的法定义务。《道路交通安全法》第四十七条明确规定：机动车行经人行横道时，应当减速行驶；遇行人正在通过人行横道，应当停车让行。这意味着，所有获得奖励的司机他们仅仅是做到了符合法律规定，知法守法是公民的基本义务，完成自己的基本义务还需要奖励吗？就好比我们没有理由因为不贪污就去奖励一个官员。所以呢，把物质奖励作为奉公守法的动力，从某种意义上来说，也是一次反向轻视法律严肃性的行为，既不适合，也不应当。更何况，发奖励的奖金来源是公共财政开支，这里势必牵涉到预算上的不严谨。

其实，要做到“礼让斑马线”的宣传并不一定非要靠奖励。比如杭州市政府就是用公交司机、出租车司机先行带头的方式，再加上积极的宣传引导，来促进这一风气的宣扬和法规的落实。

更需要强调的是，驾驶员在斑马线上跟行人抢道之所以成为一个“常态”，不是因为奖励不够，而是因为执法不严。对于机动车乱闯斑马线并不缺乏法律的明文规定，法律规定的处罚力度也不小，只是在很多地方，都没有执行到位，最终养成今天难以根治的顽疾。可见，根治机动车乱闯斑马线唯有严明执法、违法必究，才能让驾驶员敬畏法律。我们真该好好反思一下：执法遇到困境的时候，不想着如何维护法律的权威，反倒是换个思路来物质激励，这是工作方法“灵活”呢，还是懒政思维在作祟呢？

单位：温州广播电视传媒集团经济生活频率

作者：厉碧纯、雷子明

掷地有声：广播述评的声音文本创新

——广播评论《斑马线礼让行人司机获奖励
——奖出来的“礼”能“让”多久》评析

焦俊波

为了倡导机动车礼让行人，温州乐清市在 G20 峰会期间推行了一项“礼让斑马线有奖”活动。活动规定，主动礼让行人的司机，一次可获得 100 块钱的现金奖励。活动结束的抽奖当中，符合条件的司机还有机会获得 1 吨汽油油卡的大奖。这项活动推出后，乐清市司机斑马线前和行人抢道的现象明显减少，城市文明凸显。但是在这个看上去皆大欢喜的活动中，还是有网友提出了质疑——“斑马线前礼让行人本来就是应该为之的行为，要奖励岂非视法律为儿戏”。针对这一争论，温州经济生活广播频率推出广播评论《斑马线礼让行人司机获奖励——奖出来的“礼”能“让”多久》，表达了媒体的态度。

一、评论中加录音采访，广播文本创新

在这篇广播评论中，编辑对声音元素进行了创新，一改广播评论中声音元素单一问题。一般来说，广播评论中的声音都是来自评论员，有时会穿插主持人和评论员的声音，在一些互动性较强的节目中也会加入听众的微信语音或电话语音。在新闻事实叙述部分，一般都是主持人通过简要播报完成。该报道在新闻叙述部分，不仅有交警执法的现场音，还有对两位乐清市工作人员不同事实层面的采访，使得新闻事实真实可信，可听性强。

广播的传播符号只有声音一种，如何把声音元素多样化、把声音元素用到极致，该广播评论起到了很好的示范作用。但是在新闻观点态度部分如果有多方的声音元素出现则会效果更好。

二、评论积极回应民众关切和争论

新闻媒体一个重要的功能就是回应民众关切，而评论更要对存在争论的社会问题表明媒体态度，引导舆论。在一些批评性的评论中，媒体更要起到舆论监督的作用。“礼让斑马线有奖”活动表面看上去令人皆大欢喜，但是记者还是敏锐地捕捉到了民众的少数“不和谐”声音，并由此展开讨论，对民众的“不和谐”声音进行了增援。直面有争议的社会现象和问题有利于树立媒体的权威性和公信力，这点尤其值得赞赏。

三、立意高，层层递进击中问题要害

如前所述，记者关注到了那些少数声音，对“礼让斑马线有奖”活动的不认同声音进行了回应。但评论在“该不该举办活动”的争论层面进一步深入，直指活动的弊端，认为如此奖励活动走不了太远！这样的立意比民众的讨论更进一层，也更加深刻和尖锐。但评论并未就此结束，最后一段对活动举办的原因进行了挖掘并推导出“政府懒政”的实质所在，发人深思。评论立意高远，论点清晰，逻辑严密，层层递进，是一篇较为上乘的评论佳作。

广播消息

三岁女童获救！父母用生命撑起生的希望

主持人：今天晚上6点45分左右，在距离鹿城区双屿街道农民自建房倒塌事故发生15个小时后，现场传出激动人心的消息：在救援人员一刻不停的搜寻下，一名3岁女童成功获救。

【现场音】“小孩子脚还在动，小孩子活着呢。现在不要动小孩子……”(压混)

晚上6点半左右，救援人员掀开一块水泥板时，发现一名男子，低着头，弓着腰，背上压着这块厚重的水泥板，身旁还有一名女子，他们俩用背撑起一片狭小但安全的三角区域，给孩子留下了一线生机。

【现场音】“小朋友，你不要怕，叔叔马上救你出来……”(压混)

见小女孩仰面朝上还能自主呼吸，已在雨中奋战了15个小时的救援官兵精神为之一振。为了防止孩子受到二次伤害，大家拿来氧气袋和毛巾，小心翼翼地清理孩子身上的杂物。晚上6点45分，小女孩被抱出废墟，并送往医院救治。

【现场音】“快快快，不要把她闷到了，不要闷到她，不要压，不要压……”(压混)

当市消防支队司令部战训科科长孙静抱起小女孩时，孩子下意识地紧紧抱住孙静的胳膊。那一刻，孙静忍不住热泪盈眶。

【出录音】“她这次能够活下来，主要是她没有受到重物的直接冲击。因为她的父亲用他的后背(顶着)，就是一个厚约20公分，然后宽约1米多的一个水泥楼板。她的父亲很伟大，包括她的母亲，两个人合力用身体，用他们的后背，还有头部，顶住了水泥板的冲击。”

获救的女孩名叫童童(化名)，今年3周岁，目前生命体征平稳。温医大附二医副院长林振浪：

【出录音】“孩子来的时候，她说‘我口渴想喝水’，她还能讲得出。但现在有两件事我们需要马上做，一个就是头部的外伤，要及时进行清创，另外就是右手的无名指可能受外压。压伤以后，肿胀非常明显，所以马上要及时给她减压、切开。”

童童是双屿农房倒塌事故中的第六名幸存者，也是目前为止最后一名被救出的幸存者，而护住她的正是她的父母，两人已在此次事故中不幸遇难。

记者从现场救援指挥部了解到，今天凌晨3点25分发生的倒塌事故，共涉及4间6层农民自建房。截至记者发稿时，现场搜救工作基本结束，共搜救出28人，其中确认死亡22人。

【全文完】

单位:温州广播电视传媒集团全媒体新闻中心

作者:虞绍舜、文志浩、吕呈力、陈亦全

白描的广播化妙用

——《三岁女童获救!父母用生命撑起生的希望》评析

蔡国栋

本篇虽然归入广播长消息,其实它很短,只有2分30秒。

连标点502个字,穿插5段现场同期声。

【现场音】“小孩子脚还在动,小孩子活着呢。现在不要动小孩子……”(压混)

【现场音】“小朋友,你不要怕,叔叔马上救你出来……”(压混)

【现场音】“快快快,不要把她闷到了,不要闷到她,不要压,不要压……”(压混)

前三段,是现场抢救的实况,只言片语衬托出现场的紧张、惊喜和激动……

后两段,一个音源来自亲手救出女童的消防员,他寥寥数语勾勒了一个感天动地的故事轮廓:【出录音】“她这次能够活下来,主要是她没有受到重物的直接冲击。因为她的父亲用他的后背(顶着),就是厚约20公分,然后宽约1米多的一个水泥楼板。她的父亲很伟大,包括她的母亲,两个人合力用身体,用他们的后背,还有头部,顶住了水泥板的冲击。”另一个音源来自医院的主治医生:【出录音】“孩子来的时候,她说‘我口渴想喝水’,她还能讲得出。但现在有两件事我们需要马上做,一个就是头部的外伤,要及时进行清创,另外就是右手的无名指可能受外压。压伤以后,肿胀非常明显,所以马上要及时给她减压、切开。”——几句话说清了孩子的现状、危急和处理措施。

虽然是消息,但又达到了通讯、特写的效果,情节、细节、对话,栩栩如生。

“童童是双屿农房倒塌事故中的第六名幸存者,也是目前为止最后一名被救出的幸存者,而护住她的正是她的父母,两人已在此次事故中不幸遇难。”

“记者从现场救援指挥部了解到,今天凌晨3点25分发生的倒塌事故,共涉及4间6层农民自建房。截至记者发稿时,现场搜救工作基本结束,共搜救出28人,其中确认死亡22人。”

——整个事件的过程被放到最后交代,所有听众欲知、未知的消息再无遗漏。

用最新的进展、用最生动的情节、用最感人的细节先声夺人,惜时如金,惜字如金,让事实说话,让现场说话,白描的广播化运用得如此精妙娴熟,点赞,必须!

在匆忙的现场采访中急就如此感人的新闻,相信记者的职业素养和专业水准必定来自日常点滴的积累锤炼。

广播新闻访谈

全国第一位个体工商户的荣耀和变迁

——访全国先进个体工商户代表章华妹

【宣一】她是中国第一位个体工商户；她坚持实业37年，几度跌倒再爬起，初心不改；她刚刚受到李克强总理接见，载誉归来。温州交通广播特别节目：章华妹，全国第一位个体工商户的荣耀和变迁。

主持人：听众朋友，上午好。昨天，对全国近6000万个体工商户来说是个特殊的日子，李克强总理在人民大会堂金色大厅接见了600多位全国先进个体工商户代表，我们温州的章华妹就是其中之一。这也是25年来国务院总理首次会见全国先进个体工商户代表。现在，刚刚从北京回来的章华妹就在我们的直播室里。章总，你好。

章华妹：你好，听众朋友们大家好。

主持人：从昨天和李克强总理见面到现在还没有超过24小时，心情是不是相对平静一些了？

章华妹：还是很激动……

主持人：嗯，还是很激动，还是一直在想着当时的情景？

章华妹：是的，我当时(被)安排在第一排，还和总理说上话。

主持人：那真是难得的机会。

章华妹：是的，当时好多人想和总理说话，结果李克强总理走到我的前面，我就自我介绍："总理您好，我是中国第一个个体工商户章华妹。"

总理说："好，好，你现在做什么生意呢？"

我说："我现在是做纽扣生意。"

总理问我："企业做得怎么样呀？"

我说："以前是小店，现在做到中等企业了。"

总理说："很好，很好。"

主持人：当时场景的每句话都记得那么清楚。

章华妹：对，对，因为那时候确实太激动了。这次总理肯定了我们个体工商户和民营企业的作用，国家还明确对产权的保护。经商做企业以后一定更好了。

【宣二】"拿到执照的时候根本没想到会成为中国第一个""生意一做30多年真不容易，还是诚信最重要""现在环境更好了，生意会更加好"——章华妹，中国第一位个体工商户，正在讲述她的荣耀和变迁。请关注温州交通广播官方微信WZFM1039，温州交广 APP 参与节目，分享一代温州人的经历。

主持人：FM1039 温州交通广播，欢迎大家继续收听。正在进行的是特别节目：全国第一位个体工商户的荣耀和变迁——访李克强总理接见的全国先进个体工商户代表章华妹。章总，我们知道这次你去北京，最重要的原因是你拿到了全国第一张个体工商户营业执照。现在我们去申领一张营业执照是一件再普通不过的事，可那是 1979 年，个体工商营业执照根本没人见过，你当时怎么想到去申领这个呢？

章华妹：当时是 1979 年 11 月份，我接到了通知："你们可以申请个体营业执照，以后光明正大地做生意了。"我很高兴，第二天一早，我就去温州工商管理局填写申请表。当时来填表格的只有三个人，许多人对领取营业执照持观望态度，害怕政策会变化。但我觉得既然做生意就要光明正大，领一个证，就不会吃亏。还有我爸爸以前也是做生意的，觉得这个东西肯定有用处……

主持人：后来证明老爷子是正确的。

章华妹：是的。到现在我感谢我爸爸。当时办了执照我心里特别安心。

主持人：嗯，当时对做生意的人来说，特别是对做小生意的人来说心里还是很慌的。

章华妹：是的，当时我的家庭生活比较困难，我在我家对面摆上一张小凳子，上面摆了不值几个钱的日用品、纽扣、纪念章等，还悄悄地做起了生意。当时大家也是都看不起做小买卖的生意，还羡慕集体企业、国营国企，但我自己干个体户都找不着对象，朋友看到我在（做）买卖都觉得自己害羞，好像就不认识我一样。

主持人：在递交了营业执照申请整整 1 年之后，到了 1980 年 12 月 11 日，章华妹拿到了全国第一张个体工商户营业执照。这张意义非凡的营业执照是用毛笔填写的："姓名：章华妹。地址：解放北路 83 号。生产经营范围：小百货。开业日期：1979 年 11 月 30 日。"现在这张执照的原件已经被浙商博物馆收藏了，这也象征着温州人敢为天下先的创业创新精神。章总，还记得当时拿到执照的情形吗？

章华妹：当时呢，所里同志通知我，第一批营业执照已经下来了，你可以去领了，我听了以后非常高兴，有了这张营业执照，我感觉做生意就不用像以前那样慌慌张张、偷偷摸摸。第二天，我就去了工商所里，拿到了营业执照。

主持人：还记得当时的具体情形吗？

章华妹：拿到营业执照，回到家以后，我爸爸说："华妹，你有了营业执照了，就不要摆这个小摊了。"我一想，对的，跟我爸爸说："我们把自己的窗户全部打开吧，做起来，我们可以多做一点生意。"

主持人：时间已经整整过去了 37 年。我们的记者找到了当时为您发这张执照的工作人员——当年的温州市工商行政管理局个体经济管理科科长陈寿铸，现在陈老已经退休在家，我们一起来听听他眼中的这段历史。

陈寿铸：1980 年国务院有一个通知，叫 80108 号文件，它的核心是什么呢？《关于城镇个体工商户登记的有关规定》这个文件当中，规定了可以登记，具体由工商局执行，但是营业执照的样子，登记的方法、步骤都没有。这时候有个调查报告的，温州市区将近 2000 户的个体户，98%是什么？待业青年，知青返回的失业工人和郊区的农民。这个时候我就起草了一份《温州市个体工商户登记的草纲规定》，营业执照怎么样呢？我就自己画了一个样子，在松台街道开始试点，当年一共发了 1844 张，第二年发了 2 万多张，第三年发了 10 万张。这个事件出现后，温州出了名，当时不仅是国内的来，世界各国都有。

【宣一】她是中国第一位个体工商户；她坚持实业 37 年，几度跌倒再爬起，初心不改；她刚刚受到李克强总理接见，载誉归来。温州交通广播特别节目：章华妹，全国第一位个体工商户的荣耀和变迁。

主持人：欢迎各位继续收听。像很多那个年代开始创业的温州人一样，拿到营业执照仅仅是漫长曲折的经商过程的开始。章华妹拿到执照不久便结婚生子了，再次复出已经是 1985 年。这时她面临两个问题：一是原先的纽扣生意已经交由娘家哥哥经营，她不忍心从哥哥手里要回生意，甚至不愿意再开同样的店铺去和哥哥竞争；二是之前的经营并没有多少积蓄，要想做新的生意，本钱从哪里来？那章总，当时怎么办呢这个情况？

章华妹：我自己有个家庭了，小孩也有 8 个月了，我肯定要出来做事了，做生意肯定要本钱，我去隔壁借了 1 万块钱。

主持人：哦，当时的 1 万块可是一笔大钱了啊。

章华妹：对，人家说是万元户了。

主持人：当时用这些钱开了什么店呢？

章华妹：就是当年温州很流行羊毛衫，很需要羊毛衫上面的珠片，我一想，这也是一个商业机会，我觉得生意可以做了，后来在汕头找到珠片，把我们所有的钱拿去进货。

主持人：全部的钱？

章华妹：全部的钱，试试看，在温州有没有这个销路。果然，回到温州，摆在店里，真的很好，第一桶金就是从那时候开始的。

主持人：嗯，当时肯定很有成就感。

章华妹：对，对。

主持人：既然羊毛衫上的珠片生意那么好赚，后来怎么又重新回来做纽扣的生意了？

章华妹：羊毛衫（生意）下坡了，我们珠片生意肯定会差了。

主持人:嗯。

章华妹:我想重新改改我的行业,我们温州那个时候很流行做皮鞋,我呢就把我十几万的积累全部投入,办一个皮鞋厂。

主持人:所以我们把当时最有钱的一批人叫“皮鞋佬”。

章华妹:对,是的。

主持人:结果呢?

章华妹:结果呢,我们对皮鞋的行业一窍不通,各方面的问题,就把几十年的积累全部亏了。

主持人:这是做生意以来最大的挫折吧?

章华妹:对。

主持人:当时怎么想的?

章华妹:当时啊,真的有点灰心了。那次挫折以后,我感觉自己头也抬不起来,还欠了辅料商的钱。

【宣三】温州交通广播特别节目:章华妹,全国第一位个体工商户的荣耀和变迁,欢迎继续收听。

主持人:面对挫折不服输几乎是那个时代温州商人的特质。90年代初温州户籍人口不到700万,就有100多万青壮年在世界各地经商。经过了皮鞋生意失败,再次几乎身无分文的章华妹,选择了举家迁往天津,重新开始。

主持人:章总,天津那段时光应该是很煎熬的吧?

章华妹:对,压的鞋全部拿到天津那边卖,在天津第一百货商店租了一个柜台,第一批货运去,托运部这个车全部烧掉,店已经租过来了,剩下皮革也有烧掉了,还要到别人家里买点过来。

主持人:后来怎么又回来了呢?

章华妹:(19)92年春节我回来过年,我嫂子说你去天津怎么样?这个纽扣店的经营呢一落千丈。我来到店里,发现她的问题。就是那个纽扣品种虽然很多,但是款式都已经严重落后了,我把自己卖纽扣的经验告诉给哥哥、嫂子听。

主持人:说明你真的是属于纽扣的。

章华妹:对啊,嫂子就叫我回来,还是觉得做纽扣更适合我。

主持人:重新回到温州之后,章华妹和丈夫先接手了哥哥的店,先是“舍近求远”,去广州、汕头和顺德等地进了许多新款纽扣。接着,她主动跟过去的老客户联系,廉价把过时的纽扣卖出去。然后,她还订阅了大量的时尚杂志,以便顺应潮流。对做纽扣生意轻车熟路的章华妹,很快就将店里的生意打点得井井有条。接着章华妹又做出了一个大胆的选择:把这家已经上了轨道的纽扣店“还”给哥哥和嫂子,自己再重新开一家纽扣店。章总，当时是怎么想到做这样的决定的呢？

章华妹：那个时候做纽扣的人很多了，在品种和价格上几乎没有区别，客户去了其中一家，就不必去另一家。那时我觉得应该缩小经营范围，开出我自己有特色的纽扣店。女士时装的纽扣好看也好卖，我就让给哥哥和嫂子去做，我自己重新开了一个男式专卖店。这样一来，两个店还可以互相宣传，生意比以前做得更好了。

主持人：别看纽扣小，其实还是大有生意经的。

章华妹：对的，竞争还是很激烈的。那个时候大家卖的产品几乎是差不多。有一次我去北京看到一位老外，西装纽扣特别漂亮，就站在他前面，我说我想叫他给我一个，他笑了笑，后来他把他的预备扣摘下来送给我，我非常高兴。回到温州，这颗纽扣打样出来后，效果非常好，生意特别好。

主持人：这一路风风雨雨地走过来，现在纽扣的生意做得怎么样？

章华妹：1997 年成立了“华妹服装辅料有限公司”，公司员工有七八个，我们还建立了一个自己的生产基地，工人也有几百个。

主持人：其实同样做一件事情，用心的人和不用心的还是有很大区别的，我想这也是您能在纽扣这一行业做几十年的原因，其实这特别不容易。熟门熟路地做了这么多年，那么现在对你来说做纽扣应该没有什么困难了吧？

章华妹：对，这几年来不管什么生意没什么困难。这几年我们还做微商，但基本上说，还是依靠我自己的专业素质和服务质量。从环境上看，我们现在市场比较稳定，不管是个体工商户还是私营企业。我们的社会地位是越来越高。同时国家对我们私营企业政策、力度也是不断地加大，也是给我们很大的帮助。

【宣二】“拿到执照的时候根本没想到会成为中国第一个”；“生意一做三十多年真不容易，还是诚信最重要”；“现在环境更好了，生意会更加好”——章华妹，中国第一位个体工商户，正在讲述她的荣耀和变迁。请关注温州交通广播官方微信 WZFM1039，温州交广 APP 参与节目，分享一代温州人的经历。

主持人：好的，欢迎各位回来。和你聊这么多，真的觉得那一代的温州人好多都是这么过来的，不单单是你，起起伏伏，不断折腾。

章华妹：嗯，是的，是的。

主持人：在我们的听众里，有好多人对你所讲的有很多共鸣，我们一起来看看。这位取名“鹿城往事”的听友说，章总的经历一下子让人想起温州的这几十年，真心不容易。这应该是位有点年纪的听友。

还有一位听友叫“从温州到匈牙利”，问章总：“全国第一位个体户的名声到底给你带来了什么？”这个问题其实我们也很感兴趣啊，你是从什么时候开始知道自己是“全国第一”的？

章华妹:当时我并不知道。2004 年,电视台过来,寻找全国第一个个体户。那时候他们在我们温州工商所找到了一张编号是 0101 的营业执照,通过当地的派出所找到我娘家,后来才联系到我。

主持人:认定了你是全国第一后,各种荣誉就来了吧?

章华妹:对的,对的。我觉得我特别荣幸,代表更多的那时候的温州人。

主持人:这个荣誉有没有给你带来实质性的变化或者说好处呢?

章华妹:刚开始一下子还适应不过来,你们大家不要叫我老板娘了。

主持人:因为你有名了。

章华妹:我说你叫我名字,我听了最舒服。

主持人:嗯,其实这个品牌还是非常不错的。

章华妹:是啊,这次全国先进个体工商户代表大会之后,李克强总理充分肯定了我们个体户、商业户和私营企业的作用,我觉得应该把我这块招牌好好地利用。

主持人:嗯,金字招牌。是啊,这次总理强调,党和国家将一如既往关心、爱护个体工商户等私营经济,一定会给大家创造更好的发展环境。持续推进的商事制度改革和近期出台的《关于完善产权制度依法保护产权的意见》等制度建设进一步激发了市场活力和创造力,催生了个体工商户的新一轮"井喷式增长"。有数据显示,全国每天新登记个体工商户 2.5 万户。如果加上新登记企业,每年新增市场主体超过 4 万户。这一新现象也引起了很多专家学者的关注。我们来听听长期关注国内私营企业发展的经济学家马津龙先生对温州个体工商户成长历程和新背景下个体工商户作用的看法。我们一起来听听。

马津龙:全国第一个个体工商户落户温州绝不是偶然,之所以松台街道当时给个体工商户登记,不是有一个章华妹给她登记的,已经有大量的人存在才给她登记的。因为大量的存在才会出现一种突破,形成一种气候,从而带动了全国个体工商户发展大潮,所以这个必然就是说,在有民营化率先创新,大量出现个体工商户、家庭作坊这个条件下,才会出来章华妹这样一个象征性的人物。

章华妹从个体工商户发展到现在的中等企业,她的创业历程是温州广大个体工商户成长的一个缩影。同时也说明温州的传统行业也是可以转型升级、发展壮大的。当然,章华妹现在的企业并不是温州最大规模的企业,这有很多主客观因素。大企业也是从小企业、中型企业成长起来的,温州已经形成一批不同梯队、在全国具有较强竞争力的传统企业,温州优势传统产业仍具强大的生命力和广阔的发展空间。当前,温州正着力推进"四大转型",努力构建"四位一体"的现代经济体系。

主持人:马老师的看法还是很让人振奋的,对温州的个体工商户都是个巨大的鼓舞。

章华妹：是啊，当年在路边摆摊、大声大叫地卖，“个体户”并不是个光彩的职业。而现在，当老板、创业已经成为越来越多年轻人的第一选择。尤其是我们温州新一代人，像我儿子刚刚创业，我相信他们还有更好的机会。

主持人：是啊，我们相信包括个体工商户在内的民营经济将迎来更好的时代。李克强总理在接见全国优秀个体工商户代表时表示，要牢牢坚持“两个毫不动摇”：必须毫不动摇巩固和发展公有制经济，必须毫不动摇鼓励、支持、引导非公有制经济发展。要让个体工商户和其他所有制企业一起“比翼齐飞”！

我们今天的节目就以这句话作为结束语，谢谢大家的收听，谢谢章总，听众朋友再见！

单位：温州广播电视传媒集团交通频率

作者：张敦敏、陈永松、胡倩、李夏珍

以访问功力挖掘新闻人物的历史典型性

——广播新闻访谈《全国第一位个体工商户的荣耀和变迁

——访全国先进个体工商户代表章华妹》评析

杨佳昊　吴生华

由温州广电传媒集团交通频率采制的新闻访谈作品《全国第一位个体工商户的荣耀和变迁——访全国先进个体工商户代表章华妹》采访精细，制作精良，分别获得了2016年度浙江新闻奖、浙江省广播电视新闻奖和温州新闻奖的广播新闻访谈二等奖。这一访谈作品的成功，可以用四句话加以概括：主播嘉宾交流活泼，采访录音锦上添花，编辑节奏张弛有度，片花音乐配合有力。

浙江省新闻出版广电局、浙江省新闻工作者协会、浙江省广播电影电视学会印发的《关于开展2016年度浙江新闻奖（广播电视部分）和浙江省广播电视新闻奖评选工作的通知》（浙新广发〔2017〕22号）对于广播电视新闻访谈节目明确界定为：“主持人与嘉宾就公众关注的新闻人物、新闻事件和热点话题进行讨论的谈话节目和新闻人物访谈节目，要求主持人与嘉宾现场交流谈话占整个节目时长不少于2/3，节目总时长不超过1小时。”这一界定明确了对题材的新闻性、故事性和主持人提问能力的考量要求。而广播新闻访谈《全国第一位个体工商户的荣耀和变迁——访全国先进个体工商户代表章华妹》的主要优势则在于所访问新闻人物的鲜活性，既有最新的新闻由头，又有人物经历的历史跨度，作品以主持人深厚的访问功力挖掘了新闻人物的历史典型性。

一、价值重大

拥有重大新闻价值的人物可遇而不可求，一些人物经历丰富，故事生动，但往往缺乏一个足以引起关注的新闻由头。比如有着“全国第一位个体工商户”身份的章华妹，自 1980 年 12 月 11 日拿到全国第一张个体工商户营业执照至今 37 年，似乎哪一年都可以去采访，但哪一年都没有 2016 年她受到总理接见这一由头价值重大。12 月5 日，李克强总理会见全国先进个体工商户代表，其中就有章华妹的身影，总理与章华妹亲切握手，勉励全国个体工商户积极投身创业创新。这一新闻访谈时空跨度大，时效性强，在“大众创业、万众创新”的时代背景下，“25 年来国务院总理首次会见全国先进个体工商户代表”的新闻由头有效激发了章华妹作为“全国第一位个体工商户”身份的新闻价值。在访谈过程中，听众通过微信、APP 客户端参与节目互动，说章华妹就是敢为人先、百折不挠的温州人的缩影，为温州传统产业转型发展树立了信心。可以说，节目紧紧把握时代脉搏，人物代表性强，访谈层次分明，语言生动活泼，可听性强，在“两创”大背景下，具有强烈的现实意义。

二、策划出彩

题材的把握需要精细的策划，而时效与访谈深度的兼得，更需要富有预见性的提前介入、提前策划。据悉，全国第一位个体工商户章华妹代表全国先进个体工商户进京接受表彰之前，温州交通广播就进行了认真的策划，并安排记者多次采访章华妹。12 月 5 日会议当天，章华妹第一时间把接受李克强总理接见的感受兴奋地告诉了记者，记者再三邀请章华妹次日一回到温州，就来电台接受访谈。与此同时，记者还根据策划，提前采访了 37 年前为章华妹颁发执照的工作人员——当年的温州市工商局个体经济管理科科长陈寿铸，以及长期关注国内私营企业发展的温州本土经济学者马津龙。这两位“场外嘉宾”，一位以讲述鲜活地还原了历史，一位以分析精辟地评点了历史，既增强了访谈对历史事实的挖掘性，也深化了访谈的深度。因此，在章华妹回到温州下飞机前，直播间里面已是万事俱备，只待“东风”。而章华妹一下飞机，就被记者接到直播室，更是体现了“第一时间”。精细的策划为访谈的出彩打下了扎实的基础。

三、访谈生动

新闻访谈最主要考量的就是主持人或记者的提问功力，面对几位嘉宾，既访又谈，全凭“一张嘴”。而广播中，面对仅此一位的嘉宾，一问一答之间，能否开掘出鲜活的人物经历故事并留下思考，尤显访问水平高低。这一访谈节目一开始由最新由头引入，首先趁着新鲜劲请章华妹详细讲述了就在昨日的总理接见场景，接着主持人追溯到历史上全国第一张个体工商户营业执照，章华妹从父亲鼓励她申领营业执照讲起，回顾了自己一路走来发家致富的历史。之后主持人和章华妹又谈到了拿到执照再次复出之后面临的问题，经过了皮鞋生意失败，再次几乎身无分文的章华妹选择了举家迁往天津，重新开始。除了主持人的问题事先准备充分之外，在和嘉宾的互动交谈过程中，主持人的随时插话交流不仅显得自然、亲切，更恰到好处地启发了嘉宾的思路，串接过渡话语承上启下，衔接紧凑，保证了节目整体的完整性。

四、制作精细

由于前期策划充分，这一节目的制作也十分精良。首先是访谈过程中片花的穿插使用。为了起到总领和间隔的作用，这一访谈节目一共制作了三个宣传片花。宣传片花一"她是中国第一位个体工商户；她坚持实业 37 年，几度跌倒再爬起，初心不改；她刚刚受到李克强总理接见，载誉归来。温州交通广播特别节目：章华妹，全国第一位个体工商户的荣耀和变迁"被用在开头，总起主持人的开场。而宣传片二则主要起到穿插转变话题和提示听众参与的作用："'拿到执照的时候根本没想到会成为中国第一个''生意一做三十多年真不容易，还是诚信最重要''现在环境更好了，生意会更加好'——章华妹，中国第一位个体工商户，正在讲述她的荣耀和变迁。请关注温州交通广播官方微信 WZFM1039，温州交广 APP 参与节目，分享一代温州人的经历。"宣传片花三则十分简洁："温州交通广播特别节目：章华妹，全国第一位个体工商户的荣耀和变迁，欢迎继续收听，"纯粹起到间隔的作用。三个宣传片化穿插使用，较好地构建了访谈推进的节奏。其次是访谈推进中"场外嘉宾"的设置，特别是温州本土经济学家马津龙的分析点评录音，从一位章华妹，谈到万千位温州的创业者，起到了较好的深化主题的作用。最后是适度的互动，网友的提问同样体现了非常好的事实挖掘性。比如听友"从温州到匈牙利"向章华妹提出的两个问题就非常好："全国第一位个体户的名声到底给你带来了什么……你是从什么时候开始知道自己是'全国第一'的?"而章华妹的回答揭示了又一段鲜为人知的历史插曲："2004 年，电视台过来，寻找全国第一个个体户。那时候他们在我们温州工商所找到了一张编号是 0101 的营业执照，通过当地的派出所找到我娘家……"就这一节目的整体来看，访谈段落层次分隔清晰，片花制作精致动听，人物故事有可听性，整体编排上也有较好的节奏感，让一档近 20 分钟的访谈，有了令听众兴致盎然听完的吸引力。

广播连续报道

台风暴雨冲毁国宝廊桥　泰顺掀起“全民救桥”行动

第一篇《台风暴雨引发洪水　温州一天痛失三座“国宝级”廊桥》

主持人：台风“莫兰蒂”带来的持续狂风暴雨重创我市南部地区。今天，泰顺县境内的三座“国宝级”廊桥先后被洪水冲毁。

（现场音压混）

上午 10 点 35 分，泰顺境内狂风肆虐，暴雨如注。持续的降雨使得当地多条溪流水位暴涨。泰顺县三魁镇薛宅村村民薛仕任：

【出录音】“我都 42 岁了，我从来都没碰到这么大的水过。”

11 点 45 分，一股急流带着巨大的冲力，向三魁镇境内的薛宅桥袭来，瞬间这座有着 500 多年历史的古廊桥被冲得支离破碎。家住薛宅桥旁的村民薛益明目睹了这一切：

【出录音】“看着洪水，看廊桥冲毁掉，这个五六百年的东西（古迹）冲毁掉，太可惜了！”

就在薛宅桥被冲毁的同时，泰顺县筱村镇另两座古廊桥文重桥和文兴桥也相继被洪水冲毁。两个小时内连失三座“国宝级”廊桥，引起了各方关注和重视。下午 2 点 30 分左右，泰顺有关部门快速反应，发布了《关于收集被毁廊桥木构件的紧急通告》。泰顺县非物质文化遗产保护中心主任季海波：

【出录音】“我们在第一时间就是确定下来的这些木构件，在一些回水湾当中马上就有信息回来，因为原先兵分三路下去的人，立即就开展了这些木构件的采集。所有的这些木构件越多，我们这个桥本体的文物性就越多。”

截至记者发稿时，被冲毁的薛宅桥的部分主体构件已被找回，而文兴桥与文重桥的主体构件还在搜寻中。

第二篇《损毁廊桥大部分木构件已找到　修复工作提上日程》

主持人:前天本台对泰顺三座“国宝级”廊桥被暴雨山洪冲毁进行了报道。三天来,一场民间与政府协同参与的文物抢救战正在打响。记者今天从泰顺文物部门获悉,短短三天时间,三座廊桥的主要木构件被基本找回。

【记者现场口述】“我现在是在泰顺县三魁镇薛宅村,也就是被冲垮的薛宅桥附近一个闲置的厂房里面。这里面现在已经放置了不少的廊桥木构件,而工人们也陆续将收集过来的木构件有序地放到这里,以便于日后的修复工作。”

今年78岁的薛世云老人是泰顺县三魁镇薛宅村的村民,三年前,他主动承包了薛宅桥的日常保洁工作。对于这座他走了几十年的廊桥,薛世云的熟悉程度非常人能及。

【出录音】“这两条就(是)第一层,桥上面第一层。只用手摸一下,我就知道这木头是我们桥的木头。”

本月15号中午,薛宅桥被洪水冲毁,得知这个消息,薛世云坐不住了,洪水退去后,他立即出发,沿着溪流寻找被冲散的廊桥木构件。

【出录音】“连早上去车(拉)回来的话大概有80多条了。(都是你找到的?)都是我找到的。”

此次同样受灾的还有筱村镇的文重桥和文兴桥。位于筱村镇东洋村的文重桥始建于清乾隆十年,最近一次修复是在1921年。牵头修复重建的正是村民林建华的爷爷,因此一家子对这座廊桥有着别样的情感。桥被冲毁的当天下午,雨势稍小些,林建华就出门开始寻找木构件。三天来,他踏遍了周围数公里河段,双脚都起了水泡,只为找到更多的木构件。泰顺县筱村镇东洋村村民林建华:

【出录音】“重建的话,也一定要按照原来的那个样子建,这才有历史价值,有意义。所以说必须要想办法尽量把它找回来。”

古廊桥抢修工作也牵动着温州全城人的心。谢炳超是新世纪发展集团董事长,也是最早发出“捐款助力重建廊桥”倡议的温商之一。15号下午,泰顺发生灾情后他就第一时间在微信上发出倡议,并建了一个“重建泰顺廊桥倡议群”,而他也带头认捐10万元。

【出录音】“好多人说那我除了捐钱还能不能给重建廊桥做点贡献,包括有个设计院的院长,他说:那好啊,我就给它免费设计吧。其他人也说:那好啊,我会做策划,我去做义工什么的。各种各样的人都有。”

谢炳超将微信接龙认捐的消息发出后,得到了很多温商的支持,大家你1000元,我5000元,他10000元,一时间,微信群汇集成了爱心的海洋,各种认捐信息纷至沓来。据不完全统计,此次温州民间为重建泰顺廊桥接龙认捐的金额超过200万元,认捐人数近200人。

第三篇《泰顺损毁廊桥修复工作今天启动》

主持人:随着泰顺县三座被冲毁廊桥大部分木构件被陆续找回,廊桥的修复和重建工作何时启动成为大家关注的焦点。记者从泰顺县文广新局了解到,三座国宝廊桥的修复工作已于今天正式启动,并已委托浙江省古建筑设计研究院制定修复立项方案。

中午11点多,记者来到泰顺三魁镇薛宅桥所在地,此时,泰顺县文广新局非遗保护中心主任季海波正和当地村民一起将收集过来的木构件进行分类放置。从9月15号开始,季海波每天都要到这一带,和打捞廊桥木构件的村民联系,同时保护好薛宅桥原址现场。

【出录音】"随后的工作将会对这些木构件进行一一地鉴别,就是这个木料原先在桥梁的哪个位置,这样子就会对接下来的修复工作能够提供更准确的数据,包括这些梁木之间的这些结构。"

季海波告诉记者,根据相关规定,在具备原构件的情况下可以开展文物修复工作,而不是重建。修复的意义在于可以延续古迹的历史,而重建的建造年代只能重新计算。以薛宅桥为例,此次修复后,它的历史就不至于中断,可以上溯到明正德七年。

【出录音】"所有这些料还是以前的,那么我们只是把它按照桥的原先的结构进行组装,那么我们拥有的桥梁所有的这些数据,那也有这个技术,还有这些构件,那么这个作为修复的时候,条件就非常充足。"

记者了解到,这三座古廊桥始建或重建于明清年间,当时没有什么图纸留下来,但近十多年来,泰顺不论是官方还是民间对廊桥开展的研究活动都比较多,保留了大量的影像资料。另外,文物部门在做文物普查时,也保留下大量的详尽资料。泰顺县廊桥保护研究中心副主任庄通告诉记者,只要有了这些数据和影像图,廊桥的复原就不成问题。

【出录音】"然后接下去就是施工队,我们的传承人,还有我们的专业的文物修复的队伍一起共同去做这个事情,我们也想很快地把它恢复。"

这几天，国家文物局副局长宋新潮一行也来到泰顺，对三座被冲毁的廊桥进行了实地走访。宋新潮表示，国家文物局将对廊桥修复工程予以特事特办，在整合优化审批流程、及时组织专家论证等方面予以支持。与此同时，国家文物局也将给予泰顺三座廊桥200万元的修复启动资金。对于发生在泰顺的这场“全民救桥”行动，中国文化遗产研究院原总工程师侯卫东给予了点赞。

【出录音】“我觉得这个应该是作为今后提倡的一种公民的精神吧，而且这种东西对我们申遗也都是有帮助，申遗它(是)其中一个，它也关注村民公众或者周围老百姓对它的情感价值，这个东西也说明了它的价值的一种体现，所以很有意义。”

单位：温州广播电视传媒集团全媒体新闻中心

作者：汪伶俐、董倩倩、陈向阳、文志浩、吕呈力、徐文乐、方戈

突发新闻抓时效 连续报道追进展

——广播连续报道《台风暴雨冲毁国宝廊桥　泰顺掀起“全民救桥”行动》评析

杨佳昊　吴生华

由温州广电传媒集团全媒体中心采制的连续报道《台风暴雨冲毁国宝廊桥　泰顺掀起“全民救桥”行动》，分别获得了2016年度浙江新闻奖、浙江省广播电视新闻奖和温州市新闻奖广播连续(系列)报道二等奖。这一连续报道先后于2016年9月15日、17日和21日在温州广播新闻综合频率《温州新闻联播》中播出，体现了事件追踪性报道的时间跨度，有时间的“酝酿”和“发酵”以及事件的完整性，并较好地发挥了连续报道的推动作用。

一、抢抓突发新闻时效，灵活应变凸显专业素质

时效是新闻价值的重要因素，突发新闻尤其注重新闻时效。这一连续报道的首篇《台风暴雨引发洪水　温州一天痛失三座“国宝级”廊桥》就是记者在泰顺进行其他报道时，得知消息后迅速抢抓到的一条突发新闻。台风“莫兰蒂”重创温州，三座百年古廊桥被洪水冲毁，记者获知线索，马上感觉到了此事的重要性，第一时间联系上了当地的一些村民，及时了解文物廊桥被暴雨冲毁的相关情况，并且以最快速度拿到了由当地村民拍摄的廊桥被冲毁的震撼画面。台风暴雨稍有减弱，记者又立即赶到现场对木构件的收集情况进行采访。在此后一段时间内，记者持续关注着廊桥修复的后续进展，采集到大量素材，并及时播发了廊桥修复各阶段的工作进展情况。由于抢抓突发

新闻时效性优势明显，央视、央广、浙江卫视、浙江之声等媒体也都跟进关注了国宝廊桥的受损和修复。

二、强化事件现场报道，持续追踪体现层层推进

如果说首发报道体现的是时效的优势，那么紧盯现场的持续跟踪，则体现了记者的功力。台风“莫兰蒂”来袭，三座百年古廊桥被洪水冲毁，记者并没有停留在“冲毁”这一单一事实层面，而是持续跟踪着后续的发展。而更难能可贵的是，记者在持续追踪过程中对现场的紧盯和展示，使得连续报道体现了很好的进行时态。9月17日播出的连续报道第二篇《损毁廊桥大部分木构件已找到　修复工作提上日程》就是记者从廊桥木构件存放的地点发回的现场报道：“我现在是在泰顺县三魁镇薛宅村，也就是被冲垮的薛宅桥附近一个闲置的厂房里面。这里面现在已经放置了不少的廊桥木构件，而工人们也陆续将收集过来的木构件有序地放到这里，以便于日后的修复工作。”记者的现场口述强化了报道的现场感。而回顾持续跟踪的连续报道整体，从廊桥被冲毁时各方的反应切入，到冲毁后官方和民间共同寻找廊桥木构件，再到由于木构件寻回及时廊桥修复工作快速启动，体现了连续报道特有的跟进事件发展的层次性，时间脉络清晰，过程记录完整。

三、采访对象层次丰富，后续推进不断深化主题

细数这一连续报道中的采访对象，直接采访多达8人，间接采访1人，总计9人之多，层次丰富，涵盖多元。把麦克风交给大家，让各方都有话说，既符合新闻报道的客观性要求，又让整组报道“立起来、站得稳”。泰顺县三魁镇薛宅村村民薛仕任的采访录音：“我都42岁了，我从来都没碰到这么大的水过。”一句话道出了这次台风带来暴雨灾害的严重性。更重要的是，家住薛宅桥旁的村民薛益明目睹了洪水冲毁廊桥的一幕：“这个五六百年的东西（古迹）冲毁掉，太可惜了。”和廊桥有不解之缘的78岁老人薛世云和村民林建华，积极参与寻找被冲散的廊桥木构件，而记者几乎与两位采访对象同步寻找，并进行了大量采访。此外，泰顺县非物质文化遗产保护中心主任季海波、泰顺县廊桥保护研究中心副主任庄通，作为政府工作人员代表，对于廊桥的修复工作作了相关说明。而新世纪发展集团董事长、最早发出“捐款助力重建廊桥”倡议的温商谢炳超，作为社会力量的代表接受了采访：“好多人说那我除了捐钱还能不能给重建廊桥做点贡献，包括有个设计院的院长说：那好啊，我就给它免费设计吧。其他人也说：那好啊，我会做策划，我去做义工什么的。各种各样的人都有。”上述采访，很好地体现了温州人对国宝廊桥的深厚感情以及直接的反应和行动。唯一一位间接接受采访的国家文物局副局长宋新潮表示，国家文

物局将对廊桥修复工程予以特事特办。另外，中国文化遗产研究院原总工程师侯卫东在接受采访时表示，泰顺廊桥被冲毁的“插曲”，反而有可能成为“非遗”修复的样板。从文保部门发文到民间力量主动参与，越来越多被毁廊桥的木构件被找到，这不得不说是政府与民间力量整合带来的巨大能量，也一定程度上体现了媒体报道对救桥行动开展所起到的推动作用。

还值得一提的是，这一连续报道除了记者口述现场感较强之外，主播的播音状态也十分积极而饱满，播讲动情，富有感染力，为作品的获奖增添了加分因素。

重大主题报道

振兴实体经济，看温州突围之路

【编前】中央经济工作会议12月14号至16号在北京举行。习近平总书记在会上发表重要讲话。会议指出，2017年是实施“十三五”规划的重要一年，要坚持稳中求进，以深化供给侧结构性改革为主线，抓好去产能、去库存、去杠杆、降成本、补短板五大任务，全面做好稳增长、促改革、调结构、惠民生、防风险各项工作，促进经济平稳健康发展和社会和谐稳定。

中央经济工作会议之后，温州市委召开了全市领导干部会议，传达学习中央经济工作会议精神。会议强调，抓住机遇，稳中求进，乘势而上，加快推动高质量、均衡性发展。

作为中国市场经济的前沿地带，在经历2011年局部金融风波后，温州的经济问题也最先开始显现。站在不进即退的重大关口，温州痛定思痛，全市上下立足改革，处置金融风险，振兴实体经济，促进经济转型升级。

五年过去，温州经济企稳复苏，并进入加速快跑状态，成功摸索出了一条温州特色的“突围”路径。从今天起，本台推出系列报道——《振兴实体经济，看温州突围之路》，以具体企业为例，以权威数据说话，从政府、法院、银行、企业以及社会帮扶等多个层面着手，来聚焦温州经济的突围过程。

今天播出第一篇：《多方联动、多措并举，温州经济实现突围重新上路》。

【出片头：以五大任务为抓手，深化供给侧改革——“振兴实体经济，看温州突围之路”专题报道】

【主持人】在上一轮金融风波之后，温州经过5年的反省、拼搏，政府、银行、法院、企业等各方共同努力，通过企业金融风险处置、加速“僵尸企业”出清、持续投入实体经济、推进企业转型升级等一系列措施，终于走出困境，实现“突围”。最新数据显示，今年前三季度，温州经济增长速度达到8.3%，稳居全省第三，全市主要经济指标稳定增长。来听报道。

根据温州银监分局提供的最新数据，截至2016年11月末，我市银行业不良贷款率已降至2.99%，这也是2012年8月以来首次降至3%以内的历史低点。

受2008年国际金融危机影响，从2011年下半年开始，温州相继发生民间借贷风波、企业负责人跑路潮，并牵一发而动全身，进而传递至实体经济和金融机构。信贷资产泡沫化和企业两链风险高发，温州不良贷款余额和不良贷款率一度走高，从2011年

6月末的0.36%激增至2014年4月末的4%。温州市金融办主任张震宇：

【出录音】“(20)14年所有的指标都是达到了最高值，银行的不良(率)最高值，在法院的案件(数量)最高值，在公安的案件(数量)最高值，我们的经济，17个指标在全省都垫底，所以在(20)14年这段时间是温州市最难受的。”【录音止】

重重危机之下，温州政府痛定思痛，抽调市多个部门人员组成“金融风险处置办”，多措并举，降低杠杆、去除“不良”，帮扶困难企业、振兴实体经济。当时主抓金融工作的温州市委常委、市政府党组副书记朱忠明介绍：

【出录音】“我们建立这个(金融风险处置办)制度，就是能够促进我们政府、银行、法院、企业、部门、专家等多层面的(力量)，把这些力量整合起来，形成多元的纠纷解决机制，推进银行不良贷款的化解，更好地搭起银企互动平台，支持中小企业推动转型发展，促进实体经济的发展。”【录音止】

今年来，温州银行业企稳迹象更加明显。温州银监分局局长赵秀乐透露，温州银行业不良贷款运行呈现“额率持续双降、处置提速增效、新增趋缓趋慢”特征。统计数据显示：截至11月末，全市银行业不良贷款余额239.43亿元，比年初减少52.02亿元，同比少增61.55亿元；不良贷款率2.99%，较年初下降0.82个百分点，已连续7个月实现“双降”。同时，不良贷款处置力度进一步加大，基本扭转了不良贷款余额边处置边增加的态势，处置速度略快于新发生速度。赵秀乐：

【出录音】“(我们)对不良贷款的处置，现在思想也非常统一，行动也非常积极，也是创新了不少的处置的渠道，所以呢，处置效果应该说也是非常明显的，从我们最高点到现在我们‘双降’。”【录音止】

在降杠杆、去“不良”的过程中，温州还走出了一条依法破产的道路。温州市中级人民法院统计显示：从2013年初到今年11月末，温州市法院共受理破产案件892件，审结631件，受理和结案比例都占全省的一半左右；全市法院盘活土地2191.98亩、厂房127.17万平方米，安置企业职工1万多人，清理企业债权债务166.79亿元，化解不良资产109.26亿元。温州市中级人民法院院长徐建新：

【出录音】“推进企业破产审判，也就是申请破产的企业里面，假如说它这个企业是经营状况很好的，或者是属于高新科技产业，只是呢，由于暂时的资金链断裂困难，它经营难以为继。但是如果你有钱投进去，有资金注入的话，有血液的话，它就会复活，而且活得很好，那么这种我们就不是给它破产清算，就给它破产重整，也就是进行包装以后引进战略投资人，然后把企业救活。”【录音止】

借国务院实施金融综合改革的便利，温州市政府通过创新出台一系列企业金融风险处置、企业转型升级的政策和措施，使得区域经济重新焕发活力，温州经济从“谷底”上升的势头不减。记者从全市第三季度经济形势分析报告会上了解到，今年前三季度，温州经济增长速度达到8.3%，稳居全省第三，全市主要经济指标稳定增长，GDP增速逐季回升。

【出记者口播】“记者从会上了解到，温州今年一季度GDP增长7.6%，上半年为8.2%，三季度为8.3%，均居全省第三位。五大传统产业全面企稳回升，全市规模以上工业增加值呈现逐月回升态势。服务业撑起了GDP的半壁江山，其中，房地产、旅游、消费领域、现代金融发展势头迅猛。”【记者口播止】

温州市金融风险处置办副主任张震宇介绍，经过五年的苦痛、挣扎、反省、拼搏，如今，温州经济已经走出困境，重新上路。

【出录音】“改革的最艰难的硬骨头我们基本上把它啃过来了。我有信心，就是说到(20)17年，我们的不良率肯定会在平均线下面，然后企业基本上走出了困境，我们的经济基本上是恢复到了一个常态化，到(20)18年，我想，处置办就基本上可以完成任务了。”【录音止】

（第一篇完）

【出片头：以五大任务为抓手，深化供给侧改革——“振兴实体经济，看温州突围之路”专题报道】

【主持人】今年的中央经济工作会议明确提出，在推进“去产能”工作方面，要抓住处置“僵尸企业”这个牛鼻子，创造条件推动企业兼并重组，以防止已经化解的过剩产能死灰复燃。

在温州，五年前的那场金融风波就给当地产生了数百家“僵尸企业”。由于这些“僵尸企业”既占用资源，又会产生大量信用垃圾，无形中还增加了区域金融风险，引发了社会的信用危机。危机之下，温州冲破阻力，推动“僵尸企业”进入破产审判程序，通过破产重整、破产清算等方式，妥善处置了500多家因民间借贷危机而产生的“僵尸企业”，探索出了清理“僵尸企业”的“温州样本”。

来听系列报道《振兴实体经济，看温州突围之路》第二篇：《温州冲破阻力，先行先试，以破产程序让“僵尸企业”破茧重生》。

金融风波袭击温州之后，一些企业因资金链中断而陷入困境，停产，歇业，难以为继，这些企业被市场称为“僵尸企业”。温州中城建设集团有限公司曾经就是这么一家“僵尸企业”。

作为温州建筑行业曾经的龙头、资产总额超36亿的全国500强企业，中城集团在金融风波之后却陷入了互保链泥潭，再加上投资失败导致资金链断裂，负债高达18亿元，成为了一家名副其实的“僵尸企业”。2014年5月，中城集团向法院申请破产。当时经办该破产案的瓯海人民法院法官郑拓回忆说：

【出录音】“当时这个企业的状况实际上是非常危险的。对外来说，它当时有78个在建工程在做的，如果在建工程停工或者停掉的话，那么带来的后续问题，质量问题、工程交付的期限问题……单单农民工的数量就达到近3万，那如果涉及购房户的话可能更多啦。对内而言的话，公司是停摆的，没有运作，总公司里面70多个员工基本上都没有怎么上班了。"【录音止】

面对这样一个牵涉全国近百个工地、数万人群的破产案件，法院发现，中城集团本身可供清偿的资产几乎为零，但考虑到企业拥有"建筑总承包特级资质"这一稀缺资源和数十亿元的工地合同，各方一致决定采用破产重整的方式，"让市场说了算"，实现企业重生。瓯海人民法院法官郑拓：

【出录音】"如果重整的话，我这个所有的施工合同继续履行，那么所有的工地能够平稳过渡；而农民工可以继续拿到工资，他可以继续保有工作；购房户呢，他可以按时拿到房子。它是特级资质的企业，建筑行业的特级资质在我们国内仍然属于稀缺资源，我把这个(公司)股权拍卖之后，无形中给所有债权(人)增加了一个可供分配的资产。"【录音止】

经过9个月的努力，中城集团重整计划获得债权人一致同意：保留原公司核心资产，并将不良资产整体剥离平移到子公司。由此，中城集团18亿债务中所涉及的担保债权、职工债权、税收债权获得100%的清偿，普通债权的清偿率也从0上升到了5.45%，最大限度地保护了债权人利益。瓯海人民法院副院长叶建平：

【出录音】"许多无形资产，包括未履行完毕的合同与主体不可分离，所以说把优质资源留在公司，把原来的其他的不良资产债务加以整体性平移，留下的一个是干净的、完整的、有效的资源。对公司原有的价值是最大化地加以利用，并且呢，对各方利益没有任何的损害。"【录音止】

剥离不良资产后的中城集团从"烂摊子"变成了"香饽饽"。新的战略投资人、现任中城集团董事长汪一新以5800万元收购了该公司股权。目前，这个行业龙头企业正继续有条不紊地运转着，不仅温州唯一的建设集团500强特级资质得以保存，公司员工也避免了丢饭碗的风险，公司年纳税总额接近3000万元。

中城集团破产重整的故事，是温州民营经济这些年的兴衰起伏的一个缩影，同时也折射出温州市政府和温州两级法院在出清"僵尸企业"、拯救实体经济方面的决心和突破。

为了让破产审判工作提质提效，最快速度出清"僵尸企业"，最大限度地利用企业优质资产，温州各级法院纷纷设立金融审判庭、破产审判庭，并创新建立府院联席会议制度，协调解决法院在审理破产案件中所遇到的问题。

随着破产路上的"拦路虎"逐渐被扫清，温州的"破产"申请也开始逐渐增多。据统计，仅2013年至2015年，温州两级法院共受理破产案件554件，占全省43.79%。今年1—11月，温州法院受理数已经达到338件。而在上一个5年里，全市法院共受理破产案件数只有51件。

如今面对破产，温州政府、企业界不再讳莫如深，而是逐渐接受了这一依法依规的企业消亡方式。“跳楼跑路不如破产保护”的观念已经成为温州企业的基本认识。瓯海人民法院法官郑拓对此深有感触：

【出录音】“通过破产审判这个角度，及时为这个市场进行出清，然后让这个风险及时得到化解，为接下来新的企业的诞生打好一个良好的基础。我办理其他破产案件当中，处理了很多的土地，那么通过这种破产的方式，让这些土地作为一个重要的生产资料得到再解放的话，实际上是创造了更多的社会价值。”【录音止】

（第二篇完）

【出片头：以五大任务为抓手，深化供给侧改革——“振兴实体经济，看温州突围之路”专题报道】

【主持人】今年的中央经济工作会议提出，要把防控金融风险放到更加重要的位置，确保不发生系统性金融风险。而防范可能发生的金融风险的关键，就在于降低企业杠杆率，也就是降低企业负债率。近5年来，温州利用国家金融综合改革试验区的政策优势，创新化解机制，把处置企业金融风险作为“突围”资金链、担保链风险的重点，政府、银行、企业三方联动，通过一系列措施，稳住了经济金融基本面。

来听系列报道《振兴实体经济，看温州突围之路》第三篇：《政银企一条心，多方联动割“两链”，温州企业在化解风险中重生》。

赵崇快是温州苍南县一家塑业公司的老板，记者见到他的时候，他正和一名来自也门的顾客见面，讨论自己企业的产品进军国外市场的计划：

【出现场音】“（赵）现在我们这个设备啊刚刚更新过，所以这个战斗力比以前要强很多啊。（客）非常、非常满意，非常好。”【现场音止】

现在，赵崇快公司的订单已经排到了明年上半年。在这之前，这个厂房是属于赵崇快的老东家——华正集团。这家有着30多年历史的企业，一直从事塑编产品生产，几年前置巨资在外地尝试进入新能源行业，最终却以失败告终，企业也因此难以为继。作为苍南县的纳税大户，华正的状况引起了中国银行苍南县支行行长黄向阳的注意：

【出录音】“一个呢，用电量下降，（从）实体经济（角度）来讲，用电量下降它就是产能在下降。第二，税收在下降。”【录音止】

作为银行的大客户，华正集团仅在中国银行苍南县支行就有近8000万元贷款。华正集团资金链断裂，也将风险蔓延到金融机构。在金融机构摸爬滚打了30多年的黄向阳感受到了前所未有的寒意。

而华正集团的例子正是当年温州金融风波的一个缩影。2011年下半年，温州信贷资产泡沫化和企业两链风险高发。温州市中级人民法院院长徐建新：

【出录音】“银根紧缩，政策也变了，就民间资金链断裂。”

中国银监会温州监管分局局长周青冥：

【出录音】“企业过度融资、盲目扩张，银行多头授信、过度授信。”

重重危机之下，去杠杆，也就是降低企业负债率，无疑成为温州经济健康持续发展的关键。温州市金融办主任张震宇：

【出录音】“我们不能完全地市场化。企业要担当一点，你不能跑路；银行要让一点，不能在关键时刻，晴天你送伞，下雨天就收伞，那企业受不了；政府呢，我们一定要出手帮一点。”【录音止】

2014 年开始，温州确定了风险企业分类处置的原则，以企业资产负债抵生产经营状况和企业信用度为标准，将企业划分为保护、帮扶、破产、逃废债四种，分别予以扶持、协调、处置与打击。中国银行苍南县支行行长黄向阳：

【出录音】“县政府第一批制定的全县的重点企业的帮扶名单以及帮扶政策，它（华正集团）是其中之一，这个企业还是能救的。企业的资产跟负债是相匹配的，它并不是资不抵债。”【录音止】

“救企业”并不是简单的一句话，实际上华正集团在银行的近 8000 万贷款的抵押物是其名下近 100 亩的土地及其附属的几间厂房。按照最常规也是最简单的做法，就是银行直接将这片土地当做不良资产进行处置，从中介部门的评估结果来看，处置金额用来归还这笔贷款已经绰绰有余，但是，现实却是残酷的。中国银行苍南县支行行长黄向阳：

【出录音】“一个将近 100 亩的土地，在经济下行的情况下，你这土地要处置的话，你怎么处置，有人买吗？不大可能有人买。”【录音止】

这样的操作，对这家危在旦夕的企业来说，很可能是压垮它的最后一根稻草，而其他的债权人也可能会颗粒无收。经过法院以及多方的协调决定，温州华正集团将近 100 亩的土地及其附属的几间厂房平移给四家原华正集团股东成立的新公司，同时将债务根据土地的大小情况进行分配。这无疑是一个让政府、银行、企业都满意的解决之道。但是黄向阳心里明白，这个方案还面临着外部的一个重大风险：

【出录音】“华正集团它还牵涉到外地的一些诉讼的问题，而外地法院我不知道它会不会到我苍南来，把它的资产冻结。所以我们找了一个时间点，是我们能够操作顺利的时间点。”【录音止】

黄向阳说的时间点就是今年 7 月 24 号下午 4 点 45 分。接下来是周末，意味着外地法院至少有两天时间不会到温州查封，给了他们足够的时间。黄向阳给上级——中国银行温州市分行行长吴刚打去了电话：

【出录音】“（黄）我打个电话给他，我说总攻可以开始了。4点45分，我通知了法院的执行局，进行解封。（时钟声效）5点15分通知了国土局进场，对它的抵押登记的注销以及土地证的社会分割……”（压混）

作为原华正集团股东，赵崇快的新公司接收了老东家的部分土地、厂房，随之平移过来的1000多万的债务也通过债转股的形式进行了化解。赵崇快：

【出录音】“（晚上）9点半左右，我们那个（土地）证办好了，大家看到这个证，心情非常激动，（感觉）企业是新的一次生命。”【录音止】

丢掉了债务包袱后，现在，赵崇快引进了不少新设备，进行了产品的更新换代。而不仅是赵崇快的公司，其他几家新公司也已陆续开工，盘活了这片差点成为银行不良资产的土地。

稳健而务实地服务实体经济，已经成为温州银行业的共识。中国银行温州市分行行长吴刚：

【出录音】“作为政府，它也能够有效地看到，企业正常运转，不至于大量的员工下岗等等，应该讲这是一个多赢的方案，也是最优的方案，但是整个处置过程当中，确实需要政府也好，银行也好，都要很多的担当。”【录音止】

（第三篇完）

【出片头：以五大任务为抓手，深化供给侧改革——“振兴实体经济，看温州突围之路”专题报道】

【主持人】今年中央经济工作会议提出，要引导企业发扬“工匠精神”，加强品牌建设，培育更多“百年老店”，增强产品竞争力。

说到品牌，“初旭食品”在温州乃至浙江都可以说是一个家喻户晓的老品牌。近日在杭州落幕的2016浙江省农博会上，温州农产品销售额超过千万，而“初旭食品”单个品牌的销售额就占到了总数的十分之一，成绩相当亮眼。不过，就在一年前，“初旭食品”还处于一个老板失联、负债累累、门店全部歇业的状态。但在社会联动帮扶下，“初旭”这个老品牌在短短三个月的时间里，再次恢复了生机，重新杀回了市场。

继续来听系列报道《振兴实体经济，看温州突围之路》第四篇：《社会各方联动帮扶，温州“初旭鸭舌”重出江湖》。

杭州市民计先生是温州“初旭食品”的忠实客户，每年他都会托朋友从温州寄些初旭鸭舌作为年货，然后慢慢品尝。他告诉记者，之前听说“初旭”关门了觉得挺可惜，没想到在这次的省农博会上又看到了，就赶紧过来买了一些。

【出录音】“传说老板跑路了，我们觉得是很可惜的，它在温州也是有一定的牌子，有一定知名度的。”【录音止】

温州历来有“无舌不成宴”的说法，而一说到鸭舌，温州人首先想到的就是初旭！

位于温州龙湾区蒲东后路5号的温州市初旭食品有限公司(下称初旭食品)成立于2003年,是温州乃至全国知名的鸭舌制品加工企业。然而2015年11月24号上午,初旭食品的老板吴初旭夫妇突然失联,大批员工赶来讨要工资,公司也陷入了停产危机。

面对这突如其来的状况,龙湾区政府立即由一位副区长牵头组成工作组进驻企业,包括人力社保局、公安、街道、国税地税、市场监管等部门也立即启动了应急预案。

经有关部门调查,当时企业拖欠了员工3个半月多的工资,总计300多万元,涉及180多人。初旭食品员工:

【出录音】"现在就没有生产了,我们这里,有人(员工)在跟政府谈,政府呢说是把我们的工资打在(银行)卡上,工人们是要现金,现在就是没谈好。"【录音止】

进一步调查发现,初旭食品涉及的银行贷款就有一个多亿,还有几千万元的民间借贷,这些债权人也包括了吴初旭夫妇的亲戚朋友。但为了企业和社会稳定,亲戚朋友们率先站了出来,有钱出钱、有人出人,开展生产自救。

吴初旭好友马永标说,"初旭食品"这个品牌建立来之不易,亲戚朋友对它都有着很深的感情。

【出录音】"初旭公司停产以后,我们作为亲朋好友,第一件事做的就是维稳,至今我们所欠的工资全部发放掉了。第二个,债权人,我们总共集资了四五百万左右,全部用于生产。而且我们的专卖店陆续还在开着,对原来初旭公司所欠的消费卡,继续行使社会责任。"【录音止】

在大家的共同努力下,2015年12月15号,"初旭食品"重新开工生产。马永标介绍,重新开工的"初旭食品"每天生产的鸭舌近6吨,销售额20万元左右,而这样的生产规模远远不能满足市场需求。

【出录音】"我们尽管生产量很小,是我们以前的四分之一左右,但是生产秩序井然,工人也信心十足。我们现在所生产的产品供不应求,我们只要能生产多少,就能销售多少,现在好多经销商我们只能在面上满足,量上还不能满足他们的要求。目前原料也是充足的,关键是要增加一线的工人,产量就可以上去了。"【录音止】

与此同时,初旭的供货商、经销商们也都给予了许多支持。温州初旭食品南门店店员刘女士说,自门店重新开门营业后,每天的销售额都在逐渐增长。

【出录音】"我们生意很好的,下午忙都忙不过来。其他都一样,就是鸭舌原材料上涨了,就是(价格)稍微调了一点点。"【录音止】

而记者在采访中也发现,温州市民对"初旭"也是给予了非常大的信任。

【出录音】"我们只认味道,不管他这个老板(跑路)。反正味道还是可以的,我觉得我还是来这里买比较放心。"【录音止】

就在亲戚朋友、社会各方紧急出手相救的同时，温州政府部门也在多方联系吴初旭夫妇，做思想工作，动员他们回国。

【出飞机降落声——压混】

2016年1月14号晚，失联近两个月的吴初旭夫妇终于回到了温州。等候已久的民警在龙湾国际机场接到了刚下飞机的吴初旭夫妇。龙湾公安分局新闻发言人杨继划：

【出录音】"晚上10点左右，经香港转机回来。当地政府跟检方做了大量的工作，现在回来接受检方调查。"【录音止】

次日，吴初旭通过龙湾区委宣传部向公众发布一份声明书。他在声明书中解释，因为初旭公司资金链突然断裂，他一时畏难，做出了出走国外的暂缓之策，对社会公众造成伤害表示深深歉意。接下去他会重整债务，积极挽救公司，保障债权人权益。

吴初旭的回温，无疑为"初旭食品"东山再起带来了信心。吴初旭的妹妹吴晓燕说：

【出录音】"他回来肯定影响很大，我们说句实在话都是靠他的。（虽然）现在产量没有以前那么好，（但）量是供不应求的。在他的带领下产量起码是（现在）四五倍以上的，他是我们的核心人物。"【录音止】

吴晓燕表示，见过很多陷入困境的企业，但从没有哪家企业这么有凝聚力，在哥哥、嫂子失联后，亲戚、朋友、供货商、经销商、员工都聚在一起努力，用不到一个月的时间，就撑起了一家全新的初旭公司。可以说，"初旭食品"能够重新开始生产、销售，离不开社会各界人士的支持。

【出录音】"市民反映来说，初旭这么好的品牌倒下了太可惜了。我们也是亲属，我们也有感情的，我们也觉得应该要对他们负担起这个责任。（复活）这是靠大家力量，包括员工的，包括所有的市民，包括政府，包括这批朋友，包括经销商，所有人的关心关爱，我们才能站起来。"【录音止】

（第四篇完）

【出片头：以五大任务为抓手，深化供给侧改革——"振兴实体经济，看温州突围之路"专题报道】

【主持人】实体经济是经济发展的根基。今年的中央经济工作会议明确提出，要着力振兴实体经济，既要推动战略性新兴产业蓬勃发展，也要注重用新技术新业态全面改造提升传统产业。而在经历上一轮金融风波后，温州全力振兴实体经济，通过加大技改投入、打造服务平台、创新扶持政策等方面的持续发力，有力支撑传统产业转型升级，创新经济茁壮成长。如今，越来越多的温州资本开始向实体经济回流，全市"工业投资马车"也在加速快跑中。

请听系列报道《振兴实体经济，看温州突围之路》第五篇：《温州加快经济转型升级，全力振兴实体经济》

记者走进正泰新能源的智能工厂里时，一辆无人驾驶小车的机械手正精准地抓取原材料，送入全自动的生产线上，再经过激光刻码、自动包装等27道工序后，一块光伏组件板就完成了……

正泰新能源总裁陆川介绍，这是一个“会思考”的工厂。这样的智能工厂可以24小时全天候生产，全自动化工序，全程透明可控，为企业节约了大量人力成本。

【出录音】“（智能工厂）它是一个智能化的概念，我这个中央的控制系统会去分析，如果判断会出现质量问题了，它会提前预警。设备工程师（可以）提前去修正参数。”【录音止】

而作为智能工厂“大脑”的中央控制系统，是正泰在收购德国知名光伏企业后，吸收先进制造经验，自主研发打造的。

正泰集团始创于1984年，从低压电器起家，坚持实体经济，坚持科技创新，促进企业转型升级，如今已发展成我国新能源与电力能源设备制造领军企业。依托公司“全球化、并购整合、智能制造”三大发展战略，正泰成功研发了我国首台太阳能电池关键高端生产设备。正泰集团董事长南存辉：

【出录音】“我们通过全球化走出去，然后通过并购整合把好东西拿回来，然后再通过智能制造战略（把实力）提升起来。”【录音止】

目前，正泰已在欧洲、北美、南美、中东等地建立了研发机构，在德国、马来西亚及泰国建有新能源生产基地，形成了多元开放的国际化研发体系。南存辉表示，在当前的形势下，供给侧改革已经成为传统制造企业跳出低价竞争、开拓市场蓝海的共同选择。

伯特利阀门集团就是从供给侧改革入手，在原来的产业基础上打造“数字化工厂”，并以此作为伯特利阀门向“高精专”产业转型的主战场，主要生产高科技、高附加值的大管线球阀。预计项目全部投产后年可实现销售收入6亿元。伯特利阀门集团副总经理虞秋华：

【出录音】“数字工厂的话，我们通过ERP的系统，通过机器联网这么一个想法，去让我们所有的设备去做一些联网，全部用远程（程序）来控制它。我们想借助于这样一个项目，能够成为我们行业内的一个标杆。”【录音止】

虞秋华介绍，这几年，公司加大了生产、研发、销售等的改革力度，产品实现升级后，打开了市场空间，产值和利润也有了较大幅度的提升。

转型升级路上，打造成长型小微企业的创业创新平台，是温州的一大特色招数。针对70%以上小微企业无自有厂房的实际，温州计划用3年时间建设104个小微企业创业园。截至目前已竣工64个，入驻企业1440余家。而这些小微园将成为温州产业转型升级、结构调整的主战场。

位于温州乐清北白象镇琯头村的琯头小微创业园，是一个以电器、电子制造为主导产业，采取政府统一规划，企业联建模式进行开发建设的小微园，总规划面积120亩，总投资5亿元，目前已有5家企业进场施工。北白象镇经济发展办公室副主任朱志光：

【出录音】"我们到今年年底的时候，基本上有5家企业能够是完全封顶的，总体完成率达到85%左右。明年上半年我们整个大部分会投入这个生产，投入生产的时候，对我们这个白象工业产值这一块，可能会增加15亿到20亿左右。"【录音止】

乐清市金龙电子实业有限公司是首批进场的企业之一。此前，这家公司的建筑面积只有5000平方米，生产线难以升级，产能饱和。为跨越发展瓶颈，该公司在琯头小微园投入5000万元，将建筑面积扩大到2万平方米，并对设备进行升级，引入现代化企业管理制度。乐清市金龙电子实业有限公司总经理吴金龙：

【出录音】"我们客户来考察以后，他也会觉得我们有这个产能，可以再给我们订单什么的。再加上我们的管理啊，各方面我们的水平都会提高，搬进来以后，我们的产值，在三年之内我们要达到3个亿。"【录音止】

根据温州市统计局提供的最新数据，温州工业经济发展正不断朝微笑曲线两端延伸，1到11月，全市高新技术产业、装备制造业和战略性新兴产业增加值增速分别为9.4%、9.3%和10.1%，占规模以上工业经济比重持续提升。

在一系列组合拳作用下，截至11月末，温州工业经济稳步回升，固定资产投资保持较快增长，转型发展步伐逐步加快，风险化解不断提速……在各项经济指标回升的同时，温州经济增速继续稳居全省第三位，全年经济保持稳中有进、稳中提质的发展态势，为"十三五"开局之年交出了一份亮丽的成绩单。

（第五篇完）

单位：温州广播电视传媒集团新闻综合频率

作者：陈泰涨、卢明然、熊可为、潘茹、陈伟文

评重大主题之系列报道《振兴实体经济，看温州突围之路》

陈洪标

系列报道不是对各个部分和层面的平铺直叙，更不是停留在同一个层面，应该是横向和纵向的不断挖掘。每篇报道的主题不是相互平行而是相互交叉，是围绕同一主

题的四面出击，是一个主题的横向拓展和纵向延伸。虽然每篇报道单独成篇，但又相互关联，是步步深入的递进，是系列报道的组合拳，更是一个整体，是一篇重量级的深度报道。温州市广播电视台推出的系列报道《振兴实体经济，看温州突围之路》，达到了这样的效果。

正如报道的“编前”所说，推出这组系列报道的大背景，是中央经济工作会议之后，温州市委召开了全市领导干部会议，传达学习中央经济工作会议精神。

除此之外，还有两个现实背景，一个全国的实体经济的发展背景：受电商冲击、经营成本高等因素影响，当前我国实体经济面临较大压力，并出现“脱实向虚”倾向。但实体经济才是经济发展的根基，大力发展实体经济一直是中央的政策。2016 年中央经济工作会议再次明确提出：要继续深化供给侧结构性改革，要着力振兴实体经济。

另一个是温州这五年的实体经济发展背景：作为中国市场经济的前沿地带的温州，在 2011 年局部金融风波后，大量企业倒闭，老板跑路，经济陷入谷底，银行不良贷款余额和不良贷款率激增。站在不进即退的重大关口，温州痛定思痛，全市上下立足改革，振兴实体经济。五年来，温州稳扎稳打进行结构改革，开拓创新促进转型升级，打出企业金融风险处置、加速出清“僵尸企业”、持续投入实体经济、加大技改投入等系列组合拳。五年过去，温州经济企稳复苏，并进入加速快跑状态。最新数据显示，2016 年前三季度温州经济增速达 8.3%，从前几年的全省增速垫底，稳步跃居全省第三。曾经迷失的温州终于成功实现“突围”，重新上路！

在这三大背景下，温州市广播电视台新闻综合频率采编部意识到，温州经济是全国的焦点，也被认为是中国经济的风向标。当前全国都在思考和讨论如何振兴实体经济，而温州的一些创新做法或许能带来一些启示。

从报道筛选的温州经济发展的典型事例和代表性企业，以及确定报道主题和思路，可以看出采编部门完全吃透了会议精神，策划很到位。记者采访也执行到位，到多个温州中小企业，实地了解核实企业经营现状，倾听企业真实声音；同时，还先后走访了温州法院、银监、金融办等相关部门和机构，掌握权威数据，了解温州突围的具体“解法”。

报道共分五篇：《多方联动、多措并举，温州经济实现突围重新上路》《温州冲破阻力，先行先试，以破产程序让“僵尸企业”破茧重生》《政银企一条心，多方联动割“两链”，温州企业在化解风险中重生》《社会各方联动帮扶，温州“初旭鸭舌”重出江湖》《温州加快经济转型升级，全力振兴实体经济》。

这组系列报道以中央经济工作会议为切入，以温州经济突围为主线展开。整组报道采用总分结构，以具体企业为例，用权威数据说话，由点及面，从政府、银行、法院、企业以及社会帮扶等多个层面入手，全面报道温州在振兴实体经济方面的突围过程和具体实践。正如国家主席习近平在2017年新年贺词中所说的："天上不会掉馅饼，努力奋斗才能梦想成真。"因为金融风波经济跌入谷底的温州经济，五年来正是依靠努力奋斗，全市上下一条心，"撸起袖子加油干"，才又重新上路。

整组报道内容扎实、客观全面、数据翔实，有权威性，思路清晰，所选事例也有典型性和代表性，很好地反映了温州经济这五年来涅槃重生的过程。同时既有温州特色又具普遍性，对于其他地方亦具有借鉴意义。五篇报道，既是单独成篇，又是相互关联，是一个主题的横向扩展和纵向延伸，从而形成了系列报道的组合拳，更是一篇重量级的深度报道。

电视新闻类

电视新闻专题

僵尸企业:涅槃重生

——温州创新处置民企破产之策

【片头音乐】

【配音字幕】

2016 年 4 月 21 日,温州老板杨卫国卷款 10 亿失联,涉望洲集团 22 亿理财资金;

2015 年 11 月 19 日,大名鼎鼎的温州初旭鸭舌老板也跑路了;

2014 年 8 月 2 日,温州警方悬赏通缉腾旭服饰董事长徐云旭母女。

【同期声】温州城建集团有限公司董事长 汪一新:与其跑路不如去申请破产保护。

【同期声】温州市中级人民法院院长 徐建新:我们就是要力争让法院成为“生病企业的医院”。

【同期声】温州市中小企业协会会长 周德文:实践证明,这个是一条民营企业在新常态下的非常好的重生之路。

【转场】

出片头——《僵尸企业:涅槃重生——温州创新处置民企破产之策》

【正文】2011 年以来,受金融风波的侵袭,温州有近千位老板“跑路”或“自杀”,其中涉及资金少则几百万,多则几千万甚至数亿元。就是这股“跑路”潮,使这座有中国民营经济风向标之称的温州,遭遇了前所未有的创痛,导致温州经济出现了多年的下行状况,许多经济指标落到全省末尾。

【同期声】温州市金融办主任 张震宇:(我们)最困难的时候是在 2014 年,28 项(经济)指标 17 项全部滑到了浙江省的末位。

【正文】一时间,“温州模式”过时了等唱衰温州的论调在网上此起彼伏。这两年,由于金融余波未平,泥足深陷的一些温州民企,依然压力如山,不少企业濒临僵死状态,有的成了“僵尸企业”,也造成了温州不良贷款总额高居不下。截至 2015 年末,温州银行业不良贷款余额 291 亿元，不良率 3.82%，大大高于全省平均水平。

【同期声】温州市中级人民法院院长 徐建新：从 2011 年 9 月份，我们温州爆发了局部金融危机以来，温州出现了一批民营企业资金链断裂，经营停止，产生了大量的债务，资不抵债，实际上这些企业都变成了一种“僵尸企业”。那么这些“僵尸企业”假如是不清除的话，那是会影响我们温州经济的复苏和发展。

【同期声】温州市金融办主任 张震宇：要把企业金融风险化解作为我们（工作的）重中之重，同时，这个司法处置，这个“僵尸企业”的处理都是我们今年的重点工作。

【同期声】温州市中小企业协会会长 周德文：通过债务重组、资产重组，寻求着一条（破产企业）重生的道路。

【转场】

【口播】事实上，民营经济活跃的温州，正积极采取“破产清算”“破产重组”“破产重整”等方式，帮助困难企业降低经济和金融风险，特别是在以市场化、法治化手段破解“僵尸企业”问题上，温州创新处置民企破产之策。今年以来，在温州民企老板当中颇为流行的一句话就是：“与其跑路，不如申请破产保护。”一个个破产重整的案例，让企业看到了新希望，更让温州的经济呈现出了上行的局面。

【正文】2015 年，温州市审理的破产案件约占全国总量的 10%。面对这种局面，温州正在探索用市场化的方式推进企业破产重整，化解民营企业面临的资不抵债、企业主跑路、担保等风险。

【同期声】温州市中级人民法院院长 徐建新：假如说你把这些“僵尸企业”都清理掉了，清除掉了，那么它这些资金，就会流向那些经营效益比较好的，或者高新科技产业那些企业里面，那么它就会发出更大的效应。

【同期声】温州城建集团有限公司董事长 汪一新：与其跑路，不如去申请破产保护。因为温州的本地人觉得是，破产了就是很倒霉，其实，破产不可怕的，最可怕的是，你不面对。

【正文】在推动企业破产、重整过程中，温州交出了这样的一份答卷：2013 年至 2015 年，温州市法院共受理破产案件 554 件，审结 425 件，分别占浙江全省的 43.79% 和 53.59%。通过破产促成海鹤药业、中城建设集团等一批温州本地龙头企业成功重整，盘活土地 1888 亩、厂房 111.47 万平方米，安置企业职工 1 万多人，清理企业债权债务 166.79 亿元，化解不良资产 80.21 亿元。

【同期声】温州市中小企业协会会长 周德文：在这个过程中出现了一部分企业倒闭濒临破产，温州在破产企业的司法重组方面，在破产前的企业的资产重组方面，走出了一条新路，现在引起了全国的高度关注。

【正文】中城集团曾是全国 500 强企业、温州龙头建筑企业，也是温州地区唯一具有特级资质的建筑企业，该企业破产前的年产值达到80亿元。但在2011—2012年民间借贷风波中，中城集团负债累累，债权工程达到几百亿元，还有2万多农民工等待安置。他们用清算加剥离的方式重整，先算清它到底欠债多少。当新的战略投资人、现任中城集团董事长汪一新看到招标机会时，他没有多少犹豫，就看中了中城在建筑行业取得的特级资质。

【同期声】温州城建集团有限公司董事长 汪一新：就是我们建筑的特级资质，还有类似于我们里面的专业人才、(施工)工法，或者是一些技术性的东西是一个无形资产，这一块我们已经保留了，所以重组了以后我们把无形的资产保留了，而且把有的固定资产什么，都是划到管理人那边，去把它变卖掉，变卖掉去偿还给债权人。

【正文】破产重整不仅重新激活了企业的活力，也盘活了企业将死时占用的众多资源。尝到破产重整甜头的汪一新说，从濒临倒闭到起死回生，破产重整发挥了重要作用。

【同期声】温州城建集团有限公司董事长 汪一新：打通市场经济，把那些“僵尸企业”会处理掉，好的再重新在这个市场上又慢慢地会好起来，我们的经济也会慢慢好起来。

【正文】如今，温州城建集团有限公司计划用三年的时间，再创“温州中城”的新传奇。

【同期声】温州城建集团有限公司董事长 汪一新：三年的目标口号就是扬帆起航，再创(中国)500强。

【正文】庄吉集团是一家无区域服装服饰企业集团，2011年产值近30亿元，是温州当地举足轻重的标杆性民企。2006年正式涉足船舶制造业，在乐清磐石拥有1.8公里长的海岸线和占地512亩的填海面积以及472亩的海域使用面积，是温州为数不多的拥有现代化车间管理设备的先进船厂。但随着2008年的全球金融危机影响，虽然多次自救，最终还是无力回天。今年3月底，注册资本合计超过2亿元的庄吉集团有限公司、温州庄吉集团工业园区有限公司、温州庄吉服装销售有限公司、温州庄吉服装有限公司等四家公司重整计划获温州中级人民法院裁定批准，意味着庄吉服装系公司司法重整成功。

【同期声】温州庄吉服饰有限公司董事长 白桦：庄吉这个企业出现问题之后，那么温州政府会同中国纺织总会，(为了)营救中国的民族品牌，就找到了我们山东如意集团，那么如意集团也考虑到这个企业的优势，把这个企业收购了51%的股权。

【同期声】记者 郑国健：我现在是在平阳县昆阳镇庄吉服饰生产车间，在我身后，庄吉人正忙碌着加工服装的288道工序，当他们得知庄吉服饰系公司司法重组成功之后的消息，喜悦之情溢于言表。

【同期声】温州庄吉服饰有限公司平阳厂区少袖组组长 张少琴：可以说，庄吉陪我们成长，也可以说，我陪庄吉成长，都是共同这样子走过来的，说起真的是很感动，很激动。

【正文】2012年，温州的百年老店海鹤药业也深陷民间借贷泥淖，资不抵债，依法须进行破产清算。可是一旦清算，企业的无形资产就可能消失，一些当地人熟知的老字号药品也就没了。在引进战略投资者的公告发出后，拥有5项GMP、51个药品文号的海鹤药业吸引了不少知名实力药企的关注。云南白药、碧生源等企业都表现出了对海鹤药业的兴趣。但海鹤药业复杂的债权债务关系让投资者望而却步。担任海鹤药业破产管理人的律师周光想到了"债转股"的办法，让企业维持经营。

【同期声】温州破产管理人协会名誉会长 周光：引进这个战略投资人，那么在规定的这个重整的9个月之内，由于战略投资人一时还没有谈下来，所以我们那时候就采取了"债转股"的一种重整方式，这种重整方式在当时通过了。

【正文】债务变股份，海鹤药业平稳进入过渡期之后，企业引来新的战略投资方，终于迎来了新生。到2014年6月份，海鹤引进战略投资人，进来以后，企业搞得非常不错，已经完全超出了过去生产的规模。

【同期声】温州海鹤药业有限公司总经理 高扬：进入海鹤药业之前的状态，海鹤的生产、销售大概不足1000万(元)，去年我们大概销售收入按同比口径计算大概是3500万(元)，今年的话，我们预计海鹤药业可以实现销售收入5500万(元)到6000万(元)的样子。

【同期声】温州破产管理人协会名誉会长 周光：(海鹤药业)这个企业现在恢复得很好，而且他们在现有的基础上，另外找了一块地在建新(厂)房，也就是说把海鹤药业要做得更大，这就是这个案子重整以后的我们看到这个非常好的一个结果。

【正文】现在的温州，"跑路不如破产保护"的司法理念已深入人心，许多企业主不再"走为上策"，而是选择用司法手段来善后，继而东山再起。截至今年10月底，我市共处置"僵尸企业"91家，把社会资源配置到更好的地方去，提前超额完成省里下达的目标任务。

【正文】"依法治僵"是去产能的关键一步，应加大法治化处置力度，"护送"那些亏损严重、资不抵债且无力生还的"僵尸企业"依法退出市场。温州市中级人民法院院长徐建新表示，要帮助那些存在优质资产的企业，重整盘活资源，实现重生。

【同期声】温州市中级人民法院院长 徐建新：我们就是要力争让法院成为"生病企业的医院"，这些"生病的企业"经过"法院的治疗"以后，焕然一新，作为一个正常的甚至不断向前推进的这样一个新的企业，走向市场。

【正文】据温州银监分局最新监测信息，截至2016年11月末，全市银行业不良贷款率降至2.99%，较年初下降0.82个百分点，这是2012年8月以来首次降至3%以内的历史低点。

【同期声】温州中小企业协会会长 周德文：通过律师、会计师、税务师，还有危机处理专家来帮助处于危机的企业，尽可能地走出危机，那么实践证明，这个是一条民营企业在新常态下的非常好的重生之路。

【口播】供给侧结构性改革的本质属性是深化改革。无论是化解过剩产能、处置“僵尸企业”，还是降低企业成本，都需要用改革的办法推进结构调整。今年以来，我市按照“一企一策”制定方案，将企业金融风险化解与“僵尸企业”处置工作结合起来，将那些亏损严重、资不抵债且无力生还的“僵尸企业”依法退出市场，让优质“僵尸企业”获重生，资源配置走出了一条新路。2016年11月，我国首家地级市资产管理公司正式落户温州。资产管理公司又被称为“坏账银行”，可参与批量金融不良资产处置和经营。目前，该公司注册资本金10亿元，将进一步加速温州不良资产处置。

单位：温州广播电视传媒集团全媒体新闻中心

作者：郑国健、文志浩、金颖乐、陈亦全、陈振仕

地方台经济新闻报道的一个创新案例

——《僵尸企业：涅槃重生——温州创新处置民企破产之策》评析

陈书泱

温州注定是个“走在前列”的城市，从来不缺话题性热点新闻事件。温州作为民营经济活跃的重镇，创造了许多“中国第一”。在中国经济转型进入供给侧结构改革的关键时期，温州又以使“僵尸企业”涅槃重生的处置民企破产的创新之举而又一次站在了中国经济转型的潮头。电视新闻专题《僵尸企业：涅槃重生——温州创新处置民企破产之策》翔实记录了自2011年以来受金融风暴影响而使得资金链断裂、老板频频跑路的“僵尸企业”通过司法重组、破产处置，从濒死状态到涅槃重生、起死回生的创举。

本篇是经济新闻报道类属的经济新闻专题，众所周知，经济新闻报道比较难做，尤其是地方台的经济新闻报道更为难做，其存在两种倾向：一是局限于“转”，往往是中央级媒体宏观经济新闻报道的翻版，着重做其转述、图解和诠释等，接地方性的“地气”不足；二是局限于“窄”，往往是地域性的一厂一店、一人一事的“点”状表现，缺乏全面性视野和理性观照。这两种倾向制约着地方台经济新闻报道水平的提升。《僵尸企业：

涅槃重生——温州创新处置民企破产之策》这则报道，对地方台经济新闻报道做了创新。这则报道“跳出”地域局限，采用普遍联系和宏观思维方式来审视地域性经济现象及其热点、难点问题，将其置于经济大局的层面上分析把握，发现并开掘出此新闻事件的普遍意义，由此增强其报道的前瞻性、预见性和针对性，提高其报道的深度和广度及其引导价值。正因为如此，这则报道播发后，社会各界广泛关注，最高人民法院院长周强、中国人民银行行长周小川等相关领导对其中表现的“僵尸企业”通过司法重组、破产处置而起死回生的做法作了批示，并要求向全国推广，福建、江苏、山东等地也都纷纷学习、借鉴、推广和应用。

为了达到地方台经济新闻报道的创新，本篇在下列几方面做了努力。

1.视角聚焦准，立意开掘深，找好“对接点”

地域性经济与全国性经济发展息息相关，因此地方台经济新闻报道要善于把地方性经济发展放到全国性经济发展范围来看待，登高望远，找好“对接点”。这样，才能准确把握时代脉搏，形成地方性经济新闻报道与全国性经济新闻报道的良性互动。《僵尸企业：涅槃重生——温州创新处置民企破产之策》这则报道就此做了成功的尝试。从报道的视角上看，它启用了宏观视角，将“企业视角”“行业视角”“政府视角”自如地结合了起来，跳出了“地域”的局限，运用普遍联系和宏观思维方式来审视本地发生的“民企破产”处置的经济现象，开掘出本地经济新闻事件全局性的普遍意义，提高了报道的深度和广度。

2.注重社会性，强化民生性，捕捉“共鸣点”

在互联网经济环境下，“社会性”是对经济新闻报道的重要要求，尤其是地方台经济新闻报道，由于其地域性的媒体特点，必须充分把握和体现其经济新闻报道的社会性，善于发现和捕捉社会热点和焦点经济新闻，使经济新闻报道更加“三贴近”，真正通过老百姓喜闻乐见的方式反映经济的本质。这里的合适途径是从民生的角度解读经济现象，亦即从民生新闻入手来做经济新闻报道。民生新闻是受众喜闻乐见的新闻报道形式，让具有较强专业性的经济新闻报道更加亲民，最合适的是应从老百姓最关心的经济现象入手，捕捉与受众的“共鸣点”，为受众提供有价值的经济信息。《僵尸企业：涅槃重生——温州创新处置民企破产之策》这则报道也成功地做到了这一点。民营经济是温州经济模式的基点，也是温州百姓最大的民生，尤其是“民企破产”处置更是事关千家万户。这则报道从民生新闻入手，选择具有民生温度的经济新闻报道选题，从“政府经济”延伸为“市民经济”，让百姓“喜闻”。

3.编排有思路，叙事有“艺术”，增强“新亮点”

经济新闻报道往往会存在空、浮、散的问题，术语频现，画面单调，枯燥乏味，用司空见惯的报道方法，散发出八股的气味，给受众千人一面的感觉。要使经济新闻报道

“活”起来,让其好看、耐看,就要注重叙事“艺术”,深入浅出,新鲜表达,让受众“乐见”。《僵尸企业:涅槃重生——温州创新处置民企破产之策》这则报道编排有严谨的思路,长于以讲故事的方式叙事,做到硬题材软表达。全篇按背景交代——案例剖析——权威点评——成效显著的思路编排,其中穿插采访问答、记者出镜、现场扫描、数据制图等电视表现手法,综合运用各种包装手段丰富电视语言,发挥电视声画一体的优势。在看似无痕中,将有关专业性和技术性的内容“吃进去”,以通俗性和大众化的方式“吐出来”,尽力避免公式化、概念化和抽象化的僵硬模式,弥补电视经济新闻报道描述抽象理论枯燥难懂的不足,提高了报道的感染力。

总之,《僵尸企业:涅槃重生——温州创新处置民企破产之策》这则报道所创新的地域性与全局性相结合、专业性与民生性相结合、新闻性与故事性相结合等叙事方法给地方台如何做好经济新闻报道提供了一个良好的案例。

电视连续报道

温州惊现首批“撞限房” 土地交易遭遇尴尬

连续报道之一:温州惊现首批“撞限房” 土地交易遭遇尴尬

【主持人口播】今年春节过后,全国多个城市出现了房价飙升的态势,温州的二手房交易也异常火爆。但有市民发现,他们倾全家之力买下的房子,却无法办理过户手续,原因竟然是房子的土地使用年限过期了。

【解说词】昨天,市民王先生向本栏目投诉,称自己通过一家房产中介,看中了温州市区水心榆组团的一套房子。买卖双方在市房产交易中心办理了房产过户手续,王先生也拿到了《房屋所有权证》。不料,双方在办理土地过户时,王先生却意外发现原房东的《国有土地使用证》已于 2016 年 3 月 4 日过期了。

【同期声】购房者 王先生:

我们的想法都是(土地使用年限)70 年

并不知道有过期这回事

我们土地的使用年限到期了

我们现在房子拿不过来

房东拿不到钱

【同期声】原业主 齐女士:

现在就是说房产证已经过户给对方了

现在土地证过不了

【解说词】无独有偶,安徽的王女士于四年前在温州市区横河北新村买了一套价值百万的商品房,然而最近在准备转让这套房屋的过程中,同样发现土地使用年限于今年 3 月 4 日到期。

【同期声】业主 王女士:

现在这个房子想拿出来交易的话

现在交易不了

说我土地使用证已经到期了

【解说词】令王女士不解的是,这套商品房于 1996 年才交付使用,为何仅仅过了 20 年就到期了呢?据王女士了解,住宅用地的土地使用年限一般为 70 年,工业用地为 50 年,商业用地为 40 年,而划拨的土地则没有年限。带着诸多疑问,记者走访了相关部门。

【同期声】温州市土地登记交易中心副主任 林钧：

(当初)办土地证的时候

(房开)只签了一个20年的《土地出让合同》

按照当时的价格 出让年限

收取了你这个20年的出让金

当时的历史原因就是20年

也有签40年，有签50年，有签70年

【解说词】据介绍，上世纪90年代初期，温州市区在办理划拨国有土地使用权转让交易时，将划拨性质的国有土地使用权转为出让性质，并收取出让金。最后制定了20年、70年两档期限，由受让方选择，并交纳相应的出让金。

【同期声】温州市土地登记交易中心副主任 林钧：

你这个是到期的话

肯定是要续期的 要续期的话

国家层面这个续期的政策还没有出台

【同期声】温州市国土资源局鹿城分局审批科副科长 陈炽：

新出让的宗地

都是以楼面价来确定土地的出让金

就我们现在如果没有上层政策制定的话

那(现在到期)只能以市场评估价

来作为(续期)收缴的依据

不然的话作为我们一线窗口

那就涉及国有资产流失

【解说词】温州市、区两级土地管理部门的说法，让王女士等人实在难以接受。

【同期声】业主 王女士：

(重新)按照目前的市场价进行成交

按照我的评估(价格)

我一套房子相当于我要二次买了

就要(多交)几十万了

【同期声】原业主 齐女士：

一个房子卖掉也就几十万

你说让我们再承担40多万(土地出让金)

那是不可能的事情

【解说词】据市国土部门透露，从2015年开始，20年期限的土地使用权已到期或面临到期。到2017年底,市区将有约600套住宅的《国有土地使用证》到期,而到2019年底到期的则达到1700多套。

【主持人口播】正是因为这些20年土地使用期限的"擅限房",使得《物权法》有关"住宅建设用地使用权期限届满自动续期"的规定再次回到了人们的视野。这批房屋的交易如何进行?是否需要续缴高额的出让金?本栏目将继续予以关注。

连续报道之四:温州土地使用权"擅限"引发全国各界关注

【主持人口播】日前,本栏目连续报道了温州20年土地使用期限的"擅限房",在土地交易过程中遭遇尴尬的新闻后,不仅引起了温州房产界的密切关注,同时,中央、省内外媒体也对此进行了广泛报道,使之迅速成为全国关注的热点话题。

【记者出镜】温荟漪:

大家好 我现在所在的是温州市土地交易中心

在我们的节目播出之后

对于整个温州的房地产市场

究竟影响有多大呢

买卖双方在购房之前又是否会关注

(住房)土地使用期限的问题呢

让我们一起去了解一下

【同期声】购房者A:

不会考虑20年的 这个太短了

以后政策怎么样都不知道

万一还要交什么税啊 钱啊

成本高起来了嘛

【同期声】购房者B:

那要看接下来的政策怎么样

【同期声】卖房者:

原先的话 我们对土地证这块也不是很重视

现在慢慢地对土地证办理这块

相对也会重视一点

【解说词】温州20年土地使用期限的"擅限房"遭披露后,不仅让众多买卖房屋的市民感到疑惑,就连很多长期从事房产中介的业内人士也感到吃惊。

【同期声】市区某房产中介:

我做了20年的中介了

今天是第一次遇到这个事情

记者：

像我们买房人过来问的时候

他有没有关注这个土地证的期限呢

市区某房产中介：

都没有 从来没有

只关注是出让的或者是划拨的

就关注这两个 平时我们也不关注

【同期声】温州巨信房屋中介公司总经理 柯茹凡：

土地证到期的问题

我们会涉及这个费(出让金)是谁出的问题

但是现在有个东西是不明确的

这个续期的费 到底是多少

【同期声】温州市东瓯土地价格评估事务所有限公司总经理 张祥芬：

不要说住户不接受 我自己也不接受

如果我是当事人 我也不会交钱

这种评估是不适用这个政策的

【解说词】该事件经本栏目第一时间报道之后，通过新媒体平台和网站的转载，迅速成为全国关注的热点话题，中央电视台也多次转发了栏目的新闻报道。同时，新华社、人民日报、澎湃新闻、新京报、凤凰网、新浪网等众多媒体相继发文跟进此事。短短几天时间，光转载的网站就达2232家，转发“温州撞限房”话题的相关报道达到8500多条(次)，土地证撞限问题瞬间引发全社会广泛关注和热议。

【同期声】温州市房地产估价师与经纪人协会会长 叶维坚：

年限即将到的房子 那么它的价格一定会下来

因为房地产可以说是以土地为载体的

土地的租金年限到了

意味着你的土地租期已经失效了

【同期声】温州市律师协会常务理事 陈一来：

一开始的时候 顶层的设计就出现了缺漏

你这个到期了之后 土地使用权到底是收回

还是可以由你继续使用

现在存在一个法律上的漏洞

【同期声】温州大学瓯江文法分院法学系主任 毛毅坚:

是我们国家法律层面的滞后

《物权法》它留下了一个空白

对这个土地使用权到期没有法律规定

也没有相应的司法解释

我呼吁要从法律的层面和政策的层面

来解决这个问题

【解说词】4 月 18 日,温州市政府专题听取了温州 20 年土地使用权到期的工作汇报。据温州市国土部门介绍,目前已经完成政策建议初稿,将在专业人员讨论之后交由上级政府研究决定。

【同期声】温州市国土资源局土地利用管理处处长 张少清:

这个制度设计是顶层的设计

那么我们目前为止 还没有很明确的答复

第二个我们现在也在研究

作为我们地方的普惠性政策

我们的政策建议

还只能在法律框架范围

【主持人口播】温州 20 年土地使用权“撞限”事件引发了全国对土地证续期问题的共鸣。而这些待解的难题,最终要用法治思维、法治方式来解决。我们期待国家相关部门能够尽早出台措施,妥善解决土地使用权到期的问题,给全国其他地方树立一个可以借鉴的“温州样本”。

连续报道之七:“撞限房”过渡政策今天正式落地 温州“撞限事件”推动国家产权保护制度改革

【主持人口播】今年 4 月,我市部分市民因 20 年土地使用年限到期,而无法办理土地使用权过户手续,引起了全国各界的广泛关注。国土资源部随后派出工作组专程来温调研。继 11 月 27 日中共中央国务院发布指导性意见之后,国土资源部随后又举行新闻发布会,明确土地使用权到期后可自动续期。今天,住房土地使用权到期对策正式在温州落地。原业主齐女士和购房者王先生成为第一批受益者。

【记者出镜】温荟漪:

今年的 12 月 24 号

温州市国土资源局、温州市住建委

联合下发通知 根据国土资源部的复函

部分住宅土地使用权到期

采用过渡性的办法办理

也就是说 从12月26号也就是今天开始呢

之前因为土地证到期

而无法办理登记和交易手续的温州市民呢

就可以正常地办理登记和交易手续了

而且不产生任何费用

至此温州20年住房土地使用权到期(问题)

有了一个正式的过渡性的处理办法

【解说词】今天上午9点半,该事件的相关当事人也早早地来到了新成立的温州市不动产登记服务中心进行咨询。

【同期声】原业主 齐女士:

土地证到期了 可不可以正常过户了

温州市不动产登记服务中心工作人员:

(国土资源)部里的文件已经出来了

现在已经可以正常过户了

齐女士:

好的

【解说词】原业主齐女士随即向工作人员递交了土地证过户的相关手续。

【同期声】原业主 齐女士:

对于我来说 我心情也比较愉悦的

感谢你们帮我们这么多忙 跑前跑后的

终于把这个落实下来了

能让我们正常交易

【同期声】购房者 王先生:

心情还是比较激动的

因为推动了整个事情的发展

像我们这些老百姓买房子卡在那里了

就是解决不掉 现在政府给我们解决了

【同期声】温州巨信房屋中介公司总经理 柯茹凡:

对我们中介来讲 过户这块就没有问题了

因为原先是卡在这里 过户过不了

那现在至少是可以过户了

在这方面国家对于土地的政策是往利好的方面

也是往推动的方面走

【解说词】据了解，在国土资源部派出工作组专程来温调研后，国家相关政策的出台一直在紧锣密鼓地进行中。今年11月27日，《中共中央国务院关于完善产权保护制度依法保护产权的意见》发布，明确提出研究住宅建设用地等土地使用权到期后续期的法律安排。该《意见》的发布，对于温州"撞限房"问题的解决，提供了指导性意见。紧接着，12月23日，国土资源部举行新闻发布会，副部长王广华指出，针对温州20年住房土地使用权到期问题，国土部和住建部会商后回复，目前在法律安排明确之前，可以采用"两不一正常"的过渡办法处理，即不需要提出续期申请，不需要收取费用，正常办理交易和登记手续，涉及"土地使用期限"仍填写该住宅建设用地使用权的原起始日期和到期日期，并注明根据《国土资源部办公厅关于妥善处理少数住宅建设用地使用权到期问题的复函》办理相关手续。

【记者出镜】温荟漪：

国土资源部的复函

虽然是因为浙江省国土资源厅的请示而发

但同时也抄送给了

全国各地的国土资源管理部门

这也就意味着在相关法律出台之前

各地均可以按照"两不一正常"的办法

来办理土地使用权到期的问题

尽管这只是涉及部分城市的少量住房

但对全国来说

这是落实国家关于完善

产权保护制度的最新行动

传递出党中央"以人民为中心"

保护公民财产权益的讯息

可以说这是温州的一小步 中国的一大步

单位：温州广播电视传媒集团新闻综合频道

作者：彭天翔、吴晓、黄建省、林重阳、徐然、张丽君、夏旻、章璇璇

从百姓角度看问题 为百姓排忧解难

——评析系列报道《温州惊现首批"擅限房"土地交易遭遇尴尬》

刘茂华

2016年4月到12月，温州新闻综合频道《有话直说·我要投诉》栏目率先连续推出《温州惊现首批"擅限房"土地交易遭遇尴尬》等7篇报道，站在百姓的立场，多角度、全方面追踪报道温州市区"擅限房"问题，灵活运用多种电视表现手法，发挥了地方媒体的舆论监督和导向作用，保证了当地社会稳定乃至全国其他地方的稳定，同时引起了全社会关注，最终推动问题妥善解决。

一、从百姓的需求确定报道视角

新买的房子刚过三年，却被告知，房子的土地使用年限已经过期。这样的房子非但卖不出去，自己住着也难安心。土地使用权到期之后，房子该怎么办？温州一大批市民遇到了只有20年土地使用权的房子。从第一批投诉者遭遇土地证使用年限到期报道开始，类似问题接二连三出现在公众面前。温州新闻综合频道记者从全市投诉案例中选取了具有代表性特点的案例，从不同角度反映了这一问题给百姓带来的困扰。记者从第一篇报道播出开始一路跟进，追踪报道了事件全过程。

该系列报道坚持了从百姓的视角寻找报道的角度。系列报道真实地反映了民情民意，道出了百姓呼声。温州并非国内最早出现"擅限房"现象的城市。10年前的青岛、深圳等地也都发生类似现象，有些有地方立法权的城市在市级层面提供了临时性解决方案。比如，深圳规定，给出优惠性续期办法。值得注意的是，这些临时性方案在百姓和专家中存在较大的疑问和争议，方案与国家《物权法》规定条款"自动续期"相抵触，这明显与中央和国务院近几年的依法施政理念格格不入。同时，这些临时解决方案并不能"一劳永逸"地解决这么普遍存在的重大问题。那么，彻底解决"擅限房"问题就摆在了百姓和决策者的面前。

记者在接到百姓反映后，设身处地以百姓视角看待"擅限房"问题。住宅土地使用权续费问题关系到全国千家万户的切身利益。该问题是全国范围内，无论20年、30年，即使是70年产权所有者也都必须面对的重大问题，是老百姓最为关心的重大财产问题。报道温州"擅限房"现象，并不是一时一地的问题，而是事关未来其他地区处理办法的全局性问题。正因为如此，记者旗帜鲜明地报道百姓遭遇的"擅限房"困局，彰显了媒体的担当与使命。系列报道播出后，因能从关心百姓冷暖的角度，以平民情结透视民生热点，拓宽民生新闻报道领域，具有较强的新闻影响力和引导力，受到了广大读者、社会各界和业内人士的一致好评。

二、从政策与百姓之间的联系找到关联点

党和国家的方针政策与百姓密切相关，百姓迫切需要从方针政策中了解与自己切身利益相关的信息。新闻报道如果能紧扣这些视角，尤其是从一些关系到百姓重大利益的各类事情中找到党的政策与百姓生活之间的关联点，在新闻报道与百姓的共鸣点上做新闻，就容易产生共鸣效应，良好的社会效果也就产生了。

作为当今我国几乎所有普通家庭最大的不动产，住宅当然是百姓安身立命之所。住宅土地使用权到期之后有什么政策，这是老百姓最为关注和担忧的问题，也是直接影响他们切身利益的最大问题。全国人大法工委民法室在当年编著的《中华人民共和国物权法精解》中明确提到，建设用地使用权续期问题，和老百姓的利益息息相关，应当保障老百姓安居乐业，使恒产者有恒心。因此，“撞限房”问题，事关国家政策与普通百姓利益，而两者的利益又是密切联系的。及时报道这一问题，就找到了党和国家政策与百姓生活的关联点，找到了百姓的关注点。

三、从舆论导向和舆论监督的关系中找到共同点

温州广电在全国率先报道温州“撞限房”，即国有土地使用权到期导致依附于土地上的房屋无法进行交易、登记、按揭、抵押的现象，引发各地舆论关注，引起全社会对土地使用权续期的热议。与此同时，该系列报道推动了政府相关工作进展，2016 年 12 月 23 日，国土资源部发布过渡处理办法，即住宅土地使用权到期后不需要提出续期申请、不收取费用、正常办理交易和登记手续。

记者用电视的直观手法直接引用采访对象的陈述，百姓对于所谓“撞限房”的诉求不言自明。其实，在全国许多地区，像温州“撞限房”这样的问题早就存在，并非温州一地。因此，温州的“撞限房”问题具有代表性，百姓对此类问题议论多、担忧多，一时间不仅仅是网络上的热议话题，也是民间茶余饭后讨论的焦点。主流媒体理所当然地应该主动揭示这些问题并进行舆论引导。媒体是党和人民的喉舌，既要体现党的主张，又要反映人民的心声，正如习近平总书记在“2·19 讲话”中所指出的“党性和人民性是不可分割的”，是统一的。同时，我们应当知道，社会舆论并不是洪水猛兽，只要新闻媒体正确引导，就能促成推动社会进步。对“撞限房”现象的报道和舆论引导，能促进制度的完善，从而推动工作进展。系列报道《温州惊现首批“撞限房”土地交易遭遇尴尬》选择直面问题，并不着眼于投诉的个别案例，而是从一开始就直言不讳地引出土地使用权 70 年的问题，新闻的权威性和厚重感也因此形成。

"撞限房"事件经《有话直说·我要投诉》栏目第一时间播出后，引起全市、全国各界的强烈反响，随后被全国各大媒体纷纷转载，仅网站就达2232家，外媒7家。2016年11月27日，《中共中央国务院关于完善产权保护制度依法保护产权的意见》正式发布。12月23日，国土资源部举行新闻发布会，针对温州20年住房土地使用权到期问题，在法律安排明确之前，可以采用"两不一正常"的过渡办法处理。12月26日，该政策正式在温州落地，所涉及的房屋已可以正常地办理交易和登记手续。

最后需要指出的是，该组系列报道也存在一定的不足。该系列报道追踪多、信息披露快，但是缺少权威专家对"撞限房"现象的深度解读，这在一定程度上削弱了主流媒体的权威性。该系列报道应当组织一到两篇有分量的新闻评论，本着引导舆论、解决问题的立场剖析问题的来龙去脉，对问题的性质等作出权威的解释，这样更能够发挥新闻舆论的引导作用。

电视新闻评论

国宝被毁:是天灾,更是"人祸"

【口播】9月15日,受今年第14号台风"莫兰蒂"的影响,温州泰顺县境内山洪暴发、河水暴涨,从当天中午开始,泰顺县三魁镇的薛宅桥、筱村镇的文重桥与文兴桥三座"国宝级"廊桥先后被洪水冲毁。

【同期声】洪水冲毁三座廊桥镜头20秒。

【字幕】9月15日中午11时58分到13时20分,在1个多小时内,薛宅桥、文重桥、文兴桥相继被冲毁……

【配音】泰顺,是"中国廊桥之乡",古廊桥数量之多、工艺之巧、造型之美以及与周边环境之和谐,在世界桥梁史上堪称一绝。泰顺现有唐、宋以来的古廊桥46座,其中15座在2008年被列为全国重点文物保护单位。9月15日当天被冲毁的这三座廊桥,正是"国宝级"廊桥。

(廊桥被毁分镜头)9月15日11时58分,薛宅桥首先被冲毁。薛宅桥始建于明正德七年,即1512年。

12时30分,文重桥被冲毁。文重桥始建于清朝乾隆十年,即1745年。

13时20分许,文兴桥也被洪水冲毁。文兴桥始建于清朝咸丰七年,即1857年。

【采访】泰顺县三魁镇薛宅村村民 吴学叠:

(薛宅桥被冲)那根本想都想不到啊……

【采访】泰顺县翁山乡退休文化员 林作到:

看到文重桥毁了,我们一个个眼泪都流出来了。

【配音】泰顺三座"国宝级"廊桥顷刻间被冲毁,几天之内,全国各地网站发表的"悼唁"诗词共有190多首,其聚思之广、关注之切,甚为罕见!

但相对于各地文化界、网络界的热切关注和一片痛惜之声,当地政府部门的反应则显得十分平静。对于廊桥被毁的原因,当地政府部门只归结到一点,那就是"百年不遇的洪灾"。

【采访、不规则拍摄】

记者:(廊桥被冲毁)对外发布(新闻)是怎么说的?

泰顺县网新办主任 翁旭瓯:就是说受这次台风影响。

记者:三座廊桥被毁,对外面都讲这句话?

泰顺县网新办主任 翁旭瓯:对外面都是这么讲的。

【口播】三座“国宝级”古廊桥瞬间被毁，让人痛心疾首！眼下，对被毁廊桥的重建工作正在如火如荼地进行当中，社会各界关注更多的是古廊桥重建的设计方案和施工进度，似乎已经没有人再愿意回过头去探究这三座古廊桥毁于一旦的深层次原因。只有极少数的有识之士发出零星的质疑声：泰顺古廊桥屹立数百年，经历了多少的风风雨雨，为何唯独这次台风难以保全？如果一定要强调说这次洪灾历史罕见、无法抵抗的话，那么为何唯独这三座廊桥被毁呢？究竟是偶然，还是必然？这三座廊桥是否还有其他方面的特殊情况呢？看来，我们有必要用科学的眼光去重新审视这场灾害。

【配音】11 月初，应温州市相关媒体和文保单位的邀请，全国知名专家——同济大学土木学院桥梁系教授周志勇、水利系教授李遇春等人来到三座“国宝级”廊桥被冲毁现场进行实地勘察。从毁前照片来看，薛宅桥造势挺拔高耸，凌架于锦溪之上，非一般洪水所能吞噬。

【采访】同济大学土木学院水利系教授 李遇春：

水在这个地方特别大，马上就上去了。这个桥是木结构的桥，有水之后把它浮起来了，摩擦力就没有了，摩擦力没有就一推就倒了。

【配音】那么，薛宅桥被毁当天的水位，为什么能攀爬水面 10 多米之高，甚至越过桥面呢？始作俑者是薛宅桥周边的房屋等建筑。

【采访】温州市水利勘测设计院院长 颜胜尧：

平时的话大洪水的时候，它会从两边走(农田)走。现在这种情况，两边房子都已经建好了，洪水又归漕了，好了，就到这里一过，一下子到你桥墩以上，这样的话本桥就经不起冲击(就被冲垮了)。

【配音】据村民介绍，原来薛宅桥一侧全是农田，这一排房子都是在 1982 年前后所建，也就是在薛宅桥 1988 年被列入泰顺县文保单位之前。

【采访】泰顺县三魁镇薛宅村老村长 薛仕煮：

原来这边都没有房子，都是水稻田了。

【配音】文重桥跟薛宅桥结构有所不同，它是平铺在三个石头桥墩之上，桥墩是由一块块方石垒积而成。

【采访】同济大学土木学院水利系教授 李遇春：

它是支撑结构，桥墩冲垮掉了，上面的桥面自然就垮了(图示)。

【采访】同济大学土木学院桥梁系教授 周志勇：

对。因为这个桥主要是桥墩倒了以后，桥才垮嘛。所以这个桥墩非常重要，早点尽力维护可能好一点。

【配音】在强烈的洪流冲击之下，基石之间像“多米诺骨牌”一样连续坍塌，最终致使桥梁倒塌。桥墩长期失修，这点得到当地乡镇退休文化员的证实。

【采访】泰顺县翁山乡退休文化员 林作到:(文重桥)就是那个石头,已经都出来了,桥头那个,那个石头已经顶出来了,后来这个桥大水一冲。

原温州市文物局局长金福来:你讲的意思就是大水冲下来的时候,那个桥的桥墩已经有危险了?

泰顺县翁山乡退休文化员 林作到:对。你没有去保护它嘛。

【配音】泰顺山乡境内的溪流普遍比较狭小,河床较高,水流短时间内快速积聚所带来的冲击力和破坏力极强。对古廊桥而言,拥有一片宽敞的泄洪区就显得非常重要!(图示)文重桥当时建在这个位置,也是考虑到它的周边是有一块滩涂地,可以让洪流有所回旋的。

【采访】泰顺县筱村镇文化员 郑浩:这块地在老照片里看的话是没有这块地,它就是进去,进去可以看到里面的石壁。

记者:那就等于河道原来是弯的。

【配音】文兴桥在文重桥的下游,是泰顺境内现存廊桥中环境较好的一座,为何也会被洪水冲毁呢?作为这次洪灾现场的亲历者,筱村镇宣传委员蓝晓波这样描述文兴桥被洪水冲毁的过程。

【采访】泰顺县筱村镇宣传委员 蓝晓波:

上游杂物冲下来,就整个堆积,各种原因嘛,这样子(文兴桥被)冲了。

【配音】蓝晓波说他当时在现场看到从上游冲刷下来很多的杂物,直接击毁了文兴桥。

【采访】

记者:刚才你一路走过来看了一下(山区环境),它有没有一定的联系?

同济大学土木学院水利系教授 李遇春:就是上游的水土保持,应该有这个联系。

温州市水利勘测设计院院长 颜胜尧:它(泰顺)现在大开发大建设,到处都在。山林都在开发,小流域灾害特别严重。

【口播】薛宅桥、文兴桥、文重桥,这3座“国宝级”廊桥,不仅桥身普遍高出水面10多米,而且原本都选址在地势比较开阔的农田边上,只是因为后来村民不断占田建房和填坑造坝,致使原来宽敞有余的廊桥保护空间变得局促狭窄,以至于在洪灾面前根本没有回旋余地。如果说,天灾是造成国宝廊桥被毁的一个偶然因素,那么,廊桥周边环境被人为破坏和职能部门对廊桥保护不力,则是必然因素!

【配音】薛宅桥周边的房子是怎么建起来的?它对文物的危害性有没有经过科学评估?让人匪夷所思的是,当地乡镇住建规划所和土管所的办公场地就设在其中的几间民房里。

【采访、不规则拍摄】

记者：这里房子(建造)有没有经过你们审批？

泰顺县三魁镇住建和城乡规划建设所办事员：有的。

记者：(房屋)对这河(排洪)有没有影响？

办事员：这个我不敢说。

【配音】随后，记者又来到一路之隔的三魁土管所，副所长何守全同样不接受采访。

【采访、不规则拍摄】

记者：有没有想过，为了保护廊桥而改变一下(河道两岸)历史现状，给廊桥一个泄洪区范围呢？

泰顺县国土资源局三魁管理所副所长何守全：我们也是无能为力，你先不要采访，我们也是派出机构。

【配音】言谈中，这位何副所长还是说出了其中的利害关系。

【采访、不规则拍摄】泰顺县国土资源局三魁管理所副所长 何守全

这个解决不掉的，拆迁安置这个钱(安置费)谁出？

而且(拆迁)政策怎么处理呢？而且有历史原因。

你家房子建这里，叫你搬，你会搬吗？

【配音】由于拆迁政策和经费等原因，这片房屋一直保留至今，造成人与廊桥“争地”的局面，最终导致了薛宅桥的倒塌。

资料中显示，文重桥附近本来有个蓄水区，如今为何被填土造坝？采访中，筱村镇相关负责人坦言，当时的这种做法，确实是“经验不足”，而且也未能及时纠正。

【采访、不规则拍摄】

记者：有没有群众提出来造坝(对冲毁文重桥)有影响？

泰顺县筱村镇农林水利办负责人：这次(文重桥)被冲了之后，说是有这么一个道理，村民也有说。一般情况下我们也不了解这个(造坝)到底有没有危害。这个我们也不知道，不太懂。

【配音】接下来的廊桥修复工作，不仅要求工艺“修旧如旧”，而且要正式引用现代化检测和预防手段，这是今后廊桥保护一大“亮点”。

【采访】泰顺县文广新局副局长 周成俊：

比如说这个水位到了警戒线，那么它会自动橙色报警、黄色报警等等。等于我们设定了，专门对廊桥设定了这一项功能。

【采访】泰顺县非遗保护中心主任 季海波：

我们现在也会在接下来的保护过程中对它将会更多地使用无损的技术。

【配音】季海波主任说的这项技术叫“无损检测”，它可以通过扫描的方式来探测廊

桥木构件内部老化、损坏情况,遗憾的是这项先进的检测手段也是在今年3座国宝级廊桥被毁之后首提使用的;前面县文广新局周成俊副局长提到的报警系统,全称是“文物安保工程”,然而记者看到,这份工程的立项报告早在2015年11月已经上报泰顺县发改局,可是至今还是一纸空文!不仅安保工程没有及时启动,就连文保单位的正常维护经费和人员编制也颇为紧缺。

【采访】泰顺县文广新局副局长 周成俊:

经费这一块,从总体上讲还是不足的。

编制来讲,按照实际上承受的工作量来说,应该说还是比较缺人的。

【配音】即使是现存的几座国宝级廊桥,也都缺乏相应的维护。位于泰顺县泗溪镇下桥村的北涧桥,被誉为“世界上最美的廊桥”,在这次洪灾中局部受损,虽然幸免于难,其实它早已是“伤痕累累”,只不过它低微的呻吟声没有被人重视而已。

【采访】

记者:目前修还是没修?

北涧桥守护员:前几年就说准备修了,报告打上去没那么快。

【配音】廊桥被毁,在社会各界眼里,透过迷离的雨水,他们看到的是一种“担忧”。

【采访】泰顺县原交通局局长、泰顺县廊桥协会顾问 董晓华:

担忧就是,怎么去管理,特别是廊桥很偏僻,谁在上面搞什么都不知道。

之前呢,它是被遗忘的角落。

【配音】在政府部门相关人员眼里,它们则是心头一种“难言之隐”。

【采访】泰顺县文广新局副局长 周成俊:

作为泰顺人(群众)可以讲,作为我们官方讲的话那就不能这么讲……仅仅是一种(对现状)担忧。

【口播】今天我们这期节目的录制通过微信平台预告后,吸引了众多网友的参与和积极讨论。在微信直播过程中,我们首先来听听本栏目在线公众评论员对这一事情的看法。

公众评论员1(向东):

我认为当地政府在保护古廊桥方面没有完全尽到责任,缺乏足够的防范意识和长效的保护机制。

【口播】再来听一下另一位评论员的看法。

公众评论员2(杨一):

作为一个泰顺人,我觉得当地政府部门把廊桥被冲毁的原因完全归咎于天灾,这是缺乏科学精神的,也是回避负责的一种鸵鸟式的做法!我只希望政府部门实事求是,敢于面对现实,从主客观两个方面寻找原因,真正取信于民!

【口播】再来听听网友的声音。

网友"兜风心情":从节目中我们可以很明显地看到,国宝廊桥被毁是有多种原因的,更多的还是人为因素。当地政府部门之所以只字不提,目的是为了回避社会舆论焦点,保住自己的乌纱帽罢了。

网友"阳光二重奏":洪灾面前,当地职能部门,应该使出"洪荒之力"去保护古廊桥,而不是在冲毁之后用"洪荒之力"去寻找木构件,这样做真是本末倒置。

网友"文佬":我认为专家说得对,保护古廊桥,就要给廊桥一个生存空间。当地部门要从保护文物的角度切实行动起来,该拆的要拆,该整的要整,而不能一味地、麻木地"守旧如旧",这样下去,不管是剩余的古廊桥还是重建的新廊桥,都难逃继续被损毁的厄运。

网友"西风瘦马":泰顺当地政府官员回避矛盾的做法,既是对民众的一种忽悠和愚弄,也让自己陷入麻木不仁的境地。思想麻木了,对什么事情都见怪不怪了,今天这里房屋倒塌,明天那里廊桥冲毁,一概无动于衷,这才是真正的危害所在。

【口播】泰顺县三座"国宝级"廊桥倒塌在滚滚洪流中,让人震惊,也为之心痛。但更让人心痛的是当地政府官员对待这一灾害的不科学、不严谨、麻木的态度,一味地强调"天灾",对"人祸"却熟视无睹,甚至消极逃避!归根到底,这是不担当、不作为、懒政惰政在作祟,这与当今全国上下提倡的"敢于担责、创新务实"的行政新风格格不入。国宝被毁,是天灾,更是人祸!一个政府,或一个部门,都需要领导者或官员科学严谨的工作作风。出现问题不足为怪,重要的是对待问题和解决问题的认真态度。态度端正了,问题就会大事化小、小事化了;一味的麻木和熟视无睹,只会使问题越来越严重,甚至病入膏肓、无药可救,千里之堤也将毁于蚁穴。这次洪灾,我们虽然付出了3座"国宝级"廊桥的沉重代价,但愿这个代价足以让人警醒,不再麻木和不作为!

单位:温州广播电视传媒集团新闻综合频道

作者:李文辉、夏海舰、李展翔、吴晓、陈沐琼

角度挖掘新颖,评论方式创新

——评析温州市广播电视台电视评论作品《国宝被毁:是天灾,更是"人祸"》

郭 璇

2016年9月15日,温州泰顺三座"国宝级"廊桥被毁,引发舆论关注。记者及时地关注到这一新闻议题,第一时间收集、查看当地新闻资料和网上舆情,发现其中最值

得深究的问题：当地政府部门为何要采取"删帖"和关闭本地网站论坛的消极做法，仅对外宣称是百年难遇的洪灾造成的这一损失。记者带着社会各界的质疑，多次到现场进行勘察，并且特别邀请中国桥梁、土木结构权威机构——同济大学的相关专家、教授亲临廊桥被毁地点勘察论证，协同温州市文物保护单位，对廊桥被毁的诸多"疑点"进行深入调查，对相关责任单位和责任人进行各种方式的采访取证。经过两个月的不懈努力，掌握了充分的证据，制作出事实清晰、评论犀利的报道。节目播出后，当地政府部门表示要加快对廊桥"泄洪区"的建设和保护，给古廊桥一个合理的生存环境，严格执行《文保法》，做到经济开发与廊桥保护相协调。新闻起到了媒体的监督职能和社会服务职能，为相关问题的解决起到了积极的促进作用。

整体来看，该作品在以下几个方面值得肯定。

一、新闻角度选择新颖，主题意义深刻

在关于文物保护的相关新闻中，常规的报道往往就从政府、社会、市场等几个方面谈谈该怎么做，缺少一个引人关注的切入点。但这则新闻作品不仅仅把重点放在三座"国宝级"廊桥在洪灾中被毁的事件上，更是将问题直指在问责过程中政府部门避重就轻的态度和不合理的处理方式上，更能引起广大观众的关注和讨论，也使得后面的评论视角更广、意义更深，不仅仅是喊出"要保护文化"这样的大话、空话，更是找到了保护的关键因素，对政府部门的麻木思想、"惰政懒政"做出批评和规劝。

二、评论立足于事实，调查深入，真实可信

找到问题症结后，怎么把相关利益方的各种矛盾呈现出来，是很考验采编团队的新闻制作能力的。为此，记者借助专家的专业知识，梳理出造成冲毁事故的几大关键原因，占田建房、填坑造坝、上游山林开发无度、廊桥年久失修等人为因素是主要诱因；记者们知难而上，带着这些问题采访了相关的政府部门人员，在被拒绝采访的情况下，以非正常拍摄的形式尽量完成了新闻真实性的展现；通过对相关文件的搜集和文化保护单位相关负责人的采访，进一步说明了政府部门在这个问题上的失职。

三、画面语言生动多元，可看性强

对于廊桥被冲毁的原因分析和文物保护方案如何实施等问题，涉及很多非常专业的知识，仅靠口播讲解不容易听懂，为此，采编团队特别制作了相应的动画视频，方便观众理解。而当时廊桥被冲毁现场的手机视频画面、个别采访的非正常拍摄画面、节选的关于廊桥被毁前的宣传片资料画面或照片等，丰富了画面的呈现方式，增强了观看的感染力和现场感。

四、对评论的形式做出积极的创新尝试

评论方式上，除了传统的夹叙夹议和让主持人在新闻中间或最后做出点评外，该作品还运用微信、微博、直播等新媒体在网络舆情搜集上的便利优势，搜集公众评论员的声音，让老百姓更真实、直接、生动的语言在传统媒体上呈现出来，使评论更具公众代表性，也更能激发观众的共鸣和对公共事件的参与热情。

电视消息

两个温州人推动全国性宪法宣誓制度

【导语】温州市第十二届人民代表大会第六次会议今天闭幕。大会选举张耕为温州市人民政府市长。新当选的市长张耕面对宪法,郑重宣誓。共同见证这一庄严时刻的除了与会代表,还有参与筹备这次宣誓仪式的叶建平和列席会议的十二届全国人大代表黄作兴。也正是这两位温州人,推动了这项全国性宪法宣誓制度。

(现场声)温州市人民政府市长 张耕:

我宣誓:忠于中华人民共和国宪法,维护宪法权威,履行法定职责……

【正文】新当选的市长张耕左手抚按《中华人民共和国宪法》,右手举拳,诵读了70个字的宪法誓词。这是温州首次履行中央关于宪法宣誓制度的新规。2015年7月1日,第十二届全国人民代表大会常务委员会第十五次会议表决通过了关于实行宪法宣誓制度的决定,今后包括国家主席在内的国家各级公职人员就职时,都应公开进行宪法宣誓,规定在今年1月1日起开始施行。为了这一刻,瓯海区人民法院副院长叶建平努力了整整10年。

【正文】叶建平对宪法感情深厚,曾汇编了30多万字的宪法制度文献。从2007年开始,叶建平通过多种渠道先后提交了关于建立区长、市长、省长宣誓制度的建议。去年2月,他又起草了《关于建立国家主席宣誓就职典章制度的议案》,建议建立国家主席、国家机构主要领导人、国家工作人员就职宣誓制度。

【同期声】温州市瓯海区人民法院副院长 叶建平:

宪法宣誓制度是一个国家走向文明的现代制度礼仪,能够产生非常积极的行为效应、心理效应和社会效应。

【正文】江南控股集团董事长黄作兴是十二届全国人大代表,每次赴京参加全国人大会议前,他都会走基层,听民声,收集各界诉求意见。当叶建平这份凝聚了心血的议案交到他手里时,黄作兴非常激动,这与他一直关注的依宪治国的思路不谋而合。他根据提交全国人大代表议案的格式重新对叶建平的议案予以整理、修改,并提交到十二届全国人大三次会议议案组。

【同期声】全国人大代表、江南控股集团董事长 黄作兴:

我们当时说句老实话,还是十分担心,也是犹豫不决。为什么呢?因为这个题目太大了,虽然我们是全国人大代表,这是关系到国家主要领导人就职时候的一些仪式要改变,所以这个问题呢我们当时不敢马虎。

【正文】最终，北京传来了消息，这项关系到国家公职人员就职的仪式新规以立法的形式确立下来。

【同期声】全国人大代表、江南控股集团董事长 黄作兴：

我作为一个在浙的或者在温的全国人大代表，当然很兴奋。能够为社会的法治文明、发展建设提供一些有益的建议、意见，作为代表来说是一个职责所在。

【正文】中国宪法学研究会副会长李树忠参与了宪法宣誓制度的讨论与确定。叶建平曾多次和他就宪法宣誓制度进行交流。以会做生意闻名的温州人，这一次，在国家法治建设的里程碑事件中留下了浓重的一笔。

【同期声】中国宪法学研究会副会长、中国政法大学副校长 李树忠：

这次由温州的全国人大代表提出宪法宣誓制度，这样的一个议案本身也表明了温州人自己的一种责任感，一种使命感，还有一种政治的担当。

单位：温州广播电视传媒集团经济科教频道

作者：杨方旭、张永明、林晨、郑健、金谷

《两个温州人推动全国性宪法宣誓制度》评析

戴颖洁

电视新闻长消息《两个温州人推动全国性宪法宣誓制度》，通过将中国法治建设这一宏大主题事件化、事件故事化、故事人物化的方式，实现了国家法治进程与公民个体努力推动的生动联系，凸显了公民个体积极参与国家法治建设、建言献策的政治觉悟。作品题材重大，条理清楚，内容翔实，取得了较好的社会效果。

一、作品选题重大，视角独到

角度“新”是衡量消息类电视节目新闻价值大小的重要标准。本作品拟表达的中国法治建设这一主题比较宏观，不太好拿捏。若是拘泥于以往传统报道模式，观众很容易产生厌倦感，这会影响节目的播出效果。因此，本作品创新报道视角和方式，选取关键人物切入，通过 2016 年温州两会新任市长张耕诵读宪法誓词这一事件，引出推动这一具有划时代意义的全国宪法宣誓制度落地的两位温州人的故事。并且，在标题的设定上，本作品也极力凸显“两个温州人”和“全国性宪法宣誓制度”这一力量对比间的强大反差，无疑会激发和大大调动观众的收看积极性。

二、作品叙事清晰，现场感强

现场感是电视新闻节目的生命力所在。作品从现场报道温州两会新任市长的宣誓出发，通过集事件实况、声音、画面于一体，打破了受众的现实时空与事件发生时空的界限，形成一种虚拟的“在场”，让观众获得一种亲身参与宪法宣誓这一宏大庄严事件的满足感。随后，记者采访了建议提出者——温州瓯海区人民法院副院长叶建平，以及将该议案提交到全国人大的全国人大代表、江南控股集团董事长黄作兴，清晰、直观地呈现了该项制度从提出到被采纳，并以立法形式在全国范围内推广的不易过程。整个作品叙事简洁，脉络清晰，在有限的时间单位内让观众了解宪法宣誓制度确立的来龙去脉，满足了观众对新闻事件真实、客观的要求。

三、作品贴近性好，立意高

新闻报道的立意是整篇新闻报道的灵魂和纽带，作品只有与高远的立意相结合，才能出精品。本作品出自温州市广播电视台，在内容上遵循“贴近生活，贴近实际，贴近群众”的三贴近原则，报道了两位温州当地人推动宪法宣誓制度落地这一事件，以小见大，实现了个人生活和国家命运的联系，从而折射出民营经济高度发达的温州人积极关注并参与国家法治建设这一主题内涵，丰富了新闻作品的思想性，实现了良好的舆论导向。这也被视为中国法治化进程中由民间推动到顶层设计的缩影。

对农节目类

广播对农活动

“走乡村·扶贫圆梦”公益行动

（背景音乐）

精准扶贫成为当下脱贫致富的关键词，正在转产转业中的山区农户渴望得到及时的帮助。

【出录音】（农户）种起来的灵芝推销不好。我自己也找不到销路，还有个技术问题。

【出录音】（农户）主要是软件这块，还需要去更新，还要去提升。

“走乡村·扶贫圆梦”公益行动应势而为，创业导师下乡现场指导。

【出录音】（温州农业协会专职副秘书长、温州市供销电子商务有限公司总经理林延彪）帮你寻找一些种植的专家来帮助你。

【出录音】（温州市乡村民宿发展协会会长马勇伟）这里头就是慢生活的方式，从这个方面去做，肯定可以做起来。

爱心义卖，城乡互动，助推产品销路。

【出录音】文成的一个菜农他萝卜卖不掉，我一大早就过来了，表表我自己的心意。

【出录音】这是非常好的东西，买了200斤就是献爱心嘛。

【出录音】我就下了一个单，这个微店下单我从来没有下过，但是我比较信任公（众）号吧。

社会力量多方联动，搭设村级帮扶平台——爱心驿站。

【出录音】（温州市童鞋商会会员刘良相）对我们企业来说，这样的公益事业是我们应该做的。

【出录音】（村干部）解决了很多的困难，生活也丰富了很多。

【出录音】（市民政局党组成员、保兴村第一书记裴建）借助这个爱心驿站去做一些我们能做的事情。

回应村民关切，多方奔走帮助解决出行难新“症结”。

【出录音】（文成县百丈漈镇富洋村村民）上下买东西、卖东西，都一样都不方便。

【出录音】（文成县百丈漈镇党委书记邢文东）我们打算一个星期左右时间，就把它开通起来。

“走乡村·扶贫圆梦”公益行动，让我们共同参与精准扶贫、全民帮扶的生动实践！

（背景音乐）

主持人（男）：当前，脱贫已成为举国上下一场必须要打赢的攻坚战。“精准”更成为脱贫之举成败的关键。习近平总书记多次强调：“扶贫开发贵在精准，重在精准，成败之举在于精准。”

主持人（女）：从去年12月开始，温州新农村广播联合市委农办（农业局）、市扶贫办、市水利局和市民政局共同推出“走乡村·扶贫圆梦”公益行动，深入农村基层，走近村民百姓，聆听他们最迫切的需求。

主持人（男）：面对基层的需求，我们“走乡村·扶贫圆梦”公益行动努力创新方式和载体，突出精准扶贫，联合社会多方力量，开展专家实地指导、打通产品营销渠道等产业扶贫方式，同时搭设乡村“爱心驿站”帮扶平台，在走乡村中观察到扶贫中需要引起关注的新现象，并帮助及时解决出行难等问题。

主持人（女）：在活动中，我们努力搭建起架起城乡沟通互动的桥梁，以微薄之力让贫困山区和群众受益，助力他们实现梦想，践行媒体的社会责任。

主持人（男）：接下来，让我们回眸“走乡村·扶贫圆梦”公益行动开展以来的精彩片段，在实践中不断探索精准扶贫、新闻助农的方式和路径。

导师下乡　产业扶持篇

主持人（女）：山区是我们“走乡村·扶贫圆梦”公益行动的重点地区，而其中的文成、泰顺山区由于地理位置、交通条件等制约，经济较为落后，依托绿水青山做好绿色文章成为农民朋友脱贫致富的关键路径。然而，绿色发展也意味着其他产业的舍弃和代价的付出。在文成、泰顺等地，近年来珊溪库区周边乡镇持续开展水源保护环境治理，当地群众不得不放弃赖以生存的传统养殖业，面临艰难的转产转业。

主持人（男）：在拆除了养猪棚之后，许多农户顿时没有了经济收入，经历了迷茫和阵痛之后，依托于当地的山水资源，种起了果蔬、灵芝等经济作物，开起了农家乐，然而却又面临技术、资金、销路等各种难题。“走乡村·扶贫圆梦”公益行动与电视瓯江先锋频道等媒体联动，在市水利局支持下持续推出创业导师乡村行，现场指导、帮扶，助推转产转业。

文成县黄坦镇云峰村的邢庆夏在拆除了养猪场后，对未知的行业和市场无所适从，在2年多时间里几乎没有收入支柱，之后他和村里曾经的几位养猪户一起，创立了夏丰农业专业合作社。他们流转了村里的几十亩土地，开始着手种植葡萄、猕猴桃等水果。谁料由于技术不过关、种植没经验，水果种植的项目并不成功。而后，邢庆夏他们动手培育竹荪、灵芝等食用菌，同时还培育了创新型的灵芝盆栽。但是眼下，销路和技术、资金等难题，又摆在了他们的面前。

【出录音】推销方面，种起来的灵芝推销不好。我自己也找不到销路，还有个技术问题。最困难的就是资金问题了。

记者联系了温州农业协会专职副秘书长、温州市供销电子商务有限公司总经理林延彪，(请他)来到了实地对接指导。创业导师林延彪认为，邢庆夏的境遇反映了养殖户在转产转业过程中所存在的共通问题，即一心急于创业，而容易陷入技术不到位、市场摸不清的窘境。

【出录音】要小范围地去尝试，要把技术掌握好，把市场定位好以后，然后再逐步扩大，不能一下子扩大以后，技术跟不上，市场又没有。这样盲目的扩大会导致整个损失很厉害，到后期的创业转型，就会遇到很大的问题。

针对邢庆夏他们遇到的技术、销售等方面的困难，创业导师林延彪专门给予指导。

【出录音】一个是技术问题，技术这块，温州目前来讲，种植灵芝还是没有的。以后我们可能要从省里的中(医)药管理局这块，帮你寻找一些种植的专家来帮助你，像如何采粉，如何生产培育这一块。销售这块我感觉今天看了以后，想通过盆景灵芝要做一个市场销售，我想这个市场前景非常好，但是要深入。

而文成黄坦镇的赵汉达曾是当地的养殖大户，拆除猪圈之后，在原址上建起了仙人居休闲农庄，不仅设有用餐、住宿，同时还开发了四季水果采摘、花卉观赏等项目，当地曾经的养猪户们有的成为农庄的工人，有的则成为了股东，跟随赵汉达一起转产转业。老赵说，目前农庄效益在慢慢好起来，但很缺专业的规划与指导。

【出录音】我现在最紧缺的就是技术问题，比如说我这个生态农庄，目前，我这个硬件这块不成问题了，主要是软件这块，还需要去更新，还要去提升。

就老赵目前碰到的问题，记者联系了温州市乡村民宿发展协会会长马勇伟，马会长和记者一起到文成县黄坦镇为赵汉达的仙人居休闲农庄出谋划策。

【出录音】在这里吃得很好，睡得很好，这就是仙人居很好的理念。我觉得如果说把这个做起来，这个地方主题就有了，但这个东西需要很多表达，我进来就可能是类似懒猪的乐园，这里头就是慢生活的方式，从这个方面去做，肯定可以做起来。

马勇伟表示，将借助全市乡村民宿发展协会的平台和资源，与老赵建立长期的结对帮扶关系。

与老赵他们遇到的情况不同，在地处珊溪水库上游的泰顺县筱村镇，乡村创业青年翁文麦遇到的是工艺布局问题。翁文麦在告别畜禽养殖后，带领农户种起了黑树莓。现在，他们准备扩建厂房，开展黑树莓果酒加工和饮料加工，但对果酒工艺是否过关却没有底。记者邀请温州科技职业学院农业与生物技术系的李彦坡老师到基地现场指导。

【现场声】翁文表：李老师，这是我们今年刚酿的树莓酒，跟去年比工艺上有点改进，你给我们点评一下，看看怎么样。李彦坡：整体来说，你这个酒的颜色比较好，而且澄清度也可以，就是相对来说，我们看这个原浆的话，颜色会暗一点。

李彦坡老师对翁文麦提出的产品工艺、新厂房建设布局和管理等一一进行耐心的指导，并表示今后将为翁文麦提供持续的帮助。

【出录音】我跟他交流之后发现，他对工艺的布局，还有今后工厂的扩大，或者说业务的增加，没有做好相应的准备和预留，这方面他可能要加强。以我们所学的知识帮助他，这也是带动他当地的一个产业。

在“走乡村·扶贫圆梦”公益行动中，我们还邀请温州大学旅游研究中心主任金海峰前往泰顺县畲族左溪村指导乡村旅游，邀请温州烹饪协会会长周雄帮助文成养殖户杨福德，将石蛙推广到市区的餐桌。10多位创业导师为库区群众转产转业、脱贫致富精准服务，开拓创业思路，帮助解决实实在在的问题，并建立长期结对帮扶关系。

助农义卖　城乡互动篇

主持人(女)：记者在走乡村过程中，发现山区农户们在渴望得到技术、资金、政策等方面支持的同时，更面临产品销路的困扰与忧愁。针对山区农户产品滞销状况，“走乡村·扶贫圆梦”公益行动联动各方，持续开展爱心义卖、市民现场体验等活动，形成常态化的扶贫助农、城乡互动的帮扶模式。

地处珊溪水库库区的文成县周山畲族乡包山底村村民王海伏与几位同村人种植收获了5万多斤高山萝卜，却因地处偏远、没有销售渠道而发愁。我们联合温州菜篮子集团、温州彩虹义工队开展萝卜爱心义卖活动，组织车辆将萝卜运出大山，补贴人工、车辆、包装等费用，以每斤六毛钱的成本公益价在市区南塘街义卖，经频率节目直播和公众微信发布后，在现场引发市民踊跃爱心义购。74岁的林阿姨早早地等候在摊位前，第一个购买了10斤萝卜。

【出录音】文成的一个菜农他萝卜卖不掉，我一大早就过来了，主要表表我自己的心意，一点心意。

隋伟是新城一家餐饮企业的负责人，他在微信群里得知情况后，一下子购买了200斤萝卜。

【出录音】群里都说了，店里的工人也都吃，这是非常好的东西。买了200斤就是献爱心嘛，也是爱心的一种。

在现场市民的踊跃认购下，第一批被运送过来的1000斤萝卜，在一个小时内便被大家采购一空。菜篮子集团一车车补货，1万斤萝卜很快售完。加上菜篮子网、微信等电商平台网络销售，组织义卖的2万多斤萝卜全部售罄。菜篮子集团现代篮子网营运主管朱远：

【出录音】因为文成那边在山区上面，尤其是珊溪水库转产转业的农民啊，他们做了东西之后，又不知道怎样来做，从去年以来，我们就和绿色之声一起来运作，一起来帮助他们，今年我们更加深入地去帮扶那边。

在得知大家的爱心善举后，珊溪库区农民王海伏通过电波向社会表达了他们的感激之情：

【出录音】我们以前是养猪的，没种过这个东西，没技术、没经验，一下子种起来那么多。我就是感谢大家嘛，自己卖肯定会烂在地里嘛。

记者在泰顺乡村走访时，了解到该县雅阳镇雅阳坪村的蜂农夏良甫由于新增了养蜂基地，产量增加，导致1000多斤的原生态蜂蜜积压而一筹莫展，当即在频率直播节目和公众微信的"绿淘淘"微商城启动爱心义卖和现场割蜂蜜活动。

【直播节目《快乐晚高峰》】今天如果我们收音机前的朋友听到童欣的介绍，记得拨打我们的热线88923355、88923366，马上来进行订购，第二种订购的方式，上我们的公众微信平台hifm938，输入关键词"蜂蜜"；在这里邀请我们的听众10个名额，我们一起到老夏的山丹丹蜂蜜专业合作社去参观，我们一定会大开眼界。我们的热线88923355、88923366，正在为您开通。

节目播出当天，就让老夏忙得不亦乐乎。

【出录音】自从你们广播电台帮我宣传做这个节目以后，昨天晚上开始到今天已经收到订单100多个，非常感谢你们推广我们这个原生态的土蜂蜜。

很快，频率"绿淘淘"微商城在不到1周时间订出700多斤的蜂蜜，市民报名去现场割蜂蜜更是十分踊跃。考虑到养蜂基地的场地和安全原因，我们从中选取了10多位市民驱车2个多小时到达老夏位于深山之中的养蜂基地，亲眼看见原生态的养蜂方式和收获蜂蜜过程。

【现场音】(白色的是什么?)蜂蜜。(白色的就是蜂蜜啊!)嗯嗯，先打开看一下怎么样。(哇!)

【出录音】我们这个蜂蜜一年打一次，一箱蜂一年只打10到20斤，产量很低。

在现场，老夏向市民展示的散发着金色光泽和诱人芳香的蜂蜜，引起了大家的惊叹。

【现场音】(吃了什么味道?)很甜很甜。(有没有闻到?)有,有香味,各种的芳香,入口即化,好吃,好吃。

现场体验活动让市民们大开眼界,也有力推动了蜂蜜的销售。家住温州市区的胡先生把整个过程发在了微信朋友圈里,顿时引发了朋友们的争相购买。

【出录音】这个蜂蜜吃起来味道也好,看到这个蜂蜜食欲都会有点提高起来,我自己现在就有十来瓶带回家,我微信一发,他们都说要,要么我现在就给他们带走,最少要十来瓶吧。

供求信息不对称、产品供销渠道不畅屡屡困扰着农民朋友脱贫致富的步伐。记者在走访中了解到,泰顺县岩科猕猴桃专业合作社种植的猕猴桃今年增产了,但并没有带来增收。合作社仍有将近1万斤的猕猴桃没有销售出去。

【出录音】比往年多了三分之一多。我们一点激素都没有,农药也不打的。产量多起来了,销售就有问题了。比往年价格也降低了。去年我一箱50,今年就35、40。

合作社负责人陈国清介绍说,滞销的猕猴桃属于晚熟的"布鲁诺"品种,"布鲁诺"口感很好,但有一个很大的弱点,就是成熟以后很容易烂,保鲜期短,难以进入超市销售渠道。"走乡村·扶贫圆梦"公益行动立即启动助农义卖活动,在节目热线和微信平台接受预订,泰顺当地摘下猕猴桃后,当天快递寄运。活动吸引了众多市民参与。

【出录音】我想水果反正也要吃,也算是小小的一个帮助吧,然后我就下了一个单。其实微信下单我是第一回,但是我比较相信公众号。

【出录音】东西挺好的,就觉得应该帮一把。我今天又买了,买了两箱给我朋友。

面对不断过来的订单,陈国清特地雇了五六个村民帮忙,连日来从清晨4点开始忙到晚上10点,却是忙得不亦乐乎。

【出录音】我们在树上摘叫别人帮忙,包装也叫别人帮忙。太湿我就不装进去了,太小的都要理掉,有虫疤的一个也不放进去,都要挑过。

活动开展一周共卖出809箱、4000多斤猕猴桃,解决了果农的燃眉之急。负责人陈国清说,广大听众朋友的热心帮忙,让他们一年的辛苦付出没有白费。

【出录音】谢谢你们给我帮忙,感谢你们。谢谢各位爱心人士,我们种植户种一点猕猴桃假如卖不出去就亏本了。

"走乡村·扶贫圆梦"公益行动开展以来,还组织了葡萄、杨梅、瓯柑等10多次的义卖助农活动,共帮助销售出40多万元的农产品,同时在频率开展的"绿色服务伴我行——社区农展会"等进社区活动中进行宣传推介,为山区农户解忧帮困,架起了城乡互动的桥梁。

社会联动　爱心驿站篇

主持人(女):在对山区农户在生产、销售环节进行力所能及的帮助的同时,“走乡村·扶贫圆梦”公益行动尝试发动更多的社会力量,创设村一级的帮扶平台,对全村需要帮助的对象特别是困难群众提供帮助。

主持人(男):在泰顺县仕阳镇保兴村,我们会同市民政局设立温州首家村级爱心驿站,8家爱心单位和公益组织与该爱心驿站结成对子,开展持续性的爱心捐赠、送医送技术等扶贫帮困活动。

泰顺县仕阳镇保兴村共有村民1456人,其中低保、低保边缘户43户,60岁以上老人231人,主要经济来源是茶叶种植、淀粉加工和外出务工,去年人均可支配收入只有6800多元,低于泰顺人均9600元的水平,是一个集体经济薄弱和扶贫帮扶重点村。

结合保兴村的实际情况,“走乡村·扶贫圆梦”公益行动小组对接市民政局下派农村指导员、保兴村第一书记裴建,将原本闲置的村委会一楼大厅,建设为小而全的救急帮困中心和爱心资源的收纳点。市民政局党组成员、保兴村第一书记裴建:

【出录音】我们需要一个平台,怎么提供这个平台,我们爱心驿站就准备提供这个平台,接受社会各界爱心人士的捐赠,还有借助这个爱心驿站去做一些我们能做的事情。

爱心驿站设立当天,公益组织为当地村民捐赠了生活用品、医药用品、老花镜等物品,温州市童鞋商会向保兴村爱心驿站捐赠现金2000元和童鞋200双,并承诺每季度根据需要捐赠相应数量的童鞋。温州市童鞋商会会员刘良相:

【出录音】我们给他们的是心意,对我们企业来说,这样的公益事业是我们应该做的,也需要做的。

市人民医院的医师队伍以及各路志愿队在保兴村村委会大楼前,为村民们提供义诊、理发、咨询等多项服务。村民蔡阿姨患有糖尿病、高血压,听说市里的医生来了,赶紧来咨询就诊。

【出录音】(方便吗?)方便,谢谢。(刚才给医生看了是不是放心点?)放心。

温州市人民医院副院长阮国模:

【出录音】我们跟这里的卫生院成为结对单位,今后我们这里有十来位医生,长期挂在这里,驻点在这里,他们会不定期地过来,解决村民的一些健康问题,毕竟这里离大城市还是有点距离,有些老人就医不方便,所以我们能够来到这里,直接送医上门,我们觉得这是一件比较有意义的事情。

此外,爱心驿站通过我们媒体发动、社会力量捐助,每季度为43户低保家庭以及68位75岁以上老人赠送大米、食用油等生活物资。爱心驿站里面还设有“澄心欢乐园”,为农村留守儿童打造起玩具乐园;“翱翔读书社”则以多样的实用书籍将阅读的习惯带进山区。接下来,还将牵线我市农业专家与贫困农户结成对子,并为产品供销铺好路子。这一困难帮助、志愿服务的救助帮扶平台,给村里带来了变化。保兴村党支部副书记赖成睦:

【出录音】特别是对老年人跟小孩、残疾人,家庭改变很大的,解决了很多的困难,生活也丰富了很多。

据了解,目前全市由民政部门主导推动的爱心驿站均设在乡镇(街道)一级,而在保兴村设立的村一级爱心驿站尚属首家。我们希望以此作为打通扶贫助困“最后一公里”的有效尝试。

回应关切　帮扶探索篇

主持人(女):在“走乡村·扶贫圆梦”公益行动中,我们努力搭设平台,开展产业帮扶、助农义卖和扶贫帮困,同时我们记者在走乡村中也留意到扶贫中需要引起关注的新现象。我们记者在文成采访时了解到,近年来当地的交通、电力等基础设施在不断改善,然而,有的地方道路是变好变宽了,但当地村民的出行包括农产品销售却变得更难了,这是怎么回事呢?“走乡村·扶贫圆梦”公益行动小组多方奔走,解开“症结”所在。

文成县百丈漈镇的富洋村虽然名为“富洋”,却是既不富也不洋,村里共有222户781人,耕地面积约有370亩,属于镇里的扶贫重点村之一。村里的年轻人大多外出经商或务工,留下的村民基本从事农业种植。

记者在富洋村走访中了解到,全村70%以上的村民以种植、贩卖当地一种叫“白落地”的草药为生,面积有100多亩。记者在路上碰到了正采摘了“白落地”准备拿去卖的村民翁学宝。

【现场报道】我们在路上碰到了村民翁学宝,他在村子里种白落地已经有四五年的时间了。(这个是白落地吗?)嗯,这个是白落地。(种了之后,放在袋子里可以保存多久?)保存一天。(这个你打算装起来什么时候拿去卖?)明天早上。(哦,明天早上。)

据了解,当地村民种植的白落地因为具有解毒祛湿的功效,种植过程无须施肥打药而受市场欢迎,但要送到县城去卖。而在新的56省道开通后,问题却来了。原来,新的56省道尽管路变得更好更宽了,但包括富洋村在内的4个村子却显得更加偏远了。原来的老路上没有了班车,村民们下山卖白落地的成本高了许多。

翁学宝给我们算了一笔账,新路开通以前,有直达班车经过,从村里到县里车费只有6元。新的56省道开通后,他们想去县里,得先花15元钱到百丈漈镇,再转车到县里,来回的路费得花上50块钱。不仅路费翻了几倍,时间上也很耗费,出行问题成了村民们的一大困扰。

【出录音】大家都很不方便，上下买东西卖东西，都一样都不方便。

村民陈思云：

【出录音】我自己生病了喉管不好，这里看不好，要到文成中医人民医院看，就是去不方便。

在村里当了三十几年村支书的陈式根，对村民出行一事也忧虑在心。

【出录音】(有没有跟相关部门反映过这个问题?)有，他答是答应了，说再研究研究，但是现在还没有。

带着困扰村民出行的难题，我们走访了文成县道路运输管理局。局长纪庆静表示，由于当地公交班车的具体营运都已经交由运输公司来运营，而下山的村民人数不固定，数量也不多，营运公司从经济效益考虑，取消了相关班次，这也是文成县许多较偏远乡村碰到的共性难题。

根据记者的反映，当地交通、运管部门与百丈漈镇以及运输公司的负责人，多次协商沟通，决定从9月开始重新开通班车线路，将沿线出行难的4个村子都串联起来。文成南田专线客运公司负责人赵建雷：

【出录音】目前线路是定这个大会岭红枫古道这里，直接把它开到镇里面，再给旅客直接坐那个南田下来到县里的车，每天这几个线路几个来回，目前就把这一块旅客不方便的先解决掉。

文成县百丈漈镇党委书记邢文东表示：

【出录音】我们到时候镇里就是根据增加车辆运行的密度、班次问题，镇里到时候跟运管一起给它补助。通过资金补助，还有在村里设置公交站点，尽量通过这样的方式解决百姓的出行问题。

为了能让班车的设置真正满足村民的需求，随后记者一行人再次来到富洋村，将初步的方案告知村民。

【现场音】(工作人员)就是你这村直接开到镇里，镇里然后再开到那边的工业园区，就是三点一线，就是这样当公交车开，这样你到镇里办事情也好，还有到镇里换乘县里都没关系。(村民)你现在说哪里车几点几点在那里，到时候到那里根本等不到。(工作人员)那个我们会落实的，那几个班次。

文成县百丈漈镇党委书记邢文东：

【出录音】大家对这样的开通，我觉得会有比较好的效果，但是这个频率会有一个适应的过程，我们打算1个星期左右时间，就把它开通起来。

主持人(男)：文成百丈漈镇富洋村等4个偏远山村群众的出行难问题，通过记者的努力，暂时是得到了缓解。但是我们从中却不难发现一个不容忽视的共性问题，那就是随着扶贫开发中交通大网络、基础大建设的推进，也带来了部分偏远山区的更加边缘化。

主持人(女):相信这一现象也正引起政府有关部门的重视。精准扶贫能否到位,不让一个村掉队,这也考验着我们党委、政府的决心和智慧。

主持人(男):是的,要撬起贫困大山的支点,要利用精准这根杠杆。既要重视扶贫大格局、大环境的改善,也要注重对具体扶贫对象的细化服务,因地制宜,制定出具体、可操作性强的帮扶措施。

主持人(女):在持续开展的"走乡村·扶贫圆梦"公益行动中,我们对接部门和社会资源,从细处着眼,助推山区、库区群众的转产转业,为农户和贫困群众解忧愁,帮助实现他们的微心愿。

主持人(男):近一年来,我们还策划开展了"滴水微公益 圆梦微心愿——关爱农村留守儿童"专项活动,发动社会爱心单位和热心市民,走进文成、泰顺、永嘉、苍南等地山区的8所中小学校,为1054位留守儿童送去所需的自行车、点读机、书包等价值近30万的物品。

主持人(女):同时,我们联合温州市民政局、市福利彩票发行中心开展"938福彩助力梦想"活动,在全市寻找并帮助938位需要帮助的困难群众、贫困老党员、残困少年、孤寡老人等多种扶贫对象,送去70多万的公益金,并为受助对象和当地群众开展送医送药、义务理发等多项志愿服务。

主持人(男):这些,作为我们"走乡村·扶贫圆梦"公益行动的延伸和拓展,面向农村,服务基层,为受助对象送去了实实在在的帮助和社会的温暖,践行着对农广播媒体的社会责任。

主持人(女):在活动中,我们也深刻地感受到,扶贫助农在短时期内帮助村民群众暂时摆脱困境相对容易,但要实现"造血式"的长效精准扶贫需要持之以恒,不断创新手段和载体。

主持人(男):这也还需要我们的政府部门更加精准(地)施策,因地制宜,实施分类帮扶,不断创设劳力转移扶贫、金融扶贫、产业扶贫、移民搬迁扶贫等多种扶贫模式,切实帮助困难群众改善生产生活。

主持人(女):是的,我们的"走乡村·扶贫圆梦"公益行动也会一直持续在路上,探索更多的方式方法,更好地帮助农民朋友脱贫致富,促进贫困落后村的发展,也期待更多的社会力量和市民朋友能够参与到这一行动中来,让我们共同助推精准扶贫、全民帮扶的生动实践!

单位:温州广播电视传媒集团对农频率

作者:刘敏俊、陈承龙、陈小娜、汪晓颖、廖继红、徐晓雅、郑力、张新新

“走心”与“务实”

——评温州广播电视台《“走乡村·扶贫圆梦”公益行动》

韩　梅

“服务”是广播节目的法宝，随着信息时代的到来，媒体如何服务社会成为备受关注的焦点。广播节目具有传播速度快、信息量大、接收方便、便于参与的优势，使广播节目在服务社会方面拥有自己的一片广阔天地。但是，如何将广播节目的优势与农民朋友的切身需要结合在一起，如何将传播农业资讯和提供休闲娱乐为主的对农广播转变为深度参与农民朋友的生产生活，搭建更为实用、更具价值的平台，为农民朋友提供更为深入的服务，成了农村节目改革的重中之重，也成了我国广播媒体人探索的方向。

从 2015 年 12 月开始，温州新农村广播联合市委农办（农业局）、市扶贫办、市水利局和市民政局等单位共同推出“走乡村·扶贫圆梦”公益行动，发动多方力量，实行社会联动，强化城乡互动，打通帮扶渠道，突出精准扶贫，联合社会多方力量，开展导师下乡实地指导、爱心义卖、搭设乡村“爱心驿站”、追解出行难题等多样帮扶方式，取得较好成效，也成了广播节目深度“走基层”的典范。

首先，这档节目是一档真正“走心”的节目。这档节目使得“扶贫”类广播节目不再仅仅停留在口头上，不再只是空中电波实行的远程指导，而是真正走出了录音棚，走出了直播间，走向了田间地头，走进了农民的生活中。活动从创业导师对困惑中的转产转业农户的现场指导，到滞销农产品的爱心义卖，到搭设首个村级爱心驿站帮扶平台，到走访奔波解决大交通建设给山区村民带来的新的出行难问题，以多种形式、多种层次开展帮扶，回应山区群众关切，提供实在帮助。

其次，这档节目形式新颖，充分利用多种新媒体进行互动，具有开创性。这次活动充分利用了多种新媒体平台，通过线上与线下、广播与电视、节目与新媒体实现多元化的融合传播。如在萝卜爱心义卖中，直播节目、宣传片、现场义卖与公众微信、“绿淘淘”微商城齐上阵，2 万多斤萝卜一天不到就售罄。猕猴桃、蜂蜜等产品的义卖与现场体验活动相结合，通过微信朋友圈形成再次传播，扩大活动的影响力，体现了媒介融合背景下，编辑记者、节目主持人的新的传播思维的确立。

再次，这档节目的一个可圈可点之处就是“务实”。多年来，广播节目虽然一直秉承追求“务实”的精神，但是由于广播的传播特点，这条路走得十分艰难。《“走乡村·扶贫圆梦”公益行动》节目组着眼解决具体问题，践行了广播人的社会责任。活动开展以来，节目组组织 10 多位创业导师下乡现场指导，建立结对帮扶关系；义卖助农活动，共帮助销售出40多万元的农产品；参与创设了首个村一级的帮扶平台——保兴村爱心驿站，尝试打通扶贫助困的"最后一公里"；帮助协调解决文成百丈漈镇富洋村等4个偏远山村群众的出行难问题，揭示扶贫开发中不容忽视的新现象；同步推出"关爱农村留守儿童"等多个子项系列活动。这一系列的成果无不彰显着温州广播电视台对农广播节目组的社会责任。

最后，最重要的一点还在于，《"走乡村·扶贫圆梦"公益行动》挖掘广播节目服务的潜力，它在服务生活的同时引导生活，不仅为群众传递实用的信息，而且通过各种具体实在的内容引导农村的生产与消费，使得广播真正成为"党和政府联系群众的最有效的工具之一"。人民广播代表党和人民，用广播的力量推动社会主义新农村建设是当代广播人神圣的历史使命，正是因为牢记使命才使得这档节目具有强烈的社会责任感。通过《"走乡村·扶贫圆梦"公益行动》的实施，积极培养和践行社会主义核心价值观，形成讲正气、做奉献、促和谐的良好风尚，体现出广播电视人对社会责任的理解。

从广播节目的制作播出技巧来看，《"走乡村·扶贫圆梦"公益行动》有些可以改进之处。例如，形式有些单一，广播节目的制作手段也可以是非常丰富的，如音效的使用、配乐、现场采访、同期录音、记者手记、编者感悟、播音员演播等，如果能使用更多的广播手段，会使得节目更好听，具有更好的传播效果。另外，节目的形式有些老套，如果探索一些新的形式，如设定两位节目主持人走基层，以两位节目主持人的所见所闻作为整个节目的主线，也许节目形式会更加活泼一些。

媒体长久的生命力来自大众的认同。广播要充分体现自身的特色、功能，提高媒体竞争力，赢得更多的受众，就要服务于群众生活，和群众生活密切相关，最重要的是要做广大群众的贴心人，了解他们，帮助他们，深入他们的心中，成为他们可以依靠和信赖的朋友，真诚、真实、真帮忙……

如何通过大型活动积极参与到社会建设中来，如何发挥广播的社会影响力，温州广播电视台的《"走乡村·扶贫圆梦"公益行动》给我们树立了良好的典型，具有很强的借鉴意义。

服务类

广播服务类

通讯网络诈骗层出不穷，怎么防？

（节目宣）

陈小婷：各位听众朋友们，大家好，我是陈小婷。8月19日，即将上大学的山东临沂女孩徐玉玉接到了一个171开头的电话，电话另一端自称是教育局的，有一笔助学金可以发给徐玉玉。而徐玉玉照着要求将9900元钱汇给了对方账户后才发现自己被骗了。当晚，徐玉玉在报案回家途中心脏骤停，经医院抢救无效不幸去世。

18岁的花季少女悲痛陨落，只因骗子的一个电话，当徐玉玉的遭遇折射到我们身上时，又能给温州的听众敲响什么样的警钟呢？请关注今天的《你好，出租车》之《生活大调查》。先来听听我们的新闻调查员小王在街头调查的情况。

【出录音】（街采）

小王：现在你有没有接到过一些诈骗的电话或者是短信？

市民1：接到？我还没有接到过。有几个人都接到过，诈骗电话也有。

小王：那你周边有没有这样的人被骗，有没有？

市民1：没有！被骗的人还没有。

小王：你有没有接到过诈骗的电话或者短信？

市民2：有！我还被骗过！

小王：你怎么会被骗的？

市民2：是这样子的，我当时正好是明天的飞机，然后航班取消了，航班号、姓名这些都对得上，说马上可以退飞机票的钱给我，后来我就把我的银行卡号还有一系列相关的资料报给他，结果钱被转走了。

小王：你有没有接到过诈骗的短信或者电话？

市民3：有的，有啊。

小王：那你有没有被骗？

市民3:没有,骗是没有骗。

小王:我现在来到了温州市反通讯网络诈骗中心,跟这里负责宣传的黄通令警官了解下情况。黄警官你好,跟我们介绍下目前反诈骗中心收集到的情况。

黄通令:今年上半年,我市发生(的)通讯(网络)诈骗案件数同比上升11.5%,损失金额最高的有400多万,累计被骗的金额已达到1.27亿元。

小王:根据这些数据看,受骗群体有一个什么样的趋势呢?

黄通令:受骗的群体日益年轻化,其中20—39岁青年人占了绝大多数,共占69%。被骗群体涉及工人、农民、学生等各个行业,其中相当一部分受骗群体是家庭经济非常困难的群体,被骗的都是养老金、救命钱,有的甚至倾家荡产。

陈小婷:多么触目惊心的数据,眼下正是一年一度的开学季,各高校返校大幕陆续拉开的同时,也是新生被骗的高发期。说到这里,你是不是想起曾经有接到某某"领导"的电话,要你明天去他办公室"谈一谈"?又或者是收到短信"请把钱汇到某某银行卡"?那么到底什么是通讯网络诈骗?通讯网络诈骗又有哪些招数呢?今天《生活大调查》板块就为大家来揭秘通讯网络诈骗的"前世今生"。今天节目直播的时候呢,听众朋友也可以通过微信平台留言来讲一讲你所碰到的通讯网络诈骗。

【出录音】

大家好,我是调查员小王,所谓通讯网络诈骗是指犯罪嫌疑人通过电话、短信、网络等方式对受害人实施诈骗的犯罪行为,非接触性进行远程监控诈骗。近年来,网络通讯诈骗也层出不穷,发案率高,严重危害市民财产安全。面对通讯(网络)诈骗犯罪的咄咄逼人之势,2015年12月7日温州市反诈骗中心成立,集中了市政府各个职能部门、通讯运营商、各大银行之力,采取强有力的处置、防范、打击措施。据悉,温州市反诈中心成立半年以来,冻结被骗资金1266万元,封堵涉案诈骗通讯号码10865个,打掉20个诈骗团伙,拘留嫌疑人165名……

陈小婷:好的,谢谢我们的调查员。那么今天我们也把温州市反诈骗中心的专家章文华警官请到了我们的直播室,章警官你好!

章文华:你好你好!听众大家好。

陈小婷:欢迎来做客节目,刚才节目开头说到的这几个大学生被电信诈骗后,受不了打击,不幸离世的新闻,特别让人感慨。

章文华:是的是的,山东的大学生徐玉玉因为被骗不幸地离世了,案件发生以后呢,就现在的骗子招数比较多,不单单是骗钱,不仅谋财还是害命。

陈小婷:所以就是这次事情发生以后呢,大家又是把这个目光聚集到我们这个诈骗案的一些事情上,就我们说的这个网络通讯诈骗。现在通讯网络诈骗的案件经常发生,骗子的新招数也是层出不穷,所以有不少人都被骗了钱,想问下警官,那么目前在咱们温州这种诈骗是呈现出一个什么样的特点呢？

章文华：它主要特点有几方面，一个呢就是它这个危害的群体特殊性。因为它的犯罪分子就是通过漫天的撒网方式，就是通过拨打电话也好，发短信也好，这个面很广，但是受害的面积广了以后呢，包括就是社会各层次的，包括老板、公务员也好，老师也好，各行各业的都会收到这些通讯网络诈骗。

陈小婷：嗯，这是一个。

章文华：嗯，还有一个它就是远程的，非接触，在很短时间内，它就不留痕迹的，那么就是实行诈骗，时间短就是可以把你骗到手了，就这样子。

陈小婷：是一种高智慧型的诈骗了？

章文华：对，他们犯罪分子通过一些网络的技术，比如说就是通过一些木马程序也好，叫你登录一些这个通讯网站也好，那么就实行一种银联这种诈骗手法。

陈小婷：嗯嗯，也就是通过网络银行这种方式。那么像这个过程当中的话，是不是在后期追查也比较有难度呢？

章文华：对对对，因为我们这个通讯网络诈骗就是跨国跨境的犯罪比较突出的。就是大型的犯罪集团都是通过中西部转移过来的，这窝点呢都是在境外的，包括那个台湾的这些诈骗团伙，都移居在那个东南亚这一带。

陈小婷：怪不得我老是接到那种，我之前有接到过那种就是“我是领导”的电话，那种就是有很浓的港台腔的人打过来的这样的一个诈骗电话了。嗯！这是一个就是说隐蔽性比较强，那还有呢？

章文华：还有就是整个社会的这个转型性，就当前我们这个整个社会经济发展以后，比较大量的隐私信息都有泄露，那么就是有的人就是通过这个层面的一些泄露的一些信息，那么犯罪分子就通过这个信息以后，这方面散播出去。

陈小婷：散播出这种误导的信息了。那我看到好像说现在这个手法也是多种多样的，就让我们是防不胜防，是吗？

章文华：那是的，因为犯罪分子他就利用一个集团嘛，很多人在分析的，他给你电话以后，知道、了解你一种情况信息以后，他慢慢地接触你了，那么比如说是针对的公务员的，针对老师的，他的手法都不同。

陈小婷：嗯，所以呢，它也是有这种新型的一些手法，内容上、工具上，还有这个转账方式也不断地在发生一些变化，那么除此之外，我们还是要跟大家来说说，通讯网络诈骗主要有哪些这个类型。

【出音频】诈骗模拟类型

接下来我们通过一则音频笑话来总结一下生活中遇到的那些诈骗电话。

先生：喂，你谁啊？

女骗子:先生你好,这里是市人民医院急诊科的,你的儿子刚才发生了非常严重的车祸,现在需要抢救,需要您……

先生:那个什么!我知道了,不用救了,我找人撞的。

先生:喂。

女骗子:先生你好,我们是银行工作人员,刚刚发现您的信用卡在境外有一笔巨额的消费。请问是您本人使用的吗?

先生:对对对!就是我消费的,哎呀,我刚才打了个"飞的"呀,去南非买了几吨钻石。

先生:喂。

女骗子:你好!这里是人民法院,这里有一张你的传票。

先生:哦!那正好!我就在这里上班!二楼左拐第一间,你送过来吧!

先生:喂,你好!

女骗子:我们是教育局的,您的儿子呀刚刚获得了一笔奖学金,想麻烦您来领取一下呀。

先生:哦!多少钱呐?

女骗子:先生,是5000块钱。

先生:太少啦!不要啦!你留着花吧!

先生:喂。

女骗子:你好!这里是公安局,经查证你的信息被盗用参与了贩毒活动,我们需要您的配合。

先生:你搞错了吧?!不是盗用啊!那就是我亲自干的啊!

女骗子:你好,先生,我是张丽,今年28岁,肤白貌美,嫁给了富商,但是很可惜丈夫没有生育能力,没有人继承大家大业,希望你能帮帮我。

先生:你哪儿的?什么意思啊?!

女骗子:我想要一个孩子,希望你能圆我做母亲的梦啊,有重谢。

先生:有多重啊?给我多少钱啊?

女骗子:如果我做了母亲,给你500万啦!

先生:你把钱打到我卡里来吧!妈妈!

陈小婷：所以刚才我也说到了，这个诈骗的手段是一直在变化，千变万化，可是我觉得他们只有一个目的，就是想把你口袋里的钱拿到自己的口袋里。那么说到这里，我比较好奇的就是这些骗子们到底是如何把诈骗短信发送到我们寻常百姓的手机上呢？听听我们调查员小王又搜集到了什么信息。

【出录音】

嘿，大家好！我是调查员小王，我又来了！一条普通的短信是这样发送的：小王给小婷发短信，这条短信先是传送到基站A，之后基站A会根据要发送到的号码与相应基站进行联系，这样就会到了拥有此号码的基站B那儿。而基站B的工作就是把这条短信送到指定的号码，一次短信间的传递就此完成。不法分子就是通过对手机与正常基站间联络强行干扰，达到发送诈骗短信的目的，要达到这个目的就需要借助罪恶的伪基站！

第一步：不法分子通过可任意修改号码和短信内容的伪基站后台编写"暗藏杀机"的诈骗短信。

第二步：伪基站通过大功率的信号发射，跳过或基调手机与正常基站的联络，强行让附近手机与伪基站建立联络，从而达到发送诈骗短信的目的。

陈小婷：好的，欢迎继续回到今天的《你好，出租车》，咱们说到的是最近你有没有碰到一些这个通讯诈骗的短信或者是电话，那么您怎么来应对，这会儿有些听众来说了自己的经历，咱们也来听听看这位叫做"观望"的朋友，您好——

【微信语音】讲一个，有的时候那个骗子会加你微信或者QQ，他把名字改了跟你那个熟悉的朋友名字头像都搞得一模一样，他有的时候会问你要钱、借钱干吗的，很容易让人防不胜防，很容易被骗的。大家这个要千万要注意。

陈小婷：哦，他说的是利用亲近人去骗。

章文华：这种有种可能，比如说我的微信被盗了，我点击一个网站，网站有木马病毒的，把我微信盗过去了。盗过去以后，犯罪分子就用我的微信来加你好友。已经(是)好友的，那么在微信上跟你讲我需要什么资金、什么金钱。

陈小婷：就把你给骗了。还有一个"阿拉丁"的这个经历，我们来听听看，你好！

【微信语音】我觉得大家接到这类通讯诈骗的电话，尽量假装受骗，跟他们多聊一会儿。多聊一会儿的话，他们就没有其他时间去骗别人了，就能多救一些人。

陈小婷：他说了一个技巧，就是知道被骗了就不要这样了。

章文华：这方面都要多问一个。

陈小婷：要不然你就会上当受骗了，还好这位听众多留了一个心眼。那么既然说了那么多的特征，我们还是通过警官来处理的，包括比较大的一些案件也可以跟我们来说说。

章文华:今年我们就是温州这一块数额比较大的一个被骗的,是450万。

陈小婷:哇!450万,当时怎么被骗,这么多钱都可以被骗走?

章文华:它是这样,它是通过有个顺丰快递的话务员,打电话过去,说有个快递,在我们这里搁置了二十几天了,那么就是由于这个是一个信用卡被盗刷,当时就是告知这个女士,女士说我没有啊,那么他说把她这个信息转到天津的公安,那给她报了一个天津公安局的号码,叫女士去查114,那么后来电话挂下来,温州这个女士就打电话,天津的114查询了这个他提供的这个号码,号码对方就是给她回复,这里是天津市公安局的。

陈小婷:哦,这样子的话,她可能就会相信骗子说的了。

章文华:对对对。

陈小婷:因为号码也有。

章文华:对,后来骗子又重新打过去,就显示这个号码,他说我们天津市公安局,那么根据他提供的这个信息,被盗用了。叫她就是再登录一个网站,网址登录以后就是出现了一个中国最高检察院的一个公检法的网页。

陈小婷:那么到了这里,我估计这个当事人她应该已经完全相信骗子说的事情。

章文华:对对对,她自己都傻了,蒙掉了,她点进网站以后,发现了一个通缉令出来,通缉令一出来以后,她自己的名字、身份证号码、照片、案件内容直接在这个网页上出现了。

陈小婷:我估计很多人如果看到这一步,他想做就是,哎呀我赶紧把钱还了,不然我要被通缉了,应该是这样想的。

章文华:嗯,对对对,那么通过这个网页当中有一个点击这个冻结资金的,就把你的卡先把你冻结掉,叫你把卡输入这个冻结的账户,那个女士就把自己12张卡的所有的卡号跟这个密码,通通输入了这个账号当中。就一笔一笔,一套一套的,最终给他骗了450万。

陈小婷:哦,所以她也是分批。

章文华:对对,从头到尾花了一个月时间。

陈小婷:他就抓住你这种心理,就觉得你这种事情,你不敢去跟别人讲,然后你也只能跟我一对一交流,那么你只能把钱给我,你也不会跟别人去核实真假。

章文华:对对对,所以导致她就是一头雾水的,一次两次向朋友、向同事11个人借了钱,还要自己的房屋、信用卡贷款,总共450万,通过30多次的汇款,一笔笔汇过去了。

陈小婷:那么当时方女士(化名)怎么就会相信骗子的话,还把钱转给对方呢?我们也联系到了方女士。

【出录音】

方女士:我当时一直觉得是真的,网上看到自己的通缉令,里面名字和身份证都跟我一模一样,我都吓死了。当时只是想着就把自己这个事情弄好,到处借钱,也不敢说。

陈小婷:那你当时有没有怀疑过这可能是诈骗呢?

方女士:没有,没有,接到电话都说是公安的,在网上查到的看起来也挺真的,我就没想那么多,也不想让别人知道,就按他说的去汇钱,根本没有想到是假的。

陈小婷:那么想问下章警官,就是像我们碰到这种情况,如果已经发现苗头不对,但是钱汇了如何止损?

章文华:这块呢就是,假如你发现了这个钱已经汇出去了,那么第一就是报110指挥中心。

陈小婷:章警官,你刚才说到就是如果说我发现自己被骗了,马上打110就可以了。那它是怎么操作的呢?可以快速把这个钱给拿回来?

章文华:那么你假如是认为自己被骗的,那么直接打110,110指挥中心接到这个反诈骗这一块的,直接转到我们反诈中心,我们反诈中心接警通过三方的通话记录以后,假如你提供被骗的卡号,那么我们有5家银行入驻,直接由银行来查询冻结,来止付。

陈小婷:哦,所以就是可以快速地就把你的钱先给冻住了,那么犯罪分子就拿不到你的钱。

章文华:对对,其余没入驻的有二十几家银行,我们都有一对一地对接的,我们用传真方式去查询冻结。

陈小婷:所以也就是说现在,我们市民如果碰到这种情况,还是先打110是最快可以跟你们反诈中心联系到?

章文华:对对。

陈小婷:哎哟,今天节目做到这里啊,我觉得好像身边的人,包括我们采访的,包括我们微信平台的朋友,都说到多多少少有接触到这个通讯网络诈骗。那么咱们怎么可以避免再次上当受骗呢?好!我们继续来有请调查员小王,跟大家来支支招。

【出录音】防骗秘籍!

现代科技发达,骗子的方法多样,但总之还是绕不过转账和汇款。所以今天小王就给大家建立三道防骗防火墙。

“喂,我是电信、银行、公安的!你看看我们号码!不信你打114问问!”此地无银三百两!现在的号码都是可以作假的,所以千万不要相信自己的眼睛。

“你看看!”“不好意思我瞎了!”

“你现在账号极度不安全！想要证明自己清白的！把你卡上的钱转到我们的安全账户！”要记住！“安全账户”极度不安全，没有任何单位会设置这种“安全账号”。所谓的“安全账号”百分之百都是骗子设置的。

“喂，你的银行卡已经被我冻结了！不安全啊！”“喂！我们给你们退税！麻烦把你的银行卡号和密码报过来。”哦，天上掉馅饼啊！你不怕砸死你呀骗子！税务和财政部门对消费者进行退税的时候都会通过电信、报纸等权威部门公告，绝对不会打一个电话说我要退你的钱，这些都是骗人的。

电话网络诈骗是运用市民贪小便宜、怕事儿的心理，只要自己心中门儿清，拒绝诱惑和恐吓，不随意打开陌生网站就不会受到电话网络诈骗的毒害。

陈小婷：无论骗子的花言巧语是什么样子的，无论他们的手法如何翻新，最后都要落到一个点上，就是犯罪分子都要受害人的银行卡、密码和账号，因为他们要的就是钱嘛。所以小婷也要借着这期节目来提醒我们广大的听众朋友们，在日常工作和生活中，千万不要轻信那种来历不明的电话或者是短信，也千万不要轻易地透露自己的身份和银行卡的信息，如果说真的有疑问的话，就要及时拨打电话给公安机关，哪怕是向你的亲戚、朋友来询问一下。捂好自己口袋里的钱，可千万不能让犯罪分子得逞。OK，今天的《你好，出租车》就跟各位先聊到这里，我是陈小婷，我们下期节目再会！

单位：温州广播电视传媒集团交通频率

作者：陈婷婷、王子川、胡倩、陈永松

融合：新闻性、知识性、服务性和娱乐性

蔡国栋

19分13秒，在今天的广播，已是大块头了。《通讯网络诈骗层出不穷，怎么防?》应该是《你好，出租车》这个大板块中的一个单元。

寻常说“媒介融合”，总是指不同的传播形式——报纸、广播、电视还有新媒体融合在一起。听了这个节目，笔者脑际蹦出的也是“融合”这个词。新闻性，知识性，服务性，娱乐性，天衣无缝地融为一体，这也是“融合”啊！

1. 新闻性

新闻背景：4天前，即将上大学的山东临沂女孩徐玉玉接到了一个171开头的电话，电话另一端自称是教育局，有笔助学金要发给徐玉玉。而徐玉玉照着要求将9900元钱汇给了对方账户后才发现自己被骗了。当晚，徐玉玉在报案回家途中心脏骤停，

经医院抢救无效不幸去世。此案作为新闻焦点正举国热议。

新闻行动：新闻调查员小王走上街头进行拦截采访，接到过诈骗电话的，上过当的，侥幸逃脱的……众说纷纭。

现场录音：新闻调查员走访温州市新设的反通讯网络诈骗中心，请这里的黄警官介绍。“今年上半年，我市发生通讯（网络）诈骗案件数同比上升 11.5%，损失金额最高的有 400 多万元，累计被骗的金额已达到 1.27 亿元……”然后是趋势：“受骗群体日益年轻化，其中 20—39 岁青年人占了绝大多数，共占 69%；被骗群体涉及工人、农民、学生等各个行业，其中相当一部分是家庭经济非常困难的群体，被骗的都是养老金、救命钱，有的甚至倾家荡产……”信息量超大。

典型案例：一名受害者受到恐吓向 11 位同事朋友借钱，还搭上自己的房屋、信用卡贷款，30 多次向骗子汇款总共 450 万元……当事人连线以亲身经历血泪控诉，闻其声如见其人。

丰富的新闻元素形成了一篇“现在进行时”的调查性、分析性深度报道。

2. 知识性

通信失密、改号软件、心理应急、理性防范……当事人现身说法，警官耐心讲解，听众集思广益，一场节目听下来，就像上了一课。

3. 服务性

话题来自身边，内容接地气，整个节目把通讯网络诈骗的“前世今生”和各种邪门招数抖搂了个遍，那些防骗实用技巧即使一知半解，但警惕性一定可以活学活用。

“一年一度的开学季，各高校返校大幕陆续拉开的同时，也是新生被骗的高发期”，针对性特强！

4. 娱乐性

我们以往的大部分广播电视节目，特别是新闻节目、服务性节目，普遍过于严肃，做得费劲，听得累人。因此特别要夸夸这个节目的幽默感。

先生：喂，你谁啊？

女骗子：先生你好，这里是市人民医院急诊科的，你的儿子刚才发生了非常严重的车祸，现在需要抢救，需要您……

先生：那个什么！我知道了，不用救了，我找人撞的。

先生：喂。

女骗子：先生你好，我们是银行工作人员，刚刚发现您的信用卡在境外有一笔巨额的消费。请问是您本人使用的吗？

先生：对对对！就是我消费的，哎呀，我刚才打了个“飞的”呀，去南非买了几吨钻石。

先生：喂。

女骗子：你好！这里是人民法院，这里有一张你的传票。

先生：哦！那正好！我就在这里上班！二楼左拐第一间，你送过来吧！

先生：喂，你好！

女骗子：我们是教育局的，您的儿子呀刚刚获得了一笔奖学金，想麻烦您来领取一下呀。

先生：哦！多少钱呐？

女骗子：先生，是5000块钱。

先生：太少啦！不要啦！你留着花吧！

先生：喂。

女骗子：你好！这里是公安局，经查证你的信息被盗用参与了贩毒活动，我们需要您的配合。

先生：你搞错了吧?！不是盗用啊！那就是我亲自干的啊！

女骗子：你好，先生，我是张丽，今年28岁，肤白貌美，嫁给了富商，但是很可惜丈夫没有生育能力，没有人继承大家大业，希望你能帮帮我。

先生：你哪儿的，什么意思啊?！

女骗子：我想要一个孩子，希望你能圆我做母亲的梦啊，有重谢。

先生：有多重啊？给我多少钱啊？

女骗子：如果我做了母亲，给你500万啦！

先生：你把钱打到我卡里来吧！妈妈！

……

一则则音频笑话把各种类型的诈骗套路一一道来，寓教于乐，幽默益智，绝了！（此处不仅应该有笑声还应该有掌声！）

巴菲特是公认的骨灰级投资大师，但每年都有人号称比他买得低，卖得高。但几十年下来真正及得了老爷子的恐怕还没有。有人帮他总结，业绩长青、宝刀不老是因为有三位高人鼎力相助。第一位高人叫“概率”：永远不在抄底、逃顶上枉费心机，只选择具有大概率和安全边界的方向、标的和时点；第二位高人叫“时间”：时间越久，概率的作用体现得越充分；第三位高人叫“幽默”：不急不躁不恼不怨，笑对世事变迁危难，把“坏消息”也当作“好朋友”（巴菲特本人语）。从事媒体的我们不也可以与这三位高人结伴同行？尽量选择大概率的正确方向，假以时日，坚持做对的事情，以幽默的心态实事求是，实话实说，欣然面对现实。

向温交广的朋友们学习！

电视服务类

如何避免孩子意外伤害
（上篇）

【口播 1】做健康温州人，打造健康温州城。欢迎大家收看《健康国卫行》节目。我们的节目不仅关注您个人的小健康，同时还特别关注城市的大健康。大家知道，近年来儿童意外伤害事件频频发生，2 岁男童摔落电梯、2 岁男童摔倒筷子插入脑袋、4 岁女孩被锁车中 6 小时窒息死亡、5 岁女童被压车轮下身亡等报道屡见不鲜。跌落、溺水、车祸、误服中毒、烫伤、擦伤等这些成人经常会碰到的意外伤害，同样也威胁着孩子的安全，应该引起社会和家长的重视。今天我们就来跟大家聊一聊如何避免孩子意外伤害的话题。

【主持人出镜】姐姐，上课快要迟到了，我们就跨过去吧。（小嘉宾左右看不到斑马线的表情，现场情景，拍摄长条的护栏）

【彬倩】跨越护栏过马路，是绝对不允许的！不论怎么样，我们都要走斑马线。我们再往前找找，一定能找到斑马线。

【小嘉宾】那好吧。

【主持人出镜】对于交通安全，不论什么情况，家长都要教导孩子不能违反交通法规，同时，要特别提醒顽皮的孩子，在马路上思想不要开小差，更不能追逐、玩耍、跨越护栏。我们建议 8 岁以下孩子在过马路时要由成人带领。过斑马线一定要做好手势，专注于走路。

【配音】世界卫生组织和联合国儿童基金会统计显示：每天有 2000 多名儿童死于道路交通事故、溺水、跌落、中毒、烧烫伤等非故意或意外伤害。

（后期制作在配音时插入 0—14 岁年龄组儿童伤害死亡统计汇总图）

0—14 岁年龄组儿童伤害死亡统计汇总

年度	死亡人数	死亡率
2010	180	12.45/10 万人
2011	188	14.12/10 万人
2012	179	14.99/10 万人
2013	140	12.13/10 万人
2014	108	9.31/10 万人

【采访】市疾控中心慢病所副所长 李江峰：我们儿童青少年前四位的死因近几年趋势是一致的，从2010年到2014年基本是一致的，首要就是淹死，第二位是机动车交通事故，第三位是意外跌落或者高处坠落，第四位是机械性窒息。在0—14岁之间我们发现引起0—1岁婴幼儿死亡主要的原因，首位就是机械性窒息，1—4岁和5—14岁之间的儿童死亡原因首位是淹死。

【配音】意外伤害轻者擦伤流血，重者在瞬间就能置孩子于生命的边缘。那么我们该如何预防孩子意外伤害呢？

1. 如何预防溺水

【彬倩出现场，孩子演示，孩子在浴缸里玩】溺水是我国0—14岁儿童意外伤害死亡的第一位原因。10个因意外伤害而死亡的0—14岁儿童中，有近6个是因为溺水身亡的。而这个浴室就是家中一大危险点，千万不要将0—4岁的儿童独自留在浴室，特别是在宝宝洗澡的时候，因为洗澡时妈妈离开导致宝宝没入水中淹死的案例时有发生，一定要当心。

【配音】（彬倩根据内容去演示）在洗浴后要及时清空浴池里的水，浴池放水的开关要位于儿童触摸不到的地方。

【配音】另外，在游泳池或其他开放性水域场所时，家长要做好对孩子的监管，不能单独让孩子在池塘或河边玩耍，不让孩子在无人看管的区域游泳；游泳时要有成人带领或有组织地进行，不要单独下水。在生活中，要教育孩子不要单独在水边玩，也不要在下水道井盖丢失的道路上行走。

2. 如何预防交通事故

【彬倩与两个孩子共同演示】

【两个孩子在小区停车处打球或下蹲玩某游戏，切记要演示孩子下蹲的状态】

【彬倩】你们俩这样蹲着玩，碰上倒车怎么办啊，开车的司机看不见你们呀。

【彬倩出现场】不要让孩子在车辆附近玩耍或逗留。儿童与汽车之间的安全距离至少要在2米以上，有些小孩子不仅喜欢在车子附近逗留玩耍，还喜欢躲进车底玩耍。驾驶员一旦启动，就会伤害孩子生命。

【配音】由于出入住宅小区的车辆越来越多，而小区内道路相对比较窄，儿童在玩耍时不注意周围环境，非常容易被撞。儿童玩耍应该避开上下班高峰这一时段。同时，车辆进入住宅小区应减速慢行，注意周围是否有儿童。养成文明行车的好习惯，利人利己。

【彬倩出现场并与小孩共同演示】不要抱着小孩乘车，别给小孩系成人安全带。因为一般汽车座椅和安全带是专门为成人设计的，不适合身材矮小的儿童，发生碰撞时安全带正好勒住孩子的脖子，成了最危险的“索命”带。

【配音】另外，就是别让小孩单独坐后排，应使用儿童安全座椅；还有一点要切记，无论什么情况下，都不要把小孩单独锁在车内。这种意外常发生在夏季，高温环境下宝宝在密闭的车内很快就会缺氧和脱水，不及时抢救很容易造成死亡。

【彬倩出现场】前段时间，有个家长要下车买东西，竟然没有及时地拔掉车上的钥匙，而坐在车上的还有一位12岁的小男孩，他发动了汽车，横冲直撞，造成了重大的交通事故，难以挽回。所以，彬倩还要重申一次，无论什么情况下，都不要把小孩单独锁在车内！以上仅仅是儿童意外伤害的几大预防守则，还有很多意外的情况都需要家长们引起重视，在这里我们提醒孩子和家长一定要绷紧安全这根弦，不要将意外伤害想象得离我们很遥远，这是一种随时都能出现的伤害。

【配音】我们希望家长带孩子到户外游玩的时候，过马路的时候，游泳的时候，以及每一个有可能带来意外伤害的时候，都能提前做好孩子的保护措施，遵守预防第一、抢救及时、正确处理的宗旨。

【口播1】据世界卫生组织统计，意外伤害每年导致全球500多万人死亡和更多人的残疾，为大多数国家居民的前5位死亡原因之一，占全球死亡率的9%和全球残疾的16%，是全球各国面临的一个重要的公共卫生问题。今天我们为大家介绍的是溺水与交通事故的两种意外伤害的预防措施，那么下一期节目，我们会为大家继续介绍其他性质的意外伤害的案例，让大家更好地获得方法与经验，避免孩子意外伤害的情况发生。

（下篇）

3.如何预防跌落

【彬倩与两个孩子共同演示】

【孩子演示】有两个孩子爬上窗边的椅子，聊天眺望。（两个孩子眺望远方风景，闲聊对话。）

【彬倩出现场】快点下来，你们俩胆子太大了，爬这么高，还把头伸到外面去，太危险啦！快点下来啊！

【彬倩出现场】很多家庭喜欢在窗台、阳台处布置沙发座，这样看上去十分时尚，也很实用。但对家中有幼儿的家长来说要十分注意。因为孩子有可能爬上沙发座，爬出窗台或阳台。因此，家长要加装防护栏，在我们封闭阳台的同时啊，阳台和窗台下也不要放置椅子或堆放杂物。要告诉孩子，在没有家长的保护下，不要靠近窗户。千万别将孩子独自留在家里。记得，彬倩再重复一次啊，千万别将孩子独自留在家里。不要反锁房门，如果真有急事，要记得把孩子托付给邻居照顾一下。

【配音】另外，再说说这个婴儿床，婴儿床的两边围栏可是保护孩子非常重要的工具，一定不能疏忽了，要拉上，防止婴儿从床上跌落。

【配音】除此之外，带着孩子出门，千万不要让他们离开自己的视线，更不能让孩子单独乘坐电梯。孩子由于好奇心往往会将扶梯当做是玩具，跑上跑下，很容易发生跌落伤害，更有可能的是被扶梯夹住，一不小心就有可能致命。家长应从小告诉孩子电梯有哪些危险，如何安全乘坐。

4. 如何预防机械性窒息

【彬倩与两个孩子共同演示】

【两个孩子演示】两个孩子互扔花生米到对方嘴里。（两孩子有简单的游戏对话。）

【彬倩】吃什么啊，你们？

【孩子】花生米。

【彬倩】这样吃太危险啦！

【彬倩出现场】像花生米、果冻这类危险食品以及家长的零钱、珠子、扣子、笔帽等不能随意放在孩子随手拿到的茶几或桌上，更不能给 3 岁以下的宝宝玩这些细小的东西。小婴儿对什么都充满好奇，什么都会往嘴里塞，有可能造成异物吸入，造成窒息。还有一点家长容易忽视，就是有些儿童用的劣质塑料勺由于质地比较脆，很容易被咬断或者边缘变得锋利，而且这些碎片容易被孩子吞咽下去，对咽喉、食道都有所伤害。因此应该选用质量过硬的餐具。

【嘉宾演示】另外，对于婴儿的饮食安全，要注意的是喂好奶后不要让婴儿仰卧，以免溢奶时误吸入气管。

【配音】尽量不与婴儿同床。此时会由于睡姿、母亲哺乳等姿势的不正确导致婴儿口腔、鼻子等呼吸道被堵，造成缺氧甚至窒息致死。新生儿和幼小婴儿不会翻身，如果采取仰卧位睡眠，一旦孩子发生呕吐，呕吐物流入气管，亦可引起窒息和死亡。不要把塑料袋或随手一扔的尿布、衣物、毛绒玩具等放在婴儿身边，以防遮住了鼻腔部位或蒙住头部。

5. 预防烧、烫伤

【孩子伸手去拿一杯热水】

【彬倩】仔仔，你在干吗？

【孩子】我想喝水。

【彬倩】这个水太烫了，你千万不能碰。

【彬倩演示】如果滚烫的汤、水、热水瓶放在桌角上，这对于 4—6 岁的孩子来说，可能一伸手就能碰触到。如果在夏日里，衣服穿得较少，甚至赤膊，这使得身体没有遮挡，可能造成儿童面部、上肢的大面积烫伤。如果烫伤情况严重，造成肿胀压迫呼吸道就可能威胁生命。所以，热水瓶、开水壶、热粥、热汤锅等应放置在孩子不易碰撞的地方。

【配音】家长在为孩子洗澡时一定不能忘记要先试水温，再将孩子放入澡盆，孩子皮肤柔嫩，稍高的温度就会造成烫伤。

【配音】勿让幼小孩子随意玩火柴、点明火、点煤气灶、点火油炉和烧柴火，屋内电源插座及开关应置于高处，或用防触电的封闭塑料插座堵住这些插座孔。还有家用电器要尽量放在年幼儿童不易拿到的地方，不能让小孩接触或摆弄；对于大孩子，应教会他正确的使用方法，让他不能用湿漉漉的手或湿布去接触电器，以免触电、烧伤。

【采访】市疾控中心慢病所副所长 李江峰：其他常见的像中毒，什么原因引起的中毒呢？它的危险因素有药物中毒，还有一个气体中毒。药物中毒包括家用、常用的备用的一些药物，小孩子不注意，在他可拿去的范围使用。还有一个中毒就是气体中毒，像一氧化碳、二氧化碳中毒，一氧化碳中毒常见的像北方地区的煤气中毒，二氧化碳中毒主要在极端天气下，比如在汽车内，孩子被遗忘在汽车内，被反锁在汽车内，这种情况下长时间的话可能引起二氧化碳中毒。另外一个就是动物咬伤，动物咬伤致死率虽然不高，但是它的致残率，对小孩的成长、心理因素、健康的影响是非常大的，其实这个责任主要在我们成年人，成年人没有尽到一个成年人该尽的责任和义务。

【口播2】生活之中，处处存在着意外伤害，不要将意外伤害想象得离我们很遥远，这是一种随时都能出现的伤害，同时，与一般的疾病不一样的是，意外伤害完全可以预防。因此，政府应加强儿童伤害相关知识的宣传和普及教育。学校、社区及家长也要加强学生安全知识及自我防护教育，修正儿童不良行为，及时消除安全隐患，以减少伤害的发生。让孩子彻底远离意外伤害带来的痛苦。好，今天的《健康国卫行》节目就到这里。我们下周六晚8点15分再见！

单位：温州广播电视传媒集团新闻综合频道

作者：吴倍若、吴莉蔓、陈汝琛、徐彬倩、尹航、叶小真

紧扣社会热点　满足受众需求

——《如何避免孩子意外伤害》评析

胡蓓蓓

近年来，健康养生类节目层出不穷，一是对节目出品方来说该类型节目制作相对简单、成本可控，容易得到广告商的青睐，二是随着民众生活水平提升和自我健康认知

的强化，传统电视传达的信息更容易打动受众，取得较好的收视率和节目口碑。如何在众多的健康类节目中脱颖而出，对城市电视台而言，栏目的定位、策划创意更显重要。本期温州广电集团获奖作品所在的栏目《健康国卫行》，作为一档以健康为思想核心的电视节目，节目定位比较讨巧，立足个人的小健康，并辐射到城市的大健康，用生动的电视手法关注热点话题，传播健康生活理念，传递健康环境的城市资讯。

一、选题重要，传播力强

这篇获奖作品《如何避免孩子意外伤害》基本满足节目诉求，较好地发挥了服务类节目服务民生、服务生活的特点，为群众答疑解惑、排忧解难，把一个生活中的热点话题通过情景演绎、新闻播报手法表现出来，并就群众关心的关键问题进行梳理，较准确地传递了资讯信息。专题类节目要做得好，有几个关键要素：选题贴近生活，内容可信有深度，形式活泼易懂和传播时机得当。打造健康温州城，不仅要关注身体健康，也要防范意外风险，特别是家长都关心的孩子意外伤害问题，把这个问题做深做透是节目成功的关键。

二、策划先行，编排得当

从栏目的定位出发，用生活化的演绎手法满足收视群体的需求，通过梳理孩子意外伤害的类型，有选择、有层次地递进展开。节目从近年来多发的孩子意外伤害事件入手，开篇先用数据说话："世界卫生组织和联合国儿童基金会统计显示：每天有 2000 多名儿童死于道路交通事故、溺水、跌落、中毒、烧烫伤等非故意或意外伤害。"

从节目内容收视角度出发，对重要问题需要邀请相关领域专家进行专业解读，以培养栏目的权威性和节目的可信性。为此，节目中在历史数据基础上又采访市疾控中心慢病所副所长李江峰，告知观众我们儿童青少年前四位的死因近几年趋势是一致的，从淹死、机动车交通事故、意外跌落或者高处坠落到机械性窒息依次递减。

意外伤害事关生死，是为人父母最为关切的话题，从权威数据入手，通过专家说法进一步强化最重要的预防措施就是成年人要足够重视，在孩子养护过程中足够用心。用数据和专家告诉你意外伤害不容小觑，不仅要心理上足够重视，还要在行动上保持关切，彰显一种人文关怀和接地气的人情味。

三、情景案例，解说生动

本片以近年呈上升趋势的几类儿童意外伤害现象为核心内容，将其归类，用情景演绎和主持人讲演的电视手法，引导人们如何避免孩子意外伤害。片子章节有序、细节入微，并将各类实用的应对方法和警示标语自然巧妙地融入片中。两位主持人的表现可圈可点，演播厅主持大方得体，外景主持平和自然，配音效果较好，后期剪辑也比较得当，较好地呈现出电视画面视觉传达活泼生动的效果。

从“如何预防溺水”情景演绎来看，包括了婴幼儿家中洗澡时候的护理要求，大人必须时刻在旁，游泳池和开放性水域孩童单独游玩的危险性，还强调了不要在下水道井盖丢失的道路上行走；细节抓得比较准，画面感也比较强。“如何预防交通事故”中三大场景都是典型的和交通相关的意外伤害：停车场玩耍倒车危险、不坐安全座椅和把孩子单独留在车内。这几个是常见的但容易被忽视的交通意外，让人印象深刻。

“如何预防跌落”演绎了家中的安全隐患，由点及面，推此及彼，不同的场所譬如在商场、游乐场、去别人家做客等都有可能发生这些意外，画面之外的说服力也比较强。“如何预防机械性窒息”的精彩之处在于告诉大人要注意婴儿主动把小的物件入嘴发生危险，要注意物品的放置，防治对象主要是婴幼儿，注重区分预防对象。“预防烧、烫伤”也是从物品放置提醒和警惕玩火入手，层次分明。

总的来说，内容的编排注重实用和创新，结构清晰，层层递进，不落俗套，给整档节目增色不少。

四、有待改进方面

一个好的选题策划不仅要考虑内容形式，也要考虑播出时机，最好选择有新闻由头的时间段，借由相关新闻的热点效应，带动人们讨论、思考、观看的热情。采访的面可以更广一些，可以考虑加入随机采访或小型调查增强说服力，如采访家长是否了解孩子意外伤害的类型或是防治措施等。意外伤害类型的演绎手法可以更多元、更生动些，借用一些漫画技巧或是后期加工，可以起到更好的传播效果。电视表现手法还可以加强，情景剧故事性不足，解说有说教之嫌，应该加强让画面说话的表现手法。主持人和外拍记者之间可以有一些连线互动，这样可以使栏目更立体，通过新闻性来建立权威，通过生活化演绎来拉近与观众的距离。

从节目内容上来看，该节目条理清晰，重点突出，重在避免和预防儿童意外伤害，如果在条件允许情况下也可以考虑根据儿童生活环境特点、不同年龄段的特点，进一步系统阐述造成意外伤害的原因、相关症状表现、需采取的预防措施以及紧急救护方法等，这样形成的有用信息将会更全面。

文艺类

广播音乐

感觉身体被掏空

——一次高雅音乐与草根音乐的握手

林：我是林晨林阿妹。

土：我是陈阿土。

合：我们两个是晨阿土。

土：为什么我感觉轻飘飘的……

林：为什么我感觉软绵绵的……

合：感觉身体被掏空！

【歌曲《感觉身体被掏空》片段欣赏】

【音效：一片狗叫】

土：林阿妹，打起精神来，我们是台里的业务骨干，老人儿了，得给新同志做点儿榜样！

林：可是土哥，我今天听了一首歌《感觉身体被掏空》，现在不光是我，台里其他主持人听完之后，三个请假了，两个已经定了去大理的机票，还有一个正满世界地找人结婚，说是想休婚假。这首歌的毒性也太大了，连我这样的工作狂，听完之后也根本都不想工作了。

土：行了行了，何止是你，我今天打主任办公室门口过，我看到主任已经瘫倒在地上了。这首歌已经形成了病毒式的传播，刚一上线不出24小时点击量突破千万，全民身体都被掏空了。我要搞搞清楚来，这个创作者什么目的，是怎么写出这首歌的。小林，有没有掌握一些资料？

林：有，演唱者是上海彩虹室内合唱团，作曲者是金承志，80后，温州人，师从温州著名指挥家邹跃飞、作曲家郑小冰，2007年考入了中国音乐学院指挥系，现任上海彩虹室内合唱团的指挥和艺术总监。

土：哦，是这个合唱团伙的头头是吧？

林：合唱团，不是团伙！

土：都一样，既然是温州人嘛，这就好办了，好好问问他，写这首歌的目的是什么。走，找他去！

【紧张音乐音效起】

土：小金啊，你也该知道为什么叫你来，你也是知道我们政策的，现在是给你机会让你自己说，这算是你自己坦白，要是我讲的话，这性质就不一样了，为什么写这首歌，你好好讲。

金：我好好说，我都说。我有一天刷朋友圈看到一句话，写着就几个字："感觉身体被掏空。"然后当时我看到这几个字的时候我满脑子的旋律就喷然而出，"感觉身体被掏空"，"空"的那一下就瘫坐在地上。而整个作品的创意，其实是来自于我们这群不平凡的平凡人。就是你站在房间里面，面对着老板，你背后是海浪海潮，整个移形换景，海鸥在天上飞过，海豚在海面上"飞"，然后你很崩溃，后面的景色却又是波澜万丈的那种。因为那个时候是四五点钟，人特别特别累的时候，正好是一个下班点。所以我想通过这个作品，去帮助大家释放一定的压力，让大家对生活充满更多的期待。

【歌曲《感觉身体被掏空》片段欣赏】

土：哦哟，说得比唱得好听，你这是合唱团该有的样子？合唱团不应该是这样的吗（《黄河大合唱》片段）？或者这样的（歌剧片段）？你为什么是那样的（《感觉身体被掏空》片段）？你说，你在音乐上你都干了些啥？

金：在音乐方面，整个词曲当中我自己其实最喜欢的是赋格段，因为我个人觉得这一段是情绪的制高点。它是有很多声部，每个声部都在唱一个主题。这个赋格段在写的时候配器上也做了一些改变，钢琴在做的是一个减分的事情，在高音区轻轻地敲，反而给这首作品平添了很多滑稽的感觉，用一种很戏谑的方式，告诉大家说，你听哦，虽然音乐是这个样子，但其实我说的不是真话哦。比如"我不累"，实际上你已经累得要崩溃了，然而这个时候又恰恰是你整个人压力的爆发点，也就是在那一段跟老板说"我热爱工作，工作让我进步；我喜欢学习，超快乐……"这些话都是我们曾经在加班的时候跟老板说过的话，所以他口中念念有词，仿佛欲言又止，仿佛是在精神分裂一般，虽然有人觉得这一段很滑稽，我自己却觉得是生活中最为真实的写照。

【《感觉身体被掏空》片段欣赏】

土：自己都承认了在音乐上没有说实话吧？你那个赋格段是什么意思啊？什么叫赋格段？你讲点我听得懂的好吧？

林：陈阿土，别露怯，你是音乐台的主持人。

土：啊，赋格段嘛，就赋格段对吧，我二舅搞装修的，隔断这个事情我门儿清。

林：金承志，你有没有抄袭？你里面那些音乐元素我耳熟得不行，你一开头就有那个任天堂游戏里面那功夫的配乐是吧？还有《暗香》对吧？还有林志颖的《快乐至上》，“哦嘿哟哦嘿哟”，是不是？东拿一个、西拿一个的，你自己不会写啊？

金：写我当然会写，那也不能叫抄袭。在《暗香》里面当然是两个作品的调性很像嘛。比较苦情嘛，当“花瓣离开花朵”，说明这朵花要凋谢了，他正好是唱到“难道我的青春就这么过去了吗”，然后旁边有人就回应他说“当花瓣离开花朵”，诸如此类的点比如用一些很夸张的“月抛戴了两年半”呐，包括说“十八天都没有卸妆”，这其实是我们很多加班的人的一个常见的常态。之后男低一直在絮絮叨叨说的“不要加班，不要加班”，然后再推出那一句“哦嗨哟”，很多人说是想起林志颖的作品，实际上我当时是想到有很多台湾的民谣，也有这样的元素在里面，就是用一种比较原生态的方式表达我要远离城市的一种愿望。整部作品里有很多情绪的表达和转换，最难的地方其实是这样，我们每一段都要表现出变化，然后我们又不可以发笑。虽然我们经常会唱一些很奇怪的词，观众一直在笑场，情绪的正确表达是很难的，我们必须非常投入，我们必须坚定地去相信：我就是那个加班的人。一旦你在舞台上出戏了，如果我们自己笑得很厉害，会让观众觉得我们对艺术很不尊重，那整部作品也会失去生命力。

林：还尊重艺术呢，我觉得你们团里面就没几个正经人，还有那配音的，什么“宝贝加班吧”，这谁，你把他名字给我报出来。

金：那个人是黎明先生。我们在讨论的时候，有个朋友就随口说了一句“我们要加班到黎明”，我说这个东西很有联想性，很容易想到四大天王之一的黎明先生，然后他自己本身就是一位老板，这个身份也特别适合契合我们歌里面那个“宝贝加班吧”的老板。

土：（林）还黎明，哦……别扯那么多，你扯上黎明也没用，你写这首歌的目的是不是就想让大家别好好干活？

林：我就想辞职啦！

金：我自己的话从来未鼓励过大家去辞职这个事情，因为工作本身是你自己的一种选择，我想传达的实际上是：如果你心有所想，就努力去实现，你要快意飞马、大口吃瓜，势必也要做出牺牲的。就是说我们作为人去追求自由时候，我们是否能把握到这个东西里边的节奏，做到让自己觉得满意。而作为我个人的话，我的确是希望通过这首歌，给每一个奔波的人一种关注，因为我们其实不断地为理想奔波，我想通过音乐来告诉彼此，其实你并不孤独。大家转发和点赞已经可以说明这一切。我们一起去发泄我们生活中所遭受的压力，然后我们一起勇敢地去面对第二天更大的一些挑战。如果一定要去定义它的话，它更像是一首应援歌，而不是一首吐槽歌，这就是为什么有的人说第一遍听会笑，第二遍听会哭，我相信如果第三遍听，他会有勇气的。

【歌曲《感觉身体被掏空》片段欣赏】

林：哎，小金，让你这么一说，我都信了耶。

土：林阿妹，你不要被他蛊惑了，我告诉你，我们是正经音乐节目主持人，我们很高雅的。他这个人一贯花言巧语，专讲一些鸡零狗碎的东西，你听听他上半年另一首爆款神曲，什么《张士超你到底把我家钥匙放哪里了》，这唱的什么东西这叫？

【歌曲：《张士超你到底把我家钥匙放哪里了》片段欣赏】

金：什么是高雅音乐？《诗经》里面提到的《风》《雅》《颂》，这种东西就是跟劳动人民紧密结合的，它既有庙堂之高，又有江湖之远；《国风》，它就是当时的流行歌曲。当然我自己就曾经很想把《诗经》编成合唱歌曲，那你说《诗经》高雅，还是合唱高雅？到底什么是草根呢？不要被这种空洞的定义玩坏了。于我看来，合唱原本就是一个载体，面对一个载体，我们可以通过它去做出不同形式的音乐。一个东西一直火下去，才是非常可怕的事情。因为当今我们生活的节奏非常快，我们每天都会接受新的事物，我们的国家也在高速地发展，推陈出新这种事情应该是很有必要的，而在这个过程当中，会有一些作品被定义为经典，任后人评说。

林：说得太好了，给我们温州音乐人金承志鼓掌！

土：好好好，鼓什么掌真是的，小金啊，今天就聊到这里，你交代得还不错，不过，回去以后还要多反思反思，以后多多创作，好不好？来，你给我签个名，还有，合个影，去吧去吧。

林：陈阿土，好消息！

土：什么好消息？

林：主任在听了三遍《感觉身体被掏空以后》，又重新燃起了领导我们的勇气和力量，其他几个请假的同事，也都不请了！

土：哎呀林阿妹啊，没想到这个小金讲话还有点道理，勉强算个正经人吧。神曲呢，也有它自身的价值，小林啊，把那个歌给我再放一遍。

林：为什么？

土：听这个小子吹牛，说头一次听会笑，第二次听会哭，我还不信了我还听哭了？你把它放出来，今天我没听哭，大家谁也不许回家！

林：别别别，我哭，我哭行不行啊？

【歌曲《感觉身体被掏空》片段欣赏】

单位：温州广播电视传媒集团音乐之声频率

作者：李元珍、林晨、陈曙

身体被掏空　精神添活力

——评广播音乐节目《感觉身体被掏空
——一次高雅音乐与草根音乐的握手》

金重建

金承志创作、上海彩虹室内合唱团演唱的合唱歌曲《感觉身体被掏空》2016 年引爆网络，温州电台娱乐节目《善良的晨阿土》子栏目《今日最强音》请来了作者，用同样戏谑的情景剧方式，向听众解读这首歌曲产生的缘由，表现出不同创意带来的不同效果。该节目特色有以下几点。

1. 外谐内正，言此妙彼。这里的“谐”主要指幽默。幽默最富于感情，幽默可以是自嘲、调侃，也可以是机智、风趣，幽默因此最能带给人欢乐。这首歌曲反映了某个时期某个阶层的上下级关系，反映了一般人们对工作的狂热与厌烦，更反映了工作者们一般的工作状态与生活状态之临界点特色。林语堂说，最上乘的幽默，自然是表示“心灵的光辉与智慧的丰富”。歌曲中综合任天堂游戏和《暗香》《快乐至上》等音乐元素所运用的“赋格段”手法，让人们轻松、懒散、哈哈一笑、“空”到瘫地之后，其实更增添了再工作的动力，因为这是自己的选择。工作到极致，累到崩溃，还说些心口不一致的话，看似无奈，实则情愿。节目开始的那段对白，正是从另一侧面演绎了此种心态。

2. 多种手段，互为衬托。非正常思维的对话会让自己或双方“扑哧”一笑，非正常手段的节目制作，才可能产生娱乐的效果。本着高雅音乐和草根音乐的握手这一基调，节目中的语言表达，普通话和方言交杂，男主持有意在声母、韵母、声调及调值处理上采用了不那么规范的手法，如平、翘舌不分，前、后鼻音不分；节目中的音乐播放，则将严肃音乐和谐谑音乐混搭在一起，如在两位主持的对话中穿插让人一听就肃然起敬的《黄河颂》，让人一听就会正儿八经地端坐一方的美声唱腔，而气氛的不协调，产生的反差效果和娱乐趣味就更明显。

3. 用嘉宾话，答疑解惑。《感觉身体被掏空》一炮走红网络，也面对许多质疑。如说它抄袭了别的作品，说歌曲内容想涣散人们的工作意志，还有高雅音乐和草根音乐怎么能结合等。既然请来了作者本人，作者自己的陈述、解释才是最真切的，陈阿土、林阿妹两位主持在与作者交谈中，始终注意将话筒递给嘉宾。嘉宾介绍了创作背景和创作目的：创作背景为工作者站在房间里，面对上级，背后海浪海潮，天上海鸥飞翔，内心已很崩溃，景色却波澜万丈；通过这个作品，想去帮助大家释放一定的压力，让大家对生活充满更多的期待；赋格段是情绪的制高点，能产生滑稽的感觉，看上去十分戏谑，却是生活中最为真实的写照等。

音乐节目种类繁多，就流行歌曲制作音乐访谈节目，也有各种形态。以情景剧娱乐方式来对嘉宾采访，自然不妨一试，它和新闻真实有别，和生活真实也有别，也就不必太当真。太当真了，就失去了娱乐艺术本身的魅力。

电视艺术片

温 州

温州民谣《叮叮当》

一个字 镌刻着文明的足迹

木活字印刷

一张纸 承载着岁月的沧桑

泽雅屏纸

一部曲 唱出了人世间的恋歌

温州昆曲

一出戏 演绎了八百年的悲喜

南戏

一双塔 指明了帆的方向

江心双塔

一湾潭 涟漪了绿的世界

梅雨潭

一条江 流淌着诗的意蕴

楠溪江

一片海 蔚蓝了梦的天空

洞头百岛

一座山 耸立了奇秀的高度

雁荡山

一座城 讲述了精神的传奇

白鹿城

温州

细纹刻纸

得天独厚

世界地质公园——雁荡山

中国山水诗摇篮——楠溪江

中华第一高瀑——百丈漈

文成红枫古道

天然氧吧——铜铃山

国家级自然保护区——乌岩岭

国家级森林公园——玉苍山

世界生物圈保护区——南麂列岛

东海明珠——洞头列岛

东方夏威夷——渔寮

浙南威尼斯——三垟湿地

江南早春第一茶——乌牛早

江南著名藏书楼——玉海楼

抗倭寨堡——永昌堡

世界廊桥史一绝——泰顺廊桥

千年古窑——碗窑村

唐风宋韵——楠溪江古村落

浙南时光长廊——丽水古街

瓯塑

膏腴之地

温州状元岙深水港码头

温州美食

温州道德馆

瓯绣

人文荟萃

提线木偶

温州人闯天下　天下人看温州

温州

单位：温州广播电视传媒集团新闻综合频道

作者：黄建省、张慧、麻恺、张国清、汪琦、刘维进

镜头语言中的魅力温州

——评温州电视台创制的城市形象片《温州》

金重建

拍一个地方的形象片,提炼地方的特色最要紧,又谈何容易!根据现实回顾历史,地理、人文缺一不可,何况在8分钟以内的时间里要一一呈现,又不辅之以有声语言补充说明。众多画面既密不可分、难分难舍,又难在难以取舍。以温州为例,古为瓯地,简称东瓯,唐朝始称现名,至今2000多年。陆域和海域面积仅差1000多平方公里,几乎平分秋色。这座城市既古老,又现代。在人们的记忆里,白鹿城有古老的传说,瓯江、江心屿双塔、梅雨潭、楠溪江、雁荡山、洞头列岛等,恐怕都能算得上温州的地标。形象片肯定少不了地标性建筑,但仅有此又远远不够,必须在大量的素材中筛选重组。

本片用的是镜头语言,镜头本身不会说话,但透过镜头的推、拉、摇、移,远景、中景、近景、特写,俯摄、仰拍,受众处处可以感受到摄像师和编导心中想说的话。这就是体现此类艺术片的功力所在。而本片的特色在以下几方面表现突出。

1.构思巧妙。如同文章的撰写开头最难,本片采用温州民谣《叮叮当》起始,“叮叮当(啰来)叮叮当(啰来),三脚门外(啰来,啰啰来),孤老堂。松台山上仙人井(啰来),妙果寺里猪头钟(呵咋)”,歌词简单,内涵丰富,一下子就唤醒了听着它长大的人们的记忆。伴随着童声的演唱,作者将极具温州特色的“十个一”,用凝练的文字和典型的画面在1分18秒内送入人们的眼帘,勾起他们心中的阵阵涟漪,然后像舞台那样收起序幕,仿佛告诉人们这只是开了个头,好戏在后头,这时出现“温州”两个字的过渡,真让人欲罢不能。而本片的最后,将古代与现代画面交错,提线木偶、南戏、自行车赛跑、划船赛、健身运动、读书及商业谈判的画面鱼贯而来,并以字幕“温州人闯天下,天下人看温州”作结,虽稍显突兀,却也能让人浮想联翩。

2.布局合理。本片看上去画面不断,实际上层次分明。除了开头以“十个一”总括全片和最后较为简洁的结尾外,中间一大块基本由自然和人文两部分组成。当然,人与自然“你中有我,我中有你”,才显得本片更有艺术创造性。如主体部分,作者以“细纹刻纸”民间艺人精雕细刻的慢节奏镜头开始,徐徐推出秀丽多姿的雁荡山;以远处飘来的竹筏上,渔民将捡起的一条鱼放回楠溪江作为特写,转而迭出“激起”百丈漈这一中国第一高瀑的飞瀑直流画面;以清脆的鸟叫声作为红枫古道晨起的背景,而引来铜铃山那天然氧吧的淙淙水流。看乌岩岭、玉苍山的苍茫、俊俏,看南麂列岛、洞头列岛、渔寮、三垟湿地接二连三地出现,让人感觉大自然是如此的辽阔与真挚。乌牛早、玉海楼、泰顺廊桥、碗窑村、楠溪江古村落、丽水古街等的接连出现，又让人真切体验着某种悠闲与静谧。直到瓯塑描绘膏腴之地的出场，温州改革开放的一派新气象就如春风扑面而来：那高楼与别墅交相辉映，高速公路上车流飞奔，温州机场导航员的指挥与状元岙深水港码头的繁忙景象，高铁，快速移位的太阳，人流、车流、灯流，各种美食、服饰、万象城，还有奥康、道德馆等，都如同意识流一般，一一将温州的地理概貌与城市生活的发展展现于人们的眼前。而瓯绣的出场，则“绣”出了“人文荟萃”。

3. 含有意蕴。本片从头至尾都贯穿着浓郁的地方文化色彩。说起温州的文化，温州方言最难懂，可这块土地上却孕育出了百戏之祖南戏和温州昆曲，发明、发现了泽雅屏纸、木活字印刷，成就了与“黄杨木雕”“东阳木雕”“青田石雕”并称的“瓯塑”。这里是明代开国元勋刘基的故里，这里有清代张瑞溥在谢灵运“池上楼”旧址旁筑起的“怀谢楼”，有清代著名朴学大师、教育家孙诒让和他父亲孙衣言所建的玉海楼，南宋永嘉学派、事功学派源自此，现代文学评论家、文学史家郑振铎生在此，词学宗师夏承焘生在此，现代考古学奠基人夏鼐生在此，驰骋棋坛近一个世纪，力挫国内外许多名家高手的“中国棋王”谢侠逊也生在此，这里更是数学家的家乡，姜立夫、苏步青、谷超豪都是数学大家。素有“东南山水甲天下”美誉的温州，还是民营经济的先发地区与改革开放的前沿阵地，温州人勤奋好学，敢作敢为，摸爬滚打，不怕失败，才有了名扬国内外的中国鞋王、笔王、锁王……或许由于时间限制等，后面的几个“王”没得到展示，但 45 秒钟内，温州的文人名家几乎尽收眼底。而在呈现温州的现代化进程中，有几个画面令人难忘，如几个人对着皮鞋在说些什么之后，穿插了一幅道德馆的画面，又马上跳出“诚信”火炬接力活动等字样，似乎告诉人们：温州的精神文明也和物质文明一样，正齐头并进。

摄像艺术

纸山豆腐

凌晨,水碓捣声还在山水间回荡,但并未震淡泽雅纸山千年一贯的凌晨墨色。

石桥村的豆腐作坊里,火苗在灶窟里跳跃。纸山人家的妇女们把昨晚磨好的豆浆倒入大铁锅中。灶台上升起的热气逐渐充满了豆腐作坊狭窄的空间。人影在雾气中若隐若现。

日出时,一块块白生生的豆腐放在木盆里被抬到公路边。路边连排着十几个豆腐加工作坊,都已开张。来来往往的过客停下。白生生的豆腐片在热油中"滋滋"作响,两面金黄的"豆腐鲞"被夹起,撒上点细盐就吃,泽雅山水地气在舌蕾上卷过。

豆腐是人类与自然环境最深层的对话。豆腐与泽雅也是一场绝无仅有的人与自然、自然与山水、山水与命运、命运与生活之间最温柔的对话。

洞宫山脉南雁荡的一支余脉在泽雅收尾得凛冽决绝。这里几乎与世隔绝。不知从何时起,泽雅先民就在这里造碓做纸寻得一隙生机。

七分山三分水的泽雅,土地资源稀缺。泽雅先民在山谷的褶皱里开垦出的一抔沃土,主要种稻谷、番薯等主粮。黄豆则被种在狭窄的田埂上。它有个本土的名称叫"田坎豆"。于是黄豆在泽雅凛冽的山风里柔软成属于这一方水土的品相。

泽雅纸山每户人家的灶台边都放着盐桶。这个黑乎乎的盐桶其实是个两节的竹筒。天长日久的烟熏火燎,日积月累的腌制,已让它失去了竹子的本来面目。竹筒的上面一节盛放盐巴,融化的盐水则漏到下面一节,这就是盐卤。已无从获知,泽雅先民何时发现盐卤能点制豆腐。人类的智慧总是在极恶劣的环境下被激发。

泽雅纸山人家一年到头都在农事和纸事中忙碌,为生计而劳作。对于耗时费力地做豆腐,并不是日常的事。纸山人家做豆腐是作为年事来操持的,与捣年糕一样的隆重热闹。也只有过年那几天,勤劳节俭的纸山人家才安心拿来浪费。一切的烦琐过程都被作为一种过年的仪式来进行。

旧历年底,小石磨打扫干净泛着青石的光泽,等待着。

黄豆从谷仓里取出,早一天已下水发软,鼓鼓鼓胀着,仿佛充满对新年的渴望。男人推磨,女人坐在磨凳的一头给石磨喂豆子。

孩子们在石磨的"嘎吱"声里嬉闹奔跑。

老石磨"嘎吱嘎吱"地一圈又一圈转着,如山里日子,日出日落,万古如斯。一团团黏稠的豆浆糊从石磨的边沿以田埂的弧度缓缓地延伸开来。此刻黄豆以最细腻的心

思还原了生长的土壤。

柴灶烧热，豆浆沸腾了。雾气蒸腾。舀入桶里，放盐卤，轻轻搅拌，一朵朵乳白色的“花”，软软的，嫩嫩的，开在雾气迷离的水中央。渐渐凝固的“豆腐花”被舀入细密的纱布，沥干水分，扎紧纱布的口子，放上重物压制。这连续的动作，如做纸一样的利索有力。凝结成块的豆腐像一个大石盘，散发着丝丝热气，用刀“打”成方块，一格格像极了一块块田园。

纸山人家生活永远朝向大地。劳作的人们把泽雅大山里的山光水色，明月清风，风霜雪雨，统统扎紧打包，成为朴实的日子，只为八仙桌上一家人那满足的一声饱嗝。

豆腐即使是寒冬腊月也保存不了几天，于是就有豆腐的衍生品——“豆腐鲞”。纸山人家把豆腐切成薄片，放入油中煎成两面金黄捞出，然后用盐炒好，这样可以放置十天半月。“豆腐鲞”干燥，上山耕作，或者下碓造纸，作为下饭的菜携带方便。“豆腐鲞”暗合泽雅地理肌理。

“豆腐鲞”除了暗合纸山的生活底色，更是纸山人家的生活慰藉。一个“鲞”字，把纸山人家对海味的渴望表露无遗。高山隔阻了海风，阻断了海味，却隔不断纸山人家的渴望。他们把渴望寄托在最鲜美的豆腐里。

晨曦中，石桥村豆腐作坊里，一张张金黄“豆腐鲞”摊开如晾晒在山野的一张张竹纸。泽雅千年纸山一张千年纸，是泽雅的山性、水性和人性的表达。而纸山人家烟火里的“豆腐鲞”何尝不是泽雅的另一张千年纸呢。

单位：温州广播电视传媒集团公共频道

作者：姜嵘、潘海钏、高建超、严明昌、黄振宇、张珏琪

情怀：纪录片《纸山豆腐》的声画叙事处理

张忠仁

纪录片《纸山豆腐》关注的核心是中国传统工艺与文化传承的关系。作为本片环境背景的浙江温州泽雅，这里的人从很早就开始沿水造碓做手工纸，有“千年纸山”之誉。由于手工造纸工艺复杂，劳动强度大利润低，20 世纪 90 年代中期，泽雅纸山的大部分地方都停止手工造纸，仅少数村由于地理交通和历史观念等，至今还坚守着这门古老、传统的产业。通常的影视作品的叙事逻辑是选择了什么背景，偏偏不说与之相关的内容，这是影视作品建构所谓“悬念”的逻辑观念。本片也明确地遵循了这个逻辑观念，没有循规蹈矩地讲述泽雅“千年纸山”的造纸历史，而是以“纸农”们饮食中的豆

腐为切入点,讲述了当地豆腐与纸的文化关联。这样的叙事关联逻辑,体现了创作者对“纸山人家”的手工造纸生活以及“纸山豆腐”的一种文化关注情怀。

一、《纸山豆腐》的画面及声音均具寓意性特点

纪录片《纸山豆腐》虽然仅有8分钟时长,但全片画面和声音处理整体精良,技术水准较高。全片画面和声音两条叙事线索均比较清晰,以解说词为主要叙事逻辑线,画面叙事线索详略搭配,与解说词互为因果,体现了本片制作团队较好的综合专业水准。

《纸山豆腐》一片的画面及声音都具一定的寓意性特点。从片头开始,毛笔书法的片名题字与水墨动画效果,配合着水碓捶捣的“踢踏”声,从视觉上就能感受到画面的象征意味。一方面片头的构图简单而均衡,符合中国书画艺术特点;另一方面,选用传统书画形式的特效片头画面,也暗示了本片核心内容是传统文化题材,体现了编导者的构思意图。

纵观全片,画面及声音的寓意性处理应用较多。比如,开场采用晨曦将现的山景环境的大场景与煮豆浆的中近景别画面组合,构成了全一中“两极镜头句式”,具有快速调动观众视觉情绪和制造悬念心理的作用。中间豆腐摊点旁男女老幼等待购买豆腐鲞时的一系列表情画面,吃豆腐鲞时的动作状态等,都采用中景加特写的画面叙事组合,给观众营造了一种盼望、享受的情绪积累。通过解说词对豆腐鲞产生与“造纸人家”关联的叙事配合,含蓄地说出了中国人对饮食的兴趣,以及“吃”文化的形成、繁荣,源于中国的农耕文明与地域生活方式紧密关联的这一特点。这些寓意性的画面与解说词的使用,也展现了编创者构思立意的特点,能够抓住纪录片的思考性本质。

二、《纸山豆腐》画面及声音的抒情性表现手段

《纸山豆腐》全片采用了“散文化”的解说词语态,画面的构图、影调、造型也有鲜明的唯美化处理倾向,说明编导对本片题材的构思及创作过程带着一种强烈的表现倾向,是对延续千年行将没落的手工造纸行业的一种记录,也是想要通过“纸山豆腐”这样一种吃食的视角,挖掘手工造纸行业与“纸山豆腐”的文化内涵关联。众所周知,散文是抒情和表达情感的最佳载体,因此,从观感上来说,编导在本片中“散文化”的解说词,以及延时摄影、航拍、唯美画面、构图设计、人与景的关系表现等,都具有强烈的抒情性特点。针对本片的题材内容,表现手段选择是符合创作宗旨的,也达到了预期的视觉和感知效果。

《纸山豆腐》全片的画面语言运用比较顺畅,画面的叙事语句组接娴熟,采用了抒

情化的画面和解说语言，描述了温州泽雅这个“千年纸山”的自然条件和风光特色，也突出展示了“纸山豆腐”这样一种吃食的产生背景、原材料来源以及制作流程和细节。本片对温州泽雅“纸山豆腐”的抒情性表现手段的使用，无论画面还是解说词，虽然明显有一些对其他“美食”类型纪录片的借鉴，但是在《纸山豆腐》一片中，画面的精良处理与解说词的文辞优美，传达出的内涵情绪因为带有编创者明确的情怀和思考，无论构图、色彩、影调，还是后期剪辑和包装均制作精良，既凸显了电视影像化叙事的优点，又符合纪录片“文献记录”和思想观念的反思性特点。因此，《纸山豆腐》一片总体上还是比较触动人心，具有一定的感染力。

电视专题

那年那秋

——国家非遗项目瓯剧传承人蔡晓秋的艺术人生

【片头】“那年那秋，遇上你，遇上梦中的唱念，暖流上心头”——是年是秋，已然拥有，初心到永久……

（暗场）

【字幕】国家非遗项目瓯剧传承人蔡晓秋的艺术人生

（瓯剧演出场景一段，《吕布与貂蝉》音乐渐弱）

【配音】瓯剧为浙江省传统地方戏曲剧种之一，又称“温州乱弹”，是流行在浙江南部温州一带的古老剧种，至今已有300多年历史。瓯剧唱做并重、文武兼备，具有朴素、明快、细腻的特点。2008年，瓯剧被国务院批准列入国家级非物质文化遗产名录。

（蔡晓秋演出现场）

【配音】温州市瓯剧艺术研究院院长、国家一级演员蔡晓秋，从事瓯剧事业25年。她秉承“在坚守中创新、于传承中发展”的宗旨，践行着领军人物的职责，承古继今，融会贯通，为瓯剧这一古老剧种的薪火相传孜孜以求。

（蔡晓秋演出《磨坊产子》）

【配音】蔡晓秋工青衣花旦，她扮相柔美，唱腔清丽温婉，身段规范舒展。舞台表现精致又有底蕴，优雅又富于张力，她塑造的瓯剧人物时而柔情，时而泼辣，角色人物各具特色，富有看点，充分展示了瓯剧的魅力。她在南戏精品剧目《杀狗记》《高机与吴三春》中扮演女主角，节目在中央戏曲频道多次播放，深受观众喜爱。

（蔡晓秋演出《磨坊产子》另一场景）

蔡晓秋自述：《那年那秋》

这是一个山海呼应的世界，每一次春华秋实，也许都是你曾幻想的未来。而其中，许多景象的积蓄，便成了你有心皆懂的时光。童年，对我来说，只要快乐，就是一天的收获。这种与自然的相处合欢，像是赋予了我扎根瓯越的冥冥存在。

1991的那年那秋，我和我的瓯二班，开启了由心而始的唱念岁月、做打人生……相隔30年的代际传承，是那么的庄严而珍稀。从第一节的形体课开始，6年的象牙塔之梦，练就了水泥地上后继有人的年轻力量，同时也让那些相濡以沫的师者，逐渐地，不再年轻。1997的那年那秋，我和这股年轻的力量走进了温州瓯剧团。从此，300多年的梨园魅影，在这一代继承者们的舞台，拉开了历久弥新的征程。2008的那年那秋，我们迎

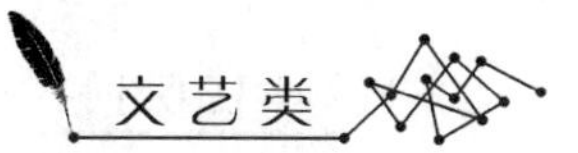

来了瓯三班的28位学员，与此照应，一种赋予传统戏曲新的时代气息日渐形成。这是2009的那年那秋，半个世纪薪火相传的《高机与吴三春》新版上演，承蒙于笃定恒心、倾注心血的力行，瓯剧的经典在创新中延续，而方汝将和我也因此成了第四代的“高机与吴三春”。2014的那年那秋，“橘子红了”，“金桂飘香了”，一个悲情的“秀芬”浴火重生了……

诞生于“这样的世界”的瓯剧和我，定将承继“南戏故里”的基因，在只争朝夕的艺术之海，绽放逐梦未来的顽强力量！

【配音】出于对瓯剧的热爱，蔡晓秋从各兄弟剧种，比如京剧、昆曲、越剧中，研究、借鉴和吸纳对本剧种唱表有益的营养，融化、锻铸于瓯剧之中。她师从著名瓯剧表演艺术家陈茶花和翁墨姗，后拜师著名昆曲表演艺术家张洵澎，曾四次荣获浙江省戏剧节优秀表演奖、浙江省戏剧表演“金桂奖”等奖项和全国优秀表演奖，现在是中国戏剧家协会会员。

（蔡晓秋演出《装疯》）

蔡晓秋自述：《遇上真好》

生命本是一场奇异的旅行，遇上谁都是一个美丽的意外。遇上瓯剧真好。我们敬爱的瓯大班，我们的陈茶花老师、陈美娟老师、孙来来老师、谢菲菲老师、朱秋霞老师、王奋扬老师，还有我的恩师翁墨珊老师……遇上你们，让我遇上了《高机与吴三春》，遇上了《吕布与貂蝉》，遇上了《杨门女将》，也遇上了《玉燕记》……你们的风华绝代，不仅汇流而成瓯剧艺术的丰厚家底，也让我这位后继者，遇上了今生难觅的榜样。遇上戏曲真好。无论京之华丽，抑或昆之细腻，还是越之灵秀，一次次地将我身心浸透，而那份执意吸收的进取，终将形成我承继和发展“瓯味”的一次次践行。感谢您，我的恩师张洵澎老师，您的澎湃激情，时时令我肃然起敬。遇上这个家真好，遇上母亲真好。在我心生离念的时候，母亲，是您告诉我：“老师流的汗比学生还要多，你要是走了就是没良心！”在我疲于下乡的时候，母亲，是您告诉我：“有些地方几十年才请剧团来唱一次戏，你更应该认认真真地演，才能对得起！”遇上这个团队真好，我的姐妹兄弟。有了你们，才有了瓯剧院高度的使命担当和文化自信；有了你们，才有了“行胜于言”的精神家园和“温州有戏”的美好愿景；有了你们，才有了瓯剧人快乐的源泉、幸福的程式、真爱的温情……

（蔡晓秋演出场景《百花赠剑》）

【蔡晓秋唱《那年那秋》尾曲】那年那秋，遇上你，遇上梦中的唱念，暖流上心头。那年那秋，遇上你，遇上彼此的观照，冷雨也同舟。那年那秋，遇上你，遇上恩情的厚望，温润这时候。是年是秋，已然拥有，初心到永久……

单位：温州广播电视传媒集团瓯江先锋频道

作者：戴旻斐、王琨、徐克、麻尊重

《那年那秋》评析

苗笑雨

本部作品为电视艺术专题片，具体说是一部人物艺术专题片，讲述的是瓯剧表演艺术家蔡晓秋女士的艺术人生。这种类型节目的制作是有一定难度的。

难度的核心首先是在时间维度上。瓯剧作为南戏的重要地方戏种，自身有着悠久的历史。介绍一位当地的瓯剧表演艺术家，不可能绕开对于这一古老剧种的介绍，这里就有如何取舍材料的问题，如何构思的问题，以及人物介绍与剧种介绍之间的关系问题。如果瓯剧本身介绍得太多，难免喧宾夺主掩盖了人物；反过来单纯侧重人物，则人物的身份背景以及那厚重历史积淀下来的韵味也会被大大消减，从而也破坏了人物。

其次，本片的主人公蔡晓秋女士，是一位在瓯剧事业上浸润了30多年的骨干艺术家，她本人与瓯剧就有许多的故事。有些时候，这样的中年艺术家可能反而不大好做。如果是初出茅庐的新锐，历史短、资料少，比较容易驾驭；而对于一生奉献的老艺术家，也许早已被社会总体评价盖棺定论，把握起来主题明确、线索清晰。反倒是中年艺术家，事业取得非常大的成绩，但事业还没有完结，甚至还在不断突破。这样的人物也许更难驾驭。

最后，就是这样一部作品如何兼顾纪实性与艺术性的问题。作为人物专题，一定有纪实性要求。但毕竟采访对象是一位地方戏曲艺术家，同时作品的定位也是文艺专题片的定位。如果拍得过于写实，显然体现不出戏曲那瑰丽婉转、长袖善舞的味道，产生不了这类专题片该有的美感。观众在观看这类节目的时候，当然不能满足于一个关于戏曲工作者介绍性的内容，还是要在观看过程中对戏曲之美、瓯剧之美有所领略。不过这样矛盾也容易产生，过于追求美感，会破坏专题片的内容，必要的信息交代不出来。所以怎么来平衡这二者之间的矛盾，通常是这类专题片很棘手的问题。

从前面提到的几个问题看，这部作品在整体把控上还是不错的。比如，作品还是很在意艺术性表达，杜绝专题片表面的纪实性造成的平淡感。作品以写意的书法字体打出标题，第一时间并没有用通常的解说词来引起，而是选用了一段蔡晓秋女士声情并茂的唱段来开篇，顿时把人带入一种戏曲的艺术氛围中。而从画面处理上，作品中选取了很多蔡晓秋女士演出的舞台画面，戏曲舞台自身的美感被融入专题片当中。更有趣味的设计是，整部作品基本不用同期声。在拍摄蔡晓秋女士的写实画面上，要么就是通过摆拍设计造成镜头形式感，而声音用解说词方式呈现；要么干脆让蔡晓秋女士充当配音演员的角色，由其本人来朗诵与她相关的叙述。这显然不同于同期声，而是增加了很多文学性与诗性的美感。

这样的处理手法也是这部作品的一个特色，估计也是创造者精心设计的。这样做在形式感上会构成一些优势。比如，采访对象变成了演员，在画面上可以更加集中统一。所以通篇基本上就由两组画面构成，戏曲舞台画面与写意的生活画面。同时，由于采访对象变成了配音演员，在声音上就不用特别再处理同期声。这样设计出来的结果使得作品的艺术性被凸显出来。

当然，作品除了努力营造艺术性之外，也并不是完全牺牲掉纪实性。这个工作主要是由解说词来完成的。在解说词中还是尽力介绍了与瓯剧相关的史料信息，勾勒出这一古老剧种的概貌。而解说词在服务主人公上面，通过解说词的讲述，蔡晓秋女士三十几年的瓯剧生涯也呈时间线性地被交代出来，脉络还是相对比较清晰的。

但是，本片尚存在几点不足。

其一，作为人物专题片来说，关于人物自身的讲述刻画略显单薄，有点像流水账而缺乏主线。虽然从作品名称上面，《那年那秋》想要体现一种年轮积淀的情感，但本片对这种味道的表现并不是太到位。如果说写意的情感表达不充分的话，那关于人物成长经历的戏剧化展现也很重要，这方面下功夫也是可以的。举例来说，作品中多次提到一个戏曲人物角色——吴三春。显然这个人物是瓯剧剧目中的一个重点角色，对于蔡晓秋女士来说，也是她事业不同阶段的标志性角色。像这样的素材其实都是可以好好把握成为重要线索的。但以目前来看，关于蔡晓秋女士的经历素材，更像是按照时间顺序摆放到一起，虽然可以简单说明主人公的生平，但缺乏内在的人物吸引力。人物的刻画如果有所欠缺，那么以这个人物身份所体现出来的瓯剧也自然缺乏该有的光环。

其二，全片没有同期声，这可以说是整部作品的特色，甚至是设计上的亮色。不过同期声未必会破坏作品的艺术性。很多时候，艺术性的形成是在基础的镜头处理上面，而不是非得有个硬性的形式。假设在采访同期的拍摄录制过程中，在构图灯光上多下功夫，一样可以拍出唯美的画面效果。而在同期声的使用上，未必使用完整连贯的同期声，但可以截取主人公有意味、有感情的同期声，反而在艺术性上产生更好的结果。

其三，在戏曲舞台画面的使用上，缺乏更加有组织的素材筛选与后期处理。在这部作品中用了大量现场的戏曲舞台演出的素材。而这些素材的堆砌感还是比较明显的，这些素材只是能证明是由蔡晓秋女士出演。至于每个素材之间的关系如何，为什么要选取这些素材，在素材呈现的时候有没有必要的顺序，等等，制作者似乎没有太多的考虑。同时，由于这些素材并不是自己拍摄的，所以从景别上都是死板的全景窗口式，在没有后期修改的前提下被使用出来，整个都略显僵化，影响到作品的艺术形式感。

纪录片类

系列纪录片

匠　　心(节选)

之一:专心致志

(画面)澳珀家俱玛瑙系列

(字幕:我所理解的工匠精神,就是技艺精湛的手艺人,具备严谨、追求极致的一种精神。一种彰显回归自然、回归初心的艺术执念。)

澳珀家俱艺术总监朱小杰:有一句话一直会影响着我,工艺的极致,就是艺术,所以把东西做到极致很重要,你不要去追求艺术,你把东西做好了本来就是艺术。你说有多轻松。还有一句话,手艺让人更像人,它深深地影响着我。因为当你做自己喜欢的事的时候,当你做一件手艺的时候,你会充满着乐趣。我并不是说要为什么东西而坚持,我只是为自己的喜欢,而不断地去尝试,不断地去工作。

(字幕:朱小杰,曾做过石匠、木匠、钳工、会计,最终回归手艺人角色。现任温州家具学院院长、中央美院客座教授、中国家具专业设计委员会副主任、澳珀家俱艺术总监。)

(画面)澳珀设计中心大景

(字幕:澳珀设计中心。绿藤、水幕……这座充满了原生态闲趣与自然气息的建筑,是朱小杰获取心灵滋养的地方。)

澳珀家俱艺术总监朱小杰:你一进入自然的时候,你会很愉悦。当你去仔细地观察自然的时候,你会发现这么丰富多彩,所以我就比较崇尚自然,所有做的东西我尽量地能跟自然去融合。我觉得建筑是处理人跟自然的关系,仅仅是处理,而不是去炫耀。所以我做这栋建筑的时候,在满足人的功能的前提下,如何不像建筑,跟自然能够尽量地吻合,把建筑尽量地隐去,这就是我认为这是一个建筑师要解决的问题,而不是完全为了造型。所以你看我这个建筑,可能从建筑的本身来讲,它是不美的,方方正正,但是因为我引进了植物,爬满,我认为它就是一个景观,它不仅漂亮,它还很环保。

(字幕:中国的设计师要学会尊重自己,表达自己生活的方式。设计离开了本土,是没有根的,很难会被别人承认。)

澳珀家俱艺术总监朱小杰:我觉得西方应该来讲最近这些年(设计)发展得非常的快,而且我们祖先的那种工匠精神,在那里得到发扬。我们有时候把它们丢了,所以最近几年国门打开,我们突然发现外头这么精彩,所以拼命在学西方的一些东西,我觉得很正常。回到我们的历史,从我们的历史来看,也有一段时间我们所有的文化、我们的文明被西方所模仿,我觉得这很正常,我认为这是一种交流,交流是必需的。但是你得守住自己,你得尊重自己,你得发现我们祖先充满着智慧,我们祖先有很多好的东西,我们怎么把它们继承下来,完了以后把它们发扬光大。所以我有一句话:设计就是把丢了的东西捡起来。有一句名言,回头看多远,往前就能看多远,我们能往前看5000多年。所以我们作为一个中国人,作为一位我们中华民族后人要深深地感到自豪。

(字幕:一个真正的"手艺人",首先要学会爱自己,并且要有信仰,没有信仰就做不出好的设计。)

澳珀家俱艺术总监朱小杰:在我心目当中,什么叫匠人精神或者现在比较时髦的工匠精神,为了一件你喜欢的东西连生命都不惜,这就是匠人的精神。连生命都可以搭进去,因为你把一样东西做好,你得需要很长很长的时间,而且匠人很专注,非常专注,你说在一个很长的时间内,你不断地在做类似于这样的东西,你一定会做出你的个性来。我把风格定义为,这个是某个人的风格,在一段时间内,你把你喜欢的一种表达手法也好,元素也好不断地进行重复,这就是这段时间你的风格。人在不同的时期内看,都有不同的风格,所以我的可能是这个时间延续得比较长,所以我的东西别人一眼就会认出来。

(画面)朱小杰从澳珀出发到家具学院

(字幕:2013年,朱小杰接受温州职业技术学院邀请,担任温州家具学院院长,他以自己独创的方式,培养新时代手艺人。)

澳珀家俱艺术总监朱小杰:你要做一件事情,或者把这件事情做好,必须要投入大量的时间。我只想让学生在有限的三年时间内真正学到一点有用的东西,所以我的主张就是,别让他们学太多东西。在我的家具学院,你应该掌握家具的最基础的知识。我还有一个概念,我认为设计是不可以传授的,知识经验你可以传授。既然我们是一个学校,我们来传授知识,设计是不可以传授的为什么要去传授?我认为设计是悟到的,而不是通过老师给你传授的。如果我去办一个学校,我一定让它变得很简单,那么有了一个机会,我跟温职院,跟我们澳珀家俱公司合办了一个家具学院,我就会把这个想法放进去,我认为学校就是一个师傅教徒弟的一个过程。

(字幕:每周一次"师徒例会",互评、点评。这是朱小杰在温州家具学院与学生交流的方式。）

澳珀家俱艺术总监朱小杰：我们要求我们的学生，把这一周所有的学习的课程，通过一个 PPT，你要上去演讲，对自己这周的学习有一个总结，每个人都要上去讲，就是把你的脸挂在墙上，看你要脸不要脸，很多学生就过不了，所以这个也是我们家具学院教学的一个非常特别的地方。时代在不断地往前走，手艺人也逐渐逐渐地消失了，我们可能就是说更多的是把手艺这个年代的那种精神，我们把它抽出来，如何适合当下。

那现在有了学校，政府大量地办学校，有了非常非常好的条件，从某个意义上我也在培养工匠精神，让他们把范围缩得比较窄，让他们比较专。在我的 3 年教学当中，学生只读两本书，一本是《家具设计基础》，我认为反复地读，第一年把它读宽，第二年把它读深，第三年可以去用，学会动手。还有一本就是《老子》，我并不认为它是一种宗教，我们就读《老子》学会动脑，我们最终的目标是希望我们家具学院的学生出来，在自己的职业生涯当中脱颖而出。

（字幕：当民族的自尊被唤醒，民族的审美被认同，并且能保留自己民族的生活方式，中国的设计就能真正走向世界。）

澳珀家俱艺术总监朱小杰：做任何事情都必须讲究天时地利人和，你看我们的政府就是我们的天，已经提出来了，在《政府工作报告》当中提出来了“工匠精神”，这不是天吗？

（字幕：2010 年澳珀品牌以“四百年前的中国家具”为题，参加德国科隆国际家具展，东方设计之美惊艳世界。）

澳珀家俱艺术总监朱小杰：我们民族的自尊起来了，我们对本土的设计就会开始注重，所以我就认为这是地利。人和，所谓的人和是如何引进现代的管理机制，才能把人合起来是一个团队。所以我认为，民族的设计的春天来了，而且我们办的这个家具学院，就是为打造民族的本土品牌，在准备人才，完了以后输送人才。

（字幕：道法自然，合于天道。工匠的最高境界便如是。）

之二：乐此不疲

（画面）手工制作皮具、皮具成品

（字幕：原来从事时尚设计教学，总是不停跟着流行的节奏，仿佛是穿着上了发条的红舞鞋，不停转动。很忙，却觉得是盲。三年前进入到手作的世界里，生活一下安静下来，回归到自然状态，开始感受人生的专注与快乐。）

高级服装设计师项敢：我个人对工匠精神的理解是它必须是对自己所从事行业的坚守，守得住寂寞，非常忠于自己的一种理想的一批人的支柱。

（字幕：项敢，浙江理工大学服装设计专业硕士毕业，温州职业技术学院服装设计专业副教授，高级服装设计师，温州市服装行业名师名家）

高级服装设计师项敢：其实中国传统的美学，或者传统的对于这种艺术理解里面，中国一直是轻技重道的一种精神，一直存在的，尤其是比如说从纯艺术的角度来讲，很多人是非常忌讳“匠”字的，“匠”字可能就意味着它是没有灵气的，没有变化的。随着这两年我们产业的一个转型，很多默默地，原来在自己角落里坚守着自己那份热爱事业的人，渐渐地浮出水面。

（字幕：东瓯智库 心工场 素丝五緎皮艺工房　这里没有工业化的流水线和嘈杂车间。即兴设计，随性而作。一针一线都留下手作匠人的心意。）

高级服装设计师项敢：关于手作、关于手艺这块要从我很小的时候说起。那个时候我大概十来岁，跟着姐姐在做服装。姐姐的师傅是一个上海的老师傅，做定制西装。姐姐会安排我去做一些打线钉的活，一针一线，一针一线，一个下午就是在我们指尖中慢慢地度过了。这个手作的概念在我那个时候幼小的心里面已经留下了一个种子。

（画面）项敢指导学生设计作品

（字幕：温州职业技术学院服装设计专业教室）

高级服装设计师项敢：从大学毕业到服装公司做设计，一直到大学里教服装设计，在这样一个慢慢的过程当中，我发现我对所有跟手工有关的东西，特别地喜欢。以前我在学校里就是教礼服设计，我有一个自己的工作室。那个时候有一大批的学生跟着我在学校里，就是为每一件新娘的礼服上面钉珠片，一群的学生，一针一线，一针一线，这种手艺的活完成以后，所有的人看着那件完美的婚纱出现的时候，那种成就感也是成全了我们这些爱手工人的梦想。

（字幕：手作是个仙窟，浮躁进去了，安静出来了；生活进去了，体会出来了。）

高级服装设计师项敢：做包我认为也是一种机缘，那个时候我是因为买不到自己喜欢的一个钥匙包，我就从我的鞋料专业的老师那里借了工具，买了一点点皮，开始自己去设计我想要的我心目中的钥匙包。一踏上这条路以后就好像是一发不可收拾，就开始不停地淘各种工具，不停地买皮，以至于去看各种网站，去看国外的一些皮具书籍，慢慢地、慢慢地开始，在我的朋友圈里去发我完成的作品。这种成就感是怎么来呢？所有的人，在我的朋友圈里的人，只要我一发图很多人就会点赞。慢慢、慢慢积累起来的成就感让我越来越喜欢。

后来，一次机会我去了台湾学习半个月。在半个月当中我遇到了一个台湾的手艺人。我当时就问他，你这个东西这么好，还有其他的专卖店吗？他说：没有，我就只有这个工作室。他说:我觉得我坚守着这样一家店,我每天可以享受阳光,可以享受在阳光下喝下午茶,可以慢慢悠悠地做我喜欢的作品,我不会为所有的客人也好,或者经济利益所累,我觉得这就是我想要的生活。我觉得他这段话对我还是产生了蛮大的启发。

(画面)项敢制作手包

(字幕:取之自然的素材,纯粹的极简设计,淳朴的自然审美,纯手工的精良制作,探寻人与物、手与心的关系。)

高级服装设计师项敢:我的作品,我希望通过我的这个作品的使用者,把它的意义,或者把它的故事讲得更长远一点,是这样的一个目的。那我在做的过程当中也同样的是抱着一种心态,是我希望所有的事情,所有的烦恼,在这个慢的、很慢的、静寂的,一个独自的一个时间里面,我可以自己独处,慢慢地去享受这种几乎是静止的时间。只有我一个人的时候,我是在工作室里可以待到12点钟,那时候,这个整幢楼的钥匙就在我手里,我都是最迟一个人离开这幢楼的。

一点点的线如果缝得不好,或者有一些地方处理得不好,我一定会看来看去,看来看去,到最后我会问不同的人:你觉得看得出这个有问题吗?他们都表示看不出来,但是我自己坐在那里看看还是会拿剪刀把它剪了,重新再换一个皮,或者我再重新缝一遍,就会有对细节你自己的那个关越来越高,但是做完了以后呈现出来,你自己看不到一点瑕疵的时候,那个时候的满足感我觉得特别的幸福。

(字幕:“羔羊之革,素丝五緎”源自诗经。素色丝线密密缝制的皮具,手工艺精湛,传播的是心手相连的手作精神。)

高级服装设计师项敢:我们现在做的是奢侈品,奢侈品并不是代表它有多贵,而是它把我们的时间,那么宝贵的时间融入我们的作品里面,它真的是非常奢侈的一件物品。我们传统的一些手工艺,还有一些非遗的项目,为什么始终它不能走入我们的生活,不能为我们现代人所用?这正是我们一直是想要探讨的一个问题。老手艺一定要新生,它的概念是什么?我不能说过度地去崇拜传统,而是我们要用一颗创意的心,一颗想要去创新的这种心意,你才能够用现代的这种审美,然后把我们传统的这个工艺发扬出来,而不是完全遵从我们老祖宗留下来的这番手艺你去做。

(画面)项敢在学校指导学生上课

(字幕:温州职业技术学院服装设计专业教室)

高级服装设计师项敢:原来我上课的时候,还有在外面上课的时候我是属于那种激情派的,每天就是上课的时候有很多想法、很多这种想要表达的东西,但现在我,比如说在给学生去交流上课的时候我会告诉他们,你们不要快、不要着急,有很多事情都要慢着来,只有慢,像中国的太极一样,它的力量才是够的。所以其实对我们所有的,包括我的学生也是一样，我说：做一件事情你只有耐下性来，慢慢地沉浸在自己的世界里面，你才能够成就你自己的作品，成就你最终想要的东西。

（字幕：项敢学生设计的作品）

高级服装设计师项敢：每年我们做毕业设计，带学生去比赛的话，有时候甚至于一颗纽扣位置钉不准了我就觉得不够(好)。所以每年跟我一起做毕业设计的学生都会觉得自己压力很大，经常会熬夜，他们说：不行，明天老师要过来看我的作品了，压力很大，一定要把所有的细节做完美了，我自己这关过了我才有可能过得了老师这一关。是这样的一种状态。

（画面）"心工场"手作达人们分享作品

（字幕："心工场"位于温州市区东瓯智库文创园。相同的气场，把项敢和她的左邻右舍聚在了一起。）

高级服装设计师项敢：我认为自己做的东西，它上面就聚集了我的气息，我对作品的理解，或者我对手工的理解，从它身上散发出来的。那么能够来到这里，包括合作的伙伴，包括左邻右舍，我觉得他们来到这里都是因为这种气息，相同的气息，而聚集在一起了。有做手工珠宝的，有做布艺的，有做布衣的，那还有做印纽的，写书法的，还有弹吉他的。所以它其实可以更广泛地把跟手有关的所有的这些艺术形态的，或者设计形态的，会慢慢聚集在一起，而且这些人身上都有一个共同的——都蛮执拗的，都很执着于自己想要表达的一种想法。

（字幕：最美不过女匠人，她们专注、细腻、温柔，将爱全部倾注在了手艺上，优雅、娴熟地干着手作特质，将那些无形之物，幻化成最美之器。）

之七：锲而不舍

（画面）作品：大唐盛世

（字幕：高超技艺是靠工匠的巧手和耐心成就，巧手源自长期重复创作，驾轻就熟。耐心则是在寂寞、重复的时光里不忘初心，坚持对创作的追求。）

（画面）吴尧辉工作间里雕刻

木雕艺术大师吴尧辉：工匠其实我觉得代表我们这个工艺美术家这一种精神，精益求精的一种精神，或者精雕细琢的一种精神，其实用现代的语言来说我觉得就是一种精品意识，还有一种用心、执着、认真。

（字幕：吴尧辉，浙江省工艺美术大师、中国首届木雕艺术大师、浙江鸿鑫雕塑艺术有限公司董事长）

吴尧辉：当时在学校里的时候就喜欢美术，后来我就学些素描、色彩，再下决心去考美院。但是，当时考法和现在有一点不一样，也是比较难的，所以我没考上。我美术老师给我介绍了跟虞金顺大师学习这个黄杨木雕。

一早起来，我们就去练习一下书法，白天雕刻，晚上要做泥塑，画一些画，一直两年都是这么过来的。当时，我的老师虞金顺大师，他这个人是很认真的，他教我们都是非常认真的，做一件东西要从头至尾，包括你打胚、修光、擦砂纸、修细——就刻那些细的头发、花纹，然后油漆，整个都要你自己完成。我们一完成，一个作品出来有一些成就感，这个兴趣被挑起来了，所以我们学的时候很开心。

我们对前辈要有敬意，因为有了他们这种认真，所以才有了今天一些雕刻的技巧传承下来。叶润周大师，现在已经过世了，他是我爱人的爷爷，因为我当时在他身边待了一段时间，他对这个创作的要求，做人的人品，要求都是很高很高的。他自己年纪这么大了，他是从来不休息、不午休的，这种精神真的是我是非常非常敬佩的，所以他的这种雕刻技艺，做人的一种品德，都是深深地影响我，在打动我。

（字幕：对历史的体会越深刻，吴尧辉对黄杨木雕的发展就有越多的思考，也就慢慢形成了一种求变心态，从写实向写意进行大胆突破尝试。）

吴尧辉：我们在学的时候也是这样，佛道仙，就这几个题材，或者一些历代的名人，李白、杜甫之类的。但是后来我学好了一出来，我自己创作的时候我就是想做自己的东西。因为我想，我们这个时代的人，不可能老是去重复过去，这个技艺是一个传统的东西，我们把它传承下来，但是创作肯定要和当代的一些东西相结合，所以这几年我都是在摸索一些人体的结构，做一些当代的东西，我们让黄杨木反映一种现代的生活。

那个时候20多岁我体重只有100多斤，后来我从事这个雕刻以后，创作这个民间武术一个系列，因为我要展示这种力量，所以我健身房去了4年时间。第一个，给自己一个锻炼的机会；第二个，我每天都可以看到其他人在练的时候那种肌肉的感觉，它的运动感觉都是不一样的，所以这过程我们就是自己去体会。我们不是原原本本的，在创作的时候还是要经过艺术的一种改编，所以这个过程都是非常要紧的，你要去体验，才会把这种感觉做出来。

（字幕：黄杨木是珍贵的保护木种，成本相当高。为了适应市场发展，吴尧辉开始把目光投向铜雕。现在，产品出口欧美等40多个国家和地区。）

吴尧辉：1996年东南亚金融危机以后，我一直在想，我们是不是能把这种技艺延伸出来，所以后来我选择了做铜，但是做铜的过程中，也是很曲折的。因为当时1999年的时候，我们根本不知道这个铜雕怎么做。有些企业是做铜雕的，铜是我们老祖宗就传下来的，春秋战国的时候，青铜器就达到了鼎盛期，但是这种技艺对我们来说是很陌生的，掌握不了的，所以也一直摸索摸索。摸索了一年多时间，我们这个产品系列很多的，也可以个性化去定制，还有城市雕塑等都是用铜雕去表现。

（画面）吴尧辉做雕塑

（字幕：除了公司日常事务，吴尧辉把时间都花在技艺上。亲力亲为铜雕产品整体造型等环节。）

吴尧辉：我觉得每一个雕刻艺术家应该把所有的精力都放在雕刻上面，我是强调还是一定要认真去创作，这是排在第一的。如果我没有这个铜雕厂一个支撑，当时我这一套作品做不出来，因为花了几年时间，你做出来的作品，做出来要销出去的，你要生存的。

[字幕：2013 年，尧辉黄杨木雕系列作品获“山花奖”；2015 年，《大唐盛世》获第十二届中国民间文艺“山花奖”（各配插图）。《大唐盛世》——《踏春》《蹴鞠》《爬杆》《马球》《市井》《歌舞升平》，每组雕刻长度均为 2 米多，总长 15 米多，是至今最长的组雕作品。]

吴尧辉：因为黄杨木雕材料都是很小的，在我心中就是有这么一个梦想，我想创作一套大的作品，我也是想做一件能影响到别人的作品，所以我在很早的时候我就去构思，去画这个稿子。因为我想到唐代是最繁荣昌盛的这样一个年代，其实也是反映当今一个社会，社会繁荣了，我们生活丰富了，什么娱乐都有了，唐代的时候它各方面娱乐丰富，所以在我的作品中就出现了蹴鞠的，踢球的，还有马球。我还有反映过去杂技的，还有品茶，品茶就是茶叶丰收的时候，过去是拿过来大家现场烧起来，再品茗，比一下谁的茶叶好，就像现在人生活好了一样，都天天在品茶，《大唐盛世》就是反映当今的一种盛世。这套作品 100 多个人物，有十几匹马和骆驼，还有七八十个道具，我是花了将近 5 年时间才给它创作好的。

过去很多人为什么要去学手艺？就是第一个，你家庭条件不好；第二个，你没文化，你只能是学手艺，所以说很多人学出来的。100 个中如果真正能成功的其实没几个，因为他缺少了很多东西，所以现在我觉得教育的方式要改变。因为我是乐清的政协委员，我给他们写了提案，我建议要创办这个工艺美术学校。因为我们乐清是工艺美术最繁荣的地方。

所有的艺术一样，要走自己的路，不断地创新，又要有自己的一种艺术风格。我现在这个作品拿出来，别人一看，不用看名字，这件就是吴尧辉创作的。所以这个是很要紧的，你的艺术风格一定要被别人认可，但是对我自己来说，还代表不了我真正的一种艺术风格。所以有很多人问我：你哪一件作品最满意？我说：我到现在没有一件作品是满意的。因为一做完才发现有很多地方是存在着遗憾的，所以我只有通过不断地去创新，去创作。可能到时候我想会做出一些自己满意的，有自己风格的一些作品。

(字幕:不甘于一成不变,甚至不甘于现今。这位不甘者,乐此不疲地打开一扇扇门,再往前打开下一扇门……)

单位:温州广播电视传媒集团都市生活频道

作者:陈一凡、周王璐、陈谷村、方厅、吕汉武、仇春波

精华在笔端 咫尺匠心难

——温州电视台系列纪录片《匠心》评析

卢 炜

2016年3月15日,国务院总理李克强在《政府工作报告》中说道:“鼓励企业开展个性化定制、柔性化生产,培育精益求精的工匠精神,增品种、提品质、创品牌。”“工匠精神”出现在李总理政府工作报告中,成为决策层的共识,为当下腾飞中的中国制造、中国智造和中国创造等指明方向。

温州电视台都市生活频道《文化温州》栏目敏锐抓住时代契机,以温州市各行各业杰出工匠为视角,创作拍摄系列纪录片《匠心》。旨在通过镜头语言,展示木匠、铁匠、陶瓷匠、服装匠等人们喜闻乐见的民间工艺,而且纪录片把“匠”的技艺显现提升到工匠大师的“心”层面,锤炼出工匠大师精神层面的核心意识。

本系列纪录片《匠心》在结构上“三段论”匀称,视听元素运用比较自如,最终较好地呈现出作品的主题思想。

首先,每部纪录片都将镜头锁定于各位工艺大师的才艺技法。无论是第一集《专心致志》家具设计师朱小杰、第二集《乐此不疲》服装设计师项敢,还是第七集《锲而不舍》木雕师吴尧辉等,纪录片创作者都先集中展示这些杰出匠人们的成果。

其次,本影像作品将匠人们作品展示和创作者结合起来,不再是钱钟书先生所说的“鸡蛋好吃,为什么还要见母鸡呢”,而是把作品和作者融通。这样,透过精美工艺作品,我们观众能够见到一位位鲜活的工艺大师。这些工艺大师鲜活的生命孕育出鲜活的作品。

最后,这些纪录片都将作品主题拉升,升华到人生况味的精神层面,给予广大观众人生启迪和情感共鸣,最终实现阅读影像作品的净化功能。

本系列纪录片《匠心》通过“作品—作者—精神”三段论,演绎出温州本土的工艺成就、匠人风貌和工匠精神。在影片中我们折服于温州精美绝伦的工艺作品、各行各业的匠人大师以及他们超越物质、金钱层面的精神风采。

成也工匠精神，败也工匠精神。温州电视台创作拍摄的系列电视纪录片《匠心》成功在于工匠精神的主题把握、工匠精神的直观呈现，然而，如果以电视创作的工匠精神来审视本片，尚能找出差距。

第一，结构模式化严重。电视观众在一部作品和另一部作品之间的观看中很容易发现创作拍摄的结构模式化，而且在同一部作品中“工艺品—工艺人—工匠精神”这样的三段论式叙事模式，均快速引发广大受众阅读审美疲劳，导致电视观众的流失。

第二，主题先行固化。从精美工艺作品呈现出发，必定到达工匠的人生观、世界观。这样的提升转化不利于影视观众的收看，教导式主题表现让融媒体时代的电视观众产生巨大隔阂。当下电视受众阅读审美期待以娱乐消遣和开阔眼界为主，他们从内心情感上就非常抵触主题教化的叙事影像。

第三，影像风格脱节。在本纪录片中呈现出两种截然不同的影像风格：前半部镜头定焦在精美工艺品的展示，大量的特写镜头将精美绝伦、巧夺天工的工艺品呈现出大写的“美”；而后半部作品镜头对准人物，无论是工作中的工匠还是访谈中的大师，都失去了美的影像风格。

当然，温州广播电视台都市生活频道《文化温州》栏目创作的系列纪录片《匠心》定位于工匠精神，集中展示温州本土本乡工艺大师的优秀作品，基本完成了原始的初心，可喜可贺。

微纪录片

杨立成的修车梦

【字幕】2016年7月1日,早晨5:30

杨立成有晨练的习惯,每天在晨练之前,他都会提早一小时出门,先义务巡查几处公共自行车服务点。

杨立成:6点不到你就来啦。

巡检员秦秋银:我都是5:45来的。

杨立成:这里没有有毛病的车吧。

巡检员秦秋银:今天没有。

杨立成:哦,今天没有。

【采访】巡检员秦秋银:因为我们是6点上班嘛,6点上班我一般都是5:40到5:45出来,老师伯都跟我同样(时间)的,都是5点多就出来了,不到6点钟,而且我们这里的故障车都没有的,就是我一拿出来他就马上帮我们修好。我在这个点(工作)两年多了,刚开始的时候不太认识这个老师伯,后来我就发现我这个车子怎么一拿出来就修好了呢,久而久之我看见就跟他打招呼了,人非常好的。

杨立成:修车我觉得对我比较合适,因为我好像在他们义工队里,好像集体的项目我比较害羞,这个我是不用跟人家打交道的,我是一个人蹲在那里就可以修,修了就可以走,所以这个工作对我蛮适合的。

2013年9月18日到年底,那时候都是新的车子,所以修车只修了18辆,2014年我修车修了757辆,2015年修了3490多辆,2016年第一季度修了800多辆,到现在是第二季度了,今年上半年我已经修了2000多辆,因为我走的点多了,巡查的路线长了,这样子我发现的有毛病的车子就多了。

我计算了下,这样子每天一趟有10多公里,修过去一般来说20多个点,有时候下午再出去就翻倍了。

【采访】市民陈先生:每天早上都是义务修车,有时候修好车回家都是中午了,一点报酬都没有,义务的,有时候连自己的工具都会被小偷偷走,他也没埋怨,挺好的。

【采访】市民丁先生:对公共自行车的修理,一开始他也是随意性的,看到车坏了就修一下,他坚持了四年多,这比较难,做一件好事容易,但坚持难,这点我很佩服,因为他年龄也比较大了,还能这样坚持。

杨立成:工具基本上都是自己的,后来我修理的范围扩大了,开始就是上链条,上链条自己一些工具就可以解决问题，后来有些好像坐垫固定不牢等毛病，开始我自己去买些零件给它(换上)也买过的，后来有个整套零件都需要换。后来我就去(管理)单位问了，单位问了以后他说：那可以领，你到我这里来领。这样子就给国家节省一点开支嘛，多省一点钱，多更新一些自行车。

【字幕】每次修好自行车，杨立成都会做好修车记录。

杨立成：我记录一下就是说能够从这里找出一个规律性，好像哪几个点毛病多一点，哪几个点没有毛病，那今后毛病多一点的地方我就经常去，还有个作用就是，因为有些配件我是从公司领的，领过来的我以后要有个交代，再一个我记录下来好像也是自己做好事的一个成果。

我在那里修车，也是做好事嘛，有的人说做公益嘛，所以有的人就表态了，上次在广信那里有个男同志，他说，我退休以后也要来义务修车，还有个女同志她特意到我家里来，要我教他儿子修车，叫他也要做志愿者发挥正能量。

我是71岁开始修的，那时候路线比较短，从九山公园到家里，这里总共只有六七个点，我想每天修3辆，一个月有90多辆，一年的话，我大约可以修1000辆，我修10年，到80岁，可以修1万辆，正好那时候我们温州市的公共自行车就是1万辆左右，那就刚好把它修个遍，这样想，现在看样子这个计划可以提前(完成)了。

【字幕】长年累月为修车忙碌，手指割伤，磕磕碰碰是常事，可杨立成并不介意。

杨立成：有一次在城开天桥这里给摩托车撞了一下，这个袋子全部都倒出来了，那个零件工具散了一地，我爬起来觉得自己人还没有受伤，后来我也就算了。有时候手搞破了，有一次手搞破了以后，结果去水心那里打了一针破伤风。

有些人说你这是做功德，有的人说你这是为人民服务，所以我跟老婆讲，她说做好事我总要支持，她叫我不要太累，因为毕竟年纪这么大了，70多岁的人了。

身体吃得消，肯定要修下去，因为我现在就把这个事情作为自己的一个业余爱好一样，不是负担。另外我们做公益事业人的心情比较舒爽，因为你做了人家都说谢谢你，对你来说精神上也觉得蛮愉快的，这样子就是越做越喜欢了，这样子我就形成一个习惯了，我每天出去的话我总要把工具带在身边，出去锻炼也带身边，出去办事情也带在身边，路上看见有车就形成一个习惯了。

【采访】巡检员邵定国：每次都是杨师傅过来修的，本来我们车子有些破的，都要拿进去修的，现在他直接修好就方便了很多，我们这边也方便，骑车的人也方便了，有车骑方便了。

杨立成：我一个人能力有限，我们温州人也要发扬这种正能量精神，大家多一些人来参与这个工作。我们温州大概有270多个点，我一个人有20多个点，如果有几十个人参加，那小毛病都解决了，可以节省一大笔财政支出，另外也给老百姓带来很多的方便。

【字幕】中午 11:00，杨立成完成公园路泊车点故障车的维修，结束了他今天的义务巡查修车工作。明天，他依然会带着工具出现在各个泊车点。

单位：温州市电视剧制作中心

作者：陈振洲、黄碧红、周骏、虞建静

以小见大，细节动人

——评微纪录片《杨立成的修车梦》

李　琳

习总书记在 2014 年召开的文艺工作座谈会上的讲话提到："人民是文艺创作的源头活水，一旦离开人民，文艺就会变成无根的浮萍、无病的呻吟、无魂的躯壳。人民不是抽象的符号，而是一个一个具体的人，有血有肉，有情感，有爱恨，有梦想，也有内心的冲突和挣扎。"微纪录片《杨立成的修车梦》切实体现了这一段讲话的精髓。作品以跟踪拍摄、分阶段采访和杨立成的自我独白为主要摄制方式，通过对主人公修车过程的真实记录和他的所思所想，用真实还原凡人善举，用影像记录光彩瞬间，展现了平凡表象之下的人性光辉，弘扬了社会正能量。

微纪录片《杨立成的修车梦》选材具有代表性，符合新闻价值五要素中的"新鲜性""接近性"。义务修车，在各地并不少见，每年的学雷锋日很多人会选择这一活动形式，经常性的义务修车也常有所闻，但是一个普通老人从 71 岁开始，四年来每天坚持修车就令人动容了，正如采访对象市民丁先生所说"做一件好事容易，但坚持难，这点我很佩服，因为他年龄也比较大了，还能这样坚持"。这样的案例既少见，又接地气。杨立成是一个普通人，是我们身边万千大众里的一员，很多观众认识他，即使不认识他的观众，也会感到这不就是自己身边某个老大爷的样子吗，亲切感自然而生。杨立成是既普通但又不平凡的典型，以他为记录核心的微纪录片既好看又真实，会让观众产生极大的认同感。可以说选材是作品成功的关键因素。

作品在表现形式上有一种由真实产生的质朴的力量。表现形式上的不够精致，反而使作品有了天然去雕饰的自然之美。设想一下如果作品布光、置景美轮美奂，那种真实动人的感觉必然荡然无存，而作品那种不经过修饰的镜头语言，表达的是一种质朴的情怀。首先是细节真。无论是老人的穿着打扮，还是娴熟的修车技术以及和管理员自如的对谈都让人感到一种真实的气息。从镜头语言所展现的自然状态，可见拍摄

人员和记录对象有充分的沟通，才能让记录对象忘记摄像机的存在，展现生活中的原始状态。其次是语言真。“修车我觉得对我比较合适，因为我好像在他们义工队里，好像集体的项目我比较害羞，这个我是不用跟人家打交道的，我是一个人蹲在那里就可以修，修了就可以走，所以这个工作对我蛮适合的。”“这样子就给国家节省一点开支嘛，多省一点钱多更新一些自行车。”没有豪言壮语，有的是一个古稀之年的老人质朴的情怀：用一技之长回馈社会。这种发自个体本能的言行让观众不自觉就被打动了。该片于 2016 年 7 月 22 日在温州电视台瓯江先锋频道首播，播出后赢得一致好评，也引起了一股热心观众向杨立成学习的德善之风。2016 年 8 月，杨立成荣登浙江好人榜。2017 年 6 月，作品获浙江省首届纪录片“丹桂奖”优秀微纪录片奖。

作品在真实中呈现出和谐之美：个人与社会的和谐——超越古稀之年的老人发自内心回馈社会，而社会对个人善举予以极大的肯定；人与人之间的和谐——知情人对老人的善举予以肯定并决心效仿，自行车管理员以及政府机构对老人的信任。片中有这样一个细节，当维修需要大量材料的时候，杨立成向相关管理部门提出申请，管理部门立即提供了成套的维修材料给他，没有误解，没有怀疑，没有推脱，为杨立成感动之余，也不禁为这样的政府部门点赞。

《杨立成的修车梦》是一部微纪录片，作品之微一是篇幅短，二是人物微，但作品却以小见大，通过短篇幅讲述了普通人的日常故事，展现出社会主义核心价值观中“和谐、友善”的准则，推进了社会正能量的提升。集腋成裘，聚沙成塔。这样的作品多了，必然会引导社会向理想的方向发展，这也充分体现了媒体的社会引导力量，真实、接地气的作品会在潜移默化间实现社会引导功能。

少儿节目类

广播少儿栏目

加油宝贝

上半年代表作:“绣山议会、民主校园”

——温州市绣山中学成立学生议会 学校发展学生说了算

【录音】(学生讨论声)请大家安静一下,现在绣山议会例会正式开始,各位议会代表大家下午好,我是今天例会的主持人刘栩伽。今天绣山议会的例会议程有三块内容:第一,对校园文明就餐方案进行阶段性成果的验收;第二,各班绣山议会代表对本学期的主题方案进行修改;第三,本学期绣山议会代表任职意向统计及相关事宜布置。(压混)

李蜜:小朋友们,中午好,欢迎收听今天的《加油宝贝》节目,我是你们的李蜜姐姐。

一源:大家好,我是一源哥哥。

李蜜:又到了我们《加油宝贝》节目走进校园的时间啦!

一源:是的,我都闻到饭香了。

李蜜:你怎么就知道吃呀,咱们今天是来到温州市绣山中学的食堂啦,看看同学们通过大半年的议案实践,文明就餐是否有序进行。

一源:噢,原来我们是来验收成果的。

李蜜:没错,过去呀,一到午饭点,绣山中学的食堂就瞬间挤满了各年级段的同学,因为下课时间点相同,同学们也担心去晚了就吃不到心仪的菜肴了,所以一股脑儿往食堂冲,不但给食堂造成了极大的负担,秩序混乱,更是留下了巨大的安全隐患。

一源:那倒是,如果因为拥挤造成踩踏事故后果不堪设想,那学校里又采取了哪些措施呢?

李蜜:别着急,我这就带你去看看。

【录音】(学生苏克)大家好,我是八(9)班的苏克,关于绣山中学文明就餐的问题,我们的建议是,关于排队就餐问题:1. 中午就餐各班需要在班级门口排队,由领队员整队带入食堂;2. 各班按顺序到食堂窗口;3. 班级自己队伍内部同学打菜顺序,每天轮流,逐日调整。关于文明用餐问题:1. 排队讲秩序,依次入场,不可插队;2. 排队、就餐时要使用文明用语;3. 食不言寝不语,就餐时要保持安静,不可大声喧哗;4. 爱惜粮食,践行“光盘行动”。奖惩措施:将该项纳入班级日常行规管理,计入班级千分制。那么大家还有什么建议呢?(议会长:好,下面进入议会第一项议程)(学生方源慧)议会长你好,我是八(4)班的方源慧,对于文明就餐,我有这样一个建议,班级里的人可以轮流打菜,这样才公平;(学生郑建晗)议会长,你好,我是七(1)班的郑建晗,我认为窗口打菜应该先到先得,要不然会有很多窗口空着,另外的窗口会有很多人。

一源:噢,原来同学们正在商讨对策呢!

李蜜:没错,温州市绣山中学专门成立了学生议会组织,每个年级选出学生代表在议会上提出整改方案,为学校的文明就餐等各项发展献计献策呢!

一源:这个议会真特别,学校发展学生说了算,这样的民主校园,我也想来上学呢!

李蜜:你呀,是超龄儿童了。不过说到民主校园,绣山中学的确是首开先河。“绣山议会”成立于 2015 年,是校学生讨论校园事务的一个重要平台,学生每学期将针对学校相关问题提出解决方案并制定相关实施条例,参与编订“绣山宪法”及相关管理条例等等。也难怪一源哥哥会羡慕同学们,李蜜姐姐也想参加呢!

一源:嗯,你看,现在食堂里都是排队就餐的同学,也没有出现拥挤插队的现象,良好的文明就餐环境已经形成,绣山议会的提案实施也初见成效,还真是个非常棒的组织呢!

李蜜:是的,今天李蜜姐姐也找到了正在食堂维持秩序的学生干部,也是绣山议会对于文明就餐方案的提案议员,她可是最有发言权的。

【录音】学生叶奕妍:这个方案是上半年提出的,并且召开了一次非常隆重的听证会,邀请到学校各部门负责人及校领导出席,主要是我们为了解决食堂拥挤的问题提出的方案。我们自己阐述方案,老师提问,会后修改方案等一系列过程,最终敲定,并形成实施条例,本学期正式实施,纳入班级日常行规之中。通过我们的努力,一个方案一步步成为我们的学校切实可行的实施条例,参与学校管理,我为我们这个团队感到自豪。这个议会中的每一个人都是很团结的,而且能让我们发掘潜能,对未来的职业有所规划,通过议会让我们学会了用心去解决问题,静下心来去讨论问题,感谢这个议会给我带来的转变与收获。

一源:当然了,除了同学们的献计献策,老师们也是积极做好协调和组织工作,吴陈洁老师就是绣山议会的指导老师,对于同学们的提案也是赞不绝口。

【录音】吴陈洁:我想这正是孩子们的坚持,才有了今天这道文明的午餐,不仅吃得美味,看起来都令人赏心悦目。在这个过程之中,学生发现、提出问题,讨论解决的方案。他们曾被各种条件所制约，也曾遭到质疑，但正是这样的反复与推敲，锻炼了孩子的耐心与韧性，提升了解决问题的能力，增强了抗挫能力，面对困难不放弃，不焦躁，能冷静面对，理性思考，渐渐地将影响面扩展到了孩子们的生活与学习。

李蜜：就像吴老师说的，学生参与学校管理不仅对个人能力有提升、对学校发展有促进，在同学之间也会有积极的带动作用。

【录音】吴陈洁：同学之间的互帮互助是学校心理教育的契机，同伴交往在中学生的成长和步入社会的过程中有着举足轻重的作用。我校一直致力于通过各项活动和课程，倡导学生能够在初中阶段遇见一生的伙伴，同时也成为他人的好伙伴。借助绣山议会这样一个民主、开放的平台，通过学生发现问题、收集意见、制订方案，能够及时发现学生的学习和生活压力等，议会将竭尽所能解决问题，改善现象，倡导和谐正能量的师生、生生氛围，创建美丽校园。

李蜜：来自八(5)班的刘栩伽同学告诉李蜜姐姐，自从参加了绣山议会，她不再是一个人，她感受到了自己是这个集体中很重要的一分子，学校点点滴滴的进步也有自己的一份功劳，她更爱学校了。

【录音】刘栩伽：绣山议会是有学生参与讨论学校制度的组织，议员和主席都由学生代表担任。参加了绣山议会，我深切地体会到了我们就是绣山中学的主人，绣山中学的优秀不单单应该由老师来创造，而更应该是我们每个绣山人不可推卸的责任。绣山议会培养了我的语言能力、社交能力，发现问题和解决问题的能力，让我在议会中感受到自己的价值，让我遇见了一个更好的自己。绣山议会让学生自主学习、自主管理的氛围更加浓郁，让同学们都有机会为学校提出建议甚至改变学校的制度，也拉近了我们与学校的关系。

一源：绣山议会作为学校职业体验社团之一，将学生的课堂学习与社会生活实践结合起来，让学生在参与职业体验的过程中领悟知识的价值，从而激发他们更努力地学习，同时在体验中培养职业理想，规划自己的未来，真是一举多得。

李蜜：对呀，绣山中学的林晓斌校长还告诉我们，通过绣山议会，学生能够更早地接触和了解法律法规的制定过程，从而增强学生的法治意识，尊重宪法和法律，自觉遵守法律法规，做一名遵纪守法的好少年。

【录音】林晓斌：绣山议会是我们学校拓展性课程的一门体验课程，我总觉得这一代的孩子，民主意识会很强，但往往会忽略了法律和责任意识，比如校园里出现问题时，他们只知道这样不好，但如果孩子自己是管理者，他们会有怎样的思考，怎样的解决方案，并且如何实施，我想这是教育中的一种换位，即教育者和被教育者都由孩子们自己担任，从中告诉他们，当整个校园都交到你手里时，仅仅是民主意识是远远不够的。现在我们的绣山议会与校本《小鬼当家》结合在一起，既学习了法律，承担了责任，又充分给予孩子民主的舞台，我觉得特别棒。

一源：听说本学期绣山议会又有新动向啦，为创建美丽校园，改善校园环境，增强学生文明意识，绣山议会最新讨论主题是“一纸一屑煞风景，一举一动显文明”。

李蜜：是的，今天是绣山议会的例会日，我们也一起参与一下吧。

【录音】（绣山议会现场讨论声压混）

（学生刘栩伽）大家安静一下，下面是第二项议程，对本学期的新主题“一纸一屑煞风景，一举一动显文明”的方案进行各自的讨论、修改。上次例会中吴老师已经对方案的基本格式提出了建议，不知各联盟班修改得如何。下面我们以联盟班组合的方式进行一个相互的讨论与修改吧，具体分组已经在会议流程中。提案讨论：（议员 1）议会长你好，我觉得如果发现丢垃圾的同学，一定要马上在校广播中进行通报，严厉地批评；（议员 2）我觉得这样不好，这样也许会伤同学的自尊；（议员 3）我觉得应该先把同学的名字记下来交给班主任，让班主任先教育一下比较好。

一源：同学们讨论的关于校园卫生的整治提案真新颖，不过这么多提案选哪个呢？让我选，我还真选不下来。

李蜜：是啊，不是每一个提案都会被执行，但同学们的智慧结晶还是会被保留下来，在吴陈洁老师的带领下，绣山智库也就此诞生哦。

【录音】吴陈洁：为扩大学生议事范围及影响力，本学期成立了绣山智库。各联盟班级目前正对方案进行进一步修改，希望本学期能够将方案编订为温州市绣山中学学生文明管理条例，贯彻实施到日常管理中去。本学期议会也将继续对“绣山宪法”及相关细则进行修订。另外，本学期对绣山议会代表的职责和任职情况做了新的调整，提高学生的自理和自治能力，设立议会长、办公室、财政委员、宣传委员等职务，增强各代表在绣山议会的责任意识，更好地为学校和同学们服务。

李蜜：吴老师还和我们介绍了每个议案的诞生呢。每学期由学生提出一个主题，并在议会进行表决，确定之后由绣山智库的 11 个联盟班呈现解决方案，其中内容包括：实施细则、管理标准、奖惩措施等。绣山智库所呈现的所有方案将会在全校进行公投，投票前三名将在全校师生大会上进行公开演讲，阐明方案，最终确定其中一个方案交由绣山议会进行再次审核、修改，最终将以绣山中学相关实施条例呈现并纳入校园日常管理之中实施，在实施过程中若有异议，仍可提出意见和看法，进行修订。

一源：哇，原来程序如此严格，不愧称为议会，每个环节都不马虎，我相信绣山议会越来越专业，同学们也时刻感受到组织的成熟和自己的进步。

【录音】（学生议员们对议会说的话）自从参加了议会之后，我感觉我更加融入这个大集体中了；通过议会我也更加了解学校了；绣山议会会让我们更加融入，更加贴近这个学校，让我的能力得到提高；我觉得绣山议会不仅对学生能力的培养和品行规范有所帮助,还有益于议员自身的发展,我觉得议会呢让我们自身参与到学校的管理中,这样呢我们培养了我们自己的能力;绣山议会是校园民主中不可或缺的一部分,我是其中一员,我倍感荣幸;绣山议会可以锻炼我们的能力和领导力,这样能让老师们也放松一点;虽然我来到绣山议会的时间很短暂,但是我已经收获了很多,相信以后会收获更多。

一源:民主校园的建设需要同学们和学校的共同努力,而绣山议会对于学校的献计献策也发挥着越来越大的作用。相信绣山中学会越来越美,饭菜也会越来越好吃。

李蜜:还在想着吃呢,好啦,今天的加油宝贝就到这儿吧,唉,一源哥哥,你跑哪儿去呀?

一源:去食堂排队吃饭喽。

【录音】(童声歌曲压混)《民主歌》:真善美、齐歌唱,为家、为国,敢担当……

下半年代表作:"技术宅"还是"创意控"

——心怀梦想、智造未来　温州市实验中学校园小创客的故事

李蜜:小朋友们中午好,欢迎收听今天的《加油宝贝》节目,我是李蜜姐姐。

一源:大家好,我是一源哥哥,嘿嘿!

李蜜:呀,看来一源哥哥今天心情很不错呀,还偷偷发笑呢!

一源:嗯,前几天我收到了一份哈利·波特的邀请函,我要去见魔法公主去啦!

李蜜:什么?哈利·波特?谁是魔法公主呀?

一源:想知道吗?让我用魔法镜带你去看看……

【穿越的音效】

李蜜:(上课铃声压混)这里不是温州市实验中学嘛?孩子们都在讨论什么?一个个神采奕奕,手中还展示着我从没见过的小东西,他们好像会魔法哟!

创客学生1:就是创客,创意课程,就是做一些体感的东西。

创客学生2:沐浴露擦上去,可以直接让身体暖起来,我想发明这样的东西。

创客学生3:拼图桌子,就是说把拼图的原理集合在桌子上,可以把一个桌子拼成大一点的也可以拆成小的来用。

创客学生4:我想发明的和他的一样。

一源:现在信了吧,我说的"哈利·波特"呀就是他们,正在发言的同学都是校园里的创客少年,他们发挥想象力和创造力,组建自己的团队,开发各种各样的项目,为校

园的建设出力呢，是不是很像哈利·波特？

李蜜：哦，原来你说的魔法就是他们的智慧创意呀！

一源：对呀，学校里还专门开设了哈利·波特社团，今天他们要举办创想部落项目评审会，同学们会投票选出最有创意而且最有意义的创客项目，用同学们头脑里的想法改变他们的校园，集智慧的力量和创意的灵感，把学校变成一座处处有惊喜的校园。

李蜜：这个有意思，你看这个发明，防疲劳“魔笔”——写作业超过30分钟，笔自动断水，逼着你休息调节，嘿嘿，还能找借口偷个懒。

一源：你呀，尽想着偷懒。你看，很多创意和发明处处为同学们着想，又为学校的发展出谋划策，这些创想部落可不一般。

李蜜：走，我们一起去听听这些魔法王子、公主们都有哪些创意吧。

【录音】（创想部落项目评审会现场声）

学生主持人：我们之中有这么一些同学，用自己的奇思妙想，在参加比赛的100多件作品中脱颖而出，今天会有3件有意思的作品首轮进入我们的创想部落交流评审会，下面我们有请这些同学向我们阐述他们的创意。

“防滑地砖”项目组：每到雨天，校园室外常常会被雨打湿，同学们在行走的过程中可能会摔跤或者滑倒，我们设计这个初衷就是雨天同学们在校园室外行走的时候不滑倒。这是我们设计的俯视图，一块地砖上面有积水，还有一些小缝隙，水可以通过缝隙流到地底下，再流出下水道，还有上面有一些小柱子，柱子的上方涂一些防水涂料，水就不会残留在小柱子上。

“拼图课桌”项目组：灵感来源，当我看到桌子的时候一下子突发奇想，如果拼图和桌子一样，那是多好的idea呀！这也就是我们的创意模型，把桌面分割成不同形状的拼图块，可以根据不同的课程，使用不同的拼图桌子。

“哆啦A梦的竹蜻蜓”书包项目组：从小学开始，我们背在身上的书包越来越重，不正确的站立姿势影响骨骼生长，所以我们准备把书包改进一下，使同学们更加轻松地背上书包。我们的创意来源是哆啦A梦中的竹蜻蜓，是它启发了我们，我们想把竹蜻蜓装在书包上，使它飞行分担书包的重量。

学生主持人：在这3家展示的3件作品中会有作品在台下评审的投票下正式立项，他们将在技术人员和指导老师的帮助下，将自己的创意转变为现实。

一源：听完同学们的创意，一源哥哥真是佩服他们，小小年纪竟有如此多的idea，而且还能坚持付诸实践，团结小伙伴们的力量，制作出一个个有趣又有用的项目。

李蜜：是啊，在刚刚的采访中，李蜜姐姐还了解到，创想部落的诞生绝非偶然。温州市实验中学多年来坚持创客教育的理念，孩子们不再枯燥地学习，无须压抑自己的兴趣，而且他们还能将自己的兴趣展开更深入的探究，比如七(13)班谢集同学喜欢数学和编程，能用程序代码画画呢。

一源：哇，那他一定超有成就感吧。

【录音】谢集：当然有成就感了。（一源、李蜜：而且刚才我们在校园采访的时候，你好像被列为校园风云人物，有这个情况吗？大家好像都特别崇拜你。）大概有点吧。（李蜜：你觉得大家为什么崇拜你？）可能是因为我在学校开了一门校本课程，叫做互动编程，讲过好多次，又开了一个社团，大概是名声大噪吧，因为校本课程没有是学生开的。（李蜜：你有没有觉得自己责任重大？）是这样的，如果我那堂课上得不好的话，有些东西不太明白的话，很多同学就会说，唉，谢集都不会，我就要非常努力去学习一些新的知识。（李蜜：你对创客教育的概念是什么？）个人呢最早觉得创客，顾名思义嘛，创就是创新智造，客就像我们英语中的“er”一样就是人的意思，创客就是一群会创新、会创造的人们。我入学特别幸运，我们实验中学开办了学生社团，然后呢我就办了一个哈利·波特的社团了，因为哈利·波特是一个魔法人物，他是一个非常科技化的角色，非常的有趣、奇幻，所以我们就要用创客来实现这一类的东西，说起来可能有点夸张，我们社员大概16个人，男生15个，女生1个。

李蜜：其实，创客教育不仅注重开发学生的兴趣与潜能，更讲究团队合作，促进集体智慧的诞生，来自七(11)班的林嘉川就有特别深的体会，他告诉李蜜姐姐，因为喜欢挑战不一样的创想，很想自己亲手做出星球大战的BB8机器人。而且呀他说了，要跟自己的团队一起发力。

【录音】林嘉川：我算是一个资深的“星战”迷吧，对这种电影特别的感兴趣，因为本身在创客方面也是比较感兴趣，然后看到他们就说星战当中比如说有很多超乎现在科技的出现的一些产品，我想用自己力所能及的想法，去实现电影当中的一些机器人。星战当中我最喜欢BB8机器人，看他那种外形，看似很简约，但是内部结构非常复杂，这样做起来就感觉特别有成就感。（一源：但是我知道电影里是用特效做出来的，现实中做出来比较难哦？）现在是可以确保它可以移动了，但是就是它停下来的时候还有点前后晃动，我们现在就是努力让它停下来的时候就刚好停在那个位置，像电影当中一样。

一源：虽然校园里的学习越来越忙碌，但八(4)班的王士畅同学沉浸于自己的兴趣，依然参加哈利·波特主题社团活动，更重要的是他和这些创客少年们在获得乐趣的同时还收获了进步和友谊。王士畅同学作为一直活跃在创客教室里的资深小创客，他的感受最直观。

【录音】王士畅：从物质上来讲的话，我们当然是收获很多作品，但从精神上来讲的话，我们不仅收获了友谊，还有各自对各自之间的默契，到了后来他们基本上就知道什么时候需要帮忙，什么时候需要团队合作，什么时候需要各自分工，可以说是促进了我们的学习。

李蜜：校园小创客们这么喜欢在创客社团里活动，看来呀，老师们也是施了魔法，负责创客社团活动的戴小红老师就告诉我们——

【录音】戴小红：孩子们通过创客教育搭建的活动平台呢，把自己天马行空的创意点子在和小伙伴们一起玩、一起学的过程当中用于实践活动，在我们的社团活动中，他们的协作能力、分享能力都得到了提升。

李蜜：温州市实验中学校园“创客空间”于2014年11月正式建成，2012年开展的创客教育也成为了被全面纳入学校课程体系的新型创新教育。他们借助信息技术、拓展课程、社团活动等一系列实践行动，鼓励行动、分享与合作，注重与新科技手段相结合，你像刚才我们看到的机器人、哆啦A梦的书包，还有防水地板，你看这些呀都是孩子们通过与新科技手段相结合来做出的创客项目呢，而且学校将创客教育逐步发展成为创新能力培养的新途径。如今创客教育已经闻名全国了，全国各地乃至国际的专家都来到这里交流、研讨，对同学们的创意和学校的创客课程给予了很高的评价呢！我们一起来听听温州中学创客教育研究导师谢作如老师是怎么说的吧！

【录音】谢作如：我希望有更多的学校，像温州市实验中学一样，给孩子们提供一个造物的空间，创客教育的价值就在于让孩子们在造物中，应用知识，学会学习，快乐成长！

一源：现在学校不仅创立了创客教室、创意工坊，还结合艺术教育开设了最新的创客教育课程。你听，在校园演播室里的学生乐队正在进行创意编曲，他们融合民乐、电声等各种音乐形式，运用MIDI电子编曲软件，将民族音乐改编组合成为电子乐，受到了许多同学的追捧，应该说他们是校园的明星呢！

李蜜：哦？你刚才说的什么叫做MIDI编曲呀？我都忍不住想听听了！

【录音】(乐队成员SOLO)大家好，我叫陈湘怡，我负责乐队里的琵琶(演奏声)；大家好我是李伊甸，我负责柳琴(演奏声)；大家好，我是胡舒扬，我负责古筝(演奏声)；大家好，我是金晟至，我是键盘手(演奏声)；大家好，我叫潘一登，我负责电吉他(演奏声)；大家好，我是邱云克，在乐队里负责笛子(演奏声)；大家好，我叫杨谦，负责鼓手(演奏声)。我们是新民乐电声乐队(集体演奏改编后的《千里之外》)。

一源：好厉害哦，这些民乐经过编辑，有了全新的诠释，更加丰满好听了。

李蜜：是啊，创意无限，音乐无边嘛，这个创客教育真是棒，相信同学们也受益匪浅吧，让我们一起来听听乐队的成员们是怎么说的。

【录音】

乐队成员1：因为我们知道民乐它是中国非常古典的东西，整个旋律收张也是非常大的，有的地方快，有的地方慢，电声乐队呢，它又是非常流行的东西，将古典和流行结合在一起还是有点难度的。

乐队成员2:创作音乐本身就是一个创意,以前都没想过这两个可以融合在一起,一首《千里之外》,我觉得单是我们电声乐队这样弹奏的话,可能会单调一些,如果加入了民乐的话,我觉得有了古典的气息。

乐队成员3:像电声如果没有民乐的话,它就没有一个旋律,而民乐没有一个电声,它也就没有一个伴奏,所以说将电声和民乐结合在一起,也会两全俱美。

乐队成员4:以前呢,我就觉得音乐呢是一个名词,现在呢我自己真正去加入这个音乐之后,发现它其实是一个动词,它可以利用很多的方式来形容它。

乐队成员5:我们把电声乐队和民乐队结合在一起本身就是一种创新,我自己本身也就是一名创客。

一源:郑龙老师是这支神奇创客乐队的指导老师,他总是夸赞孩子们是天生的音乐家,经过同学们的改编,赋予了音乐全新的力量。

【录音】郑龙老师:其实这个乐队今年这个学期才刚开始的,是一个比较新的事物,其实我们学校现在做创客呢,已经很多元化了,今年呢开始深入到音乐艺术这一块,把比如说一些电子MIDI啊,电子音乐啊,电声乐队啊再加上我们学校已有的一些项目,像管弦乐团、合唱团还有民乐团,跟它们进行融合,这样达到一种新的艺术表演,也是让学生多一些创新的思维和体验,这个我觉得是做这样的音乐做好的初衷和方向。

一源:正如郑龙老师所说,创客教育与艺术课程的结合不仅让同学们感受到音乐的魅力,更让同学们明白艺术创作的来之不易,是创意与毅力的碰撞。

李蜜:没错,听说学校创客教育的主题曲《种的心语》也是他们唱的,赶紧来听听!

【录音】乐队合奏演唱歌曲《种的心语》:窗外的下课铃,又如约地响起,梦的思绪在脑海里面睡醒;程序不断更新,线路与电交集,我用我的创意改变未来;Ma-Ken的花种不知不觉播撒在我心底;MIDI谱出旋律,游戏初步运行,探寻发现新世界的神奇奥秘……

一源:唱得真好,歌词里的"心怀梦想,智造未来"唱出了创客少年们的志向和韧劲,是未来大创客们的接班人哟。

李蜜:听了今天的节目,相信小朋友们也和李蜜姐姐、一源哥哥一样收获不小吧,让我们一起发挥创意,实践梦想,做小小创客少年,智造美好未来吧!

一源:嗯,好的,今天的《加油宝贝》就到这儿啦,咱们下期再见。

【录音】(歌曲压混)这是一颗种的心语,是Ma-Ken的协奏曲;智慧的乐句如飘舞的柳絮,传遍心灵;科技的音律如奔腾的白驹,响彻我的天晴……

单位:温州广播电视传媒集团新闻综合频率

作者:李蜜、姜一源、北方、陈伟文

选题新颖重大，紧贴校园教育创新节目

——浅析FM94.9温州新闻广播少儿节目《加油宝贝》

刘　燕

《加油宝贝》是一档具有较好新闻敏感性、善于抓住具有新闻价值的校园事件，以小见大、具有创造力的优秀少儿节目，选送的两档代表性的节目选题重大，对于温州校园教育的创新发展都具有启发意义。

首先，从选送的两篇代表作来看，两档节目均展现了栏目组敏锐的新闻嗅觉，选题新颖重大，具有较高的新闻价值。上半年代表作：《"绣山议会、民主校园"——温州市绣山中学成立学生议会　学校发展学生说了算》。下半年的代表作：《"技术宅"还是"创意控"——心怀梦想、智造未来 温州市实验中学校园小创客的故事》。一个聚焦绣山中学新的教育管理体验方式，一个聚焦校园小创客，这些选题不仅积极响应了国家创新的发展战略，而且对于新一代青少年培育和新型校园管理的探索都具有重要价值。

其次，节目紧紧抓住听众的好奇心，硬选题软处理，多种形式应用，全面展现了典型性校园事件的新闻价值。《"绣山议会、民主校园"》这一选题，属于校园报道中的硬选题，虽具新闻价值，但是往往可听性不足。节目在处理这一选题时，通过现场录音报道、主持人解说、同学和老师采访录音，一点点将这一硬选题分解和软化，使听众能够清晰地了解温州市绣山中学学生议会组织成立与运行的过程。节目还结合对绣山议会例会日现场的录音报道，使听众能更加清楚这一创新管理方式的具体实施过程。代表作《"技术宅"还是"创意控"》的选题新型，虽然也具有硬选题的特点，但节目组通过富于想象力的语言，配合音响报道和对有趣的创意发明的介绍，使这一选题和学生的日常生活联系起来，生动地刻画了一群想象力非凡、动手能力极强的小小校园创客者，让听众看到了中国少年创新的力量。

最后，节目音响素材选择精到，贴近校园生活，富有画面感，恰到好处地反映了选题。为了更有现场感和感染力，两个节目都运用了较多的音响素材，尤其是现场录音报道，对于突出选题的价值起到了关键的作用。《"绣山议会、民主校园"》中学生和老师的录音，并不是从单一方面强调和说教绣山中学议会制的意义，而是从不同的侧面反映了绣山中学议会制这一拓展性体验课程对学生民主意识、法律和责任意识提升的真实的作用。《"技术宅"还是"创意控"》对创想部落项目评审会的现场录音、对乐队成员SOLO的采访以及现场演奏，都从不同角度展开并深化了选题，而且这一期节目语态生动，通过声音构建的内容场景丰富，画面感强，听后给人很深的印象。

总的来说，该栏目在关注校园热点，引导社会共同关注校园教育，推动校园创新，助力少儿成长享受智慧人生上确实具有启发性，值得肯定。

广播少儿综艺

温州交通广播《花儿朵朵》

请听综艺节目——

水·生命·爱·喜悦

——写在世界水日中国水周

(栏目头音乐)

快乐:成长好!

成长:快乐你好!收音机前的小朋友们,大家好!在节目开始之前,我想先考考你们,你们知道今天是什么日子吗?

快乐:我知道,是世界水日。

成长:没错,今天是世界水日,也是中国水周第一天,所以,今天我邀请大家跟我一起走进水的世界。

快乐:(七嘴八舌)水的世界?水在哪里?

成长:嘘——你听,它来了。

【纯音效微剧《水的一生》(1分钟30秒)】

冰川消融滴水的声音,转为小溪的潺潺声汇入河流,转为瀑布的壮大声,融入大江,转为海浪拍打岩石、人们戏水的声音,海轮航行,再在风声雷电声中转为雨声,转为雨中的城市,最后转为檐下滴水声,渐弱,消失。

成长:小朋友们,在短短的几分钟里,你们都听到了什么?

快乐:我知道,瀑布!海浪!

成长:对了。在刚才的纯音效微剧里,我们听到了一滴水波澜壮阔、丰富多彩、跌宕起伏的一生。水,是有自己的灵魂的,它在天上五彩的云朵里,在缥缈迷蒙的烟雾里,它在枝叶绿色的脉络里,它在我们的饱满的身体里。它柔韧,它坚强,它孕育生命。我们的祖先逐水而居,每一个村庄、每一座城市都有属于自己的河——母亲河。人们写了无数的乐曲诗篇来赞美她。快乐,我们温州的母亲河是……

快乐:我知道,是塘——河。

成长:对了,温瑞塘河。“水如棋局分街陌,山似屏帏绕画楼”,这就是古人笔下我们温州山水城市的景象。我们温州还有哪些有名的山水啊?楠溪江,雁荡山,龙湾潭……

快乐:(七嘴八舌)大小龙湫、狮子岩、三折瀑、大沙岙!

成长:对。像我们这样生活在水乡,真的是好幸福、好幸运的事呢。你知道吗?水在地球上不是平均分布的,国际上公认人均水资源拥有量低于500立方米(的地区)就是严重缺水地区。比如,撒哈拉沙漠,常年无雨;号称“地中海的心脏”的旅游胜地马耳他,人均可用水量才82立方米。也就是说,一个人1年的用水量才不到1000桶。

快乐:什么?

成长:在我国西部的一些地方,也严重缺水,用水要从很远很远的地方拉回来,甚至需要建水窖,储存雨水供全年使用。那儿喝水可困难了,那里的小朋友说,他最大的梦想就是像电视里演的那样,拿起一瓶水,拧开盖儿,大口大口地喝下去……

快乐:(抽泣)

成长:怎么?哭得这么伤心啊?

快乐:我,我从前喝的饮料没喝完,剩的都扔掉了,我太浪费了,想到这儿,我太对不起那些小朋友了。

成长:知道错误就要改正,而且我们要一起想办法来改变这个状况。

你听——

【母亲水窖公益广告主题歌《留下最后一滴水》(群星)】

成长:刚才,我们听到的就是母亲水窖公益广告主题歌《留下最后一滴水》。在这首歌里,我听到的是爱,对孩子的爱,对母亲的爱,对未来的爱,还有对水的爱。快乐,你爱水吗?

快乐:爱呀。

成长:那你喜欢用水来做什么呢?

快乐:帮妈妈洗菜、浇花,还有打水仗……

成长:哎呀,打水仗,太浪费了。你们知道吗?虽然说地球上的水很多很多,但能被我们人类利用还不到万分之一呢。

快乐:(低下头去感叹)哦……

成长:1吨水能造纸5公斤;能发电100度;能染布95米;能炼钢0.15吨……

快乐:成长,1吨水有这么多用处啊。

成长:是呀。所以我们要时刻注意节水。来,我们来听听这段快板书《一滴水》,来听听这个人是怎么节水的。

【快板《一滴水》(1分钟)】

打竹板,先张嘴,听我说说一滴水。

一滴水,不算多,听我慢慢说一说。

有一回,李小美(哆来咪),跑到桶边来打水。

打完水,扭头走,龙头还在把水漏。

过一会，漏一滴，大伙儿谁也没注意。

一滴水，那么少，有什么不得了。

一滴水，那么点儿，看着实在不起眼儿。

那会儿我也这么想，老师过来把话讲：

“一滴水，是不多，一滴一滴流成河！”

后来老师拿个碗，把碗放在水桶前！

漏一滴，接一滴，水滴滴在水碗里。

大家只顾做游戏，做完游戏回教室。

老师把我们叫过去，大家围着水桶看，

看着水碗真纳闷儿，这是怎么一回事儿？

王老师，把话说，我们大家细琢磨，

“一滴水，不起眼，一会儿就漏一小碗！

这碗水，喝下去，又解渴来又增力！

滴水来得不容易，大家千万要爱惜！”

王老师，说的话，我们大家用心记，

从此我们都注意，点点滴滴都爱惜。

快乐：成长，他说得真好。

成长：是啊，细微处见真情。一滴水，一个世界。滴入土地，它就滋润土地，化作生命的精灵，在花间叶间舞蹈；滴入海洋，它就壮大海洋，聚成声音的宏响，把刹那变成永恒。

【片花】纯净的水清澈、透明，仿佛单纯的人心，愿我们始终都能保存这份美好。您现在正在收听的是大型综艺节目——水·生命·爱·喜悦，暨世界水日中国水周特别节目。

成长：快乐，你对水有多少了解呢？

快乐：水可以洗澡、刷牙。水冻成冰可以结成漂亮的冰花。

成长：哎，我想说的就是水的这个变化，那你知道水是有记忆的吗？

快乐：水有记忆？怎么可能？太搞笑了吧？

成长：如果你对水是友善的，水结出的冰花是非常漂亮的，反之它结出的冰花样子是丑陋的。

快乐：什么？不会吧？

成长：不信啊，那我就带你们一起走近《微剧场》来听听水的故事吧。

【微剧《水要的答案》】

解说：刘大伟是市科研所的主任，有个幸福的三口之家，只是每天忙于研究工作，有些疏忽了家庭,妻子兰薇不免有些怨气。

(家里兰薇准备早饭,大伟在刮胡子)

兰薇:大伟,你也不管管晶晶,这孩子天天做什么实验,不好好学习了都。

大伟:爱做实验是好事啊,说明我们的宝贝女儿对科学有一种探索精神。

兰薇:学校的课程还没时间做呢,还做什么实验。

大伟:亲爱的,我们现在搞的这个“水质记忆遗传”科研项目,马上就出成果了,水真的有可能是有记忆的,有感情的。

兰薇:我看你搞研究搞得是不是有点发烧了,在说胡话了吧?

大伟:什么胡话,现在水质污染非常严重,回来再跟你细说,好了,我先走了。

(关门声)

兰薇:(无奈地生气)哎,饭也不吃就走了,就知道忙工作,好,这孩子是我一个人的。

晶晶:妈妈,你别生气,那天我还用你新蒸的米饭做了实验,把它们放在同等的两个瓶子里,一个对米饭微笑,一个对米饭瞪眼,三天后,微笑的米饭有一股发酵的味道,瞪眼的米饭则有一股发霉的味道。

兰薇:(不耐烦)好啦好啦,真是什么爹就有什么孩子,快准备吃饭好去上学了。

晶晶:哦。

(吃饭)

兰薇:晶晶,再吃个鸡蛋。

晶晶:嗯,妈妈你也吃。

兰薇:好,快吃吧。

(音乐)

兰薇:晶晶,准备走了,该带的都带了吧,别落东西。

晶晶:都带了。哎,等一下(跑进屋)。

兰薇:这孩子,又干什么。

(晶晶卧室)

晶晶:(对瓶子里的水)美丽的水水,我要去上学了,我爱你,再见!

水:晶晶,我也爱你。

(奇妙音乐)

晶晶:(惊喜)你怎么会说话?

水:你说的话,我一直都能听见,只是没敢回答,怕吓到你。

晶晶:我不会怕的。

水:因为你善良。你那么爱护我们,我要让你躲过灾难。

晶晶:什么灾难?

水:今天去学校,不要吃那里的食物,更不要喝那里的水。

晶晶:为什么?

(妈妈远处)

妈妈:晶晶,你在跟谁说话呢?

晶晶:哦,没有。

妈妈:快点走了,再不走就迟到了。

晶晶:来了来了。

(学校)

晶晶:老师,今天不要让同学吃食堂的食物,喝食堂的水。

老师:为什么呀?

晶晶:我也不知道,是我家的水告诉我的。

老师:晶晶,老师知道你喜欢自然科学,可也不能凭空想象啊,好了,去吃饭吧。

(学校嘈杂食堂)

同学甲:哎哟,我肚子疼。

同学乙:哎呀,好恶心。

老师甲:小刘,我怎么也肚子疼。

老师乙:我这儿也不舒服,这是怎么回事啊?

(紧张音乐)

(医院)

护士长:刘大夫,看着像食物中毒啊。

刘大夫:赶快给患者洗胃。

护士长:好。

孙护士:护士长,又有一个单位出现了集体中毒,这病房都满了。

护士长:走廊加床吧,这么多患者,怎么搞的?

(医院嘈杂压混解说)

解说:医院陆续接诊了三四家单位的几百例病患,通过对患者进行病理检查,均未找出起病原因,相关部门也对此病因进行调查,但奇怪的是,未能得出任何结论。很多学生家长听说此事后,都纷纷赶往医院和学校。

(学校)

晶晶:爸爸!

兰薇:大伟,你也来了。

大伟:是啊,晶晶给我打电话了。校长,学校有多少人出现这种症状啊?

校长：有200多人。

大伟：啊？这么严重，对了，晶晶，你在电话里说早上咱们家的水提醒过你吗？

晶晶：是啊，早上我跟老师说不让大家吃食堂的食物和水。

校长：怎么会有这样的事？

大伟：晶晶，它还说什么了吗？

晶晶：它还说，我们人类这样无止境地污染，它就要报复了。

大伟：我知道了，这一天终于来了。

校长：专家，这是怎么回事啊？

大伟：几年前，日本科学家江本胜曾写过一本书，告诉大家水的秘密，只是我们都没有重视，还有人说他是伪科学，他曾说过，水是有感情、有记忆的。唉，我们这样无休止地污染、破坏，它们肯定是要报复的。

校长：那怎么办啊？

兰薇：大伟，你快想想办法啊！

大伟：我看，我们只能通过晶晶的努力试一试了，好女儿，我们找个有水的地方，你跟水说，看看能不能对话。

校长：哦，跟我来吧。

群众：走，我们都过去看看。

（离开脚步声）

大伟：（电话响）喂，小张，结果出来了？怎么样？

小张：（电话声）刘主任，这些年的研究没有白费啊，水是通过波动能储存记忆的，也就是说，水的遗传记忆说法，在科学上是成立的，江本胜当年的说法绝对不是伪科学。

大伟：好的，知道了，你现在马上把那个水样拿到永安小学。

小张：好的。

（水房开门）

校长：这是水房。

大伟：晶晶，试试看。

晶晶：水，你好。

水：（静，没有反应）……

群众：（议论）能说话吗？

是啊，不知道这水……

嘘，别说了，别说了，听着。

晶晶：水，谢谢你救了我，可是你不应该伤害我的老师和同学，还有那些无辜的人。

水:晶晶,不是我要伤害他们,是他们太不自量力,千百年来,我们一直默默地为他们所用,任凭他们肆意地破坏和污染!

晶晶:水,我们用你们来浇灌树木,保护生态,全世界的科学家都在研究办法把你们过滤干净,如果是我们伤害了你们,请允许我说声对不起。

水:没用了,太晚了,我们已经要和人类决裂了,我一直等你来,就是要告诉你,全球的海啸就要到了,也许只有珠穆朗玛峰可以避难,你去那里吧。

晶晶:不,水,我们是爱你的,我不要灾难。

(屋里进水的音效)

晶晶:怎么这么多水?

群众:(议论)哎呀,这下可完了。是啊,水真的报复我们了。

水:你还不快走。

晶晶:我不走,我要和爸爸妈妈在一起!我也要和你在一起!

兰薇:晶晶,我们快走吧。

晶晶:妈妈,水不会伤害我们的。

兰薇:你怎么跟你爸一样固执。

大伟:(电话响)喂,小张,你到啦?快,我们在水房,马上把水样拿过来。

(紧急音乐)

(急刹车,跑回来)

小张:刘主任,水样拿来了。

大伟:好。(对大家)大家看,这瓶水是在冰岛深海一处没被污染的水源提取的,这瓶水也是我们几年来的研究对象,非常的珍贵,半个小时前,我们的研究成果刚刚出来,证明了水是有记忆的,或许它能帮助我们。

晶晶:爸爸,把这瓶水给我,我来和它说说话。

大伟:好,好孩子。

晶晶:(轻轻地)水,你是美丽的,纯净的,你会帮助我们的是吗?

水:(纯净)这些年,我在实验室里看到了科学家们对水的不懈研究,更看到了他们对水和自然的爱护,有了他们,人类才会有美好的未来,把我放回水的世界里吧,我会把对人类美好的记忆传递给我们水的世界。

晶晶:(把纯净的水放到洪水中,轻轻说)再见了,亲爱的朋友!

(水渐渐退去)

(人们欢呼声压混)

大伟:朋友们,这次由水造成的灾难暂时过去了,它告诉我们一个不争的事实,人类不是自然的主宰,古人说过,上善若水,水无私地滋润着万物,可以说,没有水就没有人类。但我们人类这些年对水做了什么，对自然又做了什么，我们无休止地掠夺，无休止地污染，彻底地打破了水的纯净世界。通过这几年的研究，我们发现，水是有记忆的，并且这种记忆是可以遗传的，我们千百年来对水的污染一直积累到现在，改变了水原有的本性，打破了它的平衡，最终，遭到了水的报复。

群众：（议论）是啊，污染真的太严重了。我们以前太不重视了。

大伟：水能载舟，也能覆舟，今天人类能够躲过这场灾难，不是人类的胜利，而是水和大自然的恩赐，人类要学会爱护自然，因为人类需要自然的保护，人类更要感激自然，因为只有它才能缔造生命！爱护水吧！

（恢宏音乐）

众童声 ：（画外音）上善若水，水善利万物而不争，处众人之所恶，故几于道。居，善地；心，善渊；与，善仁；言，善信；政，善治；事，善能；动，善时。夫唯不争，故无尤。（渐弱）

（结束）

成长：怎么样，我没骗你们吧？虽然这算是一个童话故事，但是剧中提到的米饭实验，以及水是通过波动能存储记忆的，都是通过多年的科学实验得出的真实结论。

快乐：天呐，太神奇了！

成长：所以呢，以后你们知道该怎么做了吧？

快乐：我知道啦，要节约用水，减少污染。以后我每次喝水前都要对水微笑。我要把我的杯子上贴上“水，我爱你”。

成长：哎，这个主意不错哦。

快乐：呵呵。成长，说了这么多，你也表演一个节目吧。

成长：好啊，刚才说了，水是有生命的，是有记忆的，那么河流也一样，也是有生命的，有记忆的，我就为大家朗诵一首诗吧，诗的名字叫做《河》，好不好？

快乐：请吧！

【诗朗诵《河》】

我散步时的伴侣，我的河，
你在歌唱着什么？
我这是多么无意识的话啊。
但是我知道没有水的地方就是沙漠。
你从我们居住的小市镇流过。
我们在你的水里洗衣服洗脚。
我们在沉默的群山中间听着你，
像听着大地的脉搏。

我爱人的歌，也爱自然的歌，

我知道没有声音的地方就是寂寞。

成长：小朋友们，节约水，爱护水，就是爱护家园，就是和地球上的万物——动物、植物，一起愉快地生活在地球上。今天的节目最后，我们来一起听一首童声合唱，来感受一下蓬勃生命的喜悦。

【歌曲《河水》（报尾）】

听众朋友，刚才您听到的是综艺节目《水·生命·爱·喜悦——写在世界水日中国水周》。

由温州交通广播制作，谢谢收听。

单位：温州广播电视传媒集团交通频率

作者：黄玲琍、陈永松

在对水生命的尊重和关怀中引导儿童关注现实

——浅析《花儿朵朵》栏目节目《水·生命·爱·喜悦》

刘　燕

《花儿朵朵》栏目的《水·生命·爱·喜悦》从关注水资源污染和匮乏的社会现实出发，结合多种艺术形式，以优美亲切的语言，在对水生命的尊重和关怀中，向小听众深度传播了水知识，引导他们关注社会现实，给小听众上了一堂令人印象深刻的水资源保护课。节目策划立意层次高，语言优美，知识丰富，视野开拓，制作精良，对于培养儿童的高层次的审美也大有帮助，是一篇上佳的综艺艺术作品。

第一，选题关注社会现实，主题策划立意高远，寓意深刻，情感真挚。2016 年 3 月 22 日是第二十四届“世界水日”，3 月 22 日—28 日是第二十九届“中国水周”。为了向少年儿童宣传推广爱水节水的意识，该期的《花儿朵朵》选题为《水·生命·爱·喜悦》。这一选题将水与人类的生命、美好的情感联系在一起，不同于大部分就水论水的知识性节目，节目从水的人性化的角度表达了水对人类的重要作用、水与人类的情感互动、水与人类的美好共处，充满了浓浓的人文情感。

第二，分主题中心突出，故事精彩，形式多样。围绕水、生命、爱、喜悦四个分主题，节目分别采用了不同的表达形式来突出主题。在“水”的分主题上，主要采用写实的方式，从世界各地水资源的匮乏现状、水资源浪费的现状，引起小听众对水资源保护的关注。在“生命”的分主题上，主要采用拟人化的方式，通过广播剧讲述水与人对话的童话故事，引发听众思考水与生命的重要关系、水与人类生存之间的关系。在“爱”的分主题上，主要采取号召的形式，呼吁听众在科学实验的基础上，与水对话，积极行动，以爱的行为来珍爱每一滴水。在分主题“喜悦”上，主要从水与生命体验的关系上，感恩水对生命带来的喜悦。四个分主题并未平均用力，重点在“水”和“生命”分主题上。通过这两个重要的主题表达，延伸出人们对水“爱”和“喜悦”的行动和体验。

第三，节目围绕主题，表现形式多样，知识丰富，视野开阔，语言表达带给人美的享受。为了加深听众对四个主题的印象，节目形式多样，采用了纯声音微广播剧、微童话剧、交响乐、歌曲、诗歌朗诵、快板书等来表达主题。尤其是微剧场《水要的答案》，故事精彩，贴近儿童生活。从一个出生在科学家家庭的小女孩与水对话、校园突发食物中毒事件，引出了水对人类世界的警告以及水对人类世界的再次拯救，故事充满了戏剧色彩，引人深思。此外，节目提供了大量关于水的科学知识、科学实验，以及世界和中国缺水地区的水资源数据，扩大了小听众对世界的认识，有助于让他们从小建立社会责任感。节目主持语言优美，快板、诗歌朗诵节奏感强，富有青春的活力，所选择的水主题的歌曲充满童真，结尾歌曲《河水》给人悠远美的感受，余音袅袅。

电视少儿栏目

我是主角

代表作一：

主持人温丛寅：欢迎大家锁定卫视公共频道，收看《我是主角》节目。欢迎大家，屏幕下面是我们的联系方式，二维码您可以扫描一下，关注我们的公众微信号。同时欢迎大家登录东海网以及温州热线，在线收看报名，参与到我们节目当中。

QQ 糖姐姐：是的，平时周末的时候大家非常喜欢去公园玩。最近我们发现两个超级好玩的地方，那就是梦多多小镇和泡泡糖游乐园，电视机前的你还在等什么，赶快出发吧。

主持人温丛寅：是的，要感谢梦多多小镇和泡泡糖游乐园，还要感谢卓越教育以及八音录音棚。卓越教育在今年暑期马上就要推出的游学项目启动了，你可以报名参加，可以来到新加坡、来到美国、来到澳大利亚、来到英国跟我们一起体验不同的世界。马上我们就要来看看，今天又是哪位不同的主角来到节目中了。

今日主角

主持人温丛寅：欢迎收看《我是主角》，欢迎 QQ 糖姐姐！

QQ 糖姐姐：哈喽！

主持人温丛寅：欢迎两位观察员，欢迎你们！

小小白和金宜和：你好！

主持人温丛寅：欢迎今天的主角林隽赫，欢迎你，欢迎！

林隽赫：你好！

QQ 糖姐姐：你好！

主持人温丛寅：欢迎隽赫来到《我是主角》节目做客。隽赫，来，先向我介绍一下你自己吧。

林隽赫：嗨！大家好，我叫林隽赫，今年 5 岁了。我是一个很酷很帅的小帅哥。今天我要给大家带来一个很酷、很帅的街舞，你们等着瞧吧！

主持人温丛寅：我们等着瞧吧?!

QQ 糖姐姐：感觉有点怕。

主持人温丛寅：吓死人家了，是不是，吓死宝宝了。隽赫你很帅。

林隽赫：你也很帅。

主持人温丛寅：你更帅！

林隽赫：你才更帅！

主持人温丛寅：没有，我觉得你帅一点。

林隽赫：你！

主持人温丛寅：还是我帅一点，还是我帅一点。

观察员金宜和：你们两个都很帅，但是你不要这么自恋行吗？

主持人温丛寅：我们两个都很帅，但我不要这么自恋行不行，是吧。小小白，你要干吗？还是你帅是不是？

QQ糖姐姐：对，我以为他要这么说。

观察员小小白：不是啊！不是啊！那是，我说小弟弟万一给陌生人抓到，在陌生人的房子里该怎么救自己？

主持人温丛寅：隽赫，就是说，这个坏人说是，他说他是你爸爸妈妈的朋友，然后他要接你，你会怎么办？

林隽赫：他是我朋友，我看得出形的，但是他如果不像，我妈妈的朋友的形，我就不跟他走。

主持人温丛寅：他这个回答很有意思，你妈妈的朋友都是有形的是吧？

QQ糖姐姐：对。

主持人温丛寅：你妈妈的朋友是长方形，还是正方形的？都是有一个形状的。

QQ糖姐姐：那我想问你，如果……

林隽赫：圆形的。

主持人温丛寅：圆形的，妈妈的朋友都是圆形的，那我肯定是你妈妈朋友了。

QQ糖姐姐：我也愿意。

主持人温丛寅：你也愿意。

QQ糖姐姐：我也想问一下你，如果他带了你最喜欢的零食或者是玩具来找你，那你怎么办？

林隽赫：我心里有两个人在打架，一个是很傻的，一个是很聪明的。傻傻的我喜欢零食和玩具，聪明的我喜欢待在爸爸妈妈身边买玩具。如果傻傻的我打赢了，如果我跟陌生人走了，他会把我脚剁掉、手剁掉。我不和陌生人走，我就会待在爸爸妈妈身边很安全。

QQ糖姐姐：很安全，哇！好恐怖。隽赫在表述的时候其实可以发现，这是一个思维能力非常强的孩子。那我也想问问隽赫，你平时有什么厉害的本领，可以跟我们分享一下吗？

林隽赫：圆周率和心算。

QQ糖姐姐:哇!

主持人温丛寅:圆周率和心算,QQ糖姐姐,你知道吗?他刚好讲到了我最擅长的领域。

QQ糖姐姐:你们要不PK一下好不好?

主持人温丛寅:隽赫,我们来比赛好不好?

林隽赫:好。

QQ糖姐姐:我支持你,你要加油。

主持人温丛寅:我们来PK一下。3.1415926535897932384626,哎呀!好,我就到这吧,到你了。

林隽赫:3.1415926535897932384626433832795028841971693993751058209749459230 7。

QQ糖姐姐:太厉害了。

主持人温丛寅:无地自容,我不录了。

QQ糖姐姐:你完蛋了,你把他给惹怒了。

观察员小小白:我可以干掉他,57289910678910109876。

林隽赫:不是这样背的呀!

QQ糖姐姐:这是小小白原创的圆周率。

主持人温丛寅:小小白自己创了一个圆周率。

林隽赫:乱背的。

主持人温丛寅:乱背的。

观察员金宜和:圆周率它是,就是每个背下来的话,它没有重复的数字。

主持人温丛寅:宜和知道。

观察员金宜和:我妈妈告诉我的。

主持人温丛寅:对啊对啊。

林隽赫:是古代的一个祖冲之发现的。

QQ糖姐姐:哇!这个历史他都非常了解,太厉害了。

主持人温丛寅:厉害呀!

QQ糖姐姐:那第一轮当中的话还算是他赢了。

主持人温丛寅:他赢了。

QQ糖姐姐:那我们来第二轮好不好?

主持人温丛寅:对对,我对你的佩服如滔滔江水,第二轮。

QQ糖姐姐:第二轮心算。准备,请听题。

主持人温丛寅:我就不信,我会输给一个5岁的小朋友。

QQ糖姐姐:我还是挺相信的,好,第一题是50加30等于多少?

主持人温丛寅:他很快。

观察员金宜和:太简单了。

林隽赫:80。

主持人温丛寅:我出一个,你们两个答,你们两个抢答。

QQ糖姐姐:啊! 我跟他?

主持人温丛寅:对,你跟他。

QQ糖姐姐:确定?

主持人温丛寅:确定,我出一个难的。

QQ糖姐姐:手下留情!

主持人温丛寅:312加420等于多少?

林隽赫:你不举手。

QQ糖姐姐:我不知道。

主持人温丛寅:312加420,312加420。

QQ糖姐姐:400……

林隽赫:832。

QQ糖姐姐:700。

主持人温丛寅:你多算了一个东西。

林隽赫:哪个东西?

QQ糖姐姐:那我算对了吗? 他是让着我了。

主持人温丛寅:他让着你。

QQ糖姐姐:对了。

主持人温丛寅:我再出一题,我再出一题,400加512等于多少? 400加512。

林隽赫:912。

主持人温丛寅:赢了两次,你赢了两次。

林隽赫:对。

QQ糖姐姐:除了很会心算会周圆率。

林隽赫:圆周率那不是周圆率。

主持人温丛寅:他纠正你。

QQ糖姐姐:而且你还会赚钱,我听说。

主持人温丛寅:你会赚钱呀!

林隽赫:对。

QQ糖姐姐:你赚了多少了?

林隽赫：10000多。

主持人温丛寅：你赚这么多，怎么赚的这么多钱？

QQ糖姐姐：你怎么赚来的？

林隽赫：我到城里包装，包了很久才给我发工资，我很累的。

QQ糖姐姐：哪一家厂子雇佣童工？

主持人温丛寅：童工，隽赫，你赚那么多钱要干吗？

林隽赫：娶老婆。

主持人温丛寅：娶老婆？

林隽赫：最便宜的老婆要100多万，不然还要1000多万。

主持人温丛寅：最便宜的老婆100多万，贵的还要1000万。

林隽赫：不然还要1000多万呢！

QQ糖姐姐：那你想娶什么样的老婆？

主持人温丛寅：到哪里买请问？

林隽赫：我想娶的老婆聪明的、漂亮的、对我好的，不想那种丑的、对我不好的。

QQ糖姐姐：哎哟喂！

林隽赫：丑的、对我不好的，丑的、对我不好的，很丑的又不聪明的。

主持人温丛寅：又不聪明的。

QQ糖姐姐：那你觉得我这样怎么样，可以吗？

林隽赫：可以。

主持人温丛寅：可以呀。

QQ糖姐姐：肯定我了。

主持人温丛寅：他有点勉强。

观察员金宜和：我来，如果说漂亮不聪明呢？

主持人温丛寅：漂亮不聪明。

QQ糖姐姐：你愿意吗？

观察员金宜和：或者漂亮。

主持人温丛寅：或者聪明不漂亮。

QQ糖姐姐：你选哪一个，你到底选哪一个，你到底选聪明还是选漂亮？

主持人温丛寅：聪明更重要还是漂亮更重要？

观察员金宜和：当然是……

林隽赫：想不出来。

主持人温丛寅：你给出了一个比圆周率更难的(题)你知道吗？

QQ糖姐姐：他觉得两者都重要。

观察员金宜和:我聪明。

林隽赫:我想到了。

观察员金宜和:他想说聪明的。

主持人温丛寅:还是聪明的,聪明的丑一点也没关系?

林隽赫:丑一点没关系,有老婆就好。

观察员金宜和:这里。

QQ糖姐姐:很明智的选择。

主持人温丛寅:你这么聪明,你不要怕娶不到老婆好不好。

QQ糖姐姐:而且你这么酷那么帅!

主持人温丛寅:又存钱是吧?

林隽赫:我不存钱我还用什么东西买。

主持人温丛寅:你不用买老婆的!

林隽赫:娶的。

主持人温丛寅:娶娶……对。

林隽赫:100万吧!

主持人温丛寅:100万。

QQ糖姐姐:语重心长跟你说。

主持人温丛寅:最近怎么了,让5岁的孩子……

观察员金宜和:这里。

QQ糖姐姐:有此番觉悟。

主持人温丛寅:这个话题我们就不聊了,不聊了好不好,我们最后来聊聊……

林隽赫:我赢了!

主持人温丛寅:你赢了,对。

QQ糖姐姐:胜负已非常明了。

主持人温丛寅:今天节目一开始他就一直在赢。

QQ糖姐姐:对,是的。

主持人温丛寅:从来没输过,从圆周率开始到心算,通通不是他的对手。最后问一个问题,隽赫,长大之后想干吗?

林隽赫:我长大了的梦想,想当一名院长。因为我妈妈在医院上班,如果我是院长,我就能让她想休息就休息,想上班就上班,这样她就不会累倒了。

QQ糖姐姐:好贴心的小暖男。

林隽赫:而且我的医院开出来的药,都是甜甜的,不是像妈妈这样苦苦的药。我的病床是水果床、草莓床、柠檬床,小朋友住上去病马上就好。我还会设计一些机器人,帮护士抓药，帮医生做手术，看着厂里的门。

主持人温丛寅：他的梦想里包含两点，两点信息。

QQ糖姐姐：对。

主持人温丛寅：第一点信息是现在的药都很苦，第二点信息是妈妈的院长很坏。是不是？

QQ糖姐姐：真的吗？你确定？

林隽赫：妈妈的院长更坏，我当院长我很好。

主持人温丛寅：不说了不说了，再说妈妈就要到院长的办公室门口罚站了。对不对？不说了。好，谢谢隽赫来到节目当中。

QQ糖姐姐：谢谢！

主持人温丛寅：节目最后我们要送给你由泡泡糖游乐园提供的奖品一份，来挥挥手，拜拜！

QQ糖姐姐：再见！

林隽赫：拜拜！

主持人温丛寅：再见，隽赫。

主角秀场

主角舞蹈表演

哈课堂

哈博士：欢迎电视机前的小朋友收看又酷又炫又好玩的哈课堂。我是哈博士，今天来到了苍南县龙港镇康乐幼儿园，听说这边的幼儿园特别特别的棒！小朋友们，你们的幼儿园有多大呀？

小朋友：很大很大。

哈博士：那你们的幼儿园有多漂亮呢？

小朋友：很漂亮。

哈博士：那你们准备好和哈博士一起去做实验了吗？

小朋友：准备好了

哈博士：那我们一起喊口号喽，Let's go！

卷丝哥哥：欢迎各位！苍南县龙港镇康乐中心的小朋友们来到我们的哈课堂，那我的名字叫做卷丝哥哥。那现在卷丝哥哥来跟你们打个招呼喽，各位小朋友们好！

小朋友：卷丝哥哥好！

卷丝哥哥：小朋友们今天都非常热情，今天呢卷丝哥哥也带了一个问题来考考你们，请问生活中什么地方可以见到磁铁呢？

我来请问一下婧琪小朋友，生活中什么地方可以见到磁铁呢？

婧琪小朋友：生活中，磁铁厂里面有很多磁铁。

卷丝哥哥：我很喜欢你生活中的观察力。那请问一下磁铁它有什么作用？

可盈小朋友：磁铁可以吸车钥匙。

卷丝哥哥：我超喜欢我们可盈这么有知识，来，give me five！耶。

那今天卷丝哥哥也带来了跟我们磁铁有关的任务哦。那请问一下，你们准备好挑战任务了吗？

小朋友：准备好了。

卷丝哥哥：欢乐哈课堂。

小朋友：算数我们来。

卷丝哥哥：好，请看今天我们的任务目标。

我们每天都会用到磁铁，比如用磁铁把纸条贴在冰箱门上，把工具放在一个地方，把一些金属的小东西按顺序放好，把门关住。

现在我们来做个实验，磁铁、饼干、铅笔、别针、钉子、钥匙、回形针、圆珠笔还有牙签，用磁铁试着去吸每样东西，然后我们要像科学家一样地做分类，把它们分成两组：第一组是磁铁可以吸起来的东西，第二组是磁铁不能吸起来的东西。

好，那今天我们的任务目标来了。等一下，好。那等一下我们会分成两个小朋友一组，我们要讨论一下，哪个小朋友来负责我们的磁铁去吸一吸你们桌上的东西，哪个小朋友来当我们的记录员，把可以吸起来的东西，我们把它的图案给用蜡笔画在我们的纸上。好，那现在请你们开始我们的任务吧！

小朋友：画什么东西？

卷丝哥哥：能被吸起来的把它画下来。

小朋友：不能吸下来吗？

卷丝哥哥：对。

小朋友：不能。

小朋友：这些能吸起来。

小朋友：等一下我来。

小朋友：吸起来了。

卷丝哥哥：吸起来了以后我们要把它画下来，画在这上面。

小朋友：我是按着它描的。

卷丝哥哥：对，压在这上面描一下。

小朋友：这是个圆形能吸。

卷丝哥哥：对，这个叫回形针。那我们把这个回形针也给画出来吧。

小朋友：我们也画了回形针。

小朋友：这就是回形针。

卷丝哥哥：对，能被吸起来的，我们画在纸上了宝贝。小朋友们，来。

小朋友：就直接吸下来了。

卷丝哥哥：直接吸下来的，我们把勺子放在这上面，你把它的轮廓给画出来。

小朋友：画好了，我们去那边吧。

卷丝哥哥：对，你的勺子画了吗？他勺子还没画，我们把勺子拿过来画起来。

勺子是不是能被吸起来呀，会吸吗？对，把它画下来吧。是，画好了吗？

好，小朋友们，请问你们的实验成功了吗？

小朋友：成功了。

卷丝哥哥：好，那我要请两位小朋友来汇报一下我们的实验结果。好，请之雨来汇报一下吧！

之雨小朋友：回形针能被磁铁吸起来，调羹能被磁铁吸起来。

卷丝哥哥：好，我们赶快拍手吧！非常棒的分享哦！好，我要再请一位小朋友来分享一下。还有什么东西能被磁铁吸起来呢？我们的可盈来分享一下吧

可盈小朋友：发夹可以被磁铁吸起来。

卷丝哥哥：嗯，很好！非常棒！谢谢可盈的分享。好，那今天呢卷丝哥哥还带来了一个更好玩的实验，你们想不想玩呀？

小朋友：想。

卷丝哥哥：嗯，大家的声音都非常的热情哦！那今天呢刚才我们已经从第一个实验中知道了，这个是什么呀？

小朋友：吸铁石。

卷丝哥哥：那这个是什么呀？

小朋友：回形针。

卷丝哥哥：那在第一个活动中我们知道了，磁铁是可以吸起回形针的，对不对？

小朋友：对。

卷丝哥哥：好，那我们卷丝哥哥的问题来了。当我的第二枚回形针在不接触磁铁的情况下，只接触第一枚回形针，它会被吸起来吗？

小朋友：会。

卷丝哥哥：我们一起来试一下哦，是可以被吸起来的对吗？

小朋友：对。

卷丝哥哥：对，说明我们的磁铁具有什么性质呀？

小朋友:吸引力,因为磁铁会有电力,我们会把它传递出去。

卷丝哥哥:说明我们的磁铁的磁性具有什么性质?

小朋友:传递性。

卷丝哥哥:那现在我们的任务来了,那等一下呢,我要分成四个小朋友一组,我们要讨论。好,请小队长拿着我们的磁铁,带领我们的小队员去吸我们的回形针。看一下是哪一组的小队员,吸的回形针的个数最多,哪一组就获得了我们的游戏胜利。好,那现在我们开始分组吧。

小朋友:把这个拿一下。

小朋友:哇!这边已经。

小朋友:你拿着,让他们来。

小朋友:好,全失败了。

卷丝哥哥:没关系,你们再来一次,再来试一下。

小朋友:我们吸得很多。

卷丝哥哥:好,你们这组吸了几枚回形针呀?

小朋友:很多都怪你。

卷丝哥哥:好的,你们的实验很成功哦。

那现在呢,我们一起来看一下,我们今天的实验结果。

小朋友:我们吸起了4枚回形针。

小朋友:我们吸起了12枚回形针。

小朋友:我们吸起了3个回形针。

小朋友:我们吸起了全部回形针。

哈课堂:本期知识要点。

那磁铁呢,在我们的生活中的运用非常的广泛。你们妈妈皮包上的扣子就是由我们的磁铁做成的,那你们家里冰箱上一大圈磁条也是由我们的磁铁做成的。所以,它可以牢牢地吸附在我们的冰箱上面。那你们有没有听说过我们的磁悬浮列车呢?在中国2002年的上海我们就建成了当时第一列磁悬浮列车,它是利用我们的磁铁的原理来建成的,它的时速能达到每小时430公里。好,那今天我们的课程就到这里结束了。

代表作二:

最萌、最靓、最潮、最酷,《我是主角》高清新改版。

我是主角们:

我想娶个老婆聪明的、漂亮的。

我想要弟弟,不想要妹妹。

今天御膳房的伙食不太好啊,停!

糖果家族,甜美出发:

大家好,欢迎奶糖姐姐、QQ糖姐姐、棉花糖姐姐。

主角观察团给力新视角:

猪八戒怎么这么丑,老婆一定不要他。

我是妖精吗,请问一下。

多彩童年,筑梦未来。温州公共频道每晚6点播出。

《我是主角》高清改版全新升级啦。主持团队糖果家族,招募活动正式开启。只要你够靓,够能侃,能hold住全场,就来加入我们吧!

主持人温丛寅:欢迎大家收看由温视公共频道带给你的《我是主角》节目,屏幕下方是我们的联系方式,扫描二维码,赶紧关注我们的公众微信号。欢迎来自温州四幼的棉花糖姐姐。

棉花糖姐姐:大家好!

主持人温丛寅:欢迎你!

棉花糖姐姐:最近我们四幼正在举行阅读节,书香认童年,阅读盼成长。希望小朋友们在家里可以多读书,这样就能多多地吸收到知识。

主持人温丛寅:是的,那接下来我们要共同来看一看,是哪位优秀可爱的小主角今天来到我们的舞台了,来看看。

棉花糖姐姐:欢迎!

今日主角

主持人温丛寅:欢迎收看今天的《我是主角》,欢迎棉花糖姐姐。

棉花糖姐姐:大家好!

主持人温丛寅:欢迎两位观察员,欢迎今天的主角芮嘉,芮嘉欢迎你。

屠芮嘉:嗨!

主持人温丛寅:芮嘉欢迎你来到《我是主角》的舞台,来,先给我们做一下自我介绍。

屠芮嘉:大家好,我是乐清市西瑶小学一(4)班的屠芮嘉。我是一个活泼可爱的小女孩儿,我的兴趣爱好有唱歌、跳舞、画画,还有我最喜欢的越剧。

主持人温丛寅:芮嘉,你最棒的本领就是越剧,对不对?

屠芮嘉:对。

棉花糖姐姐:那你学越剧多久了?

屠芮嘉:两年了。

棉花糖姐姐:两年了,越剧它一共分成几种角色啊? 考考你。

主持人温丛寅:考考你。

屠芮嘉:生、旦、净、末,不是,净、丑。

棉花糖姐姐:生、旦、净、丑。

主持人温丛寅:没有末?

棉花糖姐姐:没有末吗?

主持人温丛寅:我们都说生旦净末丑,没有末?

屠芮嘉:末不知道,末是什么角色呢?

主持人温丛寅:就是生旦净丑四个角色。

棉花糖姐姐:分别来学学看好不好?

主持人温丛寅:生?

屠芮嘉:天上掉下个林妹妹……

主持人温丛寅:厉害,旦?

屠芮嘉:(唱越剧 3 分 30 秒)

主持人温丛寅:净 ? 这是净。我想静静。

主持人温丛寅:丑?

屠芮嘉:丑就是很搞笑的那些。

主持人温丛寅:很搞笑的。

棉花糖姐姐:是什么样的,让我们学一学。

屠芮嘉:一般的话鼻子上都有四个点。

主持人温丛寅:就是点上点点对不对?

屠芮嘉:脖子上都有佛的那种项链,然后一般头都会甩起来哦!

主持人温丛寅:甩上去。

屠芮嘉:链子会上脚手接着。

主持人温丛寅:噢,好厉害。你能不能教我们现场的四个人唱越剧啊?

棉花糖姐姐:对啊,教教我们吧!

主持人温丛寅:能不能教我们?

屠芮嘉:能 !

主持人温丛寅:考验你们的时刻到了,两位观察员,你们有信心学好越剧吗?

观察员金宜和:不是说四个人吗? 怎么变成我们两个观察员了?

观察员徐吴婧喆:对啊 !

主持人温丛寅:这两个观察员,说的话把我们……

观察员金宜和：你们天天说我们两个，我们才说你们的啊！

观察员徐吴婧喆：对啊！

棉花糖姐姐：好。

观察员徐吴婧喆：你们才有自己说到自己。

主持人温丛寅：好，好吧。你们不知道，其实我最擅长就是越剧了。

棉花糖姐姐：我怎么不知道？

观察员金宜和：那你先来一个。

观察员徐吴婧喆：对！

主持人温丛寅：来教我吧，教我吧，我们先来一个。

棉花糖姐姐：林妹妹好了。

主持人温丛寅：来一段我们先。

屠芮嘉：天上掉下个林妹妹，似一朵轻云刚出岫。你来先。

主持人温丛寅：我来先啊！

观察员金宜和：我都听不懂你在说什么。

棉花糖姐姐：你来教他学声吧。

主持人温丛寅：我能听懂，天上掉下个林妹妹。

棉花糖姐姐：有动作的。

主持人温丛寅：还要做动作啊！

屠芮嘉：天上掉下个林妹妹，似一朵轻云……

主持人温丛寅：那就是要有这个动作对不对？

棉花糖姐姐：对，关键要指我。

主持人温丛寅：一定要指你啊，天上掉下个林妹妹，掉下来的时候头先着地。

棉花糖姐姐：那我是傻子。

屠芮嘉：没有了。

主持人温丛寅：那你还会哪段教我们的？

棉花糖姐姐：对啊！

观察员金宜和：简单点的行吗？

棉花糖姐姐：对啊！

屠芮嘉：不行。

主持人温丛寅：那段，那段……

观察员金宜和：我们就不学了。

主持人温丛寅：芮嘉，《我家有个小九妹》。

屠芮嘉：我家有个小九妹，聪明伶俐人敬佩。你来。

主持人温丛寅：哎哟，好。我家有个小九妹，聪明伶俐人敬佩。

棉花糖姐姐：开始杠上啦！

主持人温丛寅：怎么样，两位观察员。你们派一个代表，谁来挑战？

观察员金宜和：她不是指的她吗？对吧！

主持人温丛寅：婧婧，婧婧，好。婧婧试试看。再唱一遍，芮嘉再唱一遍。

屠芮嘉：我家有个小九妹，聪明伶俐人敬佩。

棉花糖姐姐：来！

主持人温丛寅：试试看婧婧，试试看。

棉花糖姐姐：宜和来试试看。

观察员金宜和：我们两个来学她动作。

主持人温丛寅：芮嘉来唱，芮嘉来唱，预备起。

观察员金宜和：你来，你也要做动作给我们起头。

观察员徐吴婧喆：我们不会动作。

棉花糖姐姐：给她动作。

主持人温丛寅：给她一个动作，预备。

屠芮嘉：我家有个小九妹，聪明伶俐人敬佩。

主持人温丛寅：这动作！

棉花糖姐姐：很棒！

主持人温丛寅、棉花糖姐姐：就是我家有个小九妹，聪明伶俐人敬佩。对不对？

主持人温丛寅：好，你来学唱腔，我刚都学天上掉下林妹妹了。

棉花糖姐姐：我家有个……我家有个小九妹，聪明伶俐人敬佩。哎哟！我这音走得，都走到哪去了。

主持人温丛寅：你这个音已经到香港了。有个，是“油”个，不是有个。

屠芮嘉：加大难度。

棉花糖姐姐：那个咬字还是很难的！

主持人温丛寅：怎么来点难度。

（屠芮嘉唱一段越剧）

观察员金宜和：一句已经到了。

主持人温丛寅：哇！这个太难了！

棉花糖姐姐：这个好难啊！

主持人温丛寅：这个好难，这个好难！

棉花糖姐姐：臣妾做不到，臣妾做不到。

主持人温丛寅：她做不到。

观察员……:臣妾做不到。

主持人温丛寅:连这个都能唱成越剧。

棉花糖姐姐:太厉害了!

主持人温丛寅:什么样的动作再来一遍。

棉花糖姐姐:臣妾做不到,再来再来。

屠芮嘉:臣妾做不到啊……

主持人温丛寅:那你们站起来试试看,手一定要这样。

棉花糖姐姐:手还要这样兰花指。

观察员:臣妾做不到啊!

棉花糖姐姐:哎呀,这粉都撒了一地了都……

主持人温丛寅:哎哟!

屠芮嘉:给她们点个赞!

主持人温丛寅:点个赞!

棉花糖姐姐:那我呢?

主持人温丛寅:她呢 ?

屠芮嘉:点个赞!

主持人温丛寅:她也点赞啊,她都没有表演好。

屠芮嘉:你不点赞,你点一个“不”。

主持人温丛寅:我点个“不”,但是我不是臣妾,所以我演不了这一段。有没有男生的角色?

屠芮嘉:有。

主持人温丛寅:大王的。

屠芮嘉:大王叫我来巡山,我把人间转一转,打起我的鼓,敲起我的锣,生活充满节奏感。大王叫我来巡山,抓个和尚做晚餐,这山涧的水无比的甜,不羡鸳鸯不羡仙。

棉花糖姐姐:我怎么感觉她把这个歌,唱出了越剧的感觉。

观察员金宜和:这男的角色我都会唱。

棉花糖姐姐:看来真的是很融入。

主持人温丛寅:芮嘉好像能把什么歌都唱出越剧的感觉,有没有?

观察员徐吴婧喆:你不是说你要当那个大王,你就唱啊。

主持人温丛寅:这一段唱成大王啊!

观察员:太阳对我眨眼睛,鸟儿唱歌给我听。

主持人温丛寅:我会唱,我会唱。

棉花糖姐姐:看来你不掩饰不行了。

观察员、屠芮嘉：我是一个努力干活，还不黏人的小妖精。

棉花糖姐姐：好，来来来，让他来唱一下。

主持人温丛寅：这些小妖精好坏呀！

观察员金宜和：那就……那就你唱大王嘛，大王叫我来巡山。

主持人温丛寅：好，我会唱，太阳什么？

棉花糖姐姐、观察员：太阳对我眨眼睛……

主持人温丛寅：好，太阳当空照，花儿对我笑……

屠芮嘉：小鸟说早早早，你为什么背上小书包。

观察员：小鸟说早早早，你为什么背上炸药包。

观察员徐吴婧喆：我去上学校，天天……

棉花糖姐姐：她又是把它唱出了。

主持人温丛寅：她，芮嘉能把什么歌都唱成越剧的感觉。

棉花糖姐姐：唱越剧的感觉，对。

主持人温丛寅：对不对？

棉花糖姐姐：就像你什么都能唱到美国去了。

主持人温丛寅：好，我们来聊一聊芮嘉平时的生活啊。家里是不是又添了新成员？

屠芮嘉：嗯。

主持人温丛寅：谁呀？

屠芮嘉：是我一个小弟弟，他叫屠俊杰，小名叫土豆。我给他取名叫宝贝豆，他很可爱很可爱。

棉花糖姐姐：宝贝豆！

主持人温丛寅：为什么？怎么可爱宝贝豆，你的弟弟。

屠芮嘉：因为他脸小小的，鼻子小小的，手小小的，脚小小的。

棉花糖姐姐：什么都小。

屠芮嘉：很小很小。

主持人温丛寅：很小很小的，你喜欢小小的。你自己也喜欢小一点，不想长大对不对？

屠芮嘉：对。

主持人温丛寅：你为什么不想长大，烦恼是什么？

屠芮嘉：烦恼是不能跟妈妈在一起，还会老。

主持人温丛寅：还会老。

棉花糖姐姐：会老。

屠芮嘉：妈妈会老，不是我会老。

主持人温丛寅:妈妈会老,妈妈什么时候会老?

屠芮嘉:妈妈常常说她自己已经老了。

主持人温丛寅:但实际上你觉得呢?

屠芮嘉:我觉得妈妈没有老。

主持人温丛寅:老不老看哪里的?

屠芮嘉:老不老看这里。

主持人温丛寅:看这里啊,这里看什么东西?

屠芮嘉:这里看那些,如果老了会有一横一横的。

棉花糖姐姐:那叫皱纹。

主持人温丛寅:就跟老虎一样对不对?

屠芮嘉:没,老虎上面还有一条横。

主持人温丛寅:老虎还有……

屠芮嘉:三横一竖才是。

主持人温丛寅:就是说老不老看有三横,老虎是有一竖,对不对?“王”,是这样吗?

屠芮嘉:三横一竖。

主持人温丛寅:好,我们最后来聊聊。芮嘉,你长大之后要干吗呀?

屠芮嘉:我长大之后要当明星。

主持人温丛寅:当什么样的明星?

屠芮嘉:我要当的明星是唱戏的明星。

主持人温丛寅:唱戏的明星。

棉花糖姐姐:唱越剧的明星。

主持人温丛寅:对,你要成为唱戏的明星对不对?芮嘉,所以要好好学唱戏了。

屠芮嘉:嗯。

主持人温丛寅:对不对?

屠芮嘉:哦。

主持人温丛寅:怕不怕累,学习唱戏?

屠芮嘉:不怕。

主持人温丛寅:不怕,怕不怕辛苦?

屠芮嘉:不怕。

主持人温丛寅:天天要练。

屠芮嘉:不是天天,是每个星期天。

主持人温丛寅:每个星期天都要去练。好,谢谢,谢谢芮嘉来到《我是主角》节目当中，节目最后送上由泡沫总动员提供的奖品一份，芮嘉和大家挥挥手。

大家：拜拜！再见！

《我是主角》高清改版全新升级了，欢迎两位观察员，欢迎你们，主角观察团招募活动正式开始。

猪八戒怎么这么丑，老婆一定不要他。

我是妖精吗，请问一下？

只要你够萌、够潮、够酷，就有机会加入主角观察团。参加过《我是主角》节目的小嘉宾报名优先哦，赶紧加入我们吧！

主角秀场

屠芮嘉越剧表演

哈课堂

哈博士：欢迎电视机前的小朋友关注又酷又炫又好玩的哈课堂。我是谁啊？

小朋友：哈博士。

哈博士：今天我们依然来到了温州市第四幼儿园得月园区，一所省级示范的幼儿园噢。这边的幼儿园大不大呀？

小朋友：大。

哈博士：老师美不美？

小朋友：美。

哈博士：那我们一起要进入哈课堂了，哈课堂好不好玩呀？

小朋友：好玩。

哈博士：准备好出发了吗？

小朋友：准备好了。

哈博士：Let's go！

哈博士：欢迎今天温州市第四幼儿园得月园区大一班的小朋友来到我们的哈课堂。让我们先来打一个招呼吧！各位小朋友们好！

小朋友：哈博士好！

哈博士：哈博士今天要带你们去探索夜空当中的星星，夜空中的星星哦！不是动物园的猩猩哦！好，那今天哈博士带来了两个图片，我们来看一下到底是什么呢？好，哈博士来请各位小朋友们看一看第一张图片是什么呢？

小朋友：太阳。

哈博士:有没有大老虎的声音啊?是什么呀?

小朋友:太阳。

哈博士:听听哈博士来介绍,太阳在我们的宇宙当中是一颗恒星,恒星就是代表它自己会发光发热,就像我们的手电筒一样。那这一颗是什么呀?

小朋友:地球。

哈博士:哇!我们大一班的小朋友知识很丰富哦!这是我们居住的行星,它的名字叫做地球。地球上蓝蓝的是什么地方呀?

小朋友:海洋。

哈博士:那黑黑的呢?

小朋友:黑人。

哈博士:白白的呢?

小朋友:白人。

小朋友:我知道。

哈博士:黄黄的地方宝贝们发挥想象力,谁告诉我地球上黄黄的地方是什么地方?我们来问一下,这位张胜浩小朋友。

张胜浩:我觉得地球上黄色地方都有沙。

哈博士:嗯,哈博士发现你的语言表达能力有进步哦!来,好,今天我们就要一起来探索一下我们宇宙当中的恒星和行星。各位大一班的小朋友们,准备好了吗?

小朋友:准备好了。

哈博士:欢乐哈课堂。

小朋友:帮助我成长。

哈博士:先来看一下视频,了解一下我们银河系当中的行星吧。

距离太阳最近的行星是水星,它是一颗小行星,只比我们的月球大一点点,和月球一样,水星的表面也有陨石坑。这些陨石坑也是由小行星在漫长的时间里撞击到表面上形成的,由于水星十分靠近太阳炙热耀眼的光芒,所以我们很难透过望远镜看到水星。第二颗行星是金星,它距离我们的地球最近,大小也和地球差不多,但是它和地球相差很大。金星上覆盖着厚厚的炙热的细状云层,这让我们很难看到它的表面,金星上没有水,而且非常热,没有什么生物能在那里生存。厚厚的热云层反射太阳的光线非常耀眼,看上去就像是金星自己在太空中发光,所以我们很容易看到它。下一颗行星就是我们自己所在的这个神奇的地球,地球与其他的行星非常不同,因为科学家们相信地球是太阳系中唯一有生命存在的星球。火星是距太阳第四近的行星,它只有地球一半那么大。透过望远镜我们可以更清楚地看到火星,因为火星和那些靠近太阳的行星不一样,它不会被太阳耀眼的光线挡住。在夜空中火星看起来通常像一颗微微发红的星星,其实火星是一颗粉末状的星球,和月球一样,上面也有陨石坑,火星上有巨大的火山,比地球上的任何山脉都大得多。第五颗行星木星是我们太阳系中最大的行星。打个比方:如果地球和你的眼球一样大小,那么木星就和你的头围一样大。木星表面被旋涡状的气流覆盖着,看起来就像是多彩的云朵。第六颗行星是土星,它是第二大的行星,由于它周围有晕圈,所以很容易识别。透过望远镜我们可以看到,这些晕圈是由岩石和冰构成的不同颜色的层。这些岩石和冰,有些是细小的颗粒,像沙一样,有些则是很大的巨石,这些晕圈环绕着行星运行,就像冰雪暴一样。

今天哈博士带来了六颗行星和一颗恒星,我们仔细来看噢!第一颗大大的恒星是什么呀?

小朋友:太阳。

哈博士:太阳会怎么样呀?发光发热,对不对?所以它是一颗恒星,行星呀它不会自己发光,也不会发热。我们离太阳最近的一颗行星是什么星呀?

小朋友:水星。

哈博士:哇!你们注意力好集中啊!都知道水星。那第二颗行星是什么呢?

小朋友:金星。

哈博士:它像金子一样闪闪发光,有没有看到?金星,那距离第三颗行星是我们居住的哪里呢?

小朋友:地球。

哈博士:对,非常的漂亮。第四颗行星,第四颗行星它的名字叫?

小朋友:火星。

哈博士:好,那我们接下来,哇,这颗行星好大。

小朋友:木星。

哈博士:对,它的颜色就像我们的桌子地板木头。第五颗行星叫什么呀?

小朋友:木星。

哈博士:特别的大,第六颗行星?

小朋友:土星。

哈博士:有没有看到它的外围,有一个什么呀?

小朋友:光环。

哈博士:有一个冰环。

小朋友:两个吧。

哈博士:我们的小朋友就要分成两队来比赛了,其中有七位小朋友来选择沟通讨论我们的星星,带上头套,哈博士会帮你们打乱顺序。那有一位小朋友要负责指挥和介绍,只有10秒钟的时间,我们另一队会一起来数10秒钟的时间。看看能不能按正确的顺序来排列完我们的六颗行星。

准备好了吗?

小朋友:准备好了。

哈博士:我们大一班的小朋友,你们觉得能不能完成这份任务呀?

小朋友:能。

哈博士:好,我们开始啰。行星准备好了吗?预备,行星转,行星转,行星转完恒星转,恒星转,恒星转完行星转……预备开始,十九八七六五四三二一。时间到,好,现在呢,我们请我们的朱正义给大家介绍一下。

朱正义小朋友:第一颗太阳,第二颗金星,第三颗地球,第四颗是火星,第五颗是木星,第六颗是土星。

哈博士:他们成功了吗?

小朋友:成功了。

哈博士:给他们鼓鼓掌,现在请这边的八位小朋友。对,地球转,地球转,地球转完水星转,水星转,水星转完木星转,木星转,木星转完火星转,火星转,火星转完土星转,土星转,土星转完金星转,预备开始,十九八七六五四三二一。停,时间到。好,那我们请我们这边的,来介绍一下吧。

叶子萌小朋友:第一颗是水星,第二颗是金星,第三颗是地球,第四颗是火星,第五颗是木星,第六颗是土星。

哈博士:我们给点掌声好不好?成功了吗?

小朋友:好棒啊!

哈博士:玩好了六颗行星的游戏,宝贝们开不开心?

小朋友:开心。

哈博士:接下来我们要发挥自己的动手能力,给自己做一个小小的礼物。我们的行星和星星图,这边一张什么颜色的纸呀?

小朋友:黑色。

哈博士:这张黑色的纸就代表我们夜晚的天空,哈博士这边有大小不一五颜六色的小珠子大珠子。等一会呢,我们在我们的夜空上有双面胶,第一步把它撕下来轻轻地放在我们的桌子上,能不能乱扔呀?

小朋友:不能。

哈博士:第二步,哈博士会把这些放在前面的桌子上,那每一次上来的小朋友每一次最多拿几颗呢?

小朋友:三颗。

哈博士:三颗,我们总共贴几颗呢?八颗,我们来试一试,来比赛一下。我们的八大行星图能不能顺利地完成呢，准备好了吗？

小朋友：准备好了。

哈博士：好，开始吧！开始啰！

小朋友：哦，我六个都贴了呀！

哈博士：数一数啊八颗，每个人的是不一样的对不对？

小朋友：我们的八大行星完成了，耶！

哈博士：今天在我们哈课堂上一起了解了太阳系的八颗行星，那我们的小朋友们一起动手制作了八颗行星，在动手的过程当中，我们帮助我们的小朋友们有要求，做到等待、规范、沟通、讨论，这样有助于我们小朋友的综合能力的提高。比如说：各人社交的能力，沟通的能力。今天的哈课堂就到此结束啰！小朋友们再见！

单位：温州广播电视传媒集团公共频道

作者：姜嵘、吴诚达、项晨予、孟辉、谢吕怡

一切为了孩子的成长

——评少儿栏目《我是主角》

詹晨林

少儿节目作为社教服务类节目中具有特定受众群体的窄播节目类型，需要节目充分尊重、了解孩子，关心孩子，以他们为本位做真正的“儿童娱乐”，伴随他们健康成长。温州电视台《我是主角》以3－12岁学龄前及低年级孩子为传播对象，以访谈＋益智多板块综合体的方式打造了一档比较具有特色的地方少儿电视节目。

一、蹲下身子，和儿童平视对话

少儿节目首先应该对孩子充满真诚的爱和理解，这种真实的情感会在谈话的过程中真实流露，无法伪造，也不能遮掩。“儿童不是玩偶，也不是满足成人好奇心的工具，他们是独立的群体，他们有自己特殊的思维方式和表达方式，他们更是与成年人一样的具有平等权利的主体。”①但同时，儿童有着自己独特的心理特点，他们有很强的好奇心、模仿能力，他们不理解太过复杂的概念和理性思考逻辑，以直觉、感性作为表达的第一选择。正因为如此，成人和孩子的对话常常不在一个语境中。《我是主角》访谈

① 许蓓蓓.以儿童为主体——谈改版后的“大风车”[J].电视研究，2002(6)：25-26.

节目在设计上有所创新,通过引入儿童观察员的第三方角色,让整个对话从双边变成了多方,从单一的访问变成了多元的谈话,形成以儿童为主体的整体谈话场。

访谈节目最大的特点,就是在镜头前进行人与人的沟通,并将这个沟通的过程作为节目的主体内容。主持人就是访谈节目中的核心,既是谈话的参与者,就是谈话者,又是谈话的组织者,同时还控制着谈话的进程。多边话语结构构建出以儿童为主体的谈话场,同时也给主持人增加了访谈难度。总体来说,《我是主角》的访谈主持人较好地抓住了儿童心理特点,进入儿童语境,用适合与孩子们交流的声音形式、语言内容进行交流,不抢话不教化,形成较好的交流氛围,让每个来到节目的孩子都找到"主角"的感觉。

二、寓教于乐,以游戏带动学习

正如意大利幼儿教育家蒙台梭利所言,"游戏就是儿童的工作"。儿童通过游戏在实践中完成学习,习得的知识又慢慢被内化为思维方式。从这个角度来说,儿童是积极的学习者。特别是学龄前儿童,活泼好动是他们的天性,注意力很容易分散,简单的说教不但无法达到效果,连基本的吸引孩子的注意力都无法做到。秉承着引导孩子们在游戏中学习的宗旨,《我是主角》子板块"哈课堂"以主持人角色扮演的方式,以动漫形象带领幼儿园的孩子们做游戏,在游戏中学习生活基本常识。游戏中也有视角的区分,儿童对新鲜事物反应敏感,学习能力强,但是学龄前儿童主要以感性、直观的画面形式来理解世界,对复杂的事物常常无法消化吸收。因此,少儿节目中游戏需要充分考虑具体接收对象年龄阶段的特征来进行设计。

在这一点上,"哈课堂"节目板块表现优秀。节目能够考虑儿童的接受心理和行为节奏,比如用动画片进行原理讲解,用孩子们身体参与的排队列、画画、动手小实验等方式,很好地让孩子们全面参与到节目游戏当中。整体步骤清晰,主持人讲解到位,对于现场组织、把握也比较成熟,起到伴随少儿健康成长的积极作用。

对于家长来说,少儿电视节目具有示范意义。节目中的游戏都不难,不需要很多特殊道具并过程完整,给家长和教育者们提供了可以被模仿的完整参照,也体现出节目的普遍社会教育意义。

三、主持人综合把控能力仍有提高空间

从角色上来说,少儿节目主持人是节目的主导者,整体把控节目进程,同时还是儿童的大伙伴、好朋友。《我是主角》的节目主持人的整体角色定位和综合把控完成得较好,不过还有些地方有待进一步提高。

首先,主持人群体进入少儿对话语境的程度不一,有个别主持人明显还端着架子,

无法融入节目展开对话。其次，为了突出孩子的“主角”身份，节目主持人刻意示弱，有时稍嫌太过，反而不利于孩子形成合理的自我认知。

孩子的语言是对现实的反映。儿童社会学结构功能理论代表人物 T. 帕森斯认为，当儿童的社会行为同社会体系连为一体的时候，两者才能协调一致。儿童具有很强的可塑性，他们会在自己的经历中逐渐学习，将直觉逐步提升为理性的认知。因此，对儿童施予善与恶的不同引导，将对他们人格与人性的养成产生极大的影响。[①] 在社会发展多元化的今天，许多家长受消费主义、拜金主义的影响，言行之间会对孩子灌输一些不正确的观念。当孩子在表现出这些观点时，主持人有义务及时以合适的方式纠偏，告诉孩子什么是正确的。遗憾的是，在《我是主角》访谈中，连续出现几次这样的情况，主持人都没有及时反应。如小男孩说自己长大要努力赚钱，因为“最便宜的老婆100 多万，不然还要 1000 多万”，“如果没有钱我们还有什么东西？要娶她，要 100 万的”。这样明显的拜金主义倾向无疑来自于平时家长的灌输。主持人只是简单地说“我们不聊这个问题”。再比如，问到“如果有陌生人拿着你喜欢的玩具和零食来接你怎么办”时，小朋友并没有做出明确回答，这一话题到此也就戛然而止，缺少进一步的安全提示。

选择意味着态度，孩子的语言是对现实的反映。少儿节目同样考验着主持人的政治素养、社会责任，需要及时地给予指导，不能为了节目效果，或者为了表现出对孩子的“尊重”而无底线地退让，应抓住机会，以孩子能够接受的方式及时消除一些对孩子身心成长不利的因素。这同样是真正地为孩子着想，以孩子为本位。此外，在户外课堂中有的主持人说话略显急躁，普通话水平有待进步。总体来说，在综合把控上更进一步，节目将呈现出更高水准。

---

① 岳禹宁. 关注儿童情感世界 尊重儿童心理发展——谈如何做好电视少儿节目[J]. 中国传媒科技，2012(12)：249-250.。

播音主持类

广播主持

点击交通

（节目片头）

主持人：您的声音就是我们的力量，欢迎各位继续锁定1039温州交通广播，这里是正在为您现场直播的《点击交通》，欢迎各位继续锁定收听，大杨继续在直播室为各位来提供服务，各位任何的投诉类的问题需要向我们来反馈和进行解决的话，欢迎拨打我们的热线电话56881039或88901039，两路热线同时为您开通，另外，节目的互动平台微信平台您可以发送文字、语音、图片。

很多朋友如果你学过概率，如果一件事它的概率非常低，低到百分之零点零几，一般我们会理解，好像这些事我们从来不会碰到。但是不怕一万就怕万一，当一件事情概率很低的时候，如果时间无限扩大，也会变成百分之百。有一些在路上我们说的经常开的一些营运性车辆，它的发生事故的概率就比我们说的私家车、出租车、公交车，或者是一些货运客运车辆，它的概率就会要高。

主持人：另外的话，针对这样的情况，应该做一些防范措施。今天我们说到的就是公交车的一个案例，公交车司机技术过关，驾驶水平也比较高，文明意识也很强，但是公交车司机在路上发生事故的概率，哪怕很低，但一旦遇到，如果公交车全责，那对于无责方或者次要责任方都会比较难处理，比较麻烦。今天和各位说的就是这样的一个案例。

主持人：殷先生的妻子驾驶一辆奔驰smart，在路上正常行驶，结果被逆向行来的公交车"嘭"撞上了，交警赶至现场直接就认定公交车司机要负全责，但是后续的维修包括相关处理让这位女士犯了难，今天我们的重点关注内容就和各位好好聊聊这个事。

【出录音】殷先生说发生碰撞：（大意）公交迎面撞过来，车撞了比较厉害，车灯、轮胎、轮毂等部件都撞坏了，我老婆开的车，当时头也撞到挡风玻璃上，交警认定是公交车全责。

主持人：这个事情公交车全责已经没有异议了，这辆smart是一辆未满一年的新车，没有过质量保修期，问题出在什么地方呢？车主希望在4S店维修新车，我要在4S店维修，但是公交车司机却不肯，对不起，你这个维修费用比较高，不能在4S店进行维修，这样吧，我指定一家维修厂，去这个地方来修”。明眼人都知道一辆新车，出现故障或者发生事故，在4S店维修质量更有保障一点，到底在指定的维修点修，不去4S店修会产生什么样的后果呢？4S店工作人员把目前车辆大概的损失情况做了一个简单的预估，保修不保修也做出了答复。

【出录音】4S店外维修不保。大意就是预计车损可能在2万左右，如果不在这里维修，相同部位后续出现的问题得不到质保。

主持人：一方面公交公司说我这样全责，如果让我来修的话，只能去维修厂来修，一方面4S店说对不起，如果在维修厂修的话，你事后的质量保修我们不能做保证。结果车主在中间就变成了夹心饼干，左右为难。4S店有更专业的技术，更全面的设备，更正规的配件渠道来源。在外面的综合维修厂什么牌子都修，虽然说汽车大同小异，但是不一样的地方还是比较多的，每个品牌技术肯定有差别，一家综合维修厂，为什么有些维修厂会打出什么品牌专修，对这一块掌握得比较充分，或者配件来源比较正宗，那么可能这一块的维修比较专业。作为车主，在汽车质保范围之内，而且要在4S店维修，这是他的权利，公交公司无权剥夺。那么随后车主和公交公司进行协商，我一定要在4S店修，虽然贵但是这是我的权利，谁让你全责把我车撞坏了。我当然要去4S店修了，你还不让我修，凭什么呀，在4S店维修也不可能和我之前的一样，还是会有一定的瑕疵。得出的结论让殷先生哭笑不得，那么公交公司又会怎么讲呢？

【出录音】应先生说公交公司如何处理：（大意）让我去指定的维修点维修，车子买来才开了半年多，几千公里，还在质保期内，要求去4S店修。因为是大事故在外面修4S店不给质保，他说如果要在4S店修，赔偿的钱不知道什么时候会到位，经费抠得比较紧，赔付不知要到何时，后来没回复，我打到4S店，他说让我去起诉他们吧。

主持人：摊了底牌的态度，让投诉人觉得不爽，这个投诉发现很多问题，而且这个问题是长期存在的。之后我们陪着投诉人殷先生来到公交公司，来和他们进行协商，进行反馈。那么到底能不能把这事拿下来，又有什么讨论的余地呢？到了温州交运集团城西公交有限公司，找到了安全保卫科的唐经理，他叫唐守伟，没想到唐经理外出没能与记者见面。

【出录音】城西安全保卫科唐守伟：（大意）目前还不知道这个事情，待明天了解后再联系。

主持人：对于这事，公交部门的处理态度到底怎样？而作为被撞车主，在事故赔偿过程当中，是否有权利来选择维修地点呢？刚才我也说了我的观点。就此我们在法律层面咨询了浙江瀛瓯律师事务所的主任律师柯晓峰，柯律师会有不同的观点吗？

【出录音】柯律师说 smart 赔偿：车主是有权利选择维修的厂家的，从车主的角度讲，一方面车比较新，在 4S 店考虑到后续的维修保养都方便，4S 店虽然费用比较高，但是费用是合理产生的，当然是要承担赔偿责任，不能说没有保商业险，就要求到维修厂家进行维修。只要我这个损失是客观存在的，维修是真实产生的，事故的主体方就要承担赔偿责任，无非就是车辆的维修的金额是不是合理、是不是必要。如果说公交公司认为汽车维修费用比较高，或者有些维修的部位超出因为车祸造成损坏的范围的话，到时候是公交公司要提供证据证明，如果没有证据证明的话，这笔费用是合理的话，公交公司还是要承担赔偿责任。

主持人：从法律层面上来讲，车主选择维修地点已经没有争议了，但是对于车主认定的 4S 维修为什么到了公交公司这里理赔起来就这么难呢？与处理该起事故的交运集团城西公交公司安保科黄姓工作人员联系，并且当面来求证。其实我刚才也提到了像这样的事情不光是殷先生，很多市民朋友应该都碰到过，这个问题为什么一直都不能得到解决呢？

【出录音】与安保科对话：（大意）这类事情作为市民来说应该通过何种途径来处理？

主持人：刚才通过这段录音，我们也不难听出安保科的黄姓工作人员一再强调这起事故最好的解决方式就是让车主去起诉，而经过再三沟通，最后他也不否认，如果起诉可能对公司也没什么好处，他同意先内部沟通一下。

【出录音】安保科答应协商：（大意）先请保险公司定损，把清单提供过来再与车主协商。

主持人：最后我们也听到了安保科的工作人员答应协商，但是我们也听到了刚才说的那句话：最好就去起诉我们，那我们也心安了。我想问下公交公司你何来心安？作为公共事业服务部门，就这一种态度爱咋咋地，要不就起诉我们，是不是要求我们见到公交车都躲得远远的，咱们惹不起。现在倡导公交出行，但是公交部门在很多问题方面，我个人认为做得还欠妥。作为公共交通出行工具，为什么只购买交强险，每天载客那么多，高危车辆，发生事故概率那么高，民众的安全感从何而来？不是坐在车里的人，车外的人安全感怎么来？作为公交车你撞了小车，定了全责，为什么还那么理直气壮地让别人去起诉，不采取积极态度去与车主协商，而且这样的问题存在很久了。肯定不止我们交通广播跟进这件事，应该之前有很多人反馈过，为什么不去解决？到现在为止我们也听到了公交公司的态度，那么大一家公司，你要是自备车辆，你买交强险，交警不管你了，你出了事故别人起诉你可以理解。但是公交车啊，这个问题为什么会一直存在？你把殷先生的车撞了，人家没有任何责任。现在他又跟着你们跑来跑去去协商。你们又一副爱理不理的样子。确实感受非常的复杂，更是非常的气愤！各位，你对于这个投诉有任何的看法，欢迎通过WZFM1039来参与我们的节目互动，可以发送文字，发送语音，欢迎您过来吐槽。另外，对于这个投诉你有任何的看法，有什么好的政策方面的改变，有什么好招，你也可以通过微信告诉我们。另外，这个事我们今天也会通过交通广播的微信跟各位来推送。

主持人：那么这个投诉昨天我们和殷先生跟到现在，殷先生第一次遇到这样的问题，作为一个市民，他有什么感想呢？殷先生久等。

殷先生你好，这个投诉从您遇到情况到现在我们记者跟进到现在你有什么感想？

殷先生：我感觉跟公交车撞了，很费时，很耗精力，搞到最后也没什么结果。

主持人：这个事，你放心，作为媒体，会全力帮你去报道和跟进，我们也会尽最大的努力。但是这个问题确实也是客观存在的。我希望通过我们的共同努力，能够让类似你这个（的）情况变得更少或者有更好的（解决）途径，但是我个人还是那句话，在4S店修车是你的权利，必须得到保障，无论通过什么角度。

殷先生：是的是的。

主持人：坚持这个观点，我们也力挺你，好吗？

殷先生：好的好的。谢谢。

主持人：没关系 。

主持人：针对刚才公交车的问题，我们来听一听各位听众的吐槽。

“诚实的疯子”：现在的公交车都很牛，上次把我的车撞了，还理直气壮地说我的问题，现在开公交车的司机素质真的很差。

听众1：我觉得公交车的司机素质很差。

听众2：如果和公交车发生交通事故很麻烦。

主持人：“雪莲”说公交车很嚣张，现在这个社会，你都没地说理去了，应该有监管机构打压下气焰，这哪还有公平啊！

“笑看江湖”说了：温州的公交车很牛，上次我的车也是刚买过来三个月开了4700公里，放在路上刮了一大块。

“涛”：公交车没有商业险，公交公司还那么理直气壮的，现在撞到车只是钱的事，假如有一天撞到人了呢？出事故导致乘客受伤，公交车还要这样吗？个人觉得这样真的很不合理，这个情况还那么长，监管部门也有一定责任，公交车没有商业险不敢想象。

“那个时候”：公交车把自己搞得很牛，自己好好想想，你是一个企业有什么牛的，现在执法部门都要办事了，何况你还是以经营为生一个企业。做人没有脑子真的很可怕。

“阿海”：就让公交公司的无理理由先飞一会吧。

“男人再苦也不怕”：跟大公司或有底气的部门打交道就是费时费心，还好有媒体像我们节目组这样的了解市民老百姓的，他们就是拖时间，走程序，浪费我们纳税人的时间和金钱。

“穷二代”：完全是××，霸王条款，要是把人撞了公交公司是不是还有指定的医院。

主持人：这还有很多朋友，都刷屏了。

“佛爷”：碰到都会离得远一点，万一碰一下，耽误了很多事。

主持人：所以我说了，这个事情存在很久了，为什么不解决，有没有想过隐患？都说倡导公交出行，让我们去坐公交车，我也前面说到了很多公交车司机驾驶技术也不错，素质也很好，文明礼让也做得很棒，但是为什么会出现这样的情况呢？当然这也不全是公交车司机的责任。我还是那句话，如果我们做什么事都不需要为此行为负责的话，就一句你来起诉我吧，这句话那么简单，就无法约束他平时的行动，就会导致很严重的问题，不要等到出现大事情之后，再去做弥补，现在为什么不好好反思一下呢？

今天我们的节目就到这里了，感谢各位的收听关注，再见。

单位：温州广播电视传媒集团交通频率

作者：孙杨

《点击交通》节目及广播主持评析

于　舸

《点击交通》是一档服务类的广播节目，主要起到了新闻舆论监督的作用。这期节目以“市民殷先生的汽车被公交车撞，负全责的公交公司却不履行责任”这一事件为主题展开。

这期交通广播节目，内容丰富，结构合理，层次分明，既有同期声、主持人评论，又有电话连线，兼具真实性、互动性、参与性，带听众走入事件本身，使听众朋友更好地理解事件原委。其中的采访录音包括当事人殷先生的口述、公交公司相关负责人的说法、4S店维修人员的说明以及律师带来的专业法律解释。采访对象选取得当，所选择的录音片段也经过了精心的筛选，由此可见本期节目在策划过程中用心良苦。节目的格局相当清晰，条理清楚：先播放车主即投诉人的录音，将事情的经过交由当事人自己来诉说，指明了公交公司不愿意支付殷先生在4S店维修的费用，只愿意支付殷先生在公交公司指定厂家进行维修所产生的费用；随后播放了4S店的采访录音，表示在店外维修会产生一系列的后续问题；紧接着播放了被投诉者公交公司的录音，证实了殷先生所说公交公司的不负责行为。值得注意的是，在每段录音后，主持人都进行了深刻的点评和详细的介绍，站在第三方的角度为听众进行梳理，点出问题背后隐藏的漏洞。

主持人的风格鲜明，辨识度极高，具有吸引力，有助于节目风格的形成。他在节目中运用了播、说、讲三种语态，在口语表达上逻辑清晰，观点明确。其语言犀利，点评直接到位，语气中又饱含着“责任”二字，这种极具正义感的语言风格更好地服务了这档节目，使节目更添社会责任感，让人感受到了满满的诚意，不论是听众还是被帮助的当事人都能感受到一种力量。另外，主持人的专业也值得肯定，他对于事实的阐述、疑问的提出、听众的互动和事件的评价都比较有个人特色。

节目时长20分钟，把控得当且内容丰富多样，不会让听众产生疲劳感，但也存在着一些不足之处。例如第12－14分钟的同期声录音不够清楚，且过长，中间缺少串联；另一方面主要是主持人在节目的后半部分对公交公司的做法进行评论时语气没有控制好，主观色彩稍重。节目中有两个连线，一个是当事人对处理结果的看法，一个是听众的看法。我觉得主持人可以在公交公司的人的同期声采访播完之后，立刻连线听众，让他们发表看法，然后主持人自己再进行评论，最后再让当事人说两句，这样更能展现媒体的舆论引导力。

不过，在节目的最后，节目没有将眼光局限于这一期的事件，而是通过这一件事追溯到更深的层次，反映出公交集团在这方面工作的不到位，由一起个人的事件提升到了社会的层面，立意深刻，引人深思。节目通过微信平台与听众进行互动，欢迎听众留下自己的看法，加强了参与度，但仅以此收尾略显仓促，如果能综合法律解释等多方面内容做一个完整的结尾会更好。

在节目播出后，也收获了不错的社会效果，在如此强烈的社会反响之下，相关部门也开始重视此类问题从而去解决问题。

电视播音

马上督办

【口播十全景切近景】电视问政，马上督办，您现在收看的是我们新闻综合频道全新打造的监督栏目《马上督办》，《马上督办》将与《电视问政》直播活动相补充、相配合，更好地实现媒体监督、群众监督、行政监督有机结合和问政常态化，进一步促进问题的解决与政府中心工作的落实。11 月 24 日，以“农贸市场改造升级”为主题的《电视问政》活动结束以后，与问政案例有关的责任单位立即着手整改。目前，整改情况怎么样了呢？责任单位都采取了哪些整改举措？今天的节目我们一起来督办。

【口播十近景切中景】我们先来看一看今天的节目都有哪些整改事项。一是我们要看看建而未用的新田园农贸市场、上田农贸市场有没有进展；第二是要去黎明路农贸市场和锦绣农贸市场看看环境秩序有没有改善；第三站我们要关注下永中第二农贸市场的食品安全保障问题；第四是看看双井头马路市场有没有开始整治。我们首先督办第一项。11 月 24 日的电视问政活动，曝光了新田园农贸市场和上田农贸市场建而未用，让周边居民等待 8 年之久没有正规农贸市场一事，居民们迫切希望这些建好的设施不要闲置。先来简单地回顾下下问政现场当时的情况。

【PPT】新田园、上田农贸市场建而未用

黎明路、锦绣农贸市场管理不到位

永中第二农贸市场食品检测覆盖难

双井头马路市场脏乱回潮

（问政案例回顾）

【配音】在锦江路和锦东家园中间的绿化带中，有一个上田临时菜市场。上田村村民告诉记者，附近有一个新的上田农贸市场已经建好，从立项开始至今已经 8 年，但迟迟不见开门迎客。

无独有偶，新田园小区的居民也在等待新田园农贸市场的开业，但搬进小区快 8 年了，仍然没有投入使用。

【问政同期声】

市现代集团董事长 杨作军：在这里，我可以跟大家保证，两个市场年底全部完工开业。尽管难度很大，但我们用超常规的办法确保年底一定完工。

【口播】年底完工开业，现代集团董事长杨作军在问政现场做的承诺，这个年底指的是公历，也就是元旦就要开业，现在两个农贸市场准备得怎么样了？能否兑现承诺，如期开业？我们马上督办！

（新田园、上田农贸市场元旦开业）

【配音】近日，《马上督办》记者和广电市民监督员来到新田园农贸市场以及上田农贸市场查看建设进展。与拍摄问政案例时相比，两个农贸市场内部的场景已经发生了明显变化。新田园农贸市场已经进入最后的灯光及设备安装阶段，上田农贸市场原本空荡荡的室内空地上，工人们正在加班加点，建售菜台，装吊顶。所有的工作都在为两个市场新年元旦开业全力冲刺。

【同期声】市现代集团副总经理 南品仁：能够确保在2017元旦开业，请市民放心。

【口播】看着工人们忙碌的身影，我想最开心的莫过于周边的住户了，因为马上2017年，他们家门口就会有一个非常上档次的农贸市场了，到底这个农贸市场有多么高大上，到时候就请大家亲身去体验一下。马上进入今天第二个督办事项：黎明路、锦绣农贸市场管理加强了吗？今年第四场电视问政反映了这两个农贸市场秩序混乱、环境脏乱差等长效管理缺失问题，同样，这两个农贸市场也是由市现代集团负责管理的，问政过后这些问题有没有好转，马上到现场看一看。

（黎明路、锦绣农贸市场秩序好转）

【配音】现代集团的管理人员告诉记者，问政过后，两个市场的管理人员比原来增加了一倍，以进一步加强管理和秩序的维护。现在我们看到的画面就是问政前后的一些对比。我们可以看到锦绣农贸市场内原本随意停放的车辆少了，因为内部采取了交通微循环的管理方式，道路通畅了不少；占道经营的商户也大大减少；商户在二层位置堆积的杂物已经清空，安全隐患已经得到消除；接下来管理单位还将制作统一的店招，提升形象。

【口播】欢迎接着收看《马上督办》。《三个管理单位管不好一个农贸市场》，这是第四场电视问政报道龙湾区永中第二农贸市场的案例，该市场由于管理主体多，食品安全检测只能覆盖中间的摊位，不能覆盖两侧村办老人协会管辖的摊位，食品安全难以保证。那么目前这个情况有没有发生转变呢？我们马上连线龙湾区市场监管局永中所所长单武。

【电话连线】

主持人：单所长您好，电视问政案例反映了永中第二农贸市场食品检测不能全覆盖问题，现在实现全覆盖了吗？

单所长：现在已经全覆盖了……

【口播】好，谢谢单所长。第四场《电视问政》活动中还有一首网友制作的MV让人印象深刻，犀利的歌词描述了鹿城区双井头马路市场整治又复潮的景象，歌中描述的场景，双井头一带还存在吗？马上来看鹿城区新闻中心的记者给我们发回的报道。

（鹿城区整治双井头马路市场占道及无证经营）

【配音】连日来，鹿城区蒲鞋市街道联合综合行政执法局、市场监管局对双井头马路市场展开综合整治。

双井头马路市场内有多家无证店铺，执法人员就对沿街水产、熟食、蔬菜等多家店铺进行了排查，并将存在无证经营的6家店铺予以查封。

【口播】我们希望这样的局面能够通过长效的管理一直保持下去，以保证我们农贸市场改造提升工作不断向好发展。稍后回来进入督办的互动时间。

【插小片头】

【口播】针对今天督办的事项，我们的网友也有很多话要说，马上进入今天节目的督办互动板块，一起来聆听网友们的点评。

@betty：点赞，期待可以穿高跟鞋去买菜。

@鹰：我住新田园的，这边农贸市场马上就开业了，期待好久了。不过我简单了解了下，这边摊位租金比较高，可想以后的菜价也很贵，现在特别新城方向这边的农贸市场菜品价格特别高，相比市中心加了有30%以上，相比梧田周边郊区菜价高了150%，相差甚远。这个事情希望有关部门注意下。

@阳光风雨：等啊等啊，这回应该是真的了吧。终于可以不用提早买好多菜塞满冰柜冰箱了。

@杰克李：好不好，我得逛逛体验下再说，现代集团管理一定要现代，别到时候农贸市场周边都是垃圾，那还不如它一直空着。

@闲逛达人：这两天双井头一带环境卫生好了许多，蒲鞋市农贸市场里生意也好了很多，菜价也稍微便宜了，要能这么坚持下去，我还是欢迎的，毕竟市场里面环境好多了，要都这样管起来，谁愿意去巷弄里挤着。

@蜗牛诗人：下吕浦农贸市场布局太不合理！南浦农贸那里两个菜市场挨着，而南阳新村丽景花苑一带一个菜场都没有！

【口播+中景切近景、切全景】确实从这些网友的留言中，我们可以看出只要真正把改造提升工作做到位，落实到位，大家还是举双手赞成的。好了，电视问政，马上督办，问题整改，我们与您一同跟进。今天的节目就到这，我们下期节目再见！

单位：温州广播电视传媒集团新闻综合频道

作者：陈天颖

《马上督办》评析

苗笑雨

本节目是一档电视新闻节目。但这档新闻节目有一个显著特点，它是另外一档《电视问政》的辅助配套节目。所谓电视问政是现在很多地方台做的一类节目，把行政办公与媒体监督、群众监督相结合，让有关部门责任人在电视媒体上直接面对广大人民群众，具体督办行政事务。无疑这种方式大大提高了行政部门办公的阳光化公开化水平，根本上提升了办事效率，而媒体强化的作用也提升了政府在广大人民群众中的形象。

在电视问政中，政府与机构所提出的承诺是否达成落实，还需要后续监督，本节目就是在这样的背景中产生的。这有点像学生考试，到底考得怎么样，还需要哪些提高，一次考试完了就需要后面跟进复习检验。

从本节目属性来说，配合好电视问政，真正有效实现行政监督、群众监督、媒体监督的多项结合是节目的根本宗旨。这种节目是务实而非务虚的，是要把每次电视问政的具体事务监督落实到位的。从技术手段上，这就需要演播室与现场有很好的联动。从目前节目形态看，节目以演播室为主。首先是新闻标题式的问题引导，这些问题都是此前电视问政集中诉求的问题；接下来是小片的问题介绍，然后直接出现场，让观众真真切切地看到具体整改的现状。从现场看，现场采访与现场连线必不可少，可以让第一现场责任人详细地介绍情况，把最新的消息传递给观众。此外还包括网友互动环节，聆听老百姓的声音。

应该说，这档节目的几个环节基本囊括了这类节目该有的几个元素，使得这档节目发挥其应有的职责功能。对于这样一档节目来说，演播室主持人的角色至关重要。这档节目参评也主要是围绕主持人新闻播报环节来参评的。

从主持人的职责上看，显然不是一个单纯的新闻播报员的角色，而是把整个节目贯穿起来的灵魂。从主持业务上，包括新闻播报、点评分析、演播室连线、网友互动等多种主持能力，这确实非常考验主持人的功力。从这档节目的表现来看，该节目主持人还是比较胜任这个角色的。

首先，条理清晰。像这样的节目比较讲究逻辑性与事务的线索性，主持人必须有个清晰的头脑，哪个地方该出新闻标题，哪个地方该评述，哪个地方该进现场，丝毫不能乱。同时这几部分的逻辑关系是什么，如何更好地表现，都在考验着主持人。

其次，节奏感好。像这样一档节目，几个部分其实都是为了监督这一个宗旨服务的，从而有个内在的节目节奏把控问题。并不是说几个环节都表述出来就好了，而是要形成一个监督节奏，一个问题把控探寻的节奏，这种节奏是观众心理的节奏，需要主持人对此有比较深的领会才能驾驭好。而从节目主持人的掌握来看，完成度还是比较令人满意的。整个节目清晰简练，内容又不空洞，该强调的地方也都适时地予以强调，使得整个节目比较顺畅。

最后，主持人的台风好。主持人是直接面对观众的媒体形象，是节目形象的最重要体现，一个好的节目主持台风是一档节目成功的关键要素。从这档节目定位来看，新闻调查、新闻监督需要一个干练知性的主持人形象。而本部作品的女主持很好地担负起了这一形象。吐字清晰并不拿腔拿调，语言精练严谨又不夸张，很容易让观众产生信服感。

下面说说几点关于这档节目的不足。

其一，从节目结构安排上，传统新闻节目的痕迹还是有些重，比如一上来是新闻标题的设计。当然，这样设计的好处是直观上显得比较清晰，这也是为什么新闻播报类的节目比较喜欢这种结构安排模式。然而单纯的新闻播报节目，因为内容上涉及的新闻消息很多，如果不采用比较简洁的新闻标题式，观众容易搞混。但这档节目并不是一类新闻播报节目。从背景说，前面已经有了电视问政节目的铺垫，而从内容来说，所涉及的新闻内容不可能很多。这意味着观看这档节目的观众，很可能已经是电视问政的观众，因此节目一上来应该有个主动承续电视问政节目的意识。反之，新闻文字标题这样一种样式，情绪性不足，更像是普普通通的新闻信息导引，缺少了监督的力量感。哪怕以小片的形式，视觉冲击力也会更大一些。

其二，节目各部分的比例安排上过于平均，重点不是太突出。这类节目在把控上什么最重要？显然是现场最重要，因为一切的看点都要围绕着现场。具体事务整改落实的程度，都是要靠现场来说话的，而观众的焦点就在于此。这种情况下，不是说把相关情况做个简单交代就完了，而是要突出现场的细节。这意味着，在节目安排上，要给现场更大的时段与画面，从交代细节的角度，还需要更多调动相关的技术手段。因此，这直接导致了下面这个问题。

其三，从新闻播报上，现场连线不足，同期声不足，解说词过多。本节目的主持人还是有一定功底的。但从现在的表现看，还是有一些读稿子的痕迹，这个情况很大程度上是解说词过多造成的，没有充分调动主持人的职责。从现场连线来看，少了现场记者与主持人的连线互动，就少了很多生动的现场素材，而这也导致主持人不能很好地发挥主持掌控现场与评议现场的作用。这档节目的亮点本来在于现场质询，因为这代表着老百姓的想法与声音。观众关心的就是媒体人所关心的。而从目前的节目设置上，现场多以解说词配画面为主，大大弱化了现场感，也同时就弱化了主持人在这档节目中的关键位置。

电视主持

我们只是重现瓯窑的手艺人

解说：瓯窑，又叫瓯瓷，是温州传统文化的一个符号和象征。

主持人：瓯窑，历史上曾与越窑一道享誉全国，唐朝时达到顶峰，后因南宋龙泉窑和元朝景德镇窑的兴起，瓯窑逐渐走向衰落，结束了长达一千多年的制窑历史。

解说：一千多年前，瓯越先人用裹满浆泥的手指与瓷土交谈；一千多年后，重燃瓯窑窑火，寻回古瓷韵味，成了后人挥之不去的情结。

主持人：2010年，温州两位80后在龙泉的青瓷小镇创办了自己的瓯窑工作室，他们用自己所有的积蓄，点燃了沉睡千年的瓯窑之火。

解说：转眼六年过去，在这两个自称汉臣的年轻人手中，瓯窑是"涅槃重生"，还是依然是个传说？

【题目】娄林峰、章长才：我们只是重现瓯窑的手艺人

【字幕】2016年4月　丽水龙泉上垟镇

非遗传承人、汉臣陶艺创始人娄林峰：在这里生活特别有规律的，每天事情有很多做不完，自己给自己做了很多目标。每天6点半就要起床了，起床先干活，到8点多再去吃个早餐，买点菜，再回来再继续干活。中午感觉肚子饿了，有时候经常做着会时间忘记了，不知道吃饭了。也都自己烧，一天烧一顿，一直这样吃。

解说：娄林峰说，他和合伙人章长才在这里已经整整待了六年，这六年时间，每天的生活状态基本就是这样。这幢修建于山坡上的简陋黄泥房，就是他们创办的汉臣陶艺厂，六年前，他们来到龙泉选择制陶之地，一眼就相中了这里。一周之内，娄林峰就把自己名下的茶馆、会所和广告公司全部卖掉，章长才也辞掉报酬丰厚的设计师工作，在这个土泥墙面的破旧宅子里开始了艰难的第一步。

娄林峰：比较难，刚开始是比较难，因为那时候那个房子瓦片都是漏风的，窗户也没有的，连楼上二楼的门都没有，我就这样住进去了，刚好是冬天，那很冷的，躺在床上，我把上面被子搞了很多了，我知道冷的，下面的那个风从下面往上吹，那个冻得我实在受不了，后来就去买那个帐篷、睡袋，就（睡）在里面。

解说：娄林峰和章长才说，他们不怕吃苦，怕的是烧不出瓯窑，他们记得刚到龙泉的时候，很多当地人都说这两个温州人是来找罪受，肯定待不久的。

章长才：当时来的时候，人家还说我们两个就是败家，就是烧钱的那种。

娄林峰：一般他们说，林峰过来了，两三个月就回去了，这个待得下去的？结果我

们一待就待这么久了。

解说：他们也没想到，这一待就是六年。在这六年时间里，这两个年轻人，每天就窝在老房子里，从拉胚到修胚到上釉，到最后的烧窑，他们说，烧一窑就要花几万块钱，但是一窑接一窑地烧，一次接一次地失败，很多人都说他们这事做不成。

章长才：我们觉得瓯窑我们百分百能做出来，无非就是时间问题，无非就多几年时间。

娄林峰：其实这个我们心里都有准备的，因为所有的配釉的老师他们都知道，就是说任何一款釉，你想把它表达出来，它都是运气加技术，只要失败，你再去做，那么你总有一天会接近它的，跟它走得越来越近。我们一开始就是这样的心态，每一次失败都是正常的状态，当时会让我们考虑更多的东西，也是去检验所有项目的标准。如果没有失败，我们今天不可能对那么多知识了解，这是很重要的一步。我们蛮感谢失败。

章长才：不过一窑窑接着失败，一窑窑烧了，废了，心里总是有些不舒服。但现在回想，觉得无所谓了，倒了就倒了，也就是这个样子。但是当时那个心情，特别是开出来的时候，看到那一窑这样子，当然有时候当中有一两个有釉水，稍微有点接近的时候，又挺窃喜的，就是说又挺开心的，也能稍微有点安慰，是这样的一种状态。

解说：一次又一次漫长的等待，一次又一次去古窑址寻找瓯窑碎片，对比、研究、分析，如果烧出的瓷器中发现瓯窑的釉色、开片或是色彩，他们都会非常开心。他们也经常会拿着烧制出的瓷器，去拜访龙泉的青瓷大师，向他们讨教。

【同期声】

龙泉青瓷哥窑传承人赖利千：

青瓷的特色，开片，釉色，就是讲这个哥窑，实际上哥窑的开片就有好几种，一种是拉开的开片，一种是挤出来的开片，说句不好听的，其实很多人搞不清楚，到底是怎么形成的。胎里形成的，这也不是绝对的，胚也有一部分。

【采访】章长才：在温州原来当时是没有人去做瓯窑的一个传承，我们只能舍近求远来到龙泉去学习去研究，之后再做一个减法，慢慢地一步步做回到瓯窑，也就是说从宋朝开始去学习，去烧制，之后再返回到之前瓯窑的这种状态。这是我们选择来龙泉的一个原因。

解说：很快，章长才和娄林峰就在龙泉出名了，很多人都知道在“青瓷小镇”有两个温州来的年轻人，每天窝在老房里，一窑接一窑地烧，2014 年，娄林峰和章长才终于成功烧出了第一窑瓯瓷。

娄林峰：第一窑我们做出来的时候，不知道什么场景，为什么这么讲呢？因为所有的心里都是没有把握的，当出进的时候，就是开窑门的时候我们是偷着拿的，不敢把窑打得很大，因为我们很急，心里特别急，偷偷地伸(手)进去，就像偷人家东西一样，有那种感觉,“偷”一个东西拿出来一看,就有这种心态,特别的。

解说:2014年,他们终于确定了釉水配方,在学习青瓷烧制技法的基础上,用传统的灰胎瓷土、手工拉胚,烧制出第一批仿古瓯瓷。但是瓯瓷的煅烧技术已经失传很久,他们是如何找回这种传统的技艺呢?

章长才:我们这种技艺的话,我们会经常去思考,比如说你这是唐朝,唐朝当时的生产方式,它的使用工具,我们去思考,那么就是说我们再做一些尝试,那么对这个记忆的一些追寻。因为你不能用现代的方式思维,比如说这个泥巴,泥巴就是用机器加工的。不是这样,我们考虑泥巴以前可能就是脚踩的,脚踩但是后来又觉得脚踩不可能,少部分你可以用脚踩,大部分它是用牛去踩的,那么这么一步步我们去思考,就一步步地跟原来的真相会越来越接近。包括它的泥巴,它不可能像以前,现在有粉碎机,以前没有,无非最大的就是一个捣臼,又随时捣,大部分胎的泥巴不可能,那么它就是陶瓷。就是我们这样的一步步去追寻它原来传统的烧制技艺,在我们一点点去还原回来这样子的一种方式。

娄林峰:我们都在做减法,就是说因为现在的整个程序跟以前是不一样的,所以我们都会抛弃现在很多东西去做减法,就说对于我们来说,整个配置过程是在做减法,当时对我们工作量说,是做很大的加法。

解说:这一减一加,使他们的作品有了灵魂和文化,虽然每道工序比别人多花一点时间,但他们坚信最终的成品肯定也要好一些。他们生产的盖碗、杯子、壶、罐子等产品,都是全手工造型,有着自己独特的韵味和个性,体现着设计者的工匠精神。

娄林峰:你亲手做的东西,用手做的东西是有生命力的,它不像一个机器的东西干巴巴的,所以它在很多上面赋予你对它的一种期望,你会更珍惜它。

章长才:有思想的东西,有思想的产品跟现代做的工业产品肯定有些区别,当然有些东西你现在的这种其实也是解决不了的,必须你要达到某种程度,必须要用人。其实人比机器更超前的,他也是更好地去把握一些东西。

解说:也正是这种坚持,陆续问世的“汉臣”瓯瓷产品开始受到了人们的关注,在龙泉披云青瓷文化园内,经常有人慕名到“汉臣”瓯瓷展厅参观访问,其中不乏专家学者。

戈悟觉:我很偶然的一次听说了“汉臣”的这个事情,他想重现瓯窑的这个器皿,我觉得很奇怪,在今天大家都急于要赚钱,年轻人又得要养家糊口这种情况下,他们来干这个事情,我当时心里是打个问号的。但是我觉得人活一辈子,我信仰一个原则,做我所爱,爱我所做,做我所爱的东西,然后爱我所做,在做的过程中间,专注地怀着很大的热情去把这个事情精益求精,我觉得他们两个就体现了这个精神。

解说:为了更好地推广瓯窑文化,2015年,章长才在永嘉创立汉臣瓯窑研究院,用于做瓯窑前期的研究工作和文化解析,而娄林峰暂时还在龙泉研发产品。但是他们一直有个想法，想在温州办一个瓷文化馆，让瓯窑、瓯瓷爱好者有一个聚会的地方，没想到他们的愿望很快就实现了。

（黑场）

【字幕】2016 年 12 月　永嘉龙下村瓯窑小镇

解说：永嘉三江街道龙下村，是唐代瓯窑旧址之一，2016 年，在当地政府和瓯窑爱好者的推动下，开始建设"瓯窑小镇"，到了下半年，"瓯窑小镇"第一期完工，娄林峰和章长才在小镇上如愿以偿地建起了自己的瓯瓷学院。

【同期声】

当时瓯窑，就是说瓷器吧，现在所说的元瓷青瓷，而原始瓷很早时候就有，在商周的时候就有……

章长才：现在我们学生有 100 多人，而且我们基本上分成（一期期）大约有十几期了。而且我们都是小班制的，不多，5 个到 10 个这样的一种状态。这就是我们老的一种学堂式的一种方式，去解决掉之后我现在教了 5 个人出去了，比如说他还可以教 5 个人呢。我是教了 5 个，他 5 个人又教了 5 个，五五二十五，25 个人再去教每人 5 个，其实是很快的，很庞大，也用不了几年时间就会达到我们想要的一个效果。

解说：章长才说，虽然瓯瓷学院刚刚起步，但已经吸引了很多的瓯瓷爱好者，他希望大家赏玩陶艺的同时，能够找到一种不同的生活方式，慢慢体会瓯窑的韵味。

章长才：从釉水，制作釉水，包括胎土这种都会在里面，甚至还有文化，温州的文化，包括瓯窑的历史，甚至还包括有琴棋书画、茶道，里面都会有贯穿，因为我教他们的不是说一种技艺上面，我希望让他们（学会）是一种生活。就跟我的品牌是一样的，品牌我卖给人家是卖的一种生活方式，我教给他们也一样，我希望他们也是学会了一种生活方式。

主持人：也许，瓯窑对许多人来说，只是过去生活方式的一种记忆，娄林峰和章长才想让这种记忆活起来。他们创造瓯窑品牌，就是想让优秀的传统文化"活"在人们的生活中，成为日常用品、艺术藏品；他们创办中国瓯窑学院，就是希望吸引更多的瓯窑爱好者，只有喜欢瓯窑的群体壮大了，瓯窑才有生命力和影响力。让瓯窑活在当下，才是最好的传承。

单位：温州广播电视传媒集团经济科教频道

作者：吴佩珍

用"工匠精神"记录时代

——《我们只是重现瓯窑的手艺人》评析

王　贞

瓯窑，记录了温州地区先民手工业辉煌的历史。面对业已消失于人们记忆的文化遗产，我们可以做些什么呢？温州台选送的作品《我们只是重现瓯窑的手艺人》，叙述了两名80后年轻人潜心钻研久已失传的瓯窑烧制技艺，通过多年的努力，成功复原了传统瓯窑，并通过传播与教学，推广瓯窑文化与烧制技艺的故事。

瓯窑受越窑影响生产青瓷，这些青瓷与越窑有许多共同之点，但其区别于越窑的地方是：胎体较细，器壁更薄，釉层也比较薄，釉色淡青，温润如玉。晚唐五代的瓯窑，生产出许多好作品，整体上看瓯窑比婺州窑水平高一些。而后在宋元年间，瓯窑逐渐走向衰落，出现了烧造技术与文化上的断层。

本片通过跟踪拍摄，以纪实和访谈的形式，用镜头持续关注和真实记录两位嘉宾的生活以及工作状态，记录了两个年轻人不寻常的创新创业之路，同时通过讲述他们在创业过程中一些鲜为人知的小故事，突出表现了他们的工匠精神和传承传统文化的信心，再现了当代温州青年的创业故事。

第一，内容扎根生活。本片从大处着眼，小处着手，温情脉脉地展示、记录着瓯瓷这一濒临失传的非物质文化遗产，如何被两个有情怀的年轻人以扎根本土生活的精神重现。镜头也记录了当地村民的议论与评价，使得观众有一种亲切的归属感。

第二，主题立意深远。失传千年的瓯瓷与80后的年轻人，古老与当代，传承与焕新，不仅为我们展示了瓯窑之火重燃对瓯越文化历史脉络的串联，更突出了当代青年的工匠精神和对传承传统文化的信心以及延续城市文脉的重大意义。

第三，主持充满温情。主持人被两位年轻人的匠心精神打动，亦将自己的感悟和感动用真实的语言将观众带到节目中去，用真情传递观众。在节目中，主持人较好地驾驭了与嘉宾的谈话进程，语言精练，收放自如。节目解说语言充满人文关怀和恬淡之美，有效构建起与画面语言的呼应融合。这也是主持人驾驭主题，参与节目的策划、编导、主持，进而形成独特体验和观点的必然结果。

第四，制作精巧细腻。本片主持人和栏目组花了半年多时间，通过纪实和访谈的形式，用镜头持续关注和真实记录两位嘉宾的生活以及工作状态，采用生动丰富的镜头语言。既有完整的背景介绍，又有深入的人物采访；既有对个人的详细展现，又有对教学传播的概括。被访者真实质朴，解说词推动全篇发展，细节丰富，自然流畅地向观众呈现了一个生动完整的故事。

本片虽然只有 16 分钟，但这 16 分钟却高效率地从多个视角将所记录主体的诸多方面呈现得清清楚楚，让观众在有限的 16 分钟内获取丰富的信息。它没有简单地将焦点对准人物、事物或事件所呈现出的样态，而是更深入地挖掘了样态背后所蕴藏的人文价值和精神内涵，让观众在满足视听享受的同时又得到了心灵上的慰藉。

如果说本片还有什么不足的话，在主持方面，解说节奏缺少些变化，语言有时习惯性停多连少，易造成语义的不连贯。另外，在节目的采录过程中，如果采访者能在窑口、工坊、学校多一些现场实录性访问，画面再注意细节，使瓯瓷的特质有标识性地展现，将会更加鲜活，更具传承意义。

优秀播音主持人

叶超莹:我为中国奥运会代表团设计、制作礼服

(播出时间:2016年8月6日)

【字幕】2008年北京奥运会开幕式

(采访爵帅服饰有限公司总经理)

叶超莹:我当时在现场,很激动,非常激动,流眼泪了。

解说:说话的这位,是温州爵帅服饰有限公司总经理叶超莹,他这么激动,是有理由的,因为北京奥运会中国代表团的礼服,就是他的公司生产的,并且他还是设计师之一。叶超莹说,虽然很多人开玩笑称中国运动员的礼服是“番茄炒蛋”,但是这套礼服的色彩设计理念是很有讲究的,男装采用的是被世界广泛接受的“中国红”,女装采用的是“国旗黄”。

【采访】叶超莹:其实我们目的就是这么多100个国家出场的时候,当中国队出来的时候远远地看到,就印象当中大家记住了这就是中国队。

【标题】叶超莹:我为中国奥运会代表团设计、制作礼服

解说:今年5月31日,里约奥运会中国代表团礼服公布,这套礼服仍然以国旗色红色和黄色为主要设计元素,有人开玩笑说,这是“番茄炒蛋”第三次现身,作为设计师的叶超莹,也再一次引起人们的关注。

【采访】吴佩珍:其实一说到您,很多人会想起奥运礼服“番茄炒蛋”。从2008年的我们北京奥运会到今年的里约奥运会,其实我们中国队的礼服都是沿用了红色加黄色这样的一个搭配,为什么要做这样的一个延续呢?

叶超莹:因为你知道我们中国人对这个红色特别钟情,你想想没有一个国家在一个颜色上面像中国是叫为“中国红”,这是没有的。所以你像我们以前考了状元对吧?

吴佩珍:状元红。

叶超莹:对呀,所以这个就包括生了小孩要染红蛋,造好了房子要上红梁,所以这个就是说一个是代表我们一个吉祥(色)。其实然后还有我们的国旗,其实你知道国旗也是温州人设计,所以然后我们用国旗的颜色,正好很多运动员出场的时候获奖他们会很兴奋,披着国旗绕场一样去跑一圈,很激动。就是我们想通过这种潜意识的涉及,就当他们进入这个主会场的时候他们暗暗讲“我就是冠军,我身披国旗,一定会获奖”,这个美好的愿景希望他们获得好成绩。

解说:叶超莹说,其实从北京奥运会开始,他们就颜色搭配拿出了好几套方案,一

度考虑过粉色，但后来因为粉色在国外有一些容易被曲解的意思，就放弃了，最终他们确定下来还是红黄色搭配。

吴佩珍：我们再回到2008年的这个奥运礼服，当时出来的时候当然称赞的人非常非常的多，很多人说这个很符合我们国家的一个形象。网上也有一些反对的声音，说不够时尚、太土，甚至有人戏称说是"番茄炒蛋"。

叶超莹：对。

吴佩珍：当时听到这些评论的时候，你是怎么消化的？

叶超莹：前三天我是压力非常大，几乎就是说到睡觉都睡不着这种状态，而且有小孩6点钟就打电话说："叶老师，这衣服你设计啊？怎么这么难看？"然后"啪"不到1分钟电话挂掉。就在网上论坛上面就出现我的号码，他说这个电话打得通的你们去骂吧，就是这个状态。

吴佩珍：其实我们刚开始的时候觉得，它好像一个玩笑，像一个戏称一样说"番茄炒蛋"，慢慢地中央台他们解说员也在那里反复说的时候，我们觉得还蛮可爱的。

叶超莹：是的。

吴佩珍：就这样的一个评价。现在这个事情已经过去那么多年了，反过来看，你怎么看那时候的这样的一个过程？

叶超莹：其实人生其实有的时候就是说你要看淡一切，才会把眼前事情会做好。过了就过了，骂也骂了，其实我也一直在想那时候被人家人肉搜索"番茄炒蛋"，当时很难过，后来想想很多人要为中国体育事业做志愿者都轮不到，那我们能够近距离地为中国体育事业做志愿，你说这多好？

解说：2008年，北京奥运会圆满结束后，叶超莹也迎来了自己人生的重大时刻，他结婚了，在婚礼上他穿的就是当年中国奥运会代表团的入场礼服，而他的太太则穿着黄色的婚纱。

吴佩珍：你刚才说到第二年的时候你自己就结婚了，婚礼上你穿了这个奥运礼服上场？

叶超莹：当年就是2008年年底。

吴佩珍：然后你穿上那个奥运礼服站在婚礼的舞台上，因为婚礼对于每个人来说都非常非常的重要，一生只有一次。

叶超莹：对。

吴佩珍：然后穿上去站在那儿的时候你是什么感觉？

叶超莹：感同身受，为自己也服务了一番。确实说那时候给运动员怎么做、怎么做，自己穿上去的感觉也是很舒服。

吴佩珍：很自豪？

叶超莹:对。

吴佩珍:你当时有没有考虑过说很多人会穿中式的或者说穿西服,这是我们常见的,怎么就想到说我一定要穿我自己设计的衣服上去?

叶超莹:这就是一个个人的情结,就是说我一直所做的这些事情就是为给自己留一个念想,就是说在人生这个阶段我经历了这样的事情。其实在2007年你根本就想不到这样的事情任务会落在你身上。

解说:叶超莹说,那时候他根本没想到自己会接到如此光荣和艰巨的任务,为了给中国奥运代表团制作一套合身、舒适、精神的礼服,他们整个制作团队始终在与时间赛跑。

吴佩珍:一般都是给到你的生产时间是多少?

叶超莹:其实就是说这个就是政治任务一样,你必须没有条件地要按时交货,所以我们一直在敲响警钟,在盯自己的产品要及时做出来。

吴佩珍:听说你们是要给比如说这次出场有1000个运动员或者说700个运动员,每个运动员都要一一地量体得到他的个人数据,但是运动员又在全国各个地方,所以你要带着你的工作人员去到各个地方给他们一个一个地量,这个工作量其实还是蛮大、蛮辛苦的。

叶超莹:蛮大,我们120多天,从去年农历年前就开始量了,跑了100多个地方。有个集训队只有3个人也要去。而且是这样,有些运动员他明明就是昨天摔伤的,你也要帮他量体,因为你要安慰其他队员的心情。

吴佩珍:你们在出去跟这些运动员打交道,给他们制作衣服的过程中有没有一些好玩的,或者是感觉有意思的事情具体地跟我们分享一下?

叶超莹:这个其实也并不多,因为运动员的话他们平时的话运动的强度非常大,就是训练强度非常大,有的时候衣服我们给他量的时候,他外套脱出来都黏在身上,都是汗,非常累。但是就是2008年小故事还是蛮多的,像那个皮划艇的那个教练,他在中国3月份我们量的体,后来衣服给到他了以后纽扣扣不上了。他说:"中国的饮食太好了,我一下子重了10公斤。"因为他皮划艇可能拿金牌的,国家元首要接见的,所以衣服一定要改得合体。他说:"我这个是非常有纪念意义的。"所以我们当时就给他改,就在北京现场就给他改掉了。

解说:叶超莹说,为中国奥运代表团设计制作礼服,可以说是时间紧、任务重,人几乎每天都绷得紧紧的。

叶超莹:有一天我做了一个梦,我就行军床搬在自己的办公桌前面,就晚上加班到两三点就在那里睡一会儿。那一天睡得不深就很紧张,就感觉突然说开幕式了衣服怎么没赶出来,"啪"——醒了,是一场梦,真的是一场梦。

解说：当时心里虽然紧张，但从来不曾出过差错，叶超莹说，这也许和他稳扎稳打的性格有关。他说，他出身于一个裁缝世家，19 岁从母亲的手里接过接力棒之后，一步一步将企业引入正规化的渠道。

吴佩珍：我知道，刚才你也聊到，说你的外公，你的妈妈、爸爸都是做服装的，你 19 岁的时候，就接手了家族的服装企业。

叶超莹：对。

吴佩珍：然后当时接手的时候，年纪还小，你都做了哪些的努力？

叶超莹：父母把这个企业交给我，现在我妹妹跟我一起，她是管生产，我是管品牌的开发和客户设计营销这一块，所以我有一天跟我妹妹讲，说其实我们家就两个小孩，其实你要把这个企业也当成是我们的兄弟姐妹，三个小孩。就是说经济再怎么差，你不能说像有些企业说，停就停了，把这些工人辞退掉，我厂房租租掉，还值多少钱。至少父母亲还在的话，我们不允许我们这样去做，所以那你必须要努力地负起责任，把自己的企业经营好，把自己的兄弟姐妹一起拉扯好，共同成长起来。所以我觉得工匠精神也好，未来“互联网＋”也好，首先我们要把自己做好，把自己做强，这点非常关键。

解说：从北京奥运会到今年里约奥运会，8 年时间过去了，叶超莹的爵帅公司不仅 3 次为奥运会中国体育代表团定制服装，还为代表团出征 2010 年广州亚运会、2014 年仁川亚运会提供了礼服。叶超莹说，接下来，他希望还能第四次、第五次为中国队设计制作礼服，他说，付出虽然很多，但这一切非常值得。

温州经济报道

（播出时间：2016 年 5 月 12 日）

【导语】观众朋友晚上好，欢迎收看温州经济报道。如果在消费过程中您的合法权益受到过商家的侵害，请拨打热线电话 88921605 和我们联系，让我们帮您解决。也可以通过扫描屏幕上的二维码，加入栏目公共微信平台和我们互动。下面先来看今天的新闻提要。

提要一：

市消保委发布今年 1 号警示 网购微购化妆品需谨慎

温大服装设计毕业作品秀昨举行

新一轮国债销售火爆 再成理财宠儿

【导语】现在通过网购、微商购买化妆品的人越来越多，然而化妆品的网络监管相对薄弱，各种假货陷阱层出不穷，导致许多消费者在网购、微购时上当受骗。近日市消保委就特别发布今年1号消费警示，来看具体内容。

【正文】前段时间，我市一名消费者在微信朋友圈上购买了某种化妆品，结果导致脸部溃烂。但是该消费者在随后的维权中碰到了不少困难，因此，市消保委特别提醒消费者在网络购买化妆品的时候一定要多留一个心眼。市消保委提醒，在网络选购化妆品时，一定要仔细查看产品的企业名称、生产许可证号、生产日期、有效期限、使用方法及注意事项等相关信息，相关信息还可以登录国家食品药品监督管理总局网站及"国产非特殊用途化妆品备案服务平台"查询。其次，就是不要盲目相信互联网广告和宣传，对于价格与市场价格相比明显过低的产品，更要谨慎购买。最后一定要选择正规商家购买并且保留相关购物凭证，万一权益受到侵害可以作为维权的证据来使用。

【导语】4月10日发行的400亿元电子式储蓄国债的火爆程度还历历在目，5月10日发售的凭证式二期国债又在当天两小时内售罄，再次受到投资者的追捧。

【正文】本期国债发行总额300亿，3年期、5年期各150亿，票面年利率分别为3.9%和4.32%，不到两小时就宣告售罄，其中5年期国债仅15分钟就卖完了。周女士是一位老投资者，为买国债，做了不少功课，当天早早前来，不过却没买到。

【同期声】市民周女士：我7点钟来排队的，没买到。买国债因为一个是保险，一个是利率比较高，买了放心点。理财产品时间短，不用的话时间长放心点。

【正文】对于国债抢手原因，市民表示与近期股市低迷、理财产品收益率下降等有关，让投资者对高风险偏好下降。

【正文】银行方面表示，对于没购买到国债的投资者来说，大额存单、长期理财产品也是一种中长期锁定收益的投资渠道。

【导语】记者今天从温州火车南站了解到，本月15日，位于火车南站出站口南侧的候车厅将投入使用，另外，开车来南站送客接客的朋友们也要注意停车的地方和方式，以免违章。

【正文】本月15日，新的铁路运行图实施，金温铁路运行的高铁动车将达到29.5对，比之前增加了8对。在火车南站始发和经停的高铁列车将达到178趟。为了减少高峰时段旅客排队时间，铁路部门决定在火车南站负一层新建一个候车厅及售票厅，南下旅客将在新候车厅候车。如果市民开车送人，车辆的停放有两条路径：一是行至宁波路与工业路交叉口后，即可去负一层的社会车辆等候区；另外就是在火车南站平台上停靠，注意是即停即走。

【导语】昨天晚上，温州时尚学院揭牌仪式暨2016届温大服装设计毕业作品发布会在瓯北某酒店举行。现场聚集了来自各方的嘉宾共1500多人，学生们天马行空的作品，给观众们带来了美轮美奂的视觉享受。

【正文】此次大赛以"界限"为主题，意为艺术、设计、时尚、生活、科技在现实中融合交错，为时尚温州共同发力。设立了大型LED屏幕的T台被一张轻纱隔断，显得神秘又时尚，丝毫不逊于高端品牌的舞台设计。涵盖了现代雕塑、童趣诙谐、自然环保、奢华复古等不同风格的作品，更是呈现出多元的设计理念。温州大学美术与设计学院的院长李运河告诉记者，举办此次设计展是为了更好地服务温州地方经济建设，培养温州时尚产业发展的专业人才。并且依托校企合作平台，为该校服装设计专业的58名毕业生提供一次展示和角逐的机会。

【导语】昨天，2016亚洲消费电子展在上海开幕。展会上，虚拟现实技术可谓大放异彩、备受瞩目。那么它到底能给我们带来怎样的酷炫体验呢？哪些厂商已经走在了技术前沿呢？下面让我们一起去现场看一下。

【正文】本届展会在规模上比去年增加了近两倍，达到3200平方米；展会预注册观众人数超过3万人。来自全球的展商的热情也空前高涨，带来了包括无人驾驶、虚拟现实、无人机、可穿戴设备在内的各类科技产品，让参观者们近距离体验科技的魅力。

【同期声】第一财经记者赵怡闻：我现在在英特尔的展台，眼前这个排队如龙的就是VR游戏。这套设备的核心是英特尔第六代CPU，结合了HTC的头戴设备，整套系统可能会在今年6月在国内上市，届时很多玩家就可以去商场体验一下。

【正文】除了英特尔，海信的虚拟现实游戏同样身临其境，不过，海信植入了ULED超画质曲面大屏幕，三屏叠加，形成了环绕立体视觉场景，让玩家更能放开手脚，大胆搏击。而眼前这架由国内企业自主研发的VR模拟飞机则更具动感，连记者都忍不住上前体验一番自驾直升机的乐趣。

【同期声】Pico北京小鸟看看科技有限公司产品总监董峰：它实际上做的完全是一个直升机驾驶员的真人体验，它的独创性是首先它搭载的是我们Pico Neo一体机，我们的一个头戴的方案，其次下面用了一套六自由度平台，全套技术和产品包括游戏，都是我们自主开发的。

提要二：

A股再现一轮下跌 缘起证监会叫停跨界定增？

跨界并购收紧或仅是开始 相关公司已暂停操作

记者关注 稍后播出

【导语】据财新网昨日报道，证监会已经叫停上市公司跨界定增，涉及互联网金融、游戏、影视、VR四个行业。比如水泥企业不准通过定增收购或者募集资金投向上述四个行业。同时，这四个行业的并购重组和再融资也被叫停。

【正文】报道称，证监会鼓励上市公司发展实业，例如水泥企业定增跨界做光伏产业是可以的，但跨界做游戏行业的定增就会被禁止。知情人士指出，如果一家上市公司连主营业务都做不好，跨界做跟主业完全不沾边的虚拟产业，其实通常都是打着并购重组的旗号进行概念炒作,不断吹大泡沫,最终损害的还是投资者利益。一家投行人士称,早在今年3月,证监会就已经对上市公司跨界定增第二产业的项目进行收紧,对该类项目进行“专项核查”,但当时并未明确禁止上述四类行业的并购重组。上述投行人士进一步举例道,上述四类虚拟产业的估值存在很大泡沫,很难有明确标准来判断估值是否合理,这样也容易引起市场诸多质疑。而票房注水在影视行业普遍存在,这种虚假繁荣状态对于影视行业来说本身就是泡沫,跨界到影视行业的企业和资本有着极大风险。不过,也有某国内大型券商投行人士透露,游戏、影视等行业目前遵从“一事一议”原则,具体而言,并购或定增收购“不盈利仅讲故事的标的”将被禁止,而一般的项目并未被全面叫停。

【同期声】投行业内人士:我们现在很多游戏影视往往成立半年都还没有营业记录,就估值个几十亿。

【正文】业内人士表示,收紧跨界并购可能只是未来一系列政策动作的开始。上周证监会在回应重大资产重组办法时表示,对上市公司并购少数股权提出要与主业协同的要求。并购菁英汇联合创始人李芬透露,在得知该消息后,其公司决定主动将与上市公司合作的涉及这四个行业的并购项目暂停,保持观望。

【同期声】并购菁英汇联合创始人李芬:其实本身VR现在能有利润的企业也比较少,但上市公司也会做一些参股投资。但因为政策的影响,我们还是决定在这些行业不做太多的实际性的工作了。

【导语】近日,受中概股回归A股政策有变数的相关传闻影响,一些重组预期较高的股票特别是ST板块的个股,股价遭遇很大的压力,大量个人投资者损失惨重。不过,最新消息显示,政策对于中概股回归A股借壳上市,正在酝酿一些有序监管的手段,很可能不会“一刀切”进行封堵。

【正文】《证券日报》10日在头版刊发题为《理性看待中概股回归》的述评文章称,关于中概股的回归有三个问题需要厘清:首先,证监会对中概股表态的立足点是有利于资本市场的长远发展,并不是要把中概股回归的路堵死。其次,借壳上市是对现行IPO发行上市机制的有益补充,在欧美成熟市场也是重要的重组方式之一。第三,对中概股回归要谨慎对待,中概股并非全部都是优质股,也不乏一些缺乏业绩支撑和未来潜力的公司,只是想回国圈钱而已。知情人士称,证监会考虑限制中概股借壳回归措施,原因是为了防止中概股国内借壳上市、溢价较高,或会导致融资过多抽取股市资金,影响股市稳定。另外,中概股大批集中回归会导致在美私有化金额巨大,增加人民币贬值压力。据悉,证监会此前已经与部分券商和市场人士就借壳上市的监管和中概股回归等问题进行了探讨。考虑中的措施包括对中概股回归的估值按照一定的市盈率进行限制,另外还考虑限制每年中概股借壳回归交易的数量。

提要三：

如何去黑头让人头痛

网传鸡蛋清能轻松除去黑头 靠谱吗？

商品实验室　稍后播出

【导语】对于很多爱美的女孩来说，去黑头一直是件令人头痛的事。最近，网传用鸡蛋清就能轻松除去黑头，原料天然无添加，听上去很靠谱，不过事实真的是这样吗？市民们又是否认可呢？

【同期声】鸡蛋清收缩毛孔的吧？应该不能去黑头吧？不是很多人用鸡蛋清和蜂蜜敷面膜嘛，可以收缩毛孔还有美白。

【正文】那么鸡蛋清是否真的可以去黑头呢？记者决定亲自试验一下。依照网络方法，打开一个鸡蛋，将蛋白与蛋黄分开，留蛋白部分待用。然后将纸巾贴在鼻子上，涂抹蛋清于黑头处，等蛋清干透后，迅速扯下纸巾，记者看到，鼻子上的黑头的确较之前减少了，虽然不是特别明显，但是看起来似乎有一定的效果，那么这能说明鸡蛋清真的可以去黑头吗？医生表示，鸡蛋清对于去除黑头确实是有一定的效果，但是这一方法并不可取。

【同期声】福州市皮肤病医院医生：不管是生的鸡蛋清，还是家庭自制的一些面膜，这种成分相对来说会比较复杂一点。如果经常做，有些人皮肤敏感的话，可能会导致皮肤外面的保护膜被破坏，时间久了，可能会造成皮肤敏感。

【正文】那么从人体自身来说，鼻子生黑头和哪些因素有关呢？平时生活中我们应该注意些什么呢？

【同期声】福州市皮肤病医院医生：黑头的形成跟我们皮肤的油脂分泌有关。长期的油脂分泌过多会堵塞毛囊孔，还有一些污垢会黏在上面。想办法减少油脂的分泌，还有一个加强清洁，平常生活中要注意，辛辣刺激的东西要少吃。皮肤油脂特别多的人，可能要用清洁效果好一点的洗面奶。

【导语】节目的最后来快速浏览国内外经济要闻。(1)总理李克强昨日在国务院常务会议上部署消费工业升级。会议提出促进消费品工业增品种、提品质、创品牌，更好满足群众消费升级需求。值得注意的是，国务院常务会议新闻通稿中首次使用了“品质革命”这一提法。(品质革命)(2)上海楼市“3·25新政”之后的首次集中土地使用权拍卖会昨举行，此次推出的四幅地块吸引到了碧桂园、金地、融创等几十家房企竞相抢购。最终，奉贤区和松江区共计三幅纯宅地成交溢价均超过100%，先后刷新各自区域的“地王”价格。地价超过当地现房价格。(一日三“地王”)(3)中石油集团今日在其官网披露，备受瞩目的中俄原油管道二线前期正紧锣密鼓地有序推进。截至目前，项目已取得国家发改委核准批复。工程预计今年6月开工，2017年10月建成，具备

投产条件。(中俄原油管线获批)

今天的《温州经济报道》就到这里了,如果您在消费过程中遇到麻烦事,可以直接拨打我们热线电话88921605,或给我们的微信公众号留言,经济报道与您一起消费维权,感谢您的收看,明晚8点半再见。

单位:温州广播电视传媒集团经济科教频道

作者:吴佩珍

得体、大方

——“优秀播音主持人奖”评析

李海宏

温州广播电视台主持人吴佩珍荣获2016优秀播音主持人奖,其作品有三个。一是人物采访——《叶超莹:我为中国奥运会代表团设计、制作礼服》,讲述的是中国奥运会代表团礼服设计制作人叶超莹的故事;二是财经资讯的播报——《温州经济报道》日播节目中的一期,2016年5月12日的节目;三是日常活动和晚会的节目集锦,展示不一样状态的主持人。下面我们主要从这三个节目片段入手,评析优秀播音主持人吴佩珍的表现。

《叶超莹:我为中国奥运会代表团设计、制作礼服》节目在2016年8月6日播出,当天正是里约奥运会开幕的时间,在奥运节点采制一期这样的节目,能够让观众从不同的角度全面地了解奥运,了解奥运背后的精彩故事,使奥运氛围更加浓郁,效果不错。从主持人的表现来看,整个采访都是不错的。

首先,从整个采访的安排来看,首先通过奥运入场画面引出人物——叶超莹,自然且可以快速切入主题,接着通过“番茄炒蛋”引出设计者叶超莹将奥运会队服设计成“中国红”+“国徽黄”的目的——醒目,通过大家对“番茄炒蛋”颜色褒贬不一的态度了解到了叶超莹在大家的戏谑声中的感情波动——“前三天几乎睡不着觉……当时很难过,后来想想很多人要为中国体育事业做志愿者都轮不到,那我们能够近距离地为中国体育事业做志愿,你说这多好”,将叶超莹处在极大心理压力下的心态展示出来,真实而感人,人物逐渐丰满起来。接着继续讲到了叶超莹人生的重要时刻——结婚典礼上,自己穿的是中国红的奥运礼服,新娘穿的是黄色礼服,由此引出人物的内心世界,“这就是一个个人的情结,就是说我一直所做的这些事情就是为给自己留一个念想,就是说在人生这个阶段我经历了这样的事情。其实在2007年你根本就想不到这样的事情任务会落在你身上，也想不到”。主人公直抒胸臆的感慨让我们感受到了任务的艰巨与光荣，顺承而下，任务如此艰巨，是如何完成的？引出了叶超莹带着团队跑了100多个地方为运动员量体的艰辛，也引出了由于皮划艇的外国教练一下子胖了10公斤，为了保证出场效果，叶超莹在北京现场帮他将奥运礼服修改合身了。这样鲜活的例子让受众了解到看似简单的服装设计、制作工作，实则也会有难以预料的困难，心理压力巨大的叶超莹甚至晚上做梦也会梦到奥运会开幕了而衣服还没有做好，由此可见其精神压力之大！这些故事性的内容也使得采访充满趣味性。接着主持人话锋一转，“当时心里虽然紧张，但从来不曾出过差错”，引出了主人公19岁接手家族的服装企业，对待企业“必须要努力地负起责任，把自己的企业经营好，把自己的兄弟姐妹一起拉扯好，共同成长起来。所以我觉得工匠精神也好，未来‘互联网＋’也好，首先我们要把自己做好，把自己做强，这点非常关键”。将主人公丰富的内心世界挖掘了出来，结尾以主人公近景和“他希望还能第四次第五次为中国队设计制作礼服，他说，付出虽然很多，但这一切非常值得”来结束，既对自己的公司饱含深情，又时刻保持清醒的认识，对未来充满信心的主人公形象生动而饱满，非常真实。

整个采访既有生动的故事情节，也有主人公的直抒胸臆；既展示了主人公春风得意时的喜悦，也记录了其光荣任务下的艰辛；既记载了主人公过去和当下的辉煌，也憧憬了主人公的美好前景。所有这一切，都离不开主持人采访的起承转合。主持人语言朴实得体、态度平和，整体大方自然，与被采访者如话家常，淡淡的微笑伴随整个采访，看似轻描淡写，又对整个采访起到了至关重要的构架作用。

作品二是财经资讯的播报——《温州经济报道》，是2016年5月12日的节目。总体来看，内容比较丰富，包括：市消保委发布今年1号警示；网购微购化妆品需谨慎；温大服装设计毕业作品秀昨举行；新一轮国债销售火爆，再成理财宠儿等内容。中间穿插了本地新闻——“位于火车南站出站口南侧的候车厅将投入使用”“2016亚洲消费电子展在上海开幕”“A股再现一轮下跌 缘起证监会叫停跨界定增？跨界并购收紧或仅是开始，相关公司已暂停操作”“商品实验室播出了网传鸡蛋清能轻松除去黑头，靠谱吗?”节目的最后还快速浏览国内外经济要闻，内容丰富，基本按照当地经济新闻、全国经济要闻分类播出。主持人语音标准纯正，语言通顺流畅，表意清晰明确，停连重音基本准确，仪态大方、自然，很多的概念和专业术语表达无误，总体不错。个别地方有失误，如将第一则新闻中“消保委”说成“消费委”，“国产非特殊用途化妆品备案服务平台”停顿在“非特殊”后面，不太妥当，“会议提出促进消费品工业增品种、提品质、创品牌，更好满足群众消费升级需求”，在“消费”后停顿不妥。但这是作为日播节目中的一期，可见每天的工作量还是挺大的，尤其一些专业术语等，可以再熟悉一些。从语音的角度来讲，in与ing的发音还是要注意的，联系、作品秀、相信、谨慎、侵害、鸡蛋清、轻松等词语的发音不够标准。但总体说来，日播节目如此大的工作量，能够做到这种程度已经很不错了。

作品三是日常活动和晚会的节目集锦，以两人搭档主持为主。在《百晓春晚》中，能够巧妙以“创新”一词为男搭档铺垫，引出创新的青春版《白蛇传》；与搭档以提问的方式引出下一个节目的表演者；在《老爸老妈来欢唱》中承担了大段比较绕口的节目介绍，流畅无误；欢迎评委，在评委表现略有异常的情况下稳定现场。在这几段节目主持的过程中，仪态大方，精神饱满，语言流畅，交流感强，能够很好地把控现场，总体不错。在《畅行温州，你我同行》和《保护方言》的公益宣传片中，角色投入、语言和表情等表演到位，都挺不错，虽然个别语音如 j、q、x 的发音有齿间音的倾向，尤其在节目主持中比较明显，但是瑕不掩瑜，依然值得肯定。

总体看来，温州广播电视台主持人吴佩珍不管是在人物访谈中，还是在晚会主持中，在新闻播报中，或者在公益宣传片中，在多种节目样态中都能够流畅、清晰无误地播音，语言流畅得体，仪态大方自然，很好地承担起了传播者的角色，荣获 2016 优秀播音主持人奖是实至名归。

广告类

广播公益广告(长)

外卖小哥

外卖客户甲:(铃……)哎,我点一份鸡腿饭啊到丽景花苑,不要葱啊!

外卖客户乙:(铃……)喂,云中花园,那个我要一碗牛肉面,对,不要辣,不要辣!

外卖客户丙:(铃……)喂,已经半个小时啦,我的蛋炒饭送哪里去了,想饿死我呀,快点好哇!

画外音:在这座城市,有一群每天在风雨中驰骋送外卖的小哥。

外卖小哥:您好,您的外卖!

画外音:他们争分夺秒饿着肚子给人送饭。

外卖小哥:先生,您的馄饨,我快马加鞭送到,汤都没洒,请您慢用。

画外音:如果订餐送慢了,饭菜没那么热了,请给他们多一点理解和包容。一个微笑、一句体谅,或许可以温暖别人整个世界。

单位:温州广播电视传媒集团音乐之声频率

作者:黄思聪、王漪、姜敏、陈曙、吕瑜

呼应时代需要　做好公益广告

——评析广播公益广告《外卖小哥》

刘茂华

广告领域中,有一片特殊的天地,即为社会公共利益服务的公益广告。公益广告是有益于社会文明、社会公共道德的传播产品,自 20 世纪 80 年代中期在我国展开以来,以弘扬社会正能量、倡导社会公德和积极健康的个人行为规范等,发挥着重要的作

用。广播公益广告《外卖小哥》应时代发展的新情景和新特征,用生动形象的广播语言在顾客和外卖小哥之间、外卖群体与社会之间架起了一座心灵之桥。

一、从宏观全局关注社会

外卖订餐已经成为城市生活中一道固定的风景线,很多城市人常常看见却不一定关注这个普通群体——每天飞奔在路上的外卖小哥。他们为了别人的生活争分夺秒、日晒雨淋,当然也是为了自己能够在这个城市生活下去。每个人都有自己的职业身份和工作,每一个辛勤劳动者都应当得到尊重和善待。作为时代发展的城市产物,外卖小哥的身份并不一定得到很多城市人的认同,有的甚至得不到基本的尊重。但不可忽视的是,随着社会的进一步发展,尤其是网络技术的快速发展,外卖的需求量会越来越大,外卖小哥的群体也会越来越大。正是在这种时代背景之下,广播公益广告《外卖小哥》应运而生。

广播公益广告《外卖小哥》通过广播语言,生动形象的角色化演绎,展现了每天发生在我们周围的生活画面,广告内容让人产生共鸣,也让大家反思平日里被我们忽略掉的外卖小哥。该作品的主旨非常鲜明:从全社会的宏观视角,让更多的人关注到每天忙碌在我们周围的普通外卖服务行业工作者,让彼此之间多一些相互理解,多一句温暖问候,让世界更有爱。

二、从微观角度关注个体

广播公益广告《外卖小哥》关注的虽然是外卖快送的大群体,但是从个体的外卖小哥入手,给听众创造了一个能让人身临其境的顾客和外卖小哥的现场对话。该作品开场即用三位顾客的声音:

外卖客户甲:(铃……)哎,我点一份鸡腿饭啊到丽景花苑,不要葱啊!

外卖客户乙:(铃……)喂,云中花园,那个我要一碗牛肉面,对,不要辣,不要辣!

外卖客户丙:(铃……)喂,已经半个小时啦,我的蛋炒饭送哪里去了,想饿死我呀,快点好哇!

这三位顾客的声音代表了外卖中的普遍性要求,随后,该作品用一位外卖小哥的回答展现日常的情景:

外卖小哥:您好,您的外卖!

这样的回答就是外卖小哥日常工作中最为普遍的一面。紧接着,该作品用外卖小哥的温馨回答来展现外卖群体的周到服务:

外卖小哥:先生,您的馄饨,我快马加鞭送到,汤都没洒,请您慢用。

这样的回答,字字句句体现了外卖小哥对外卖工作的态度和行动,展现给我们的是一位外卖工作者的“爱心”“耐心”“热心”“苦心”。这样的情景营造给听众塑造了一个普通的外卖小哥形象，让听众对外卖外送职业有了非常感性的认识。

公众关注往往是诸如集体、国家、民族等宏大的概念，能够占据公众视野的个体只是英雄、明星或领袖，平凡的个体往往被忽略。随着时代的发展，那些长期被遮蔽的价值得到了还原，作为个体的“人”、作为有血有肉的“人”的价值，回归到了它应有的位置。如今，一个普通人的遭遇牵动着公众的心，正说明人本的价值正在浸入到公众的精神世界。告别冷漠，关怀每一个个体，珍视每一个生命，反映的正是社会的进步。

三、从听众需求巧用广播音响

作为公益广告，服务对象即是社会大众，其传播的信息内容作用于社会公共利益。而公益广告虽然具有较好的传播效果，但是，为达成理想的传播目标，如何保证公益广告的良性运作，是一个需要思考的问题。

广播公益广告《外卖小哥》巧妙地运用了四种声音塑造外卖小哥的形象，由此达到较好的传播效果。这四种声音分别为顾客现场发出的各种需求、外卖小哥的回答、画外音和背景音乐，整个声音播出的节奏感很强很快，营造了一种忙而不乱的氛围。这样的巧妙安排让公益广告充满了艺术性，广告的内涵也显得深厚而且深刻。

从广告角度来说，公益广告的感性诉求拥有强大的社会基础，非营利性质的公益广告将更容易为大众所喜闻乐见，其主题内容能为社会大众所接受并吸收，在潜移默化中，大众的价值观、道德观将向着有益方向发展；并且承担着整合文化、统一思想、规范行为的重任，改变人们的生活方式和精神世界。《外卖小哥》接地气，与社会大众生活息息相关，这种让听众乐于接受、印象深刻的优秀公益广告作品值得借鉴。

广播公益广告(长)

科技无法代替爱

(手机微信视频声)

(老人咳嗽声)

(女儿拨打家中座机铃声)

女儿:老爸,怎么不开视频啊?我妈呢?

父亲:你妈在厨房。你买的那手机视频我们俩还用不惯。你忙你的。

(女儿按门铃声)

父亲:唉,有人按门铃,你等等啊!

(父亲走路声)

(父亲开门声)

(父亲见到女儿的惊喜)

父亲:你怎么回来了?

女儿:我回来教你们用视频啊。不过,突然觉得看视频也挺没劲的,还是看真人更好。(淡出)

画外音:科技无法代替爱,陪伴才是最好的爱。

单位:温州广播电视传媒集团全媒体新闻中心

作者:郑国健、许乐、陈亦全、丁志强、方戈

《科技无法代替爱》广播公益广告作品评析

李新祥　赵唯一

这是一则公益广告,广告以女儿和老夫妇为主要人物,表现了一个女儿给父亲发视频却突然回家带给父母惊喜的场景,并以此突出广告作品的主题"科技无法代替爱"。

近百年来,科技的发展日新月异,尤其是最近几年,科技发展更是上升到了一个前所未有的高度。人与人之间的交流不会受到时间和空间的限制,只要有电子设备,有网络,人们随时随地都可以体验面对面的感觉。但是科技的高速发展同样带来了一些

问题，比如聚餐时所有人都不说话、低头玩手机，下班回到家后也是对着手机互相不说话，尤其是在外工作的子女，觉得有了科技即使不回家看望父母只要视频一下就可以了。而随着社会老龄化程度的加深，空巢老人越来越多，这已经成了一个不容忽视的社会问题。再多次的视频也比不上儿女们回家陪父母吃一顿饭来得温暖。

《科技无法代替爱》这个作品整体看来简洁不拖沓，立足于一个生活化的场景，开头熟悉的微信视频呼叫声，一直没人接听，伴随着老人的咳嗽声，家里的电话铃响了，接起来后是女儿略带责备的询问，紧接着家里的门铃也响了，爸爸开门后惊喜地发现是许久没回家的女儿回来了。原来女儿是打算回来教父母用微信视频，但她还是明白了：视频不如看真人，陪伴才是真的爱。

作品中视频铃声、电话铃声和门铃声依次响起，将整个广告很好地串联起来，使之成为一个整体。而父亲的咳嗽声是全片重点感人点，可以让听众们联想到父亲为了不打扰女儿工作一定瞒着她自己生病的事，也可以让听众们产生情感上的共鸣：自己的父母不也是像这位父亲一样对自己报喜不报忧吗？通过展示父亲与女儿之间的电话联系与慰问，说明电话联系不如相见，相见才是亲。

作品紧扣科技发展的快节奏生活与如何关爱空巢老人这样的矛盾点，用生活化、情景化的演播方式向公众展现新时代的人们所应有的生活方式与态度，呼唤回归最真挚的爱，从而点明“科技无法代替爱”。不讲高深的道理，不刻意煽情，有效运用情景对话方式。节奏明快，背景音与效果音的运用也为作品的表达增色不少，总体上有较强的可听性，能够引发听众内心共鸣。

当然作品还有可以改进的地方，比如可以有一些女儿和父母简短视频的两三句话的片段，或者是父母的自言自语，这些可以更好地丰满整个作品，更加突出科技进步和亲情变淡之间的冲突。但由于是广播广告，没有画面表现，在情感的震撼力上还是相较于电视广告略欠缺一点，当然这也是广播所无法克服的。

关爱空巢老人的生活，对于营造文明和谐的社会环境和人际关系、推动社会和谐发展具有重要意义。而这个作品可以很好地给大众一个反思自己和弥补遗憾的机会。整体来说作品节奏紧凑，有亲和力，内容有真实性，逻辑清晰，叙事流畅，这则广告充分地流露出父女之间的亲情，主题鲜明，清晰透彻。通过短短的 41 秒，体现了广告的主题，体现了父亲对女儿的爱和牵挂，同时还体现了女儿对父母的爱和牵挂，让我们所有人都知道父母的爱永远是伟大且无私的，让人有一种温馨的感觉，同时也将广告推向了高潮，算是一个不错的广播广告作品。

电视公益广告

城市书房：24小时的守候

（旁白）

这里，是你的，也是我的。

安静的，一个上午，

或是，一个下午，

抑或是某个晚上，

书香为伴。

阳光洒满，

细雨沥沥，

街灯朦胧。

这里，就像我们的影子，时时刻刻，陪伴我们。

这里，是每个人的。

24小时的每一秒，她，都在为你守候。

单位：温州广播电视传媒集团新闻综合频道

作者：孔冬、徐晓帆、叶小为、郑向珍、何潇潇

一则隽永感人的公益广告片

——温州广播电视传媒集团公益广告片《城市书房：24小时的守候》赏析

张雨雁

对于电视媒体来讲，做一条新闻，做一部专题，做一档栏目，乃至做一部电视剧，可能都不在话下，但是做一则集思想性、艺术性、观赏性于一体的公益广告片可能是比较为难的事。因为长篇、大片叙事往往反而容易，但把精华浓缩在一则以秒计算的短片内，却往往难度很高。温州广播电视传媒集团新闻综合频道广告部敢于迎难而上，策划创意了30秒的公益广告片《城市书房：24小时的守候》，让人们在商业繁华的时代，有了一股清新的感受。

该片通过城市书房这一种新兴平台，从多位公众人物的视角入手，不用同期声，而是画外音的方式讲述每个人的感受，在快节奏的生活中，引导市民保留一份“慢”生活的品位。

一、创意独特，思想性强

公益广告关注的是社会性问题，面向广大公众，如果不注重创意，那很难让广大公众通过它产生共鸣，因此创意对公益广告极其重要。与商业广告相比，公益广告的创意不受商品或服务以及广告主的束缚，因而形式较为自由，但还是要遵循一定的原则，要具有思想性、原创性、简洁性和内蓄性，其中思想性是首位的。公益广告反映的是社会普遍关注的问题，宣传的是一种观念，属于上层建筑。《城市书房：24 小时的守候》这则不长的公益广告作品以反映文化现象为主题，既有新意又有风险。从新意上来讲，文化是城市的生命力、创造力、凝聚力所在，在拔地而起的高楼间，城市书房作为文化的载体之一，静立在街头一隅，成为城市的"文化灯塔"。温州城市书房建设是温州市政府为民办实事十大项目之一，也是塑造温州精神文明建设的一个窗口。从风险上来讲，对于以商业见长的温州来说，做这样雅致的事情，能否被观众接受，存在很大的疑虑。但编创者大胆创新选材，说明他们独具慧眼，对于提升市民素质、提升城市形象有很好的帮助。这是该片的思想价值所在，也是策划者的出发点和落脚点。

二、手法灵动，感召力强

一部好的公益广告片有了好的创意还不够，还必须要有好的表现，才能把好的思想和创意表达出来。公益广告创作者应该利用适当的表现手法，合适地安排表现元素，设计创作出优秀的作品。在《城市书房：24 小时的守候》一片中，凝结了作者的匠心。一是画面温馨。按照一般的创意，公益广告的图片应具有很强的视觉冲击力，能立即吸引人的注意力并使人感兴趣，让人在众多的信息包围之中关注它。但在这个片子中，所展现的都是温馨的画面，慢生活的节奏，给人以美好的感受，让人留恋，容易接受。二是名人效应。用名人做广告是商业广告的普遍现象，名人受到广大公众所推崇，其举动容易成为社会的某一示范。公益广告利用名人诉求法，可以较好地引导广大受众接受某一观念。在《城市书房：24 小时的守候》一片中，作者运用了企业家、教师、工人、学生、文艺工作者、主持人等六类人物形象，不断强化人们对于好读书、读好书、享受高品质精神生活的印象。这些人虽然来自社会各界，但都有代表性，他们既平凡又不普通。这些名人在公众中的形象与广告主题相吻合，他们的美好追求，充满着正能量，对于一般人具有较强的示范作用。

三、语言隽永，感染力强

一般的商业广告语要求精练，在广告作品中起到画龙点睛的作用。同样，公益广告的广告语也不能太多、太长，而且要配以很精要的文字把意思表达出来，并配合画面，使人看了之后能立即理解广告画面所表达的含义，这就是广告语画龙点睛的作用。好的广告语不仅把广告画面的主旨表达出来，而且还能引导受众深思，使人豁然开朗，回味无穷。公益广告应该在不影响对作品的理解的情况下，有一定的含蓄性，有一定的空白和保留，能激发受众思考，这样才能让人感到它内涵丰富、意蕴深长，收到事半功倍的效果，也使人得到了一种美的享受。在《城市书房：24 小时的守候》一片中，广告语言不但短小精练，而且充满诗意：

"这里，是你的，也是我的/安静的，一个上午/或是，一个下午/抑或是某个晚上/书香为伴/阳光洒满/细雨沥沥/街灯朦胧/这里，就像我们的影子，时时刻刻，陪伴我们/这里，是每个人的/24 小时的每一秒，她，都在为你守候。"

这样的语言配以女声抒情的解说，特别打动人，充满说服力，令人向往。以情感人，用情感诉求去阐发深刻的思想，使人从情感上接受，比生硬说教的效果好得多，具有一种潜移默化、深入人心的感化力。以一种平等的视角，寻求一种适合的方式娓娓道来，这样才容易被受众所接受，从而达到应有的传播效果。

专访类

专访

潘敏苏——十二年助学路,我们一直在行动

在约访潘敏苏的那天,她和摄像林海正在永嘉助学的路上。那是一个高温天气,他们走进永嘉的大山,走访那些即将要迈入大学校门的贫寒学子。

从2005年开始,每年高考之后的7、8月份,潘敏苏都会带领摄像开始她的新闻助学活动。至今为止,她已经走访了瓯海、龙湾、洞头、瑞安、永嘉、泰顺、文成、苍南、平阳等9个地方。助学12年,通过潘敏苏等零距离记者的走访,牵线搭桥,由社会各界爱心人士长期结对了231个大学生,让他们圆了大学梦。

是什么让她走在新闻助学的路上?在助学的路上,她又有哪些感受?在她从永嘉回来的第二天,记者面对面采访了她。

践行媒体责任,帮他们圆大学梦

当见到潘敏苏的时候,她手上拿着一个文件夹和一叠厚厚的照片。记者接过她手中的照片一看,都是在走访过程中拍下来的照片。照片中,他们在破损的老房子里做着采访,孩子面对着镜头稍显紧张和不安,而在他们身边散落着老旧的家具。记者又翻了翻文件夹,是近年来结对学子的基本情况,他们大都品学兼优、家境贫寒。

“这个孩子叫汤郑威,以679分的高分考上中南财经大学,现在一家四口人还挤在一个只有十几平方米的房间里。当我们采访他的时候,问及他的家庭情况,眼泪就止不住地往外流……”

“这个孩子叫王静,以603分的成绩考上温州医科大学。印象最深的是,他说自己每个周末都会从永嘉中学往返走回家,每次步行都要花上40多分钟。问他为什么不选择坐车,他说省下来的十几块钱都可以吃上五顿早餐了。”

“这个孩子叫郑琼憶,以603分的成绩考上绍兴文理学院。现在一家四口人住在一个地下室里,夏天又闷热高温,看到这个情景,我们心疼不已。”

……

说起每个孩子的情况,潘敏苏都非常熟悉。每次在介绍孩子的时候,又总是忍不住地感慨。

“做了这么多年的助学活动,我感觉这些孩子太懂事了。他们对大学充满着向往,早早就规划好了自己的大学生活。”

作为温视都市生活频道温州零距离记者和零距离助学行的组织者,潘敏苏依然记得当初开展助学活动的初衷。

她说,每年高考之后,总会有一些家境贫寒的孩子,他们手上拿着录取通知书,脸上带着喜悦和兴奋,但心里却为没钱上大学而焦虑。面对这些孩子渴望求学的“大眼睛”,她觉得新闻单位、新闻工作者,有责任、有义务通过新闻助学的方式,帮这些寒门学子圆一个大学梦,这也是媒体的一份责任。

助学活动品牌化,我们依然在前行

在开始永嘉的走访前,潘敏苏和摄像林海已经完成了泰顺、文成的走访。12 年了,她依然坚持亲自走访,和她搭档的摄像每年都在变,而唯一不变的只有她。

“我自己走更放心,这样对孩子、对结对人更负责。”简单的一句话,也表明了她做好助学活动的信念。

从 2005 年开始,温州零距离与温州市慈善总会、团市委联合发起“零距离助学行”慈善公益活动,依靠社会力量,发动爱心人士,帮助家庭贫困的大学新生步入大学校门。2008 年,这一社会活动逐渐品牌化,在相关领导的关心和爱心人士的支持下,筹资 30 万元成立“温州零距离曙光爱心慈善基金”。该公益活动以救助和报道的联动形式,带动社会上更多的爱心人士和单位投入到慈善事业中。

“为了保证报道内容的真实性,连续 12 年,每年夏天,我们记者都会逐一走访文成、泰顺、永嘉、平阳、苍南等地的贫困大学新生家庭,走进他们的家门,感受他们的贫困与自强、忧愁与快乐、苦难与坚忍,与他们一同寻找社会爱心的暖流。”潘敏苏如是说。

而当《零距离助学行动》报道播出后,寒门学子刻苦学习、顽强拼搏的精神总会打动很多热心人士,零距离热线接到了许多爱心来电,他们希望为这些优秀的寒门学子提供帮助。

“根据考生和资助人的不同情况,我们会逐一安排落实好爱心市民与受助大学新生的结对,为双方举行结对仪式,签订长期结对协议,让来自社会的温暖在活动中传递。”她说。

资助人的身份不尽相同,有教师、华侨、退休老人、公职人员、企业主……但是有一点他们很相似，都不太愿意公开自己的姓名，只是默默地在背后关心和帮助着这些孩子。

“我们协会是从前年开始结对的，现在已经结对了 10 个孩子，我们只是觉得优秀的大学生应该有一个更好的平台，更好的起步。”这是来自温州新生代企业家协会的声音。

“我在好多年前就开始关注这个活动了，目前已经结对了 5 个孩子，当时看到这个消息的时候，就打动了我，觉得这是一件好事，应该为孩子做点什么。”一个不愿透露名字的夏先生说道。

“我们是永嘉的企业，所以更关注永嘉的学子，我们是从去年开始结对孩子，目前已经结对了 3 个，希望这些孩子有更好的求学机会。”方正集团的赖女士这样说道。

在采访中，许多爱心人士对这样的助学活动纷纷点赞。实际上，这样的赞扬应该献给爱心人士。他们一次又一次证明了温州有大爱，大爱暖温州。他们给了学子们及其家庭未来的希望，给了这个社会无尽的感动。

十二年来，通过零距离栏目的牵线搭桥直接结对资助的有 231 名大学生。现在，部分学生已毕业工作，回报家庭和社会。大家伸出的一双双友爱之手，给孩子编织的不仅是一个美丽的大学梦，还给了孩子们一块人生起步的基石，让他们站得高，看得远，开始一个全新的美丽人生。

零距离助学行活动也因此多次获得温州市新闻奖“品牌社会活动”奖；2011 年，温州零距离在“爱心温州 · 结对助学”活动中被市政府授予“温州市爱心集体”荣誉称号。

的确，“新闻助学”有些苦，但是让贫困学子不因家庭贫困而辍学、不因命运而消沉成为温州零距离栏目“新闻助学”的一种社会责任感！

“我们希望这些祖国的未来挺起自信的胸膛，阳光洒满心灵，活得更加精彩，更加幸福美好，这就是我们希望得到的回报。”潘敏苏这样展望助学活动。

我想，所有得到救助的学生也将永远铭记那些为他们的成长奉献爱心的人们，我们也欢迎有志于帮助贫困学生的社会各界朋友，加入到希望助学的行列中来，伸出温暖的双手，奉献一片爱心，与贫困学生一道，携手迈向新的明天。

单位：温州广播电视传媒集团　广播电视报社

作者：蔡青仕

温暖的力量,有形的价值观

——评析《潘敏苏——十二年助学路,我们一直在行动》

李　欣

典型人物报道是最具中国特色的一种新闻题材,具有高度的榜样示范和社会整合作用,其强大的社会功能,能够帮助人们全面认识社会,激励人们以典型为榜样,弘扬社会正气,推动社会进步,传达一种有形的价值观。

由《温州广播电视报》刊发的这则报道文风朴实,文笔细腻生动,是一篇充满温暖力量的、引人向上的典型人物报道。

首先,该篇报道用细节丰富一个人,用事实去讲述一个人,显得真实、有感染力。"照片中,他们在破损的老房子里做着采访,孩子面对着镜头稍显紧张和不安,而在他们身边散落着老旧的家具。"这样的细节描写体现了作者的观察白描能力,有说服力。

其次,该篇报道采访扎实,大量使用直接引语。直接引语是指新闻中用引号引起来的新闻人物所说的话,引文要求原原本本,准确无误,绝对忠实于讲话人的语言和思想。多使用直接引语,新闻文风会得到明显改进,新闻报道也会因此变得更加丰满,更加生动,更加可读,更加可信。本篇报道的直接引用非常丰富,消息来源也比较多样。

最后,该篇报道记者回到了采访对象的生活情境中,理解当事人。记者在做报道的时候,最需要的是回到生活情境当中去,真切地了解新闻当事人当时处于一个什么样的状态和行为背后的动机。"当见到潘敏苏的时候,她手上拿着一个文件夹和一叠厚厚的照片。记者接过她手中的照片一看,都是在走访过程中拍下来的照片。照片中,他们在破损的老房子里做着采访,孩子面对着镜头稍显紧张和不安,而在他们身边散落着老旧的家具。记者又翻了翻文件夹,是近年来结对学子的基本情况,他们大都品学兼优、家境贫寒。"报道中有很多这样的细节描述,体现出记者打破了预设立场,回到当事人的情境去理解采访对象,避免用偏见代替事实。

平凡真实的报道让人对潘敏苏这位实现"新闻助学"的普通人心生敬意。这就是典型人物报道的力量。

对外节目类

广播对外节目

温州人的廊桥保卫战

【出《全景中国》片头】

“穿越华夏大地，聆听城市韵律，感受今日中国。《全景中国》精彩呈现。”

主持人：欢迎你继续关注《全景中国》节目。各位好，我是汪鑫。在今年第14号台风“莫兰蒂”的影响下，短时强暴雨让温州泰顺痛失薛宅桥、文重桥、文兴桥三座国宝级廊桥。为抢救国宝，海内外温州人一起助力重建，政府部门和民间力量高效互动，在短短的三天之内，三座被冲毁廊桥的主要木构件全部找到，各界为修复廊桥募捐的款项也纷至沓来。下面我们就跟随《全景中国》温州台记者一起走进这次温州全民“救桥”行动。

【大雨声，压混】

9月15日，狂风携带着暴雨肆虐着浙南大地，第14号台风“莫兰蒂”带来的强降雨丝毫没有停止的迹象。温州泰顺境内河水暴涨，多处山洪暴发，倾泻而下的洪水不断地冲击着流经的河床。中午11点58分，还没等人们缓过神来，泰顺三魁镇的百年廊桥薛宅桥顷刻间被洪水冲走；12点20分，筱村镇的文重桥也被冲毁；13点30分，筱村镇的文兴桥也从河面消失了踪影。温州廊桥文化学会会长钟晓波：

【出录音】我就在泗溪县，不断地听到桥板被洪水冲掉的那种啪啪的那种声音，这声音传来的时候心里真的是太揪心，太揪心。

薛宅桥，位于温州泰顺三魁镇薛宅村，是座木拱廊桥，始建于明正德七年，距今500多年，是浙闽两省联合申请世界文化遗产的四座古廊桥之一。文重桥，位于泰顺筱村镇东洋村，始建于清乾隆十年。文兴桥，位于筱村镇坑边村，始建于清咸丰七年。三座桥均为全国重点文物保护单位。而短短的一个多小时，三座国宝级古廊桥都毁于洪水。望着水面漂浮的残木，温州泰顺筱村镇东洋村村民痛心不已：

【出录音】都冲掉，冲走了，呃，真的是可惜啊！

【出片花】“横跨河流山谷,廊桥让天堑变通途。遭遇百年洪灾,暴雨使廊桥毁于一旦。精神家园不可摧,文物抢救箭在弦,一场全民救桥行动就此拉开。欢迎收听《温州人的廊桥保卫战》。”

廊桥是温州泰顺人的交通要道、商业街、临时旅舍以及祈福的场所,是泰顺人的精神家园,绝不能眼睁睁地看着它们就这么消失!事情发生仅仅两小时后,由温州泰顺文广局、县文物局、温州市廊桥文化学会联合紧急发出的《关于收集被毁廊桥木构件的紧急通告》,就迅速传遍泰顺乃至温州市民的微信朋友圈。狂风暴雨中,一场民间与政府协同参与的文物抢救战就此拉开序幕。泰顺廊桥研究保护中心副主任庄通:

【出录音】第一个公告我就发出去了,不到一分钟时间很多村民就把电话打过来了,每座桥都有,群众看到了,他(们)马上就通报了。

第一座被冲走的薛宅桥,是泰顺县内桥面坡度最大的木拱廊桥,造型古朴大气,巍峨挺拔,被载入《中国桥梁史话》,在世界桥梁史上也占有重要地位。然而在这场暴雨和洪水中,薛宅桥只剩下几根光秃秃的桥桩。

头发花白的薛世云就住在这座古廊桥附近。15 号中午,刚从邻居那儿听到薛宅桥被冲走的消息时,老薛站着发了好一会儿呆。第二天,天刚蒙蒙亮,他便默默地带了把伞,趟入齐腰深的洪水中,沿着水流寻找薛宅桥的木构件去了。凭着对环境的熟悉,老薛找到了廊桥的几十根木料,其中一根大木梁泡了水有六七百斤重,薛世云试了几次都挪不动它,于是就干脆把找到的其他小木件移过来堆在一起截住大木梁,再回村找年轻人来扛。

在老薛只身寻找构件的同时,薛宅村其他村民们也纷纷行动起来。村民郑浩:

【出录音】自己家里当时也淹了,人就跑出来了,然后有木头冲到了家门前的桥那,其实也不知道是上游桥塌了然后木头漂下来。然后那时候就和边上的几个人把那个木头给拉回来了,就拉着放到边上,这样木头就不会沿着下游冲走。

薛宅桥的木构件在被毁 24 小时内,就收回近 80%的主构件。

文重桥最近一次修缮在民国 10 年,是当时的乡绅林晴霁将其先祖种植的樟树砍伐出卖,得三百两银子启动重修的。对于这座桥,林家人有着很深的感情。

15 号中午,林晴霁的儿子、84 岁的林日森老人望着窗外的倾盆大雨有些心神不宁,几次向儿子林建华询问文重桥的情况。林建华:

【出录音】那天突然下大雨,那么大的雨,我爸就在那里担心了,这次可能桥被冲掉了。视频微信传上去,我妹知道,她打电话过来,跟我说桥冲掉了,第一个当时心里就很难受,特别是我爸,当时就看他傻傻地开始流泪了,我们劝他,他就说这个桥其实是我们村的风水桥一样,我们祖辈的这一个东西,今天冲掉了,觉得很可惜,祖辈的心血都白花了,没了嘛。

望着老泪纵横的老父亲，林建华心里很不是滋味。当天下午 3 点多，雨势稍微小了一点，林建华就赶到河边查看情况，却发现整座桥都被冲走了。雨一直下个不停，天色也逐渐暗了下来，林建华只能放弃了搜寻的念头。

第二天一早，林建华喊上两名村民再度沿河寻找，终于发现了许多木构件。他们打捞起一些小型构件，把无法打捞的其余构件的位置记下，然后打电话告诉文保部门。就这样，3 天里，林建华踏遍周围数公里河段，跌了好几跤，双脚也磨出了好多个水泡。

【出录音】我爷爷交代我爸，叫他去看管，他嘛当然就交代给我。当天下午雨停了之后，我就开始下来了，水鞋穿起来，徒步下来，那时候车站上面，水还是到膝盖那里过，很不好走，慢慢地移下来移下来，我脚起泡了，脚很痛了。

随着一根根被洪水冲走的木构件被重新找回，林建华一颗悬着的心也慢慢放了下来。第三天的搜索工作结束后，他踩着一脚的泥巴赶到老父亲家：

【出录音】(林建华)爸，木头啊，桥的木头构件基本上都被我找回来了。

(林日森)好啊，好儿子，放心了，现在放心了，现在很放心了。

此时，在洪水中被毁的第三座古廊桥——坑边村文兴桥的搜寻工作也如火如荼地展开。附近玉溪村的党支书吴直孟也冒雨发动 30 多位村民，一同寻找文兴桥构件。不少参与抢救的村民，家中也遭了洪灾，但那一刻抢救廊桥最要紧。

【出录音】反正已经淹了，迟一天，早一天，但是这木头在外面，迟一天、早一天都是不一样的。

3 天里，泰顺县文保部门接到沿岸村民打来的电话有数百个之多。根据村民提供的线索，9 月 16 号开始，泰顺县文广新局工作人员几乎全员出动，分三路沿河寻访廊桥构件，还驾船在玉溪下游的飞云湖进行打捞。泰顺县文广新局非遗中心主任季海波：

【出录音】大家兵分三路，已经都下去寻找这三座廊桥的木构件，目前大的构件全部都已经找到了，对于我们今后的文物紧急抢修呢，它意义是非常重大的。

截至目前，三座被毁廊桥木构件被找到大部分，并获得妥善保管，其中距今有 504 年历史的薛宅桥的大木件，已寻回 90%以上。

【出片花】“横跨河流山谷，廊桥让天堑变通途。遭遇百年洪灾，暴雨使廊桥毁一旦。精神家园不可摧，文物抢救箭在弦，一场全民救桥行动就此拉开。欢迎收听《温州人的廊桥保卫战》。”

与此同时，古廊桥的重建、修复一直牵动着温州全城人的心，15 号 15 点——廊桥被毁不到两小时，杭州市泰顺商会、泰顺企业家联谊会常务副秘书长毛延华便发出了倡议书，组织泰商募捐救灾。商人谢炳超带头认捐 10 万元：

【出录音】我说这个能不能为重建或者修复做一些贡献，能不能我发起捐资，然后我就联系市里的红十字会,他们也同意了,然后我就建了一个群,然后让这个钱直接汇到红十字会。

谢炳超将认捐的消息发出后,立即引发了温州人的认捐潮,很多温商以爱心接龙的方式进行捐款,你1000元,我5000元,他1万,一时间,爱心迅速汇集。金丝玉玛企业董事长章云树捐款30万元;全国泰顺企业家联谊会会长、杭州温州商会会长陈承守捐出20万元;杭州温州商会常务副会长蔡志远捐款10万元;温州市廊桥文化学会会长苏孝锋通过温州市慈善总会捐出50万元……与此同时,一个"重建泰顺廊桥倡议群"在温州市民的朋友圈悄然出现,响应者无数。温州人对家乡的深情感染了许多人,北京的廊桥爱好者、台湾的教师也纷纷加入到捐款队伍中。

截至发稿前,各界为修复廊桥的捐款已超过300万元。国家文物局也已经明确表示,将给予温州泰顺三座廊桥200万元的修复启动资金。

主构件寻回了,经费筹集顺利推进,在浙江省古建筑研究设计院院长黄滋看来,三座被毁廊桥的历史价值完全可以延续:

【出录音】这些技术,包括我们传统的工艺都进行过很好的研究,也有人传承,那么又有这个科学的图纸资料,这个我认为是(可以)修复回去。

在泰顺三魁镇的老茶厂里,记者看见泰顺县文广新局非遗中心主任季海波正轻轻地抚摸着被村民们寻回垒积在一起的木构件,木梁上那些被轻抚过的每一条纹路似乎都在向他诉说着它们承载的人间故事、经历的风风雨雨……我们坚信:因为有许许多多个"季海波"的存在,不用等太久,薛宅桥、文重桥、文兴桥将重新焕发生命力,继续传承它们的历史文化使命。

单位:温州广播电视传媒集团新闻综合频率

作者:许琦、卢明然、李聪、吴笑鸣

风声雨声救援声,洪灾无情人有情

——广播对外节目《温州人的廊桥保卫战》评析

李　贞

温州市广播电视台创作的广播专题节目《温州人的廊桥保卫战》,采用纪实的手法,全景展现了一场从民间到政府、从国内到国外,温州全民参与的文物抢救战。

一、主题深刻，选材具有新闻价值和现实意义

浙江泰顺被称为“中国廊桥之乡”，众多廊桥属全国重点文物保护单位，薛宅桥、文重桥、文兴桥便是其中的三座。薛宅桥位于温州泰顺三魁镇薛宅村，是一座木拱廊桥，造型古朴大气，巍峨挺拔。始建于明正德七年，距今500多年，是浙闽两省联合申请世界文化遗产的四座古廊桥之一，被载入《中国桥梁史话》，在世界桥梁史上也占有重要地位。文重桥位于泰顺筱村镇东洋村，始建于清乾隆十年。文重桥最近一次修缮在民国10年，是当时的乡绅林晴霁将其先祖种植的樟树砍伐出卖，得三百两银子启动重修的。文兴桥位于筱村镇坑边村，始建于清咸丰七年。2016年9月15日凌晨，第14号台风“莫兰蒂”携风裹雨，引发了温州泰顺境内的山洪暴发，短短一小时内，三座古廊桥先后被洪水冲毁。望着水面漂浮的残木，村民们痛心不已。

温州政府部门、民众与志愿者第一时间发起“全民救桥”行动，几天之内，三座被冲毁的廊桥大的木构件全部被找到，为日后修建提供了珍贵材料。同时，温州各界甚至海外的温州人也在第一时间发起了为修建廊桥筹款的募捐行动，使百年廊桥不再有“遗梦”。

廊桥不仅是泰顺人的交通要道、商业街、临时旅舍以及祈福的场所，也是泰顺人的精神家园。本作品选材富有现实意义和新闻价值，主题深刻，弘扬时代精神。风雨无情，人间有爱。作品真实反映了温州人对老祖宗留下的文化遗产的珍惜和守护，背后折射出的是中国人深厚的家国情怀。

二、事件叙述中注重细节捕捉

细节是新闻作品中不可或缺的重要元素。“细节可以起突出主题的作用，还可以表现事件与人物的特征，增强真实性、典型性。”《温州人的廊桥保卫战》结构紧凑，逻辑清晰，在新闻事件叙述中注重捕捉细节。通过细节的刻画与描写，使报道更为具象生动，引发听众情感上的共鸣。比如，“15号中午，林晴霁的儿子、84岁的林日森老人望着窗外的倾盆大雨有些心神不宁，几次向儿子林建华询问文重桥的情况”。这段话正是通过“心神不宁”“几次询问”等细节的描写，展现了人物对廊桥现状的担忧和牵挂，突出了村民对文物的珍爱和守护之情。

又如，“头发花白的薛世云就住在这座古廊桥附近。15号中午，刚从邻居那儿听到薛宅桥被冲走的消息时，老薛站着发了好一会儿呆。第二天，天刚蒙蒙亮，他便默默地带了把伞，趟入齐腰深的洪水中，沿着水流寻找薛宅桥的木构件去了。凭着对环境的熟悉，老薛找到了廊桥的几十根木料，其中一根大木梁泡了水有六七百斤重，薛世云试了几次都挪不动它，于是就干脆把找到的其他小木件移过来堆在一起截住大木梁，

再回村找年轻人来扛”。这段叙述中有不少细节的抓取和描写,极富画面感,增强了人物的真实性和典型性。听众仿佛看到了薛世云老人冒雨只身在洪水中寻找构件的情景,感受到了他对廊桥的深厚感情。

三、采访充分,声音丰富

现场报道要全方位、多角度观察新闻事件,尽量多地采用新闻现场的声音,尽量全面地采访事件当事人,以增强新闻的真实感和形象性,提高听众身临其境的现场感。本作品时长11分47秒,可谓采访充分、内容充实、声音丰富、编排紧凑、层次分明、富有感染力。作品中共采访了10次,温州廊桥文化学会会长钟晓波、泰顺廊桥研究保护中心副主任庄通、诸村民、泰顺县文广新局非遗中心主任季海波、商人谢炳超、浙江省古建筑研究设计院院长黄滋等声音相继呈现,再加上片头、男女主持人声音、风雨声及配乐,声音丰富多样,节奏富有变化,用丰富多彩的有声语言给听众创造了一个个无形却生动的画面,显示出较强的表现力和感染力,不断吸引听众的注意力。

总体而言,这是一个制作精良、采访充分、内容充实、声音丰富、编排紧凑、层次分明、富有感染力的专题节目。

网络音视频类

连续报道

“逻眼看欧洲”系列报道：

海外温州人的欧洲新空间

（第一集）佛罗伦萨有个“温州工业区”

记者、摄像：逻沿

【口播】正随“亲情中华”艺术团在欧洲巡演的“逻眼”主播翁逻沿，刚刚从巡演第二站意大利佛罗伦萨发回了一条《逻眼看欧洲》的报道，他说他在离温州万里之外的意大利竟然看到了一个“温州工业区”，来看报道。

【记者出镜】大家好，我是逻沿，我现在是在意大利佛罗伦萨区下面的一个工业区。大家看到我身后的工业区，非常整洁，而且很新，但是这个工业区有20年的发展历史了，那据说现在有1万多的温州人在这里工作和生活。

【配音】周洲，鹿城区藤桥人，刚过40岁的他，已经在这里生活了20年，目前和爱人关少霞一起在这个工业区里拥有了一处1600平方米的箱包展示厅和仓库。

【采访】周洲妻子 关少霞：

（同期声）去国内定制这些产品，然后直接运到意大利，通过我们这个平台，然后销到全欧洲。

【配音】关少霞向记者介绍，凭借作为中国人与国内联系紧密的天然优势，再加上他们自己对箱包流行款式的把握，这两年的生意做得也还算顺风顺水，在全欧洲各地都拥有了一批稳定的客源。而在佛罗伦萨设销售中心的决定，也让周洲夫妇享受到了意大利皮具这一响当当地域品牌给他们的箱包事业带来的红利。

【采访】佛罗伦萨温州侨商 周洲：

（同期声）这是属于 Sesto Fiorentino 辖区下面的一个工业区，叫 Osmannoro，发展形势非常好。

【配音】据介绍，在这处占地约5平方公里（的）工业区，像周洲这样在这里发展的温州老乡还有很多很多。

【采访】佛罗伦萨华人华侨联合总会会长 陈敏勤：

（同期声）根据官方统计大概有21000多华人，温州地区的比较多。大家都是从事进出口贸易，还有品牌加工。自产自销的小作坊和企业数量有2000多到3000家。

【配音】佛罗伦萨华人华侨联合总会的陈敏勤会长告诉记者，佛罗伦萨地区经过上一轮一二十年的高速发展以后，近年来，发展速度已经相对放缓，但是借着意大利制造的地域品牌影响力，这里温州人的生意已经做到了全世界。就在不久前，中国外交部考察团还专门走访了佛罗伦萨的这处工业区，并对温商在这里的发展现状表示肯定。

【采访】佛罗伦萨华人华侨联合总会会长 陈敏勤：

（同期声）参观以后他们心里都是非常的激动，看到我们企业发展得这么好，他们也说自己是想不到。

【配音】陈会长也坦言，虽然这一区域有许多温州人生意已经做得风生水起，但还是有不少温州老乡无法走出自产自销式的小作坊生产。作为当地侨团，近年来也一直在努力通过当地侨界资源整合，融入社会主流和加强与中国经贸互动等，为包括温州人在内的当地华人华侨，打开更广阔的发展空间。

【采访】佛罗伦萨华人华侨妇女联合会会长 王嘉良：

（同期声）有时候意大利地区发生了一点小变化，我们的姐妹都是冲到第一线帮助捐款，送物资。

【配音】在即将结束本次采访时，周洲家人的一顿午饭引起了记者的注意。雪菜豆腐鲞、海带猪蹄、红烧排骨等等，离开中国20年的周洲已经把家安在了佛罗伦萨，但生活方式依然很温州。这个细节也折射出这一区域大多数温州人的生活状态。

（第二集）巴黎卢浮免税店进入中国时代

记者、摄像：逻沿

【口播】免税店无疑是现在国人出境旅游时最喜欢去的地方之一。而位于国际时尚之都、国际浪漫之都——法国巴黎的免税店无疑会受到更多国人的青睐。如果这家免税店还有近60年的历史，同时与举世闻名的卢浮宫和世界著名歌剧《茶花女》的诞生地——巴黎歌剧院近在咫尺，您是不是会对这家免税店有更加浓厚的兴趣？反正我们主播逻沿在欧洲采访时，将这家免税店列入了采访目标，除了上述的理由，逻沿还找到了一个我们《逻眼看温州》栏目来采访这家免税店更充分的理由。来看报道！

【记者出镜】大家好，我是逻沿。我现在是在法国巴黎的街头。我身后这座就是

1875年建成的法国巴黎歌剧院，我所在的大道就叫歌剧院大道。这里离著名的卢浮宫只有350米。就在这条大道的旁边就有一家这样的商店，它叫巴黎卢浮宫免税店。而且，这家店的老板就是我们温州人。

【配音】这家位于巴黎歌剧院大街6号，毗邻卢浮宫博物馆的巴黎卢浮免税店，由犹太商人Kaminsky在上个世纪60年代初创建，最初的名字叫Kam's，一开始在销售香水的同时，也销售香奈尔等高档品牌的皮具，并为一些高端客户群提供高级定制。为了接待高端客人，这家免税店进行了极为考究的装饰，店内的大理石立柱，支撑起了4米多高的空间，营造了奢华又私密的情调和氛围。

随着旅游业的蓬勃发展，Kam's迎来了越来越多的国际游客，这也使其进入了巴黎最著名的免税店行列。进入上世纪80年代，因为当时日本经济的起飞，日本人逐渐成为国际旅游和消费的主力军，买遍全球。当时Kam's免税店络绎不绝的日本客人就敏锐地反映了这一变化。1985年，一位日本女商人从Kaminsky手中接手了Kam's免税店的生意。而法国人Annette就是这个时候入职这家免税店，并一直工作到现在的。

【采访】巴黎卢浮免税店法国雇员 Annette：

（同期声、翻译配音）我是1985年开始到这个店里工作的，当时店里日本人很多，生意很好，是巴黎最好的免税店。

【配音】进入新世纪，特别是近十年来，随着中国经济的腾飞，中国人已经成为国际旅游和消费的新主力。而Kam's免税店则像镜子一样直观地折射出这一时代的新变化，中国面孔逐渐成为免税店顾客的主要形象。2016年，也就是今年的4月，旅法知名华商胡镜平，经过与日本女商人长达两年的艰苦谈判，终于全资收购了这家免税店，更名为卢浮免税店。同时，在保持店铺外观和文化气质不变的情况下，斥巨资对有些陈旧的店内购物环境进行改造提升。

【采访】巴黎卢浮免税商店董事长 胡镜平：

（同期声）想经营免税店，牌照是很难申请的，因为都是需要历史积淀的。所以，你看我们这里的员工有些都60来岁，在这里都工作了30年了。

【配音】胡镜平，温州瑞安人。已经在法国创业打拼数十载的他，在进出口贸易和皮具箱包品牌运营等方面都取得了不俗的业绩。但市场感觉敏锐的他，并没有安于已经取得的成绩，在进出口贸易形势最好的时候，他就开始思索下一个适合他的产业风口。

【采访】巴黎卢浮免税商店董事长 胡镜平：

（同期声）因为2015年以前，中国游客到法国每年就达到200万人次。

【配音】进入与中国相关的国际旅游业，成为他找到的答案。收购并打造中国时代的卢浮免税店成为他实现自身产业转型的重要战略举措。

【采访】温州市侨联副主席、法国法华工商联合总会名誉会长 林光武:

(同期声)免税商店对于在外的温州人来说,是个新兴行业。这个行业前景是很好的,因为中国游客现在越来越多。

【配音】胡镜平表示,作为中国人,他最能体会中国人在各类免税店消费时的痛点。所以,在他接手卢浮免税店后,增加了七八位华人雇员,改善国人购物的语言环境,同时,游客在卢浮免税店购物后是可以当场拿到退税款的。此外,他还神秘地表示,家乡温州的客人到他的店里购物时,只要亮出温州人的身份还会有惊喜。

在采访中记者注意到一个细节,免税店里三十多个外国雇员,许多都不会讲英语,大多会讲日语。我预感,如果他们在这家免税店还想工作得更出色的话,接下来,学习汉语可能是他们不得不面临的一个挑战。

(第三集)罗马城里的温州"华佗"

记者、摄像:逻沿

【口播】中药店大家都不陌生,但在万里之外的欧洲街头就算是稀罕物了。我们主播逻沿随温州侨界艺术团在欧洲巡演期间,在意大利首都罗马就意外地看到了一家中药店。而且,据说光顾这家中药店的客人,绝大多数是外国人,你信吗?来看逻沿用手机在欧洲采制的报道。

【记者出镜】大家好,我现在是在意大利首都罗马的街头。在我的旁边竟然有一家名叫"华佗"的中药店。而且老板是我们温州文成人。

【配音】这家以中药销售为特色的正规药店位于罗马市中心最繁华的火车站商圈内。老板叫胡晓章,作为侨二代的他已经在罗马生活了24年,开设这家药店之前,他和许多华侨一样,在当地经营餐馆。一个偶然的机会,一位在意大利执业的中医师告诉他,意大利的中医诊所开出的药方在当地抓不到药。祖父、曾祖父都是中国乡间接骨医生的胡晓章马上意识到,开个中药店应该是他更值得做的生意。

【采访】胡晓章:

(同期声)等于说是兴趣吧,对中药有兴趣。

【配音】1997年,他在维多利亚广场旁边租下了这间店面,以经营保健品的形式获得政府批准开设了这家药店,并以中国历史上的神医华佗为他的药店命名,在距离中国万里之外的罗马,做起了他的中药生意。除了销售品类繁多的中成药之外,店内还摆有中药店里典型的百眼橱,用以销售从荷兰进口的中药饮片。立柜里还摆放着人体穴位模型和中医药书籍等。让他觉得比较有意思的是，这20年来，上门求中药的绝大部分是意大利人，而不是当地华侨。

【采访】胡晓章：

（同期声）客人最多的还是意大利人，因为他知道养生什么的，但我们国人还喜欢用西药。

【配音】为了印证胡晓章的说法，记者在这家中药店蹲点了两个多小时，发现，确实如他所说，来买药的客人中，意大利人占了大多数。

【采访】意大利客人：

（同期声）（你知道中医吗?）认识一个医生，学中医的。（您自己对中医认可吗?）很认可，中医是天然的嘛，没有副作用。

【配音】而作为中药的经营者，胡晓章从越来越多的回头客中感受到，意大利人对中医药的认可度在逐步提升。

【采访】胡晓章：

（同期声）慢慢地感觉到认同，他接受我们中医，效果啊什么都很好！

【配音】稳定提升的中药生意，为胡晓章一家在罗马带来了良好的生活。如今，胡晓章全家人都已经移居罗马，两个可爱的女儿也入读当地学校。对于中药店的未来，胡晓章说，他非常看好！

【采访】胡晓章：

（同期声）那我们当然看好这个行业的，所以我们一直坚持了二十几年，做中医药生意。接下来，随着国家也推中医的话，所以，我们有想法做诊所，和意大利人合作。

【配音】胡晓章说，他已经注意到中国国家主席习近平正在致力推动中医药走向世界，这让他很兴奋。他认为意大利民间已经有了良好的中医药群众基础。比如说和他们店有合作的意大利人中医师越来越多；有越来越多来自罗马以外的人来他这里买中药；甚至有一家当地旅行社还将他们药店确定为旅游观光点。而且，意大利政府对中医药的态度是相对积极的。所以，胡晓章希望，通过中意两国政府的高层对话，可以让意大利成为中医药世界推广的重要一环。

【采访】胡晓章：

（同期声）我们现在期待我们政府跟政府，中国政府与意大利政府之间的交流，可以给意大利普通居民报销。

记者：希望将中医药也列入医保。

胡晓章：对对。

【配音】胡晓章还告诉记者，这两年他也正以自己的努力推动中医药在意大利的发展。除了以华佗医药中心为窗口向意大利人宣传中医药文化外，他还资助了中医基本名词术语中意对照国际标准辞典在意大利的出版。

【编后语】就在不久前，12月6日，中国首次发布了《中国的中医药》白皮书，中药大健康产业规模已经突破万亿元，成为新的经济增长点，不仅如此，中医药在世界范围内也不断掀起风潮。据不完全统计，在中国有着5000多年历史传承的中医药已经传播到183个国家和地区，全年诊疗人数达到9.1亿人次。我想这其中，就有像胡晓章这样的海外华人的一份功劳。同时，我们也希望有更多的胡晓章，能为中医药走向世界发挥更大的作用，同时一起来分享中医药在全世界发展带来的红利。

单位：温州广播电视传媒集团东海网

作者：翁逻沿、郭邵华、黄鹂、李玮玮

创新创作模式　讲好华侨故事

——东海网《逻眼看欧洲：海外温州人的欧洲新空间》评析

洪长晖

温州，著名侨乡。有70万温州人遍布世界各地。在大众印象中，温州人在国外主要从事劳动密集型工作或者是简单的进出口贸易。而作者从佛罗伦萨的“温州工业区”到巴黎卢浮进入中国免税时代以及罗马城里的温州“华佗”三方面进行阐述：当今的情况已经发生了变化——海外温州人通过自己的努力和奋斗，已经在欧洲打开了新的发展空间。

余家宏主编的《新闻学词典》这样解释新闻价值这一概念：“新闻价值是选择和衡量新闻事实的客观标准，即事实本身所具有的足以构成新闻的种种特殊素质的总和。素质的级数越高，价值就越大。”而记者翁逻沿在随“亲情中华”艺术团欧洲巡演期间，发现海外温州人的欧洲新空间这一新闻线索，该条新闻中包含了新闻价值五要素的接近性以及显著性。接近性主要体现在心理上的接近性。首先“逻眼看欧洲”系列报道的报道群体是海外温州人，该报道虽放眼全球，但是着眼于温州本地，为观众采制、梳理、解读、评析的是与温州相关的新闻资讯，有心理上的亲近感。其次，显著性在此次报道中主要关注的是海外温州人在欧洲开创新的发展空间，落脚点在于“新”空间，该事件具有显著性。

综上所述，激发了作者的报道热情。

另外，此次系列报道中记者大胆尝试以手机的视频功能进行特殊条件下的新闻采

编探索。利用手机进行视频的编辑制作具有以下优势：

一是大大提高了电视新闻制作效率，因为手机制作视频具有速度快和渲染快的特点；

二是打破了空间的局限，使用手机制作视频更加便利，如记者翁逻沿在欧洲的大巴车上完成了一集报道的编辑包装。

一部手机，一个人，在境外就完成了从新闻的采访、出镜、撰稿到视频编辑、配音、包装的采编全流程。从手机里导出的新闻成片通过互联网直接回传到国内的电视台进行播出。

除此之外，该系列报道还实现了立体化传播，除了通过网络进行播出，同时报道又被延伸为图文微信版面、纸媒的整版拓展、微信群短视频等方式进行传播，有效地在海内外温州人圈子内进行传播，扩大了传播影响，甚至成为当时旅意、旅法温州侨胞圈子中的轰动新闻，人人都在转发。

该系列报道的意义在于不仅让受众对海外温州人的新形象有了更加直观的了解，同时也是利用"新设备切入融媒体创新"进行了有益的探索。

记者选择的三个切入案例展示海外温州人在欧洲打开了新的发展空间，但是该系列报道也存在一些可改进之处：整个系列报道中，故事主题不够鲜明，主题的落脚点在于"新"空间，但是在整个系列报道中对"新"这一概念体现较少；旁白较多，而人物语言较少，进而使整个新闻片缺乏代入感。

社会活动类

社会活动

温州广电市民监督团系列督查活动

代表作一：

在路上——广电市民监督团城市治乱全城行动启动

【主持人】今天上午，“在路上——广电市民监督团城市治乱全城行动”启动仪式在市广电中心门口举行。

【配音】温州六城联创小组推出以建设“美丽清洁”温州为目标，以城市乱停车为切入点，强力推进五大治乱行动，切实解决城市管理中的重点难点问题，力争做到温州城区面貌“三个月大改观、半年大变样、一年见成效”。温州广电传媒集团新闻综合频道以此为契机，以广电市民监督团为活动主体，发挥舆论监督平台优势，顺势推出“在路上——广电市民监督团城市治乱全城行动”。参加今天启动仪式的有市委常委、宣传部长胡剑谨，中央编译局、市委宣传部、市文明办、温州广播电视传媒集团、市城管局、市交警支队的负责人，以及广电市民监督团直属分团、鹿城分团、瓯海分团、龙湾分团的负责人及监督员代表。近百名市民监督员今后将在鹿城、瓯海等主城区开展为期3个月的“城市治乱”督查活动。

【同期声】市委常委、宣传部长 胡剑谨：

我宣布 在路上

温州广电市民监督团

城市治乱全城行动 启动

【主持人】启动仪式后，监督员奔赴市区督查点，开展交通乱点整治督查活动。

在路上——广电市民监督团督查下吕浦交通状况(配音)

【主持人】随着“在路上——广电市民监督团城市治乱全城行动”全面启动，广电市民监督团的监督员奔赴市区各交通乱点进行督查。

【配音】市区下吕浦是我市交通状况比较繁忙的一个区域，在划龙桥路下吕浦二区菜市场附近的这段路，道路两旁都是大型住宅区，横穿马路的人特别多，而这里的斑马线由于距离春晖路口比较近，并没有设置红绿灯，每天上下班高峰期间，斑马线上车多人多，交通特别混乱。

【同期声】监督员 龚文虎：

这个路口最大的问题

就是上班高峰期期间

车流量很大

那边是大型的住宅区

这边也是大型住宅区

来去的人很多

这里又没有设置红绿灯

以前是中国式过马路

大家还是聚集一拨人一起过

现在是无序(过马路)

这里经常堵车堵得很严重的

【配音】划龙桥路通往下吕浦二区菜市场的通道，本不宽敞的道路上，两旁随意停满了各种车辆，给经过这里的车辆通行增加了难度。看到广电市民监督员在现场督查，一个交通协管员在不停地联系违停车主，希望他们把车开走。菜场前的空地上，交警已经划出数十个停车位，但是少部分车主还是随意地把车停在(车位)划线外。

【同期声】监督员 姜朝晖：

里面是一个大的农贸市场

现在时间是九点半左右

因为还不是卖菜的高峰期和上下班高峰期

这样的情况下还有乱停车

车子进出很难

如果是下班时间或者是卖菜的高峰时间的话

这条路堵掉的话

很难让群众进出

人都过不去 更不要说车流了

【配音】通道两旁店铺的店主，为了不让临时停靠的车辆挡住店铺，可谓八仙过海、各显神通，移动垃圾桶、钢筋水泥墩、交通警示锥等各种障碍物摆在店面前两三米的位置，使得这条通道的交通更加拥堵。

【同期声】店主：

我这样堵一下 人家看到了不能停车 也就想这样子么

【同期声】监督员 冯波：

那不对的

你这样子拦起来

就相当于自己用也可以的

你自己有运水果 送货

你自己也可以用是这个意思吗

【同期声】店主：

那怎么说呢 我也

所以说这个东西不应该这个样子

店门口都给车停起来

我开店的就是完蛋了

哪里还有生意做啊

【配音】在广电市民监督员的劝说和帮助下，店主最终把这些障碍物移到边上了。通道上的违停车辆，也被交通协管员劝离现场，整条通道变得通畅了许多。

【主持人】很多交通乱点基本上都是人为造成的，这里面有部分市民的不自觉，也有管理部门的不到位，不管是相关部门还是广大群众，如果大家都按规矩来执行，那么我们的城市就会少一点混乱，多一点有序。

代表作二：

市民监督团助推“五水共治”督查行动系列报道
河道治理 失约的承诺何时能兑现？

记者：薛林淼、丁岳、温倩夏雨

播出日期：3 月 24 日

【主持】关注热点，服务民生，欢迎收看《有话直说》。3 月 22 日，是第二十二届“世界水日”，由市委宣传部、市水利局等单位联合举办的“五水共治”建设美丽浙南水乡广场宣传活动在科技广场隆重举行。活动开启了市民监督团助推“五水共治”大型督查活动的序幕。

（VCR）

【配音】市民监督团助推“五水共治”暨“百名记者走千村访千河”新闻行动在 22 日

正式启动。在本次活动中，报业和广电两大传媒集团将出动十路记者，带领市民监督团队伍分赴各县、市、区，对相关河道进行实地走访、督查。现场，举行了“五水共治”督查行动的授旗仪式。

【现场声】

【配音】授旗仪式结束，市委常委、宣传部长胡剑谨宣布市民监督团助推“五水共治”督查活动正式开始。

（胡剑谨宣布活动开始）

【配音】十路报道组随即从科技广场出发，分别前往督查目的地。我们这一组来到了位于市区新桥街道的西湖长泱河。河道长约1100米，宽度为15米，往南流向瓯海区区府，往北直接流入会昌河，因河两边分布着西湖村和长泱村而得名。我们在现场看到，河道南面部分的河岸已经做了绿化景观带，但是其余部分则是房屋拆除后的一片废墟，而河道里也是黑臭一片。

【采访村民】

1. 上面只有一点点水，下面全部是淤泥，现在有点暖和起来了，河底淤泥泛上来了，夏天一到，底下黑泥泛上来更厉害了。

2. 臭气熏天，很臭很臭的味道。

3. 很臭很臭，我窗户也开不了。

【配音】在现场，我们看到有些地方的河面上漂浮着发黑的粪便，一些地方正从河面底下往上泛着黑泥，河面上的油渍也是到处可见。

【采访村民】

1. 有些马桶就直接倒到河里，倒进去很多，抽水马桶排进去的不用说都有了。

2. 这些油，全部是油，这些阴沟，这段算好点，前面那段，被这么多的饭店全部塞住了，全部流出来（到河里），饭店开起来有多少年了，饭店开起来不知道有多少年了，直接排到河里。

【配音】周边村民表示，河两岸都是旧村房屋，住着几千人，这些人产生的包括粪便在内的各类生活污水全部直排入河，而河边餐饮一条街产生的餐饮污水也是直排入河。

【采访村民】臭了八九年，十来年有了。寿命都短了，怪不得有些人会生病。这样的环境，怎么办？

【配音】在现场，我们看到，每个通向河里的排污口外面都用竹子或者铁丝做了一个垃圾拦截网，网内的粪便等垃圾堆积严重，网上则种植了一小片生长状况并不是很好的水草。令人尴尬的是，河边的这块整治公示牌上竟赫然写着“2013年10月基本消除水质黑臭”，责任单位是新桥街道。

【采访】新桥街道副主任 陶臣建:我们现在河面上基本上没什么垃圾,垃圾河是没有,但是黑臭很严重,到了6月,真的是发黑发臭。

【配音】陶主任认为,要对河道(污染)进行根治,只能依靠截污纳管,消除污水直排入河的情况。原本计划,这里截污纳管的工作准备结合西湖村和长浃村旧村改造一起来做,所以污水直排的情况就一直延续下来。而两个村的改造原定在2012年到2013年开始启动,但是现在旧村改造的工作也延迟了。

【采访】新桥街道副主任 陶臣建:我们想用2014年,今年一年内,把这条河彻底治理好,包括截污纳管、清淤、景观绿化设计,所有把它搞好,使这条河真正能够消除黑臭,使老百姓满意。

【配音】在详细了解情况后,监督员们都对河道的现状和接下来的工作进度安排表示不满意。

【采访】监督员:房子拆掉,接污纳管还没搞好。

【采访】监督员:现在还存在这么多的垃圾,还有河道这么脏,脏乱差。我们创建全国文明城市,肯定是有距离的。

【主持】现在很多老城区都会等旧城、旧村改造的时候才开始做截污纳管,但是旧城旧村改造的时间又往往会延期,这样就会和群众对截污纳管的迫切需求产生矛盾。那么,这个问题究竟该如何面对?广电市民监督员们表示,接下来会继续关注这条河道的后续治理。好,感谢收看本期节目,再见!

市民监督团助推“五水共治”督查行动系列报道

屿头河 铁皮能否遮得了你的丑?

记者:薛林淼、丁岳

播出日期:6月16日

【主持】关注热点,服务民生。在最近的一次广电市民监督团河道督查活动中,鹿城区双屿街道辖区内的一条叫屿头河的河道被监督员称为是他最近几年监督活动中看到的最脏的一条河。那么,这到底是一条怎么样的河?来看报道。

(VCR)

【配音】屿头河位于鹿城区双屿街道的屿头村境内,但是当广电市民监督员们来到村民告知的地点时,大家看到这个地方只有一堵围墙,墙上包上了铁皮,一时间都找不到这条河。在监督员掀开一处广告布后,大家才发现屿头河就躲在这堵墙后面。打开这道铁门来到河边时,从河里冒出来的恶臭让大家十分难受。只见这条河一直往西面延伸,宽4到8米不等,河里河水很少,都是发黑发臭的淤泥。除了这一小块监督员站着的地方以外,沿河两边全部都是建筑。监督员尹志松拿起河边的竹竿想要看看河里到底有多深的淤泥。

【同期声】广电市民监督员 尹志松：

现在总共深度大概是3米20左右

水面深度大概是45公分

其实淤泥就有2米多

淤泥到这里为止

大概有2米5左右

下面全部是淤泥 2米5

水面45左右

由此可见

这个淤泥不是一天两天的事情

日积月累 都没有清淤过

【同期声】监督员 蔡加健：

空气马上就变臭了

马上起泡

马上变黑臭

全部都是黑色的

整个都浮上来了

空气都弥漫着一种很臭的气味

让人闻到以后 想恶心、想吐的感觉

真的不可想象 有这个地方

周边全部包裹起来

要不然我们根本看不到还有这样的一个地方在这里

【配音】在现场，监督员们刚好看到有一处排水管正在往河道里排污水，绕到路边查看后发现是河边的一家餐馆将污水直排入河。监督员现场查看后了解到，河边的建筑里有餐馆、工厂和出租房。从河边的一家皮鞋厂二楼往下去，刚好是屿头河的一段弯道处，只见河里的污染程度要比之前监督员看到的情况严重很多。在这里，河面几乎已经被各类生活垃圾所覆盖，包括粪便、食品包装袋、包装盒等垃圾几乎把河水完全堵死。而河边居住房的窗口边，则可以看到往河里丢垃圾留下的痕迹。

【同期声】广电市民监督员 张纯来：

这条河真不像一条河

黑得比排水沟还臭

不知道相关部门是怎么整治 怎么处理的

一直看起来满地都是生活垃圾、啤酒瓶

【同期声】

周边工厂员工:卫生太差了

蚊子也多

有些住在那里的 大便直接冲到河里

监督员:那你们看到有什么感想呢?

周边工厂员工:就是觉得你们温州有些地方太差了。

监督员:有关部门有没有过来清理呢?

周边工厂员工:没有。

监督员:你一直都没看到?

周边工厂员工:一直没有看到。

【配音】在河边的这块整治牌上显示,这段屿头河有460米,牌上还有两组整治前后的对比图。

【同期声】广电市民监督员 张丽珍:

这个整治进度牌上有这个河的概括

还有治理前和治理后图案对比

可是我们在现场根本看不到它治理后的效果在哪里

大家看看这条河

垃圾成堆 臭虫苍蝇很多

我们站在旁边

简直就是臭气难闻

我不禁要问问

这个图案上治理后的效果是从哪里来的

【同期声】广电市民监督员 郑晓静:

我们温州地区本来就是以桥多河多支流多而著名的

我们现场(监督)看了这么多条河

我从来没有见过有一条河能像现在脏成这个样子

确实是有一点触目惊心

【配音】在现场,一位住在附近的新温州人表示,因为河道的拐弯处人进不来,所以没有清理。

【同期声】

周边住户:那没办法的,转弯进去实在没办法(清理)。

监督员:这算整理过的吗?

周边住户：整理一次了。

监督员：下面那个淤泥有没有捞上来？

周边住户：淤泥没有。

【配音】监督员们再回到一开始看到的河边围墙的地方，才知道墙上的这些铁皮是有人特意做上去的。

【采访】广电市民监督员 蔡加健：

我们看到这个板

它不是为了其他的作用 而是为了要起到一个遮丑的作用

因为我们刚刚看到里面的河是非常的脏乱差

已经到了一个很严重的地步

所以说当地的政府 有关部门

为了遮盖这个极其丑陋的地方

这是我看到的第一个想法

其他有什么作用

我们暂时想不到

【配音】离开屿头河后，监督员们来到了双屿街道办事处，找到了街道里负责五水共治工作的副主任徐海文。

【同期声】监督员：我想问一句，像这个垃圾河，我们去拍的这个情景，你们之前有没有看到？

徐海文：情景我们不止一次看到，每次理了以后，很多的外来人员，靠着河住，会长时间地垃圾扔进去，我们起码是一年理一次，但是一些深入的地方，我也走不进去，我也没去看，在桥头，能看得到的，指示他一定要理，但是操作的人员，你看不到的地方，他不进去理，也有的，也有这种情况。

【配音】徐主任表示，因为保洁人员无法进入河道的拐弯处，所以存在可能没有及时清理垃圾的情况。他说，屿头河两岸有两万多平方米的违法建筑，因为现在拆违工作推进不了，所以河道的保洁治理工作也很难跟得上。

【同期声】

鹿城区双屿街道办事处副主任 徐海文：

如果也要有路通了

每天坚持 这里也是很方便的

但是现在就是走不通

走不通的话

要理就得穿皮衣服下去

不可能每天都叫人穿皮衣捡垃圾

这个也是现实问题

监督员:你现在把这个河的方案是怎么处理?

徐海文:河的方案

原来的河道不准备拓宽

在河道上面

一个,今年一定要拆违拆进去

【配音】徐主任表示,今年6月底他们就将启动河道两边的拆违工作,至于什么时候能完成拆违,也不能给一个确定的时间。

【同期声】

鹿城区双屿街道办事处副主任 徐海文:我们要拆进去

通一条路

这是我们今年的目标

路通了

垃圾可以清理了

我们可以保持日常的清洁

监督员:按你这样的估计大概要多长时间?总要有个时间表。

徐海文:拆完什么时候,我不知道,但是在沿路,在关键点上,垃圾多的,我先拆开,打出通道。

【配音】对于用铁皮把黑臭河遮住的做法,徐主任表示,这是村里自己围的,他会要求村里将铁皮拆除,同时三天内,将河里的垃圾清理干净。对于今天的督查行动,监督员也谈了自己的看法。

【采访】监督员 张纯来:

我问他们时间点

比如说整理的时间点在哪里

他说不出来

说拆违也说不出来

我感觉到非常不满意

【采访】监督员 尹志松:

是一条触目惊心 典型的黑河 臭河

我看了这么多的河

今天这样一条河

是第一条河

所以说必须治理

时不待人 人不待时

【主持】屿头河,铁皮能否遮得了你的丑?如何根治屿头河,对于街道主任三天内清理河道垃圾的承诺,本栏目将协同市民监督团一起追踪关注。好,感谢收看本期节目,再见!

市民监督团助推“五水共治”督查行动系列报道
到荫溪游泳去!

记者:张丽安、金邦剑

播出日期:9月3日

【主持】关注热点,服务民生,欢迎收看《市民监督团·有话直说》。8月30日下午,藤桥镇荫溪潮埠村迎来了“五水共治”特别游泳队,50多位游泳健将到荫溪体验该地的治水成果。这是游泳队继瓯海区阳桐河之后体验的第二条河道。来看报道。

(VCR1)

【配音】藤桥镇荫溪潮埠村段三面环山,山风吹过,河面泛起一阵阵涟漪,给这个炎炎夏日带来一丝清爽。还未等活动正式开始,不少游泳健将就已耐不住性子,纷纷下河游泳。

【配音】下午3点,活动正式开始,几十个人一同跃入水中,在特别游泳队队旗的引导下,一路向上游去。

【现场音】

【配音】湖水里的人游得欢快,岸上的人看着也很惬意。这不,在荫溪两岸就聚集了好多村民来围观。这些村民告诉记者,每年夏天,荫溪都是附近村民最爱的地方,洗衣、洗菜、嬉戏、洗澡,很是舒心。

【采访】村民:

天天有人来游泳,或者永嘉临江那边的,永嘉那个桥头过来。

【采访】村民:

(你平时会去河边走走吗?)

平时经常有在这里走。

【采访】村民:

以前几年过来这里河水没那么好,最近这几年搞得可以。

(你敢不敢下河游泳?)敢的,我也经常来这里游泳的。

【采访】藤桥镇党委副书记 邹本笃:

夏季的时候,不光光是我们最近的这几个村过来游,我们隔壁的桥头镇很多都是全家过来游泳的，我们平时这个路上全部是停满车的，根本没办法停，所以说很多市民慕名而来。

【配音】就在记者采访的时候，很快，陆续有人上岸了。

【采访】温州冬泳协会队员：

感觉还可以，这里水质还可以呐。

大家游了心里都蛮舒畅。

【采访】温州冬泳协会队员：

这是天然的。

【采访】温州冬泳协会队员：

它跟游泳池的水比不上，当然比河里、江里的水，它这里要干净卫生一点，水是湖水。

【采访】温州冬泳协会队员：

这比较天然，没有太多的刺激，身上游完以后就是很舒服。

【采访】温州冬泳协会队员：

水质还蛮好的，水质不好不敢下去的。

（这条河还是敢下去的是吗？）

对，对。

【配音】市冬泳协会常务副主席王维云介绍道，河水的好坏其实靠人就能检验出来，人的皮肤都是与水进行直接接触的，好与不好，下去游一下就知道。平常的河道游完之后都需要洗澡，但是从荫溪上来根本就不用冲澡。

【采访】市冬泳协会常务副主席 王维云：

应该说鹿城这里对水资源保护还是比较重视的，现在污水都已经截流了，这个是流动的水，相对来说环境保护得也是比较好的，这个水我们亲身体验一下，也是应该说是确实有很大的改进。

【配音】荫溪下游长约2800米，两岸居住人口2500人。

【采访】藤桥镇党委副书记 邹本笃：

现在的荫溪大家看得比较清爽，那么之前我们的荫溪跟其他农村的包括我们城市当中的溪是一样的，生活垃圾到处是，包括农户家的生活污水也是直接排到这里来的。

【采访】村民：

以前垃圾丢也是有人丢的，不多，现在好了，现在都没有了。

（现在村民也自觉起来了，不扔了是吗？）

嗯。

【采访】村民：

(以前这里的河道是怎样的?)以前水是好的,没有那样子的水坝搞起来,都没有的,应该说现在比以前更好了,更好了。

【配音】据了解,原来的荫溪平均宽度大约为 15 米,为了改善河道,提高防洪蓄水能力,加宽河道至 30 米,并在荫溪潮埠段建设长 800 米的游步道以及溪边景观绿化等工程,先后加固了 840 米荫溪左岸防洪堤。在潮埠段新建了 500 米防护栏,并在荫溪中建设了 7 条拦水坝。除此之外,藤桥镇镇政府还做了一系列护河措施。

【采访】藤桥镇党委副书记 邹本笃:

把老百姓生活污水做了个截污纳管,两侧污水统一汇总到下面的污水处理池。第二个,旁边建立绿化带,原来是垃圾的自然收集场地。还有一个很重要的,平时叫老百姓提高环保意识,垃圾现在要收集处理,不能随地丢垃圾,主要是这么几个层面。所以说大家共同努力,才有这么一条美丽的荫溪。

【采访】鹿城区治水办治水科科长 程劲钢:

现在我们已经安排了资金 600 万,主要(用于)农村污染源的整治工作。包括畜牧污染,包括农业住户生活污水的整治工作,我们力保这条荫溪保持三类水以上的这种可游泳的河道。

【配音】除了建设水利设施及做好截污纳管工程外,其中茅洋、朱下、潮埠三个村还各聘请了一位保洁员,每日对河道进行清理。

【采访】藤桥镇党委副书记 邹本笃:

我们得益于我们属地村里老百姓很好的环保意识,首先要清理河道,其次要把我们平时的保洁工作做到位。现在有 22 条河,我们全部配了河长,我们班子成员每个成员担任河长,全部是按照这样的模式去运转。我想,再通过一段时间的整治,我们藤桥可游泳的河到处都是,随时欢迎我们市民来畅游。

【采访】市冬泳协会常务副主席 王维云:

我们也希望各级政府对水治理。趁"五水共治"这个东风,把这个水治理工作做得更好,还人民一个清洁的水。

【主持】"五水共治"里的每一个"水"都不是片面和孤立的,而是相互促进、紧密连接的,五水共治的灵魂在于"共",即同心合力、同舟共济,就像是五个手指头,只有合起来形成一个拳头才能发力。我们期待能出现更多可以游泳的河道,早日建成美丽浙南水乡。好,再见!

单位:温州广播电视传媒集团新闻综合频道

作者:吴晓、林重阳、李文辉、金学通、丁岳、金邦剑

站在巨人肩膀上的媒体创新

——温州“广电市民监督团系列督查活动”对广电媒体发展道路的新探索

朱 怡

自从进入新媒体时代,广电媒体的受众被分流,节目遭遇严重冲击,甚至出现“广电即将终结”的论调。各大广播电视台尤其地方广播电视台压力陡增,寻求新的发展道路成为首要问题。在此背景下,温州广电传媒集团推行的“广电市民监督团系列督查活动”却呈现火热之势,成为广电媒体创新的成功案例。

一、紧跟政府导向,发挥媒体品牌效应

自 2011 年 5 月以来,温州广电传媒集团充分发挥群众力量,创新舆论监督模式,组建了“广电市民监督团”,先后推出一系列现场督查行动、新闻报道和直播特别节目。这一创举,搭建了媒体监督与群众监督“水乳相融”的重要平台,受到上级领导和广大受众的好评。以“推进政府工作、解决百姓困难”为宗旨,广电市民监督团积极开展各类督查活动,取得了良好的社会效益。尤其是近几年来,市民监督团加强队伍建设,在市直属分团、11 个县(市、区)分团、7 所高校分团的基础上,又相继成立了安监、质监、治水、环保、住建、消防等职能部门分团。目前广电市民监督团已拥有 25 个分团,在册监督员 3200 多人。他们中有党代表、人大代表、政协委员、机关干部、企事业单位员工、基层社区干部、律师、私营企业主、大学生、热心网友等。

根据温州市发展需要,温州广电传媒集团组建的广电市民监督团活动重点紧紧围绕市委市政府中心工作,以五水共治、三改一拆、城市精细化管理等多个专题进行专项的城市治乱督查行动。如在“五水共治”主题督查中,成功举办了“河长论坛”“百名市民监督员联督百河”“寻找可游泳的河段”“清三河防反弹专项督查”等一系列大型活动,并挂钩结对了 100 名市民监督员“河长”,取得良好的社会反响。

应该说,温州广电传媒集团的“广电市民监督团系列督查活动”已经成为温州政府推行中心工作,传达权威信息的有效桥梁。作为传统的强势媒体,广电长期以来形成了独特媒体品牌并由此在受众中树立了权威形象。不论媒体格局如何变化,这种出于历史原因形成的品牌效应在短时间内是不会消失的。尤其在新媒体时代,这种基于历史背景铸成的独有优势足以成为广电媒体在媒体竞争格局中胜出的重要砝码。“广电市民监督团系列督查活动”的红火,足以证明广电媒体尤其地方广电媒体在寻求自身发展新路径的过程中坚守自身优势,紧跟政府导向的重要意义。

二、贴近人民群众，全面提升媒体功能

改革开放以来，我国政府的执政理念和方式日渐创新，政府逐渐向为民众提供有效公共服务和管理的现代政府转变。与此同时，恰逢媒体巨变，广电媒体的生存环境发生了巨大改变。一方面为了顺应党和人民的要求，另一方面为了增强新环境下的自我生存能力，广电媒体在这一时期的头等大事就是不断寻求自身功能的拓展和延伸。在此形势下，温州广电的探索无疑为地方广电开拓媒体功能、提升自我价值寻出了一条明道。

近三年来，“广电市民监督团系列督查活动”累计开展各类监督活动1500余次，出动广电市民监督团各分团监督员上万人次。在开展活动的同时，温州广电传媒集团下属的电视新闻综合频道《温州新闻联播》《市民监督团·有话直说》《闲事婆和事佬》，广播新闻综合频率的《温广新闻调查》《空中服务台》，以及各县(市、区)电视台、新闻中心的节目全程配合报道，并策划推出多场大型联动直播活动。这一系列监督报道形成了强大的舆论合力，督查有效率达90%以上，解决了一大批社会反映强烈的公共问题，取得了良好的社会反响，成为温州民众参与社会治理的一张“金名片”，被誉为舆论监督的“温州创造”。

在这里，广电媒体成为温州民众积极介入社会事务的重要途径。首先，它给予民众更多知情权。在信息泛滥的时代，如何促使有效信息向民众传递成为信息传播最主要的问题。而广电媒体在这一问题上，以对重大事件的直播、电视专题、新闻发布会以及常规新闻节目的信息传递来推进信息的有效到达。其次，它给予民众更多的话语权。政府解决民生问题的前提是听到“民生”。在“广电市民监督团系列督查活动”中，广电媒体走进民众，通过各种类型的广电节目听取百姓心声，也为温州市民监督政府工作提供了一个开放的窗口。

三、引入新媒体，构建媒体融合传播格局

值得关注的是，“广电市民监督团系列督查活动”还专门开辟了与活动配套的新媒体平台，扩大了活动的普及面和普及度。比如活动方组织了城市治乱“随手拍”微信群，发动广大监督员拍摄日常生活中看到的脏乱差等不文明行为，为城市治乱相关媒体活动提供素材，从而形成了强大的舆论声势。

随着互联网特别是移动互联网的飞速发展，广电媒体面临严峻挑战已成定局。习总书记在党的新闻舆论工作座谈会讲话中明确指出，要推动融合发展，尽快从相加阶段迈向相融阶段，着力打造一批新型主流媒体。在温州“广电市民监督团系列督查活动”中，我们欣喜地看到新媒体在广电媒体活动中的积极作用。引入新媒体，使其在信

息传播上的高速性、便捷性、交互性等诸多优势为我所用，从而更好地为政府和人民搭建起良性互动平台，成为此次广电媒体活动的又一亮点。

正如媒介研究学者王黑特所言，中国广播电视媒介承担着中央政府和平民百姓间的政治信息的传递沟通作用，具有为双方代言的公共交流场域的性质。[①] 因此中国广播电视的发展和探索必须秉承有中国特色的创新方向，从而为广电媒体，尤其是地方广电媒体寻求契合于时代发展的新道路。于此，温州广电传媒集团的“广电市民监督团系列督查活动”既是一次基于广电自身优势的成功新探索，也是一个站在广电巨人肩膀上的创新再突破。

① 王黑特. 大众文化的中国阐释[M]//美学前沿：第 2 卷，北京：北京广播学院出版社，2003：351.

论文类

经营研究

城市广播电视台的困境与突围

王晓峰　王民悦　沈渟　黄碧红

提　要:2015年,中国城市广播电视台发展告急,其有着系统表现、多重原因和多方面警示意义,亟须革新图存、变革求强、突围发展。突围路径在于:突破传统的发展理念、发展方式和发展目标,通过改革、创新、融合和转型发展,向观念更新、主业刷新、多屏融合、多业并举、业态新颖、发展力强的现代新型广电媒体奋力进军,实现新发展。

关键词:城市广播电视台;发展告急;突围发展

站在我国"十二五"与"十三五"交替处回首,城市广播电视台硕果颇丰,在为党、政府和人民服务,促进经济、社会发展上做出了积极贡献,但自身发展却遭受到有史以来最严峻的挑战。2015年,广告收入大幅减少,有的收不抵支,年末不得不大幅动用历年积累的工资储备金,才使员工拿到年终奖金。2016年1—2月,全国广电广告收入有所回升,但城市台未止跌,有的降幅还大于上年同期水平,达30%多,省会城市台下跌7.7%。城市台最担心的事来了,继城市报业媒体广告经营连续多年"断崖式"下滑后,城市台的发展开始告急。

一、城市台发展告急的具体表现

城市台发展告急,不仅表现在广告收入大幅减少,也表现在其他重要方面,是里里外外系统性告急。

1.广告播量和收入大幅减少,经营工作告急。广告收入是城市台的主要收入来源。2015年,在浙江省11个城市台中,有6个台的广播广告播量和收入首次下降,其中杭州、宁波、温州、金华等中心城市台无一幸免,杭、宁、温的降幅还超过两位数,最大值为19.43%;11个台的电视广告播量和收入全都下滑,其中9个台降幅达两位数,

1个台同比其“十二五”期间最佳年份下滑40.6%，3个台同比此年份下滑30%左右。这种多台同时减收的现象虽然始于2012年，但在2012—2014年降幅达两位数的台仅为2个，2015年可谓全体“走麦城”。这一状况是否构成全国城市台的缩影，不能断言，但从浙江省GDP增速多年超全国平均水平、经济总量多年位居全国省份前列和浙江、江苏两省城市台晚间收视份额多年在全国城市台中位居最前列的情况看，不乏代表性。

2.收视率、市场份额和收视时长全面下降，电视发展告急。继续以浙江11个城市为例，据对CMS的统计数据分析，人均日收视时长大都从2014年起大幅减少，2015年减至“十二五”中最低值，比2011—2014年平均值减少18分钟；11个台在全省收视市场的总体占有率也由“十一五”期间高于其他省级卫视，变为“十二五”期间低于其他省级卫视；一些台连多年飘红的方言新闻节目收视率也从2014年起跳水，降幅大的为21.86%。从全国看，城市人均日收视时长也从2011—2014年平均165.25分钟减少到2015年的156分钟；2014年，全国城市台晚间市场份额最高的20个台平均份额比2010年减少12.8%，晚间市场份额最低的20个台平均份额比2010年减少一半多。

3.有线用户数量及其年递增速度“双减”，生存基础开始告急。有线广播电视网络用户是各级广播电视台赖以生存和发展的重要基础，得用户者得天下。随着各地多年对有线网建设的推进，用户基数增大，2015年达2.39亿户，但年增长率已向“天花板”迈进。2013年以来，由前四年平均增长7%左右减缓到4%左右。预计今后还会继续减缓，因为增长空间已有限，除非等到“二孩”代际成人化，但这还需等上20多年。此外，在有线用户增长率放缓的同时，原有用户数量减少。据国家新闻出版广电总局发展研究中心人员撰文，仅2015年上半年，全国就减少515万户，其中很大一部分转向了互联网等新兴媒体。具体到一些城市，近年来有的减少比例超过30%，有的停机用户比例多达20%。留存用户开机率不足。如北京歌华有线电视网络公司统计，2013—2014年，北京地区有线用户日均开机率不足70%。

4.人才既缺乏又加剧流失，队伍战斗力、支撑力走向告急。人才支撑力和队伍战斗力是核心竞争力的首要因素，关乎生死。多年以来，城市台不像中央台、省级台，也不像电信、移动通信和互联网等企业人才济济、优秀团队林立，相反的是人才比较缺乏，不但缺名导演、名制片人、名记者、名编辑、名摄像、名主持人、名播音员、名制作和名小编、名大V以及广电与新媒体的优秀技术人才、理财师等，尤其缺创意师、策划师、实力经营人、实力智库人、实力创业团队及其核心领军人物与核心骨干人物等。不仅如此，近年来，由于挑战严峻、经营下滑、福利下降、发展前景难测，央视和省级台一批能人从“体制内”辞职，转战到“体制外”新岗位新要职的示范效应，城市台人才流失现象加剧。以沿海某城市台为例，近三年辞职人员多达50人，其中业务骨干约占1/

3。这使队伍战斗力、支撑力更加捉襟见肘。

5. 体制机制束缚严重，生产力要素受困告急。城市台大都是全民事业单位，除部分由财政全额拨款或差额拨款以外，其他自收自支、自负盈亏，在单位内实行企业化经营管理，在社会上向国家和地方财政上缴税收。这种“事企”并轨经营体制作为改革的产物，在当前和今后一个时期仍将维系。但是，地方政府有关部门少有依据这一实际去实施行政管理，而是参照国家关于非企业化经营事业单位的管制办法，导致城市台人财物“三要素”激活困难、运行不畅，难以快速有效地应对激烈的传媒市场竞争。如在设备更新方面，有的纳入政府统一采购管理，连添置办公电脑都需花费几个月的时间才能完成；招聘非事业编人员，也按照招用事业编人员的流程和考试规则办理，招一次同样需要花费几个月长的时间不说，还导致考进来的人并非有用，有用的人考不进来，对急需的特殊有用人才也无法自主招聘；此外，事业单位工作人员被规定不得到本单位投资出资的企业兼职，即使不在企业领取报酬的也不允许，这等于扼住了城市台走市场化经营、产业化发展道路的喉咙。

二、城市台发展告急的主要原因

城市台发展告急，非单一因素造成，主要源于四个方面。

1. 经济大环境影响。2012 年起，我国 GDP 增速由此前 30 多年平均增长 10%左右，回落到 2012—2013 年的 7.7%，2014 年 7.3%，2015 年 6.9%。国民经济由高速增长转变为中高速增长，是一个根本性转变，是经济发展新常态的呈现。在这一“新常态”中，企业等经济实体处在经济下行压力增大的区间，减缓了广告投放增速。据央视市场研究公司发布，2015 年全国广告市场下跌 2.9%，主要下跌板块为传统媒体，全年损失了创纪录的 7.2%。其中电视广告跌幅较 2014 年继续扩大，下跌 4.6%，广告资源量(广告时长)下降 10.6%；广播广告首次出现负增长，下跌 0.4%，广告资源量下降 13.3%。这对全国各级广播电视台都产生影响，但就影响面和影响程度而言，城市台首当其冲。因为机构数量比城市台多的县级台广告收入比重仅占全国广电的 3.7%，远低于城市台。

2. 传媒格局发生重大变化的影响。近年来，互联网、特别是移动互联网飞速发展，网站、网民、手机网民、微博、微信、移动客户端、网络电台、移动网络电台等的数量和用户规模剧增，导致传媒格局发生颠覆性变化，受众每天用于传统媒体的时间已少于用于新媒体，尤其是青年受众。与此同时，从 2015 年 9 月起，随着国家《三网融合推广方案》实施，电信、联通和移动通信公司等加速推广 IPTV。截至年末，据流媒体网统计，仅电信和联通就拥有 5000 多万此类用户，占全国有线电视用户数的 21%，加剧了传媒终端市场的变化与竞争。此外，省级卫视连年血拼大战，省级地面频道紧紧跟上，大大提升了市场占有率，导致许多城市观众今晚看“芒果台”，明晚看“番茄台”，后天看“中国蓝”等，看地方台少了。由此，城市台遭受多屏夹击，处境日益困难。

3. 政府管理体制问题和管控从严的影响。如前所述，城市台在应对竞争的过程中，人财物“三要素”受困，难以释放活力和动力，在很大原因上是政府部门对企业化经营事业单位的管理体制与方式方法不适应。另外，地方党委政府对当地突发事件、敏感事件的宣传管控严格，常常不许报道或只许迟缓报道、简要报道，不让深挖与反思，导致城市台等传统主流媒体的权威性、公信力和影响力下降，受众与城市台的关系渐行渐远。再者，2015 年，国家施行新《广告法》，加强对各类广告发布和广告代言方式的管控，也对城市台的经营发展产生一定影响。

4. 自身应对不力。2015 年作为城市台发展告急年，非“一日之寒”所致，而是经历了若干年广告跌量由少到多，跌幅由小到大，下跌单位数量由台内单个频率频道发展到多个频率频道、再到所有频率频道，由一个台下跌发展到若干个台下跌直至许多台下跌的过程。在这一过程中，互联网新媒体日益壮大，省级卫视和省级地面频道不断做强，而一些城市台明显应对不力。一是节目质量不高，结构不佳，创新不足。许多节目制作粗糙，可听可视性不强，同质化严重，原创性、创新性缺乏。以电视节目创新为例，据对央视—索福瑞媒介研究公司统计数据分析，2012—2014 年晚间新节目中，省级卫视和省级地面频道推出的数量最多，常态新节目占所有频道的 64.07%，非常态新节目占 56.8%，而城市台常态新节目仅占 32.8%，非常态新节目占 34.97%。2015 年，受国家新闻出版广电总局表彰的 20 个广播电视创新栏目中，城市台仅 2 个。节目质量问题导致吸引力、传播力下降，受众流失加剧。二是产业布局不宽，拓展不力。多数台仍以固守广告经营为主，纵向拓展产业链大都局限于移动电视开发、影视业发展、演艺业联营和广电艺术培训业上，盈利规模有限，横向拓展产业链远远不够，在“广电＋产业”和资本运营上，有的还是空白，这导致抗风险能力弱，生存发展余地小。三是融合发展不深，进军新媒体不力。尽管许多台早在 10 多年前就开办广电网站，近几年又发展网络广播电视台，推出多层级、多数量的微博、微信、移动客户端，引进“中央厨房”生产方式，构造融合报道与传播机制等，但除了少数省会城市、经济特区、计划单列市和某些二线城市的台有一定建树以外，多数台成效不大，所办网站排名落后，“两微一端”用户规模小，即便是在常住人口多达八九百万的城市中，用户也只有几十万，叠加总数不过百多万，尚未形成影响舆论和促进营销的大平台，这导致未有效利用新媒体进行发展，无法应对多屏夹击的严酷局面。四是管理方式落伍，现代管理不善。面对严峻挑战，一些台仍然沿用传统新闻单位粗放式经营管理方式，未能面向现代传媒市场采用现代企业管理制度，未对经济投入、成本核算、人力投放、资源组合、产品创新、质量管控、品牌建设、版权利用、绩效考核、员工激励、用户维护、危机应对等实施精细化、数据化、现代化管理，这导致内容产品不优，竞争力不强，发展道路不宽。

以上四方面因素，前三方面属于外部因素，第四方面属于内部因素，内因是关键。

三、城市台发展告急的警示意义

城市台此番发展告急，存在多重警示意义。

1. 系有史以来遭遇的最严重挑战和最深层危机。历史上，城市广播电台曾遭遇20世纪90年代电视发展迅猛、听众大幅锐减、广播广告市场严重萎缩的挑战与危机，后来随着改革开放和小康社会建设的推进，原本作为奢侈品的汽车进入百姓家庭，新一代听众崛起和广播人的艰苦奋斗使广播电台得以复兴；同一时期，城市电视遭遇无线电视台与有线电视台的同城同质化激烈竞争，发展艰难，后随着国家政策调整，无线台、有线台合并，迎来了新的发展。如今，城市台既遭遇日益发展的互联网PC端、移动端和门户类、社交类媒体的强力竞争，又遭遇正在崛起的电信、联通和移动通信公司IPTV的凶猛竞争，还遭遇愈加强大的省级卫视和省级地面频道的强势竞争，这种群雄并起、对手林立、多屏夹击、四面楚歌的挑战是前所未有的，其所造成的危机非一夜之间可以化解，而且一旦应对不力或失误，将使城市台一蹶不振。

2. 以往裹足不前不行，如今不革新图存和突围发展更不行。如果说发展告急之局面在根本上是由以往应对不足、裹足不前所造成的，那么当下再不迅速变革、实施突围发展就会坐以待毙。因为再不变革发展，危机只会加深加重，直至被灭顶；再不迅速优化整合内部资源、人财物要素，重构内容产品生产及其供给、营销方式，加速向跨媒体、全媒体、多屏、多终端、多领域、多元化传播和产业经营的转型、融合发展，构建新业态新生态，就必定江河日下，难以新生。

3. 革新图存、突围发展的难度很大。从经济大环境看，经济发展新常态将经历一个较长的时期和过程，广告市场规模增长仍将放缓，新媒体广告规模将超过传统媒体广告规模。从多屏夹击的市场竞争形势看，市场竞争只会愈演愈烈，冲击会越来越强。从政府管理体制看，将加快事业单位分类改革，加大政府购买公共服务力度，建立事业单位法人治理结构，推进有条件的事业单位转为企业，但这一改革实施到城市台将是怎样状况还难以预计。从城市台应对挑战和危机的主客观条件看：主观上存在市场意识、产品意识、用户意识、产业经营意识淡薄，对现代传媒发展新规律新趋势的认知不足，阻碍着革新图存、突围发展；客观上存在经济实力不强、人才支撑不足，经历此番告急后，更难以集中资金去创新优化节目栏目和其他内容产品，也难以在融合发展中打造出像“腾讯”和“澎湃”这样既“吸睛”又“吸金”的门户类媒体与新媒体平台，欲横向拓展传媒产业链，也不是一件轻而易举的事。

四、城市台发展告急的突围前景

城市台革新图存、突围发展的难度很大,但不等于没有前景。就目前状况与发展趋势看,对以下几方面应保持定力,持有信心,悉心把握。

1. 有党和政府的关怀、支持与引领。党和政府一直高度重视新闻舆论工作和新闻媒体建设与发展,2014年专门出台《关于推动传统媒体与新兴媒体融合发展的指导意见》。2016年2月,习近平总书记主持召开党的新闻舆论工作座谈会,强调党的新闻舆论工作是党的一项重要工作,是治国理政、定国安邦的大事,要创新理念、内容、体裁、形式、方法、手段、业态、体制、机制,加强和改善党对新闻舆论工作的领导,对新闻舆论工作者在政治上充分信任、工作上大胆使用、生活上真诚关心、待遇上及时保障。之后,各地党委领导到新闻单位调研。这是对包括城市台在内的传统主流媒体最大的支持和引领,为改革发展奠定了政治保障。

2. 电视仍然是受众消费的第一媒体。城市台发展告急,主体部分在于电视衰落。而据中国互联网络信息中心统计,2015年,我国网民每日上网时间尚低于观众日收看电视的时间;北京美兰德媒体传播策略咨询公司统计,在2014—2015年全国电视人口对各类媒体的接触率对比中,对电视媒体的接触率高出对其他媒体接触率的近一半或一半以上;就对受众的高覆盖性来说,电视仍是大众传播的最有效媒介,是广告投放的主要媒介之一。因为网民规模毕竟刚刚溢出国民数量的一半,远低于广播电视的人口覆盖率。随着有线电视网数字化和下一代广电网建设的推进,高清电视、超高清电视、3D电视、互动电视、智能电视、网络视频和家庭影像信息中心的发展,电视业仍可一搏。

3. 城市台的"地利"优势和传播价值依然在并可提升。城市台作为党、政府和人民喉舌,紧密联系着当地政治、经济、文化、社会和民生等的发展脉搏与信息资源,凭借多年传播阅历,在传媒市场的作用仍难被取代,在根植本土"贴地"、传播城市资讯、打造地面活动、传承本土文化、提供市民服务、与市民互动共赢等方面具有"地利"优势。此外,国家实施"四个全面"战略布局,推行供给侧结构性改革,加强城市建设和城市化发展,实施"互联网+"行动,发展文创与"新视听"等新兴产业,主动引领经济发展新常态等,也必定给城市台的发展带来"红利"。

4. 传媒格局演变既催生挑战和危机,也造就机遇和出路。一是造就了融合发展机遇和出路。城市台通过数字化改造,同样能取得数字化生存与发展,对待"多屏夹击"的挑战,可用"多屏融合""多屏传播""多屏互动""多屏营销"的战略与战术去应对。二是造就了转型发展机遇和出路。城市台可以运用互联网思维,走"互联网+"路子,实施"广电+"发展战略,将原先局限于纵向拉长自身产业链的发展方式,向横向"广电+

其他相关产业”的发展方式转变，把自身引上可持续发展轨道。

五、城市台发展告急的突围路径

突围是一场旨在突破困境、赢取新生的战斗。城市台要想打赢这场战斗，就要突破传统的发展理念、发展方式和发展目标，通过改革、创新、融合和转型发展，向观念更新、主业刷新、多屏融合、多业并举、业态新颖、发展力强的现代新型广电媒体奋力进军，实现新发展。

1.突破传统思维方式，深植互联网思维，构建跨时代发展新引力。思维方式和发展理念是推进发展的重要基础和引力。长期以来，城市台习惯于线性、平面、封闭地思考与对待发展问题，与“互联网思维”具有的非线性、立体式、开放性思维方式差别很大。城市台重视发展事业，互联网重视发展产业；城市台重视生产宣传品，互联网重视生产产品；城市台重视拥有受众，互联网重视拥有用户；城市台重视单向传播，互联网重视双向互动；城市台重视自己生产内容，互联网重视用户生产内容；城市台重视受众认知，互联网重视用户体验；城市台重视线性播出，互联网重视搜索点播；城市台重视平台传播，互联网重视“平台经济”；城市台重视在自身领域中拓展发展，互联网重视在“互联网＋”的领域中拓展发展等。思维方式不同，导致发展理念不同，发展结果不同，发展命运不同。城市台如果继续固守传统思维方式和发展理念，显然无法适应新传媒时代实现新发展，故需首先突破、变革和跨越。

2.突破传统生产方式，深耕优化内容产品，构建跨一流产品新形态。内容产品历来是推进发展的核心。如前所述，内容产品质量不高、结构不佳、创新不足，是城市台发展告急的一大原因，要迅速破解。一要突破新闻产品质量不高、时效不强的生产方式，深化新闻立台，做到重大新闻第一报道、重大决策第一解释、重大议题第一发声、重大舆论第一影响、重大资讯第一发布、重大典型第一塑造、重大事故第一现场、重大监督第一时间、重大主题第一行动、重大民生第一切入、重大疾苦第一关怀、重大公益第一践行等，增强凝聚力。二要突破和补齐短板，借鉴卫视改革经验，走综艺娱乐节目和电视剧兴台的路子，下功夫打造出若干个具有城市特色、文化品位、互动性强、受用户欢迎，特别是青年群体喜爱的区域性“现象级”综艺娱乐节目，并且发展相关衍生节目和内容产品，同时优化购片工作，改善电视剧质量，实行多集连播，增强吸引力。三要突破生活服务类内容产品粗放制作的生产方式，围绕人们衣、食、住、行、购、游、美容、健康、养生、养老、亲子、教育、创业、理财、交友等需要，创新和深耕一批内容产品，增强服务性与聚众力。四要突破媒体活动小打小闹、商业价值不高的生产方式，多方联合深耕、创新、优化一批大赛、大展、大奖、大典、大型采风、大型节会、大型论坛、大型公益和城市农村社区活动，特别是具有商业价值的媒体活动，增强公众参与度和媒体营销力。五要突破只是自己专业生产内容产品的方式，注重让受众和用户参与生产，进行互动，创造内容产品新形态。特别是要紧跟技术创新发展步伐，及时打造类型千姿百态、表现形式丰富多彩、满足用户新视听需求的新产品，为培育“新视听”产业、锻造“新视听”产业链奠定基础。六要突破产品质量粗放管理方式，强化对产品质量的管控与建设，切实改进文风和播音、主持方式，做到“短实新”、简约化、微传播和通俗易懂、生动鲜活、富有价值、具有亲和力，坚决杜绝大话、套话、空话、废话和“八股腔”“庸俗调”，努力防止把好听好看好用的内容做成不好听不好看不好用，把精彩生动感人的故事做成不精彩不生动不感人；同时要大力消除产品同质化竞争现象，淘汰视听率低、流量少、市场份额不高、广告含金量不足的内容产品，积极实施品牌化发展战略。

3.突破传统传播方式，深入多屏多终端，构建跨媒体传播新生态。在当今媒体融合发展时代，不深入多屏多终端融合传播，就会自绝于新时代。要以广电有线网、无线网和互联网、移动互联网为依托，推动传统广播向数字广播、网络广播和移动网络广播等发展，推动传统电视向数字电视、高清电视、超高清电视、3D电视、手机电视、互动电视、互联网电视和IPTV等发展，提高生存发展力。要加强广电网站、网络广播电视台、“两微一端”建设，构建面向多个播出系统、多种传播渠道、多类用户终端的新一代综合制播平台、海量存储平台和多媒体分发平台，推进内容产品的多形式生产、多平台推送和多媒体传播，并且实现广电新媒体首发，抢占传播市场制高点。要构建“一云多屏”技术服务体系，以大数据分析为支撑，增进对内容产品生产、传播以及营销的指导与服务。要在内容产品，特别是重要节目、重大活动和电视剧编播上，形成全媒体联动推介、联手预告、联袂点赞的传播机制；对特定重要节目和重大活动等，还要实行全媒体联合制作、联机传播、联网互动、联营联销等方式，以最大限度地形成影响力，提高社会效益与经济效益。

4.突破传统经营方式，深造多元产业链，构建跨产业发展新业态。城市台再也不能单凭传统广告经营一条腿走路，要迅速实施多元化经营战略，向“广电＋”拓展产业链，实现新发展。一是依托内容产品资源拓展产业链。特别是依托生活服务类内容产品，拓展“＋汽车”“＋美食”“＋美容”“＋服饰”“＋房产”“＋家居装饰”“＋健康”“＋旅游”“＋亲子教育”“＋职业介绍”“＋农产品销售”“＋艺术品营销”等产业链，增加收益。对时政宣传以外的特定自办节目，在自办网站上实行垄断经营，设置收费点播门槛；对有商用价值的视频产品，析出网络版权，与视频门户网站合作经营。目前我国网络视频用户规模达5.04亿，业界看好网络视频发展。二是依托自身传播优势拓展产业链。广电传播优势在于实时直播、多次重播、视听兼备、形象立体、技术先进等，为此可积极发展电视购物业、微电影产业、移动电视业、网络电台业、会展业、IPTV等，并且积极主动参与智慧城市建设，从中拓展生存发展空间。三是依托自身新媒体拓展产业链，如线上线下共同经营发展电商、网游和手机游戏产业等。这方面成功的有：温州日报报业集团有限公司开办“温都猫”电商平台，2015 年 1—10 月营收了 3000 万元；浙江日报报业集团收购“边锋浩方”游戏平台，收入利润超集团旗下所有纸质媒体，等于“再造了一个浙报集团”。四是依托大文化产业拓展产业链。近年来，各地普遍扶持发展文化产业，此时向文化产业拓展，正是时候。广州台打造国际媒体港，苏州台兴建现代传媒广场、国际影视娱乐城、演艺中心三大项目，向传媒文化产业集团跨越，堪称标榜。五是依托资本经营拓展产业链。媒体与资本共生共荣，有实力的台运用资本杠杆走多元经营发展道路，具有良好前景。据网上载文，徐州广电入股徐州农村商业银行，投资第三产业，收益超过传统主营业务；省级台更是不乏上市经营发展的。六是依托多年建构的广告经营体系拓展产业链，从依靠 4A 广告公司经营走向与中小广告公司合作经营，从依赖大客户营销走向与成长型企业及其产品和品牌合作营销，从经营广告走向经营媒体活动和产业，从经营传统媒体广告走向同时经营新媒体广告，使多屏、多终端、多平台经济和粉丝群、朋友圈经济为台所用。

5. 突破传统管理方式，深化体制机制改革，构建跨越式发展新局面。在传统管理方式中，频率频道只与内容定位有关，而不定位产业平台；人力资源只是劳动力，而非“创客”；财务收支核算只按事业单位管理，不按企业经营核算；自收自支事业单位只有向政府上缴税款的义务，没有获取政府购买公共服务的权利。这些亟待突破，深化改革。一是突破专业频率频道的定位方式，向“广电＋产业”定位发展。如山东少儿频道作为省级地面专业频道，定位窄，广告经营难度大，发展空间小，但山东台成立鲁视领航文化传媒有限公司，大胆探索“频道＋公司＋产业”的发展模式，形成“少儿节目生产＋版权销售”“少儿智力开发＋玩具研发销售”“少儿教育＋少儿艺术培训”“少儿节目传播＋儿童戏剧城堡综合体验中心运营”“广告经营＋广告代理销售”五大经营业务板块，走出了一条面向少儿娱乐和教育服务的产业化发展路子，2015 年 11 月成功挂牌新三板。[①] 二是突破人力资源布局方式，向精简电视人员、充实新媒体和产业经营人员改革发展。因为现有人力资源大部分集中在电视板块，新媒体和产业经营板块人手紧缺，这已不利于推进融合发展和转型发展。三是突破用人方式，向激励创业创新发展。要鼓励员工自由组合，组建“创客”团队，为推进改革、创新、融合和转型发展奉献聪明才智，着力创意创造；要突破事业编制人员不能到台投资出资的企业工作和能力强、非事业编人员不能聘用到台干部岗位的限制，尽最大可能激活生产力首要因素；对工龄满 30 年，现由于年龄和健康原因，或因知识结构无法满足当前工作需要的员工，

① 杨冰. 广电媒体转型升级之路：专业频道的产业链经营［EB/OL］.（2016-03-08）http://www.weixinyidu.com/n-3136399.

应参照有关规定，准许提前退休，以减轻台的负担；对特殊有用人才要具有自主招聘权，并给予人才优厚待遇；要建设一支政治素质和业务水平高、能力强的融合报道、融合传播、融合营销与产业经营的队伍，在突围发展中发挥“突击队”作用。四是突破自收自支事业单位的核算和投资管理方式，实行企业经营管理，加强成本核算和投入管控，推行增收节支及其量化考核工作，实行精细化管理，降低运行成本，增强发展效益。五是突破政府部门管理方式，争取政府支持改革发展。如争取政府从城市台承担公益职能的实际出发，在时政宣传经费等方面给予支持和保障；争取政府部门改善对企业化经营事业单位的管理，深化人事、财政、税务、审计、采购等机制改革，激活城市台生产力要素，为实现新发展创造良好条件。

（作者王晓峰、沈渟就职于温州广播电视传媒集团，王民悦就职于温州日报社，黄碧红就职于温州市电视剧制作中心；论文刊发于《中国广播电视学刊》2016年第10期，责任编辑李宝萍，获中广联第二届扬州广电杯“十三五时期城市广播电视改革发展”征文二等奖、浙江省2016年度广播电视学术论文二等奖。）

浅议论文《城市广播电视台的困境与突围》

陈洪标

作为一篇决策研究论文，《城市广播电视台的困境与突围》具备了应有重大性、紧迫性、针对性等特质，论述充分全面，数据翔实丰富，对策精准有力，为“城市广播电视台发展告急”提供了较有分量的研究文献。

首先，题材具有重大性和紧迫性，抓住了城市广播电视台发展问题的核心。该文聚焦2015年以来城市广播电视台经营发展大幅滑坡的重大问题，即2016年1—2月，全国广电广告收入有所回升，但城市台未止跌，有的降幅还大于上年同期水平，达30％多，省会城市台下跌7.7％。城市台最担心的事来了，继城市报业媒体广告经营连续多年“断崖式”下滑后，城市广播电视台开始告急。

文章提出城市广播电视台开始告急不仅表现在广告收入大幅减少，而且在经营、发展、生存基础、队伍战斗力支撑力、生产力要素等五大方面都出现了全线告急，具体表现在广告播量和收入大幅减少，收视率、市场份额和收视时长全面下降，有线用户数量及其年递增速度“双减”，人才既缺乏又加剧流失，体制机制束缚严重，可以说是里里外外的系统性告急，其重大性不言而喻，其紧迫性更是迫在眉睫。

其次，分析原因数据翔实丰富，论据充分。全文在分析城市广播电视台开始系统性全面告急的原因中，运用了大量翔实的数据和典型具体的事例，案前工作十分细致，研究问题十分深入，各项论据十分充分，彰显了学术研究应有的严谨、科学精神。

文章直陈城市广播电视台生存和发展告急的四大主要原因：经济大环境影响，传媒格局发生重大变化的影响，政府管理体制问题和管控从严的影响，自身应对不力。

这些问题也是在融合发展中所出现的不适应症状，而这些不适应关系到城市广播电视台的存亡和发展。文章进一步提出了城市广播电视台发展告急的警示意义，认为是有史以来遭遇的最严重挑战和最深层危机，以往裹足不前不行，如今不革新图存和突围发展更不行，革新图存、突围发展的难度很大。

但文章针对现状与发展趋势理性分析，提出了城市广播电视台发展告急，想要革新图存、突围发展，虽然难度很大，但不等于没有前景。应该从有党和政府的关怀、支持与引领，电视仍然是受众消费的第一媒体，城市台的"地利"优势和传播价值依然在并可提升，传媒格局演变既催生挑战和危机也造就机遇和出路等四个方面保持定力，持有信心，悉心把握。

最后，文章论述全面，对策精准，极具针对性。全文围绕城市广播电视台融合发展的重大问题，突破论文落笔以"问题、原因、对策"这"三段式"为常规布局的格式，从"分析问题的表现、透视问题的原因、提炼问题的警示意义、展示解决问题的前景、阐述解决问题的途径"五个方面进行研究和论述，非常全面、透彻、厚实。文章从突破传统办台的思维方式、生产方式、传播方式、经营方式、管理方式等五个方面，论述了城市台融合发展、图存求强的突围路径，其篇幅占全文的38%，分量重。

文章提出突围是一场旨在突破困境、赢取新生的战斗。城市台要想打赢这场战斗，就要突破传统的发展理念、发展方式和发展目标，通过改革、创新、融合和转型发展，向观念更新、主业刷新、多屏融合、多业并举、业态新颖、发展力强的现代新型广电媒体奋力进军，实现新发展。由此提出了五条解决问题的突围路径，即突破传统思维方式，深植互联网思维，构建跨时代发展新引力；突破传统生产方式，深耕优化内容产品，构建跨一流产品新形态；突破传统传播方式，深入多屏多终端，构建跨媒体传播新生态；突破传统经营方式，深造多元产业链，构建跨产业发展新业态；突破传统管理方式，深化体制机制改革，构建跨越式发展新局面。这些建议极具针对性，精准有力，具有很强的指导意义。

2017年

广播新闻类

广播现场直播

直击“2·2文成房屋倒塌”事件

（播出时间2月2日8:10）

主持人:欢迎各位继续收听FM103.9温州交通广播、温州市应急广播，现在插播一条突发消息：今天早上8点左右，文成县百丈漈外大会村4间四层半农房倒塌，有人员被埋。记者从消防、宣传部门获悉，消防、公安等部门正在现场进行搜救，人员被困及伤亡情况目前不明。当地宣传部门表示，稍后将发布相关救援情况，温州交通广播记者也已经赶往现场，我们也将及时关注最新动态。

（播出时间2月2日10:50）

主持人:现在是北京时间10:50分，FM103.9温州交通广播、温州市应急广播继续关注“文成房屋倒塌”救援现场情况。今天上午8点左右，文成县百丈漈外大会村4间四层半农房倒塌，有人员被埋，目前救援仍在紧张进行中，具体情况连线现场记者晓乐。

记者:主持人好、听众朋友好，我刚刚到达现场的时候看到村口已经拦起了警戒线。除了我们的救援人员以外，其他车辆是一律禁止通行的。那么救援现场的氛围也是十分紧张，在离现场50米远的半山腰上站满了附近的村民，他们也对今天早上发生的事情感到非常震惊。我现在站在护栏以外的位置看到，倒塌的房屋底下有一个镂空的地方，当地的村民说它底下是地下室，所以导致整个房子塌陷在里面，增加了救援难度。在现场已有二三百名救援力量，两台挖掘机正在进行作业，救援人员在与时间抢夺生命中，全力搜救被困人员，医务人员也在紧急待命。现在在我身边的是百丈漈镇的镇长朱志兵，让他来给我们详细介绍下这边的大致情况。

记者:朱镇长你好，可以给我们介绍下这几间倒塌房屋的情况吗？

朱志兵:这边是一个新村搬迁安置点，这个安置点是审批于2002年。目前总共4

间房屋,四户人。其中有一户是两个人住里面,早上 7:35 离家出来,就没有在里面。(躲过一劫)对,躲过一劫。第二间目前有三代六个人,第三间是两代三个人,目前情况是这样子,第四间是空的没人住的,总共九个人。

记者:那房屋倒塌的原因目前有一个初步的判定了吗?

朱志兵:这个应该是突发的,初步原因我们还不能确定。目前有个原因可能是地下室,这里是田垄嘛,这个是山。山脚跟田垄之间原来是一个洼地、一个空地,空地前面有一条路,房子建起来这个一层的高度跟路要平。农村的这个经济比较困难,当时建房子的时候经济困难,用石头垒起来做基础,圈梁在上面,再建房子,是这样一个情况。

记者:好的,谢谢朱镇长。主持人,这就是我目前在现场了解到的情况,如有最新消息,我将继续进行连线。

主持人:好的,感谢晓乐,辛苦了。我们将继续关注该事情的进展,也希望被困人员能够早日获救。

(播出时间 2 月 2 日 15:30)

主持人:各位听众朋友,下午好,我是主持人叶繁,接下来让我们继续来关注"文成房屋倒塌"救援现场的情况。那么现在距离此次事件发生已经过去了近 7 个半小时,温州交通广播刚刚得到最新消息是:经过全力搜救,截至今天下午 15:27,已经找到了两名被困人员,生命体征尚未得知,目前被救人员已经被送往医院救治。欢迎您继续锁定 FM103.9 温州交通广播,有关于这则新闻的最新消息,我们也将会继续予以关注。

(播出时间 2 月 2 日 19:36)

主持人:FM103.9 温州交通广播、温州市应急广播持续关注"文成房屋倒塌"救援现场的情况。现在是晚上 7 点多,从现场也传来了让人振奋的消息:被困地下室的一位 63 岁的妇女打出了求救电话,目前消防部门正在采取措施大力营救,接下来,让我们马上连线现场记者路平来了解下情况。路平你好。

记者:主持人晚上好。这个消息的确让我们大家都非常的高兴,而且现在救援人员已经确定了老人的准确位置,正在展开有针对性的救援。利用这个时间,我也是从周边的村民当中了解到:这个老人的名字叫胡庆华,她是四川人,40 多年前嫁到了文成,生了四个孩子。在这次事故中,老人的两个儿子和一个女儿因为不在家躲过了一劫。这个老人家我看了一下,她家的具体位置是在从坍塌民房路边往里边走的第二间。到目前为止,这个胡庆华老人是这次事故当中被找到的第 6 名被困人员。现场的人都在祈祷,希望这位老人能够被尽早救出,因为目前这个老人的情况怎么样、有没有受伤，这些情况都还不是特别的清楚，我们在这也希望能够早一点救出老人。另外有关现场的救援情况我们也将会进一步地进行跟进。主持人。

主持人：好的，感谢路平为我们带来的好消息！现场的救援工作仍然在争分夺秒地进行当中，我们也非常希望前方能够传来更多的好消息，我们温州交通广播也将会持续关注事件的进展。同时我们的另一位记者晓乐现在在文成法院参加“2·2房屋倒塌”的新闻发布会，稍后我们连线晓乐来了解下现场的具体情况。

（播出时间2月2日21:35）

主持人：FM103.9温州交通广播、温州市应急广播，我们继续来关注“文成房屋倒塌救援”现场情况：今天晚上7点30分左右，在文成县法院举行了“2·2房屋倒塌”新闻发布会。具体情况连线交广记者晓乐，晓乐你好。

记者：主持人好、听众朋友好，我现在的位置就是在文成法院。新闻发布会刚刚结束，在会议中我也是收到了路平在现场传来的好消息，会场也是一片沸腾，希望胡庆华老人能够及早地被救出。那现在我先说下我在发布会上了解到的信息：在这次事故发生后，文成县紧急成立了百丈漈“2·2”事件处置工作领导小组，设立了现场救援指挥、现场秩序维护、善后处置、宣传信息、医疗卫生救助防疫等5个工作组，争分夺秒、全力以赴开展救援工作。县、乡镇、村三级党员干部紧急动员，全力参与维持秩序、安抚家属情绪等应急救援工作。市县两级共组织调动民兵、公安、消防、武警和当地干部群众400多人，投入了8台大型机械设备，在现场展开救援工作。卫生部门也组织了6辆救护车、13个医护人员赶赴现场，另外还有6支医疗队伍随时待命参与救援抢救。目前这起事件的原因正在调查中。同时为防范次生灾害的发生，现场救援组对周边群众进行了一个安全疏散转移，总共有21间房屋58个人。从今天下午开始，文成县政府也组织了全县各乡镇深入开展城乡危旧房安全大排查。好的，主持人，以上就是我在发布会上了解到的内容。

主持人：好的，感谢晓乐为我们发回的报道。现在让我再次连线在救援现场的路平，来了解下之前打出求救电话的被困老人胡庆华的救援情况。路平，你好。

记者：徐迁晚上好，现在我身后的现场救援正在紧张进行当中。可以说生命的力量让在场所有的人员都是鼓足了劲，大家都按捺住激动的心情，因为怕给老人造成第二次的伤害，现在现场的医护人员已经做好了准备，在紧急待命，周围也聚满了很多的群众，大家都想能够亲眼见证这个奇迹的发生。刚刚这个被困老人，她的女儿也在现场跟老人进行了通话，为了避免老人情绪受影响，她女儿宽慰老人说其他人都救出来了，现在都送到医院去了。我在一边听了也是十分激动，因为这个是差不多经历了10个小时左右的救援了，我现在也在现场了解其他的救援情况，有新的情况我会马上跟收音机前的听众朋友分享。那么这次报道就先到这，稍后再见。

主持人:好的,谢谢路平。那刚才路平也把老人和女儿通话的录音传回了直播室,让我们来听一下。

录音:(老人和女儿通话,因记者不能进入救援现场,录音由温州交警提供)

我是你女儿,情况很好在医院。很好很好,都很好,你不要想他们了。都在医院了。(很好的,叫她安心)现在救你一个人了。(很多人在救她呢)马上就救出你了。妈,听话啊!你听着,等下就找你啊。妈,等一下。痛得不得了没关系的,等一下我们去看(医生)。你不要慌,去看!没关系的妈,没关系的。你有女儿、有儿子,会照顾(你)的。妈,我们不讲了啊,等一会跟你讲好不好?你把手机保持电量,我等一下跟你讲。不要讲不要讲,等一下讲。

主持人:通过这段录音我们还是能够感受到当时整个现场那种紧张而激动的氛围,我们将继续关注现场的救援情况,我们也等待路平为我们传来好消息。欢迎各位继续锁定 103.9 温州交通广播。

(播出时间 2 月 2 日 22:40)

主持人:各位听众晚上好,现在已经到了晚上的 22:40。那我们 103.9 温州交通广播、温州市应急广播继续来关注"文成民房倒塌"救援现场的情况:晚上 7 点多,被困地下室的 63 岁胡庆华老人打出了求救电话,家属接到电话之后,就把老人被困厨房的情况反馈给现场的消防人员。晚上 9 点多,胡庆华和女儿在现场进行了通话。现在离救援时间已经过去了将近 15 个小时,现场记者路平告诉我们说,老人已经找到了!让我们赶紧来连线路平,了解一下现在的情况。路平你好。

记者:徐迁,在场的人员的心都被胡庆华老人牵着,现在施救现场是灯火通明。刚刚消防人员已经找到老人了,但是这个老人的下半身还是被埋在废墟下面,所以不能把老人一下子抬出来,这样老人可能会受到伤害。虽然说天气比较暗,但是我们还是能够看到一名医护人员正在对老人进行一个生命的评估。医生也不时地通过一些……哎呀,现在我看到老人已经开始在被慢慢地抬出来了。救护人员把老人放在了一个担架上面,这个担架是早就准备好的,所有的在场人员是马上让出了一条生命通道。虽然隔着一些距离,但是我看到施救人员正在跟被抬出来的老人进行一个简单的交流。也可以看到老人应该是有一些回复,虽然我们看不清楚老人在说什么,但是能够明显地感觉到她还是有一些意识的,哎呀,这真的是特别让人激动啊!现在我们也已经看到老人正在被抬上救护车,可以说一晚上的等待终于让我们迎来了生命的希望,太好了!救出胡庆华老人之后,施救人员跟其他的一些在场的工作人员又投入到了紧张的救援当中,我们希望、我们也坚信还会有奇迹发生!主持人,这次的连线报道就到这里,稍后我们会随时关注这个被救老人的情况。

主持人:好的,非常感谢路平,这对我们来说真的是一个非常令人振奋的好消息。同时也要向在现场救援的各位致敬,现在已经将近凌晨,温度也在逐渐下降,增加了救援的难度,但是因为他们坚定的信念,让我们看到了生的希望。也对一直守候在收音机前的各位听众朋友们表示感谢,让我们一起为他们来祈祷。

(播出时间2月3日7:40)

主持人:现在是北京时间7:40,让我们继续来关注"2·2文成房屋倒塌"事件,上午7点左右,救援现场再一次沸腾。经过将近23个小时的搜救,第八名被困人员被成功救出,生命体征平稳,目前已经送上救护车紧急送往医院救治。据悉,该名获救人员叫刘娟娥,女性,1963年出生,百丈漈镇外大会村人。稍后让我们来连线记者来了解下获救老人的情况。让我们继续期待,让奇迹继续!

(播出时间2月3日9:06)

主持人:欢迎继续收听FM103.9温州交通广播、温州市应急广播。记者晓乐来到文成县人民医院,"2·2文成房屋倒塌"事件当中第8位被搜救出的刘娟娥目前在这里接受治疗,让我们连线晓乐来了解下这位被困人员的情况。晓乐你好。

记者:主持人好、听众朋友好,我现在就在文成县人民医院,之前刘娟娥被送到这里进行救治,由于在废墟下时间过长,刘娟娥的眼睛是用医用口罩遮着,颈部有颈托支撑。十多名医生护士正对她进行检查会诊,一名参与会诊的医生表示,刘娟娥目前意识清醒,生命体征暂时正常,具体诊断还需等待进一步的检查结果。那同时我也在人民医院见到了昨天参与胡庆华老人救治工作的文成县人民医院心内科主任田毅,现在让我们来向他了解下当时在救援第一位生还老人的情况。田主任你好,能和我们讲一下当时您在现场发生的一些情况吗?

田毅:我们发现第六个伤员的时候,指挥部通知我们医务人员给伤员进行评估,这个非常关键。因为这个患者一下子还救不出来,里面还有东西压在这里,我的任务就是评估这个工作,这个病人能不能还有时间继续给施救消防人员扩大空间。

记者:经过之前那么长的救治(援)都没有发现生命迹象,那在您亲自评估下发现了一个生命体征,您当时作为一个医生心情怎么样,可以和我们进行分享吗?

田毅:我们作为医护人员就希望九个人都能救活,这是我们最大的心愿。当然了,前面五个非常遗憾没有救活,第六个还有生命迹象,我们医务人员都非常开心,但是在现场我们开心都是放在肚子里。通过这么多努力,我们作为医务人员跟消防战士(的付出)没法比,他们是连夜地工作,那么多工作那么多人力物力。如果能救活(被困人员),给他们这些参加抢救的消防战士我觉得也是非常好的一个安慰,我觉得。

记者:谢谢田主任,是你们的专业和职业精神,让患者得到了第一时间的救治,非常感谢您。好的,主持人,以上就是我在现场了解到的情况

主持人:谢谢,谢谢路平和晓乐,谢谢田主任,谢谢所有的医护人员和救援人员,在这里也为他们的付出点赞!各位听众,截至目前,“2·2文成房屋倒塌”事件中已经有8名被困人员被找到,还剩下最后一名被困人员,让我们继续等待。

(播出时间2月3日9:25)

主持人:现在是北京时间9:25,我们的记者夏珍在温州医科大学附属第一医院为我们发来“文成民房倒塌”事件中第一位生还老人胡庆华的最新消息。今天凌晨,胡庆华老人在医院做了截肢手术,目前情况如何?让我们赶紧连线夏珍来了解下,夏珍你好。

记者:那么我现在正是在温州医科大学附属第一医院的重症监护室(ICU)的门口,一直备受关注从昨天晚上10:45被成功救出的胡庆华老人现在正是在里面。她在废墟里埋了将近15个小时,她是通过自己打电话出来求救的。在10点多救出之后,她先是在文成县人民医院做了一个全身的评估,医院发现老人的右下肢严重挤压受伤,而且肌肉组织已经发黑了,所以在当晚就马上转院到了温州医科大学附属第一医院。今天凌晨,经过附属第一医院的一些医生紧急的病理讨论之后,确定给老人做右下肢截肢手术,这个手术今天早间已经完成了。现在我通过温州医科大学(附属第一医院)副院长卢中秋的介绍,他告诉我们:因为胡庆华老人右下肢的挤压非常严重,导致坏死的肌肉组织已经影响到病人的脏器器官,比如像肺部、肾部、胰腺部等等,最终会危及生命,所以必须要做截肢的手术。在得到家属的同意之后,在凌晨实施了这个手术。这个手术相当的成功,现在老人的生命体征尚属比较平稳,但是危险期还没有度过。根据卢院长的介绍说,需要3—5天的时间进行观察之后才能够确定,我们也在进一步跟踪这方面的消息。同时我们在胡庆华老人的家属方面也了解到,其实家属现在非常的悲痛,但是他只能现在是守候在老人的旁边陪她一起渡过这个难关,一起来加油。好的,主持人,我现在这边了解到的情况就是这样。

主持人:好的,也谢谢夏珍为我们发来的报道。“文成民房倒塌”事件备受社会各界关注,各方力量也纷纷伸出援手,在这里我们祝愿胡庆华老人能够早日康复,同时祈祷最后一名被困人员能够尽早被找到。

(播出时间2月3日10:00)

主持人:现在是北京时间上午的10点,欢迎您继续锁定FM103.9温州交通广播、温州市应急广播,接下来让我们来继续关注“2.2文成民房倒塌”事件。今天上午

9:48,救援现场发现了最后一名失联人员,经过现场医生证实,已经没有生命体征。那么到此为止,“2.2文成房屋倒塌”事故搜救工作全面结束,接下来让我们连线现场记者晓乐,晓乐你好。

记者:主持人你好,这起事故的搜救工作已经全面结束,共有两人获救,七人遇难。目前两名生还老人还在医院进行救治,在这里也非常希望两位老人能够早日康复。经过一天一夜的奋战,我看到现场人员也是十分疲惫,救援车辆正在陆续撤离,目前现场的救助工作、原因调查、善后处置等各项工作仍在紧张进行中。接下来文成县也将组织全县各乡镇深入开展城乡房屋安全隐患再排查的工作。好的,主持人,以上就是我在现场发回的报道。

主持人:好的,感谢晓乐从现场发回的报道。我们也非常感谢在这次事故中伸出援助之手的人们,是大家的坚持和努力,让我们感受到了这股强大的力量,点燃了生命的力量。愿逝者安息,更希望两位老人能够早日康复!好,这里是FM103.9温州交通广播、温州市应急广播,欢迎各位继续锁定收听。

单位:温州广播电视传媒集团交通频率

作者:李晓乐、路平、李夏珍、蔡瑜、叶繁、徐迁

播出时间:2017年2月2日—3日

现场的力量　声音的力量

——新闻现场直播《直击“2·2文成房屋倒塌”事件》评析

詹晨林

2017年2月2日,农历大年初六,当人们还沉浸在新年的一片祥和之中时,温州市文成县百丈漈镇外大会村4间四层半的民房轰然倒塌,9人被埋入废墟中,经过近25个小时的救援工作,其中2人获救,7人遇难。

突发事件是考验媒体人专业素养的试金石。作为本地媒体,过年期间遭遇突发事件,极大程度考验着媒体人的专业素养和整体实力。作为温州市应急广播,温州交通广播在第一时间派出各路记者奔赴现场,及时传播救援最新动态,有力地展现了媒体的社会责任,以及时、公开、全面的报道引导社会舆论。

分析这一系列广播新闻现场直播节目,能够清晰地看到新闻现场直播的共同特点——来自现场的力量;也能参见广播节目在多元化舆论传播环境中如何充分发挥自身特点——声音的力量,寻找突破之路。

一、突发报道，唯“快”不破

相比较电视而言，在采访报道端，广播新闻现场直播人员精简，设备轻便，一个人就可以完成全部报道。在播出端，利用广播直播流随时可以插播突发信息。尤其对于地方媒体而言，借地理位置之便利，接地气、赶时效是其发展的黄金法则。此次报道中，温州交通广播作为一家地方广播媒体，优势尽显。事发时为早上8点左右，8点10分，温州交通广播便已经播发快讯，并派出记者前往现场。两小时后，记者就完成采访，发回了第一条现场连线报道。

突发事件报道考验的不仅仅是记者个人，还在考验着媒体突发应急整体机制。如记者的梯队式派遣、合理分工、编辑部支持等，最终都会影响呈现。通过此次系列新闻现场直播可以看出，温州交通广播已经形成了一整套应对突发事件的响应机制。

在过度消费的信息时代，人们都像是患上了信息饥渴症，必须得说些什么，看些什么，抓住一点蛛丝马迹就拼命放大，不断累积的信息泡沫反而推远了真实本身。① 人们陷入了一个信息爆炸，却难以获得真正有效信息的时代。在这个时候，来自主流媒体真实、准确、专业的信息显得尤为重要，能够起到高效传播信息、引领舆论的正面作用。在此次报道中，温州交通广播每隔1—2小时就有记者分别从几个核心现场发回准确、详细的最新消息，层层递进，并很快形成了报道主线，架构起梯队式的信息更新。这不但体现出专业媒体的力量，更是对目前新闻宣传力量质疑声音的有力回应。

二、抓住故事线，一波三折有悬念

一场优秀的新闻现场直播，必然不是信息的无序堆砌，而是一连串吸引人的生动故事。“讲好中国故事”也是党中央对新闻舆论工作的要求。对于新闻现场直播来说，最难的就是在不断流动的直播中敏锐地发现、抓住故事点，通过关注故事发生的过程，形成对故事主线的集中呈现。

《直击“2·2文成房屋倒塌”事件》系列新闻现场直播在进入救援中段之后，敏锐地抓取到“文成民房倒塌”事件中第一位生还老人胡庆华的故事。老人在废墟下打出电话，这一富有戏剧性的情节燃起了人们对于生命救援的期盼。之后，家人与老人通话、老人救援进展、老人救治情况，一系列过程搭建起了一个丰沛的生命故事。救援、救治中的一波三折，不断形成悬念，让听众的心跟着老人的健康状况不断波动。

---

① 王辰瑶，汪子钰，苑明．内爆：不确定时代新闻生产的逻辑——从马航客机失联报道谈起[J]．新闻记者，2014(5)．

过程是指事情发生、发展的真实的生活流程，它是报道中情节和故事的载体。①新闻现场直播，讲述的不是结果，而是新闻发生的过程。在突发事件报道中，救援的过程永远是最牵动人心，也最能体现生命力量、人性光辉的核心故事点。温州交通广播此次系列直播，用生动的案例再次证明了这一新闻传播不破的规律。

三、充分利用声音元素，突出现场感

麦克卢汉认为，和中性的眼睛相比，耳朵是非常敏感的。耳朵没有宽容性，它是封闭的、排他性的；眼睛却是开放的、中性的、富有联想的。②这一特性让广播拥有自己独特的传播特点。在只有声音元素的情况下，听众需要根据声音，自行补足视觉、触觉等多种信息，因此，听众听广播的时候，会因为出色的现场音效产生强烈的参与感。抓住这一特点，《直击"2·2文成房屋倒塌"事件》系列新闻现场直播在许多地方充分利用声音元素，将充满感染力的现场传递给听众。如营救第一位生还老人胡庆华过程中现场嘈杂的作业声，家人和当时还被埋压在废墟下的胡庆华老人的对话，周围救援人员不时提醒注意手机电量，尽管没有画面，但这些鲜活的现场声音反而传递得更清晰，更让人体会到现场的紧张气氛，产生身临其境的真切感受。

只有声音，还有效放大了同期声里的情绪。记者在医院采访医生的段落，医生哽咽着表达对救援人员的感激；家人与胡庆华老人对话时，那急切的话语，努力压抑着颤抖的声音。这些声音里的情绪，极大激发了听众的想象力，令人感受到当事人生动、复杂的心情。

电视兴起的时代，有人唱衰道"广播已死"；新媒体兴起之后，又有人认为"传统媒体已死"。实际上，每一种媒体形态都有作为"新媒体"的时代，也有变身为"传统媒体"的尴尬。但是，只要抓住自身媒介传播的特点，充分扬长避短，同时与新型媒介形态统合发展，必然能够在激烈竞争的媒体市场上争得立足之地。

四、意见与建议

1.加强救援过程报道

第一时间的报道质量往往决定听众对于媒体机构专业性、公信力的判断。在此次报道的前半部分，针对救援的现场过程、细节描述较少，多用"正在展开有针对性的救援""争分夺秒的救援""与时间在抢夺生命""全力搜救"等口语中的概念性的"套语"来表述，但现场救援到底怎么救？发现了几处生命体征？用什么器械搜寻生命？又用什么器械挖掘？现场展开了几个作业面？遇到了什么困难？又如何解决？一系列问题

---

① 朱羽君，雷蔚真.电视采访学[M].北京：中国人民大学出版社，1999：121.

② 马歇尔·麦克卢汉.理解媒介：论人的延伸[M].何道宽，译.南京：译林出版社，2011：345.

可以在第一时间展开更为具体、充分的报道。

与其形成对比的是,记者在第一时间选择了追问事故原因。实际上,这是很难得到准确回答的。根据《国家突发公共事件总体应急预案》规定,在应急处置结束之后,才对特别重大突发公共事件的起因、性质、影响、责任、经验教训和恢复重建等问题进行调查评估。尤其在事故刚发生时,第一报道点必然在救援进展和其中的细节上。但是,事故原因必然是受众关注的重点。此时,记者若提问原因,显得不懂法;但不提,则无法回应受众需求。此时,记者可以根据不同事故类型,将"原因"部分化解为几种不同可能性,从一些事实性信息入手,如可以将问题变形为"倒塌楼房是什么材质、结构,建造有多长时间了,是否符合建设审批的要求"等更为具体的问题,还原事故发生的过程,并加以引导,帮助听众了解事故的可能性,而非追求一个确定的答案。

2.以生动口语串接现场报道

现场直播以记者、主持人的人际传播为传播特点,因此,语态应更接近日常口语传播,对于书面语的吸收应保持适度原则。在此次直播中,有的记者、主持人使用了大量书面语言甚至是文件语言,一定程度上削弱了直播的生动鲜活。如2月2日21:35的直播报道,记者在讲述新闻发布会上获得的信息时,采用了直接播读的方式。尽管这是最安全、稳妥的方法,但出于传播效果的考虑,建议记者可以在播读的过程中进行适当的口语化处理,将文件语言进行转译,或者在播读中加入一些现场的观察,稀释信息浓度,强化信息重点。在这档直播中,紧接着的下一个段落是记者直接讲述老人与家人通话的细节,这一段报道又缺少对现场的整体描述,导致这一整段直播在语态上从书面语直接跳接到最为质朴的原生态口语,使整个段落显得有些突兀。

3.挑战真直播,强化现场感

新闻现场直播,以其出色的时效性、现场感打动受众,广播新闻现场直播,同样需要同时强调时效性、现场感,让真实、质朴的现场填补听众因为视觉缺失而带来的传播遗憾。尽管此次系列节目已经采用了大量现场音效,但是,或许是出于对节目品质的要求,能听出一些报道采用了"假连线"的方式,即记者与主播事先通过电话录音完成报道,经过剪辑之后以直播连线之名播出。这种直播,被称为"演播室直播"。严格意义上来说,真正的新闻现场直播应为"演播室直播"与"新闻现场直播"的合体,听众与主持人、记者三者时空合一,会带来极强的传播体验。当然,这也对主持人、连线记者都提出更高的专业要求。

新闻现场报道以其突出的时效性、现场感、参与感,成为广电新闻报道中的利器。创作更为高品质的新闻现场报道,是广电新闻人的职业追求,也是提升主流媒体舆论影响力、传播力无法回避的必经之路。瑕不掩瑜,温州交通广播此次系列报道充分体现出地方主流媒体对于自身责任、使命的坚定担当,成为正面引导舆论的有生力量。

广播长消息

从遮遮掩掩到接受阳光监督
企业主动设立"阳光排污口"值得点赞

【导语】近日呢,地处鹿城区仰义街道的浙江禾本科技有限公司门口,新出现了一个方形的小池子,白色瓷砖底、透明玻璃板,一眼看到底,水质无处遁形。这个看起来像窨井的池子,就是温州首个"阳光排放口",它与"三色标志"法组成的"排污口整治、剿灭劣五类水"新举措,在仰义率先试点,并且呢逐步向鹿城全区推广。下面,请听记者现场发回的报道。

【出记者现场音】

听众朋友们大家好,我现在就来到位于鹿城仰义的浙江禾本科技有限公司,那么这个"阳光排放口"我看到是由白色的瓷砖底、透明的玻璃板组成,肉眼也能初步判断底下水的颜色、性状等等。在排放口的旁边立着一块写着"阳光排放口"的牌子,上面清楚地写着能排放的污染物种类及排放的标准、废水排放去向、排放方式、企业联系电话、环保投诉电话等信息,排污情况是时时刻刻都在公众监督之下。

禾本科技是一家生产农药的大型重点企业。在人们的印象中,这样的化工企业往往环境问题较多。然而现在企业却把透明的排污口大方地展现在市民面前。有了这样一个"阳光排放口",市民对其排污情况一目了然,也大大提高了环保执法人员的工作效率。

鹿城区仰义环保所所长谢文挺:

【出录音　谢文挺】以前呢我们就是说以一种强制的管理手段,通过法律的这种力量把他们管起来,我们现在就觉得这种(管理方式)是一种环保理念的转变,作为他们企业主来讲的话,他们觉得这个理念的改变(转变)了,对他们企业来讲也是有一个非常好的社会的效益。

在浙江禾本科技有限公司的厂区内,显眼的三色箭头标识吸引了记者的注意。

【出录音　叶增港】这个就是代表不同性质的水流走向,有红色、绿色的还有黄色的分别标识企业污水、雨水还有生活污水这三种。

公司安全环保部副经理叶增港介绍,不同的污水通过不同的管道进入不同的处理系统进行处理,不仅降低了污水的处理成本,而且一旦发现异常排污情况,很快能找到污染节点所在,做到更加规范的管理与整治。

鹿城区仰义环保所所长谢文挺表示,企业的地下雨污管网看不见摸不着,但却是环保日常执法检查中的必查项。如何理顺企业地下雨污管网，将它们直接地搬到路面上来，“三色标志”法帮了大忙。

【出录音　谢文挺】通过这三色的管理，那么我们使他企业生产污水、生活污水跟那个雨水进行有效的区分，便于我们的一个综合的管理和分析。

在仰义街道辖区内的企业中，除了禾本科技，后京电镀基地的阳光排污口即将建成。试点成功后，仰义环保所还将在该街道100多家重点企业推广。

从遮遮掩掩到接受阳光监督，企业的大力配合也彰显着环保理念的进步。环保效益与社会效益在企业发展规划中正占据越来越重要的位置。

【记者】企业主动会去做这些事情吗？

【出录音　叶增港】对，我们每年环保投入都有百万的，企业有责任，而且以后企业发展也必须要走环保这条路。

本台记者碧纯编辑报道

单位：温州广电集团经济生活频率

作者：厉碧纯、雷子明

播出时间：2017年8月31日

抓住改变 突出改变 让改变体现新闻价值

——评广播消息《从遮遮掩掩到接受阳光监督
企业主动设立“阳光排污口”值得点赞》

陈洪标

听广播消息《从遮遮掩掩到接受阳光监督 企业主动设立“阳光排污口”值得点赞》让人耳目一新，这是一篇通过抓住改变，突出改变，最后让改变体现新闻价值的报道，而且新闻本身就很有典型性，对全国的环保工作具有重大意义。

这消息属于工作性报道，之所以出新，新就新在企业主对环保理念的巨大变化，破解了环保部门和企业主之间长期解决不了的矛盾。

之前，企业主与环保部门，就像老鼠和猫的关系。监督与被监督的关系就是猫捉老鼠的关系，环保部门一上门，企业主就让环保设备运转一下，环保部门一走，就关停设备。根本的原因就是运转设备需要费用，为了节省成本，企业就这样和环保部门玩起了猫腻。有的排污排废气量大的企业，白天不外排，或者干脆停产，一到晚上就开始往外排。这些现象在全国都很普遍，但一直没有好的办法，能给予彻底的解决。

尤其近年来，河流、地下水污染已然成为民众心病。一方面环保、治水技术更新快，涉及范围广，耗资巨大，单纯依靠政府"治水"显然并非长久之计；另一方面作为治水剿劣的重要突破口，排污口整治工作和成效尤为引人关注。

作者正是基于这种对环保与企业之间的深刻认识，在作为"试验田"的鹿城区，整治 2517 个排污口"数量多、任务重、时间紧"的攻坚战中，记者第一时间关注到鹿城仰义街道禾本科技率先实行的"阳光排放口"，立即前往实地采访，在与环保部门、企业主、街道负责人的交流中，了解到了一条"政府政策助推＋企业主动参与"的联合治污模式。

记者通过到企业实地采访，看到企业"阳光排放口"的旁边立着一块牌子，上面写着能排放的污染物种类及排放的标准、废水排放去向、排放方式、企业联系电话、环保投诉电话等信息，让人对其排污情况一目了然，排污情况也时时刻刻都在公众监督之下。具体设施中，"三色标志"法很显眼，即把企业污水、雨水和生活污水通过标识红色、绿色、黄色不同的管道进入不同的处理系统进行处理。

为什么要这么做？报道通过企业主、环保部门负责人之口，说出了这样做有三大好处：一是降低了污水的处理成本和排污成本；二是一旦发现异常排污情况，很快能找到污染节点所在，做到更加规范的管理与整治；三是对环保部门来说，便于管理，大大提高了环保执法人员的工作效率。因为"三色标志"法减轻了企业的负担，从而受到企业的欢迎。

该消息正是抓住了企业主的这种改变，通过当事人讲述过去遮遮掩掩，到现在主动参与污水整治接受阳光监督，突出了企业主重新树立的这种环保责任意识的典型性，从而体现"'政府统领、企业施治、公众参与'的社会共治模式"的积极意义。

这则消息的社会意义和价值，不仅可以为企业主提供一种可行的借鉴，而且可以引导更多的企业主效仿，让环保效益与社会效益体现于企业发展的规划之中，使污水整治不再是由政府唱独角戏，而是走全民参与、政企合作的新道路。

另外，该消息结构清晰，音响丰富，现场感凸显广播媒体的可听性。

广播新闻专题

温州“兰小草”之谜

（片花）

在温州，他是家喻户晓的人物，却又没人知道他是谁。

他被评为“温州改革开放三十年十大慈善人物”“感动温州十大人物”，但一次都没来领奖。

人们知道的只有一个捐款的代号：兰小草。

15 年来，他每年匿名捐款 2 万元。他承诺，要这样坚持 33 年。

然而，当隐藏 15 年的秘密揭晓时，却是与他永别之时。

而“兰小草”精神将不断续写新的感动。

请听专题报道：《温州“兰小草”之谜》。

主持人：15 年来共匿名捐款 30 万元，每次只留下“兰小草”的名字。他曾是温州城市的一个谜，让温州全城寻觅了 15 年而不见踪影，但他却总是准时送来约定的 2 万元公益捐款。没想到，在找到他的时候，却是与他永别之时。他虽然离开了我们，但“兰小草”精神却永远地留了下来，成为我们这座城市、我们这个时代弥足珍贵的道德航标。接下来就让我们追寻“兰小草”之谜背后的故事。

这几天，来自洞头大门岛的 30 多名老人，因风浪船停航，特意坐了两个多小时的汽车从乐清转到洞头元觉，来送别一个人——乡村医生王珏。10 月 20 号，这位被当地村民称呼为“小岛生命守护神”的人因病不幸去世，享年 48 岁，村民们从各地赶来见他最后一面。但他们没想到的是，这个大家交口称赞的好医生，还有另外一个身份，他就是这么多年感动全城的道德偶像“兰小草”。

【出村民录音：真的不知道兰小草。记者：村里的人怎么称呼他？村民：村民就是称呼他好人嘛。就是人特别善良，特别好。】

“用最短的时间减轻病人的痛苦。”这是王珏挂在自己 QQ 签名上的一句话。

王珏出身医学世家，是王家的第七代传人，曾到省中医药学院进修学习。1990 年的洞头大门岛交通闭塞，岛上医务人员紧缺，居民出岛看病只能坐轮渡，遇上天气不好轮渡停运，就毫无办法。年仅 20 岁的王珏执拗地踏上海岛，从爷爷手中接过诊所，走上乡医之路。而此后的 28 年里，王珏每一天想的都是怎样为病人服务，怎样为患者排忧解难。

岛上空巢老人居多，王珏对待病人如同对待家人般地照料。一次村里的一位年岁已高的阿婆在卫生室打完点滴，行走不便，他二话不说就主动背起阿婆，把她送回家，阿婆感动不已。还有一次恰逢台风天，隔壁村的林阿姨打来电话，说自己孙子头很烫，脸很红，还抽筋了，王珏不顾外面的大风大雨，背起医药箱就往林阿姨家里赶。弟弟王瓒：

【出录音：有一次这个我印象当中很早的时候，在我哥那里，晚上可能一两点钟有人过来就买一个止血贴，两毛钱。我说你干吗要给他开，他说病人过来找肯定是病人痛苦，那作为医生的话要体谅病人。但是有些农村里有一点点事，那晚上几点钟，有时候就半夜过来，我哥总是不厌其烦的，他从来没有抱怨过。】

而面对许多路途远的病人，他会让妻子多煮一份饭，让病人吃饱再回家。对于腿脚不便的病人他会自掏腰包，给他们付掉来回的三轮车费。朋友林采中：

【出录音：打个比方说老人如果在他那里看病的时候，有时候风很大，有时候雨很大，那病看好了怎么办，他又去打电话叫三轮车，自己掏钱，把人送到家。】

村民卢林芬清楚记得，一次她看完病后，医药费是 70 元，由于家里条件差，她就问王医生钱能不能少点，王珏最后只收了 20 元。这样的事例不胜枚举，对于穷苦的病患，王珏有时候甚至是分文不取。王珏小舅子侯海国：

【出录音：我觉得我姐夫啊家里也不算是很有钱，现在这社会开诊所很挣钱的很多了是吧，人家都说开诊所很挣钱，但是我姐夫不挣钱，他看到有些老人啊过来的，有些都是还倒贴钱给他。所以说我觉得我姐夫这几年钱可能是没有多少存起来。】

15 年来，小舅子侯海国怎么也想不明白，家里条件并不充裕的姐夫每年都是怎样挤出 2 万元，让他以“兰小草”的名义送到温州去。回忆起 15 年前姐夫找到自己的那一幕，侯海国还历历在目。

2002 年 11 月 17 号，王珏起了个大早，来到乐清柳市找到在理发店工作的侯海国，让他陪着一起到温州送个东西。那天，他们从乐清乘公交到永嘉瓯北，乘渡船到望江路，再乘公交车到物华天宝，下车到温州晚报一楼送了一个包裹，仅几秒钟就匆匆离开。侯海国说，一路上，王珏省吃俭用，连打的都舍不得。侯海国后来才知道包裹里是 2 万块钱。

【出录音：他说你能不能跟我一起去一个地方，具体去哪里他不跟我说，去了晚报之后回来，后来我在路上都没问他，就是第二天第三天报纸登出来，就是 2 万块钱。】

随着善款一起送达的还有一封署名为“农民的儿子——兰小草”的信，信中写道：这两万元是我们辛苦挣来的，捐给那些急需帮助的孤儿寡母……我们希望用 33 年时间，每年捐献 2 万元“星雨心愿”善款，以报答农民“粒粒皆辛苦”的养育之情……

那次之后，为了防止别人认出自己，每年的 11 月 17 号，王珏都委托侯海国到温州捐款。每一个“星雨心愿”都是：捐给急需帮助的人。一诺千金，雷打不动。

而侯海国也牢记姐夫的嘱托,每年捐款都来去匆匆,用公用电话联系,不肯留下真实姓名和可以让人找到的线索。

【出录音:这两万块钱(每次)拿过去,我直接跑步出来,为什么,因为我姐夫不想让人家知道这个事情。】

15年中"星雨心愿"唯一一次不让侯海国送,还是因为王珏看报纸发现侯海国和记者多说了几句话,所做的"处罚"。

正因为王珏的低调行善,这么多年来,"兰小草"才成为温州人民"最熟悉的陌生人"。

新华社、央视、光明日报、浙江日报……几十家媒体曾联手追寻兰小草,对他进行了持续多年的关注和报道。兰小草被网友尊为道德偶像,获评2011年感动温州十大人物、"温州改革开放三十年十大慈善人物"等。2015年,"兰小草"诚实守信故事入选温州道德馆。

感动温州十大人物的颁奖词盛赞:他是谁?他是爱的阳光,倾城普照;是善的苍树,根深叶茂。

同样不知道"兰小草"真实身份的人,还有他的至亲们。弟弟王瓒说,家人们知道"兰小草"是自家兄弟还是因为一次"意外"。

王家有个好家风,每逢一些大的节日一家人必须聚在一起。5年前的除夕,兄弟间聊起了从媒体上看到的"兰小草"的报道。

【出录音:我大哥偶然讲起来兰小草这个事情,他(大哥)说每年交2万,而且捐了十几年,肯定是家里(有)条件或者办企业的,当时我二嫂接了一句话,其实他也很难,这钱也是东凑西凑的。】

正是王珏妻子侯海平无意间的一句话,让兄弟几个知晓了王珏就是"兰小草",但家人们都尊重他的行善方式,也没有向外界披露。

【出录音:我二哥就是坚决不能让我们去对外去讲,所以一直这事情也没对外去宣传,因为我二哥他说做善事就是要低调,不求回报,这样才真的是做善事。】

后来,兄弟们好奇地问王珏为何取名"兰小草",为何许下33年的"星雨心愿"呢?王珏说,平凡、善良的奶奶特爱画兰花,在村里很受尊重,因此,他将"平凡小草"和"高洁兰花"结合,以"兰小草"善行温州。

去年,王珏还说起,他在33岁刚成家立业的时候,万事刚起步,在11月17号看到流星雨的那天许下了心愿:希望越干越好,在每年的这一天,用33年来实现回报社会的"星雨心愿"。

可是33年之约还没到,不幸的消息传来。10月20号晚上,王珏因肝癌离世,年仅48岁。就在生命的最后一刻,王珏还惦记着"兰小草"的约定,对着妻儿说,要把今年“星雨心愿”的钱准备好。儿子王子震：

【出录音：他生病的时候跟我说，他说爸爸没有什么留给你，就把这笔精神上的财富留给我，这比任何东西对我都有好处。】

珏，寓意美玉。王家五个兄弟，璋、珏、琛、瑜、瓒，都有同样的意思，王珏的父亲希望孩子都具有如玉般的高洁品格。王家家教甚严，王珏在这种家教环境中长大，只身教不言传。在王子震的印象里，父亲话不多，总是用行动感化身边人。从2002年至今，王珏夫妇每年都会去敬老院献爱心，端午中秋送去一份粽子、月饼，过年为老人做年夜饭。

2011年秋天，王珏通过各种渠道联系了一位儿童，资助她完成学业。此外，修桥、铺路、为汶川地震捐款……王珏从未缺席。在行医过程中，王珏感悟到生命的宝贵，还曾自费在媒体上刊登公益广告，请人们珍爱生命。

四年前，王子震从舅舅口中得知，父亲原来就是那个大家追寻的“兰小草”，王子震既觉突然又觉自然。

【出录音：当时我其实没有太多的震惊的那种感觉，因为我知道这应该是他，他每年就是会去敬老院这样看老人。他一直没有从语言上教育我，他都是用他的行动做出来。】

他没有向父亲询问太多，也没有计较父亲曾经一个月只给他200元的生活费，而是默默下定决心，要传承父亲的这种精神，坚持帮助身边需要帮助的人。在学校时他坚持勤工俭学，去餐厅当服务员为自己赚生活费；也积极参加公益活动，热心帮助同学，献血献爱心。在王珏身后，他和母亲决定传承父亲的善举，完成他的遗愿。

【出录音：我们考虑下想把这些钱成立一个兰小草基金吧，我希望就是我靠我自己的双手去挣钱，然后我会照顾我妈，接下来我有经济能力，我会继续完成，没有经济能力我会用行动去做的，我希望更多的人把这种精神传递下去。】

这几天，在王珏老家元觉，大门岛敬老院的十多位孤寡老人凑了钱，想为王医生送上一个花圈，每天都有很多认识他或不认识他的市民前往凭吊。

（片花）

在温州，他是家喻户晓的人物，却又没人知道他是谁。

他被评为“温州改革开放三十年十大慈善人物”“感动温州十大人物”，但一次都没来领奖。

人们知道的只有一个捐款的代号：兰小草。

15年来，他每年匿名捐款2万元。他承诺，要这样坚持33年。

然而，当隐藏15年的秘密揭晓时，却是与他永别之时。

而“兰小草”精神将不断续写新的感动。

请继续收听专题报道:《温州“兰小草”之谜》。

在北京参加中国共产党第十九次全国代表大会的中共浙江省委常委、温州市委书记周江勇看到兰小草的事迹后批示指出:“兰小草”王珏隐名行善15年,像一株幽兰小草,虽默默无闻,但馨香人间。他的离去,令人悲痛,但他的精神,必将永恒。他就是我市的“道德偶像”,不愧为“最美温州人”。习总书记指出:要培育和践行社会主义核心价值观,加强思想道德建设。我们一定要切实弘扬“兰小草”的先进事迹,进一步打响“大爱城市、诚信社会、道德高地”的品牌,为温州在新时代中国特色社会主义道路上继续走在前列,提供不竭的精神动力和道德滋养。23号上午,市委宣传部常务副部长邱小侠,市委宣传部副部长、文明办主任吕朝辉到兰小草家中慰问其家属,并追授“兰小草”为“最美温州人”。邱小侠在慰问中透露:

【出录音:我们每年在11月17号的时候,都在关注那天能不能发现“兰小草”的真人真面,所以遗憾的是我们知道了以后他已经走了,这个是我们觉得特别特别的遗憾。】

凡人善举更让人动容。市委党校张红军评论指出,“兰小草”是温州无数普通慈善群体的典型代表,这个群体默默无闻坚守慈善,已经成了温州公益慈善事业发展水平的风向标。

温州大学教授张晓燕说,“兰小草”的生命有宽度、有温度、有高度、有风度,他给我们留下了沉甸甸的精神遗产。

【出录音:海岛的乡村医生王珏,他走了,他以一个短短的生命句号为我们揭开了一个长长的匿捐问号。15年30万,加上他的年龄,48岁,这三个数字呢不是一个简单的数字,这是一个恪守承诺的生命年轮,这是一串攀登道德巅峰的生命足迹,是一棵小草留在人间的永远芬芳,也是我们温州道德园林的一株参天大树。“兰小草”英年早逝。他的生命没有长度,有温度、有宽度、有高度,也有风度。他不是手握大把人民币的物质富翁,他却是我们常人无法企及的精神贵族和道德偶像,所以我觉得,他英年早逝,没有很长的长度,但是让我们触摸到了他短短的生命当中有温度、有宽度、有高度,也有风度。】

“兰小草”走了,善行仍在延续!记者从市慈善总会了解到,目前他们正在和王珏的家属对接“兰小草基金会”的事宜。市慈善总会秘书长肖国庆表示:王珏用15年的心血浇灌了“兰小草”,这本身就是一个持续了15年的慈善基金,我们没有任何理由让“兰小草”提前枯萎。

洞头企业诚意药业希望能够实现“兰小草”王珏最后的公益心愿,代替他继续以“兰小草”的名义完成未来18年的慈善捐款,让“兰小草”的名字可以为更多人带去帮助和温暖。还有许多市民在怀念“兰小草”的同时,也在传递和续写“兰小草”的这种善良与大爱。常怀感恩之心，我们都应该是“兰小草”。相信“兰小草精神”会激活更多人内心原本的善良与爱心，温暖整个社会。

（压混音乐：小草的爱心是阳光雨照，小草的心愿是幸福美好。兰小草……）

单位：温州广播电视传媒集团对农频率

作者：徐晓雅、陈小娜、刘敏俊、王芳婕、汪晓颖

播出时间：2017 年 10 月 24 日

平凡人的不平凡事

——《温州“兰小草”之谜》

唐佳丽

此篇新闻专题报道以回忆追溯的方式展开，以多角度、多层次的采访让大家了解到这个低调行善的“兰小草”——乡村医生王珏，他用自己的爱心诠释平凡如小草、高洁若兰花的精神。虽然“兰小草”王珏走了，但他的故事足以温暖一座城，触动亿万心灵。本专题录音丰富、情感真挚，让听众感动于这名乡村医生的温暖大爱。

一、广播特色显著，可听性强

广播是靠声音来传播的，所有的素材取之于多种多样的声音元素。作品一开始，作者就设置了一个悬念：一个温州家喻户晓的人物，却没有人知道他是谁，被评为“温州改革开放三十年十大慈善人物”“感动温州十大人物”，但一次都没来领奖。叙述的同时配上低沉舒缓的音乐，充分调动了大家对“兰小草”的好奇，随着隐藏 15 年的秘密揭晓，却是与他永别之时，让听众自然而然地跟随报道的节奏听下去。

在叙述过程中，作者在音响的选择上十分典型恰当，采用主持人叙述和采访录音的方式交替进行。分别通过多个村民、“兰小草”家人的口述，慢慢让我们对这个乡村医生有了具体的概念。此外，本篇报道夹叙夹议，在后续报道中，温州市委书记周江勇、市委宣传部常务副部长邱小侠、温州大学教授张晓燕、市委党校张红军等权威人士的评论和批示更是将兰小草这种精神作了提炼、升华，成为一个城市的道德内化。报道一气呵成，首尾连贯，具备较强的感染力和可听性。

二、细节描写真挚，故事性强

写人离不开写事，一篇成功的新闻作品，想要吸引读者，便要有生动传神的真实细

节,通过细节描写,将人物形象进行鲜明的刻画,环境描写栩栩如生,事件叙述灵活生动,只有这样,新闻才能抓住听众的注意力。本片报道记者走访王珏的老家洞头元觉街道状元村以及他救死扶伤、守护了28年的海岛渔村大门岛,采访元觉的家人、朋友,他照料过的患者,诸如背着打完点滴的阿婆回家、不顾大风大雨外出看病、让病人在家吃完饭再走、对于经济困难的病人免费治疗等等。正是通过这一个个讲述者讲述的生动细节,连点成线,还原出一个隐名行善、无私奉献的人物形象,感动了各地听众。

三、主旋律弘扬得当,传递正能量

习总书记指出:要培育和践行社会主义核心价值观,加强思想道德建设。我们一定要切实弘扬“兰小草”的先进事迹,进一步打响“大爱城市、诚信社会、道德高地”的品牌。“兰小草”,48岁,15年30万,这三个数字不是一个简单的数字,这是一个恪守承诺的生命年轮,是社会基底最坚实、最具活力的道德自觉和文化自觉。他留给家人的是厚厚的精神遗产,留给社会的是美德的种子。值得一提的是,此篇报道不仅仅局限在描写“兰小草”的善行,而是深度挖掘事件后续发展:市慈善总会正在和他的家属对接“兰小草基金会”的事宜;洞头企业诚意药业也希望能够实现“兰小草”王珏最后的公益心愿,代替他继续以“兰小草”的名义完成未来18年的慈善捐款;还有许多市民也纷纷加入传递和续写这种善良和大爱当中,让这个社会更加充满温度和高度。

电视新闻类

电视长消息

温州:“牵手”非公企业　今年95个经济薄弱村摘掉“穷帽子”

刚刚举行的中央经济工作会议强调,要“瞄准特定贫困群众精准帮扶,激发贫困人口内生动力”。在非公经济发达的温州,一方面,非公企业党组织占全市基层党组织的29.58%;另一方面,全市集体经济薄弱村共有1707个,占全省近四分之一。如何以强带弱,实现乡村振兴?下面一起来看温州的解法。

【现场敲锣】大家都过来过来,来这里排队,发钱了,过来过来。

今天一大早,来自文成县二源镇湖底村的100多位农户陆续赶到了附近的邱式农业有限公司大院,领取首笔土地流转的费用。

【现场】老奶奶数钱。

今年70岁的李翠娟家里一共有8亩地,由于二老年纪大了,田地一部分闲置一部分转租,收入微薄。今年,土地全部流转给邱式农业有限公司后,一下子增加了近3000元的收入,这可乐坏了二老。

【同期声】文成县湖底村村民　李翠娟:拿到2940块。我们老人很高兴了。过年有这么多钱也够了吧。(笑)过年啦!(笑)

今年59岁的廖东和是湖底村村民,靠着家里2亩多地,往常一年也就1万多元的收入,除去开销没剩下多少。今年,在文成县委组织部的对接下,湖底村与文成县邱式农业有限公司党支部达成了“产业帮扶”的协议,该村所有闲置的土地都流转给邱式农业种植高山有机蔬菜,同时,邱式农业以一天110元的工资聘请村里的闲置劳动力到农庄上班。这一合计,廖东和除了能拿到700多元的土地流转费,一年还有近4万元的工资收入。

【同期声】文成县湖底村村民 廖东和:在这里打工我稳定多了呢。(一年大概有多少收入)3万多(元),每天一天110。(这个收入你满意吗)满意啦!

从最初的80亩到如今的700多亩,土地的成片流转不仅让更多的农民在家门口就业,也让邱式农业的发展走上了快车道。

【同期声】文成县邱式农业有限公司董事长 邱汉春:我们跟他们进行对接,把土地利用起来,做好了我们本身企业的一个发展。我们企业现在总的工人接近30来个,基本上工人都是我们周边村的。

文成县湖底村通过产业帮扶消除贫困,而在瑞安、乐清、永嘉等地,非公企业通过“项目强村”的帮扶方式,帮助薄弱村脱贫致富。

记者(汪伶俐)出镜:这里是楠溪江的永嘉书院景区,该景点现在也成了永嘉乃至温州旅游的一块金字招牌,发展势头越来越好。但在几年前,这个景点所在的珠岸村,还是一个集体经济为零的经济薄弱村。自从与永嘉文化书院有限公司携手开展山林土地入股的方式的结对会议以后,珠岸村不仅获得了一年超过100万元的景点门票分红,同时,游客的增加也带动了村里旅游产业的发展。

【同期声】永嘉文化书院有限公司总经理 李作勤:这是很好的一个方式,振兴乡村的一个最有力、最快捷的方式。

【同期声】永嘉县沙头镇珠岸村党支部委员 陈关强:对我村里来说是第一桶金。开始这个滩林我放在这里是空的,没有收入的。

村民陈加波原先一直在外地打工,做点小生意。了解到村里旅游产业发展起来了,他也回到了家乡,并通过银行贷款承租了景区入口的一间商铺。

【同期声】永嘉县沙头镇珠岸村村民 陈加波:一年估计大概将近五六万差不多。也可以知足了,小家庭嘛。

今年以来,通过创新实施股份富村、项目强村、产业立村、电商活村等帮扶方式,越来越多的温州非公企业党组织与经济薄弱村结对,形成优势互补、村企共同开发合作项目的格局,促进薄弱村持续增收。年初至今,温州已有223家非公企业、54家社会组织与258个薄弱村结对,落实帮扶项目187个,帮助95个薄弱村摘掉了“贫困帽”。

单位:温州广播电视传媒集团全媒体新闻中心

作者:汪伶俐、徐文乐、董玮琦、文志浩、龚良证

播出时间:2017年12月30日

展现脱贫成就　做好典型示范

——《温州:“牵手”非公企业今年 95 个经济薄弱村摘掉“穷帽子”》评析

洪长晖

2017 年底举行的中央经济工作会议强调,要瞄准特定贫困群众精准帮扶,激发贫困人口内生动力。在非公有制经济发达的温州,如何以强带弱,实现乡村振兴?温州的做法是:发挥非公企业及其党组织在资金、技术、信息及经营管理等方面的优势,通过创新实施股份富村、项目强村、产业立村、电商活村等帮扶方式,与经济薄弱村结对,形成优势互补、村企共同开发合作项目的格局,促进薄弱村和当地村民持续增收,帮助其摘掉“贫困帽”。这是温州台这条报道的缘起。为了展现温州精准扶贫的优秀方法和优异成就,在半年多时间里,记者多次前往文成、瑞安、乐清、永嘉、洞头等地进行采访,该条报道重点选取了文成县二源镇湖底村和永嘉县沙头镇珠岸村两个典型的帮扶脱贫案例。

用老百姓喜闻乐见的方式表达老百姓喜闻乐见的事,是民生类新闻的核心宗旨。“分配是民生之源”,该条报道以村企共同开发合作项目,促进薄弱村和当地村民持续增收为选题,报道了人民群众最关心的收入和分配问题,关系到普通百姓的切身利益。民生新闻是以民本思想为基点,以平民视角和人文叙事手法关注和表现普通百姓的生命、生存、生活、生计等内容的一种电视新闻表现形式。具体表现在三个方面:民生内容、平民视角、人文叙事。薄弱村和村民持续增收,摘掉“贫困帽”,就是最基本的民生内容。通过对村民、村干部、非公企业党组织的采访,以平民视角客观、生动地呈现了温州通过产业帮扶、项目强村等方式帮助经济薄弱村脱贫致富的好做法。

余家宏主编的《新闻学词典》这样解释新闻价值这一概念:“新闻价值是选择和衡量新闻事实的客观标准,即事实本身所具有的足以构成新闻的种种特殊素质的总和。素质的级数越高,价值就越大。”而记者汪伶俐等人在对当地村民村干部、非公企业党组织的采访中,围绕着非公企业党组织与经济薄弱村结对,形成共同开发合作项目这一新闻线索,该条新闻中包含了新闻价值五要素的时新性、重要性以及接近性。

时新性主要体现在该事件发生在 2017 年中央经济工作会议前后,切实体现了中央工作会议精神。这则新闻及时且恰当地报道了温州特定贫困群众精准帮扶的情况,对中央精神、扶贫政策的优异成就都做到了及时、广泛的宣传,对今后温州的扶贫任务有极大的鼓励作用,也为其他各地的扶贫策略起到借鉴和启发作用。

重要性体现在此次报道主要关注的是特定贫困群众精准帮扶,这关乎人民群众的切身利益问题。一则新闻对国计民生的影响越大，就越重要，新闻价值也越大。在半年多时间里，记者多次前往文成、瑞安、乐清、永嘉、洞头等地进行采访，该条报道重点选取了两个典型的帮扶脱贫案例。这对展现扶贫政策的优异成就有极大的典型效应，也对其他各地精准扶贫的方法有很大的启发和借鉴作用。

该新闻还具有接近性，体现在地理上和心理上的接近性。首先，“牵手”非公企业党组织发生在文成县二源镇湖底村和永嘉县沙头镇珠岸村两个典型又普通的村庄，该新闻在温州市广播电视台的《温州新闻联播》栏目播出后，观众主要覆盖了温州各地的乡镇县，观众在地理上比较接近，会有强烈的感同身受。其次，对类似的经济发展水平和帮扶政策也有共鸣。另外，在电视播出时，采访对象口语化的表达，夹杂着当地方言，画面上的风土人情也令人有亲切之感。

进一步看，这则消息报道以小见大，落在实处。案例脉络清晰，紧紧围绕着非公企业及其党组织通过创新帮扶方式，促进薄弱村和当地村民持续增收的事件，选取了典型村、典型人、典型话，语言亲切、朴实，画面富有表现力，具有良好的传播效果。

在报道效果上，该则电视消息有着极大的影响。2017 年，温州共有 223 家非公企业党组织、54 家社会组织与 258 个薄弱村结对，落实帮扶项目 187 个，帮助 95 个薄弱村摘掉了“贫困帽”。该报道对温州的这一做法进行了展示和经验总结，为其他经济薄弱村脱贫致富提供了可借鉴的路径。报道播出后，温州集体经济薄弱村与非公企业党组织结对的热情高涨，仅仅不到半个月，在组织部门的牵头下，又有 50 多个村与非公企业党组织结对，并初步落实了帮扶项目。温州此项工作的成效也得到了《人民日报》等中央及省市媒体的关注和点赞。

如果说非得挑刺的话，那么这条新闻在创新体裁和形式方面还可以做进一步的探索。作者要全面把握新闻的传播需要，以事实为基础的同时，力求新意、争取创新，并且考虑公开传播的效果，讲究事实的反映艺术，善于表现事实的社会价值，把新闻写得更有吸引力和说服力。作者选取典型，但访问对象、形式和选取片段，有走套路、上模板之嫌，难有新意。若是可以稍加改进，就能更让人记忆深刻，效果显著。当然，这对一则面向普通百姓的民生新闻，已是苛求了。

电视新闻专题

效能在突围——温州"最多跑一次"改革深观察

【片头音乐】

【配音】门难进,脸难看,小鬼难缠。办事难,在温州曾广受诟病。

【同期声】义乌温州商会会长姜永忠:大官难见,小鬼难缠,会让好多的企业失去信心。

杭州温州商会秘书长陈光秒:以前的话大家是摇头,都不敢回去。

【配音】环境不佳,企业外迁,产业空心化,制约温州发展。

【同期声】温州市中小企业协会会长周德文:办事难给这些企业造成了巨大的压力,商务成本不断攀高,逼着他们实际上外流外迁。

【配音】去年12月26日,省委吹响"最多跑一次"改革号角,温州向行政低效宣战。

【同期声】温州市民项先生:(以前)要备户口本、身份证、资料带齐,时间要十天到半个月吧,现在速度太快了,网上一点几分钟的事情。

温州市瓯海区仙岩金轮磨具厂负责人莫金喜:现在到温州办事,各方面都省了,好多了,好多了,确实好多了。

【同期声】浙江巨晟工贸有限公司董事长郑长华:现在要给他(政府)点一个赞,这个确实是OK的。

【推出片头】

《效能在突围——温州"最多跑一次"改革深观察》

【主持人】今天是我省提出"最多跑一次"改革一周年的日子。近日公布的"最多跑一次"改革抽样调查结果显示,温州"最多跑一次改革"满意度指数达94.32%,列全省第一。从年初的24.4%到94.32%,改革满意度指数的飙升,说明了什么?"最多跑一次改革"究竟会给温州带来怎样的变革呢?

【同期声】工作人员:老板啊。

莫金喜:哦。

工作人员:你好,你好。

工作人员:昨天您(网上申请)办理的那个证书,今天已经有了。

莫金喜:有了?太快了,太快了。

工作人员:我今天特地带过来给你。

莫金喜:那么快。(现场压混)

【正文】当莫金喜从市质监局工作人员手中拿到这张全国工业产品生产许可证时,喜悦之情溢于言表。老莫回忆说,他在上世纪 90 年代末创建了这家生产砂轮的企业后,每五年需要向国家质监部门申请更换一次全国工业产品生产许可证。

【同期声】温州市瓯海区仙岩金轮磨具厂负责人莫金喜:原来我们换证都到北京(国家)经信部,都到(国家质监)总局办的,现在温州(质监局)办,各方面都省了,路费、时间都省了,好多了,好多了,确实好多了。

【同期声】市质监局行政审批处负责人王卫华:以前要经过层层申报、现场考核、产品抽验检验,最少需要两个月,现在经过流程简化以后,只用两个工作日就能获得证书了,这个就大大缩短了认证的时间。

【转场】

【配音】从两个月到两天,这一办证时间的大幅度减缩,就得益于目前实施的"最多跑一次"改革。而在过去,如果有这样的"高效率",在许多温州人看来,那是天方夜谭的事。

【同期声】义乌温州商会副会长曾平锤:以前反正比较散,办个事情要东跑西跑。

【同期声】南通温州商会副会长、秘书长蔡祥楷:人在的时候也得多跑几趟,它终归是,不是这个问题就是那个问题,就是那个问题、那个问题,都有。

【同期声】回归温商、浙江巨晟工贸有限公司董事长郑长华:就是原来的我们在温州的政府部门确确实实存在的这种"吃、拿、卡、要"这个东西是有的。

【配音】在温州,曾经流行着一句话——"大官难见,小鬼难缠",说的就是存在于机关的不正作风。门难进,脸难看,慵懒散,办事拖拉,这些衙门之风曾一度让百姓有口难言,更使温州发展举步维艰。

【同期声】义乌市聚力股权投资基金管理有限公司副董事长蒋焕麟:领导支持的事情,下面的人员找各种理由给你推,他就刷存在感。

【同期声】义乌温州商会会长姜永忠:大官难见,小鬼难缠,会让好多的企业失去信心。

【同期声】温州市中小企业协会会长周德文:温州已经到非治理不可的情况,特别2000 年左右(开始),我们大约有一万多家企业外迁,多的时候每年平均都两千多家,万亿资产流失。

【转场】

【字幕】资料:2003 年 8 月 15 日《温州新闻联播》

【同期声】主持人:温州市又一场旨在改变机关干部老爷作风效能的革命轰轰烈烈展开,今天上午,我市召开效能革命动员大会。来看报道:

市委书记李强代表市委市政府作动员报告

【同期声】温州市委书记李强：市委市政府号召所有机关部门和全体机关干部要立即行动起来，积极投身到这场效能革命活动中去，以自己的实际行动向全市人民交出一份满意的答卷。(压混)

【正文】2003年夏，一场前所未有的"革命"风暴席卷温州。这是一场特殊的革命，革命的主体是机关干部，革命的对象也是机关干部。

【正文】(字幕叠加)到2004年2月，温州全市共有50多名"庸官"下马，处分机关工作人员575名。

【正文】一时间，机关单位的门好进了，脸好看了，但办事的效率和质量仍未明显提高，发展软环境并未实质性改变。为了扭转这一局面，2010年，温州又开始了第二次效能革命。

【同期声】义乌市温投进出口有限公司CEO刘薇：温州是人情吧，就是人情社会，办点事情还是有难度的。

杭州温州商会秘书长陈光秒：以前的话大家都是摇头，都不敢回去。

【主持人】2003年时，温州就在全国率先打响了效能革命的第一枪。十年不到历经两次大规模的机关效能改革，说明往届市委市政府非常清楚温州发展的症结所在。只有改善发展软环境，温州才有出路。借助去年12月26日，省委提出的"最多跑一次"改革的东风，温州再次向行政低效宣战。

【同期声】温州市"最多跑一次"改革办公室副主任钱勇：我们温州在开始实施"最多跑一次"改革，群众的意见对政府提出的改革的要求、改革的压力，所以说这次"最多跑一次"是刀刃向内，自身改革就是从这里来的。

【正文】今年以来，温州持续推进"一窗受理、集成服务"的"最多跑一次"改革。在市本级前期设置7类综合窗口的基础上，又在全省率先按板块整合设置了大交通、社会事务2类综合窗口，9类综合窗口共覆盖80%以上的审批部门。

【同期声】温州公共政策研究所所长、副教授张红军：经过这一年来的改革，温州从原来的1003项，就市一级层面行政审批权力的基础之上，现在通过精简，只保留了748项。

【同期声】海归回归温商、顺德庄负责人胡慧坚：政府部门服务给我的感觉是亲切感、真诚感，办事效率高，真的。

【同期声】回归温商、浙江巨晟工贸有限公司董事长郑长华：现在要给他(政府服务)点一个赞，这个确实是OK的。

【正文+可视化】温州率全省之先出台"八个一律"管理规定，如：审批性窗口岗位一律由正式在编人员担任；不合格窗口人员一律由派驻部门召回；一线窗口工作经历一律视同基层工作经历；窗口工作时限一律不低于两年等。进一步将精干力量向窗口倾斜,持续提升窗口整体服务水平。

【同期声】温州市纪委常委、监察委员会委员张雨:(截至今天)我们查究了78个典型的问题,问责176人,问责了15个责任单位,使我们“最多跑一次”真正地落实到位,使老百姓感觉到营商环境进一步的优化。

【同期声】世界华人总会商务部部长傅初建:这个也就是温州商人在外面的一个心声,同时也是对温州回归的这种信心。

【正文】在今年11月29日召开的第四届世界浙商大会上,温商签下7个投资项目,总投资额达266.6亿元。引资项目数和总额数均为全省第一。曾经的温商走南闯北漂洋过海,如今,回归故乡成为他们经商的新轨迹。

【同期声】温州市招商局党组副书记、副局长赖晓华:我们2017年目前1—11月份的数据已经完成了651亿,已经提前一个月完成我们全年的(650亿)工作任务。

【正文】(字幕叠加)今年前三季度温州GDP总量同比增长8.4%,位居全省前列。实践证明,“最多跑一次”为温州经济的重振雄风安装上了助推剂,激发了活力。

【同期声】温州市中小企业协会会长周德文:特别温州这一年来的表现,应该是可圈可点。从第三方测评来讲,温州处于前茅,引领着全省,它在过程中其实是润滑剂,能够使得经济发展更加顺畅。企业办事方便了,积极性提升了,发展经济的动力增强了,使新的企业不断地涌现出来,增加新的发展动能。

【转场】

【主持人】“让数据多跑路、让群众少跑腿”,这是温州“最多跑一次”改革最响亮的口号,也是这项改革给百姓带来的切身体验和感受。

【正文】长年在内蒙古做眼镜生意的瑞安人郑先生,日前准备去香港参加展会,但是一直没时间去出入境管理部门办理签注。后来通过朋友的推荐,他运用手机在网上提交申请资料,一天便拿到了签注。

【同期声】市民郑先生:根本就不用说回来再去(出入境管理部门)排队,直接从网上申请,再次去签注,很方便、很便利。

【正文】记者了解到,温州全市每年户籍、证明类业务的办理量超过200万件,因为办件标准不一等原因,群众办理起来不太方便。为改变这一状况,今年8月,“百万申请网上办”平台惊艳上线,打造出了全省首创的“全市受理、全国通办、全网流转”的温州公安“百万申请网上办”应用服务平台。截至目前,已经有146万人次率先体验了“网上办”带来的高效快捷。

【同期声】市公安局“百万申请网上办”负责人胡绍耀:我们现在在网上的办事量已经达到了整个办事总量的30%以上,就等于是原来这30%的群众都是要到窗口去办理的,现在通过手机就能够完成这个事项的办理。

【正文】在实行“最多跑一次”数据化改革的同时，温州许多部门还通过主动放权、标准承诺、并联审批等措施，实现了所有行政审批许可事项群众办事“零上门”的服务。

【同期声】温州市质监局行政审批处负责人王卫华：从去年的“最多跑一次”到今年实现零跑，接下去争取企业在自己的电脑里也可以直接打印，证书也不用我们打印送达给他了，这样就更加为企业提供了方便，提高了办事效率。

【配音】为了方便村民办事实现零跑，泰顺县创新推出“背包警务”服务模式，让大山深处的百姓足不出户就能办成事。今天中午，泰顺县罗阳派出所民警杨宗帅和同事背上警务背包来到当地毛垟坪村，为村民们办理户籍信息登记等事务。

【同期声】泰顺县毛垟坪村村民邱宗光：以前办户籍去派出所不方便，现在民警过来我这村里办，方便了。

【主持人】改革无止境。“最多跑一次”改革依然“跑”在路上。这项改革不仅给百姓释放了“实惠”，而且还让温州的行政效能实现了突围，改变了机关里的人，改变了行政作风，改变了温州环境，改变了这座城市的未来。

单位：温州广播电视传媒集团全媒体新闻中心

作者：郑国健、文志浩、姜智勇、陈振仕、陈亦全、方戈

播出时间：2017 年 12 月 26 日

“调查报道”转型的一个良好案例

——《效能在突围——温州“最多跑一次”改革深观察》评析

陈书泱

2018 年炎夏的“疫苗之殇”将“调查报道”这一新闻体裁又一次推到了受众面前。所谓“调查报道”是将“调查”和“报道”融为一体，它是对某一或某类社会事实或社会现象所进行的深入系统或深入详细的报道，是深度报道的一种。西方国家媒体的“调查报道”作为一种特殊报道形式，专门用来揭露社会阴暗面、机构黑幕、大企业罪恶勾当以及黑社会的内幕等，如尼克松政府的水门事件、里根政府的伊朗门事件等的曝出，都是“调查报道”的杰作，因此“调查报道”又称“揭丑”报道。由此，《新闻学大辞典》也定义其为“一种以较为系统、深入地揭露问题为主旨的报道形式”。我国新闻界引进“调查报道”这一新闻体裁后，事实上它也多是对不良言行及违法乱纪行为的曝光，换言之以“揭露”为主，其调查的内容多是所谓“故意掩盖的新闻”或“见不得光的事”。由于我国媒体意识形态的属性使然，兼之“调查报道”的尺度把握，在新闻实践中“调查报道”

往往演变成为一种“不是你死,就是我亡”的残酷博弈。加之某些“调查报道”的作者素质低下,搞新闻敲诈、有偿新闻、有偿不闻,使得“调查报道”遭到了毁灭性打击。多元因素下,“调查报道”在我国日趋式微。

在这样的背景下,“揭示”性“调查报道”便难能可贵。所谓“‘揭示’性调查报道”就是通过比较长期而完整的积累、观察与调研,对社会问题或社会现象进行深入调查和剖析,讲求系统与全面,立足现实,面向未来,兴利除弊,用建设性的主张求得社会共识,推动社会良性发展。“揭露”和“揭示”一字之差,显现了立场、角度和效果的不同。《效能在突围——温州“最多跑一次”改革深观察》为“‘揭示’性调查报道”提供了一个成功的案例。解析其成功之处,不外乎下列几点。

一、主题“正”,立意明

“‘揭示’性调查报道”要发挥其揭示问题实质、揭示发展规律等的作用,主题必须“正”。其“正”有两个含义,一曰正确的“正”,一曰正面的“正”。正确的“正”就是“调查报道”的主题要遵守党纪国法,意在调查清楚事实的真相,既不刻意批评,也不着意表扬。决不能搞虚假新闻,虚假新闻的传播和泛滥,会对媒体的公信力与权威性造成极大伤害。正面的“正”就是“调查报道”的主题要从正面入手,不以“揭丑”为唯一功能。不仅要重视“调查真相”“舆论监督”的功能,还要注重“研究者”“倡导者”的功能;不仅要“挑毛病”,更要“找对策”,提出解决问题的办法。《效能在突围——温州“最多跑一次”改革深观察》这则调查报道显然做到了这一点。该报道抓住2000年以后,温州环境不佳、一万多家企业外迁、万亿资产流失、产业空心化、制约温州发展这一社会热点问题,通过“揭示”温州发展的症结所在,反映了温州“最多跑一次”的举措和做法,使得温商回归重新焕发活力,也使温州经济走向企稳回升的正常轨道。

二、题材“精”,内容实

“‘揭示’性调查报道”严谨客观特点的显现有赖于题材的保障,其基本要求是题材要“精”,内容要实。题材要“精”指的是报道的题材内容要经过精选,适合“正”的主题,两者要有逻辑的关联。为此要求其题材要正反结合、叙议结合。《效能在突围——温州“最多跑一次”改革深观察》这则调查报道选择了温州“最多跑一次优化审批全流程”“就近跑一次提升办事加速度”“一次也不跑增强群众获得感”等精选题材事例,翔实记录了温州“最多跑一次”改革的每一个“精彩”瞬间。报道紧扣“最多跑一次”改革以来人民群众的获得感,从昔日的“大官难见,小鬼难缠”到现在的“要给政府服务点赞”,证据确凿,逻辑严谨。

三、叙事"准",表述清

"'揭示'性调查报道"要发挥其作用,就要选择准确合适的叙事方法,把握好"度",表述要清楚明白。在目前的舆论环境下,对"'揭露式'调查报道"而言,其叙事更要在遵守党纪国法的大前提下进行。而"'揭示'性调查报道"叙事的准确性则体现在其叙事的完整性、逻辑的缜密性、语言的平实性、结构的平衡性和调查过程展现的真实性等方面。尤其在新媒体环境下,"人人都是麦克风","'揭示'性调查报道"要适应受众的需要,在表达方式和传播平台方面就要加大创新力度,不仅要有记者调查过程的文字描述,还可配有"有图有真相"的图片和视频。《效能在突围——温州"最多跑一次"改革深观察》这则调查报道充分运用了电视新闻的叙事手段,立足小切口,讲好大故事。整个调查报道层层推进,环环相扣,多角度、多视角呈现。尤其是对调查内容的表述运用了故事化演绎的新形式,直观,视觉穿透力强,使人耳目一新。

四、采访"深",问题透

"'揭示'性调查报道"是一种深度报道,在新媒体环境下,能否生产有深度影响力的内容,已经成为媒体是否具有核心竞争力的关键所在。而这种"有深度影响力的内容"的获得,离不开深入的采访。"深入的采访"所形成的是"调研式采访"。"调研式采访"与传统新闻采访有较大区别,它表现为两个主要特点:一是"融",它将调研与采访有机互补,融调研和采访于一体,无论在新闻报道还是为政府提供决策参考方面,都更加全面、客观、准确、真实、实用;二是"专",它对准备调研采访的具体事件从专业角度切入,以专业知识做支撑,阐明问题、剖析问题、定位问题,将问题搞懂、搞通、搞透、搞扎实,使事件的真相更加客观和符合实际。这就使得采访更加复杂,因而采访要相对独立,采访要更加科学,采访的投入也更大。《效能在突围——温州"最多跑一次"改革深观察》这则调查报道在采访上做到了"深""融""专"结合,作者以扎实的采访作风和采访韧性,花了 10 个月的时间,走访了温州各地、部分外地温州商会、多家温商企业,采访了山区群众,为民跑腿的工作人员,外迁企业负责人,回归温商,海归温商,义乌、杭州、南通等地商会负责人,世界华人总会商务部,温州市"最多跑一次"改革办公室,市纪委监察委员会,市招商局,温州市中小企业协会会长等单位和人,忠实记录下温州"最多跑一次"改革的全过程,并使其具有极大的真实力量。报道播发后,社会各界广泛关注,百姓纷纷点赞,企业普遍叫好。浙江省委书记车俊、省长袁家军对温州"最多跑一次"改革的做法作出批示,并向全省推广。四川、吉林等地都向温州学习、借鉴、推广、应用。2018 年 1 月初,党中央、国务院充分肯定温州乃至浙江的做法,中央深改办明确要求向全国推广。与此形成鲜明对比的是,近几年,随着网络技术的发展、社交媒体的兴起,“调查报道”的选题来源更加广泛,寻找采访对象更加便捷,甚至受众对传播介质如手机的依赖性也更强,由此对网上舆情汹涌的爆料事件,尽管报道或转发过相关报道的媒体和网站有近千家,但真正到事发地去调查核实过的记者却并没有几个,很多媒体都是随便打两个电话,甚至连电话都不打就直接写稿、评论。试问,这样的“调查报道”会有生命力吗?

在技术、市场、政治等多重压力下,新闻传播的生态环境正在发生着重构和变革,相比于其他类型的报道,“调查报道”遇到了比过去更大的困境。《效能在突围——温州“最多跑一次”改革深观察》为在新媒体环境下“调查报道”的转型提供了一个良好的案例。作为有操守的“新闻人”,无论在怎样的困境中,都要行使好新闻监督权利,做好“调查报道”,不能放弃,也绝不蛮干,前路漫漫,任重道远。

电视社教专题

青春如歌

——追记90后女教师陈莹丽

黑场字幕：

90后女教师陈莹丽事迹报告会

2017年8月12日 温州市人民大会堂

（黑场渐起）现场同期声：

陈老师

在生命开始倒计时的时候

把最温暖的微笑

和最亲切的关怀

毫无保留地给了我们

却把病痛的折磨

和对世界的留恋

深深掩藏在心底

【配音】这一天，来自温州各地的教师、机关单位干部代表700多人，齐集在市人民大会堂，聆听90后乡村女教师陈莹丽的先进事迹报告会，陈莹丽父亲、同事、学生等人，深情回忆陈莹丽生前的点点滴滴。2017年3月，温州乐清大荆镇安学校女教师陈莹丽被查出患有肝癌后，仍然心系学生，不顾家人反对坚持回到讲台，并对全体师生隐瞒病情。6月中旬，陈莹丽坚持上完最后一节课后，病情急剧恶化。7月13日，（陈莹丽）在她生日的前一天不幸离世，年仅26岁。

（黑场）

【配音】眼前的九(1)班，便是陈莹丽生前任教的毕业班，这个60平(方)米左右的教室，倾注着一年来她对学生的心血和承诺。此刻，陈莹丽的音容笑貌难以追寻。然而幸运的是，走访过程中，我们意外地获得学生记录下的陈莹丽生前上课录音。

（空教室播放陈莹丽的上课录音由响转轻）

【配音】教书育人，是陈莹丽从小的梦想。2014年大学毕业后，陈莹丽一边在民办学校上课，一边复习参加乐清市教师公开招聘考试，终于在2016年如愿考上，并被分配到乐清市大荆镇镇安学校。

【采访】乐清市大荆镇镇安学校校长 金峰

高高瘦瘦的，非常活泼，非常开朗

进来之后，脸带笑容

校长您好，我是莹丽，过来报到

【配音】（陈莹丽声音渐起）就这样，在这所偏远的乡村学校，陈莹丽开始了她梦寐以求的教师生涯，担任该校七年级班主任和九年级的社政老师。虽然离家路途遥远，但她对这份工作甘之如饴。教师宿舍和学校教室之间每天穿梭着她忙碌的身影，当地产的各种瓜果和大山边的蚊子成为她的美谈。听课、备课、上课是陈莹丽的生活常态，工作时她身上的那股认真劲儿让老教师们都刮目相看。

【采访】乐清市大荆一中教师 朱海燕

她每个周二过来听我上课的时候

在课堂上

她总是很认真地在记录学生的一言一行

我的教学设计等等

她记得满满的一本子

非常的认真

【采访】乐清市大荆镇镇安学校校长 金峰

像我们学校呢 我一直都说

只要在大荆学区12所学校当中

能排名（第）八、九就很不错了

但是莹丽老师一担任社政课的教学

就把自己这一门社政课提高到大荆学区的第二、第三

【配音】（林宥嘉歌曲渐起）生活中，正如大部分90后女孩一样，陈莹丽喜欢看书、旅行，喜欢约上朋友去听偶像陈奕迅、林宥嘉的演唱会，喜欢在日记里记录生活的点点滴滴。她的办公桌上，总是堆放着好多零食，同事们笑称她是“小吃货”。这个外表看起来大大咧咧、爱说网络流行语的女孩，还是个关心他人、暖心十足的“小太阳”。

【采访】乐清市大荆镇镇安学校教师 谢晓晓

我有时候吃饭不太在意

她煮了粥

我是没有碗去盛的

她就给我准备了碗，还有勺

【采访】陈莹丽学生 刘轶超

她对我们班的男生也是挺关心的

有些不读书的人

她也会努力地让他们去完成一些作业

然后让他们不要放弃学习

【配音】然而，就当陈莹丽努力实现自己教师梦想的时候，谁都不曾想到，病魔已经悄悄侵入她年轻的身体。3 月 24 日凌晨，陈莹丽腹痛难忍，家人紧急送她到医院检查。

【采访】陈莹丽父亲 陈玉臣

(检查)结果出来

医生就对我说：你赶紧到上海去吧

3 月 30 日，我们就到上海去了

他(医生)说这个病不行了，已经是太晚期了

扩散到肺部了，你赶紧回去吧

手术也不能做，化疗也不能化

【配音】正值芳华的女儿生命时日所剩无几，这对陈莹丽的父母来说无异于晴天霹雳，但是他们最终选择对女儿和周边人隐瞒了病情。然而，从父亲沉重的神情中，陈莹丽猜出了大概。

【采访】陈莹丽父亲 陈玉臣

其实她知道

她(在网上)搜索了，她也没有告诉我们

她也假装(不知道)

我们瞒她，她瞒我们，是这样

我寻思她还是不知道呢

其实她都知道

【配音】从上海回来后，经家人的劝说，陈莹丽在家休养了一个月。很难想象，在这一个月内，她经历过怎样激烈的思想斗争。休养期间，她采用微信等方式和同事接力督促学生的学习，不愿意让毕业班的学生落下学习进度。不巧的是，大荆镇镇安学校另一位女教师请产假，学校从城里借调来的代课老师因故离开，毕业班的社政课眼看就要"开天窗"。

【采访】乐清市大荆镇镇安学校校长 金峰

我试探着打电话去问她，问她的病情怎么样了，是不是可以回来上课

当时莹丽答应我的时候，是过了两天之后再答应我的

她说：校长，没关系

她说：我可以过来上课的

【采访】陈莹丽父亲 陈玉臣

其实我是不让她去的

她说学生都等着，不能耽误人家的学习，她说必须得去

我说你不去不行啊，你把校长的电话给我，我跟他说

她就摇摇头说：不，不行。电话也不给我

【配音】（陈莹丽声音渐起）在陈莹丽的坚持下，5月初，她又回到了熟悉和钟爱的讲台，父亲陈玉臣负责往返接送。（陈莹丽声音渐淡）120多公里，是陈莹丽家到大荆镇安学校的往返路程，自驾开车需要2个多小时。靠近学校的乡村小路，更是狭窄崎岖，颠簸难行。每次一到家，陈莹丽就累得不能动弹。但只要一到学校，她总是强忍疼痛认真上好每一堂课。

【采访】乐清市大荆镇镇安学校教师 谷乐敏

看到她挺乐观的，跟同事之间有说有笑的

我们都叫她要好好照顾身体，不要太累

但她都是一笑而过

【采访】乐清市大荆镇镇安学校教师 卢晓燕

印象特别深刻的是她的手臂，是我的一半那么细

是皮包骨头了，走路都走不动了

腰越来越明显，越来越弯

总是捂着肚子，脚步越来越缓慢，很吃力的

【配音】最后那一段日子，身高165cm的陈莹丽，体重不到70斤，她每次一上车就倒在副驾上睡觉，虚弱得没有一点力气。4月29日，父亲陈玉臣的车子出了故障，家人劝她请一天假，她却坚持坐车去上课。

【采访】陈莹丽父亲 陈玉臣

坐大客车到大荆，（到）大荆坐在三轮车上

她妈妈问她：阿丽，你肚子疼不疼

她说不疼

后来第二天她跟她姐姐说了

当时确实是很难受

那你为什么不说

她说：说了的话，怕妈妈不让我去

说在学校里有那么多的同事

有那么多的学生

挺高兴的，挺愉快的

【配音】6月14日，是九年级（1）班，也是陈莹丽生命中最后一堂社政课。那天，瘦

得脱了形的陈莹丽坐在讲台边的椅子上，全班学生都很安静地听她讲评了最后一张卷子。

【采访】陈莹丽学生 卢曼妮

她讲话声音到最后也是比较轻的

就是那种气声吧

就是那种完全挤出来的感觉

【采访】陈莹丽学生 卢晓琪

最后一节课她给我们交代的，更多的还是复习的一些心态、细节

让我们加油，这样子

但是也没有说过多，因为谁都不会想到这是最后一节课

【采访】乐清市大荆镇镇安学校校长 金峰

最后一面是6月26日

那时候是新老师转正

她说：校长，下一个学期我可能还要请一两个星期的假

到时候工作学校里先给她安排安排

然后她说：我下一个学期回来之后，还继续担任班主任

【配音】离开学校后，陈莹丽的病情迅速恶化，躺在床上，再也没有起来。7月13日中午11时，在生日的前一天，26岁的陈莹丽永远离开了她挚爱的教师岗位。

（校长金峰流泪背对镜头挥手画面）

【采访】乐清市大荆镇镇安学校教师 卢晓燕

我那时候去殡仪馆的时候

甚至照片都不敢看了，真的

不敢相信她已经去世了

印象很深刻的

就好像她会突然跳出来

跟我们说（话）

【采访】乐清市大荆镇镇安学校校长 金峰

她的办公桌、电脑

全部都按照原来的样子把它保留起来

她是永远属于学校的一员

我们要让她永远存在下去

（字幕：陈莹丽偶像林宥嘉歌曲）

（伴奏　林宥嘉歌曲）怕我的背影把你吵醒，所以转身带走所有秘密，生命是一连

串的身不由己,爱就没有非要完美的权利……

(黑场,渐起)

【配音】这就是陈莹丽。一位年仅 26 岁的乡村女教师。其实,不论 90 后,还是 80 后、70 后,或是 60 后,他们都仅仅只是一个标签而已,一个人被冠以怎样的标签并不重要,最重要的在于是否有责任与担当。

(采访十字幕)

【采访】市民

生命的最后时光

我觉得很多人选择起来

可能会留给家人,留给自己

但是她把生命的最后时光

留给了她的梦想,她一直的信念

和她最牵挂的学生

我觉得这样的选择是我们很多人做不到的

【采访】市民

(她)代表这一波的年轻人一种很好的正能量

也是我们这个时代宣扬的正能量吧

【采访】市民

可以说改变了人们对 90 后的一种看法

认为 90 后好像是在糖水里泡大

但是她以自己的这种事迹

感动了所有的人

90 后还是有作为的,也是有担当的

【字幕】

7 月 17 日,陈莹丽被追授为乐清"最美教师"

7 月 19 日,陈莹丽被追授温州市"师德楷模"荣誉称号

7 月 20 日,陈莹丽被追授"最美温州人"荣誉称号

7 月 28 日,陈莹丽被追授"第十二届浙江省职工职业道德建设标兵"荣誉称号

8 月 1 日,陈莹丽被追授"浙江青年五四奖章"

8 月 3 日,陈莹丽被追授"省级优秀教师暨浙江省中小学师德楷模"称号

10 月,中央文明办发布"中国好人榜",陈莹丽入选敬业奉献类中国好人

省委书记车俊批示:陈莹丽用有限的生命阐释了对教师这份职业的热爱、对学生无私的关爱……

【字幕】谨以此片献给90后最美乡村女教师陈莹丽

单位:温州广播电视传媒集团瓯江先锋频道
作者:谢菲菲、戴旻斐、徐克、章福敏、王琨、周明拓
播出时间:2017年10月31日

真实　透明　隽永

——电视社教专题《青春如歌——追记90后女教师陈莹丽》评析

金重建

"生命是一连串的身不由己,爱就没有非要完美的权利",陈莹丽这个喜欢听林宥嘉演唱歌曲的90后青年教师,爱学生胜过爱自己,以她26岁的芳年奉献给了神圣的教书育人职业,留下了串串难以让人磨灭的记忆。《青春如歌——追记90后女教师陈莹丽》这一电视社教专题,抓住电视影像的纪实特色,从题材、构思、情节、细节等方面入手搜集资料,活泼泼地展现了陈莹丽的感人形象。

一、主线清晰,情节真实

责任、担当是新时代青年尤其是青年教师立德树人的基本素质要求。陈莹丽的行动无疑是反映这种素质的典范。在为时13分钟的节目里,怎么贯穿这个主线,创作人员确实煞费苦心。四个真实情节的选择很能说明问题。一是应聘教师职位前后,陈莹丽对教师工作的热爱,不顾路途遥远来到偏远乡村,马上潜心听课学习;二是关爱同事和同学的生活、学习状况,尽力设法帮助;三是遇到病魔缠身却仍想着学生,不落下一课时;四是最后一堂社政课,虽然力不从心也坚持到底。这些都是普通人会遇到的,但陈莹丽做到了真正践行,一丝不苟。因此,节目一开始学生对陈莹丽的赞扬十分深情:"陈老师在生命开始倒计时的时候,把最温暖的微笑和最亲切的关怀毫无保留地给了我们,却把病痛的折磨和对世界的留恋深深掩藏在心底。"

二、角度多元,细节透明

怎么看待90后青年尤其是青年教师,一度成为有争议的话题。此电视纪实专题注重用事实说话,特别在真实的情节中抓住了透明、感人的细节,表现得非常有说服力。如反映陈莹丽平凡中的不平凡,既有老教师、学校领导、年轻同事、学生和她父亲等不同身份人士从不同角度对她的评价,更有陈莹丽自身的行动和语言细节来证明。

陈莹丽刚从教时所听课程教师的回忆和她那记得满满文字的笔记本特写，让人感受到陈莹丽对教书育人的热爱与执着；校长回忆陈莹丽进校时的活泼、开朗又彬彬有礼，一旦担任了社政课教师，居然就教出了学区十二所学校排名第二、三的水平。陈莹丽患病后坚持代课，不忘毕业班学生，不给学校添麻烦，以至于采访时还留下校长忍不住背对镜头擦泪的画面。陈莹丽这一有责任感又敢于担当的青年教师形象跃然呈现。陈莹丽平时喜欢听些流行歌曲，也爱说网络流行语，说明她和这个时代同年龄人一样同呼吸、同食人间火。办公桌上堆放的零食，就证明她也是个“小吃货”，但她同时是个关爱他人胜过自己的“小太阳”：她煮粥还为同事准备碗勺；学生中有不爱读书者她要求他们“不放弃学习”；她病情恶化，明明知情还瞒着家人和周边人，坚持为学生上完最后一堂课。

三、语言朴实，意味深长

对已逝去之人拍电视纪实专题最缺的就是现实资料、声音影像。该片主创人员不仅搜寻到陈莹丽生前的讲课影像（影像虽模糊了一些，声音却很清朗，富于朝气），还通过采访者的叙述，将陈莹丽说过的语言记录下来。这些语言朴实无华，但陈莹丽内心的斗争和真实的想法，特别是支撑陈莹丽做出决定的思想力量却十分值得回味。如陈莹丽患病去上海治疗无望，回家休息又遇学校急需师资，此时父亲车子又出了故障，陈莹丽先坐大客车又换三轮车，明明肚子疼，她竟瞒着母亲说不疼，第二天才告诉姐姐说“怕妈妈不让我去，学校里有那么多的学生”；学校另一位女教师请产假，校长打电话试探，父亲要陈莹丽把校长的电话拿过来，陈莹丽不给拿，却答应校长说“没关系，我可以过来上课的”。一个“不疼”、一个“没关系”，隐瞒的是实情，流露的是真情，这就是陈莹丽“对教师这份职业的热爱、对学生无私的关爱”（浙江省委书记车俊语）。

对农节目类

广播对农栏目

乡土温州

（2017 年 8 月 25 日 9:30—10:00）

【乡土温州】片头

女：您好，农民朋友，这里是调频 93.8 温州对农广播《乡土温州》，我是主持人一夕。

男：我是主持人大力。今天是 8 月 25 号，星期五，农历七月初四。首先我们来关注天气的情况。

女：台风"天鸽"过后，高温天气回归。今天多云，午后西部山区局部有阵雨或雷雨，今天白天最高温度达 36℃。

男：这两天的气温还是比较高的，禽畜在高温天气容易发病，高温区域的养殖业呢要继续做好防暑降温，并注意加强防疫工作。

女：下面来说说今天的互动话题：您所在的村里有文化长廊吗？您觉得咱们农民朋友需要怎样的文化长廊呢？

男：您可以发送语音留言到我们的微信公众平台 HIFM93.8，我们将在稍后的《农事微言》中播出您的留言，期待您的参与！

女：今天的《乡土温州》除了最新最快的三农资讯，《特别关注》我们来说说温州淘宝村的烦恼。

男：还有今天的《农村新看点》将会带您走进永嘉瓯窑文化特色小镇，看看龙下村是怎样挖掘自身产业特色，做足生态文章的。

女：另外，还有《三农服务台》，来听听农民朋友的需求。

男：首先让我们来进入今天的《乡土快报》。

一、【《乡土快报》宣】

女:先来说一条重磅消息:国家农业部、中国人民银行、中国银监会等14个部委近日联合发出《关于农村改革试验区拓展试验任务的批复》。记者在试验方案中了解到,温州作为全国农村改革试验区,将新增两项试验任务,分别是“三位一体”农民合作体系建设和瓯海区农民资产授托代管融资。

男:接下来,我市计划通过三年努力,在全市构建生产、供销、信用“三位一体”农民合作体系,健全农合联有效运转的体制机制。同时,通过改革创新完善和建立稳定的农民资产授托代管融资模式,激发农村金融市场的竞争力。

女:再来说说林农朋友关心的融资问题。这两天,泰顺县司前镇竹里村的雷圣典很是高兴,因为他用家里的200亩生态公益林补偿收益权做质押,从泰顺农信联社司前信用社办理了5万元的贷款,用作采购毛竹培育的农资。

男:嗯,这也是温州第一笔公益林补偿收益权质押贷款,标志着温州市公益林补偿收益权质押贷款业务正式启动。下面来连线温州市林业局产业发展处副处长黄宰胜,了解一下这项新举措。

主持人:黄副处长,您好。我们想了解一下我市有多少公益林?在这之前林农融资受到哪些方面的限制?

黄宰胜:目前,我们温州市共有市级以上公益林522万亩,每年呢我们财政发放的补偿资金达到2.55亿元,受益对象涉及2300多个村、190多万林农。公益林因为国家的政策规定,采伐有受到一个限制,不能流转,也不能抵押,因此林农的融资渠道也是非常有限的。

主持人:那我们温州为什么在这样一个时机推出公益林补偿收益权质押贷款这项业务呢?

黄宰胜:今年7月,我们温州林业局与省农信联社温州办事处签订战略合作框架协议,共同推进公益林补偿收益权质押贷款这样一项业务。主要目的是进一步拓宽农村和林农的融资渠道,我们把这么一个大块的公益林资源转化为资产。

主持人:就可以把“沉睡的资产”给唤醒了,是吗?

黄宰胜:对。

主持人:咱们的林农怎样才能申请到这项贷款,它的额度有多少?

黄宰胜:首先,林农自己要有一定的公益林面积,如果林农有贷款需求,要去当地林业局申请“公益林补偿收益权证明”。林业局审核之后,林农凭着这个“公益林补偿收益权证明”,还有他们的公益林的林权证,就可以向当地的农信社和农商行申请公益林补偿收益权质押贷款,额度呢是最高以每年的公益林补偿收入的15倍。

女：好的，感谢黄副处长的介绍。来关注下一条消息：温州是外来劳动力人口流入大市，依法保障农民工权益，事关社会公平正义与社会和谐。

男：温州市"遵法守法 携手筑梦"服务农民工法治宣传活动最近在温州大学启动。瓯海区茶山周边企业的150多名农民工参加了首场宣讲活动。这堂法治课上，老师为农民工朋友们普及劳动保障、婚姻家庭等方面的法律法规和政策知识，受到了大家的欢迎。

【出录音：我想知道一些法律的问题，就怕以后会遇上，能有途径。】

女：农民工是法治宣传的重点和难点，温州市总工会副主席童裳显说，从现在起到今年年底，市总工会联合温州大学将深入农民工群体，举办26场农民工法治宣讲活动，开展针对农民工的职业指导、心理健康辅导、子女学业辅导等外延性服务。

【出录音：其意义主要是为了进一步提高农民工的法治素养，更好地运用法律知识，依法有序地表达利益诉求，更好地维护好自己的权益，促进温州的经济社会和谐发展。】

男：农民工工资，关系到农民工兄弟们的生活生计和社会稳定。市住建委近日下发通知，决定在去年建设领域农民工工资试点的基础上进一步扩大范围，把试点扩展到45个市辖区及各区、市级功能区具一定代表性的工地。

女：依照最新的工作方案，我市将通过"智慧建管"平台，对施工现场进一步强化实名制管理，实行银行卡足额支付工资制度，从而规范建设领域农民工工资管理。

【短乐过渡】

男：从9月15号到18号，2017第八届中国(温州)茶产业博览会将在温州国际会展中心2号馆举行。届时，来自全国的200多家知名茶叶企业将汇聚一堂，为温州市民送上一场沁人心脾的风雅茶事。

女：这一次茶博会将开辟特色展区，对温州本地的重要产茶区进行一次充满地域特色和文化聚力的展示，市民可以一次性对温州名茶品个遍。

男：再把视线转向洞头。洞头渔农民将用上现代化的渔业工具房。当地霓屿街道第一批6个集装箱渔业工具房近日落户曹岙自然村。来连线记者斯骞，了解一下。

主持人：斯骞，你好。

斯骞：主持人，我在洞头看到，这批现代化的集装箱渔业工具房上面橙色，下面蓝色，有统一的窗门、统一的标识。和传统的渔具房相比，有很多好处。比如说它的水密性好、抗台风能力强；可以移动，方便统一管理；废弃后，还可以回收利用，经济实惠。

根据我们的了解，霓屿街道在"无违建街道"创建中发现渔业工具房乱搭乱建、分散破旧等问题，便创新推出了集装箱结构渔业工具房，共采购227个工具房，预计9月份前全部建成并投入使用。主持人。

女：好的，谢谢斯骞的介绍。今天的《乡土快报》就为您播到这儿，稍后进入《特别关注》。

二、【《特别关注》宣】

男：一夕，问你个问题，你知道什么叫"淘宝村"吗？

女：这要是不知道就太OUT了，现在已经很普遍了。淘宝村嘛，顾名思义，就是某个村落，以淘宝电商为依托形成网络商业集群效应，是这样理解吧？

男：还不错，差不多说到点了，那你知道温州有哪些淘宝村吗？

女：教玩具之都永嘉西岙村我是知道，因为它是我市第一个淘宝村。

男：是的，根据去年发布的《中国淘宝村研究报告》，我市以101个淘宝村的数量位居全国第二，这发展可谓红红火火啊。但是，我们的记者这些天在农村走访中却发现，我市的不少淘宝村却遭遇到了成长的烦恼。

女：哦，究竟有哪些烦恼呢？

男：首当其冲的呢就是你刚才说的永嘉西岙了，具体来听报道。

【出环境音，旺旺声】这些天啊高温炎热，记者走进永嘉桥下镇西岙村，没有看到村民闲聊、打麻将的景象，倒是时不时听到从村民家中传来的"叮咚""叮咚"的淘宝消息提示音。不过，在村民尤春雪他们听起来，这声音没有以前那么悦耳了。

【出录音：刚开始做得还行，现在越来越差，今年比较明显，去年可以做100多、200来的销售额，今年我们到现在才几十万，差一半。】

十几年前，在几个回乡开网店的年轻人的带动下，依托桥下镇教玩具产业基地的行业优势，西岙村呢兴起了"淘宝热"，其中啊就包括尤春雪和她的家人。村党支部书记吴国算：

【出录音：原来在家里的这些家庭主妇先带起来，然后就带到整个村淘宝发展。】

2013年呢，这个只有230多户的农村，因为有150多户在淘宝上卖教玩具，并拥有500多家网店，最终被阿里巴巴研究中心认定为首批全国20个"淘宝村"之一。2014年，该村的电商年销售额已经达到了1.2亿元左右。而如今，进入微利维持阶段。吴国算说：

【出录音：1—6月份有1.1个亿吧，同比增长12%、13%左右，但速度慢下来，利润降下来了。】

据介绍，过去村里淘宝店的净利最高可达30%以上，但现在呢就算5%的利润大家也扑着去做。产品相同，甚至有些淘宝店直接以出厂价去销售，只赚个快递费的差价。当地龙头企业——温州利幼实业有限公司电子商务负责人柯荷日就说：

【出录音：他们只要把价格拉到很低的位置，他们也能卖，但这样会影响整体的一

个市场。】

记者随即前往瑞安曹村镇许北村、乐清大荆镇平园村等淘宝村，当地的村民呢也表示了同样的忧虑。近年来，乐清平园村依托铁皮石斛发展农村电商，全村有130多家企业及个人在网络购销平台建立了店铺，2016年全村网销金额突破6000万元，被评为浙江省农村电子商务示范村。尽管销售额不错，但该村淘宝店家吴海星说：

【出录音：低价竞争很多，像那些便宜的很细的货、胶质不是很好的，他进货就便宜，卖得就很便宜，但他会往好的说，说自己有机、胶质黏稠，不会往坏的说。】

女：大力啊，听到这，淘宝村的烦恼似乎已经很明了了。

男：表面上看，是产品同质化竞争带来利润降低、同行相争、价格相杀，而随着记者调查走访的深入，我们了解到“淘宝村”遇到的烦恼并非仅仅如此，而且问题还不少呢。我们接着往下听。

记者调查走访发现，在西岙村，像尤春雪家这样的夫妻店占到65%，从业人员中年龄在35到45岁的有八成，这八成里初中文化水平的就占90%以上，在做电子商务以前对这行一窍不通。但过去行情好呀，宝贝上新随便拍一拍照都能卖出去，而现在，没有新意，就很难吸引到人，尤春雪还得委托专业公司来拍照制图。

【出录音：让别人做一张图片，最少要100块，贵的要七八百。（记者：你们自己有没有想过去学一学?）这肯定学不来，我们只有初中生唉。】

农村电商平台缺少美工、运营等方面的人才，而基础设施薄弱的村庄很难留得住人。利幼实业有限公司2014年以来招了200来人，留下来的只有几个，而且还是本地人，其他人干的时间最长也没有超过半年。该公司电子商务负责人柯荷日说：

【出录音：主要是人才缺，我们利幼还想着外包出去，具体像视觉升级这方面我们会外包到上海、杭州、南京。甚至我们自己也会外出学习。本地个体户的话就没办法做到这方面。】

记者随机调查走访了三个淘宝村的共计30家淘宝店铺掌柜，80%没有接受过专业的培训，他们大多是边学边做，没有平台为他们提供技术与信息的交流。潘温鹏大学毕业后，从温州市区回到村里创业，开店已有两年，他就坦言，村里几乎没有培训的机会。

【出录音：基本上边做边学吧，不懂交给百度。如果他提供统一运营服务给我们，比如淘宝摄影、淘宝营销等是比较好的，温州（市区）就有很多大厦电商园，我们这边是条件不允许。】

记者在走访中还了解到，淘宝村形成之初，村庄低廉的创业成本占了优势，然而当产业发展起来后，村庄的地理位置、交通条件、基础设施的劣势就暴露出来。永嘉盛大游乐设备有限公司销售经理邵孙平介绍：

【出录音:仓储面积太小了,整个桥下地方都小,很难找到一个合适的电商仓库,所以我们现在只能分散地去放。】

在西岙村和屿北村,记者随便走进一间砖瓦砌的民居,都是一楼仓库和发货中心、二楼工作室、三楼居所的构造。西岙村村支书吴国算说:

【出录音:我们仓储的话是家家户户分类仓储,它就存在一个安全消防问题。】

在瑞安曹村镇许北村,电商让这个村100多户农户尝到了在家就能把“食品机械”等货品发往全国各地的甜头,然而,村门口只有6米宽的马路却将大型的物流车挡在了门外。屿北村主任倪庆亥说:

【出录音:大车通行比较困难,村里的物流量比较大,最近的也要开到马屿去,远的话都是一趟趟往温州。】

女:刚才我们听到的是记者在走访“淘宝村”时,了解到这烦恼背后的种种原因,也颠覆了我对“淘宝村”的认识啊。

男:那“淘宝村”该怎么办啊?现在我们都在讲“互联网+”,在这么好的时代,农村得要好好拥抱互联网,实现弯道超车嘛。

女:对啊,我们的记者也是和村民们一起着急啊!这“淘宝村”的烦恼到底要怎样来破解呢?我们也通过努力,联系上阿里研究院高级专家、阿里新乡村研究中心副主任兼秘书长盛振中,马上来连线盛主任。您好,盛主任,您怎么看待记者刚才报道的温州“淘宝村”的情况?

盛主任:确实是,刚刚记者报道的这些问题,比如说同质化竞争、缺人才、缺服务等等,在绝大部分“淘宝村”的发展过程中都会遇得到,你们的报道很及时,也很有针对性。我觉得关键还是在于绝大部分网商缺乏自己的核心竞争力,这样的话,同质化竞争、价格战就会必然产生,要解决这些问题,主体还在靠网商自己,因为他们会更懂自己的行业。

主持人:那么,您觉得从“淘宝村”自身来说的话,要怎么去破解这个“烦恼”呢?

盛主任:第一,创新产品,通过不同的方式开发出新的产品甚至新的品类,避免同行之间低水平的竞争;第二,建立和强化自己的品牌,在消费者这端形成差异化;第三,整合资源,尤其针对缺人才、缺服务,单单局限在“淘宝村”内部我觉得很难根本性解决,可行方案是去人才集聚的地方去找人或者去建立自己一部分的团队,另外就是跟专业合作商合作去解决专业的事情。

主持人:针对盛主任刚才讲的“淘宝村”如何应对,我市的一些地方其实已在积极行动起来,继续来听记者现场走访带来的报道,稍后再请教盛主任。

在电商发展的“换档期”,如永嘉西岙村、乐清平园村这样的“淘宝村”怎样走得更好更远?记者走访乐清“淘宝村”时了解到,乐清市成立铁皮石斛资金互助会,融资5000万元,为该市农村电子商务提供资金支持,并着手申请“雁荡山铁皮石斛”国家农产品地理标志认证，今年年初顺利通过。乐清市农业局下派大荆镇平园村农村工作指导员黄向永说：

【出录音："雁荡山铁皮石斛"国家地理标志今年年初刚认证下来，另外我们局里也在大力推进二维码追溯平台的建设，扫一下二维码就可以追溯到你这个石斛到底是雁荡山的、云南的，还是其他地方的，再加上地理标志的标签，同质化问题相对会降低很多。】

平园村天猫卖家徐亚飞表示，有了政府部门的助力和国家地理标志的加码，确保了当地铁皮石斛的品质，有利于他们在激烈网商竞争中脱颖而出。

【出录音：那个(国家地理)标志别人都不能用的，要有基地申请才能用，产品、产品的安全性都有要求，协会、农业局都会下来抽样。】

而在永嘉西岙村，包括利幼在内的四五家电商企业开始抱团自主设计生产，这样可以使公司在生产环节获得一部分利润的同时，产品也不容易被同行模仿。

与此同时，西岙村党支部书记吴国算等人也在奔波着，努力协调成立以村里淘宝店为主体的电商行业协会。

【出录音：我已经和民政部门对接好，我们自己做一个永嘉县教玩具电商协会，可能这两个月会审批下来。】

记者从桥下镇政府了解到，桥下镇是我国首批 19 个"淘宝镇"之一，镇里也正在打造电商一条街、风情大道等项目，改善农村电商发展环境。桥下镇常务副镇长卢徐伟：

【出录音：土地要素瓶颈这也是个制约，我们(包括)县政府也都在努力，包括我们接下去西湾山小微创业园有 241.5 亩，准备在明年 4 月份前动工，也是解决用地难问题。】

而瑞安曹村镇许北村的村民们也热切期盼着村门口的马路拓宽和邻镇马屿镇的物流城能早日落成，顺利走上电商发展"康庄大道"。倪庆亥：

【出录音：最近的高速公路已经通到我们马屿镇，马屿到屿北的高速公路已经在规划当中，原来 6 米的规划当中就是 32 米，再一个就是那个物流城，到我们家里就是 3 公里，在建设当中。我们有望在未来几年我们村交通和物流都是很方便的。】

女：刚才，我们的记者在走访中了解到，多个地方从"淘宝村"自身到行业、政府部门都在积极采取有力的举措，谋求农村电商的更好发展。盛主任，您怎么看这种努力与探索呢？

盛主任：这些应对措施都是很切合当地实际的，像乐清申请"铁皮石斛"国家地理标志，像永嘉一些企业抱团自主设计生产、成立电商行业协会等等，都有利于强化自己的品牌，去实现差异化竞争，我很期待能取得好的效果。

主持人：那么，在"淘宝村"的发展中，政府要扮演怎样的角色，来推进农村电商的发展呢？

盛主任:六个字——不缺位、不越位。不缺位指的是在(淘宝村)发展过程中,涉及基础设施、公共服务等这些方面,政府是缺不了的,像刚刚讲到的拓宽道路、打造园区这些,很多工作都需要政府来牵头,或者主要投入。不越位指的是电商发展的主体是企业、创业者,政府尽可能少干预、不干预。这几年我们看到财政部、商务部先后选择750多个县作为电子商务进农村示范县,拨专项资金。这里边专项资金有专门的用途的规定:第一是建设和改善农村的物流基础设施;第二是大力地培养农村电商人才;第三是建设电子商务的服务中心,帮助"淘宝村"转型。

男:好的,谢谢盛主任的点评与建言!那么,农民朋友作为"淘宝村"发展的第一主体,是最重要的内生力量,面对当前困境应该积极应对,提升能力,注重产品的质量和差异化,提高产品的竞争力。

女:同时呢,政府在基础设施、公共服务、环境营造等方面也要积极有为,为"淘宝村"提供更好更快发展的基础。

男:是的,今年中央一号文件首次将"推进农村电商发展"单独提出,将农村电子商务发展、"互联网+农业"作为推动供给侧改革的新产业业态。互联网成为改变农村的一把新钥匙。我们也期待着"淘宝村"能更好地通过网络平台扎根于农村,服务于三农,使农民朋友们成为平台的最大受益者。

三、【《农村新看点》宣】

女:现在呢,特色小镇建设越来越受到各地关注,同时也出现了值得重视的问题,比如说一哄而上,互相攀比,千镇一面。

男:是的。不过呢,我们的记者在永嘉县三江街道龙下村瓯窑文化小镇采访发现,当地注重因地制宜,通过一拆一整,巧妙化解了特色小镇千篇一律的格局。来跟随记者走进龙下村。

【出音效:夏日蝉鸣声 压低混播】

青山绿水、白墙黛瓦,这是记者在永嘉县三江街道龙下村看到的新貌,古色古香的村间道路素雅、古朴。在龙下村瓯窑学院里,许多游客慕名而来,游客陈明明就带着孩子在体验瓯瓷制作,感受瓯窑小镇的文化底蕴。

【出录音:小孩子这些都不知道,过来给他们自己了解一下,开一下眼界。】

据了解,龙下村在2006年发现了唐代瓯窑旧址,挖掘出土了一批精美的唐代瓯窑瓷器,这是瓯窑1986年以来在全国最大的一次发现,龙下村由此被打上了瓯窑古村的标签。不过,在几个月前呢,这里还几乎是家家有违章,户户乱搭建。

为开启瓯窑小镇项目的前期建设,村党支部书记夏瑞仁率先拆除了自家的违章搭建,并改造成了瓯瓷学院,这也是瓯窑小镇建立之初的第一座建筑。

【出录音:有的村民说你呀真的"神经病",把自己的东西拆掉,我对村民说,你不相信,我先拆,拆掉盖起来,给你做一个示范点。】

村支书的这一拆一整,既让村民看到村里的决心,也让村民对小镇建设的未来有了信心。村民夏银滔:

【出录音:当时书记他自己房子拆掉了,我们一帮村民就同意了。相信他,相信书记。】

在两个月时间里,龙下村实现"拆整改建",一气呵成,完成"三线"落地、河道和房屋外立面改造,拆改96500平方米,整治村庄2.1平方公里,初步打造出一个拥有陈景炜大师、章长才大师等18间文创工作室的瓯窑小镇起步区,创造了"龙下速度"。瓯窑非遗传承人章长才:

【出录音:当时这个范围它有茶器、酒器,包括文房。这些用具就是在这个范围内产生的。这个就是(为什么)吸引我来这个地方的原因。】

而三江街道党工委书记季洪海说,瓯窑小镇不仅是把这些大师们引过来,更要让他们在这里落脚生根,使瓯窑文化得到传承。

【出录音:我们想打造的不仅仅是一个展览馆,必须大师本人要留在这里,然后这一批人共同提高,共同进步,从而带动整个产业的创新。】

家园漂亮了,有特色了,游客多了,村民在家门口做起了生意。村民郑道光就辞去了外头的工作,专心打点家里小卖部的生意。

【出录音:现在改起来蚊子也没有,苍蝇也没有。改变都是好的,人过来多了,房子也翻新了,腰包也鼓了。最好的时候五六千元,一般是二三千。】

村里发生的变化也受到了周边乡村的关注。记者在村里走访时,就遇上了从隔壁村慕名前来的村民厉先生。

【出录音:我是隔壁村的。(记者:之前对这里的印象怎么样?)就是个破村,还有什么?(记者:那现在呢?)现在觉得不一样,有点文化,有点项目。我们村有这样就好了。】

有文化,有项目,村民的腰包鼓了,村里的集体经济也实现了零的突破。龙下村作为瓯窑小镇的核心区,还准备成立农村股份经济合作社,引进招商项目,通过文化和旅游深度融合,变身景区化乡村。村党支部书记夏瑞仁:

【出录音:我们是山林流转,农业观光,民宿农家乐,停车场,还有把村民土地流转过来搞茶园、药材种植等方面,有些项目已经实施了。】

男:据了解,瓯窑小镇二期涉及的周边多个村庄拆迁和外立面改造也已陆续启动。在采访中,我们的记者也是深有感触,龙下村的"美丽蝶变",首先是村民的主动性、积极性强,通过村干部的带头,大家都有主人翁的态度投入到全村的环境综合改造中,其次就是因地制宜,很好依托和利用了当地的传统历史文化特色。

女：还有啊，就是村民从环境美、人文美中得到实惠，有更大的获得感，希望龙下村的变化，能给行进中的美丽乡村、特色小镇建设有所启示。

四、【《农事微言》宣】

男：《农事微言》，打开微信听听网友的声音。文化长廊不但是村里一道亮丽的风景线，也丰富了美丽乡村建设的文化内涵。不过呢，最近有个地方打造了一条廉政文化长廊，乍一看呢，这儿有20多个不锈钢橱窗配以纸张精美、漂亮的宣传画，能吸引很多群众驻足观看。

女：这不错呀！

男：可是没过几天，这宣传画呢就不见了。

女：咋回事儿呢？

男：原来啊，这个宣传画上面语句不通，还有错别字、漏字，硬伤重重，所以不得不马上下架，重新更换。

女：哎呀，这样的文化长廊真是让人大跌眼镜啊。所以今天的互动话题想问问大伙，您所在的村里有文化长廊吗？您觉得咱们农民朋友需要怎样的文化长廊呢？我们来看看听众朋友和网友发来的各自观点。

男：首先是一位听友“国清”，他说，村里的文化长廊平时没人看，主要是放的地方不对，应该建在村委会门口人多的地方。

【出录音：村里面文化长廊在下面，乡下的人也很少住在那边啦！建在村委会那边去啊，可以有人过来看。】

女：我们的微信朋友“倪芝法”说，农村还是需要文化长廊的，他刚刚在挂职的村里做了文化长廊，宣传尊老爱幼等，村民跳广场舞的时候就会去看看。

【出录音：我们主要是宣传村里德啊、美啊，尊老爱幼、美好家庭、名人名事啊。我们建了一个广场，都有在这里看的。平时我们这里还弄起来广场舞嘛，人也很多的。】

男：文化宣传和文化精神方面的教育，特别重要的是形式、载体和渠道。尤其是在现今，什么样的形式是咱们农民朋友们喜闻乐见的，什么样的渠道是大家最容易接收到的。我想，这个会显得非常重要。

女：没错。

男：文化长廊宣传道德建设、文明建设是核心，尊老爱幼、国家政策方面的标语不可少，但是千万不要华丽不实用、铺张而浪费啊。

五、【《三农服务台》】

女：三农服务台，您身边的绿色生活好帮手！欢迎继续收听《乡土温州》子板块“三农服务台”。前几天永嘉碧莲镇下村的村民徐宣孟向我们反映，说他家种植的西瓜拍拍都是熟的，但切开一看不仅没成熟，而且中间还是空心的，这样的西瓜没法出售只能喂猪，这究竟是怎么回事呢？记者拿着切开的西瓜来到了永嘉县农业局，向农业站站长盛定建进行了咨询。

【出录音：这个西瓜是内裂果，就是平时说的空洞果。主要跟气候和肥水管理有关系。跟种子没有关系，因为它里面果肉的生长和果皮的生长不协调。】

男：那么，问题来了。农民朋友要如何预防西瓜内裂呢？盛定建说，平时要加强管理，注重氮磷钾肥的合理使用。露地西瓜种植排水设施一定要做好。

【出录音：平时管理的时候，一个要高节位截管，这样相对来说空洞果会降低；另外氮肥要少施一点，最好施一点磷钾肥；第三个平时西瓜田四周要开深沟，有利于水的管理，田里如果一下子很干燥，一下子很潮湿，大水漫过来，也很容易引起空洞。】

【短乐过渡】

女：再来听几条供求信息：温州农民学院 2017 年学历教育开始招生！瑞安市现有专科 9 名、专升本 4 名的招生计划。有意向的农民朋友可以携带身份证、学历证书及 1 寸照片一张到瑞安市农办报名。咨询电话：65812712、65812712。

男：泰顺县农晅农业有限公司征集合作农户，可免费提供芥菜种子，并签订每斤三毛钱的保护价收购协议，有意向的农户呢可以直接联系陈启平，联系电话 13456036848、13456036848。

女：瓯海潘桥草席专业合作社有草席出售。联系人察建敏，电话：13957732386、13957732386。

男：您都记好了吗？今天的《乡土温州》内容就是这些了。如果农民朋友您在生产过程中遇到什么疑难问题，或者是有供求信息需要咨询发布的话，也可以拨打本台咨询电话 88923322 告诉我们，88923322。

女：或者发图片、文字、语音留言到我们的微信公众平台 HIFM93.8，我们将会在第一时间联系农技专家与您对接，帮您发布供求信息。

男：好的，感谢大家的收听！我们下期节目时间再会！

女：再会！

单位：温州广播电视传媒集团对农频率

作者：陈小娜、刘敏俊、廖继红、徐晓雅、郑力、王芳婕

播出时间：2017 年 8 月 25 日

新形势下怎样打造对农广播的核心竞争力?

——评议对农广播栏目《乡土温州》

刘茂华

对农广播面临新的形势,必然有着新的要求,如何构筑新时代对农广播的核心竞争力是新广播人必须面临也必须解决的一道大题目。

毫无疑问,在当前城镇化大浪潮和新农村大建设过程中,对农广播节目要根据农村听众对信息需求的变化加紧调整节目结构,必须增加指导性和针对性强的内容,同时要用农民朋友喜闻乐见的形式开展广泛互动,为“三农”提供更贴近的服务,以此来提升对农广播节目的核心竞争力。

一、贴近生活,满足农民需求

时代在变,生活节奏加快,如今的农村也不是过去那种传统的乡土农村,外来打工者等大量的群体也在一些发达地区出现,江浙沪一带就表现得尤为突出,农村朋友遇到很多生活中的问题,他们急需要得到一些参考答案。

对农广播栏目《乡土温州》顺应农村的变化,贴近农民生活,报道农民需要的信息。本期节目报道了温州瓯海区茶山周边企业的150多名农民工参加了首场宣讲活动。这堂法治课上,老师为农民工朋友们普及劳动保障、婚姻家庭等方面的法律法规和政策知识,受到了大家的欢迎。

随着农村观光业、种植业的规模化、城乡一体化的发展,当今的农民,尤其是浙江的农民,他们更多需要的是农业科学技术和发财致富的科技信息。目前虽然有报纸、广播电视、网络等多种媒体,但是,真正的尤其是本地区的农村产品市场信息的发布还是不够流畅及时,广大农民还是缺乏分析预测市场供求变化的能力,农民们在瞬息万变的市场中迫切需要准确使用及时的市场信息。

本期节目及时报道了2017第八届中国茶产业博览会将在温州举行的信息,来自全国的200多家知名茶叶企业将汇聚一堂,为温州市民送上一场沁人心脾的风雅茶事。这也是温州农民和一些农民企业家特别需要的实用信息。

《乡土温州》针对本地不同的地方及时推出各自需要的即时信息。本期节目报道洞头的一些新变化:一批现代化的集装箱渔业工具房呈现在人们眼前,上面橙色,下面蓝色,有统一的窗门、统一的标识。这样的工具房和传统的渔具房相比,有很多好处——水密性好,抗台风能力强,可以移动,方便统一管理,还可以回收利用,经济实惠。的确，这样的信息需要及时传播给当地的渔民。

二、加强节目指导性，树立权威性

必须注意的是，新农村的农民已经不是传统意义上的农业劳动者，而是与农村经济发展和社会结构变迁具有深刻内在联系的社会群体。在他们中间，出现了不同的阶层，有从事种植业和养殖业的，有从事农副产品加工销售的，有从事工业和建筑业的，有进城打工的，等等。

对农民群众致富能起到引导作用的信息，地方台对农广播节目要及时抓住进行报道。

《乡土温州》的本期节目就是报道并解答了农民西瓜种植中遇到的困惑——西瓜是内裂果，就是平时说的空洞果。及时转接连线解释，这主要跟气候和肥水管理有关系，跟种子没有关系，因为它里面果肉的生长和果皮的生长不协调。那么，农民朋友要如何预防西瓜内裂呢？转接解答说，平时要加强管理，注重氮磷钾肥的合理使用，露地西瓜种植排水设施一定要做好。这样的节目不仅权威，有指导性，而且像一场及时雨，及时解决了农民的需要。

农业产业化步伐加快后，新的生产经营方式就应运而生，分散的小农户生产开始向社会化大生产转变，农业向着集约化和专业化方向发展。对此，地方台的对农广播节目更要通过突出指导性和针对性来有效地服务农村受众，并通过优化服务提升对农广播节目在农村受众中的渗透影响力。

本期节目重点板块《特别关注》，记者实地走访温州多个"淘宝村"，直播间连线阿里研究院专家提出建设性的思路与对策建议，呼吁有关部门破解"淘宝村"成长的烦恼，针对性强，播后引发商务局、农业部门的关注。

总之，一档服务于农民的节目，一定要关注农民的新知识和技术需求，把节目办成农民学习新知识、新技术的课堂。近年来，随着新农村建设的逐步深入和农村经济的繁荣，农民对新知识、新技术的渴望也越来越强烈，对农广播应当想农民之所想、急农民之所急，为农民朋友送技术、送信息，当好农民致富的助手。

三、讲求时效性，注重信息的质和量

《乡土温州》栏目设计非常丰富多彩，大栏目之下设有"乡土快报""特别关注""农村新看点""农事微言""温州新农人""三农服务台"等小板块。

本期节目报道了一些即时信息，比如有"温州新增两项国家级农村改革试验任务""工会＋高校，温州农民工维权机制再升级""温州市首启公益林补偿收益权质押贷款业务，林农该如何申请"等等，这些信息既有新闻性又有实用性。

小板块《农村新看点》以记者现场走访形式寻求永嘉瓯窑文化特色小镇的“蝶变密码”，给行进中的美丽乡村、特色小镇建设带来启示。《农事微言》板块就农民需要怎样的文化长廊这一话题通过微信公众平台和受众进行互动与引导。上文提到过的《三农服务台》板块就农民关心的西瓜空洞等问题，走访农业专家进行解答。

建设社会主义新农村，不仅仅只是搞好村容、村貌，提高农民群众的生活水平，还应该加强乡土文明建设、精神文明建设和政治文明建设，尊重农民群众对重大事情的知情权、参与权，在推动农村经济建设的同时，加速农村的全方位发展。从大众传播实践的历史来分析，农民与大众传媒的关系已由对媒体的好奇到被动灌输，再到自主参与阶段。地方台的对农广播要根据自身的特点，找准定位，改进节目结构，增加互动内容，为农民说话，让农民说话，说农民话。

在当前建设新农村的新时代，对农广播的核心竞争力必须围绕“三农”来做节目，当然要应时代要求做新的节目、有用的节目和耐听的节目。

服务类

电视服务类

农民自建房倒塌警示录

画面:双屿农房倒塌现场,文成农房倒塌现场,一组拆除危房顷刻间坍塌的画面(同期声+音效),营造紧张、危急的紧迫感。

出标题:《农民自建房倒塌警示录》

救护车声

搜救现场音+现场画面

(配音)2016年10月10日凌晨,一声巨响惊醒了沉睡中的人们,温州市鹿城区双屿街道中央涂村4间用来出租的农民自建房突然倒塌,造成22人遇难,6人受伤。

(配音)2017年2月2日清晨,当人们还沉浸在新春的节日气氛中,文成县百丈漈镇外大会村再次发生农民自建房坍塌事件,四间四层半民房顷刻间化为废墟,造成7人遇难,2人受伤。

访谈:文成事故幸存者(补充采访)

切演播室

主持人:

女:双屿事件的创伤还未平复,文成再次发生农房倒塌事件,使全市人民这个年都没过好。

男:事件发生后,我们市政府以最快的速度成立了调查组赶到现场,在救援的同时立即开展事故原因调查工作。

女:以文成这起农房倒塌事件为例子,经专家初步分析,基本判断是房屋质量问题所造成的。

男:那么具体原因是什么呢?我们来看一段动画。

(画面:动画模拟房屋倒塌的过程)

切回演播室:

女:从这个动画演示我们可以看到这个房子塌掉的第一个原因是承重墙承载力严重不足。什么叫承载力不足,我们打个比方,我们一般的农村房,它的结构能够承受两三层楼的压力,现在这个楼加到了四层五层,这就好比叫人挑担,挑100斤能吃得消,加到200、300斤,人就给压趴下了。

男:就是啊,我们再说第二个原因,是房子的基础不牢。现场调查发现,这个房子又没打桩又没地梁,打个比喻,这就好比一个人脚没力气,一负重就会跌倒。

女:房屋倒塌的第三个原因是这个房子缺少两个关键性的部件:立柱和圈梁。立柱和圈梁是作什么用的呢,我们来看一下这个图就明白了,

男:这个是立柱,这个是圈梁,它们一个竖向一个横向,形成了一个整体,但是建房子时偷工减料少了这两个部件,房子的整体性不好,肯定是不牢。

女:另外,这个房子的缺陷还包括自挖了地下室、基础设置不合理、施工质量差等等,这么多的问题,房子塌掉是迟早的事。

男:说到这里,我们很多观众朋友就会产生一个问题,像文成这样的房子,在我们温州普遍吗?我们来看一下这么一组数据。

(配音)由于种种原因,温州存在各类危房为数不少,自2016年10月“大拆大整”专项行动开展以来,截至今年1月23日,排查出农村疑似危房35302户,鉴定为C、D级的危房共23148户。2014年至今,全市共排查出城镇危房5439幢,目前已改造4423幢。这么多危房,犹如一颗颗定时炸弹,时刻威胁着人民群众的生命财产安全。尽管双屿和文成两起农房倒塌事件都付出了生命的沉重代价,但是,很多房东或住户却对此缺乏必要的警醒态度。

(访谈 市民)问题没有这么大,目前是没问题的,怎么会塌下来的呢?不可能的,住进去二十来年也都安安静静的。

(访谈 市民)我们这里哪里有危险房,说这里有危险房都是说谎的。

(访谈 市民)我觉得还安全的,觉得可以住的。

(配音)从这些采访不难看出,很多市民对危房的危险性认识还很不足。其实,双屿和文成两次房屋倒塌的原因,除了房子本身的质量问题外,还有一个很重要的因素往往会被忽视,那就是房东缺乏房屋安全知识常识,在使用过程中未能及时发现房屋安全隐患,未及时上报相关部门并采取相应的排险解危措施。根据相关法律规定,对于自建农房的安全责任,房主是第一责任人,一旦发生坍塌事件,房主将承担主要责任,像双屿农房倒塌事件,房主夏某某等四人就受到了刑事追责。

访谈:房主　夏某某(补充采访)

(配音)在我们温州有很多建于上世纪八九十年代的房子,违法加层多,承载不足,基础不牢,没立柱没圈梁是较普遍现象。以鹿城区双屿街道新泽生活区为例,这里的

51 栋房屋原先都是四层楼高，但后来房主不断违章抬建，有些甚至加到六层、七层，很多墙体已经有明显裂缝，地面出现严重凹陷，2016 年经安全鉴定，51 栋房子全部为 C、D 级危房。

很多像新泽这样的房子，随着时间推移，加层越来越多，房子越来越老，逐渐变为危房，以前住着没事，不代表现在住着就安全。我们再来看看下面两个事例。

（配音）2016 年 10 月 20 日，就在温州市“大拆大整”专项行动动员大会刚开过的第三天，永嘉县桥下镇东山村位于瓯江边的 2 间 2 层危旧房屋发生倒塌，所幸的是，该镇在 10 月 17 日动员大会后的全面排查中发现这栋房子出现裂缝，而里面还租住着务工人员一家三口。镇里立即组织人员动员他们搬离。

（访谈：住户）村里叫我们搬开，我们还不理解，没想到这么快。

（访谈：村干部）还好发现得早，否则就是几条人命。

（配音）无独有偶，2016 年 10 月 19 日，瓯海区郭溪街道宋岙底村一房屋屋顶也发生塌陷，所幸事发前该房已腾空。

（访谈：村党支部书记）幸好，事先村里的危旧出租房都已被劝离腾空，迟一步可能就出人命了。

主持人：

女：看到这两起危房倒塌事件，虽然侥幸没伤到人，但都是非常危险（慌许西慌许）。

男：下一次说不定就没这么好运气了，很多时候，危险事件就离我们只有毫厘之差。

女：所以说，对于危房一点麻痹大意都来不得，“大拆大整”开始以来，我们温州对鉴定为 D 级的危房，采取了“五个一律”的政策，即一律依法由乡镇、街道发布危房公告，一律依法限期搬离，一律依法贴封条禁止出入，擅自撕毁封条回迁入住的一律依法追究法律责任，涉及危害公共安全的一律依法拆除。

男：政府对危房的治理是非常重视的，但是，真正要做到万无一失，还要靠大家自己，每个人对自己的房子一定要小心，特别是有加层和地下室两种情况的，更是一定要特别特别引起注意，马上去做鉴定，否则的话，房子哪天塌了就出大事（冇解）了，你要是房东租给别人还要坐牢。

女：那么，怎样的房子属于典型的危房呢？我们来看一个片子。

（插入动画片）

男：上面所说的只是我们温州众多危房中的几个典型事例，一旦发现上述各类现象，一定要留心，我们应该马上向所在村（居）反映情况，向专业机构申请鉴定。

女：特别是我们温州还有很多违法加层的房东，更加要小心，像我们开头分析的文成农房一样,你的房子很可能已经承载力不足。

男:近期,我市将出台对农民自建房建筑质量的管理文件,要求农民自建房要做到"五个必须"。

女:第一必须要有建设规划。

男:第二必须要有房屋结构设计。

女:第三必须要有合格的建筑队。

男:第四必须要有技术指导和管理队伍。

女:第五房子造好必须要有竣工验收。

男:作为房屋安全第一主体的房主(主人家),要切实承担起安全责任,从源头上消除房屋安全隐患。

女:大家对自己和家人的生命安全一定要当回事,建质量过硬的房子,过放心安心的生活!

男:说到这里,我们为大家编一段房屋安全三句半,大家要记牢。

(插入三句半)

房子塌了人慌脚　人命出了真冇解　法律责任房东背　坐牢间

危险房子一大批　水边山边单面斜　自住出租办工厂　动不得

冇立柱、冇圈梁　有地下室冇地梁　台风一打就会塌　叫皇天

裂开渗水加多层　地基松软有凹坑　有这房子去报告　要赶紧

片尾字幕:珍惜生命 远离危房

单位:温州广播电视传媒集团新闻综合频道

作者:吴晓、张慧、麻恺、张国清、汪琦、刘维进

播出时间:2017年3月10日

服务中心工作　体现媒体担当

——服务类节目《农民自建房倒塌警示录》评析

张雨雁

在2017年度浙江省广播电视节目政府奖服务类节目评比中,由中共温州市委宣传部、温州市住房和城乡建设委员会、温州广电传媒集团联合摄制的《农民自建房倒塌警示录》一片,获得评委的广泛好评,大家认为该节目发挥了宣传教育的作用,体现了主流媒体的担当。纵观这个节目,呈现以下一些特点。

一、聚焦热点，题材重大，典型性强

2016 年 10 月 10 日，温州市鹿城区双屿镇发生民房倒塌事故，四间民房倒塌，22 人死亡。温州市迅速在全市范围内开展农民自建房排查活动，并同时在全市范围内开展“大拆大整”专项整治活动。紧接着在 2017 年春节期间，文成县又发生一起民房倒塌事件，造成多人伤亡。两起事件的接踵发生，给正在进行的大拆大整工作带来了极大的压力感和紧迫感。作为主流媒体，如何围绕市委市政府中心工作，做好舆论宣传发动工作，成为摆在广电媒体人面前的一件大事。温州市的三个部门联合行动，迅速推出电视服务类节目《农民自建房倒塌警示录》，用电视形象化的语言进行广泛的宣传发动，可谓非常及时。节目紧扣当前社会热点焦点，围绕市委市政府中心工作，从这两起民房倒塌事件说起，到整个温州危房排查情况通报，分析事故原因，提出对策。在节目中，摆事实，讲道理，谆谆告诫广大农民、外来租房户提高认识，做好防范工作。加之所选的案例典型性非常强，视觉冲击力强，可谓聚焦热点，题材重大，发人深省，充分体现了主流媒体强大的宣传教育作用。

二、采访扎实，内容生动，可看性强

面对如此紧迫的宣传任务，如何以一部十几分钟的短片让观众能够深刻意识到危房的严重性和治理的迫切性，使节目发挥应有的效果，既让人警醒，使人震撼，又深入浅出，通俗易懂，最是考验采编者的能力水平。温州的电视人不负众望。他们在拍摄前期进行了大量编排策划工作，几易其稿。文本确定后，摄制组走遍各县市区的危房现场，拍摄了大量一手的现场画面和访谈，精心制作片头，最大限度地还原两个倒塌事件的第一现场，以触目惊心的画面和催人泪下的同期声直击人心。在采编中，他们别具匠心，精心构思。一开始就采用实时的监测画面，展示两起事故的倒塌情景，画面冲击力强。进入正题以后，节目以温州最受基层观众喜欢的两位方言主持人演播室串联的形式，从两起房屋倒塌事件讲到整个温州的危房排查现状，夹叙夹议，分析造成危房倒塌的各种原因，再到如何进行危房的自查科普介绍，提出忠告，行文逻辑性强。在制作中，充分发挥各种电视手段，运用专业的图表分析、生动的动漫解说以及通俗的温州方言三句半等多种形式，使得节目语言生动，通俗易懂，可视化程度高。

三、形态多样，融合传播，服务性强

做出片子仅是完成了第一步，要想发挥其强大的宣传教育作用，必须要充分发挥多渠道、多形态的传播效果。这部片子还有一个特点就是目标明确，服务性强。一方面，该片采用了多媒体采集的手法，配合了市委市政府开展的“大拆大整”工作；另一方面，他们还运用全媒体手段，进行广泛传播。节目首先在电视台反复播出以后，还改编成广播版，并制作拷贝数千份光盘，下发到温州各乡镇街道，涵盖每一个偏远山村，通过各级基层组织，组织动员广大农民、外来务工者观看。此外，他们还通过网络媒体、公众号、自媒体等多种新兴媒体渠道进行多层次传播。不同节目传播形态自然契合，互相烘托，使得节目能接地气，有冲击力，也有说服力，形成了强大的舆论氛围。节目在围绕中心、服务大局、服务民众诸方面发挥了极大的作用，引起社会强烈的反响，收到了较好的社会效果，也受到了当地党委政府的高度肯定，进一步体现了广播电视主流媒体的使命与担当。它在传播方面的有益实践，为我们树立了新媒体时代的传播典范。

名专栏

新闻名专栏

温州好人

代表作(一)

老两口的助学情

“贫困学子就好比是悬崖上的百合,终有一天会开放出绚烂的花朵,我们要做的就是用爱来守护他们。”这句感人至深的话语,出自一位八旬老人之口,在过去的17年时间里,老人和妻子曾与31名特困学子结对助学,为他们支付了上百万元学费和生活费。他们就是乐清市翁垟街道地盐村的叶定献、叶珊珊夫妇。为了这份博大的爱心,丈夫曾一度起早摸黑打好几份工,妻子舍不得为自己买件新衣服,老两口节衣缩食,把省下来的钱都用在了助学上。虽然岁月苍老了他们的容颜,但却映照出他们金子般的心。

“时光飞逝,不知不觉已过去六载,在这两千多个日日夜夜里,您给这个远在千里之外的家庭,倾注了无微不至的关怀和极大的经济帮助,使两个无依无靠的孩子,有学上,有饭吃,不再煎熬……”

这是一封来自河北省邢台的感谢信,每当叶定献老人翻看孩子们的来信时都会感到十分欣慰。帮助邢台这两个孩子,是叶氏夫妇助学之路的第一站,至今记忆犹新。那是1999年,叶定献偶然从报纸上得知:河北省邢台县南石门镇的袁小龙和袁小虎兄弟,因父亲犯罪被判刑,母亲离家出走,而年逾七旬的祖母无力抚养孩子,他们将面临失学的困境。

助学老人 叶定献:在报纸上看到两兄弟的遭遇。

两兄弟的遭遇深深触动了叶定献。他回忆起了自己的少年时光,也曾因家庭贫困放弃了学业，用瘦弱的肩膀早早撑起一个七口之家。

叶定献：后来就是没有办法读书，当时是一个劳力，15 岁就要负担一个家庭。

朋友：我们俩从小就是小学同学，两个人在毕业的时候，我考上了初中，他就不去念书了，在家里（务农）。

叶定献：因为他们住在山区啊！不是不可能（改变命运），都是环境所限，读书才能改变环境。人生没有文化就是没有作为的。

感同身受的遭遇，让叶定献决定伸出援助之手。妻子十分支持丈夫的决定，夫妇俩这一资助便是 8 年。

叶定献：特别自豪。因为我是雪中送炭（录音 1）。一个人一生的成熟，必须要有社会好心人对他有帮助。

自从资助袁氏兄弟，使他们的生活状态得到改变之后，让老两口备受鼓舞，便开始了夫妻同心同行的助学之路。那时，他们的四个子女都已经培养成人，也没有太多的生活压力。

朋友：他自己两夫妻是地地道道的农民。他在家里三个儿子一个女儿。三个儿子都是公务员，还有一定的位置（地位）。很不简单的事。一般农民对文化的认识不会那么高，他确实（了解）文化的重要，他这一点是跟一般人确实是不太一样的。

朋友：子女给他培养得非常好。三个儿子都工作了。我们当地人都有说，他这个家庭种田出身，子女培养起来也这么好……非常佩服，大家都夸他。

叶定献：我当初培养两个孩子，自己已经有决心有条件了：一是自己身体好；二是自己有一点钱。虽然我是农民，但是我有信心嘛……是这样弄的。儿子读书一定要重视，能够培养到读好书。

为了让贫困家庭的孩子都能像自己的孩子一样，接受教育，学有所成，从 1999 年开始，叶定献老两口每一年都会结对几个贫困生，他们订阅了各种报纸杂志，就是为了寻找热心求学的贫困生，资助的款项少则五百元，多则上万元。接受资助的孩子们都很懂事，省吃俭用。老两口还怕他们照顾不好自己的生活，时不时会寄去一个个装满食物和生活用品的包裹。

叶定献：我们会给最困难的买手机买电脑，我们都帮忙，就这样。甚至有的人最困难就是给他一万块钱，这么几万块给他，让他贷款。像我打电话一样，他们都说爷爷你打电话来，不需要问我方不方便，你需要打电话你就只管打过来。

随着资助的孩子越来越多，叶定献夫妇勤俭节约积攒的钱也渐渐不够用了。那时候，叶定献老先生已经六七十岁，他仍不愿意赋闲在家，除了种地，老人农闲时还到柳市镇到两位老板购货送货，送完货还要到别的老板那里打零工，每天起早摸黑，为的就是多挣些钱用来助学。

叶定献:我都是打工打过来,给这么多的孩子分用。报道说我给三个人打工,其实我是给五个人打工,五个工种。早上起床了,几乎一天没有休息。这样去劳动,我也觉得难得。

朋友:他本身是种田人。他种田,他资助学生是这样给别人打工,打工赚来的钱给学生交学费。

朋友:我平时对其他周围的人说,他确实是个了不起的人。按他的文化程度,他就高小毕业。但他的资格(风格),他比一般人资格都好都高。他最大的特点,他把自己平生通过劳动赚的这些钱,他不用在别的地方。有些老人特别是农村,他用到佛教方面,什么寺庙寺院用到那方面去。他把这份钱给贫困的学生,他培养了好多贫困的学生,从这点来说确实了不起。

在夜晚,老人家常常会坐在灯下,或是读孩子们的来信,或是和孩子通话交流。这温馨的时刻,消除了老人一天的疲劳。

叶定献:那么多的困难我都挺过来了。这么多的孩子,还要写信,还有精力去读书。成绩不好的时候,他说爷爷,请你放心,我这次考试不好,一定努力。有这样的精神,所以我走这条路,我会一直都这样地坚持……

一些被资助的学生得知叶爷爷一把年纪还在外打工,都心疼得不忍心让爷爷再资助,可叶定献却教育孩子们,劳动是光荣的,知识的财富更是宝贵的。在叶定献家里,总能感受到浓浓的文化氛围,他总说知识就是力量,希望能把这种道理告诉孩子们。心中有书香,未来便不会迷茫。

叶定献:这些都是历史的孔孟之道。所以说我也应该学习道德品德。这样子……本身就是要文化要历史要道德,这种学习对孩子有好处。

每年寒暑假,都是叶定献老两口最开心的日子,他们资助的孩子会从全国各地赶过来看望他们。老两口特地在家中布置了几个房间,铺上舒适的被褥,每个房间里都安装上空调和电视,又在二楼增设了卫生间,他们是为了让孩子们住得安心。

叶定献:就是会住在我这里,在我这里休息。(你妻子没有意见吗?)正因为我们二人同心同德,我才能够帮助孩子。如果有嫌弃就不能做。孩子不管聪不聪明,小学生、中学生、大学生都很敏感。你的态度说如果有句话不好他就会不舒服。如果你不顾及孩子的感受,你就不是好心。

叶定献:孩子要是来得多,有时候来了几个人,都睡那个房间,跟我的孩子一起睡。卫生间是比较难弄的,专门卫生间做起来给他们小孩子来,都是暑假的时候来。这些孩子都有工作了,逢年过节会过来看望我们。

朋友:他花了好多钱,培养了好多学生,而且现在学生培养出来以后都有工作了,到这里来,有的时候凑巧,他的学生都过来,看一看爷爷奶奶,有感情了。所以说我认为他这个钱花在助学上是很有价值的。

近年来,老伴叶珊珊的身体不好,叶定献用很多精力照顾老伴,不再打工赚钱了。但老两口仍是一条心,舍不得孩子们吃一点苦,继续用积攒的养老金和子女的孝敬钱助学。说到多年以来默默付出、悉心操持家务的妻子,叶定献老人脸上露出的是感激。

叶定献:我一个男人如果要做这么多,根本不可能,全靠我的妻子。有一天发生的事情,我眼泪都听出来了。有天孩子们坐在一起吃饭,然后起来敬酒,后来我回到厨房,听到妻子叹气声,说自己的脚痛得受不了,我心里就觉得很同情她,自己也觉得自己太让她辛苦了。

"弹指年华辛勤俭朴八十秋,岁月烟云致力助学梦成真。"八十大寿那天,叶定献写了这副对联给自己和老伴自勉。每一笔慷慨的助学金,都是一分一厘的积攒;助学路上的每一步,都是老两口相互扶持、相濡以沫的美好回忆。十七载,助学梦圆;八十年,有爱同行。

叶定献:人有一种远大的理想目标,就是在劳动中获得幸福,帮助别人快乐自己。应该伸出友谊之手,帮助有困难的大学生,能够完成大学梦,帮助别人快乐自己。只有快乐,没有付出的难过。

(字幕+解说)有一位叫张秀玉的被帮助学生来信写道:"山崖上的百合花也可以成为天地间最美的风景……如果我们是那株处于困厄境遇的百合花,那么我们赖以开花的阳光和雨露,就是爷爷奶奶赐予的。"

(微信视频:末尾的助学名单、金额和电话采访)

代表作(二)

蜡炬成灰泪始干

在生命的最后旅程,有人选择与家人、爱人相守共度,感受最后的亲情温暖;也有人选择去向往已久的景点旅行,再看一眼这个美丽的世界。而她,一名刚刚走上讲台的女教师,还没来得及享受工作带来的喜悦,却身患绝症。生命最后的宝贵时光,她选择继续燃烧红烛之光,将一切奉献给挚爱的教育事业。这位感动千万人的90后女教师就是温州市"师德楷模""最美温州人",生前是乐清市大荆镇镇安学校的女教师陈莹丽。

2017年7月13日,陈莹丽因病与世长辞,曾经装满女儿欢声笑语的屋子,如今显得空荡荡的,陈莹丽的父母到现在仍不能平息内心的哀痛,而与他们一样为这个年轻女教师离去而可惜的还有许多人。

父亲:这些书不是她的书,原来都是摆满的。

父亲：这是她以前用过的 iPad。

父亲：其实我干工作眼泪都是往肚子里咽，想起这个事。不过我的阿丽确实很坚强。

邻居：刚刚开始肚子疼，一看就是后期了，特别可惜，特别可惜。我都哭了好几次，一说就哭，一说就哭，现在还好平复一点，刚开始不能接受。

邻居：我妈 80 多岁了，一个字都不认识，她就说陈玉臣（陈莹丽之父），你的女儿生得伟大死得光荣。

人们记忆中的陈莹丽，是一个善良温暖的姑娘。她为人和气，从小就像一个小老师一样照顾着其他人。

邻居：对着这些小孩特别积极，不是一般的人，特别有爱心。我有时候就这样说，你不要光为别人想，要为自己想。

邻居：那时候上大学的时候，放假都帮邻居带孩子，她不收钱，她就是热爱教育事业。

姐姐：因为她很喜欢孩子，所以我这个女儿她是很宝贝的，经常会给她买些零食买些玩具，几岁记不清。那会儿她是学校里面班干部，老师有给她管学生的权力，她可能是那个时候就已经有那种想当老师的念头。

父亲：从小学一年级开始就是老师给她的启发。因此把教鞭交给她，从那天开始她以后就一直想当一名人民教师。

为了实现自己当老师的愿望，陈莹丽从杭州师范大学毕业后，就参加了乐清市教师公开招聘考试，即使连着两年都以一名之差落榜，她也没有气馁。

姐姐：哪怕（学习）冷门（专业）她也要当老师。就是说她要百分百要当老师，要考上师范。所以她就报了社政专业，其实她学习成绩蛮好，但是她有点不自信。

校长：她本来完全可以（做别的工作），她那边经济开发区另外一些工作都可以的。但是她就是喜欢教书，所以考编一定要考上，第三年才考上。

父亲：两年都考不上，去年考上，我们全家都为她高兴，她也高兴。我说（学校）那么远山区地方，她说没事，我可以的。

这里是乐清市大荆镇镇安学校，就是在这里，陈莹丽开始了梦寐以求的教师生涯。

校长：她给我的感觉就是她非常敬业非常勤奋的一个女老师，爱学习爱工作也热爱生活，充满阳光朝气的女孩子。

老师：我觉得她是一个非常阳光的很开朗的一个孩子。我觉得还是个孩子，因为我年纪比她大，然后记得第一次接触的时候，她在校门口，我们还不认识的时候，她对着我扬起她的手说，老师你好。非常非常开朗，很容易接触，很容易跟人打成一片的一个人。

听课、备课、上课,入职后的陈莹丽,度过了一个个忙碌而又充实的日子,她总是用极大的热情去拥抱每一天的新生活。

老师:炖锅就是平时我们上课的时候,饿了她就专门给我们煮粥,煲雪梨汤给我们一起吃,有时候同事饭没吃,她会特意炖一锅给同事吃。

保安:他们新的老师过来有六个差不多……其他人记不清,就是陈莹丽老师的名字脑子里记得清清楚楚。她这个人给人印象特别深刻,过来笑嘻嘻,有些东西买过来叫我们叔叔来吃。

学生:她给我们教书不是那种很古板的老师,很平易近人,能够跟学生拉近关系。

老师:运动会的时候,学生取得的成绩特别好,她很激动地兴奋地抱住学生,给学生买什么奖品的时候,她都是自掏腰包的。

陈莹丽的心中,想的念的都是学生。工作手册上的一笔一画,记录下的都是与学生日常交流的点点滴滴。同事们都相信,这位教坛新秀只要再磨炼三五年,就能成为一名优秀老师。

保安:有个学生中暑了,她给他陪过去打吊瓶。那个学生没钱,第二天家里拿钱给她,她就不要,真的不简单。有一次她学生中午作业没做好,她陪他一起,饭都没吃,陪那个学生做作业做到12点10分,后来学校食堂没饭,她就到外面自己掏钱买给学生吃。

老师:我估计家长就是劝老师说这孩子不用管了,我们家长都放弃了,老师就不用管他。莹丽就很耐心的:爷爷您不要放弃,我们老师都不放弃,好好教会好的。

校长:七年级的时候,功课都要考查。他们班的平均分排在大荆学区第二的成绩,挺好的。像我们属于山区学校,本来就是比较偏远,在整个学区当中也属于生源规模等等这一些都是比较下面这一层,然后她的班级能考到第二的成绩非常不错。

谁能够想象得到,癌症会悄然而至,降临到这个善良美好的女孩身上,她还这样年轻,年轻得令人心疼。

父亲:3月24号早晨,她给妈妈打电话,说肚子疼,后来我3月25号马上和她妈妈开车到乐清人民医院去检查。血验了结果三天之后才出来,出来这个事情就不行了,(医生)她说不行了,你赶紧去上海吧。

姐姐(上海的)医生跟我们说,她的情况比较严重了,已经到晚期了,就没法开刀,也没法做化疗。因为如果打算冒险开刀做化疗的话,有可能手术台都下不来,就是这样。

父亲:我是瞒着莹丽,我说咱们回去,上海可能不行,在家里咱们另找别的医生,我们去看看,我说会好起来。

姐姐:她说我这次生病可能有点严重,幸亏老妈她还有两个小孩,你到时候替我多照顾照顾他们。如果这个病真的严重的话,就把老妈瞒住,不要告诉老妈,怕老妈担心。因为她觉得我妈心理承受能力有点弱。

聪慧的陈莹丽已经猜测到了自己病情的严重性,但是她还是一心想回到讲台。经过家人苦口婆心地劝说,陈莹丽才勉强同意在家中休养。

父亲:我叫她现在你班主任先放一放,觉得有点累……后来金校长感到没办法又重新给我阿丽打来电话,说学校缺老师,你怎么办,阿丽就瞒着我们……学校里她也没有跟校长说,同事也不知道,连学生都不知道……后来这个情况金校长着急了,打电话又叫阿丽去。

学生:我原本不知道,我原本跟同学们讨论,我觉得她应该是得了什么大病,才会就是没有给我们上课,后来才逼不得已,没有老师了,强行给我们上课。其实我们也没有想到她的病这么严重,以为就是过一段时间就能好起来的病。

今年五月,陈莹丽忍着病痛回到学校继续教书,父母面对女儿倔强的性格和坚强的意志,又是感动,又是心疼。

姐姐:我们当时都是叫她不要去上课,去上课的话,身体这么差吃不消。她就一定要去,拦不住。她说你要是不让我去,我就自己去,就自己怎么想办法去。

父亲:我觉得她坐大客车去(学校)太累,我没办法,我就自己给她开车去。开车走高速公路至少 50 分钟来回 120 多公里。她就很坚定,答应别人的事情一定要做到,只等毕业班毕业才心安。她对教师职业是很向往很执着,对教师这份工作确实是敬业。

邻居:活雷锋。她说我答应了就是我的事情,我要硬撑撑住。

有一次,父亲的车子在半路出了故障,陈莹丽硬是撑着虚弱的身体,转了三四趟公交车去了学校。山路颠簸崎岖,没有人知道,公交车上的这位年轻人正在承受着怎样的痛苦。

邻居:她知道自己最后的生命那么短暂,那个肿瘤查出来十几公分,后期很疼很疼,肯定疼。他爸也说了那天送她到大荆,车坏在路上,她还要去。后来她妈妈陪她。到第二天回来跟她姐姐说,姐,其实我很疼。她就是不想给痛苦带给人家。

懂事的陈莹丽把疼痛默默埋藏在心底,却把最美的笑容留给身边的人。

父亲:她的中药确实难喝。难喝到什么程度,她不想喝,我就劝她这个中药喝下去,对你病情有好处。她就捏着鼻子一口一口喝下去。她是很想多活几年。另外,她想多活几年,也想多培养培养学生。

姐姐:包括她的同学、闺蜜、同事,她都没有讲过这个病情,相当于说直接忽略这个事情一样。我们有时候忍不住会哭,她还会拍拍你的手叫你不要哭,因为她当时住院的时候已经没有力气讲话,就直接手拍拍你摇摇头这样。

6 月中旬,陈莹丽上完了毕业班的最后一节社政课。这个夏天,她没有为自己留下遗憾。

学生：到最后的时候她突然有点回到最初的时候教课那个状态，还是很活泼，虽然中间那段时间有点萎靡，但是后来我们以为她病好了，回到原本那个历史老师。

老师：我和她最后一次接触，因为我在教务处帮忙，我们学校最后会把老师档案、听课笔记这些东西都要做一次整理检查。她在6月26号给我发了一个微信，她告诉我，阮老师，我的东西不能给你检查了，我已经把这些东西都交到教育局去……我在想最后的一刻，她还想着要把东西给我们检查，我就是感觉到她对教师（岗位）真的是一种热爱。

春蚕到死丝方尽，蜡炬成灰泪始干。7月13日，年仅26岁的陈莹丽走了，离开了她挚爱的教师岗位。人们满怀悲痛地送走了这个年轻的曾经鲜活的生命，祈祷她在没有痛苦的天堂得到安息。

老师：工会主席在我们群里发了一条说莹丽去世了，那一刹那我们真个毛孔都悚起来，从没想到这样的事情会发生，活生生的人。因为那个时候感觉她刚刚离开，刚刚放假，她还在休养，还在调理身体，怎么可能会这么就没了，真的不敢相信。那个我们车上非常安静，觉得这个不可能，我们还等着她来。

老婆婆：我也觉得很难过，我也觉得很心痛（方言听不懂）。

7月15号出殡，他们镇安学校开了好几辆大客车，所有的老师、学生、学生家长一直送到山上。

【字幕、解说】近日，省委书记、省人大常委会主任车俊作出批示："陈莹丽老师虽然是一位年轻的老师，但她却用有限的生命阐释了对教师这份职业的热爱、对学生无私的关爱，让人肃然起敬。希望全省教育系统认真学习陈莹丽老师先进事迹，用实际行动弘扬陈莹丽老师爱岗敬业、舍己为人、甘于奉献的精神品质！"

单位：温州广播电视传媒集团都市生活频道、瓯江先锋频道

作者：黄碧红、戴旻斐、周骏、周军、徐克、仇春波

播出时间：代表作（一）2017年4月9日，代表（二）2017年8月27日

弘扬社会主义核心价值观　共筑中国梦

——温州广电传媒集团《温州好人》专栏评析

王淑华

中共中央总书记习近平在中共中央政治局第十三次集体学习时强调，把培育和弘扬社会主义核心价值观作为凝魂聚气、强基固本的基础工程。同时，习近平在提到中

国梦时指出，中国梦归根到底是人民的梦，必须紧紧依靠人民来实现，必须不断为人民造福。要实现中华民族伟大复兴的中国梦，既需要物质文明建设，更需要精神文明建设，通过提升社会整体道德素养，为实现祖国的繁荣富强奠定坚实的精神基础。温州广电传媒集团的《温州好人》正是一档以弘扬社会主义核心价值观、共筑中国梦为主题的栏目，它通过报道温州的善人善事善举，弘扬了社会美德，使温州百姓获得了道德滋养，同时也展现了温州蒸蒸日上的城市文明。

《温州好人》栏目是温州广电传媒集团温州市电视剧制作中心与温州市文明办联合摄制的电视周播专栏，节目时长分别为10分钟至12分钟，自2012年3月31日开播至今，先后在瓯江先锋频道和都市生活频道播出。该节目以“助人为乐”“见义勇为”“诚实守信”“孝老爱亲”“敬业奉献”等新时代弘扬社会主义核心价值观、共筑中国梦为主题内容，记录了一大批“温润、温情、向善向上”的正面典型人物形象，引导全体市民从认识温州好人到向温州好人学习，为把温州构建成“大爱城市、诚信社会”的文明城市塑造舆论高地和道德品牌。栏目开播至今已播出300余期，取得良好的收视和广泛的关注，社会效应持续扩大，民众反响强烈。具体而言，《温州好人》专注于在好人、好故事、好精神、好城市这四个方面打造品牌价值。

一、好人：既是身边普通人，也是中国人精神风貌的典型代表

新时代需要好人，好人能让爱在整个社会流动，让整个国家充满温暖。新时代的好人指的并不仅仅是那些有着丰功伟绩的伟人，更多指的是在生活或工作中平凡、默默无闻、无私奉献着的普通人，他们有的几十年如一日，坚持不懈地做好事，有的在别人最需要的时候给予援手，哪怕牺牲自我。正是因为有了他们，才让我们的生活更加美好幸福。

《温州好人》报道的正是这些新时代需要的好人，他们是我们身边的普通人：有退而不休的老教师，有二十七载义务清扫山路的八旬老人，有送你平安的公交司机，有创业致富造福乡里的村民，有贴近百姓扎根基层的卫计干部，有17年与特困学子结对助学的老两口……他们的行为又注定他们不是普通人：他们在自己的工作岗位上几十年如一日永远充满热情；他们哪怕被人嘲笑为“傻子”也孜孜不倦地去为百姓谋福利；他们克服自己的困难去帮助那些比自己更需要帮助的人；他们愿意在需要自己的地方无怨无悔地发光发热直至生命最后一刻……他们是道德模范，是表率先锋，是中国人精神风貌的典型代表。这种平凡人的爱与奉献，使人与人之间的感情紧紧地凝聚在一起，形成了坚不可摧的集体道德力量，激励人们共同建设和谐社会和美好生活。

二、好故事:虽是生活中的点滴小事,却有打动人心的力量

习近平总书记指出,要讲好中国故事,传播好中国声音。讲故事不仅是国际传播的最佳方式,也是精神文明和道德价值观传播的最佳方式。讲述老百姓自己的故事,讲述身边平凡人的非凡经历,有助于大家感受人间真情,宣扬社会主义核心价值观。

《温州好人》讲述我们身边这些平凡人生活中的点滴故事,既引人入胜,又有一种打动人心的力量,让人听了禁不住潸然泪下,感慨万千。如 2017 年 8 月 27 日的题为《蜡炬成灰泪始干》的节目,讲述了 90 后女教师陈莹丽的感人事迹。她从小立志做一名人民教师,然而走上讲台不久却身患绝症,在生命最后的宝贵时光,她选择隐瞒同事和学生,忍痛上课,继续燃烧红烛之光,将一切奉献给自己挚爱的教育事业。该节目采访了陈莹丽的家人、邻居、领导、同事和学生,通过大量的细节描写,还原了一个热情活泼、热爱学生、不畏辛苦、不惧艰难的最美教师形象。节目以沙画的方式深刻而形象地刻画了人物内心,升华了节目主题,也将人们的情绪带入了高潮。浙江省委书记、省人大常委会主任车俊作出批示:"陈莹丽老师虽然是一位年轻的老师,但她却用有限的生命阐释了对教师这份职业的热爱、对学生无私的关爱,让人肃然起敬。希望全省教育系统认真学习陈莹丽老师先进事迹,用实际行动弘扬陈莹丽老师爱岗敬业、舍己为人、甘于奉献的精神品质!"2017 年 10 月,中央文明办发布"中国好人榜",陈莹丽入选"敬业奉献中国好人"。好人好故事,传唱整个中华大地,温暖了每个人的心窝。

三、好精神:持久而执着的善行,铸就新时代的道德标杆

一个人做好事不难,难的是一辈子做好事。同理,精神文明和道德风尚的培养,也并非一朝一夕就能实现。好人之善行之所以弥足珍贵,是因为它是漫长和持久的积累,其中凝聚着好人们对于善的内心的执着以及善行善举的不懈坚持,这种善行善举最终能实现从量变到质变的飞跃,并通过各种传播手段扩散至全社会,由此及彼,引领整个社会全民向善的道德风貌。

《温州好人》栏目注重对持久而执着的善行的传播,通过对温州好人坚持不懈做好事的崇高精神的塑造,树立新时代的道德标杆。如 2017 年 4 月 9 日的题为《老两口的助学情》节目,介绍了"2016 年感动温州十大人物"、乐清市八旬夫妇叶定献和叶珊珊,他们一辈子勤俭节约,在 17 年时间里与 31 名特困学子结对助学,支付了上百万学费和生活费。为资助孩子交学费,叶定献曾经给五个人打工,每天起早摸黑几乎一刻没得休息。年纪大了不打工了,也继续用积攒的养老金和子女的孝顺钱助学。妻子叶珊珊虽然身体不好,但一直支持老伴,默默付出,无怨无悔,老两口相互扶持、相濡以沫地行走在助学路上。叶定献在节目中说:"人有一种远大的理想目

标，就是在劳动中获得幸福，帮助别人，快乐自己。帮助有困难的大学生，让他们完成大学梦，帮助了别人，也快乐了自己。"这应该是对助人为乐精神最朴素的表达和最完美的诠释。"虽然岁月苍老了他们的容颜，但却映照出他们金子般的心"，金子般的心闪耀着耀眼的光芒，照亮了他们资助的学生们的内心，也触动了每一个人的心灵。温州好人的好精神是新时代的道德标杆，指引人们在践行社会主义核心价值观的道路上不断前进。

四、好城市：城市文明的骄傲，民族精神的自豪

一座城市的成长需要道德力量的支撑。一个好人的善行善举能带动一群好人的善行善举，一群好人的善行善举能带动一座城市的善行善举，成就一座城市的道德风尚，更甚者，能够铸就全民族的精神文明。

2012 年 3 月开播至今的《温州好人》栏目正是植根于"温暖之州"的沃土，同时为温州这座爱心城市输送着源源不断的道德养分。该栏目不仅在温州市民中拥有广泛的品牌影响力，而且在温州成功创建全国文明城市过程中发挥了积极的推动作用。《温州好人》栏目以传播"凡人善举"进入公众视野，用故事去感染人，用精神去鼓励人，用道德去塑造人，他们为城市精神文明的发展描绘出了最美的颜色。300 多期节目，众多温州好人的集合，每一期节目都生动诠释了弘扬社会主义核心价值观、共筑中国梦的深刻内涵。温州好人是百姓学习的楷模，是城市文明的骄傲，也是民族精神的自豪。对温州好人的传播是社会的需要，是时代的需要，也是城市的需要，中华民族的需要。

文艺类

广播文学节目

永远的乡愁
——追忆台湾著名诗人余光中

出片头：

（余光中朗诵）小时候，乡愁是一枚小小的邮票，我在这头，母亲在那头。

漂泊四方，他用一生咀嚼乡愁的滋味。

余光中：我虽然花了二十分钟就写好，可是这个感情在我心中酝酿了二十年了。

著作等身，他用妙笔提炼乡愁的精髓。

余光中：中国文化是我的家，我的身上有汉魂唐魄，这是遥远的祖先传下来的。

（央视新闻播报）台湾著名诗人、《乡愁》的作者余光中，14 日上午在台湾因病去世，享年 89 岁。

（歌曲《乡愁四韵》）给我一瓢长江水啊长江水，酒一样的长江水，那醉酒的滋味是乡愁的滋味……

今天的《1039 夜动听》，让我们共同追忆台湾著名诗人余光中。

【余光中生前最后的朗读】

余光中：我朗诵的《民歌》，就是献给中华民族，象征中华民族一代传一代，不朽的精神。

传说北方有一首民歌
只有黄河的肺活量能歌唱
从青海到黄海
风也听见
沙也听见

如果黄河冻成了冰河

还有长江最最母性的鼻音
从高原到平原
鱼也听见
龙也听见
……

——余光中《民歌》节选

这是诗人余光中在今年5月录制的最后一段电视影像的朗读。画面中，余老先生颤巍着写下“谨以《民歌》一诗献给中华民族：我的同胞”。时隔半年，12月14日，余光中在台湾高雄病逝，享年89岁。那个将浓浓乡愁浅浅吟唱到每个人心里的诗人离开了。斯人已逝，诗意长存。这一天，微信朋友圈被“乡愁”刷屏，网友们纷纷转发余老的诗句，以这样的方式缅怀和纪念先生。

【网友声音】

网友1：我从小看他的新诗和散文长大，从中汲取了难以估计的文学养分。余先生不仅诗写得好，他的散文也写得极其生动、幽默。

网友2：余光中先生带着剪不断的乡愁走了，他的乡愁是中华民族的乡愁，愿他在天堂再没有乡愁！

网友3：此后，乡愁是一方矮矮的坟墓，我们在这头，您在那头。走好，余老，天堂又多了一位伟大的诗人。

网友4：乡愁是一种情结，是一种植根于每个人内心的一种情怀。大师让我们的心灵有所慰藉，有所言语。我们会永远怀念您。

（键盘声）

余光中，祖籍福建永春，1928年出生于江苏南京。9岁因战乱逃离故乡，从江南到四川，从大陆到台湾，求学于美国，任教于香港，最终落脚于台湾高雄的西子湾畔。他一生从事诗歌、散文、评论、翻译，称这些为自己写作的“四度空间”。余光中驰骋文坛半个多世纪，涉猎广泛，被誉为“艺术上的多妻主义者”。代表作有《乡愁》《听听那冷雨》《白玉苦瓜》《记忆像铁轨一样长》《分水岭上》等。其作品广泛收录于大陆及港台语文课本。文坛大师梁实秋盛赞他为“右手写诗、左手写散文，成就之高，一时无两”。

（流水声，音乐起）

余光中一直自称是“江南人”。在他的记忆中，童年是舅舅手上的风筝，是垂柳的江南，是表妹很多的江南。他在后来的创作中，关于江南的文字几乎都是美丽的，诗人的思绪也时常徘徊在垂柳依依的江南，这首《春天，遂想起》就是余光中笔下对江南的留恋。

春天，遂想起

江南，唐诗里的江南，九岁时
采桑叶于其中，捉蜻蜓于其中
（可以从基隆港回去的）
江南
小杜的江南
苏小小的江南
遂想起多莲的湖，多菱的湖
多螃蟹的湖，多湖的江南

吴王和越王的小战场
（那场战争是够美的）
逃了西施
失踪了范蠡
失踪在酒旗招展的
（从松山飞三个小时就到的）
乾隆皇帝的江南

春天，遂想起遍地垂柳
的江南，想起
太湖滨一渔港，想起
那么多的表妹，走在柳堤
（我只能娶其中的一朵！）
走过柳堤，那许多的表妹
就那么任伊老了
任伊老了，在江南
（喷射云三小时的江南）
即使见面，她们也不会陪我
陪我去采莲，陪我去采菱
即使见面，见面在江南
在杏花春雨的江南
在江南的杏花村
（借问酒家何处）
何处有我的母亲

复活节，不复活的是我的母亲
一个江南小女孩变成的母亲
清明节，母亲在喊我，在圆通寺
喊我，在海峡这边
喊我，在海峡那边，
喊，
在江南，在江南
多寺的江南，多亭的
江南，多风筝的
江南啊，钟声里的江南
（站在基隆港，想——想回也回不去的）
多燕子的江南

——余光中《春天，遂想起》节选

（炮弹声，音乐压混）

1937年，日军的铁蹄打破了江南的宁静。在“南京大屠杀”前夕，9岁的余光中跟随母亲仓皇逃难。战火提前结束了他的童年，更把他的家园烧成破碎的河山。余光中后来不时回忆起当年逃难的经历：

（余光中采访录音）

我们流落在这个沦陷区，那是非常恐怖，晚上就看到外面火光烛天，不单是声音，那个光影都留在记忆之中。所以我有首诗里面讲，童年的天空啊，看不到风筝，看到的是轰炸机。

在四川悦来场，余光中度过了他的中学时代，开始了对古文和英文的钟爱，对天文和地理的痴迷，一颗年轻的心躲藏在巴山蜀水深处，渴望离开。抗战胜利后，余光中回到了南京。1946年夏天，他如愿以偿地考取了北京大学外文系，却因为战火的再度蔓延不得不放弃北上，就读于南京金陵大学。不久，他人生中的第二次奔波又开始了。1950年，余光中几经辗转到达台湾，就读于台湾大学外文系。即便在象牙塔里，他也深刻感受到了时代的动荡，前途的迷茫。

回不去的家园，看不到的彼岸，在前途未卜的台湾，现代诗创作成了余光中的精神寄托，也为他博得了鹊起的声名。他出版的第一本诗集《舟子的悲歌》得到了梁实秋的称许，他参与创办的“蓝星”诗社在文坛享誉一时。

一张破老的白帆，
漏去了清风一半，
却引来海鸥两三，

荒寂的海上谁作伴,
啊,没有伴,没有伴,
除了黄昏一片云,
除了午夜一颗星,
除了心头一个影,
还有一卷惠特曼。
我心里有一首歌,
好久好久都不曾唱过,
今晚我敞开胸怀舱里卧,
不怕那海鸥偷笑我,
它那歌喉也差不多。
我唱起歌来大海你来和,
男低音是浪和波,
男高音是我。
昨夜,
月光在海上铺一条金路,
渡我的梦回到大陆,
在那淡淡的月光下,
我梦见脸色更淡的老母,
我发狂地跑上去,
一颗童心在腔里欢舞,
啊,
何处是老母,何处是老母,
荒烟衰草丛里,
有坟茔无数……

——《舟子的悲歌》

几次逃亡,数次离乡,一如余光中自己称作的“蒲公英的岁月”。诗人无时无刻不在想着“渡我的梦回大陆”。他一生思考着生命的始终,明知宿命般的结局,却依然要与永恒拔河。1966年,不到四十岁的余光中写了《当我死时》。诗中,他想到生命的终结是返乡,回到最初的自己,踏上当年的故土。

当我死时,葬我,在长江与黄河之间
枕我的头颅,白发盖着黑土
在中国,最美最母亲的国度

我便坦然睡去，睡整张大陆
听两侧，安魂曲起自长江，黄河
两管永生的音乐，滔滔，向东
这是最纵容最宽阔的床
让一颗心满足地睡去，满足地想
从前，一个中国的青年曾经
在冰冻的密西根向西瞭望
想望透黑夜看中国的黎明
用十七年未餍中国的眼睛
饕餮地图，从西湖到太湖
到多鹧鸪的重庆，代替回乡

——《当我死时》

余光中的诗文主题，多离不开“离乡”“乡愁”“孤独”“死亡”，读他的诗，迎面而来的是一种入骨的苍凉与顽强。在台湾作家吴均尧看来，这种顽强精神，也是余光中留给我们的文学财富。

（台湾作家吴均尧采访录音）

余老师是台湾乡愁诗人的代表，他代表一个时代累积的苦难的一个结晶。他以非常强大的意志跟他的心灵，把各种苦难跟他的思念，变成如此优美的诗歌，让我们可以感受到一种战争的无情、两岸的无奈，余老师那种渴望家国可以团圆，渴望亲情可以有个统一。我这代人对大陆乡愁的继承，我们有教科书上会教历史地理，可是文学上，我觉得余老师提供了非常足够的养分，来跟我们讲他的乡愁是什么。

1972 年 1 月 21 日，余光中离开家乡已经二十多年了。在厦门街的旧居内，他仅用二十分钟便写出了这首《乡愁》。二十分钟对于时间的长河来说只是一瞬，但它凝聚了余光中一生的感情体验和一个民族一个世纪的血泪沧桑。在诗中，他对母亲的纪念扩大到一个民族的纪念，乡愁是对整个中国的眷恋，《乡愁》成了台湾同胞、成了所有中国人的思乡曲。

（余光中采访录音）

人家说你好像才思敏捷，我说倒也不是。我虽然花了 20 分钟就写好了，可是这个感情在我心中酝酿了 20 年了。

【余光中朗读《乡愁》】

小时候
乡愁是一枚小小的邮票
我在这头

母亲在那头

长大后
乡愁是一张窄窄的船票
我在这头
新娘在那头

后来啊
乡愁是一方矮矮的坟墓
我在外头
母亲在里头

而现在
乡愁是一湾浅浅的海峡
我在这头
大陆在那头

——余光中《乡愁》

江山北望，神州莽莽，一湾浅浅的海峡隔断了余光中望乡的殷切目光，却割不断他思乡的百转柔肠。对他来说，乡愁是一种既甜蜜又酸楚、既单纯又复杂的滋味。这首《乡愁》，成为了他最为大陆读者熟知的诗，也是他无法挣脱的烙印。

对故乡的思念并不仅仅是余光中个人的惆怅，它也曾引起一代台湾人甚至所有海外游子由衷的共鸣。1975 年，以杨弦、胡德夫为代表的一批台湾高校学生把余光中的《乡愁》《民歌》《乡愁四韵》等作品谱成歌曲，搬上舞台，在文化界和艺术界引起轰动，台湾的现代民歌从此诞生。而在一唱三叹的过程中，余光中的脉脉乡愁也逐渐上升到了文化的高度，具有了感人至深的力量。台湾作家、东吴大学中国文学博士廖玉蕙这样回忆余光中的诗对台湾现代民歌的影响。

（台湾作家廖玉蕙采访录音）

余先生的诗在我们台湾是非常受到年轻朋友的喜爱，也是谱歌最多的。比如《莲的联想》《乡愁》等好多首，甚至于有专门那种演唱会演唱他的诗改编的曲子。当年也是民歌在台湾风行的时候，那段时间里，他的诗几乎就是大家朗朗上口，有的人不会背，但是他会唱。余先生算是在诗人当中声誉最高的。

余光中创作的这首《江湖上》，拉开了台湾民谣时代的序幕。

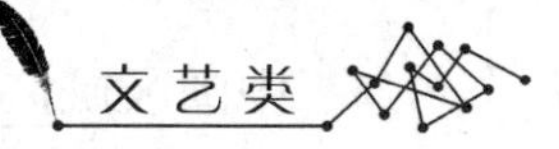

【歌曲《江湖上》节选 演唱：杨弦】

一片大陆，算不算你的国？
一个岛，算不算你的家？
一眨眼，算不算少年？
一辈子，算不算永远？
答案啊答案，在茫茫的风里。

——余光中《江湖上》

1992年，余光中终于跨过了那湾浅浅的海峡，双脚踏上了故乡的土地。面对阔别了整整四十三年的大陆，他不禁感叹，掉头一去是风吹黑发，回首再来已雪满白头。以前怀乡归不得，那是余光中乡愁诗的浪漫时期；现在他回乡了，余光中说他的乡愁诗进入了写实时期。准确地说，化解的是地理乡愁，而文化的乡愁依然存在，余光中诗中的浪漫也依然存在。《乡愁》的情怀与韵律仍然流淌在他的诗中。

（余光中采访录音）

到了乡愁超越地理而变成时间的乡愁，这个时候，文化跟历史就进来了。于是就不一定是想念你的那一个城，那一个镇，而是整个九州，整个中国。乡愁最浅的层次是同乡会的乡愁，等到你整个中国是一个同乡会，那个乡愁就是历史文化的乡愁了。

1995年，余光中回到他负笈的厦门大学时，这中间隔了四十六年，“四十六年成一割，而波分两岸”。余光中说这是“浪子回头”。

鼓浪屿鼓浪而去的浪子
清明节终于有岸可回头
掉头一去是风吹黑发
回首再来已雪满白头
一百六十涅这海峡，为何
渡了近半个世纪才到家？
当年过海是三人同渡
今日着陆是一人独飞
哀哀父母，生我劬劳
一穴双墓，早已安息在台岛
只剩我，一把怀古的黑伞
撑着清明寒雨的霏霏
不能去坟头上香祭告
说，一道海峡像一刀海峡

四十六年成一割,而波分两岸
旗飘二色,字有繁简
书有横直,各有各的气节
不变的仍是廿四个节气
布谷鸟啼,两岸是一样的咕咕
木棉花开,两岸是一样的艳艳
一切仍依照神农的历书
无论在海岛或大陆,春雨绵绵
在杜牧以后或杜牧以前
一样都沾湿钱纸与香灰
浪子已老了,惟山河不变

——《浪子回头》节选

或许是一生中有太多岁月在外漂泊、远游,余光中常以蒲公英自喻。1992年以来,出于对故乡的热爱与眷恋,余光中频繁前往大陆各省参加讲学、座谈会等活动,至少来大陆60多次,许多省份都留下过他的足迹。

(余光中采访录音)

中国文化是我的家,我在作品里面也常常提到我的身上有汉魂唐魄,我的魂魄就是我遥远的祖先传下来的。

2010年,82岁高龄的余光中应邀来温州,先后游览了南雁荡山、北雁荡山、江心屿、洞头仙叠岩和半屏山,走访了永昌堡、朔门街、池上楼等,还洋洋洒洒用近万言的《雁山瓯水》记录他与温州的故事。他为温州写过两幅题词:一幅是"洞天福地,从此开头",题给洞头;一幅是"山水诗发祥地:温州",题词石碑坐落在市区白鹭洲公园。

温州大学人文学院院长孙良好在2014年夏天去台湾访学,就专门拜访了当时在台湾中山大学任教授的余光中,余老温文尔雅,言谈中观点鲜明、思想锋利,给他留下了深刻的印象。

(孙良好采访录音)

我们谈温州,谈诗歌,当时余先生已经是86岁高龄了,虽然他讲话语气非常缓慢,但事实上他表达的自己的观念非常清楚,非常明白,当然也非常大胆,非常直接。一直以来他对温州都有一些美好的印象,因为徐霞客,因为温州的山山水水,在温州8天的时间里,他感觉温州这个地方山水很好,人也很热情,视野开阔,总的感觉这座城市是温暖的。

(余光中吟诵《念奴娇·赤壁怀古》,出雨声)

大江东去，浪淘尽，千古风流人物……人生如梦，一樽还酹江月。（压混）

下次你路过，人间已无我，听听那冷雨，他已在故乡！

“要问我的故乡在哪里，其实很简单，我就是一个中国人”，余光中生前多次这样说。在岛屿思念故土，在现代回望汉唐，最终，他回到了最初的自己，像诗中所写，长眠在梦中的故土上。

余老走了，但他的乡愁和他的文学会长久地活在我们的记忆中。

（歌曲《乡愁四韵》）

给我一瓢长江水啊长江水
酒一样的长江水
那醉酒的滋味
是乡愁的滋味
给我一瓢长江水啊长江水
……

记者采访：

台湾作家吴钧尧

台湾作家、东吴大学中国文学博士廖玉蕙

温州大学人文学院院长孙良好

音频素材来源：

余光中采访录音：

凤凰卫视《名人面对面》（2014 年）

央视《大家》（2008 年）

余光中朗读《民歌》录音：

央视《朗读者》（2017 年 5 月）

余光中朗读《乡愁》录音：

央视纪录片《美丽乡愁》第一集 余光中·两岸情思（2012 年）

余光中吟诵《念奴娇·赤壁怀古》录音：

台湾纪录片《他们在岛屿写作·余光中[逍遥游]》（2011 年）

单位：温州广播电视传媒集团交通频率

作者：陈大柿、胡倩、叶繁、徐迁

播出时间：2017 年 12 月 29 日

从新闻入手，落脚于文化

——评议广播文学节目《永远的乡愁》

刘茂华

2017 年 12 月 14 日，台湾著名诗人余光中先生在台湾高雄病逝，享年 89 岁。温州交通广播在栏目《1039 夜动听》（29 日节目）中以《永远的乡愁》为题，由新闻事件入手，从余光中先生生前录制的最后一段诗歌朗读切入，用广播叙事的方式梳理余光中先生的生平事迹和创作经历，串联起余光中先生各个时期的经典诗歌作品，缅怀这位大诗人，也为乡愁文化基因做出了时代的注脚。

一、从新闻入手，落脚于文化，做出了与众不同的节目内容

《永远的乡愁》从余光中先生去世新闻事件入手，非常巧妙地抓住了余光中先生与温州的关系，最终落脚于文化，做出了区别于同时间同类节目的不同内容。

诗人余光中先生与温州有着颇深的缘分。2010 年，82 岁高龄的余光中应邀来温州，先后游览了雁荡山、江心屿等地，用近万言的《雁山瓯水》记录他与温州的故事。余光中先生还为温州留下了两处墨宝：一幅是“洞天福地，从此开头”，题给洞头；一幅是“山水诗发祥地：温州”，题词石碑坐落在市区白鹭洲公园。

温州交通广播记者在余光中先生去世的第二天独家专访了与余光中有过交往的两岸专家学者。比如，温州大学人文学院院长孙良好在 2014 年夏天去台湾访学，就专门拜访了当时在台湾中山大学任教授的余光中。节目通过对孙良好的采访，让听众知道了余光中先生对温州的感情，余光中先生在温州 8 天的时间里感觉温州这个地方山水很好，人也很热情，视野开阔，总的感觉这座城市是温暖的。

余光中先生对温州的情感源于他对整个中华大地的热爱，这正如他生前接受记者采访时所说的：“中国文化是我的家，我在作品里面也常常提到我的身上有汉魂唐魄，我的魂魄就是我遥远的祖先传下来的。”

节目有意识地将余光中与温州的关系置于整个大中华的文化背景之下，揭示出余光中先生对整个中国的感情，从而又从另一个视角揭示“乡愁”的文化意蕴。

二、追溯乡愁文化基因，有助于人们更理性、平和地认识当下

余光中先生的诗歌作品和其他体裁作品非常多，广播节目《永远的乡愁》依然紧抓“乡愁”，将余光中先生的其他有影响的作品作为点缀和烘托，重点突出“乡愁”文化的

深刻内涵，发掘“乡愁”的中华文化基因。

一首“现象级”诗作的出现，往往是因其以艺术性的手法巧妙地触及了人们的心灵，或者打开了一段记忆，或者开启了一段叙事。余光中先生《乡愁》的流行，也有着这样的逻辑。广播节目《永远的乡愁》回顾了余光中生活的年代——正处于中国数千年未有之变局，对于那个时代的人来说，颠沛流离是人生常态。余光中也是这样，他一生都在跋涉，走过很多地方，但不管走多远，不管走过多少地方，故乡只有一个，乡愁永远都在。

很多经典乡愁文化作品诞生在风声鹤唳的战乱时代，作家在经历了国仇家恨以后有感而发，才能创作出感人肺腑的传世佳句。《永远的乡愁》向听众传播这样的观念：中国人的乡愁传统是与渴望圆满、团聚的历史情结高度统一的。有了乡愁文化，就有了盼望统一的基本民意。有分必有合，统一既是中国文化的深层情愫，也是不可阻挡的历史潮流。

因此，广播节目《永远的乡愁》其实在告诉听众：“谁忘记历史，谁就会在灵魂上生病。”余光中那代人经历了一个不堪回首的过去，因为有着那样的时代背景，余光中那一代人的乡愁是那么沉重。那样的时代已经很远了，但人们在内心深处从来没有忘记。广播节目《永远的乡愁》温故这段历史，是为了“乡愁”的文化基因不能断层，“擦清历史的镜子，抹去灰尘，以史为鉴，走好未来的路”。节目其实也在告诉我们，不忘伤痛，铭记历史，才能迎来更加光辉的未来。

三、充分考虑受众心理，遵循大众审美规律

《永远的乡愁》运用朗诵、音乐、影视等多种艺术手法，在温情中追忆余光中先生的乡愁情怀和文学风骨。整个节目运用了余光中生前录音采访资料、网友缅怀声音、两岸学者的追忆，还有音乐等各种艺术手段，将听众深深置于巨大的“乡愁”之中，引起听众对余光中先生的深深怀念之情。

整体上看，节目《永远的乡愁》不居高或者仰望，眼光是平视的，叙述是平实的，节目内容抓住了人性中柔软的东西，也并没有沉浸在某种情绪里，是一种“接地气”的文艺广播节目。广播节目中的文字、音乐和气氛很受听众的欢迎，节制又有张力地娓娓道来。

《永远的乡愁》也向听众昭示了一个重要的道理：现代意义上的广播文学节目已不仅仅是文学作品简单的有声传播，也不是对作家与作品单纯的价值判断和审美解读，而是以最大限度地满足受众的审美趣味和欣赏需求为终极目标。

因为，尤其是在当下的网络传播时代，广播节目的内容更需要受众用听觉来感知，根据感知过程的“平行规律”，广播和收听是平行的、同步进行的，所以语言表达的程度

和信息量要与听众的言语感知能力和接受程度相适应，也只有如此，收听过程和理解过程才可以同步完成。因此，必须考虑大脑对语言理解过程需要尽可能缩短。由于这个限定，广播语言必须通俗化、平民化。

《永远的乡愁》整个节目语调舒缓，声音真切，感情细腻而真实，将这样一档高雅的文学节目非常通俗地传播给了广大听众。

再者，《永远的乡愁》制作上也显现出精良的品质，节目主持人情感饱满且含蓄，节目中的诗歌朗诵自然流畅，特别是运用音乐和音效对渲染情感、烘托内容和主题起到了较好的作用，具有很好的可听性和欣赏性。

《永远的乡愁》也给广播文学节目带来了一个非常重要的启示，只有与时俱进，不断创新，当下的广播文学节目才能不断发展，才能赢得听众，赢得市场。

电视文学节目

父 亲

说起我和音乐的接触，最初也许和父亲有关。记忆中，父亲很喜欢一首叫做《小草》的歌曲，从小到大，总会听到他在耳边吟唱。

父亲也常跟我念叨："小草好啊，小草虽然平凡，不争不抢，也挺好，挺好。"父亲爱小草，也像小草。

像小草一样的父亲不善言辞。有一年，学校开家长会，父亲难得去了。结果会上，老师让家长轮流发言，轮到父亲的时候，他憋红了脸一句话也说不出，最后跑到黑板前写下了四个字：天道酬勤。这事儿让我一度觉得有些丢脸。

父亲寡言少语，但不知为什么，面对他的病人，却换了另一副模样。乡里乡亲都在夸父亲的医术高明，有个头疼脑热，父亲几帖药就能痊愈。乡亲们更是爱找父亲聊天，不看病的时候，父亲也常常陪着病人聊天，不厌其烦。按照他的说法，只有病人心情舒畅了，病才会好得快。

就是这样一个在乡亲眼中可亲可敬的"王大夫"，却是我眼中越来越不可以理解的父亲。

父亲很早便被查出患有肝硬化，医生嘱咐不可过于劳累。父亲却不听我与母亲的劝告，白天在外忙活了一天还不嫌累，又把家里一处两层小屋改成了临时诊所。于是，父亲便没有了"下班"的时间。记不清多少次深更半夜，只要楼下有人喊父亲的名字，他便会从睡梦中匆匆起身下楼问诊。我抱怨经常被叫门声吵醒，父亲说："人家半夜找上门一定是着急的毛病，怎么能拒人门外呢？"父亲从来都记得自己是一个医生，从来都不记得自己也是个病人。

大门岛孤悬大海，一个乡间医生收入微薄。我已经太久没见过他穿新衣服，他身上唯一值钱的东西还是那部屏幕已经破碎的手机。有一回，我在外地求学向他索要生活费，他只给我打来了200元钱。200元，甚至无法让我请同学吃一顿像样的饭，却是父亲给我一个月的生活费。电话那头父亲嘟哝着："够了吧，一个人用不了多少钱的。"

小气的父亲对病人却出了名的大方。遇到一些家庭困难的病人，父亲便会免去所有问诊的费用，遇到一些行动不便的病人，看完病他甚至还会贴钱叫三轮车将病人送返。有一位病人瘫痪在床数年，父亲每次都会亲自上门问诊，为了退还诊费，他还特地在送去的补品中偷偷塞进了1000元钱。

三年前的一天,母亲提出将家里的老房子简单装修一下。家中装修,父亲没有怎么过问,都是母亲一人在操持。用父亲的话说:“有地方住就可以了,好点差点又有什么关系呢?”可就是这样的父亲,当得知一位病人的房子漏雨了,自己掏钱买好了涂料、水管、电线,徒步走了近一个小时的山路,把材料扛上山,又动手把老房子里里外外整修了一番心里才踏实。

2013 年,我如愿考上了厦门大学音乐系,父亲很是开心。寒假回来,一向勤俭的他主动提出要请几桌客人吃饭,也算是为我接风洗尘。母亲打趣道:“你总算没有白做这几十年的医生,总算也认识了几个有头有脸的人。”父亲憨笑。请客那天,母亲却傻了眼。原来父亲一早去了养老院,把养老院的老人全都接了过来,原来这些老人就是父亲口中的“贵宾”。后来我才知道,父亲每逢过年过节都会去镇上的养老院,带去被褥、药品、年货。父亲轻声对我说:“你出生的日子是个大雨天,要不是有乡里乡亲的帮助,也不会有你顺利地降生。你要知恩厚报啊。”

我的傻父亲,有着太多我不能理解的心思。他虽没能赚到多少钱,但见他眉眼间带着丝丝笑意,我也学会了不再追问。

2017 年下半年,父亲病了,在医院待了四十天后,父亲说:“温州人坐月子一般也就四十天,四十天到了,我想回娘家看看了。”父亲不顾医生的劝阻,执意回到了他牵挂的海岛。许久不见父亲的乡亲们来了,带着刚刚收下来的蔬菜,带着自己晒好的番薯干,把屋子挤得满满当当,一声声的“王大夫”唤起了父亲久违的笑容。病榻上的父亲依然询问着老病人的状况,听到哪家的孩子病了,依旧让人取来纸笔,用颤颤巍巍的手写下一张张处方。

谁也不曾料到,这是父亲最后的两个月。2017 年 10 月 20 日,父亲永远地离开了,离开了我和母亲,离开了这个让他魂牵梦萦的小海岛和他挂念的乡里乡亲。送别的那天,黑压压的数千人,跨过江海,翻越岛礁都来到了父亲的身边。

那天,整座城市都在传颂一个关于“兰小草”的故事:2002 年 11 月 17 日,《温州晚报》收到了一个装有 2 万元现金的包裹,附着两张字条。一张说:“这 2 万元是我们夫妻辛苦挣来的,捐献给那些急需帮助的孤儿寡母……”另一张说:“我们希望用 33 年时间,每年捐献 2 万元‘星雨心愿’善款,以报答国家对我们的培养之恩……”纸条的署名是“兰小草”。

之后的十五年,每一年的 11 月 17 日,“兰小草”都在践行自己的承诺,但却从来不曾露面。人们找他找了整整十五年。

我想起了那句著名的话:“我们常常无法做伟大的事,却可以用伟大的爱去做些小事。”

想起父亲说过的一句话:“左手做的事,不用告诉右手。”

我想起父亲最爱兰花，想起父亲哼唱的《小草》。这是我第一次真正读懂父亲。

没错，这就是我的父亲王珏。今天不只是温州，在大江南北辽阔的土地上，不同的声音都在呼唤着他，人们叫他“兰小草”。

单位：温州广播电视传媒集团新闻综合频道

作者：陈觅、张国清、胡建、朱宇艳、刘维进、金玉玲

播出时间：2017 年 12 月 29 日

真挚情感　奉献大爱　闪耀光辉

——评电视文学节目《父亲》

刘　燕

发自真心的爱和奉献永远是感动人心的力量！电视文学节目《父亲》从儿子眼中的父亲这一独特的视角出发，以情景再现的方式，带领观众走进了一个化名叫“兰小草”的平凡的温州海岛医生伟大的爱与勤于奉献的一生，展现了人物高尚而纯洁的精神世界。凝结在节目中的平凡、伟大、深沉的爱，使这一节目富有了灵魂。节目在对典型人物的塑造、故事的选择、演绎与情感的再现手段、人物不同寻常的生命轨迹与博大情怀的表现上，都可圈可点，没有造作之态，自然流淌出打动人类灵魂的力量。总的来说，《父亲》是一部题材重要、情感真挚、意蕴较深的优秀电视文学节目。

首先，节目对典型优秀人物的表现上视角独特，以敏锐的触觉来感知平凡英雄的生活，让人物形象丰满，更贴近生活。这个时代不缺乏英雄，而是缺乏在平凡岗位上默默奉献的英雄。“兰小草”当选“感动中国 2017 年度人物”，对于“兰小草”的故事，许多媒体的报道聚焦在“兰小草”“每年捐赠 2 万元善款却始终隐姓埋名”这一主线上，比较突出人物的奉献行为，而较少将人物放置在日常生活中，追寻背后的精神力量，让人们了解“兰小草”的真实全貌。节目《父亲》从“兰小草”儿子的角度来追忆，从儿子的成长生活中对父亲的观察，让观众看到了一个对家人沉默寡言、不善言辞，对工作充满热忱、兢兢业业，对社会只讲奉献、不求回报的鲜活的典型人物形象，还给了观众一个有血有肉、生动感人的“兰小草”。

其次，节目对故事的叙述上和选择上，擅长从细微之处，用对比的方式从细节呈现人物鲜明的性格特征、品格特征，于细小之处打动人心。常言道，知子莫如父，而知父也莫如子。片中采用了儿子第一人称的叙述，在与观众的交流上更真实可信、真切感人。节目在故事的选择上，裁剪了几个父子相处的故事片断。例如父亲参加

家长会发言却在黑板上写了“天道酬勤”四个字；父亲在深夜起床给病人看病；父亲在自己考上大学后请养老院的人作为贵客来吃饭；父亲在自己需要生活费的时候只给了200元。这些小故事贴近每个人的家庭，却在对比中显出了“兰小草”宽广博爱、与众不同的一生。

最后，节目充分发挥了电视文学的特点，运用了多样的艺术手法，通过故事演绎、新闻报道、歌曲等艺术手法，表达出了真挚的情感，感人肺腑。节目只有十多分钟，但却通过各个侧面精彩地浓缩了“兰小草”真实崇高的一生。例如在故事演绎中，“兰小草”的儿子亲自参演，并演唱插曲，群众演员也是大门岛的乡亲，他们倾力支持，所有参演的群众都真情流露，扮演“兰小草”的演员一举一动更是亲切自然，让人似乎看到了“兰小草”的音容笑貌、爱心奉献和他胸中充满的大爱情怀。所有演员的出演，让观众透过淳朴乡亲对这位医生的挚爱，看到了“兰小草”真实奉献无怨无悔的美好人生。

纪录片类

微纪录片

廊桥守护人
——曾家快

(自白)我叫曾家快,是个木匠。在泰顺这里,一般做家具、床,这些的木工叫小木匠,而我属于那种造房子、寺庙的大木匠。在这儿,只有我们才可以造廊桥。

(自白)文兴桥塌掉那天,我记得是中秋节,雨下得特别大。那时候看到那座桥的时候,我心里确实很难受。整座桥都被冲掉了,连桥墩都没有了,泰顺国宝级的廊桥总共十五座,一下子就被冲毁了三座,文兴桥是在里面是很有特色的一座。

(自白)那时候我们几个人就组织起来,顺着河往下游去找那些木构件。让我很感动的是很多村民,他们都自发地一起来帮我们找,那时候很多人家里都还被水淹着,他们看到那些木构件就先收到家里,等我们过去的时候,再拿出来交给我们。我那时候我心里就想,无论有多大的困难我也要把文兴桥修好。

(自白)其实修一座廊桥比造一座廊桥还要难,特别是文兴桥这种国宝级的廊桥,所有的东西都要修起来和原来的一模一样,文物部门对我们的要求就是修旧如旧。文兴桥两边高度不同,按修复要求,只要能用的原构件,都要放进去,并且要兼顾到桥梁的稳固性。当时我们找到的木构件有5000多个,光是对这些木构件的整理和比对,我们就花了好几个月的时间。尽管修复中困难重重,但是依靠文物专家的测绘数据和以往的影像资料,给复原工作带来了很大帮助。

(自白)我至今一共修建了十二座廊桥,每一座桥在我心里,就跟自己的小孩一样,你看着它慢慢长大,心里就会有一种自豪感。廊桥对泰顺人来说有特殊的意义,它就像一个图腾,很多泰顺人一辈子的大事情都是跟廊桥有关的。很多泰顺人出去了,回来的时候也一定会去看看廊桥,只要廊桥还在那,我们的根就还在。

单位:温州广播电视传媒集团公共频道

作者:姜嵘、黄振宇、胡玮、潘海钏、严明昌、郑浩

播出时间:2017年12月

人心即传承:微纪录片《廊桥守护人——曾家快》的创作特点

张忠仁

温州广播电视台的微纪录片《廊桥守护人——曾家快》以 2016 年的台风“莫兰蒂”带来的灾害为背景,在台风引发暴雨山洪冲毁了温州泰顺地区的三座“国宝级”廊桥之后,选取三座廊桥之一的文兴桥“复生”重建过程为主要表现内容。该片的结构以木拱廊桥技艺省级传承人曾家快的个体行为、活动为关注视角,采用曾家快自述的方式为叙事线索,将其亲历廊桥冲毁现场,到廊桥的重组复建,及至廊桥建成的过程进行真实记录。该片时长仅有 5 分 30 秒,在这么短的篇幅内,能够完整呈现泰顺廊桥文兴桥被洪水灾害所毁,又被精心复建已经不太容易。《廊桥守护人——曾家快》一片的导演在完成上述过程的记录之外,还力图塑造“大木匠”曾家快——既是一名“木拱廊桥技艺省级传承人”,又是一位有个性且具独立思想的人物。要将以上几方面内容有系统地融为一体,更加难上加难。但是,通过该片的内容,我们欣喜地看到导演不仅完成了上述内容的融合呈现,而且还通过该片传达出了“人心即传承”这一深刻主题。传播思想性是纪录片的价值之一,《廊桥守护人——曾家快》中“人心即传承”主题的体现,也正是本片创作特点的体现。

一、声音叙事结构:突出人物情感及个性的设计特点

微纪录片《廊桥守护人——曾家快》的叙事结构采用了主人公、泰顺地区“大木匠”曾家快自述的形式贯穿全片。这种主人公自述的声音叙事结构,有助于主人公直抒胸臆地去表达自身情绪情感。主人公自述(第一人称自述)的结构形式,在以往的文学、影视等各个门类中均有频繁的应用。虽然并非新鲜独特的手法,但是在本片中这种主人公自述的形式应用,却起到了突出人物个性的创作特点。第一人称自述的结构手法,最早出自文艺复兴时期法国思想家、作家蒙田的《随笔集》写作。这种第一人称叙事的特点是“这件事我在场”“我亲身经历过”,无论文学还是影视作品,都能够给受众以“当事人”的感受,会使受众对“自述者”产生无可辩驳的信任。微纪录片《廊桥守护人——曾家快》采用第一人称自述结构,就有这样的叙事优势。本片中的核心事件——无论泰顺廊桥文兴桥被洪水灾害所毁,还是村民组织抢救、整理老桥的部件,或者是文兴桥的复建,以及复建完成后“大木匠”曾家快的个人心情与感慨,都是曾家快亲眼见证、亲身经历,最终才发自内心地表达了个人情怀。通过其第一人称的自述,观看本片者会受到更强烈的感染,也会在内心体会到更深的情感触动。

微纪录片《廊桥守护人——曾家快》的第一人称自述的声音叙事结构，也起到了突出人物个性的特点。纪录片在关注或展现主要人物时，传统的做法是讲求客观表现。当然，兵无常势，文无定法，采用主人公自述方式进行结构叙事的纪录片也有很多，但是，微纪录片《廊桥守护人——曾家快》的第一人称自述方式，在增强感染力的同时，突出了主人公曾家快的个性。比如，本片一开始的自述中："我叫曾家快，是个木匠。在泰顺这里，一般做家具、床，这些的木工叫'小木匠'，而我属于那种造房子、寺庙的'大木匠'。在这儿，只有我们才可以造廊桥。"短短几句话，特别强调了"大木匠"与"小木匠"的区别，在其自述中同时透出自信的语气，不但彰显了曾家快直截了当的个性，而且也表露出"造廊桥"技艺传承人的自豪与自我看中。这种自我看中既是曾家快对"造廊桥"技艺的看中，又是他自己内心对从小就熟悉的"廊桥"的一种情感依恋。也正因为是出于本心的情感依恋，才促使他没有放弃对"造廊桥"技艺的传承。中国各种文化、技艺的有效传承，要么源于喜爱，要么源于情感，归根到底一定都是基于本心——人心即传承。

二、画面叙事结构：突出影像逻辑表达的设计特点

影视的叙事取胜之处主要在于两点：一是选材要具有"非常态"性；二是要充分利用"影像逻辑讲故事"，让声音叙事线索与画面叙事互有因果、互相关联。微纪录片《廊桥守护人——曾家快》声音叙事是以当事人自述的方式进行，通过"大木匠"曾家快自述，展现了温州泰顺地区廊桥文兴桥复建的过程。该片的画面叙事结构一方面配合当事人曾家快的声音自述，有一个线性发展的逻辑，即声音与画面之间有宏观的对位设计。这种对位设计保证了本片内容的纪实性，同时也符合影视叙事的声画相辅助特点。

《廊桥守护人——曾家快》的画面叙事结构流程清晰，全片以四个核心故事段落为主，且每个故事段落因情节叙事比重差异，分成时长不均等的小单元画面叙事情节，使全片故事叙事节奏有一定起伏，符合影像逻辑表达的通常技巧。该片的结构单元如下：①开场——曾家快简短自我介绍；②文兴桥被台风暴雨摧毁，曾家快参与打捞、整理木构件，并发誓修桥；③曾家快开始参与修复文兴桥这座廊桥；④曾家快个人先后参与修复十二座廊桥后的个人感慨。仔细分析《廊桥守护人——曾家快》全片的四个核心故事单元可以发现，在配合声音叙事的线性逻辑结构基础上，本片的画面叙事结构中还存在一条隐含线索，即曾家快修复文兴桥的工作场景段落，从这条隐含线索的画面叙事看，本片采用的自述在时间上具有回溯、倒叙特点。在曾家快修复文兴桥的工作过程，他自述了亲身经历的文兴桥遇到台风暴雨垮塌，他和村民抢救、寻找旧桥的构件，并期望能将桥修复，他认真仔细地参与修复文兴桥的工作，以及文兴桥修复完成，

他回想自己曾经参与多座廊桥修复工作后感慨万千的心情。

影视叙事的逻辑依据有两点:第一,依据人们一般的认知常识。我们平时关注一件事通常都是先问这是什么,然后才问为什么,即一个事发生我们知道了,然后才会考虑起因、经过、结果,至于反思,不是所有人都会做的。因此,影视叙事不能单纯遵循直白的线性叙事,要倒叙,先说一个事件的不可理解和非常态,然后再线性理出过程。微纪录片《廊桥守护人——曾家快》四个小单元段落的划分,以及线性的语音自述和回溯、倒叙的画面叙事结构,完全符合影视叙事的特点。第二,电视叙事要讲故事,不是单纯依靠"重口味"的叙述,而是抓住人事物的"两难"状态。《廊桥守护人——曾家快》一片中,这种"两难"的状态只出现在画面叙事的第二部分,也就是温州泰顺的文兴桥被台风暴雨摧毁,曾家快参与打捞、整理木构件,并发誓修桥的这个部分。无论从曾家快的声音自述,还是借用当年电视媒体对台风的新闻报道画面叙事,作为观众,都能够感受到主人公曾家快的情绪、语气的"两难",也正是这种两难的折磨,使曾家快更加坚定了内心修廊桥的愿望,因为心存愿望,所以更加激发他义无反顾地继承廊桥修复技艺,并心心念念将其持续传承。

综上所述,《廊桥守护人——曾家快》的创作特点,突出表现为在声音叙事结构方面采用主人公的线性自述方法,而在画面叙事结构方面,则采用回溯、倒叙的思路方法。导演为了在有限的时长内塑造廊桥修复技艺传承人、"大木匠"曾家快的个性形象,也为了传达"人心即传承"的本片主题意义,将声音叙事与画面叙事巧妙融合,达到了较好的视觉传达效果。此外,本片考虑到当下的快节奏生活影响,充分利用影视新技术,对廊桥修复到完成过程采用特效表现,虽然画面叙事节奏与全片匹配度不高,且略显仓促,但也不失为一种创作新尝试。

短纪录片

宣讲的日子

【前序】【字幕】2017年10月18日上午9点整 党的十九大在京隆重召开

【采访】2017.10.19 宋玲华在十九大浙江代表团驻地接受采访

我能够亲自在北京、在大会堂聆听习近平总书记的报告，其实在现场我也觉得很兴奋，很激动，那么我看了以后，我现在一个要把习近平总书记的讲话原原本本好好学习，那么我回去，我一定要把这些讲话的精神，原原本本向大家传达。

【题目】宣讲的日子

【同期声】动车进站

【字幕】2017.10.26 16:45 十九大代表宋玲华抵温 圆满完成大会履职工作

【字幕】2017.10.26 18:30 瓯海景山街道 第一站宣讲

【采访】十九大代表 宋玲华

没回家，我就到这里来了。我觉得应该的，他们也很认真，及时把大会自己的感受跟大家分享。

【同期声】当天晚上景山街道宣讲

宋玲华：我们知道9点05分，咱们习近平总书记开始作报告，你们都在听。我们吃饭都一点半了，但是一点都不觉得饿，因为我们这个报告太振奋了。你们看这个报告很全面，五年的成就跟今后的工作，你对对看都能够对得到，而且都是我们老百姓非常关心的。我特别是关注后面那部分，民生、保障、医疗、就业，还有老龄，这些问题都是我最关心的，都有提到。所以这个报告……

【采访】十九大代表 宋玲华

我就没回家，我家里还有婆婆八十几。

【同期声】提行李下楼梯

【字幕】2017.10.26 20:15 带上行李准备回家

【采访】十九大代表 宋玲华

宋玲华：我这个在火车上写的，你看27号上午政协，下午区委办，28号区府办，29号下午工商联。

记者：现在8点多了，晚上回家还要干什么？

宋玲华：回家还要整理东西。我因为回来那么多东西，有些都得把它整理，我开会的资料要把它整理一下，家里面出去半个月了，家里还有老人，我婆婆都88岁了。明天早上蛮早,8点多就要到这里边坐车到政协去了。有的人说你不要这么急,慢慢来,人家就喜欢早,要传达越早越好。

【同期声】接送车离去

【访谈】十九大代表 宋玲华

没有当过瓯海区的党代表,也没有当过温州市的党代表,更没有当过浙江省党代表,所以这次一下子当选十九大代表,我也没想到,在我退休以后,还能当选十九大代表。作为一个老党员,我的出发点是在我退休以后,能够为社会做点事情,继续发挥我们的先锋模范作用,不是为了去当什么代表,为什么荣誉。虽然也是个荣誉,其实是你的担子更重了。因为我在浙江省51个党代表里面,我们基层一共有20位党代表,我是年龄最大的。你的身份就不一样了,你的责任很重。我最多一天四场。

【同期声】拉着宣讲箱出门宣讲

【访谈】十九大代表 宋玲华

我带回来的这些,我每次宣讲都带过去。我有个箱子拎过来,让大家看看我们这个十九大的会风,这么简朴,中央最高级的会议,我们的东西就这么简单,但是非常有意义。

【字幕】2017.10.30 温州市妇联系统宣讲

【同期声】

宋玲华:我给大家展示一下,这是一个包,这个包没有字的,我们妇联开会这个包比它漂亮多了,就这样一个包是给我们放文件用的,那我也不舍得用。这也是一个包,没有十九大几个字,但是我是北京带回来的。

【字幕】2017.12.25 温州海警二大队宣讲

【访谈】十九大代表 宋玲华

我就觉得让下面听的党员,也跟着我到大会堂一样,就是说让他们也感受到,也在那个大会堂的位置上,在听习总书记的报告。要永远充满着激情。

【字幕】2017.11.22 温州职业技术学院宣讲

【同期声】

宋玲华:不忘初心,牢记使命。1921年,96年以前,我们党就几十名党员,现在我们发展到8900万党员,但是我们的初心没有变,我们是为人民谋利益,为人民谋幸福,我们的报告里面最多的,你去找什么字——人民!我们这个十九大报告里面对你们青年这一部分,讲得非常好,像我这个六十几岁老太太还在为了中国梦在做贡献,那我可以告诉你们,这个中国梦不是我这一代就能完成,有些事情要一代一代的,所以我们这个担子接力棒要传到你们手上。

【采访】温州职业技术学院 学生

A：我感觉宋阿姨的演讲非常的生动，就我能够感同身受。

B：讲的都是我们所能听懂的。

【字幕】2017.10.27 瓯海区政协宣讲

【访谈】十九大代表 宋玲华

要有一个侧重面，不是说大家都一样的。我每天要做功课的，我明天讲什么课，我今天晚上就做什么功课。要把我们这个报告里面的，跟我们本地的，比方瓯海的、温州的有些实际的要把它结合起来，就是这个需要做功课了。

【字幕】宋玲华为宣讲做准备

【同期声】必须树立和践行“绿水青山就是金山银山”的理念，我们泽雅曾经都是家家都加工塑料粒子，还有造纸污染了环境，这些年……

【访谈】十九大代表 宋玲华

我有一天为了主持词，我有些主持词（很花工夫）。宪法日那天我也搞了两个晚上，因为宪法日有它的主题，这个国家的大法，根本的大法，我们要把这些东西贯穿进去。我都准备好再睡，有时候12点也有。

【字幕】宋玲华为第二天的演出活动做准备

【同期声】坚持依法治国，你看，“坚持全面依法治国”。全面依法治国这个，那我就要讲这里面讲话，这几句一定要讲到。这一段是我明天演出的重点，趁这个机会把它宣传。

【同期声】演出当天 在赶往文化礼堂的途中忙于安排宣讲工作

宋玲华：你好哪位？婵婵，你好。我跟你说，我是明天上午是市老干部局……

【访谈】十九大代表 宋玲华

大家都通过各种途径来联系到我，其实我也不认识，他说我们那里你能不能最近给我排一场。你说人家邀请你，你能回吗？我都把他登记下来，就是说我没有理由把人家回绝。我真不好意思。

【同期声】宋玲华和团员们为村民们搭起舞台 准备演出

【访谈】十九大代表 宋玲华

我想要通过各种形式来宣传这个十九大。演出了五场，我也跟我们那个编的人一起沟通，我们要把十九大这些精神怎么样贯穿进去，后来我们这些演员也非常好，他们就赶排起来。

【字幕】2017.10.31 瓯海区天长村文化礼堂演出

【同期声】

宋玲华：新房子盖起来这么多，我们的泽雅变化很大，我们的十九大开了之后，我们大家的生活提高会越来越快，我们的农村变化也会越来越大，我们老百姓的生活更会一天比一天好。

【采访】村民

A:喜欢听!

B:为老百姓服务,开心开心。

C:很喜欢很喜欢,不喜欢我们就不会把凳子搬出来了,你看这些老人腿脚不方便的都把凳子搬出来,坐在这里看,很喜欢很喜欢。

【字幕】2017.11.3 双榕亭歌会宣讲

【访谈】十九大代表 宋玲华

有些东西宣讲不是说你一定要一场一场安排起来的,有时候随时,你到哪个地方(都能宣讲)。我们那个双龙亭,有一天星期五晚上我特地赶过去。因为他们也知道我平时有去唱歌,有去主持。但是那一天,我作为十九大(代表)刚回来,我把十九大有些东西跟他们讲,满满的,从来没有这么多人,窗子外面人都站在那里听。就这种我觉得也是个方式,所以我们十九大代表比较接地气,深入基层。

【字幕】2017.11.3 红日亭宣讲

【同期声】

宋玲华:吃完再加。老师伯,你菜够不够,咸蛋还有吗?

老师伯:有,有。

宋玲华:跟我们老百姓有关的东西就是跟你们都有关系。第一件事情,就是要扩大中等收入群体。就是我们这个收入,就是你的工资,像你们的工资,大家都要增加。还有第二件事情,就是我们农民工……

【访谈】十九大代表 宋玲华

就说你在大会上宣讲跟这个老百姓宣讲也有区别。我会把他们特别爱听的,比较通俗的东西讲一下。

【同期声】在赶去另一场宣讲之前宋玲华匆忙扒了几口早饭

志愿队队友们:慢慢吃慢慢吃,夹一点菜吃。

志愿队队友 A:你回来宣传讲得真好,能力好,口才也好,像我们什么都不会的就根本不知道怎么说。

宋玲华:大姐,我跟你说,我们每个人都有自己的特点。作为我的话开完会回来有责任把这些传达给你们。

【访谈】十九大代表 宋玲华

好多人碰到我也这样,你真了不起,他们也对我挺关心的,但是我自己的心里不是这么想的。

【同期声】宋玲华早起打点家务

6 点钟起来，因为我 6 点钟要不起来，我事情来不及干。

【访谈】十九大代表 宋玲华

白天我都在外面多，因为我最近宣讲，早上老早就要赶出去了。有的时候还要打的跑出去很远。我现在出去好多单位都给我交通补贴，说我很辛苦，我说我不拿钱的，因为我说我有工资，我作为党代表我能去赚钱吗？成立了慈善工作室，也有基金，他们都把它（授课费）打到这个基金里，这个基金里就是拿来做慈善的。有的给我现金，我就马上打进去，打进去我把截图发给他。那么我们慈善总会就给收据、证书，我就寄给他。也不少了，我这几个月也有好几万了。

【访谈】十九大代表 宋玲华

那我现在就把我的心就放在外面了，所以我家里基本上我爱人会比较辛苦。他们不会欢迎你来的，他也不会接待你的，这个我知道的。他们也不会接受你采访。因为我们家的人都很低调，真的。做点事情没关系，他们支持的，不要到电视里报纸里登，这个东西一般都不太喜欢。因为本身我自己也不太喜欢。

【字幕】结束一天宣讲 晚上来照料婆婆

【同期声】

宋玲华：妈，你还没洗好吗？没事，你只管自己来。今天 8 点半都要到了，你还没有睡？脚洗了吗？泡脚泡了吗？

婆婆：泡过了，身上也洗了。

【访谈】十九大代表 宋玲华

其实我自己的父母在上海，我都没有去照顾。我从 16 岁离开上海，就照顾了 5 个月。今年我在北京开会，我妹妹把我的照片给我妈妈看，我妈妈说这个人脸有点熟，名字叫不出来，老年痴呆症。一方面我去得太少，所以想想有时候也是挺惭愧的。我们现在一个是家里，一个是公益的事情太多，走不开。

所以我现在准备，我自己有个打算，我成立了党代表工作室，我现在有个最主要的，回来以后有个思路。

【字幕】10 月 31 日宋玲华党代表工作室挂牌成立

【同期声】

宋玲华：我们这个党代表工作室要多为群众反映民生问题，排忧解难，要成为我们党联系群众的桥梁和纽带。

【字幕】一天四场的高频宣讲 宋玲华嗓子出现问题

【同期声】宋玲华去社区诊所就诊

医生：喉咙很红。

宋玲华：很红哦，有点咽喉炎，上火也有关系，要吃点清凉的药。

医生：清凉的药，还要讲话要少讲一点。

宋玲华：没办法……

【字幕】从开始至今已宣讲近百场 听众人数总计近7000人

【访谈】十九大代表 宋玲华

半个月我就嗓子不好了，我的嗓子六七年以前做过手术，因为息肉。半个月我已经讲了好几十场了。没办法，这些东西都有得有失的。相比起来我的宣讲十九大精神是最重要的。所以我现在要宣传，要把大家带动起来，大家一起来，我好像有时间紧迫感，因为毕竟我的年龄有限。所以我现在也通过网络平台，还有我们新闻媒体，这样子能让更多的朋友不到现场，也能够跟我一起分享，因为我一场也就是几百个人、几十个人。

【采访】十九大代表 宋玲华联合媒体发布宣讲专栏

我刚才那个宣讲的（内容）发到朋友圈，才几分钟，就六十几个人点赞了。我就觉得通过你们这个新闻媒体专栏，把我这个（宣讲）发到媒体上，大家都能看到，都会看，他又会发到朋友圈，给我也减少工作量，而且宣传的范围会更广。

【同期声】宋玲华联合媒体发布宣讲专栏

宋玲华：几分钟时间他就看到我这个，就马上帮我转发，"太棒了，宋代表"。那还有这个是黄根源，"宋阿姨改天给我们讲讲"。这个他说，"宋大姐有机会也给盲人朋友宣讲十九大"，这个我倒没想到，这个我一定要帮他们安排下来。

【字幕】要组织党的十九大代表到基层宣讲，以自己的亲身经历，切身感受宣传党的十九大精神。——习近平

单位：温州广播电视传媒集团全媒体新闻中心

作者：张瑶、胡君、姜志勇、金颖乐、徐文乐、曾小方

播出时间：2017年12月31日

以生动的人物形象丰富十九大精神传播层面

——短纪录片《宣讲的日子》评析

郭　璇

党的新闻舆论工作是党的一项重要工作，是治国理政、定国安邦的大事。十八大以来，习近平总书记多次就党的新闻工作发表重要讲话，强调新闻传播要坚持正确政治方向，坚持以人民为中心的工作导向，尊重新闻传播规律，创新方法手段，切实提高

党的新闻舆论传播力、引导力、影响力、公信力。在具体的传播手段和路径方面,习总书记强调要推动传统媒体和新兴媒体的融合发展,强化互联网思维,坚持传统媒体和新兴媒体优势互补、一体发展,以人民喜闻乐见的形式讲好中国故事。由温州广播电视台编辑制作的短纪录片《宣讲的日子》,正是对当下新闻舆论工作的一次成功的创新尝试和对党的舆论引导力的饯行,其获得第二届(2017 年度)浙江省纪录片"丹桂奖"优秀短纪录片奖亦属实至名归。

找准采访对象,以互联网思维挖掘人物故事。十九大召开前后的新闻报道,对各层面各平台的新闻媒体来说,既是主题统一的命题作文,更是发挥各自优势,展现传播创新能力的一次考验。温州电视台选择了瓯海区政协退休干部宋玲华这位十九大女代表作为采访对象,应该说已经实现了制作出好新闻的一半。在百度上搜索宋玲华的名字,可以发现,她早就是瓯海区乃至浙江省的名人,曾荣获全国、浙江省"关心下一代先进个人"、浙江省五星级义工、瓯海区优秀共产党员、首届感动瓯海十大人物、瓯海区最美老人等荣誉。也正因如此,虽然她没有当过瓯海区的党代表,也没有当过温州市的党代表,更没有当过浙江省党代表,就是靠着她"轰轰烈烈踏踏实实"的公益事业和奉献精神——参与义工活动 6000 多小时,累计慈善捐款 12 多万元等善举,成为老百姓信赖并选举出来的基层党代表,也是浙江省年龄最大的十九大代表。宋玲华这位采访对象,在报道她的宣讲工作之前,就已经在受众中形成了一定的认知基础,也激发了受众对她如何参与十九大、宣讲十九大精神的好奇。

那么,如何把人物的事迹挖掘出来?记者采取了最质朴的、不走捷径的,也是最有效的方式——全程跟拍。从宋玲华乘坐的火车抵温开始,两个来月的时间里,记者数十次跟随宋玲华代表走进机关、企事业单位、校园、部队、山区等地展开宣讲,拍摄记录下了大量现场素材,展示了其最真实的宣讲历程以及现场听众的状态和气氛。除此之外,还时刻与宋玲华保持交流,适时穿插其生活状态和对十九大精神的真实想法。

素材那么多,如何选择是关键。本片很好地展现了传统媒体记者在互联网思维影响下的改变,让政治类新闻和党的舆论宣传深入群众,贴近百姓,而不是将十九大精神的宣讲刻意拔高、刻意严肃。片中特意选择了很多细节故事来展现一个真实的十九大,例如大会上发的那个特别简单朴素的文件袋,再加上宋玲华代表宣讲风格的风趣幽默,栩栩如生,现场观众纷纷拿出手机拍摄、听着笑出来,或者频频点头的画面,特别是在农村宣讲时农民兄弟们非常朴素的话语,直观地展现出宣讲的效果,让人为之动容。而在场景的切换上,节奏明快,画面丰富,路上、楼道里、宣讲场所中、车里等都成了展现人物性格和精神的语境,充分满足新媒体时代受众追求大信息量的收视体验。

以纪录片的形式,丰满人物形象,扩大宣讲层面。以纪录片的方式宣传党的方针政策,树立党员形象,最大的优点就是真实可信。为了能让主人公以最自然的状态面对镜头和记者，记者做了大量的前期准备工作，走进她日常的生活，与主人公充分沟通，才能最终呈现出如此生动自然的人物形象。而如何实现真实，除了自然，还需全面。在展现宋玲华代表的工作状态时，特别强调了她为了不同的宣讲对象所做的备课准备，这是一个老党员的责任感；宣讲的方式不仅仅是用嘴讲，还身体力行，通过和劳动人民同吃同劳动，提高宣讲的效果，这是一个老党员的智慧；增加了她的家庭、身份背景的影像成分，以及更多的人之常情，使其奉献精神更为朴实动人。例如她多次提到家里 88 岁的婆婆和镜头中多次特写的那个朴素的拉杆袋，从而从侧面凸显出她在宣讲的日子里，对自己职责的认知和无私付出，以及本身朴素的生活方式；而鲜亮的服装，精致的妆容，多才多艺的能力，又呈现出老党员在新时代该有的风采……纪录片中的党员宋玲华，是人大代表，是好儿媳，是能歌善舞的漂亮老太太，是义工，这多重身份的呈现，大大丰满了十九大代表宋玲华的人物形象，展现了基层党员干部的活力和能力，具有很强的故事性和可看性。

借助融媒体平台，持续发酵作品影响力。此纪录片播出后，温州广播电视台按照受众阅读收看习惯，利用新媒体手段，将相关报道同步在“快点温州”客户端推送，转发其宣讲内容的新媒体音视频，点击量也是一路攀升，在网络端再掀十九大精神宣传热潮，仅宋玲华代表微信朋友圈单条转发，1 个小时内，点赞数就超过 300 个，留言百余条，还被网友广泛转发。这为温州广大干部群众学深、弄懂、做实十九大精神提供了全新的平台和渠道，也为如何更好地宣讲十九大精神广开言路，扩大了十九大精神的宣讲范围。

系列纪录片

文学的温州

莫洛：大爱者的歌咏

【《文学的温州》总片头】

【作家名片：莫洛(1916—2011)，原名马骅，籍贯浙江温州，诗人，著有诗集《叛乱的法西斯》(合作)、《渡运河》、《风雨三月》，散文集《生命树》，散文诗集《大爱者的祝福》《闯入者之歌》《莫洛集》等。】

2016年10月18日下午，我们专程拜访了诗人莫洛的遗孀林绵女士。

这位95岁高龄的老人，面对着我们的镜头，回忆着70年前那段热血青春的故事。

【莫洛夫人　林绵：胡今虚在上海逃难逃到我家里来，上海"8·13"打仗了，胡今虚跟马骅是很好的同学，高中里是一起搞学生运动的，胡今虚住在我姑姑家里，他就来了，马骅就来了，而且来了很多抗战的青年朋友，学生很多，我家里等于是一个据点。】

70年前的往事，在林绵老人的记忆里挥之不去。莫洛大半生见证了中国的现当代史，而在风云变幻、波澜起伏的时代中，他一直写诗不辍，并用生命与爱书写了一首首热情洋溢的诗篇。

【片名：莫洛：大爱者的歌咏】

莫洛，原名马骅，1916年出生于温州市百里坊口著名的马宅。

以"书画传家三百年，一脉相承到如今"著称的百里坊马氏家族，是温州文化家族世代传承的典型。

马骅的祖父马兰笙是著名的书画家，父亲马寿朴从事商业，母亲伍氏终身信佛。马寿朴与伍氏共生子女7人，马骅最小。

莫洛少年时爱读童话故事，也爱读叶圣陶的《稻草人》和夏丏尊翻译的《爱的教育》。

1930年，莫洛入省立十中初中部就读，开始阅读《红楼梦》《三国演义》《水浒传》等中国古典小说，新文学作家中特别喜欢巴金的小说，并尝试诗歌创作。

1932年春，莫洛在《十中学生》上发表第一首诗作《春尽花残》。同年，在学生刊物《明天》发表《扒垃圾的老人》，这是莫洛发表的第一篇散文。从此，莫洛正式开启了他的文学之旅。

莫洛在温州中学高中部就读期间，曾参与赵瑞蕻、马大恢等组织的"野火读书会"，同时在温州中学发动学生爱国救亡运动，响应北平的“一二・九”学生运动。后因领导温州学生运动，被学校开除，又遭政府通缉，流亡上海。

1937年7月，21岁的莫洛在上海民光中学毕业。“七七”事变发生，莫洛从上海回到温州，在温州组织“永嘉战时青年服务团”，进行抗日宣传，并与唐牧、胡今虚、孙哲文组织“海燕”诗歌社，编辑诗歌期刊《暴风雨》。

《暴风雨》仅出了两期，第一辑名为《海燕》，第二辑名为《风暴》，遭国民党县党部查禁，被迫停刊。

1939年，诗集《叛乱的法西斯》出版，全书共收诗15首，其中唐牧4首，孙哲文4首，胡今虚3首，莫洛除了长诗《叛乱的法西斯》外，还有3首诗，篇幅占了全书的二分之一以上。

1940年初春，由于温州政治形势恶化，出于安全考虑，莫洛被党组织安排到瑞安韩田一所小学里工作。由于人手不够，此前已与其恋爱的林绵被调到韩田。当年暑假，莫洛和林绵回到温州，共结连理。

婚后不久，莫洛便由温州北上抵达安徽的新四军驻地，后又随北移部队一直到达苏北的盐城。

【莫洛夫人 林绵：他一个人去，带了四个同志，温州两个，谷超英，谷超豪哥哥，温州的学生，还有青田的一个同志，他带了四个人到新四军。那时候形势已经很紧张了，新四军已经被包围了，他们这个新四军也遣散了，别的部队，马骅不是去教导队学习的，他是当干部写文章，当干部调过去的，所以到那里形势很紧张，他马上就要转移。】

沿途所见的现实激发了诗人的诗情，新四军驻地的风景亦活跃着莫洛的才思，他把这些宝贵的体验一并用诗语表达出来，于是，在《渡青弋江》里，我们听到：

“十二月的降霜天/绿色失去了生命/趁太阳还在山凹里/我们摇渡青弋江”

可以说，诗人这个时候的心情是激动而兴奋的。因为对新时代的热情向往，使他毫不犹豫地投入到新四军的革命工作中去。

创作于1941年的长达600多行的叙事长诗《渡运河》，形象真实地反映了诗人的这种心境。他怀着“深切的同情”，“奔向运河”，因为在那条运河中，诗人看到了旧时代的黑暗。

【莫洛次子、温大教授 马大康：《渡运河》这长诗是我父亲刚到苏北根据地的时候写的，600多行的长诗，父亲在很短的时间里就完成了。这首诗充满浪漫激情，很丰富的想象，特别诗歌以运河作为一个象征来表达祖国，以此来表达对祖国的热爱，一个抗日青年的这种浪漫的激情，这首诗应该说在现代文学史上应该有它的地位的。】

莫洛在1940年代初期的散文诗创作，是与他在这一阶段的诗歌创作互相交织的。年轻的激情不仅在他的诗歌中回响，在他的散文诗作中亦激荡不已。激励他的，依然是对新时代与光明社会的渴望。于是，在《夜哭》中我们听到：

“历史的悲剧必将终止/精神的枷锁定要打碎/被奴役的人群即将奋起/新时代的光芒快要出现”

同样的情绪在《圣火》中一样得到了体现，他要把“圣火点在正义的勇敢的人的胸间，使他燃烧，而且使冰谷融化，使山崖开花”，对于“新时代的光芒”又是何等的期盼！

难能可贵的是，在那个动乱不堪的年代里，莫洛除了写出诸如《取火者》般渴望战斗的激情文字，也留下诸多与战争无关却一心探讨生命价值的文字。

1945 年 9 月，抗日战争结束。莫洛离开新四军驻地，在浙江龙泉过着一种较为平静的生活，创作也由渴望战斗的激情进行曲逐渐转向了舒缓悠长的生命交响乐。

在《生命》中，他通过对一场大雨降临后的场景的描述，借蚂蚁和甲虫的故事表达了他理想中的生命哲学。

在《柱》里，他对“沉默”的“柱”给予赞美。而《种子》则从平凡的“种子”中，看出了它们有着“顽强的意志”。

类似的作品还有《骆驼》《土地》《蜜蜂》等。在这些散文诗里，诗人过往作品中那些激情燃烧的呼号不见了，我们听到的，是诗人在一个人类的后花园里，静静地低吟着生命的篇章。

去的已去，来的将来，
步履声声，远而又近近而又远。
猛听得有呼唤英雄的名字，
抬头却只见一片冥茫。
公正的时间，
默默在刻写人的历史。

——《静夜抒怀》

兴许是受到母亲伍氏的影响，莫洛从小便多愁善感，而正是这份多愁善感，培养了诗人那颗敏感的心。

从 1947 年开始，莫洛开始着力于两组系列散文诗的创作：《叶丽雅》和《黎纳蒙》。前者六篇，后者八篇。两组系列散文诗均以一个人物为中心，通过叙述这个人物的不同经历来含蓄地进行生命的抒情。

1949 年 5 月 7 日，温州解放，33 岁的莫洛开始担任《浙南日报》副刊《新民主》主编，写了不少诗，后来编成诗集《人民的旗》，因出版社受“胡风事件”牵连未能出版。

这一年他还参与创建温州市新华书店。

1951 年，莫洛被选为温州市文联主席，并担任温州中学副校长。1954 年，莫洛调往杭州浙江师范学院中文系任教，前后达二十余年。

20世纪50年代开始,因受“胡风事件”的影响,莫洛的人生开始步入黑暗时期。先是1955年受到浙江师范学院(杭州大学前身)的隔离审查;1957年又被列为“右派分子”,差点招来灭顶之灾;“文革”时期,又惨遭迫害与批斗。

作为一个追求“真善美”的诗人,作为一个旧时代的“闯入者”,莫洛想不到“新时代”到来之时,自己竟遭到如此大的羞辱。从20世纪50年代到20世纪70年代,由于政治上的批判,莫洛的写作一直处于停滞状态。

1976年,粉碎“四人帮”前两个月,60岁的莫洛从杭州大学离休,回到温州,随后被聘请到温州教师进修学院教中国现代文学与写作。

“文革”一结束,莫洛便又迫不及待地拿起笔杆,像一朵“重放的鲜花”,继续他的创作。1981年的3月22日,莫洛创作了《幻觉》,这是他事隔三十年后重新恢复创作的第一篇作品。

莫洛恢复写作时,朦胧诗潮方兴未艾。作为一个“体验入诗”的诗人,莫洛提倡诗歌应该富含激情,用“力之美”来感染读者,而不是刻意求其晦涩与形式的古怪。

莫洛是个有着大爱的人,正如他自己所说:“我是一个爱的祝福者。”为了“爱”,诗人甘愿奉献出“整个灵魂的热情和祝福”;为了“爱”,诗人愿意像“火焰一般地燃烧”。

2006年5月,莫洛迎来他生命中第九十个生日,北京老牌的《诗探索》杂志专门为其开辟相关栏目作为纪念。

2007年7月20日,莫洛因呼吸道严重感染住院,两天后病情稍加稳定,口述他在病榻上构思好的五首诗歌,并招呼身边的长子马大观拿来笔和纸张逐一记录,题名《病房滴墨》。

【莫洛次子、温大教授 马大康:实际上我父亲那时候身体已经相当差了,已经将近九十来岁了,突然有一天,他觉得有写作的欲望,刚好我大哥在他边上,他就要我大哥拿来纸笔,他口述让我哥哥把它记录下来,这就是他最后的诗篇。】

这些诗作,是一个老诗人留给人间的最后诗篇,也是一个大爱者留给人间最后的思考。

2011年6月15日,莫洛安然走完人生之旅,带着诗与美的追求驶向彼岸。

播出时间:2017年12月30日

叶永烈:笔耕不辍的传记家

【《文学的温州》总片头】

【作家名片:叶永烈,1940年生于浙江温州,上海作家协会一级作家,教授。主要著作有科普作品《十万个为什么》,科幻小说《小灵通漫游未来》,纪实文学“红色三部曲”、《“四人帮”兴亡》、《陈伯达传》、《傅雷与傅聪》、《钱学森》和长篇小说《东方华尔

街》等。】

这是被誉称为“东方华尔街”的上海外滩，23幢百年欧式老建筑，与浦东陆家嘴崛起的一幢幢摩天大厦，组成了上海外滩百年风云的交响曲。

2016年4月，温籍作家叶永烈出版了长篇小说《东方华尔街》。这部小说以来自美国的三位“冒险家后代”跟三位上海姑娘的异国爱情为主线，透过跌宕起伏的命运折射上海外滩的历史风云。

76岁的叶永烈在上世纪80年代初就致力于纯文学小说创作，随后30年一直从事当代重大政治题材的纪实文学创作。这次他杀了个回马枪，从非虚构文学跃入虚构文学，重回小说创作，实现了自我的挑战。

【叶永烈：笔耕不辍的传记家】

1940年，叶永烈出生在浙江温州，在家排行老三。母亲沈素文是位家庭妇女，父亲叶志超是温州金融界的一代名流。

这是叶永烈小学一年级的成绩单，这张发黄的成绩单上，显示着叶永烈“读书”和“作文”两门科目均为不及格，而正是这样的成绩，激励着少年叶永烈走上了文学之路。

1951年，11岁的叶永烈在《浙南日报》上发表“处女作”《短歌》，这首小诗的发表，让叶永烈对写作产生了浓厚的兴趣。

1957年，叶永烈考上北大化学系。在北大期间，他开始科普写作，因在少年儿童出版社出版了第一部科学小品集《碳的一家》，有幸成为《十万个为什么》的主要作者。《十万个为什么》一次次修订再版，半个世纪来累计发行量超过1亿册，成为中国原创科普图书的第一品牌。

在写了《十万个为什么》之后的第二年，叶永烈完成了另一部新著——《小灵通漫游未来》。

【作家 叶永烈：没想到这本书在当时被退稿了，我觉得这本书写得比《十万个为什么》更好了，没想到当时经济困难时期，把未来写得这么美好，吃得这么好，住得这么好，显然在当时不能出版。】

《小灵通漫游未来》虽然直到1978年才由少年儿童出版社出版，但是一出版就印了300万册，它是中国“文革”后出版的第一本科幻小说，成了当时的畅销书。后来，叶永烈以展望新的技术革命的灿烂前景为主线，相继创作了《小灵通再游未来》和《小灵通三游未来》。

“小灵通”科幻系列小说，影响了几代青少年对未来的美好憧憬。

1979年3月，叶永烈被文化部和中国科协联合授予“全国先进科普工作者”称号。

大学毕业后，叶永烈在上海科学教育电影制片厂工作。1981年，由叶永烈担任导演的电影《红绿灯下》获第三届电影百花奖最佳科教片奖。

随着年龄的增长和阅历的增加，叶永烈感到科普写作已不能反映他的所思所想。他的视角，更多地放在国家、时代的命运和人民的呼声上，于是他选择了纪实文学。

高士其是位久负盛名的科普作家，为少年儿童奉献了众多精彩的科普读物。半个多世纪以来，这位老人一直在用常人难以体会到的毅力与病魔作坚决的搏斗。“文革”十年，他在文坛上销声匿迹，没有发表有影响力的作品，因此孩子们对这位中国的保尔·柯察金式的老人并不熟悉。

叶永烈认识到了为高士其作传的价值。经过大量的采访工作，克服“高语”的障碍，仔细核实文字资料的虚实，一部20万字的《高士其爷爷》终于面世。这是叶永烈生平第一部长篇人物传记，这部传记使高士其广为人知。

1980年6月，上海科学家彭加木在率队进入罗布泊荒原进行探险考察时，意外失踪，受到举国关注。叶永烈经时任国防科工委副主任、著名科学家钱学森的特批，进入当时戒备森严的核基地——21基地。

【作家 叶永烈：我当时奉命从上海飞到乌鲁木齐，从乌鲁木齐赶到了第一线，进入了罗布泊参加搜索，那个生活是非常的艰难，我们每天在沙漠里，温度非常高。】

作为特准进入这一禁地的唯一作家，叶永烈进行了艰辛紧张的追踪采访，获得了丰富的全面的第一手资料。由于当时复杂的国际国内形式，这部资料翔实的长篇纪实文学《追寻彭加木》在时隔26年后的2006年终于面世以告慰逝者，同时给人们一个可信的解答。

《历史的沧桑》是1997年叶永烈在中共中央党校出版社出版的一本“臭老九档案”，记录了知识分子遭受到的极端迫害。在这部书里，叶永烈用饱蘸血泪的笔把知识分子的苦难一一记录，写出了一个悲剧的时代和时代的悲剧。

从此，叶永烈的传记写作越来越成熟。《傅雷与傅聪》是叶永烈传记作品中让传主走下神坛、告别“歌德式”写作的一部力作；《马思聪传》写出了传主颠沛流离、坎坷多变的一生；《江青传》《姚文元传》《王洪文传》《毛泽东的秘书们》《梁实秋与韩菁清》等都是叶永烈转向政治人物传记及重要名人传记写作的硕果，这些作品采用全新的记录手法，对传主进行一次次别样的叙述，由此完成了他的蜕变。

毛泽东、蒋介石是中国近代史进程中不可绕开的人物。身为两个政党的领袖，他们在举手投足间促成了中国近现代革命历史剧的上演。

《毛泽东与蒋介石》通过对毛泽东和蒋介石横跨近半个世纪的政治斗争的叙述，为读者献上了一道国共两党明争暗斗、你来我往的“太极盛宴”。叶永烈对重大事件如皖南事变、西安事变、重庆谈判以及内战时期几大战役的浓墨重彩，让读者从中看到毛泽东的高瞻远瞩和蒋介石的阴险凶恶。

叶永烈把1921年至1949年的中国共产党历程用《红色的起点》《历史选择了毛泽

东》《毛泽东与蒋介石》三部纪实长篇来描述，称之为“红色三部曲”。这套“红色三部曲”在中国内地、香港、台湾分别出版，产生了广泛的影响。

【作家 叶永烈：《红色的起点》用了一句话，中国有了共产党，《历史选择了毛泽东》是写中国共产党有了领袖毛泽东，《毛泽东与蒋介石》写毛泽东领导中国共产党和中国人民打败蒋介石，我用这三句话概括这红色的历程。】

叶永烈为了鲜活的口述历史，到过很多地方，走访了很多人。为了寻访形形色色的口述历史对象，叶永烈的采访原则是“眼观六路，耳听八方”。一旦获得采访对象的有用线索，就马不停蹄地工作，通过亲自采访获得很多资源。当得知梁实秋先生在台湾逝世，台湾各大报纸媒体在刊登梁实秋先生的纪念文章，叶永烈做足了“功课”，访问梁实秋的女儿梁文茜、妻子韩菁清女士，以一位当代记者对新闻的敏感捕捉，叶永烈撰写了梁实秋的长篇纪实作品。

音乐家的传记写作是从傅聪开始的。由“内参”上见到的傅聪一席谈话，叶永烈开始了探访傅聪之旅。通过追踪采访和资料查阅，傅聪的传主形象越来越清晰，由最初的“叛国分子”到“生年不满百，常怀千岁忧”的爱国人士。在查阅《傅雷家书》过程中，叶永烈收获了“旅途”中意外的果实，获得大量傅聪之父傅雷的资料，最终写出《傅雷一家》。

叶永烈由傅聪开始又关注到中国音乐的另一“聪”——马思聪，并写出了传记作品《爱国的“叛国者”——马思聪传》。传记中记录了传主危急时刻冒险出走，却又心怀故土，只能以《思乡曲》寄相思，内心的百般痛楚无法诉说，直到平反才重获愉悦的人生之路。

叶永烈运用文学的笔，刻画了一系列活灵活现、丰满传神的传主形象，在传记文学领域取得了突出成就。半个世纪来，叶永烈已经出版逾 3000 万字作品，作品曾获奖 80 余次。1998 年获香港“中华文学艺术家金龙奖”的“最佳传记文学家奖”，1989 年被收入美国《世界名人录》，并被美国传记研究所聘为顾问，新版《小灵通漫游未来》获第十三届中国图书奖。

2010 年 12 月 11 日，是著名科学家钱学森 99 周年诞辰。为了纪念钱学森，上海交通大学出版社推出叶永烈的长篇新著《钱学森》，并于 12 月 10 日在北京中国人民革命军事博物馆举行隆重的首发式。

2016 年，由中央文献研究室和中共党史研究室联合审读的重大题材作品、中央文革小组组长陈伯达的传记作品——《陈伯达传》全本在内地出版。这部近 80 万字的“巨著”，是海内外陈伯达的唯一传记，被公认为是叶永烈最好的传记作品。

《东方华尔街》是一部准备了多年的长篇小说。1993 年，作家出版社在推出 5 卷本《叶永烈自选集》之后，《东方华尔街》便列入他们的选题计划。然而由于一直忙于长篇纪实文学创作,《东方华尔街》的写作便一度搁浅。

2015 年春日,当叶永烈写完 75 万字的《历史的绝笔》,终于有时间开始写作长篇小说《东方华尔街》。由于这部长篇小说酝酿多年,所以几乎是一气呵成。

2016 年 4 月,这部描述新“上海滩”的阴谋与爱情的长篇小说《东方华尔街》终于面世,此时,离他在《浙南日报》副刊发表《短歌》已整整 65 年!

【作家 叶永烈:在中国,两千年历史看西安,一千年历史看北京,一百年历史看上海,这三句话就勾勒出三个城市的特色。】

每一座城市,都有自己鲜明的特色。每一座城市的作家,都会以饱满的热情书写自己所生活的城市。叶永烈,这位久居上海的温籍作家,六十年如一日,笔耕不辍,书写着华彩的人生。

播出时间:2017 年 12 月 31 日

夏承焘:“天风阁”里的一代词宗

【《文学的温州》总片头】

【作家名片:夏承焘(1900—1986),字瞿禅,浙江温州人,词学宗师,除享誉学界的诸多词学专著之外,还创作了为数不少的诗词作品,结集的有《夏承焘词集》《天风阁词集》《天风阁诗集》。】

这是位于新安江、富春江、兰江三江交汇处的建德梅城,是古严州府的所在地。

在古严州府北门,有一座中国历史上极富名望的百年名校——严州中学,她的前身,便是浙江省立第九中学。

90 年前的秋天,夏承焘在省立九中的藏书楼发现了丰富的图书,这令他喜出望外,一头扎进了书籍的海洋。他在日记中记下了自己的欣喜之情:“在师校图书馆理旧书,有涵芬楼影印廿四史、浙局‘三通’、啸园丛书等,借二三十本归,在严州得此,如获一宝藏矣。……”

从此,夏承焘的事业从这里开始有了飞跃,日后他开创词学研究新风,成为海内外公认的“一代词宗”。

【片名:夏承焘:“天风阁”里的一代词宗】

1900 年,夏承焘出生于温州一个普通商人家庭,6 岁时开始就读于私塾,1913—1918 年间就读于浙江省立温州师范学校。从夏承焘受教育的经历看,他在小学时接受的多为传统的私塾教育,进入温州师范学校后,虽然学习门类增多,但一开始就被博大精深的古典文化所吸引。

夏承焘从 14 岁开始写诗,并试填小令。1920 年,他参加其师林铁尊创办的瓯社,受到前辈诗人的熏陶和指点,夏承焘受益颇多,进步很快。此时,他的《百字令·和厚庄前辈灵峰摩岩石拓原韵》已是成熟之作。

不久，夏承焘离温北游，先后到北京、西安等地任职，在陕西长达五年之久。

这次西北之游，正值中国军阀混战时期，战乱给人民带来了巨大的灾难，沿途的所见所闻丰富了夏承焘的人生阅历，也奠定了他创作的基调。如他的《清平乐·鸿门道中》：吟鞭西指，满眼兴亡事。一派商声笳外起，阵阵关河兵气。马头十丈尘沙，江南无数风花。塞雁得无离恨，年年队队天涯。

夏承焘在词中寄予了深厚的感情，表现了对广大人民的关切。看到人民饱受战乱之苦，作者的心情无疑是不平静的，他的词作《鹧鸪天·郑州阻兵》对自己的所见所感进行了描述：

鼓角严城夜向阑，楼头眉月自弯弯。
梦魂险路辗辕曲，草木军声寒战山。
投死易，度生难，有谁忍泪问凋残。
纸灰未扫军书到，阵阵哀鸿绕古关。

这首词真实地反映了军阀混战的状况，祖国的大好河山因为战争已变得满目疮痍、一片荒凉，人民流离失所，生不如死。

夏承焘终其一生是位诗人和学者，和他那个时代的许多有才华、有理想的知识分子一样，具有“修身、齐家、治国、平天下”的理想，具有“君子以天下为己任”的情怀。但作为一个传统的青年知识分子，生逢乱世，又处于人生的抉择时期，他也不可避免地带有生不逢时、壮志难酬的消极情绪。

1925年，夏承焘在《鹧鸪天·宿潼关》中写道：

风浩荡，劫苍茫，旁观莫笑客郎当。
贾生涕泪无挥处，要上潼关看夕阳。

作者身处潼关这个历代兵家征战之地，以贾生自喻，产生了一种生逢乱世、身在异乡的历史虚无感与漂泊感，声情悲壮，格调苍凉。

从西北归来后，夏承焘回到了家乡，先后在瓯海公学、温州中学（省立十中）、严州中学（省立九中）等学校任教。

在严州省立九中教书时，夏承焘又阅读了涵芬楼影印廿四史、浙局“三通”、啸园丛书等。此外，许多有关唐宋词人行迹的笔记小说以及方志也成了他阅读的对象。

据尚存的1928年下半年至1929年底的日记统计，在这一年半的时间里，夏承焘阅读、摘录的古今中外各类书籍达368种之多，创作诗文100多篇。

在严州省立九中教书期间，夏承焘选择了词学作为自己一生的事业，把主要精力放在词学研究上，但是，闲暇之余诗词创作不辍。桐庐的山水陶冶了他的情操，他常寄情山水，或表现对家乡山水眷恋，或借以抒发自己的心情，充满了人在江湖淡泊名利的

幻想:

万象挂空明,秋欲三更。短篷摇梦过江城。

可惜层楼无铁笛,负我诗成。

——《浪淘沙·过七里泷》

【夏承焘弟子、词学家 周笃文:《浪淘沙》是他在建德教书的时候,晚上坐着乌篷船从新安江下来,经过建德的时候写了一首诗,这也是他最向往的境界。他这首诗是30岁写的,到晚年80岁去世前叮嘱我们念这首诗。】

滩声一枕潇潇雨,无觅浮名处。

水窗朝旭忽闻莺,准拟此生挈酒作诗人。

——《虞美人·过桐庐》

【浙江省社科院教授 吴蓓:早在40年代,马叙伦就曾对夏词作过“上揖灵均,下攀柴桑、草堂”这样的高度评价,这个评价实际上指出了夏先生对于我国抒情与言志、浪漫与现实两大诗歌传统的继承。】

1930年6月,夏承焘经邵潭秋介绍就职于之江大学。之江大学位于钱塘江边的秦望山上,风景优美,颇令夏承焘沉醉,他曾作《望江南·自题月轮楼》来赞叹秦望山的美景:

秦山好,绝顶爱寻诗。

花外星辰灯晶晶,云边栏槛雨丝丝,凉意薄罗知。

秦山好,隐几听惊雷。

残队已无罗刹石,怒潮欲到子陵台。秋色雨中来。

秦山好,知咏写云蓝。

谁坐秋香横一笛,满身淡月杏黄衫,唱我望江南。

身处环境优美的秦望山,生活条件也较为优越,夏承焘心情颇为舒畅。此时的词作就少了桐庐时的隐逸气息,而多了一些中年人的老成,可以说是他新生活的开始。

进入大学从教,意味着夏承焘从此进入学术的主流舞台,可以说是他人生的一次重要转折。这时他把主要精力放在了治词和教学,从少年时就开始的诗词创作退居到了次要地位。

【夏承焘弟子、词学家 周笃文:他告诉人做学问,他说三个字:一个要小,一个要少,一个要了。首先案头书要少,心头书要多,案头每天记住看一本书,案头的书要少,笔记本子要小,掌握的知识要透明了解。少、小、了三个字。】

【浙江大学中文系主任、教授 胡可先:夏老在20世纪30年代初期就在之江大学开始任教,之江大学就是我们现在浙江大学的前身,之江大学在当时的中国也是一流大学之一,他在那时候开始就在之江大学从教了五十多年,他可以说是坐镇东南,立足

杭州，和全国学界、著名人物声气相通，使浙江大学词学展开了新的局面，培养出一代代的人物。】

但是随着“九一八”事变的发生，日军加快侵华步伐，夏承焘出于爱国义愤，创作了不少作品来反映时事，这一时期因此成为其词体创作的重要时期，奠定了他在中国现代词坛的地位。

战乱频仍，山水名胜更显可贵，此时的夏承焘多以一种抒情的笔调来写山水，但不再是对景物的单纯描写，而是在描写时加入自己对时事的感慨，如他的《卜算子·咏荷》：

何处冷香多，愁忆凌波路。千舸围灯梦里湖，有泪如盘露。

待问几时莲，惊散双飞羽。夜夜秋塘听雨心，商略阴晴苦。

【浙江省社科院教授 吴蓓：夏词具有浪漫的风神，想象力丰富，追求奇情壮彩，并且有较深的现实关怀，尤其是抗战时期的一些词，流露出家国之思，内藏郁勃之气，这可以说是受到屈原与杜甫诗的影响。】

经过了战乱的洗礼，夏承焘词作境界有了很大的扩展，无论是时事词、赠答词，还是山水词，内涵更加丰富，词艺已达到炉火纯青的地步。

【浙江大学中文系主任、教授 胡可先：夏先生是温州人，属于浙东的，出于地域因缘，他用浙东学术风格作词，开创了词学的新境界。】

1949 年，新中国成立，夏承焘和当时的大多数爱国知识分子一样，饱经战乱之苦，希望国家能够安定统一，对新中国的成立充满了热情和希望。杭州解放后，他作《杭州解放歌》：

半年前事似前生，四野哀鸿四塞兵。醉里哀歌愁国破，老来奇事见河清。

著书不作藏山想，纳履犹能出塞行。昨梦九州鹏翼底，昆仑东下接长城。

经历了社会的动荡后，和平的环境对学者们来说是最令人向往的。新旧社会的对比更能衬托出新社会的优越，在新的环境下，夏承焘没有了战乱时的消极遁世的思想，而是以积极的姿态迎接新时代的到来。

20 世纪 50 年代前期，夏承焘这批知识分子作为著名的专家学者，基本上受到了应有的礼遇，因此他们对新政权及其领导者都怀有一种感激与崇敬之情。1953 年国庆节，他到天安门参加观礼，在日记中对国家领导人作了详细的记叙。1956 年，他作《好事近·天安门国庆节观礼》，表现了国家的蓬勃朝气。这种场景正是夏承焘在旧社会所没有见过的，他真诚地歌颂庆祝新中国的壮观场面。

1963 年，陈毅到夏承焘寓所与之谈词，夏承焘特意写词来纪念。词的上阕通过辛弃疾、陈亮、温庭筠、李商隐的甘拜下风突出了陈毅的胆识过人，下阕则刻画了一位能文能武的国家领导人的形象，表现了对其崇拜程度之深。

“文革”中，夏承焘受到了很大的冲击，但他的内心没有失去对生活的积极态度。1973年，夏承焘恢复写作，他在词作《鹧鸪天》中写道：

到骨新恩是嫩凉，水边枕簟小胡床。一尊自酌西江月，四海谁知两鬓霜？

灯动荡，笔淋浪。扁舟梦路到鲈乡。老来郊岛从人笑，醉唤家人检锦囊。

经历了政治的动乱，夏承焘体会到了亲情的珍贵，74岁高龄的他虽已两鬓斑白，但心中的理想仍未减退，禁锢稍解便重拾自我，唤取家人“检锦囊”，准备以饱满的热情开始创作。

【夏承焘弟子、词学家 周笃文：我认为夏先生在北京11年他写的诗词接近200首，他现在发表的诗词不过1000首，所以是高产的，而且质量是最高的，而且心情是过得很愉快的。】

“文革”之后，国家局势逐渐好转，夏承焘对现实有了更清醒的认识。建国初期的政治热情逐渐减退，词作也从过去的主旋律中走出来，不再刻意追求融入时代，多了一份老年人的从容和淡定。这一时期，他的山水词、唱和词艺术成就达到了很高的水平：

昨梦驾黄鹤，飞落九嶷巅。云间招手屈贾，历历几髯仙。

——《水调歌头·云老招邀，初到长沙》

词人来到长沙，浮想联翩，似乎驾着黄鹤飞入云端，和屈原贾谊对话。他同情屈贾，却倾向于“江潭渔父”的处世哲学，这是一种身处乱世“与世推移”的哲学，是宁静淡泊、与世无争，是独与天地共存，是经历了炼狱之后才有的超脱物外。

在长沙期间，他的《瞿髯词》油印成册。稍后，《夏承焘词集》《天风阁词集》《天风阁诗集》又相继整理出版。

【夏承焘弟子、词学家 周笃文：他一路走来，中国词的水平有多高，夏先生(词)水平有多高，(中国)词的水平就有多高，关于词的研究、词学家的研究，也是夏先生垒起来的高楼大厦。】

夏承焘诗词创作长达70余年，仅词的创作就达500多首。他通过旧体诗词这一传统文学形式传达了一代知识分子在现当代政治思想文化频繁交替的生活和心理变迁，加上其深湛的学问和卓越的才能，终被奉为“一代词宗”。

单位：温州广播电视传媒集团新闻综合频道

作者：朱宇艳、倪维行、陈觅、张国清、胡建、刘维进

播出时间：2017年12月29日

文学的温州，别样的温州

——系列纪录片《文学的温州》评析

朱晓军

温州人杰地灵。自东晋谢灵运着意于永嘉山水，开山水诗之宗，到唐代的诸多诗人、宋代的永嘉学派等等，在这片钟灵毓秀之地上留下了深厚的历史文脉。改革开放以来，温州人敢为天下先，在市场经济的大潮中，弄潮儿向潮头立，开创了名噪一时的"温州模式"。正因为此，也给当代温州人贴上了一个标签，就是精明、会赚钱。如何矫正外界对温州和温州人业已形成的刻板印象？《文学的温州》这档节目的拍摄和播出，可谓适逢其会、正当其时。

《文学的温州》以散文诗人莫洛（马骅），"一代词宗"夏承焘，著名科幻、传记作家叶永烈三位温籍文化名人为主人公，从他们的故居、母校、亲人、故交等成长背景和社会关系切入，中间穿插大量他们的作品，全方位、多角度地还原了他们的文学（学术）人生。在半个小时左右的节目、两三千字的文案内，要把传主的一生呈现出来，如何从海量的信息中取舍剪裁，浓缩精华，展现文学家们最典型的一面，就是一件十分考验编导匠心的难题了。应该说编导对这三位作家的生平、作品都做了非常扎实的案头功夫，比较圆满地体现了知人论世这个传记作品的最高标准。"莫洛：大爱者的咏歌""夏承焘：天风阁里的一代词宗""叶永烈：笔耕不辍的传记家"这些"作家名片"，都起到了画龙点睛的作用，抓住了纪录片主人公的最重要的成就，一下子就能给观众留下比较深刻的印象。片中对主人公作品的串联和引用，也比较精当妥帖，能够准确地反映作品创作时期主人公的思想和情感状态，有助于加深观众对他们作品的理解。

若说可以改进、提高的地方，就在于一些细节的处理之中。三个人物的塑造，都有美中不足之处。莫洛的一生，从少年写诗，历经革命生涯而不辍，已足够感人；文革九死一生，到了九十高龄，仍然诗情勃发，特别是因病辞世的前夕，还在向家人索墨赋诗——歌咏的大爱者的形象，可谓呼之欲出。但比较遗憾的是，相对他青年时代的作品引用，关于"文革"后莫洛的创作，节目中是这样处理的："'文革'一结束，莫洛便又迫不及待地拿起笔杆，像一朵'重放的鲜花'，继续他的创作。1981 年的 3 月 22 日，莫洛创作了《幻觉》，这是他事隔三十年后重新恢复创作的第一篇作品。莫洛恢复写作时，朦胧诗潮方兴未艾。作为一个'体验入诗'的诗人，莫洛提倡诗歌应该富含激情，用'力之美'来感染读者，而不是刻意求其晦涩与形式的古怪。"在最需要引用他的作品时，却没有任何引用，仅仅是概括性的解说，这与他的前半生以作品来展现生平，产生了极大的反差，也使一位热爱生活的诗人老骥伏枥的一面，未能以其诗句饱满地展示给观众。夏承焘作为“一代词宗”，节目中大量对他诗词的征引，成功地塑造了一个“感时忧国”的当代词人形象。然而，“一代词宗”的确切含义，主要是指他作为一个学者，在词学研究上具有里程碑意义的重要贡献。节目紧贴“文学温州”这一主题，突出了夏老在诗词创作上的成就，无可厚非。但他在词学研究上的巨大开创性成果，也不应一笔带过，需要再做较为详尽的介绍。叶永烈的节目和前二者相比，最大的不同，是叶永烈可以本人出镜。因此，莫洛和夏承焘两位，多由亲人、门生故旧回忆、讲述来勾勒其人生轨迹，构建人物形象；而叶永烈则是亲自接受采访，现身说法。这一部分原本可以挖掘很多生活细节，乃至于叶永烈在传记写作、采访中所遇到的那些精彩的小故事，来塑造一个更丰满更鲜活的主人公形象——比如他得到钱学森特批进入核武器试验场采访的那一节，就非常有吸引力和感染力。但节目着墨更多的，还是对叶永烈主要作品的罗列介绍，概述性的内容占比太多。叶永烈作为几乎影响了一代人的科幻作家，以及目前我国专注于当代政治人物、最为高产的传记名家，似乎并未在这档节目中变得更为令人熟悉。没有采访到他众多忠实的读者，并选择一二人出镜，也是节目的一个缺憾。

当然，这些要求可能有些过于苛刻了。在如此短的时长内，浓缩莫洛、夏承焘、叶永烈三位作家波澜壮阔的创作生涯，素材的筛选、取舍至关重要。应该说，编导们是殚精竭虑、独具匠心的。而对本土文化名人的挖掘、宣传，特别是为这些具有全国乃至世界影响的大师巨匠们树碑立传，既是体现了地方媒体的节目特色，也展示了媒体传承地域文化的使命担当。瑕不掩瑜，温州台这档节目的成功，深刻领会了新时代文化自信的内涵，为地市级广播电视台的节目创新做出了一个良好的示范。

少儿节目类

广播少儿节目

少儿财商教育专题
——你好，我的零花钱

【节目片头】

“我是80后，记得小时候，钱对我来说，是妈妈放在我书包里的10元纸币，万一迷路了可以打车回家。”

“我是90后，记得小学的时候把一个星期的零花钱弄丢了，50块钱呢，吓得都不敢回家。”

“我是00后，钱是爸爸妈妈微信钱包里的1，2，3，4……”

小朋友们，你们知道什么是“钱”吗？钱是一张张五颜六色的纸，还是电脑手机里一串串数字呢？你们又知不知道怎么样去使用钱呢？今天的《大眼小眼看世界》就来告诉你们关于“钱”的那些事儿。

【音乐】

小酥：小朋友们大家好，这里是《大眼小眼看世界》特别版，我是你们的好朋友小酥姐姐。

豆豆：小伙伴们大家好，我是今天的小主持人豆豆。

小酥：哎，豆豆，今天是怎么回事儿啊，看你这委屈的样子。

豆豆：我……我好像做错了一件事情，让爸爸妈妈非常不高兴，可我又不知道错在哪儿，今天都没有心情说话。

小酥：怎么回事儿呢？跟我来说说。

豆豆：是这样的……

【情景剧】

豆豆：我叫豆豆，是花儿小学的一名一年级小学生。平时，我最喜欢唱歌了，爸爸妈妈经常打开手机视频，给我找好多好听的歌曲。一天，我正在看一位我非常喜欢的主播哥哥直播唱歌，听到爸爸妈妈在旁边说……

豆豆妈妈：孩子他爸，工资发了吧，赶紧转我卡上，要给孩子交唱歌学费了。

豆豆爸爸：你自己用手机给转一下嘛，密码就是孩子的生日年月，没变。

【场景转换 直播音乐】

豆豆：你好，主播哥哥！你真是太牛了，我好喜欢你，我要拜你为师！

主播哥哥：喜欢我就给我打赏礼物哦！

豆豆：好呀好呀！礼物有竹子，还有潜艇！咦？要15000游戏币？咦？这里要输入密码？哦对！上次听到爸爸说是我的生日，201107，哈哈，没错了！

【场景转换】

豆豆妈妈：哎！孩子她爸，怎么微信钱包里的5000块钱没有了呀？

豆豆爸爸：啊？不会啊，我都没用过呀。

豆豆妈妈：哦！我查查记录看看。什么？网络充值？500，1000……哎呀，不好，是这孩子把钱都给充到什么直播平台上去了呀！豆豆你过来，你跟妈妈说说，这么多的钱，你怎么就花出去了？

豆豆：我……我不知道那是钱，我以为就是游戏币，那个钱我不能用吗？

【情景剧结束】

【音乐】

小酥：原来是这样啊！豆豆不要难过，其实，这并不全是你的错。很多跟你一样大的小朋友并不是真的认识“钱”这个东西。今天，我们就一起走进它，了解它，学会如何去用它。首先，我们来听听小朋友们和爸爸妈妈是怎么回答关于“钱”的问题的。

【出采访录音】

【小朋友们，你们对钱的定义是什么？你们的钱都放在哪里呢？】

【出录音】

钱就是那种可以用来花的；

什么时候要什么东西可以用钱来买；

钱就是，钱就是可以买东西的；

钱就是可以想要什么就可以用来花；

一般微信里的钱，都是一些微信好友给我发的。

【记者:知道怎么用吗?】

【出录音】

知道,全花光了;

放在我卧室里有一个小小的储藏柜里;

有些放在卡里。

【有没有给孩子进行过"钱"方面的教育呢?】

【家长录音】这方面还没有,孩子太小了,不懂。

【记者:你们的爸爸妈妈或者是老师们,有没有教过你们怎么样去用钱啊?】

【出录音】

嗯……没有。

【爸爸妈妈陪你一起吗? 还是你自己去买的啊?】

【出录音】

奶奶陪我去的。

【记者:如果小朋友们现在是一家之主,那么家里面每个月的开支就由你们来做主了,那么小朋友手里呢有1000块钱,那妈妈现在呢要找你要一个月的买菜钱,你觉得要给妈妈多少钱去买菜,够让爸爸妈妈和自己三个人吃一个月呢?】

【出录音】

吃50;

我觉得应该给妈妈或爸爸100;

1000。

【记者:1000块钱全拿去买菜啊?】

【出录音】

嗯……

【记者:现在第二个问题来了,你今天晚上要请同学们去吃饭,那你又准备拿出多少钱请同学吃一顿饭呢?】

【出录音】

1000;

500;

900。

【音乐】

豆豆:买菜100元,请小朋友吃饭1000元,哪里不对吗?

小酥:听,小朋友们除了知道钱可以买东西之外,对"怎么花钱""什么东西值多少钱”几乎是一片空白的，爸爸妈妈对小朋友也几乎没有系统地进行过“钱”的教育。

豆豆：钱除了买东西，还有其他的用处啊？

小酥：钱除了能买东西，更重要的是，那是我们的爸爸妈妈每天辛苦工作挣来的，爸爸妈妈给我们的每一分零花钱都是他们对我们的爱，我们应该更加珍惜。所以，豆豆，那么多爸爸妈妈的辛苦钱跟一个陌生人唱歌，哪个更重要呢？

豆豆：原来是这样。

小酥：所以，宝贝们真正认识“金钱”的重要性真的很重要。要知道，宝贝们如果对钱缺少认识，不仅容易给自己和爸爸妈妈造成损失，还会有被坏人欺负的危险呢。

豆豆：你们大人总是说小孩子不能只是光学习成绩好，要想成为一名有用的人，就得各种能力全面发展才行，那么现在，我想……怎么去花钱是不是也算一项重要的能力呢？我的班主任管老师就是这么说的呢！

【出管老师采访录音】

管老师：一二年级的话，他更是对世界观啊金钱观都没有一个很完整的认识，家长如果不对他进行一种平常的教育、平常的熏陶，他对这种金钱的价值感就是比较薄弱的，意识那么薄弱的话，这才是造就他们一下子就打赏这么多，他可能打赏了好几万，他也不知道说这个数额有多大，他只是说凭自己的喜好去做。不妨就是平常给他们点小钱，比如说买文具，让他们自己去买，春游啊秋游啊去买些零食，也可以让他们自己去，而且的话他们平常有那种喜欢的玩具，市场也好，淘宝也好，都很方便，可以让他们自己去看看，哎，我怎么买可以省下更多的钱，花最少的钱得到最多的东西。

【音乐】

小酥：对极了，有些爸爸妈妈对孩子金钱的教育可能是一带而过，或者是直接告诉宝贝们，你们的钱都存在一个账户里或者是微信钱包里，更有些爸爸妈妈问都不问，所有的钱都由孩子自己来掌管。这样都非常不利于我们宝贝真正认识和使用“金钱”。那么，我们该怎样教会小朋友正确地认识金钱呢？在和一些家长沟通的过程当中，一位梦梦妈妈的经验值得我们借鉴。

【出录音】

梦梦妈妈：儿子上小学二年级的时候，每个星期的零花钱开始多了起来，都给他吧，怕把孩子惯坏了，不给他吧，怕他闹得人心烦，跟他说道理也讲不通，后来我想了一个办法，就是每个月给他 20 块零花钱，包括吃零食买玩具，不包括买书买衣服，花完了之后也就没有了。钱也可以存在我这里，利息呢是 10%，也可以借钱，利息是 20%。我把当月的零花钱呢给了儿子，儿子还是挺谨慎的，10 元钱存在我这里，剩下的他就自己留着，当天他就花了两块钱。晚上一起逛超市的时候，他就看上了一个玩具，12

块钱,他想让我给他买,我说“可以呀,但是用你自己的零花钱哦”,儿子呢想了想立刻说“那我还是考虑考虑吧”,最后也没买成。儿子有了自主权之后,花钱反倒没有以前那么大手大脚,总是考虑再三再买他想要的东西。而存在我这里的10元钱加上利息就有11元钱了,这事儿让他很兴奋,更加节俭了,为了他喜欢的玩具,他不再吃以前经常吃的零食,很多以前我怎么说都改不了的坏毛病啊也都消失了。到了月底呢,他的零花钱刚好花完,没有借款。除少数钱买了零食之外,大部分都是很好的文具,第二个月呢他的钱只花了一半,儿子啊好像忽然之间长大了许多。

【音乐】

豆豆:小酥姐姐,原来零花钱还可以自己变多呀?

小酥:没错!这就是大人们说的“理财”,是不是很神奇呢?

豆豆:我也要回去告诉爸爸妈妈,我以后再也不乱花钱了,还要告诉他们怎么样让钱变“多”起来!

小酥:小朋友们要学着当家做小主人,这样,我们的自觉性反倒会更强,责任心也会变得更大,懂得三思而后行。今天的《大眼小眼看世界》特别版就到这里,我们下期再见!

豆豆:小伙伴们,再见!

单位:温州广播电视传媒集团经济生活频率

作者:郭畅、厉碧纯、王梦华、张时雨

播出时间:2017年11月30日

围绕理财　做足少儿味道

——浅析《少儿财商教育专题——你好,我的零花钱》

刘　燕

少儿财商的教育,十分迫切和必要。据统计,中国有3亿多未成年人,作为未来新的财富创造和消费主体,理财教育是明天的经济问题,也是今天的教育问题。随着社会财富的增加,孩子手中的零花钱也增多了,青少年儿童缺乏金钱概念和理财意识所引发的一系列不正常的社会现象,如给网络主播巨额打赏等,都是对家庭、学校、社会的提醒。

作品敏锐地捕捉到了社会发展变化中的需要,从这一新闻选题入手,走上街头,深

入校园，和小朋友、家长及老师进行深入有效的沟通交流，获得了丰富的一手素材。同时精心设计作品表现形式，把这一复杂棘手的家庭教育难题，与通俗易懂的表现形式相结合，使作品不仅具有新闻价值，而且寓教于乐，是一个对家长和儿童都具有教育和启发意义的广播少儿专题作品。

作品定位明确，表现形式适合目标群体，主题鲜明，结构清晰。《你好，我的零花钱》是《大眼小眼看世界》栏目的一期节目，这个栏目定位在小学生群体，关注孩子成长中的一系列问题，教导孩子和家长培育正确的育儿观。《你好，我的零花钱》采用了孩子们喜闻乐见的语言方式，以"培育孩子金钱观和理财意识的重要性"为核心，从小朋友的视角出发，通过大人与小孩的沟通与交流，一步一步解答小朋友内心的疑惑，也为家长在"树立孩子金钱观与理财观"方面提供了良好的借鉴。

作品紧紧围绕理财的主题，擅长运用小故事来以小见大，说明道理，把理财指导的理性需要与广播节目对可听性要求的感性需要结合起来，提高了节目的理财指导效果。从片头对于钱的概念的提问，到大小主持人的角色扮演、情景剧的故事再现、街头关于钱是什么的采访录音报道，以及大主持人对小主持人关于钱的疑惑的层层拨开，最后老师和家长的采访录音，作品在节目中讨论到了有关儿童理财的方方面面的问题，并给予了纠正和正确的引导，达到了有效的指导效果。

作品制作方式新颖，表现形式多样，内容丰富有趣。通过提问、情景剧、经验小故事等引人入胜的表现方式，把孩子们带入对钱的使用的思考中。特别是情景剧，非常贴近日常的家庭生活，大部分的家庭都会出现购物消费密码被孩子掌握而乱用的情况，孩子自己也缺乏对钱的概念的认识，听后，能让人产生共鸣。在随机采访中，孩子们对钱的不同回答，也充满了童真和趣味，父母的回答也都真实地反映出大部分家庭普遍存在的少儿理财问题。

总的来说，作品主题明确，内容充实，选题具有新闻价值，表现形式多元，声音技巧运用成熟，具有较强的可听性。

广播少儿栏目

花儿朵朵

代表作(一)

【片头】《花儿朵朵》

温州交通广播《花儿朵朵》

花儿:中午好,小朋友们,欢迎你们收听今天的《花儿朵朵》节目,我是花儿姐姐。今天早上啊,花儿姐姐遇到这样一件事儿,我路过一家童装店,今天开业,进店的小朋友都可以领两个卡通气球。花儿姐姐看见,有一个小男孩特别想要气球,他呢就站在店门口看呀看呀,却不敢进店门,最后急哭了。这个小朋友呢,可能是性格有点内向,就显得勇敢不太够。小朋友们,你们会不会有时也会遇到勇气不足的时候呢?遇到勇气不足的时候,怎么办呢?今天花儿姐姐就带着你们认识两个勇敢的新伙伴儿。他们啊在应付生活中各种变化的时候,都表现得非常有勇气。那接下来呢,我们就一起来看一看这两个小伙伴能给我们带来一些什么启示。好,我们先进入《加油宝贝》,来认识第一位小伙伴儿。

【片花】《加油宝贝》

花儿:小朋友们,此时呢坐在我身边的是来自洞头区霓北中学的金银翠老师,金老师呢会领着我们先来认识第一位勇气小伙伴。欢迎您,金老师!

金老师:花儿好!小朋友们好!

花儿:嗯,我们呢要认识的第一位勇气小伙伴,是金老师的学生,是一个坚强勇敢的小小少年,他用自己柔弱的肩膀撑起了一个风雨飘摇的家。

金老师:是呀,这个孩子是我的学生林杰,今年呢只有15岁。在林杰6岁的时候,他的妈妈因为重病生活不能自理,从那个时候起啊他就开始照顾妈妈,已经整整9年了,两年前,孩子的爸爸又得了癌症去世了,这家庭的重担就完全落在了林杰一个人身上。他是一个特别坚强、特别孝顺的孩子,是2014年感动温州十大人物之一,还是2015年我们最美洞头人和第三届道德模范。我今天给小朋友们带来了一本林杰的日记。

花儿:嗯,提到这个日记啊,我们特别请到了我的同事,还有学校里小小的演播家们共同演绎了一下,我们一起来听一听那一天,林杰家究竟发生了什么事情。

【广播故事】《林杰日记》

【雷雨声音效】

【配背景音乐】

2009年3月10日,雨。

今天下了一天的雨,我就没有和小鹏一起出去外面玩儿。下午两点钟的时候,我困了,正想睡一会儿,突然,妈妈被小马舅舅背回了家。(呻吟声)

小马:林杰,林杰!

林杰:妈,妈!我妈,我妈这是怎么啦?!

小马:这是下大雨,路滑,来,中午你妈从前村的山坡上滑倒摔下来了,我刚才从那路过,把你妈给背回来啦。你看,你妈这下摔得挺厉害!她手脚都不能动了!

林杰:(哭)妈!妈你疼吗?你动动啊!你动一下!

林母:(呻吟)啊……啊……动不了……脖子,脖子……

林杰:(哭)妈!

小马:慢点。

【过渡音效】

【配背景音乐】

2014年6月17日,晴。

转眼五年过去了,可妈妈的病再也没能好起来。医生说是摔坏了颈椎。妈妈每天只能在轮椅上度过,话也说不清。为了妈妈的医疗费,爸爸一直在外面打工,家里就只剩下我和妈妈了。

【勺子声,吹气声】

林杰:妈,这个羊肝是昨天隔壁郑阿姨给的,我把它做成了汤,可有营养了。妈,你多喝点,就能好起来啦!

林母:孩子,这几年辛苦你了!你才这么小,是妈对不起你呀!

林杰:妈,你看我是男子汉呀!我会照顾你的!妈,你多吃点儿,高兴点儿,你的病就会好啦!

【过渡音效】

【配背景音乐】

2015年10月20日,阴。

今天是个灾难性的日子。我永远没有爸爸了！好难过呀！从爸爸确诊肝癌晚期到今天还不到三个月的时间！真不敢想象，以后的日子可怎么过呀！现在，我是这个家里唯一的男子汉了！我得忍住、得挺住！得撑住妈妈！爸爸，你放心吧！我会好好照顾妈妈的！

金老师：哎呀，从林杰的爸爸走以后，林杰就和他妈妈相依为命，把妈妈照顾得很好。这个孩子真的不容易！从6岁起就一次一次地给妈妈穿衣服啊，刷牙啊，洗脸啊，包括给妈妈烧饭、做菜、洗碗，还一次一次地又给妈妈清理大小便，从来没有过任何怨言。

花儿：是啊，金老师，15岁，对于我们大多数小朋友来说，还是一个无忧无虑的年纪呀！金老师，我觉得林杰这孩子真的是太不容易了！虽然他的生活充满了这么多艰辛，但他真的是硬生生地承担了这一切的苦难、伤痛，还有不完美，用他自己稚嫩的肩膀给妈妈撑起了一片天。

金老师：是的。

花儿：我刚才一直听着，这眼睛里一直都是充满了泪水。金老师，您有一个好学生。特别的有担当和勇气！所以，今天特别谢谢您，能把这么有勇气的小伙伴介绍给收音机前的小朋友认识，谢谢您。

金老师：可能跟其他同龄的这些小朋友比起来，林杰会显得更加的坚强和独立。我就发现，在这个孩子身上，有一股钻劲儿和韧劲儿，你看，生活虽然这么艰苦，但他对生活的态度一直是比较乐观的。

花儿：嗯，对了金老师，我还想问一个问题，就是林杰他的同学们知道他的事儿吗？

金老师：知道的，同学们都知道林杰照顾妈妈的事，也都很佩服他。林杰为了照顾他妈妈，每天总是一下课就马上往家里面跑，没有时间参加我们班级里的这个课外活动。但是，只要有可能，同学们都会拉上他一起参加，也希望能够帮助到他。

花儿：真的是特别的友爱，小朋友们，听了勇气小伙伴儿林杰的故事，不知道你是不是被感动了呢？有什么话想要对他说吗？现在你就可以通过微信的方式，来把你的心里话告诉给他。花儿姐姐会从中选择一些来和大家一起分享。还有一件事，我想呢，收音机前很多小朋友都特别想知道林杰和妈妈现在怎么样了，那我们的记者姐姐也是走进了林杰的家，接下来的时间，我们一起来听一段采访。

【林妈妈采访】

记者：林杰都帮你做些什么事情呢？

林妈妈：早上起来洗脸。

记者：嗯，他有帮你早上起床帮你弄牙膏什么的吗？

林妈妈：有啊。还有煮饭。饭煮给我吃。

记者:你觉得林杰这个孩子怎么样啊?

林妈妈:一直都把我背过去拉小便,都把我背过去。

记者:都把你背过去拉小便,他背得动吗?

林妈妈:背得动,我摔倒都是他拉起来的。

【林杰采访】

记者:林杰,是从什么时候开始照顾妈妈的呢?

林杰:6岁。

记者:嗯,照顾多少年了呢?

林杰:9年。

记者:9年。那平时都做些什么事情呢?

林杰:就早上起来帮她弄早饭,然后还要帮她洗脸,然后牙刷放到那儿,然后冬天就要穿衣服。

记者:那放学后回来呢?

林杰:放学回来,也就待在家里写作业。

记者:有烧菜煮饭吗?

林杰:那我不记得我什么时候开始会炒菜,反正当初一开始不是我炒菜的。

记者:那现在呢?

林杰:现在都是我烧的。

记者:会烧什么菜啊?

林杰:西红柿炒鸡蛋,还有胡萝卜、土豆,还有鱼。

花儿:嗯,我们的记者采访回来以后都特别感慨,他们说,林杰这孩子,太苦了!太懂事了!

金老师:是的,我做林杰的班主任三年了,这个孩子总是懂事得让我真的是特别的心疼。他比一般的同学更懂事,在生活的磨炼里,苦难和伤痛也是让他更快地成长起来了。现在,越来越多的人也被他的勇气所感动,纷纷伸出援手,用各种形式来帮助他,这给他带来了更大的勇气和信心。

花儿:嗯,没错,在我们采访过程中也是遇到了几位帮助过这对母子的爱心人士,我们继续来听一下记者的录音。

【采访录音】

郑红芬:一般他放学第一时间就回家了,怕他妈妈会摔倒,他早上准备牙膏、牙刷,水打起来给他妈妈,把他妈妈先脸洗了洗,放学他回家了,煮饭是他煮,炒菜啊煮饭啊这些都是林杰做的。反正这些洗脸洗脚晚上也都是他做的。

记者:我们现在来采访一下洞头县海湾三期的业主,请他来说一说。

洞头县海湾三期的业主：

主持人好，我们知道林杰的情况后，自发地在业主群里组织给他捐款，还在小区的门口 LED 屏幕上滚动播放他的事迹，放了捐款箱募捐。

微动力志愿者：

我是洞头微动力志愿者，我们是一个民间公益组织，知道这林杰的事儿，我们特别受感动。所以，就在自己的这个微信朋友圈儿里呼吁，为这孩子去捐款，也希望能给他带去一点儿信心和爱心吧！

花儿：嗯，真的是岁月无情，人间有爱！那我们的微信平台上这会儿有很多听众朋友已经发表留言给林杰加油了，我们共同来关注。

先来看一下，“西瓜豆豆”他说，“我很佩服林杰哥哥，能那么坚强勇敢地面对生活。听了他的故事，我觉得我要给他点个大大的赞。”

嗯，这是一位大朋友，微信的名字是“鹿城故事”。他说，“林杰比我女儿还小一岁呢，却体验了连我们这个年纪的人都没有体验过的经历，做到了连我们这个年纪的人没有做到的事情。太值得我们每个人学习了。衷心祝愿林杰以后的人生能够顺顺利利的”！嗯，这个呢是“绝版萌贝”的留言，他说，“林杰哥哥加油”！

【背景音乐：阳光总在风雨后】

林杰：她（妈妈）平时对别人讲，就像你们这些记者这些讲话就会口吃起来，或者情绪太激动，讲话也会口吃起来，平常讲话都不是这样的。虽然很辛苦，虽然很累，但是幸福的。

【同学采访】

江子怡：林杰身上有很多值得我们学习的地方，然后我们希望他能够开心每一天，然后快乐向上地成长。

胡新伟：林杰，尽管前方是一片迷雾，但我相信你一定会用你的双手拨开它，然后寻找到属于你自己的方向。

金思函：无论将来你遇到什么，然后都希望你用坚强去挺过去，我们都会在后面支持你的，加油。

陈泽涛：希望他以后越来越好。

金思函：希望林杰每天都能开开心心的，和我们一起玩耍。

林星成：林杰，一切都会过去的，加油。

花儿：好，小朋友们，就像这首歌里唱的一样，阳光总在风雨后，请相信有彩虹。虽然命运对小林杰是残酷的，可是刚才我们也听到了，虽然经历了这么多的艰辛和坎坷，林杰呢却一直保持着积极向上的心态，不抱怨、不气馁，坚强勇敢地承担着生活，用微笑回报着生活。小林杰的精神呢我觉得真的值得收音机前我们每一位小朋友来学习。所以在这儿呢,让我们一起通过电波一起来支持小林杰好不好?林杰加油!勇敢地向前走!生活一定会回报你一个坚不可摧的未来!在这儿,我们也特别感谢金老师给我们推荐了勇气小伙伴儿林杰。接下来呢让我们再来认识第二位勇气小伙伴儿。

第二板块《出彩少年》

【收听提示】丁零!小鬼当家!11岁的少年是如何独自在家应对三个入室抢劫的歹徒的呢?请听微广播剧情景再现《出彩少年》!

花儿:小朋友们,在微广播剧情景再现播出之前呢,花儿姐姐想问大家一个问题:如果爸爸妈妈不在家,你敢不敢自己一个人在家里待着呀?现在呢给大家推荐的第二个勇气小伙伴呀,是咱们温州版的小鬼当家!他的名字叫小虎。今年只有11岁,可是人小鬼大,前几天,他一个人在家上网玩游戏的时候,家里来了三个小毛贼,把小虎堵在家里了。小朋友们,要是你遇到这种情况你会不会害怕呀?可咱们的小虎呀,面对三个歹徒的入室抢劫,他一点都没慌,不但跟他们冷静周旋,还记下这三人的体貌特征,帮着警察叔叔成功地抓住了这些坏人。你说他勇敢不勇敢?

【微剧:小鬼当家】

毛贼甲:哎,看见没,刚才进去那小孩儿,开着门。这个点,家里大人肯定不在,嗯,走,就他了!

乙、丙:嗯,走!

【推门声,关门声】

小虎:你们是谁?

甲:哎,我说小弟弟,你别怕哈,你别怕,就你自己在家呀?

小虎:嗯,就我自己,我爸妈上班了。你们找谁呀?

甲:就找你!哎哈哈,小弟弟,你自己在家不害怕吗?

小虎:没啥怕。

甲:哦,那好呀。唉,对了,你爸妈在哪上班呀?什么时候回来呀?

小虎:他们呀,四点半下班,快了。

乙:哎,来来来,小弟弟,来,你坐床上来,别动啊,老老实实的,哈哈,小孩儿,还挺听话的。对,啊,不许动,不许喊,老实点。

【到处翻东西声】

甲:快点。

丙:妈的,这家真穷!什么都没找到!

甲：可不是嘛，妈的，那把电脑拿走！

乙：哎，小孩儿，你总看我们干什么，转过去！

小虎：我才没看你们呢，我爸妈就要回来了。

乙：啊，这，小孩儿，你给我记住了，老实点哈！就坐那儿别动！走！

甲、丙：走、快走！别动啊！（关门）

【转场音效】

警察：是你报的案吗？

小虎：嗯，是啊，警察叔叔。

警察：小虎，那三个人有哪些特征？你还能记起来一点吗？

小虎：能啊，我清清楚楚记得这三个人呢！

警察：太好了！好样的，小虎。来，说说。

小虎：嗯，问我爸妈在不在家的那个人在左眉下面有一道很深的疤，然后另一个眼睛是斜的，还有一个……【声音越来越小，含混】

花儿：小朋友们，听了小虎的故事，我们会对他在危急时候从容的表现留下深刻的印象。好像他就一点也没害怕，也没慌，挺镇定的。那花儿姐姐想问了，要是换成你的话，你能不能也像小虎一样的镇定呢？我们要是万一也遇到这种情况的话，该怎么办呢？那以下的时间呢，我们请到的是《出彩少年》的点评嘉宾，他也是温州研究未成年人保护方面的法律专家李老师。李老师您好。

李老师：你好。

花儿：李老师，您对小虎在这个事情当中的表现有怎么样的点评呢？

李老师：从小虎的故事来看，他的表现是非常出色的。首先，他非常的镇定。其次，他能记住歹徒的特征，然后迅速地报警。所以说这一系列的表现都反映了他内心这种很勇敢、很冷静、很积极的一种反应。

花儿：嗯，那我们的记者姐姐也对小虎做了采访。我们一起来听一下。

【小虎采访】

记者：看到他们进来，你有什么反应吗？害怕吗？

小虎：不怕，因为那时候我没关门，我只是觉得奇怪，抬头看了一眼，我就继续玩游戏了……我也想过他们可能是坏人。

记者：他们进来的时候，都跟你说了什么呢？

小虎：他们一进来就跟我说，不要怕，然后问我爸妈在哪里上班，什么时候回来，我就说他们四点半下班。

记者：可是你爸爸妈妈的下班时间应该是下午6点吧？

小虎：嗯，他们问我这个问题的时候，我已经有点察觉到了。我也不知道那时候是几点，我觉得差不多应该是四点半了，编个时间想让他们快点走。

记者：那你有没有想过大叫？

小虎：没有，这里附近没有什么人，也不知道有没有人来帮我。

记者：你当时还想到什么其他的应对方法吗？

小虎：我知道他们这么做是犯法的，我记住了他们的样子和穿的衣服。他们接着把我拉到床上，我当时想，如果他们打我，我就跟他们打，手边有什么武器，我就拿什么武器打他们。不过他们没有打我，拿起电脑就走了。

记者：他们走了之后你都做了一些什么事儿？

小虎：我把家里检查了一遍，看看有什么东西少了。确认没有之后，我关好门就准备出去找妈妈，在路上我还在想他们的样子，我想妈妈报警的时候应该会有用。

记者：如果现在遇到另外两名毛贼，你能认出他们吗？

小虎：能。

记者：现在想起当时的情景你害不害怕？

小虎：有点怕。

记者：那你当时怎么会这么勇敢呢？有谁教过你遇到这种事情应该怎么处理吗？

小虎：有的，我妈妈跟我说过，遇到危险的时候，要冷静，不能冲动。

记者：你平时在家里上网都不关门吗？

小虎：有时候关，有时候上完厕所再进来，我就没关了。

记者：那如果现在让你再一个人待在家里，你敢不敢？

小虎：我敢，把门关上就行了。

花儿：小朋友们，刚才我们在小虎的采访里知道，小虎的妈妈以前教过他，遇到危险的时候，要保持冷静。嗯，我们来听一听小虎妈妈是怎么说的。

【小虎妈妈（朱大姐）采访】

小虎妈妈：我和小虎爸爸都是从河南信阳来温州打工的，这个房子我们住了四五年，虽然挺简陋的，但是房租便宜，我们一直都没有搬。小虎这孩子是今年春节后才从老家来温州念书的，现在读小学五年级。平时我们打工忙，没时间照看孩子，很多时候他都是一个人在家，没想到会遇到这种事，好在孩子表现很勇敢。想想，其实也挺后怕的。

记者：以前跟孩子说过，遇到危险该怎么办吗？

小虎妈妈:有的。告诉他,遇到危险时,要别慌,才能想办法脱身。脱身以后,需要马上报警。

花儿:李老师,您是未成年人保护方面的专家,那根据您的经验,小朋友们如果遇到小虎这种很危险的情形,他们应该怎么做来保护自己呢?

李老师:真的遇到这种事情,我们不提倡反抗,小朋友们可以像小虎一样,去冷静应对,尽量记下歹徒的这个样子呀,特征呀,逃跑方向呀,还有像车牌号呀这些细节,然后想办法尽快报警。另外,也要提醒收音机前的家长们特别注意,如果孩子们一个人在家,要有所防范,家里的门窗一定要关好。也可以和邻居们打个招呼,请他们来帮忙照看一下孩子。还有,社会治安需要大家一起努力,发现这种情况不要忘了伸出援手,就算不出手,拿起电话报警也是一种关爱。

花儿:嗯,没错,小朋友们,不管我们以后遇到什么事情,记住在应对的时候一定要记得保证自己的安全,那才是最重要的。

李老师:对,国际儿童自我保护宣言就告诉小朋友们,这个平安成长比成功更重要;这个生命第一,财产第二。你比如说什么背心、裤衩覆盖的地方是不允许别人随便摸的;不喝陌生人的饮料,不吃陌生人的糖果;遇到危险呢可以打破玻璃,破坏家具造出一种很强大的声响来引起周围的人或者是邻居的注意;遇到危险的时候可以自己先跑;还有就是不保守坏人的秘密;等等。

【歌曲《勇敢吧,孩子》:"孩子们,勇敢吧,外面风吹雨打……平平安安的呀,才是幸福的家。"】

花儿:嗯,特别感谢李老师。我相信通过今天的节目,小朋友们应该知道了,万一遇到危险的时候,咱们应该怎么来勇敢地、冷静地应对,怎么来维护自己的权益、保护自己。在这儿,我们也希望小朋友们都能够健康快乐地成长。感谢收听今天的《花儿朵朵》节目,我们下次再见吧。也特别感谢李老师,谢谢您!

李老师:再见!

代表作(二)

【片头】《花儿朵朵》

温州交通广播《花儿朵朵》

花儿:小朋友们中午好,欢迎来到今天的《花儿朵朵》节目,我是花儿姐姐。

朵朵:大家好,我是朵朵妹妹。

花儿:今天呀,节目里来了一位新朋友,戚祥浩哥哥。你好,祥浩,欢迎你。

祥浩：花儿好！朵朵好！小朋友们好！

花儿：祥浩是我的同行，也是一个媒体人，他是《浙江日报》的记者，写过好多很厉害的文章。在今天的《加油宝贝》里，祥浩哥哥要带小朋友们去认识一位他采访过的特殊对象，一个非常坚强的小姐姐，海绵宝贝珍妮。

【片头】《加油宝贝》

【歌曲《活着》】

"我愿跨过万水千山，只为和彩虹拥抱。我愿游到海的对岸，寻找生命的目标。我愿化作一只飞鸟，飞上更高的云霄。我愿变成一株蒲公英，一生随风飘呀飘。"

花儿：朵朵，喜欢这首歌吗？

朵朵：很好听。喜欢。花儿姐姐，这首歌叫什么名字呀？

花儿：这首歌叫《活着》，它的词作者就是珍妮，一个海绵宝贝。

朵朵：什么叫海绵宝贝呀？是那个动画海绵宝宝吗？

祥浩：不，朵朵，海绵宝贝是一种非常罕见的疾病，SMA 的俗称。这个病的中文名字叫脊髓性肌肉萎缩症。

朵朵：啊，祥浩哥哥，你的意思是，这个珍妮是得了一种非常罕见的疾病？

祥浩：对，得了这种病的人，随着年龄的增长，肌肉会逐渐慢慢地萎缩，一点点地失去行动能力，最后导致呼吸衰竭甚至是死亡，所以他们也被称为"海绵宝贝"。

花儿：珍妮是祥浩记者采访过的一个海绵宝贝，今年 16 岁了。

朵朵：那这个珍妮姐姐，她现在怎么样了？

祥浩：珍妮现在全身上下只有一根手指头可以移动，只能整天躺在床上，而且一天 24 个小时全部得依靠呼吸机来帮助她呼吸。

花儿：16 岁，正是花儿一样的美丽年华呀！珍妮创作的歌曲听起来那么美！

祥浩：是呀。我上次去看珍妮，她现在每隔一个小时，父母就要帮她翻一次身。

朵朵：会疼吗？

祥浩：会呀，身上会疼得受不了。珍妮每天用她那根唯一可以活动的手指，拼命地点击手机屏幕，学习日语、法语还有英语，创作了 40 多首歌词。

花儿：真是难以想象呀！这些歌还受到好多明星的传唱呢！刚才那首歌里就唱道："人在逆境时常被半路石头绊倒，能否重新站起来，看你是否想要继续奔跑。人在悬崖边缘时，才会懂得活着是多么重要。命运总是很喜欢开玩笑，经历磨难百折不挠。"

朵朵：这几句词写得真好！

祥浩：是呀，珍妮说，我注定要死，活就好好活。下面就让我们一起来听一听记者

采访珍妮的录音。

【采访录音】

记者：珍妮你好，可以说说你为什么会创作这些歌曲，好吗？

珍妮：我创作歌曲，刚开始是因为小学，(20)13年毕业的时候，那时候，我小时候是准备说读大学的嘛，但是那个时候起身体变得很差，就没有办法上学了，那个时候就挺迷茫的，不知道未来应该怎么办。然后呢，那个时候就有个病友，她说，你可以写歌词，用来打发时间，最初开始我就是用来打发时间，没有认真地去怎么去想，后来就是写着写着就发现自己就爱上了这件事，就爱上了创作了，然后就开始认真地学习怎么去创作歌词。

花儿：珍妮真坚强！她是什么时候得的病呢？

祥浩：是在不到1岁的时候。在珍妮开始学走路的时候，她是能走路的，可后来有一天，她的爸爸妈妈发现，不知道为什么，这个孩子站不住了，就赶紧带她去医院检查，被查出来是一个海绵宝贝。医生说，你这个孩子最多活到4岁。

朵朵：可珍妮姐姐现在都16岁了！

祥浩：是呀，他们全家都很坚强！珍妮的父母带着她去全国求医，可是没有丝毫的好转，在2008年，他们又给珍妮生了一个弟弟，起名叫做奥健。但是没想到啊，弟弟在9个月时，和姐姐一样发病了！

朵朵：啊，弟弟也得了这个病？

祥浩：对。

花儿：这个家庭真是太不幸了。

祥浩：虽然非常的不幸，但是珍妮爸爸跟我说，珍妮很开朗，从来就没有抱怨过。那接下来我们就来听一听珍妮的爸爸的一段采访录音。

【采访录音】

包爸爸：珍妮小时候，大概也是在三岁……四五岁以后开始，刚开始我们也没告诉她，她就是问妈妈她怎么不会走路，她妈妈那时候说，你现在还不会走路，到以后会有个神仙的样子，就是说白胡子老头如果过来的话，就会告诉你怎么走路了，骗她那个时候，后来慢慢知道了。她也比较开朗，就是她在去学校的时候，有很多小朋友看她坐轮椅围在她身边，问她，姐姐，你怎么不会走路啊怎么样，她就说，我生这种病，她就很开朗，她就把这种病介绍，她就已经知道这是什么病……

记者：她就告诉别人。

包爸爸：她就告诉别人我生这种病，我现在不会走路，她就是比较开朗。

花儿：祥浩，你第一眼见到珍妮的时候，她给你留的第一印象是什么？

祥浩：我觉得珍妮她很聪明，很开朗，你看，她病那么重，但一点也没有抱怨，还是非常努力地活着，还很积极地影响着她的爸爸妈妈还有弟弟。跟珍妮谈到她写的歌曲,谈到那些歌词里写到的,比如草原,星空,大海,说到这些的时候珍妮的脸上也会看到笑容。

花儿:嗯,可能换个人,在这样的身体状况下,都会坚持不住的。

祥浩:是啊,珍妮她不但活着,还活得这么有意义,还写了那么多首歌词。下面我们就来听一听她的作品,这首歌曲叫做《予生》。

【歌曲《予生》】

“我想和伙伴坐在草原上,数着小星星围在篝火旁。我想要踏遍那大小海滩,看层层浪花冲刷海岸线。我庆幸着又度过一个昨天,我追逐着明天,追逐每个明天,我望着窗,又是一个晴天,窗台边的盆栽,也长出新绿叶……”

朵朵:真好听,《予生》这个名字又是什么意思呢?

祥浩:《予生》,就是给予新生的意思,珍妮说,她希望能够给自己一个新的生命。

朵朵:祥浩哥哥,珍妮姐姐真了不起。刚才你说,很疼的,她都不喊疼,她病得那么重,她不害怕吗?我就特别怕生病,怕打针。

花儿:是呀,我想,珍妮太坚强了。她的一家人都很坚强。对了,我们节目的记者艺馨去采访了珍妮,回来以后她说:

【采访:我第一次见到珍妮的时候其实是非常震撼的,我看到了一个孩子躺在了一张病床上,虽然她还在家里,但是这张床全部插着气管,插着一些机器,机器帮助她呼吸,还发出机器的这种声音,所以我觉得这还是一个病房的感觉。然后印象很深的就是珍妮躺在床上,她的头侧着,据她父母介绍说,她是昨天一天翻过一次身,到了今天早上还没有翻过身,她就一直保持着这个姿势,用她仅有的一根可以灵活活动的手指看着这个手机屏幕。第二个印象就是珍妮的家人,包括珍妮自己,说话都是很平静的,我很难想象面前的这只是一个十几岁的孩子,她的心理的这种成熟度,就已经非常成人的一种成熟度,而且她思考问题,包括我采访她,她说的话,她的思想是特别成熟的。】

花儿:其实,我也想过,珍妮和她的爸爸妈妈,在话筒面前表现得那么平静,她这么弱小的一个小女孩,内心怎么可能对病痛一点都不恐惧,对死亡一点都不害怕呢?还有她的爸爸妈妈,他们内心的悲伤,都没有表现出来。朵朵呀,这就是爱,是希望。

朵朵:嗯,是爱和希望。

花儿:对,是珍妮给爸爸妈妈的希望,也是爸爸妈妈给珍妮的希望,是他们互相给予的温暖。当没有别的办法的时候,互相鼓励,就是希望啊。

祥浩:花儿说得太好了。能够战胜病痛的,是希望。能够战胜恐惧的,是亲情。在珍妮15岁的时候，她的爸爸查出了脑血管畸形，随时可能出现意外。再加上长年的劳累操心，珍妮的爸爸得了严重的忧郁症，特别消极，还自杀过几次。这个时候，15岁的珍妮给爸爸写了一封信，鼓励爸爸振作起来。花儿，下面，我们就来一起听一听珍妮写给爸爸的这一封信，好吗？

花儿：好的。

【珍妮的一封信】

爸爸，我现在写的这封信里包含着很多东西，都是我没法亲自对你说出口的话。我写下这些字的时候，心情是前所未有的平静，因为我终于可以用这种方式把憋在心里的话向你倾诉。爸爸，你是一个好父亲，也是一个有爱心的人。自从我出生，你和妈妈就为这个家不停地劳累奔波。后来乐乐出生，家里从三口人变成了四口人，经济情况也就更拮据了，压在你们身上的负担也就更重了。我知道你们心里都埋藏着很多委屈，我也知道作为一个男人你想出去闯荡世界，拼出自己的一片天，但是，俗话说得好，家家有本难念的经，有时候自己所向往的那种生活未必适合自己。爸爸，虽然我和乐乐现在是你们压力的来源，但是以前希望那么渺茫的时候你都慢慢地坚持过来了，现在药也快出了，而且家里有各种各样的医疗器械，连呼吸机也都有了。明明情况比起以前已经变得好多了，可为什么你反而会感到越来越痛苦呢？我们应该珍惜眼前所拥有的，而不该苦苦追寻那些本不属于我们的。人贵在能知足常乐。你连自杀死亡都不怕了，难道还怕活着吗？像我现在这样子都能有勇气面对生活，你是我的爸爸，你应该比我勇敢才对。我相信，你一定能顶天立地保护我们的家，不只是我，妈妈和弟弟也都这样想。所以，爸爸，请接受我们对你的信任！

落笔：您的女儿，珍妮。

祥浩：爸爸读了珍妮的这封信以后，真的重新振作了起来。接下去，我们就来听一听珍妮的爸爸的这段采访录音。

【包爸爸：我接下去肯定会坚强，不会那么消极，尽量地会控制自己的情绪，现在希望，就是希望以后我们一家人能够好好地活着。】

花儿：嗯，好好活着，成为自己的英雄。珍妮最有资格来说这句话。她的座右铭是：我命由我不由天！

【珍妮的话：最激励我的话那应该就是我自己写的歌词里说的，“所谓英雄，不过是逆境中的自我拯救”。因为我写这句话就是觉得，我现在也算是在逆境当中活着吧，那么我觉得，如果一个人在逆境当中，别人给你的帮助都是有限的，只有自己的精神强大，你才可以坚持走完这条路，那我觉得这样的话，我就是我自己的英雄。】

朵朵：珍妮姐姐真棒呀。她不仅活下来，还写出来了那么多漂亮的歌。

祥浩：珍妮在以前还有一些行动能力的时候，上了小学，在那个时候啊，珍妮每个学期都能捧回来学校颁发的几乎所有的荣誉。后来小学毕业后，珍妮已经完全丧失了行动能力，没有办法再接着往下读初中了。这个时候，有一个机缘，她就开始写歌了。

【采访珍妮：歌词里的话，我写歌其实就是跟着灵感走嘛，那么就是我当时是什么心情，我就把那个心情给记录下来。其实我写歌有很大一部分（原因）是为我自己去写的，我没有因为去想别人会不会喜欢，或者别人他对这个歌会怎么解读，我觉得我只要把我自己的那份心情记录下来，那么以后，当我某一天翻开我那些歌词的时候，可以回忆起我当年或者我当时是一个怎样的心态，我当时都写了些什么，我现在的话就是还想继续创作歌曲，然后，其实我特别想要组建一个乐队。】

花儿：有很多明星演唱珍妮的作品呢。

祥浩：对。珍妮创作了40多首高质量的歌词，有好多当红的明星像毛不易、钟易轩，都在演唱她的作品。

花儿：其实，我听了珍妮的故事，在替珍妮难过之余，更多的是感动，是温暖。就像刚才我们说的，她和父母之间，互相给予的那种温暖和希望，也是在向社会传递出去。正在收听节目的大朋友、小朋友们，不知道你们听了珍妮的故事以后，有什么感受呢？

朵朵：大朋友、小朋友们，要是你们有什么话想对珍妮说，都可以通过微信发给我们。

祥浩：我们在采访珍妮一家的时候，珍妮的妈妈说过这样一句话。

【采访包妈妈：人生就是不管过得是苦难还是幸福，坚强对我们来说就是最幸福的一个事情，坚强就是最幸福的，从来没想过要放弃她。】

祥浩：我在跟他们一家接触的时候，我觉得，他们家是不幸的，但也是幸福的，不幸的是病魔的降临，幸福的是这种闪着泪花的这种亲情的温暖。

花儿：嗯，说得太好了，在珍妮的故事里，我感受到最多的不是可怜、悲伤，珍妮和她的家庭是让人同情，可更让人尊重。同情的是战胜困难、顶住压力。令人尊重的是在困难压力面前，他们活得非常有尊严、非常顽强、非常乐观。他们的境遇让人惋惜，更让人珍惜。

祥浩：是，他们的每一个步伐每一个脚印，都给我们这个世界留下了温暖，留下了希望，留下了正能量！

朵朵：花儿姐姐你看，我们微信平台上有这么多朋友都在给珍妮加油鼓劲呢。

【微信的语音，剪辑编在一起】

☆我是一个初中学生家长。刚才听到这期节目非常的感动，想跟珍妮说，孩子，千万不要放弃希望！

☆珍妮姐姐，我想说，你很棒！你要加油呀！

☆珍妮，我和你同岁，我上高中了，刚才听了你的节目，我哭了，我想看看你去，不知道怎么才能找到你？

☆珍妮姐姐，我也给你加油！

☆我是陪着女儿一起听这期节目的，这是我第一次给节目留言。我想对珍妮说，坚强的孩子，上帝给你关上了一扇门，就会给你开启另一扇窗，没有什么可以阻挡你走向明天！你要挺住，可能很快就会有治这个病的药了！

祥浩：刚才有朋友说，想去看珍妮。这个我觉得真不一定是最合适的方式。为什么呢？因为珍妮特别的虚弱，很容易被感染，所以，过多的探望可能非常不利于她的健康。在这里我可以告诉小朋友们一种能提供帮助的办法：珍妮在QQ音乐上有一首版权歌曲，叫做《予生》，小朋友们可以去QQ音乐上下载这首歌。小朋友们每下载一次，就能给珍妮姐姐带来2元钱的收入。这样，我们就可以给珍妮姐姐提供一份支持了。

花儿：嗯，谢谢祥浩带给我们珍妮的故事！谢谢这么多朋友给珍妮加油鼓劲、提供帮助！希望是最好的力量，温暖是最好的幸福。珍妮说：

我现在最想的是，其实有好几个，一个是关于我自己的病，就是说现在国外已经有药物了，我希望国内可以早点引进，可以让我以及我那些病友们，整个患者群体，都能够早点用上这个药。然后还有一个的话就是，其实这样说可能有点太唐突了，因为他们就是说，因为最近的话就是有很多人，他们因为（通过）《故乡游》知道我嘛，很多人就是说，一个小姑娘，可以写这么好的词。其实《故乡游》是我很早以前，也是15年也不知是14年写的一首词，我现在看起来，是很青涩的一首，那么我就是说希望大家以后看我的作品的时候，可以把重心放到我的作品上面，就不要是因为我的病对我的作品宽容，我希望可以对我的作品严厉一些。现在最想做的还是创作歌曲，我想写更多的歌，然后跟更多的人合作。

花儿：珍妮的故事让我们非常感动。有这样一句话，世界上有这么多不幸的人都在努力，我们还有什么理由不去努力呢？比如说，像我们节目每一期的出彩少年，他们都是很优秀的孩子，可是他们，也都是在一刻不停地在努力着！

朵朵：那我们接下来就来看一看，我们今天的出彩少年是哪一位。

【片头】《出彩少年》

花儿:我们这一期的出彩少年的主题是少年梦、中国梦。昨天呢,是我们少先队建队68周年的日子。昨天也就是10月13日,在杭州举行了浙江省"童心向党喜迎十九大"少先队建队68周年暨美德少年颁奖晚会,在这台晚会上,有一位我们温州的小朋友获得了2017浙江省美德少年称号。

朵朵:他就是温州瑞安市实验小学六年级的陈则成,今天我们的出彩少年,就是这个爱好科学的小小发明家。

花儿:陈则成是科学小能人,玩遥控飞机、智能机器人特别拿手,他还有一个发明,伸缩式背带裤,拿到了国家专利。厉害不?

朵朵:花儿姐姐,背带裤我知道,有长长的带子,可是他的伸缩式是什么意思呀?

花儿:还是听小发明家自己给你解释一下吧。

【陈则成采访录音:三年级的时候,有一次,我穿背带裤上厕所,一不小心把背带裤长长的带子掉进马桶了,还沾上了水,特别恶心。我就产生了一个伸缩背带裤的梦想。上哪儿去弄这种可以伸缩的带子呢?找什么材料呢?我想了想,想到了卷尺,卷尺不是能伸缩吗?对,就是卷尺了,我就在商城和网络上购买了各种型号的迷你卷尺,经过了一个多月的改造,最终将卷尺改装成了伸缩扣。后来,我的伸缩式背带裤取得了全国国家专利,还获得市科技局颁发的1600元奖金。】

花儿:在采访他的时候,这个小小发明家陈则成雄心勃勃地跟记者姐姐说,长大以后,他要成为一名真正的发明家,发明出让我们的生活更加便利的东西来。小朋友们,你有什么样的梦想呢?现在,就通过微信来告诉花儿姐姐吧。对了,朵朵,你长大以后,有什么梦想啊?

朵朵:我呀,长大后,就是像花儿姐姐一样,做一个主持人呀。

花儿:朵朵,那你一定会成为一个非常优秀的主持人,姐姐看好你!

朵朵:花儿姐姐,我从现在就开始好好做!希望我的梦想长大以后能成为现实!

花儿:一定会的!只要坚持,梦想就会有实现的那一天的!让我们来听听陈则成的妈妈是怎么说的。

【陈则成妈妈采访:陈则成小的时候就是一个爱动手、有耐力的孩子。所以,从小开始我们就尽量地挖掘培养他的兴趣,小的时候他特别喜欢玩乐高积木,一玩就是一整天,不过他最喜欢的是发明创造。我觉得作为家长应该是积极响应并鼓励孩子多去实践,将思考进行到底,比如说他喜欢的科技,培养了他的动手能力,使他有了创新的意识,这些对孩子来说,我觉得都是很好的培养。】

朵朵:嗯,我也要好好努力,以后做一个和花儿姐姐一样优秀的主持人。

花儿:好的,朵朵你看,微信平台有好几个小朋友都说出了自己的梦想,让我们来一起听听。

【留言:我以后也想当发明家,以后,我要发明一种超能房子,是由世界上最先进的纳米材料制成,超能房子不但外形美观,里面有各种各样的设施。比如说,如果您想去美丽的大海探险,您就按一下蓝色,超能房子就会出现潜水装备,带您去探险奇妙的大海;如果您想去神秘的太空遨游,您就按一下红色的按钮,超能房子就会出现太空服饰,带您去探索神秘的太空。】

朵朵:太好了。那如果我想去神秘的太空遨游,我就按一下红色的按钮,超能房子就会出现太空服饰,把我带到神秘的太空去。花儿姐姐,这种超能房子,又能上天,又能下海,那我们的生活就更方便了。

花儿:是呀。花儿姐姐期待着有一天能用上你们这些未来的小发明家们发明的产品。

朵朵:会的,一定会的。

花儿:嗯,一定会的。少年强则中国强。我们今天放飞梦想,做祖国的好儿童,明天逐梦前行,是祖国的建设者。这是我们的少年梦,就是我们的中国梦!好了,小朋友们,本期的《花儿朵朵》就到这里啦,谢谢你们的收听,咱们下期节目再见!

朵朵:再见!

单位:温州广播电视传媒集团交通频率

作者:黄玲琍、赵静、胡[illegible]嫦、胡倩、陈永松

播出时间:2017年5月27日、2017年11月30日

《花儿朵朵》广播栏目评析

刘小丹

如果用一个关键词来形容这档节目,那就是:正能量。通过对真实的励志故事的生动演绎,搭配富有洞察力的评论,该节目旨在帮助青少年树立良好的价值观、世界观和人生观。然而,《花儿朵朵》脱颖而出的关键在于能让如此一档极富教育内涵的节目非常好听。

首先,引人入胜的内容从优秀的选题开始。节目前半部分的两大主人公——林杰和珍妮,他们的故事构建出了代表勇敢和坚强的符号。年仅15岁的林杰,从6岁开始照顾生活不能自理的母亲,并在不久之后承受丧失父亲的雪上加霜。全身只有一根手指能动的SMA患者珍妮,不畏命运多舛,自强不息。通过不断的学习和创作,珍妮不仅坚守生命,更坚持为生命注入意义和希望。这两位少年的遭遇对一般人而言显得极端且遥

远,但也正是这种让他人无法想象的痛苦奠定了他们对命运的抗争是伟大的。

人性的伟大在于遭受打击时候的永不放弃;在于面对残酷现实时候心中拥有的信仰;在于从绝望深渊走出的自我救赎。该栏目在人性挖掘上的亮点主要体现在几个情绪转换的细节上,比如:林杰的日记中写到自己失去父亲的"灾难性"那天时体现出的痛苦和恐惧与随后"忍住……挺住……撑住"的对比;不堪痛苦以至于想要轻生的爸爸对比珍妮信中用普通的日常点滴建立起的爱与希望。正如珍妮说的,"真正的英雄是对自己内心的救赎"。在绝望中创造出继续活着的意义,就是救赎。现实苦难与个体意念之间的较量展示人性的光辉和伟大。

通过苦难来了解人性的话题往往是深刻但也是沉重的。《花儿朵朵》的主要受众群体是少儿,孩子如何能够理解或是接受这样的深刻与沉重?所以栏目很巧妙地打破了传统的叙事模式,巧妙运用了多种符合青少年心理的广播表现方式,让深刻的话题轻松易懂又不失教育内涵。首先值得一提的是该栏目采用的广播微剧场形式。讲述林杰事迹时,栏目采用了将广播日记作为切入口,从第一人称视角,以林杰成长过程中关键性的时间和事件作为节点,穿插人物对白演绎,生动鲜活地再现了主线故事情节,信息完整但氛围并不压抑。同样的方法也在关于珍妮的报道中使用。珍妮写给爸爸的信是通篇报道的亮点。主持人诵读时到位的情绪渲染生动且充分地体现出了珍妮勇敢坚强的内心世界。

如果说微剧场利用戏剧化元素调节了原本沉重的话题基调,那么配合微剧场的采访同期声保存了报道的真实性。嘉宾访谈、记者采访、听众互动等形式穿插,不仅丰富了事件的信息量,更多元化了观察事件的视角。在记者和受访者的互动中,整个故事层次丰富,主题鲜明。报道的真实性和戏剧性的双重演绎增加了内容的感染力。其中,节目的后半部分的《出彩少年》板块相对比较轻松活泼,用微剧场的形式报道显得更相得益彰。栏目里戏剧化的声音把小虎和小偷的故事演绎得生动有趣。在之后的同期声采访中,小虎对自己遭遇盗匪时的真实心境的描述真正凸显出了小虎在遇事时候的冷静不慌乱,令人感叹。

最后,在节目的众多板块中也许不是最有趣但却是最重要的部分是节目的评论和引导部分。节目的内涵基调决定了所有素材的选择和应用。在林杰的故事中,节目将对林杰、林杰母亲、同学亲友的采访连成一串编织成祝福,为一个伤感的故事注入了美好的愿望。在珍妮的故事中,节目通过文字和珍妮歌曲的搭配使用,把一个反映人生病痛与无奈的故事变成了希望与可能的灯塔。在小虎的故事中,专家的点评让小虎的故事从一则趣闻变成了针对青少年的经典案例借鉴。而在陈则成的故事中,一个别人家的孩子的故事在节目"少年强则中国强"的主题牵引后同化成了自家孩子的伙伴和榜样。

不论从内容还是形式来看,《花儿朵朵》广播节目是一档生动、好听且充满正能量的优秀少儿广播栏目。

电视少儿节目

"童心向上·大爱温州"
2017年温州市"六一"庆祝大会

主持人:A 小鹿姐姐 B 邓江帆 C 陈哲澍 D 周子越 E 周一 F 邵邓炜 G 陈怡霏 H 孙洋

☆领导祝福短片

1. 开场舞《快乐的节日》

A:这是一个快乐的节日,童年像鲜花绽放。

B:这是一个快乐的节日,每个孩子都是未来的希望。

C:六一儿童节,是属于我们的节日。

D:快乐童年,祝福满满。

B:这里是由温州市委宣传部、市妇联、市文明办、市教育局、市文广新局、市关工委、温州广播电视传媒集团主办,北大温州附校协办。

A:"童心向上·大爱温州"2017年温州市"六一"庆祝大会。

F:对了,还要欢迎一位远道而来的朋友,她就是……

A:大家好,我是你们的小鹿姐姐。

CDEFGH:小鹿姐姐好,小鹿姐姐好。

B:小鹿姐姐,欢迎你来到我们温州,和温州的小朋友一起过六一。

A:是啊,这里有这么多可爱的小朋友,还有那么多好玩的好看的,小鹿姐姐来了就不想走呢。

G:我们也是特别的高兴,精彩的大会马上就要开始了。

2. 幼儿歌舞串烧《梦想起航》等

G:孙洋,听说你最近要学京剧?

H:哎呀,这点小秘密你都知道了啊!

G:那你学得怎么样了?

H:哎,还没拜师呢!

G:我这里倒是有几位小老师。

H:是吗? 赶紧带我去。

3.戏曲联唱《红灯记》《定军山》

G:生命因为运动而精彩。

H:运动让梦想成真。

G:让我们进入充满活力的运动梦想秀时间。

4.运动梦想秀《爱·天使》《春茶》。

F:哎呀,你过去点。

E:你踩我脚了。

A:我说,你们俩干吗呢?

F:周一说刚才那个体育舞蹈太美了,硬拉着我要学,小鹿姐姐,快救救我,可难死我了。

A:哈哈,我还是现场给你们请老师吧。

(特殊教育学校的两个孩子及手语老师拿话筒上场)

EF:老师好!

(手语,你好)

A:老师,请您自我介绍一下。

(小朋友们手语,老师翻译)

老师:我们来自温州特殊教育学校,刚才表演了拉丁舞《爱·天使》。

A:我知道,孩子们练习这个舞蹈用了多久时间?难不难?

(小朋友手语,老师翻译)

老师:(找些感动点)

EF:好学吗?好学吗?

(小朋友手语,老师翻译)

E:那现在就教教我们吧。

A:现在还要演出呢,我们去后台学,不过小鹿姐姐倒是有个想法,你们能不能教一教我们大家,儿童节快乐怎么用手语说啊!

(现场教学)

F:小鹿姐姐,我感觉我们赚到了,不仅能学拉丁舞,还可以学手语,太棒了。

G:家风家教,伴我成长。

H:它不仅传承了中华文明,更潜移默化地影响着人们的心灵。

G:更让我们做到心有榜样,从小做起,成为中国特色社会主义事业的接班人。

5.国学诵读《春诗童韵》

6. 舞蹈《阳光下成长》

C:子越,你干吗呢,干吗带手机上台啊?

D:这么难得的机会,来来来,我们一起来张自拍,等下发朋友圈。

C:朋友圈?你一小孩,不好好学习,发什么朋友圈啊。

D:你怎么跟我爸似的,只许州官放火,不许百姓点灯,他们大人还一个个机不离手呢。

C:谁啊?

D:喏,他们在那儿呢。

7. 小品《疯狂现代人》

C:留守儿童是一个特殊群体,他们有的乐观坚强、自信懂事,有的性格内向,不善言谈,他们有一个共同的特点,就是爸爸妈妈一方或双方不在身旁。

D:他们只能学会等待,等爸爸妈妈的电话,等爸爸妈妈回家,等待着哪一天,可以不用这么等待。

8. 舞蹈《爸妈我想你》

A:在六一节到来的时候,我们城里的孩子可能会让我们的爸爸妈妈陪我们去一趟特别想去的游乐园;或者可以跟爸爸妈妈撒娇,让爸爸妈妈满足自己的一个小愿望,有一件小礼物。但是就像我们刚才舞蹈当中看到的这些孩子,有很多像他们一样的留守儿童,爸爸妈妈在外出务工,或者因为其他原因不能陪伴在孩子们的身边,那么他们的六一儿童节肯定比其他孩子少一点色彩。

B:是的,今天是我们全市少年儿童一起欢度六一的日子,我们要在这个非常特别的时刻,通过大屏幕一起来认识一个坚强的孩子。

VCR《"共享蓝天·大爱温州"关爱儿童"双征集"活动》

A:好,站在我们身边的就是刚才短片当中品学兼优的小主人公孙迦勒,掌声欢迎他。今天是六一儿童节,我们节目播出的时候,奶奶也会在电视机前看我们的节目,你对奶奶说一句话好不好?

孙迦勒:奶奶,谢谢你,我爱你!

B:今天通过这种方式让大家认识迦勒其实还有一个小小的目的。因为六一前夕,为了让我市更多的贫困特殊儿童得到社会的关爱,让他们健康快乐地成长,市妇联、市教育局、市关工委等单位共同发起了"共享蓝天·大爱温州"关爱儿童"双征集"活动。就是要架起爱心企业、组织、个人的关爱渠道,要让像迦勒这样处于特殊困境当中的孩子得到大家的帮扶、关爱。"双征集"活动从今年的4月份开始,首批600多位特殊困境儿童已经成功地结对了,今天他们当中的一部分也来到了现场,大家一起开心过六一。

A:让我们掌声有请结对儿童和嘉宾上场。

☆关爱儿童"双征集"活动现场结对

A:阿姨您好,您为大家做个自我介绍好吗?

结对人:我是浙江远洋律师事务所的老主任,我们通过妇联知道了迦勒家庭苦难,我们会和他结对,一直到他大学毕业。

A:我们问问迦勒,跟何奶奶拥抱一下好吗?节日快乐,今天你在后台还交了一个好朋友是吗?

迦勒:是。

A:谁?这里面的哪一位啊?听说你们还互相留了电话。你刚才跟迦勒说了些什么?

结对儿童:我现在的处境算是还比较幸福的,我觉得我可以帮助到孙迦勒,可以跟他多聊聊天。

A:你们留了电话,想多聊聊天。这就是一对少年在我们节目的后台所结下的友谊,其实我们的爱就是这样。我们的孩子感受到帮助和爱的时候,他们同样会回馈给别人以爱,让爱薪火相传。把掌声送给他们。

C:我们是祖国的未来;

D:我们是民族的希望;

C:美丽的中国梦属于我们;

D:为梦想,我们时刻准备着。

9.表演唱《爸爸的雪花》

10.合唱《为梦想时刻准备着》

F:从小学习做人,我们是新时代的儿童;

E:从小学习立志,我们是祖国的孩子;

G:从小学习创造,我们要实现伟大的梦想;

H:我们是快乐的小天使,美好的生活我们创造。

11.歌舞《幼幼小天使》

A:现场以及电视机前的大朋友、小朋友;

B:"童心向上·大爱温州"2017年温州市"六一"庆祝大会到这里就圆满结束了。

A:祝所有的小朋友节日快乐,明年再见!

CDEFGH:再见!

单位:温州广播电视传媒集团经济科教频道

作者:陈温沁、刘谷慧、陈靓琼、王海洲、陈耀鑫、杜律知

播出时间:2017年6月1日

温州展现童心,传递爱心

——《"童心向上·大爱温州"2017年温州市"六一"庆祝大会》评析

石艳华

2017年"六一"儿童节,由温州市委宣传部、市妇联、市文明办、市教育局、市文广新局、市关工委、温州广播电视传媒集团主办,北大新世纪温州附属学校协办,温视经济科教频道承办的"童心向上·大爱温州"2017年温州市"六一"庆祝大会在北大新世纪温州附属学校的操场上欢乐上演,并在温视经济科教频道同步播出。这是一台展现"童心"的晚会,这是一件向社会传递"爱心"的作品。

一、主题鲜明深刻,传播正能量

儿童是祖国的未来,是每一个家庭的希望,也是实现中华民族伟大复兴中国梦的希望。习近平总书记曾在2015年6月1日寄语全国各族少年儿童:"今天做祖国的好儿童,明天做祖国的建设者,美好的生活属于你们,美丽的中国梦属于你们。"2017年温州市的"六一"庆祝大会就是在践行习总书记的寄语,给孩子们营造一个快乐的节日氛围,教育他们做祖国的好儿童。晚会通过丰富多彩的舞台节目和精彩纷呈的艺术形式表达孩子们的童趣、童心和爱心,书写他们共筑伟大中国梦的美好愿景。作品将这一鲜明而深刻的主题贯穿于晚会的始终,像一根红线将一个个节目串联起来,围绕"快乐""成长""关爱""梦想"等关键词设计节目,向社会传递积极向上的正能量。例如,歌曲串烧中的微型音乐剧《熊熊修理铺》,小演员们扮演成小熊和小兔子,在舞台上灵活互动,完美地演绎了小孩子们的童真童趣、童心童乐,表达了在孩子"成长"中要诚实做人的主题;舞蹈《爸妈我想你》把视角延伸到了儿童中的弱势群体——留守儿童,希望在这个属于孩子们的节目中,留守儿童一样能够体会到来自家庭和社会的温暖;等等。

二、形式丰富多样,舞台表现力强

2017年温州市"六一"庆祝大会既是一台综艺晚会,也是一期电视综艺节目。它充分运用了独特的电视表现手法(如声光效果、时空的自由转换、独特的视觉造型等),广泛采用音乐、舞蹈、戏剧、小品、曲艺、朗诵等艺术形式,对各种文艺形式进行二度创作,给现场和电视机前的小观众提供文化娱乐审美享受。整台晚会观看下来,优美动听的旋律,轻盈飘逸的舞姿,朗朗上口的歌词,以及孩子们充满激情的舞台表演,给予观众视觉和听觉的双重享受。在众多精彩的节目中,让人印象深刻的是国学诵读《春诗童韵》这个节目，它将“书”“画”“诗”“颂”“歌”“舞”等多种艺术形式融合在一起进行创作表演，将孩子们耳熟能详的一些诗篇用其他艺术形式演绎出来，有形式，有内涵，让人眼前一亮。

可以肯定地说，温州市2017年“六一”庆祝大会让现场观看节目的3000多名孩子以及电视机前无数的孩子们度过了快乐的一天，这将在他们生命的年轮中留下难以忘怀的印迹。给孩子们营造健康快乐的成长环境，并让他们从中收获到爱与快乐，不仅仅是家庭和学校的责任与义务，需要社会上更多的机构和单位积极参与，温州市相关单位和温州广播电视传媒集团发挥了榜样作用，希望类似的活动在温州市乃至全国越来越多。

播音主持类

广播主持

帮帮就灵 1039

宣：车辆川流不息，人群熙熙攘攘，道路总在前方，服务就在耳旁。当你遇到困难的时候，拨打这个电话，当你需要大家帮助的时候，拨打这个电话，当你需要交通服务的时候，拨打这个电话，第一时间就在身边。88901039，帮帮就灵 1039，您最贴心的民生服务专家！

孙杨：15 点 08 分，欢迎各位继续锁定 1039 温州交通广播，大家下午好，这里是帮帮就灵 1039，我是大杨。

陈婷婷：我是小婷。今天说着说着我们节目居然满月了。一个月的时间，可能很多朋友已经开始接受我们的节目，也习惯了节目。每天在路上我们俩会陪伴各位，当然也是服务路上的交通人。

孙杨：感谢各位对我们节目的支持。

陈婷婷：再次说一下，直播的时候我们的热线是 88901039，已经为各位来开通了，你要求帮忙也好，要咨询也好，维权也好，都可以现在就来拨打我们的热线了。

孙杨：热线的话其实有时候可能比较繁忙，各位你可以通过我们的两路互动方式来跟我们节目组进行联系，一个是微信 WZFM1039，还有一个我们的“开吧”App，也希望各位通过“开吧”多点点赞。前两天看大杨不在，你们点赞量怎么就下去了，要把点赞刷起来，给力一点对不对？

陈婷婷：而且今天是周五了，也希望接下去这两个小时咱们能够欢乐地来度过。

孙杨：欢乐又热情又激烈，这是我们想要的感觉。那么接下来我们首先进入到的是《1039 大家帮》，大家帮今天会有什么听众什么人想要跟我们来求助？来，马上期待。

宣：大家帮大家，爱在苍穹下。多媒体联动，多平台互动，全天候服务，多角度报道，尽在《1039 大家帮》。

陈婷婷:你好! 林先生,您是有什么事需要大家来帮忙的?

林先生:我是苍南这里的,我老婆那个弟媳妇她还有20多天就生了,家里搞不定,不知道要去哪里生。所以我想你们给我们推荐一下。马上就要生了,现在还没找医院,因为这20多天还要去医院那里做产检。

陈婷婷:你大概是想在苍南那边还是说在温州这边?

林先生:最好的话在苍南或者瑞安这边,温州的话交通不太方便,虽然都是有车来来回回,丈母娘有时候不太方便。

陈婷婷:你的意思说是苍南、瑞安、平阳这三个地方的比较好的生孩子的医院。

林先生:那个瑞安那里的收费会比较高。

孙杨:苍平地区,我明白了苍、平这两块我们帮你问问。

陈婷婷:听我们节目收音机前可能有些已经生过宝宝的,或者是正在酝酿当中也可以来推荐推荐,瑞安平阳这边要生孩子的话,哪个医院可以推荐一下? 公立的医院。

孙杨:公立的医院是温州市区我知道三医是比较好的。但是你要是苍平地区的话,我还真不知道,各位你可以通过我们的微信来留言帮助一下咱们林先生。

陈婷婷:接下来我们有请下面的这位听友。

郑先生:收音机前的听众朋友,大家下午好。我家里现在正在装修,我家阳台需要一个宽为5米、深度为2米户外的墙体上的固体雨篷。

陈婷婷:你说是家里装修用还是家里装的那种户外装在阳台上的那种?

孙杨:你想问就是说由哪个机构可以来去承接雨篷的活?

郑先生:要稍微耐用一点,质量耐用一点。

陈婷婷:那么你是在市区类似于咖啡馆门口的,就半弧半圆弧的那种吗? 你是在市区吗?

郑先生:不是市区的,我在瓯北。

孙杨:然后价格的话你有什么预算? 比如说我需要花多少钱。

郑先生:价格没有关系。

孙杨:各位,如果能装雨篷的商家你们来生意了,说实话我也不知道哪里能够装雨篷,如果您确实知道或者说您做雨篷的,可以来联系我们,可以通过我们的微信WZFM1039或者“开吧”留言,赶紧给我们这位郑先生来帮个忙。

陈婷婷:对,还有前面那位先生想求助生孩子医院的也推荐推荐。今天这两个都是男士寻求帮忙,大家可以来帮帮他们。同时如果说你有些事情需要我们大家来帮你的,也别忘了我们的热线是88901039。同时今天我们两个平台,微信平台以及我们的“开吧”App你也可以接着把您碰到一些事去留言,在上面我们都会看得到的。

孙杨:是的,赶紧来提供您的需求,也可以提供您的帮助,我们一会再回来。

孙杨：我们有两位先生的求助，一个是想问一下苍平地区哪里有生宝宝比较好的医院。

陈婷婷：另外的话有一个做雨篷正在装修。结果这真的有人来了，我们的"开吧"上面有个留言说专门做雨篷的，那这样我们节目里直接对接下，看看这两个人能不能连上，如果最好就可以直接上门来装了。第一个问题，"天马行空"——在我们开吧上的听众，他说瑞安中医院挺好的，生宝宝可以去看一看。

孙杨：导播把那个郑先生也切进来。刚才这样的，郑先生你打进电话之后，马上就有一个听友来提供了一个电话，说是专业做雨篷的。我们导播再把他切进来，我们先确认一下是不是。

陈婷婷：咱们这边是做雨篷的吗？

刘先生：对。

孙杨：这位做雨篷的先生您贵姓？

刘先生：我姓刘，文刀刘。

陈婷婷：刘先生这样子，我们这边是温州交通广播帮帮就灵 1039 的节目，这里有个大家帮。今天郑先生说他家门口的阳台想装一个雨篷，正好有人提供了你联系方式，说你是做这个生意的，那么郑先生您给刘先生看看雨篷他能不能做。

孙杨：就大概宽 5.8 米，然后大概深 2 米，然后质量要好一点，你们能提供吗？

刘先生：我们专业的。

郑先生：那么好的，刘先生，我有你手机号码，等一下下了节目之后我们联系就直接开工了。

孙杨：两位再见了，这还真的是群策群力就解决问题了。

陈婷婷：同时我们也马上进入到今天的《1039 非说不可》。

孙杨：今天我们有百元油卡等待各位来去角逐了。

宣：汇聚焦点，理性发声，搜罗媒体焦点《帮帮就灵 1039 非说不可》！

孙杨：今天跟各位来说什么事，说是前段时间在广东深圳市的沙湾路，当时交警在执勤的时候发现一位老人在道路中间，马路是开车的，结果咱们老人把马路当他们家谈判桌了。说交警在制止危险行为的时候，老人面对交警不是有执法仪吗？面对执法镜头是怒气冲天，这是怎么回事？

陈婷婷：到底是有多大的火气啊？

孙杨：嗯，我们来听一下。

【同期声】2016 年 4 月 20 日，在广东省深圳市沙湾路，交警发现一名老人正站在道路中间，隔着隔离护栏与一名轿车驾驶人交谈。见此情形，交警立即上前制止这种危险的行为。在交警对老人和轿车驾驶人进行劝阻时，隔离护栏旁的老人不停地强调自己只是说几句话而已，而轿车驾驶人此时在车内打着电话，似乎也并不觉得自己的行为有什么过错。当交警要求驾驶员出示证件时，隔离护栏另一侧的老人做出了一个十分危险的举动，这名老人面对交警，情绪突然失控，竟然翻过隔离护栏冲到交警面前讨说法。面对老人无法平静下来的情绪，交警立即将他带到路边进行劝导。

陈婷婷：这位老人家真的是非常非常的激动，这也不听劝，本来说实话他作为行人可能没有意识到自己的违法行为，当交警跟他讲的时候，结果他还真的是来气了，脾气非常大，那么交警要第一时间把老人带回到路边，不能在路中间，最重要的是生命安全受到了威胁。

孙杨：当交警把老人带到路边的时候，老人的反应则更为激动，我们继续往下听。

【同期声】尽管交警耐心地向这位老人解释了相关的法律规定，但他仍然没有意识到自己的行为有多么危险，坚持认为自己没有违法，并且向周围的工作人员发起了脾气。

陈婷婷：其实这交警也挺耐心地跟他讲，但是老人家又听不进去，非常的固执。

孙杨：而且他讲了他说我没有偷抢，老人可能对于法律特别是交通法还是不了解不知道，而且最重要一点是他不明白在路当中这样站着的危害性有多大。那么接下来交警是要对老人进行处罚的。可能很多朋友说我行人走在马路上我也要处罚？因为当时老人在与轿车驾驶员聊天，轿车驾驶员也要受到处罚，然后同样要对老人进行处罚。这时候老人的表现更加激动了，我们继续往下听。

【同期声】面对这位没有法律常识的老人，交警哭笑不得，为了避免他以后继续随意在机动车道穿行发生危险，交警只能叮嘱他的家人劝一劝这位固执的老人！

陈婷婷：我觉得交警叔叔真的也是急坏了，他说你这爸爸也是在路当中，你作为儿子你就不能跟爸爸沟通来劝说。而且我觉得可能平时这家人的沟通也不会特别多，这子女也不会去跟这爸妈说这事，所以他爸就没安全意识。

孙杨：今天我们要说话题，其实说实话现在咱们的礼让斑马线行为，车辆礼让行人基本上已经是做得不错了。但是说实话我们肯定还在路上见到很多行人，还是闯行人红绿灯，包括在路上随意穿行等等。其实说实话，行人在道路上因为违法造成的悲剧真的是不胜枚举，全国各地都有发生，我们一起来回顾一下。

【同期声】2013 年 7 月 22 日下午 5 时许，江苏省南京市雨花台区 205 国道某路段，郭某带一名小孩横穿马路时被一辆白色轿车撞飞，事故导致郭某和孩子均受重伤。经调查，警方认定这起事故是由于郭某横穿马路闯红灯造成的。在这起事故中，轿车驾驶人在行驶时疏于观察，负主要责任，郭某违反交通信号灯指示通行，负次要责任。2014 年 6 月 13 日，内蒙古自治区达拉特旗一名男子从公交车上下车后横穿马路，被后方驶来的大货车撞倒在地，当场死亡。经调查，警方认定在这起事故中，死者樊某因为没有仔细观察道路情况便横穿马路，与大货车驾驶员负同等责任。

陈婷婷：那么说到这儿，其实我很想问问大家，我们经常在节目当中吐槽说开车的时候哪些不文明的行为，其实在路上交通的参与者除了驾驶员之外还有很多的行人，那也可以来说一说您平时在路上看到行人违法的行为比较多见的是哪一些，你觉得看不下去的可以今天来吐槽吐槽。

孙杨：今天我们要说的是行人的交通违法，其实说实话各位很多驾驶员来讲，应该对于很多行人违法也是屡见不鲜了。而且也有很多人抱怨我们开车的确实守规矩了，但是有些行人就是不守规矩，发生事故之后都是我们开车人承担全部责任。但是也不一定，如果行人横穿马路，咱们刚才听到的那个事故就是大货车驾驶员和行人承担同等责任。所以有时候我们真要对自己负责，更要对城市的交通来负责。

陈婷婷：你只要走在路上，开车在路上，其实就已是我们大交通里面的一分子，你都应该为自己和他人来负责。那么刚才说到是有什么样处罚的依据，我们行人如果说在路上违法了，会面临什么样的惩罚？

孙杨：我们来听一下。

【同期声】中华人民共和国道路交通安全法第 56 条规定，机动车在道路上临时停车的，不得妨碍其他车辆和行人通行。第 63 条规定，行人不得跨越道路隔离设施，不得扒车强行拦车或者实施妨碍道路交通安全的其他行为。

孙杨：所以我们听过来就发现了，行人在马路上，在道路上、公路上同样也有遵章守法的责任和义务，那么另外如果行人违法同样也要承担责任。

陈婷婷：所以说今天我们大家就来说一说路上行人有哪一些我们常见的比较多的违法行为，您可以来说一说，也可以来给我们的行人来提提意见。想说的是什么你知道吗，刚才说到了礼让斑马线最近做得很好，但是就发现说行人有时候过的时候慢慢腾腾，能不能走快一点。

孙杨：这是慢还好，我经常有时候看见什么，明明前面已经车辆放行了你知道已经是绿灯了，那时候行人红绿灯的话是红灯，我见过中年大叔一边叼着烟一般慢悠悠地往前走，就真的是非常危险。所以各位你可以来通过我们的节目来吐槽了，平时我们都是讲驾驶员哪里不对，今天我们来说行人哪里不对，欢迎各位来给我们通过微信，微信是 WZFM1039，或者是我们的“开吧”去留言，发送文字及语音都可以，今天同样，互动的朋友有奖品送给您。

陈婷婷：是来自温州东华医院，也就是手足外科医院提供的百元加油卡，同时我们这两小时的直播的互动还有我们的热线也是依旧在接听，88901039 欢迎各位接着来拨打。

孙杨：我们的帮帮就灵 1039 节目的热线是 88901039，欢迎各位连续拨打，两个小时全心全意为您服务！今天我们“非说不可”大家会怎么说其实真的是想不到。

陈婷婷：可能还有一些我们还没见到，自己都想象不到的一些行人的违法行为在我们身边发生，说不定我们的听众朋友会分享出来，我们来看一下。“开吧”上各位多点赞，今天点赞量还不够，各位要多多点，每一个朋友不止可以点一个赞，你可以多点几个。

孙杨：今天我们“开吧”上讨论得也非常的激烈，那个“为爱诛仙”我们来听一下。

陈婷婷：你好请讲，hello。

听众：我开车在路上的时候，经常看到一些行人乱穿马路翻越中央护栏隔离带，还有闯红灯之类的。反正我们自己开车的看到他们这样的行为都吓得要死，突然窜出来。昨天晚上还碰到一个家伙，真的是把我吓得直冒冷汗。

陈婷婷：再来看一下另外一位“浮世清欢淡淡一生”。

听众：我以前也开车，怎么说，林子大了什么鸟都有，反正开车大家多注意点多看一点。

孙杨：“深水炸弹”我们来看一下。

听众：如果说开得慢一点的话还能看得见他，上次那个隔离带护栏一下跳出去了，我这开车还没反应过来，直接就撞上去。那个温瞿西路这塘下路口那里哪一天不撞死几个人，就这些直接穿梭隔离带的。

陈婷婷：是真的很危险，就刚才其实大家都说到了，说那种突然在路上窜出来的行人，你真的是开车的时候是防都来不及就特别吓人。这边也有一些朋友说到了，“帅峰”，他说穿越中央隔离带的行人是最危险的。

孙杨：“AA 号”还发了一个视频，他说这些人都插队，我们一会看一下。另外“阿拉丁”也是老听众了，每次发语音。跟“阿拉丁”说一下，您发语音下次一条发完，你这一连续发几条我们听起来很麻烦，我们听一下。

听众：行人违法主要我是觉得闯红灯，斑马线的红灯他闯得比较危险，而且影响后方我们车辆的通行，容易造成堵车。觉得行人的违法跟交警的管理和力度没有和管理车辆那么大有关系，就大家觉得行人弱势嘛没有说特别去管。

陈婷婷：还有刚才新闻事件当中“二农戏猪”他也说了，他说可能这样说有点不好，但是她觉得这老人那音频当中是有点倚老卖老。

孙杨：那么另外还有听众说了，人民路现在很多斑马线改成灯控了，但是部分行人依然我行我素。

陈婷婷：那么今天我们的《1039 非说不可》来吐槽吐槽，说一说您在路上常见的一些最多的行人违法的行为，今天也曝光曝光，接下来马上回复来一起进入。

宣：您的咨询，您的困惑。马上了解，及时反馈。帮帮就灵 1039 马上回复。

陈婷婷:昨天也是有非常多的听众打来热线,我们也有针对地做了一些跟进和反馈,那么再次说一下我们的88901039热线依旧为各位开通,不管是车辆问题还是交通事故方面,只要是涉及交通的,或者是您平时碰到一些需要咨询维权的都可以打我们这路热线88901039。

陈婷婷:那么今天回复的第一个是昨天的赵先生自己买了一辆五菱宏光S,他说在质保期,结果这座椅就有问题,就是海绵一边没了一边还有,然后他说不给保修,那么就给我们打来电话也在吐槽,当时我们分析一下是不是驾驶习惯的原因造成的,到底是人为的,还是说车辆的质量有问题。后来我也联系到了对应的这家4S店是瓯北的东方巨龙,那么我们也来看一看店里的技师是怎么说的。

技师:这车像是个已经快三年了,两年多快三年的车了,它本身车子所以说它是那个海绵插下去的,他可能上车的时候有一个习惯,比如说我们这门打开如果你正常的那样爬上去从中间往下压,它就不会它现在靠近门这边稍微低一点。我是说他是上车的时候一种习惯。也有两年多的时间,发现这将近三年的车压下去也挺正常的。

记者:那它按理说的话是人为的还是说车辆自身的一个原因?

技师:因为我们判断那个就应该是压下去的,因为我们发现的同样在这不止他这一台。能报的到我们也会尽量地给他上报。他是这种情况,你报不到钱的话,我们说从其他地方补偿他一点点可以,但是你坐垫上事情来做文章的话我们确实很为难。

陈婷婷:而且这也可能真的是个人用车的一个习惯造成的问题。

孙杨:我来讲一下,再次重申一下内饰部件包括座椅的话它的质保其实是跟随整车的,如果出了问题4S店同样要承担责任。但难就难在,因为座椅中控包括我们的内饰经常来触碰,包括座椅经常我们的屁股要接触,到底是由于我们一些暴力使用不当造成的,还是本身质量问题,就取证比较难。另外跟各位说一下,你如果家里是真皮座椅确实心疼的话,一方面裤兜里不要放东西,还有说你穿牛仔裤的话开车还是要注意一点,不要蹭来蹭去的,牛仔裤对于真皮座椅损伤非常大。

陈婷婷:刚才其实它也做了一个提醒,有时候有些人坐上驾驶室的时候,他这种很用力地坐下去,其实就会有一些不太好的一个习惯,然后这样子长时间使用的话对于这坐垫就会有影响。

孙杨:另外我们再来说一下上周一个王先生王师傅,他是一辆出租车浙CT3789,说当时10月9号在小南门违反禁止标线压黄线被拍了。说当时为什么压黄线是由于两个骑自行车人突然闯出来,他为了避让所以压了黄线。当时我们连线到了陈章警官,但是他是看了监控了,当时是被举报,然后也看到这照片了,确实有自行车在。但是说找(交警)大队没用,要找交警支队执法大队。那么上周我也帮咱们这位王的哥来协商了一下,联系到了交警支队执法大队大队长张大。那么对这个事情,张大也是经过了一番仔细探讨和仔细的商议，考虑到以人为本，考虑到群众利益无小事，所以也做了一个回馈。我们来听一下张大的声音。

张大：小南路农业银行的门口，门口不是上面那个人行混合道路的，那么这两辆自行车从下面走了，影响了直行车的车道。这辆车确实对出租车的正常直行有影响，我上次给你讲过了，按规定讲你出租车也要慢慢地开，他也在骑行。过了路口么，你在进入规定的车道，但是速度快一点只能是超越自行车。超越的情况下面必须要往外走，他肯定是要越线的这种情况。那么我们也是说有利于我们当事人的这种利益，那么也确实说受到客观上他也受到明显的（限制），在法律规定上它也不允许这么做的，那么综合情况我们认为出租车这里也按照规定处罚他（不太合适），我们觉得也可以从有利于出租车驾驶员的利益角度出发，我们可以把它撤销掉。

陈婷婷：其实这也是个别事情来进行一个处理，那么还是要再次提醒一下我们的出租车司机。虽然说我们路上当事人是为了紧急避让，那么平时像很多的司机为了多拉快跑么，就车速会比较快，那么我们还是希望大家开的时候稍微地可以慢一点稳一点开车。这样在紧急制动的前提下，你会有一个预留的时间给自己。

孙杨：就是千万不要听完之后觉得那我要以后我都可以以避让行人为借口，我就可以随便违章，千万不要这样想。因为首先就咱王师傅确实他照片里可以看得出来有自行车在，另外的话也经过我们的一个努力协调，那么其实刚才张大也讲到了，其实不允许王师傅这样做，也是酌情帮他处理的。当然情况我们还是那个意思，说的哥过来找我们都把他当成咱们自家人帮您解决，所以情况跟王的哥讲了之后他也表达了自己的感谢。

王师傅：后来打了节目了之后，然后在你们的大力努力之下，违章也得到了顺利的解决，反正违章也确实挺冤枉的。你们这边也伸张正义了，也十分感谢 1039，十分感谢大杨和小婷这个节目，然后他那边就直接给清除掉了。

陈婷婷：事解决了，所以还是希望我们的的哥的姐们在路上开车的时候一定要文明行车，除了说提高我们的服务质量之外，安全行车也是非常重要的。

孙杨：我们的节目叫《帮帮就灵 1039》，我们电话是 88901039。有任何的投诉、咨询、帮忙、求助、曝光、维权都可以拨打过来。我们导播正在导播室接听各位电话，另外微信及“开吧”也保持节目的互动。

单位：温州广播电视传媒集团交通频率

作者：孙杨、陈婷婷

播出时间：2017 年 12 月 1 日

《帮帮就灵 1039》播音主持评析

倪琦珺

《帮帮就灵 1039》是温州交通广播 2017 年下半年推出的一档服务类节目。本次听评的是主持人孙杨、陈婷婷 2017 年 12 月 1 日的节目录音。所谓的服务类节目是指广播服务类功能的具体化、形象化和专业化，即对人们的工作学习、衣食住行、卫生健康等具有实用意义和指导意义，能提供某种具体服务。简单地说，生活服务类节目是为社会生活、卫生健康和流通领域等方面的服务而设置的节目。因此相对来说，它与受众间的距离最亲近，也最具有人文关怀、温情鲜活。如何做好服务类节目对主持人的要求很高，孙杨和陈婷婷在本期节目中表现出了优秀主持人该有的专业能力和业务素质，主持风格亲切，配合默契。以下是收听后的几点感受和建议。

做好广播生活服务类节目，准确定位至关重要，这是节目生存和持续运行的依据。《帮帮就灵 1039》节目定位准确，节目主持人对节目的服务宗旨、服务特点、目标受众、节目板块、主持风格等方面都有准确的定位。

一、内容实用，服务受众

听众收听服务类节目是为获取各种生活信息、得到具体服务和提供帮助，因此实用性是关键。《帮帮就灵 1039》节目由《1039 大家帮》《非说不可》《马上回复》等板块组成，设立的“帮忙”小板块《1039 大家帮》在为受众提供生活类信息外，还为听众搭建服务平台——货物买卖、生活咨询、寻医问药等，为受众答疑解惑、排忧解难。服务精准，实用性强，生活气息浓郁。

二、目标受众定位准确，主持人语言表达得体

收听环境和收听方式的变化，使生活服务类节目的目标受众人群不单有弱势群体，还包括文化程度较高的知性人群。《帮帮就灵 1039》两位主持人说得有道理、有味道、有文化，满足了文化程度较高的知性听众的收听要求。从年龄角度来说，服务类节目的受众一般以中老年人为主，他们有丰富的生活经验和社会阅历，两位主持人接地气，不高调，通俗真诚又有一定分量，这让有丰富生活经验和社会阅历的中老年听众获得了良好的收听体验。

三、主持风格自然真诚

主持人是栏目形象的标志，服务型节目的性质又决定了主持人的特定风格，在突出个性化主持的同时，做到全面细致、亲切自然、真诚热情，有较强的亲和力和对象感，忌“语不惊人死不休”的表达方式，娓娓道来，循循善诱。亲和力来自通俗易懂的语言、和蔼可亲的态度和浓郁的人情味。温州交通广播的《帮帮就灵1039》节目之所以能在这么短的时间内被听众认可和喜爱，主持人孙杨、陈婷婷渗透在节目中的亲和力及人情味，将自己的真情实感通过声音传递给受众，是很重要的因素。

四、两个小建议

一是节目中郑先生的求助是否合法合规。

“郑先生：收音机前的听众朋友，大家下午好。我家里现在正在装修，我家阳台需要一个宽为5米、深度为2米户外的墙体上的固体雨篷。”

在家中搭建雨篷是否符合城市管理规定？小区物业是否允许私自搭建？郑先生家住几楼，雨篷是否会给他人造成麻烦或者风险呢？如果能将这些因素考虑进去，会使节目更严谨。

二是节目主持人语言表达的准确性。直播节目两位主持人语言表达已经很好了，咱们精益求精，有些词语和句子存在用词不准确或者病句情况。希望可以在组织语言的过程中，再努把力，做到准确表达，更通俗易懂。

生活服务类节目是最接地气的节目，在价值观念多元化的今天，主持人要不断提升自我素养，在表现形式、风格形成、交流意识等方面做到导向正确、定位准确、服务精确，节目才能适应当今社会发展潮流，吻合受众需求，焕发新的更长久的生命力。

电视主持

温州90后:标签之外的感动

本期嘉宾:

陈玉臣(陈莹丽老师父亲)

蔡甜甜(浙报集团《乐清日报》记者)

谢晓晓(乐清市大荆镇镇安学校教师)

曾伟(市政协办公室副主任)

贾令厨(鸥海新桥中心幼儿园园长)

刘力丹(市政协委员)

徐立新(市政协委员)

雷本科(市政协委员)

池旭明(市政协委员)

夏明燕(温州市临江小学校长)

吕朝晖(中共温州市委宣传部副部长、市文明办主任)

薛涵拓[国网浙江乐清市供电公司检修(建设)工区输电运检班员工]

章坚勇[国网浙江乐清市供电公司检修(建设)工区副主任]

蔡起要(国网温州供电公司输电运检室副主任)

白炳兴(中共温州市委教育工委专职副书记)

邱智强(共青团温州市委副书记)

吴宝兴(国网温州供电公司变电检修工)

卢子涛(国网温州供电公司输电运输室员工)

张均(温州市职业中等专业学校教师)

黄淑贤(共青团乐清市委书记)

潘林昶(市政协委员)

卢晓琪(乐清市大荆镇镇安学校毕业生 陈莹丽老师学生)

主持人:观众朋友你们好,欢迎收看本期的《政情民意中间站》。说起90后,您脑海当中浮现的形象是什么样的?最近我们两位温州的90青年,可以说刷新了大家对于90后的印象,那么首先引起我们关注的,就是乐清90后乡村教师陈莹丽,让我们通过一个短片先认识她。

【短片一】

【配音】往返 120 公里，这段路是陈老师生病之后每天上课的必经之路。8 月 11 日下午，记者驱车前往陈莹丽老师生前任教的乐清市大荆镇镇安学校，这所距离乐清市区还有 50 多公里的乡村学校，希望能在这里寻找她生前的印记。接近一个半小时的车程，记者来到了这所被群山包围、农田环绕的乡村学校，他们的保安师傅听说记者是来看看陈老师曾经工作的地方，便把记者迎了进来。三楼的七年级和九年级是陈老师曾任教的班级，整洁的讲台和课桌椅，教室里还随处可见陈老师生活的痕迹。

保安：6 月 14 号最后一天吧，从 1 点钟把她送回去，她走路都扶着墙走过去，感觉她挺疲劳的。

【配音】陈老师的办公室位于她任教的七年级教室旁，整齐的办公桌上，放着她给学生批改的作业、教案和她的电脑，最为明显的还是那口她用来喝药的炖锅和解苦的梅子。在陈莹丽老师手记上，记者仿佛看到了一个还没长大的小姑娘，满页纸的漫画配文字，是她对待生活的记录方式。爱漫画和偶像，山里的蚊子是大魔王，然而让人无法相信的是，这个天真烂漫的小姑娘，在今年的 3 月被确诊了肝癌，在面对学校找不到代课老师，九年级的学生即将面临中考的关头，她选择了返回学校，为孩子们上完最后一堂课。

金峰（乐清市大荆镇镇安学校校长）：3 月份的时候她打了一个电话给我，因为身体不舒服要到乐清去检查，要请假。

陈莹丽同事：6 月 14 日上完最后一节课，她就一直躺在病床上起不来了，但是 6 月 26 日的时候，因为必须要交那个转正的表格嘛，她就硬撑着身体过来的，因为教师是她的一个梦想。然后我们是 14 日去看她的，去殡仪馆，我们那时候再见她，只见到她的一张照片了。

【配音】我无法想象陈老师是如何被病痛折磨，如何面对死亡的恐惧，但是她却丝毫没有把这一切透露给她的学生。表格，缺席的毕业照。7 月 13 日，陈老师走了，离开了她最爱的学生、家人和她的三尺讲台。

卢晓琪[乐清市大荆镇镇安学校九(1)班学生]：今年中考我考了我们年级的第一，现在被乐清的重点中学录取了，我想如果陈老师在的话，她一定会非常高兴的。

陈玉臣（陈莹丽老师父亲）：在我眼里最让我感受深刻的还是，莹丽回来叫我一声老爸。

郑友松（陈莹丽的小学老师）：昨天刚好是我退休的日子，好多人问我有什么遗憾，我觉得唯一的遗憾就是我的学生不在了。

主持人：随着各大媒体的报道，陈莹丽老师的事迹感动了很多很多人，那么她在近段时间也成为网络关注的一个焦点，所以在我们今天活动的现场，我们也特地设置了一个网络互动席，由我们《逻眼看温州》的90后主播珊珊，来为大家实时反馈网络上关注的情况。

何珊珊(网络互动区主持人)：大家好，我是珊珊，我们刚才在百度搜索栏上看到关于陈莹丽老师的词条搜索量已经达到了近10万条，人民网关于陈莹丽老师的专题报道，阅读量也是超过了千万，留言更是不计其数。在今天节目的录制过程中，我们将会适时地关注网络上有关陈莹丽老师以及温州90后的留言和信息评论，我们先来看一下几则网友的观点。网友"可爱到爆炸的锅"说，只是天堂需要老师了吧，她估计是去给小天使们上课了。网友"老周"留言说，非常心痛，我很想知道，一位90后的小姑娘为什么对于生死会有如此豁达的看待？为什么她会把给孩子们上课看得比自己的生命还要重要？

主持人：的确，很多人为陈老师的离去感到心痛，为什么陈老师的离开会令那么多人动容？在父母的眼中，她又是怎样的一个人？在病重的最后时刻，她在考虑的又是什么？现在坐在我身边的就是陈莹丽的爸爸。陈爸爸您好，能不能告诉我您是什么时候知道莹丽得了这个病？

陈玉臣(陈莹丽老师父亲)：是从今年的3月24号，早晨大约4点多钟。

主持人：您的女儿这么年轻，您当时敢相信这样的一个结论吗？

陈玉臣(陈莹丽老师父亲)：不敢相信，也不想相信。

主持人：莹丽当时有知道自己真实的病情吗？

陈玉臣(陈莹丽老师父亲)：她不知道，我还不告诉她，(我跟她说)医生说没事，一点事都没有。

主持人：莹丽后来什么时候知道的？

陈玉臣(陈莹丽老师父亲)：她可能是4月中旬到5月份。

主持人：当时回学校上课了吗？

陈玉臣(陈莹丽老师父亲)：在上海回来，她在家里没待几天，就上课去了，金校长打电话跟她说，代课老师都找不到，九年级那个班级中考了，因此她一听到这个话，就直接答应金老师。

主持人：金校长根本就不知道当时莹丽已经得了这么重的病？

陈玉臣(陈莹丽老师父亲)：金校长也不知道，对，我也没告诉她，因此我们不怪金校长。

主持人：当时您女儿一定要返回学校去上课，作为父亲(您是怎么反应的)？

陈玉臣(陈莹丽老师父亲)：我是不让她去，她妈妈也不让她去的，我不让她去，她就跟我急，差点吵起来了。

蔡甜甜(浙报集团《乐清日报》记者)：像刚才陈爸爸说，猜测莹丽可能4月中旬才知道病情,我第一天采访是7月14日那天,就是她过世的第二天,到了她家里面采访,我看到她记事本里面写了两段话。有一段话她说,拿了验血报告单,甲胎蛋白超过两千,医生没有跟我说什么,就留了爸爸,我心里知道是什么情况的,我肯定得了肝癌,而且有可能是中晚期,不好的那一种。然后她有一段心理描写,她说在回来的路上,就不知道该怎么办,外面的太阳还很好,晒在马路边,她坐在车里,透过车窗往外看,想着以后可能就不大会有机会看了。然后她还有一段文字,她说,我知道妈妈这几天一直都没有睡好觉,她说我该怎么样做才能够让她放宽心。

主持人:我们感觉到,莹丽好像有一种超越她自己这个年龄的一种承受和担当。我们说,即便是一个饱经世事的老人,在面对如此巨大的疾病打击的时候,可能都会一夜之间崩溃,但是莹丽却能够去承担起这么大的一个压力,而且去继续完成她自己认为最值得做的一个事情。我想陈老师的事迹的确是令我们肃然起敬,让我们为陈老师鼓掌。接下来我们来看一下我们的网络互动席方面,有哪些观点值得我们关注。

何珊珊(网络互动区主持人):此刻在我们《政情民意中间站》微信公众号等几个相关的网络平台上看到,很多人为陈老师的事迹落泪和点赞,我们一起来看一下。网友“大树1986”说,美丽的姑娘,你感动到我了。网友“镜中缘”说,只有真正喜欢学生的老师,才会有这样坚定的选择,给陈老师点赞,向陈老师致敬。还有一个网友说,一个90后的小姑娘,为什么会这么成熟?在平时的生活工作状态当中,她又是怎样一个性格的人?

主持人:刚才这位网友的这个问题,其实也表达了很多人的关注,就是陈老师她在日常生活当中,到底是一个什么样的人?我们先来问一下陈爸爸,您的二女儿是一个什么样的人?

陈玉臣(陈莹丽老师父亲):我女儿绝对是很坚强的一个人,想做什么事她必须得做到。

主持人:然后我想作为同事来讲,在你们的眼中,陈莹丽老师是一个什么样的人?

谢晓晓(乐清市大荆镇镇安学校教师):对于学生,我觉得她是非常负责、认真和爱学生的,像我们七年级的同学,你说作为一个新班主任,她是不好去管理的,但是她也有自己的一个方法,我们有一个词叫良师益友,我觉得真的是很贴切(地形容)他们的关系,可能比这个(关系)还更好。

主持人:在你眼中,莹丽是一个很适合当老师的人。

谢晓晓(乐清市大荆镇镇安学校教师):我觉得应该说她喜欢当老师,所以她成为了一个让大家觉得她就是适合当老师的人。

主持人:我相信这点,陈爸爸肯定非常的有感触,莹丽喜欢当老师。

陈玉臣(陈莹丽老师父亲):她从小学一年级的时候,就是想当老师,从大学里头学的、报考的都是师范一类的大学(和专业),大学毕业回来考试,考了三年,就是去年,终于考上了,考上(教师编制)。

主持人:她考上以后,反应是怎样?

陈玉臣(陈莹丽老师父亲):很高兴的,我们全家都为她高兴。

主持人:她这个梦想终于实现了。

陈玉臣(陈莹丽老师父亲):对,这个梦想终于实现了。

主持人:当时她考上的(乐清市)大荆镇镇安学校,实际上(乐清市大荆镇)镇安学校作为一所学校来讲,(地理位置)还是蛮偏的,挺远的。

陈玉臣(陈莹丽老师父亲):对,我也告诉她,我也跟她说了,我说那么远,你很辛苦的,她说没关系,老爸,我不怕苦。

主持人:那我们今天看到,卢晓琪,作为陈老师的学生,来到了现场,刚才谢老师也提到,说陈老师好像对于调皮的孩子特别有办法,这个你有感受吗?

卢晓琪[乐清市大荆镇镇安学校九(1)班学生]:有,因为每个班一定会有不太听话的学生,但是上她的课,基本上全班同学都会很认真地听,她下课的时候,跟我们就像我们的同龄人一样,跟我们玩,但是上课她的管束力是很强的。

主持人:我想问一下甜甜,在你的印象当中,在你的采访当中,你能不能给我们画一幅素描的陈莹丽老师的画像。

蔡甜甜(浙报集团《乐清日报》记者):她具有很多90后年轻人身上所具备的性格特点,可是还是能看出来,她的心里面是很牵挂着学生的,很喜欢学生。

主持人:陈老师是一个典型的90后,她有很多90后都有的这种特点,同时她更有对于事业的,对于教育事业的一份执着,一份追求,一份梦想,接下来我马上到我们的网络互动区来看一看,现在网友们都有一些什么样的意见和观点。

何珊珊(网络互动区主持人):网友"沉默在装糊涂"说,我也即将成为一名老师,考了多少试,顶了多少压力,希望在大山里和孩子们一起愉快地成长,希望这位老师在天堂,有一群可爱的小天使孩子们。另外在网络信息当中,我们还看到了省、市委领导对于陈莹丽老师事迹的肯定。7月28号,省委书记、省人大常委会主任车俊,对乐清市90后乡村教师陈莹丽的先进事迹作出了批示,他指出,陈莹丽虽然是一位年轻的教师,但她用有限的生命,阐释了对于教师这份职业的热爱,对学生无私的关爱,让人肃然起敬。7月19号,省委常委、温州市委书记周江勇作出批示:确实感人,宣传部门应该组织力量,广泛宣传,教育部门应该组织教职员工,认真学习先进事迹。最近,陈莹丽老师还被追授"省级优秀教师暨浙江省中小学生师德楷模"称号和"浙江青年五四奖章"。

主持人:好,谢谢珊珊,其实不难看出,陈老师最后选择留在讲台上,为学生们上完最后一课,是她自然而然的由衷的选择,因为她热爱三尺讲台和她的学生们,而她的这份选择又感动了非常非常多的人,最近陈老师的事迹宣讲活动分别在省市县各级进行,让我们继续来看下面这个短片。

【短片二】

【配音】近日,陈莹丽老师的事迹报告会在温州市、乐清市、浙江省人民大会堂分别进行。报告会上,陈莹丽的父亲、同事、学生等五人,以真实的描述、细微的刻画,生动地讲述了她的生平事迹。

陈玉臣(陈莹丽老师父亲):老爸老爸,我回来了。

卢晓琪[乐清市大荆镇镇安学校九(1)班学生]:曾经有那么多次惹她生气,让她失望,但她始终没有放弃对我们的期待。

【配音】来自省市县各级的机关干部、教师、学生等社会各界代表,不少都为陈老师的事迹红了眼眶。

观众:她就是一直在坚守,一直想要实现自己的理想,哪怕是到山村的一个学校,她也觉得没有关系,只要是能够教育孩子,能够教学生,她都可以,我觉得这一点真的非常打动我。

观众:她是真的是在最短的青春里绽放最好的光芒。

主持人:其实我看到刚才我们在讲述陈莹丽老师事迹的时候,我们现场很多嘉宾都泪湿眼眶,所以,我也想问一下大家,陈老师感动大家的是什么?

曾伟(市政协办公室副主任):我那天也是在现场聆听,首场报告会,我跟大家一样,也是几度哽咽,确实非常感动,令人敬仰。陈莹丽只是一个普普通通的乡村女老师,从教时间也不长,究竟是什么样的力量在支撑或者说是在激励她这种不朽的行为,我想,刚才通过节目的访谈,也通过这几天的报道,大家跟我一样,都找到了答案,那就是陈莹丽老师身上的这种大爱无痕,乐观、自信,尤其重要的是爱岗敬业,无私奉献,用她自己有限的生命去诠释对教师这份职业的无限热爱。

贾令厨(鸥海新桥中心幼儿园园长):陈莹丽老师她的爱岗敬业,她的乐观和执着值得我们,不光是90后,也是我们所有的老师学习。

刘力丹(市政协委员):刚才听陈莹丽老师的故事,我觉得也是非常感动,无论哪个年纪的年轻人,他都是有梦想的,为这个梦想怎么去追求,在自己的病情和孩子的人生转折点上面,她无私地选择了后者,我觉得这就是我们新一代的年轻人在选择梦想,给我们做的最好的诠释。

徐立新(市政协委员):现在我们好多的90后,不是像社会上所说的那种,经不起风浪,她用自己的行动给我们的90后树立了榜样,其实就是一种对岗位的敬重,对职业的爱。

雷本科(市政协委员):刚才陈爸爸讲到,陈莹丽老师花了三年的时间才考上教师,我想到两个词,一个是坚守,一个是坚韧,乡村教师的坚守、坚韧是点亮乡村教师红蜡烛的最可贵的精神品质。

池旭明(市政协委员):陈老师以她的坚强、乐观和责任担当,诠释了我们新时期人民教师的一种职业精神,的确是值得我们学习的楷模。

观众:在我的脑子里面,我心中的陈莹丽老师,她是选择了奉献,铸就了美丽,她这个选择的背后,真的是她从小有志气,而且实现了这个愿望,令我非常的感动。

夏明燕(温州市临江小学校长):其实说真的,当一个人真的要面临自己的生命只有最后这几个月的时候,我看到她对父母的爱,对身边同事学生的爱,以及自己的这种非常勇敢,没有懦弱的一面,所以我感觉,今天以 90 后为主题,坐在这里,让我感受到我作为 80 后,我也很想说,祖国的未来是充满希望的,有那么一批优秀的 90 后、80 后在那里,这是让我很感动的地方。

主持人:好,我们来问一下,我们的三位观察员,先来问一下吕主任,了解到陈莹丽的事迹之后,您有什么样的感触?

吕朝晖(中共温州市委宣传部副部长、市文明办主任):大家都觉得 90 后的孩子(被)打上标签,很多人认为 90 后孩子是被宠的一代,他们有的是有个性,有的也是比较张扬,有自己的想法,但是从陈莹丽老师这批孩子身上看到的 90 后,她自己内心的这种坚守奉献,她的自觉的行为,这点我觉得是我们整个社会对 90 后一个重新的认识。特别最近乐清供电局的张思远,也是一个 26 岁的小伙子,在岗位上因公殉职,也在岗位上默默地奉献,诠释自己的行为,诠释自己的价值。所以我觉得温州这一个城市,我们需要有这么一批充满正能量的 90 后,来为我们温州的精神文明建设,从温州的大爱、温州的道德高地上面,在发挥他们灿烂的一面。

主持人:刚才吕主任提到了 90 后的青年张思远,确实这段时间张思远的事迹也引起了很多人的关注,那今天我们也准备了一部关于张思远的片子,我们来看一下。

【短片三】

配音:坡度超 60(度),杂草高 2 米,这条原本没有的路,就是张思远生前走过的最后一段巡查路,而这样的山路,他已经风雨无阻走了三年。8 月 9 号,大雁线 35 千伏高压输电线路发生接地故障,如无法及时抢救,将影响雁荡地区 2 万多用户的日常供电。接到任务后,早上 7 点,张思远便和两名同事深入大雁山,准备抢修电路。

赵旭昇(张思远生前同事):雁荡那一片的话,它山高林密,那些杂草都是一人多高,半人多高,这是很常见的,一钻进去的话,潮湿、闷热的天,条件会更加的艰苦。

【配音】山崖陡峭,道路崎岖,从山脚走到电力铁塔就需要一个多小时,杂草丛生的山路上,甚至要带镰刀,才能开出一条前进的路,在山上走了 4 小时后,抢修小组顺利完成了电力线路两座基塔的故障特巡工作,这时,意外发生了,由于天气炎热,一位同事中暑了,需要尽快送医。

何合彬(张思远生前同事):我跟他说怎么样不舒服,他就帮我刮痧,处理了一下,然后就让我先休息一下。

【配音】为了让同事尽快就医,张思远在为他进行简单处理后,独自下山寻求帮助,没想到这一去却成了最后的永别。当晚7点,在约200名救援人员近4个小时的全力搜索后,失联近6个小时的张思远被发现在12号电力塔附近,已无生命体征。

林鹏[乐清市供电公司检修(建设)工区输电线路班班长]:巡视设备、相机,包括我们的一个测距仪,还有笔,还有本子,然后看到他人是抱着巡视设备的。

【配音】在生命的最后一刻,张思远依然不忘把自己的工具包紧紧抱在怀里。得知噩耗后,他的家人、亲友都不愿意相信这个阳光帅气的90后男孩就这样倒在了他热爱的巡线岗位上。在父母心里还有些孩子气的张思远却是同事眼中稳重踏实的好青年。入职三年来,他跋山涉水,徒步寻线2000多公里,发现路线隐患并拍摄照片100多张,整理巡线记录200多页。这张张思远用生命拍下的线路图,记录了他工作的最后一个场景,他用自己年轻的生命,践行了一名共产党员的担当。

主持人:其实我们能感受到最近的天有多热,在这么热的天,张思远和他的伙伴们一起走4个小时的山路进行巡线,这种高强度的艰苦的工作,没有执着的精神,恐怕很难坚持下来。那今天来到我们现场的就有张思远的同班组的同事,我们先来认识一下薛涵拓,当你听到同事张思远的噩耗之后,你当时的心情是怎么样的?

薛涵拓[国网浙江乐清市供电公司检修(建设)工区输电运检班员工]:非常的悲痛,完全不敢相信,跟我一起工作了两年的伙伴,好同事,好战友,我再也见不到他了。

主持人:你怎么评价你的这位战友?

薛涵拓[国网浙江乐清市供电公司检修(建设)工区输电运检班员工]:他让我非常感动的一点就是,我们发现他的时候,他是紧紧抱住我们的设备,抱住我们的相机,相机里面保存了他就是工作当中拍下来记录下来的照片,这些对我们的工作来说是非常珍贵的资料。

主持人:如果没有你们这样的巡线会怎样?

薛涵拓[国网浙江乐清市供电公司检修(建设)工区输电运检班员工]:如果说我们没有去巡线,没有及时发现故障,很有可能就会导致这条线路一直处于一个故障的状态。

主持人:就大面积地会出现停电的情况,而且我们可以想象一下,这么热的天气,如果我们出现停电,会是怎样的一个灾难。所以你们是以这样的一份对于事业的这种坚守,来维护一方的电力的平安。

薛涵拓[国网浙江乐清市供电公司检修(建设)工区输电运检班员工]:是。

主持人:想问一下,你们班组里面有多少90后?

薛涵拓[国网浙江乐清市供电公司检修(建设)工区输电运检班员工]:一共是3位,包括思远,我们班组一共是6位。

主持人:六位,有一半是我们的90后青年。

章坚勇(国网浙江乐清市供电公司检修(建设)工区副主任):我们总共线路班6个人,那么维护的线路,35000(千伏线路)就是100多公里,这是直线距离,都在山上面,那接下来应该是110(线路)、20(线路),总共994公里(线路),就靠我们6个人,我们起床的时候大家都在睡觉,那么我们回来的时候大家都在家里吃饭,(天色)都是漆黑一片,回到办公室里还要做,今天巡视的照片、资料,如果发现问题,我们还要到现场去。他父亲跟我说了一句,他每天24小时都在待命,有一次去了亲戚家里吃饭,他拿了一个包,他父亲问,你去吃饭拿着这个包干什么,(他说)万一有电话我随时可以出去。

主持人:其实通过您的讲述,我们能够感受到电力巡线工人的这种辛苦,以及你们的努力所具有的巨大的意义,让我们以热烈的掌声来向我们的电力巡线的同志们来致敬,谢谢你们。接下来我想问一下蔡起要,刚才我们了解到,像我们现在一个班组里面有一半的是年轻人,那么现在在我们基层一线工作的,像我们电力系统有多少年轻人,多少90后?

蔡起要(国网温州供电公司输电运检室副主任):我们现在温州供电公司可能像张思远这样的90后员工有近600人,基本上都扎根在基层一线,也是我们生产的一个生力军,这批年轻人学历比较高,知识面也很广,素质很好,他们现在在我们的电力系统都能够很沉下心来,认真地开展一些工作。这些高压输电线路大家也看到,基本上是位于高山上面,所以我们也避免不了老是要在这些深山老林里去行走,我们夏天走在里面那种潮湿、闷热的感觉,可能只有亲身体会过的人才能有(感触),我们在巡线的过程中,被这些路边的野狗追,被这些蛇虫咬,被马蜂蜇,但是我们这批电力(系统)的90后的生力军真的很好,他们也能很快地适应我们这种恶劣的工作环境。

主持人:所以如果有人说90后很娇气,你是不同意的?

蔡起要(国网温州供电公司输电运检室副主任):真的不同意,我们这批90后,他们是我们绝对的生力军。

主持人:谢谢您。我们来问一下,我们来自温州市委教育工委的白书记,我想问一下,现在在我们教育系统里面,90后的教师有多少?您这里有数字吗?

白炳兴(中共温州市委教育工委专职副书记):我们全市专职教师现在有10万

（人），其中 90 后的有 14800 名，约占 15%，以后可能这个数字还会扩大。

主持人：那么从您的角度来观察、来考虑，那您觉得现在我们的 90 后教师们整体的形象给您一个什么样的印象？

白炳兴（中共温州市委教育工委专职副书记）：90 后现在给整个社会的（印象），大家认为（他们）都是物质生活很丰富，世界也很和平，在这样的社会经济发达的环境下，好像是温室里面的一个花朵，经不起风吹雨打。

主持人：感觉是被宠坏的一代？

白炳兴（中共温州市委教育工委专职副书记）：然后可能还有自己的个性，比较张扬，甚至还有好像以我们传统（观念）来说，还有点儿非主流的意识，但我自己（的观点）认为，90 后他有自己的执着和追求，他的个性往往也并不是体现在不好的一面，正因为他有他的个性，他有他的执着，他的追求，所以才造成我们现在很多好的这些现象。包括现在这位陈莹丽老师也好，我都佩服她两点，一个是爱岗敬业，爱心，责任心，还有一个是乐观豁达的生活态度，这两点来说，在很多我们这个 90 后里面，我觉得这个应该宏扬，一个是对事业的执着，第二个是对生活的态度。

主持人：谢谢白书记，我们来问一下邱书记，您觉得从他们身上，您看到了一些什么？

邱智强（共青团温州市委副书记）：从他们身上我们看到 90 后，他们除了自己个性鲜明，他们性格率真，但同时他们积极向上，阳光，率真；另一个方面，90 后他们也一样，他们在自己的工作岗位上，他们也坚守一线，扎根基层，真正地以自己的行动诠释他们自己的一个价值与追求，所以说我们应该为我们温州的这一代 90 后给予点赞。

主持人：是的，其实原来我们一直担心 90 后会怎样，会怎样，其实当他们逐步步入社会的时候，我们发现，其实他们不仅很好，而且还有很多优于我们之前的这几代人的这种新的特性和特点。他们对社会的进步发展来讲，让我们充满期待，所以这段时间我们也看到，从团委系统的省、市、县，团组织都在积极发动，希望把陈莹丽的事迹、张思远的事迹通过各种方式，让更多的青年去了解，去看到，让他们看到我们 90 后青年这种积极向上的特别值得去关注的特质和特点，那我们此时此刻乐清的相关团组织也在开展关于陈莹丽和张思远事迹的一种大讨论，我相信此刻，我们相关的讨论的一些观点可能已经汇聚到我们的这个平台上了，是吗？珊珊。

何珊珊（网络互动区主持人）：是的，我们下面马上来看一下青年代表发来的观点。青年教师南戴琳说，职业精神是一种征服人心的美德。他们正是用品行诠释崇高的职业精神。天成街道团委副书记说，我们都应该始终保持对工作的热爱，每一份简单的工作都可以释放出巨大的价值。乐清国税局团委书记说，当今多元化社会，给青年人的理想实现增添了无穷的可能，但不管时代如何变迁，在其位，谋其职，尽其责，应当是我们每个时代青年人永恒的功课。陈莹丽其实就是你我中的一员，而同样作为90后他们带给我们的正能量也应当由我们继续带给更多的人。青年企业家朱寿海说，我们倡议大家理性爱国，理性爱国最好的表现就是在各自的岗位上做出最大的努力，我们爱岗敬业就是爱国精神的体现。同时我们也看到很多网友的观点，也在陆续地汇集到我们的平台上，我们接着来看。网友"爱拍照的上班熊"说，中国的伟大，正是因为有很多很多这种平凡而又不平凡的人。网友"肉内不吃肉"说，都说我们90后非主流、矫情、不会吃苦，其实标签早就该换了，有的时候我们不在乎赚多少，我们在乎的是自我价值的实现。其实刚才那位网友的观点也道出了很多我们90后的心声，不可否认，90后正在逐渐地步入社会，担起着推进社会进步的重责，请相信我们，我们一直在前行。

主持人：谢谢珊珊。所以接下来我们也想问一下现场的各位嘉宾，关于90后，你们还有什么特别想说的？

吴宝兴（国网温州供电公司变电检修工）：学习了这些事迹，感觉非常的惋惜，但是更多的是带给我一个震撼，有时候我们可以发现有这么一群电力人，他们用一点一滴的汗水，然后用百分百的热情来服务到我们大家，不管是刮风下雨或是严寒酷暑，他们有时候可能放弃跟家人团聚的时间，是因为他们知道选择了我们这个电力的行业，就选择了担当和责任。那在这里我也跟大家分享一句话，是我一个老师傅跟我说的，他说我们可以有平凡的岗位，但是我们可以选择不平凡的人生。

卢子涛（国网温州供电公司输电运输室员工）：我也是一名90后的巡线员，其实感觉大家对90后都有一种偏见，都说我们是蜜糖里成长的一代，温室里成长的一代，长大以后，到了社会肯定被风吹垮，被雨打趴。其实，虽然我们都很有想法，很有主见，但就是因为这种想法，这种主见，在我们工作之后，走入社会之后，我们能更好地接受新的事物，我们有自己的坚忍，也有我们的坚持。就像我们可以把三尺讲台当作我们成就梦想的舞台，可以把上山，把茂密的草丛，当作我们锻炼自己的一个路。所以说请你们放心好了，经过这种风吹雨打，我们90后才能成为社会的中流砥柱，我们以后才能把我们的社会建设得更加美好。

主持人：谢谢，90后以我们自己的行动，为我们自己证明。

张均（温州市职业中等专业学校教师）：刚刚说到标签，因为我是一名80后，当初说我们是垮掉的一代，然后到了90后也是有标签的，任何一个偏见或者是这种标签，可能都是我们基于自己目前认识所给他们的一个烙印。但是，作为我们教师来说的话，实际就像陈莹丽老师一样，她最可贵的其实在我看来，并不是说她将她的知识传授给了学生，因为知识可能会更新，但是在我们和学生这种共同沟通交流的过程当中，我们传递给他的价值观，我们传递给他的信念，这个才是我们作为每一个教育者所应该更加珍视的地方。我们要用我们的真心，用我们自己对学生的爱，来让学生感受到他自己对于社会他肩上的这种责任。

黄淑贤(共青团乐清市委书记):刚才大家也谈到了现在90后都已经步入了这个社会,所以我觉得从陈莹丽还有从张思远两位同志的身上,我觉得他们用自己感人至深的行动向大家证明了,向这个社会证明了,90后他们懂得生活,懂得爱人,懂得担当。

潘林昶(市政协委员):其实每个职业它都有每个职业的不同的艰辛,也不需要每个职业都一定要舍生取义,都一定要豪言壮语,我觉得你要关注的是什么呢?是甘于奉献的这种情怀,还有就是责任与担当的这种正气,我觉得这个是每个职业、每个岗位都要坚守的一份执着。我这里也引用一下《中国人民警察警歌》前面开始的一句话,我觉得挺好的,"伟大的祖国赋予我使命,复兴的民族给予我力量,忠诚的道路浴血荣光,英雄的足迹越走越长"。

刘力丹(市政协委员):我想从80后以后,一直是有标签的,这个标签是随着我们的社会经济发展以后而带来的,那我今天听到陈莹丽老师和张思远的故事,我就觉得这个标签是留给孩子们的生活的,我们生活越来越好,我们说孩子在蜜罐里长大,这是社会发展不可避免带来的,但是我们在教育的过程中,给孩子传递的价值观、人生观一直是没有变化的。无论是70后、80后、90后,今天陈莹丽和张思远给我们传递的就是一直没有变的,在对孩子教育的这个价值观和人生观的呈现上面,给了我们非常非常好的证明。标签是这个时代的生活做的一个记号,但实际上他们身上所折射出的青春精神一直是没有变化的。

主持人:然后,我们再来问一下,吕主任,刚才我们谈到,其实90后他们也在以自己的行动为自己证明。对于现在的90后们,您有什么样的观察?

吕朝晖(中共温州市委宣传部副部长、市文明办主任):我觉得现在90后确实他有他的非常鲜明的特点,所以,社会在发展,时代在进步,各个时代都需要有特征的青年人的涌现,特别是今天我们一起来重忆陈莹丽老师,今天也点赞我们乐清的张思远这个小伙子,这些就是我们身边的一些好的标杆与典型,既要为他们的这种典型事迹来点赞,我们更需要他们的事迹引领更多的90后的年轻人,甚至00后的年轻人,为我们这个时代奉献他们的力量。

主持人:好,那么这边我们想把话筒再递给卢晓琪,作为00后,今天听我们在讲90后,你有什么样的感触?

卢晓琪(乐清市大荆镇镇安学校毕业生、陈莹丽老师学生):他们比我们年龄更大,我们跟他们相处,生活比他们更加安逸,所以他们的精神也是我们要学习的,特别是我的老师,我是她的学生,是跟她真正接触过的,我觉得她生命的最后的那段时光,给我们上了人生中非常重要的一课,我们的未来也要像她一样,坚守自己的梦想,为社会做出自己的贡献,因为人生是短暂的,但是生命的价值是靠我们自己发挥的。

主持人:习总书记说,中国梦是我们的,同时更是年轻一代的。中国梦的实现也更加要靠年轻一代去共同努力,那么我们今天的这样一种形式,我们既是在缅怀陈莹丽,缅怀张思远,其实更是从他们的身上去汲取我们年轻人进步发展的力量,去汲取我们实现中国梦的力量。再次感谢我们所有嘉宾的到来,谢谢大家,我们一起努力。

单位:温州广播电视传媒集团公共频道

作者:翁逻沿、何珊珊

播出时间:2017 年 8 月 20 日

《温州 90 后:标签之外的感动》评析

于　舸

初识节目,先被这个独特的标题所吸引。细听内容,更是引人入胜。该节目围绕 8 月份连续出现的两例温州 90 后的先进典型:乡村女教师陈莹丽与电力巡线工张思远。节目邀请了多位嘉宾,包括他们的家人、同事、市政协委员等等。从他们个人生平的事迹点滴,诠释他们用短暂的生命书写的爱岗敬业与奉献精神,并对他们的身边人进行了访谈,从两位典型人物身上寻找到了温州 90 后的群像特征,从 60 后、70 后、80 后、90 后、00 后,不同的年龄层展现了对于两位典型人物与温州 90 后的评价与印象,从探讨中找到了 90 后在社会印象中不一样的一面,呈现了温州 90 后的积极向上的整体面貌以及温州年轻一代身上的正能量。节目从不同年龄群体出发,探索温州 90 后一代的共同特点。参与该节目访谈的新闻当事人众多,而且是在所谈论的主人公——陈莹丽、张思远都已经离世的情况下,因此本期节目在访谈基调的把握和访谈进程的把控方面都对主持人提出了更高的要求。从目前节目的完成情况来看,主持人在分寸的把握上,体现出了较高的业务水准,这也使这期节目更好地达到了编导设定的意图:一方面打破了社会对于 90 后部分不客观的刻板印象;另一方面呈现了生长在温州的这批 90 后群体积极向上的整体面貌,让节目氛围不仅仅沉浸于悲伤的缅怀,更有了前瞻与展望、激励的力量,起到了积极的引导作用。

现场两位主持人配合默契,根据嘉宾回答的内容对嘉宾进行提问,层层递进,使节目内容不断升华。在一段时间提问后,主持人还能根据嘉宾所讲述的内容进行总结,且总结得非常到位,点名了主人公身上最值得学习的品质。除了上述优点之外,节目中也存在着一些不足之处。节目中女声配音缺少了一定的感受,字音短促显得硬朗不够深情,对于基调的把握略显不到位。节目主人公的事迹令人动容,这份精神值得更多的年轻人学习,因此除了阐述事迹时的柔和、叙事的情感,也需要鼓励的语气,而配音在这方面把握得仍然不够。

节目除了第一现场外,还有网络互动区,将线上线下的反馈第一时间结合起来,运用了当今流行的自媒体平台。网络互动区的主持人除了念读网友留言和信息之外,可以适当添加一下自己的语言。节目结构设置合理,层层递进,在不同身份的嘉宾的讲述下,主人公的形象在观众眼里也变得非常清晰。

节目弘扬了正确的价值观,向90后一代的青年朋友输送了正能量,向青年朋友传递"中国梦的实现也更加要靠年轻一代去共同努力"这一理念。节目主题符合当下的时代潮流,也符合受众对于青年一代的关注,是一期非常有意义的访谈节目。

广告类

广播公益广告

关爱自闭症儿童

【自闭症儿童声音】

朱小杰:你可能听不懂这个孩子在说什么,其实他是在用自己的方式去拥抱这个世界。

【自闭症儿童的妈妈:大家好,大声点。

自闭症儿童:大家好!】

朱小杰:你也可能不懂他们在想些什么,那是因为在他们眼里这个世界更加丰富多彩。

【记者:你最喜欢玩什么呢?

自闭症儿童:玩具。】

朱小杰:他们跟星星一样纯洁,漂亮;却也和星星一样冷漠,孤独。他们是自闭症患者。

【自闭症儿童的妈妈:开心不开心,嘴巴张开来说。

自闭症儿童:开心。】

朱小杰:我是心理咨询师朱小杰,也许你可以和我一样,用掌声和鼓励去走近他们。

单位:温州广播电视传媒集团音乐之声

作者:李元珍、潘瑾瑜

播出时间:2017 年 12 月 14 日

广播公益广告《关爱自闭症儿童》评析

李新祥　王　皓

本篇作品仅仅只有 44 秒,却无比动人,引起人们的思考。一部好的广播电视作品，并不是在于这部作品的时长，而是能否通过声音和作品的结构等引起社会的思考与讨论，是否能够打动人心。当你运用声音的媒介，运用广播人通用的“语言”来讲述一个打动人心的故事时，所有的听众同样会被深深地吸引，我们的价值观同样会被潜移默化地接受。这才是广播作品对于整个社会价值观的传播与引领所在。

首先从这部作品的选题来说，自闭症患者是社会的边缘群体，在一些自闭症家庭里，他们甚至不愿意被外人知道，造成这样的一个群体更加封闭。“关爱自闭症儿童”公益广告，通过孩子、家长、心理学家的声音，让听众认识到身边这样的家庭，给这样的群体带去更多的社会关注和关爱。这样的选题无疑是具有很强烈的社会现实意义的。

本部作品未使用传统广播作品中画外音的叙述方式，而是选取自闭症儿童心理咨询师的第一人称视角来叙述，更加具有代入感，较之传统播音画外音让人感到更加亲近和自然。而且也通过自闭症儿童亲身接触的心理咨询师的呼吁，引发全社会对于自闭症儿童的关注，带给他们更多的帮助和关怀。对于自闭症这个选题的广播作品现在有很多，但是本部作品选取的角度是自闭症儿童心理咨询师的呼吁，很新颖也更有说服力，可见对于本部作品有自己独特的理解和感悟，也就是说，同样的选题，本部作品做的和别人做的不同，更有深度和感染力。

从整部作品的编排架构来看，也是十分完整和有创意的。将自闭症儿童最纯粹的声音放在开头，更加具有感染力，更好地让听众先了解自闭症儿童的发声方式，也通过这个声音为听众留下悬念。同时，通过对于这个声音的解释，引出自闭症儿童心理咨询师的呼吁，让整部作品的结构更加的流畅，并且在咨询师呼吁的过程中，增加了孩子们最纯粹的声音以及笑声，虽然是一些采访过程中收录的杂音，但是通过这种编排方式，让杂音成为最好的背景声，最自然的声音反而更加扣人心弦。

作为一部公益广告的广播作品，这部作品最大的优点就是令人动容，准确地说，这是一部能够用声音打动人心的作品。当人走到生命尽头的时候，当他的双眼已无法睁开，甚至失去心跳的时候，他的听觉通道依然在工作，他依然可以通过声音感知外部世界，感受亲人的爱。所以听觉有视觉达不到的地方、够不着的层次，声音有图像无法企及的魅力。因此，对于这部作品来说，虽然结构就是简单地引出自闭症儿童以及呼吁社会关爱自闭症儿童，但是整部作品通过穿插自闭症儿童最真实的说话声音和爽朗的笑声，给听众以最直击心灵的感动。作为一部公益广告作品来说，能够做到感动听众，无疑就是一部成功的作品。

广播公益广告

修车老伯

杨立成：我叫杨立成，今年75岁了。有些人退休以后喜欢打打麻将、打打牌，我就好“免费修自行车”这一口。

【修车实况

杨立成：这个是这个毛病的……】

杨立成：我每天在路上巡逻，看到有破损的公共自行车，看到一辆我就修一辆。

【音效：修车工具敲击声】

杨立成：这是我自己制作的上链条的土工具。5年了，我已经修了12000多辆（自行车）啦。看着我修好的自行车，被大家开开心心地骑着上路。

【音效：自行车铃声

市民：杨师傅，谢谢你啦。】

杨立成：我感到十分的满足。

单位：温州广播电视传媒集团音乐之声

作者：李元珍、吕瑜

播出时间：2017年12月14日

用声音传播社会正能量

——评广播公益广告《修车老伯》

方　宁

2016年3月国家正式实施《公益广告促进和管理暂行办法》，以立法形式保障公益广告发展，公益广告由此也进一步走上规范化、法制化轨道。一部优秀的公益广告承担了传播当代主流价值、弘扬优秀传统文化、传递社会正能量等重要作用。《修车老伯》选题就地取材，作品短小精悍，是一部优秀的广播公益广告。

作品选题切口小。作为“感动温州十大人物”“最美温州人”，杨老伯的事迹已为温州公众所熟知。《修车老伯》最大的特点就是用身边人讲身边事，用身边事讲大道理。退休老人杨立成最大的爱好是免费修理公共自行车，五年多的时间，他每天步行或骑车10多公里，提着修车工具袋，已修复了12000多辆公共自行车。杨老伯已然成为温州当地奉献社会、服务他人的美好代言。

广播传播效果好。优秀的广播公益广告要做到传播效果好，内容上需要做到贴近化，采取大众喜闻乐见的表现形式，打动听者心。广播中的声音要真实、生动，才能抓住听众耳朵，打动人心。修车工具敲击声、自行车铃声，都是人们非常熟悉的声音，加上杨老伯的四句同期声，简单有力地塑造了杨师傅免费修理自行车的场景，这一场景复原在脑海中，就能迅速把握住听众的情感表达，让听众感受到他身上的道德力量。

广播公益广告不仅是社会发展的见证者，同时也是社会文明发展的建设者和传播者。这部公益广告用声音向公众讲述了杨大伯的故事，既宣传了先进典型人物，又有效地传播了社会主义核心价值观，传递了满满的社会正能量。

论文类

新闻论文奖

动情点,微剧创作的密钥

微广播剧,即微型广播剧,又称微剧,是有完整策划、完整故事情节,有演员角色对话以及系统制作体系支持的传统广播剧的微缩版。时长一般在10分钟以内,适合在微信、手机终端、网络等各种新媒体平台上播放,是一种在短时间休闲状态下收听的声音产品。微剧的概念在2010年左右出现并开始推广,历经四届全国范围的微剧大赛,目前已进入政府评奖序列,逐渐深入人心。但与传统广播剧相比较,它仍然是个新生事物,需要在实践中反复打磨、总结、进步。作为一名微剧创作者,笔者结合自己的实践,谈谈“动情点”在微剧创作中的重要作用与设置方法。

人类的活动都可以在心理情感上找到归因,文艺创作的目标是展现人的生活状态与情感流动,所以找到基于普遍人性基础上的“动情点”,是戏剧创作的起点。“动情点”即情感的触发点、感情爆发点、情与景的焊接点,也是意境的落脚点,它是戏剧创作的源泉与核心。微剧和传统广播剧相比,不仅仅是时长有变化,在创作规律、传播途径、审美特征上也出现了一系列的变化。根据市场调查,车载收听人群的收听习惯和有效收听时间往往在8分钟内,这样的篇幅意味着微剧创作只能在三四个场景、五人之内辗转腾挪,必须快、狠、准地找到和表现人物情感的爆发点,围绕它进行场景再现和人物塑造等,这样才能体现出微剧小而精的特点。所以说,“动情点”的把握与设置对于微剧创作来说是至关重要的。那么,如何在纷繁复杂的素材中捕捉到“动情点”,再围绕“动情点”展开创作呢?

首先,“动情点”要从人物自身的矛盾冲突里寻找。人性是丰富多变的,不同的年龄、性别、成长环境等,都会投射到一个人的内心世界并造成矛盾冲突,它是独特的、真实的,能够深深打动旁观者。古往今来的文艺作品里塑造出许多因剧烈冲突而为人熟知的经典形象,如哈姆雷特。而在笔者创作百部系列微剧《最美浙江人》第95部《怕打针的男孩》的过程中,也是遵从这一创作原理:人物原型为浙江台州一位给父亲捐献造血干细胞的8岁男孩。如何在一个单纯天真的孩子身上找到“动情点”,既要符合客观事实,又要营造戏剧冲突。笔者把握住这样的一个矛盾:原本在学校注射常规疫苗都害怕的小男生,在得知父亲病情后毅然决然地接受复杂痛苦的捐献干细胞抽取。是什么让一个原本连普通打针都害怕的孩子坦然做出这样的选择?是对父亲的爱,是孩子赤诚的内心,这就是闪光的“动情点”。绝大部分的人都是平凡之人,在日常生活里都会有害怕、有犹豫、有纠结,这是真实的人性,而冲破这些情绪做出英勇决定的,才是真正的伟大!这才会具有感染力。

其次,“动情点”要从人物关系里寻找。现实生活中的每一个人都与他人发生着亲情、友情、爱情等各方面的情感联系。这种联系有正面的,也有负面的,都可以揭示出真实的人性。在创作过程中,在人物关系里捕捉“动情点”是一条方便的途径。笔者创作的《祝寿》(《最美浙江人》第25部作品)也是从人物关系破题:在温州务工的河南人李学生在火车疾驰而来的刹那间救出两个孩子,献出自己的生命。见义勇为是刹那间的事,在戏剧创作中不可能让英雄思考半天后才做出救人的决定,那么就只能从人物关系入手。笔者没有正面表现英雄的救人过程,而是设定在英雄牺牲的若干年后,由两个关联人不约而同来给英雄的母亲祝寿展开。无论是开场的试探性对白,还是中间欲言又止的遮拦,悬念不断加深,最后由母亲解开真相,以痛失爱子的母亲内心的凄凉,衬托出英雄的崇高和伟大。这就是抓住了母子情这样一个“动情点”,围绕这一核心进行场景设置,令全剧内涵饱满。

再次,从事件细节中捕捉“动情点”。有时候打动人们的往往是一个细节。如《爱的背负》(《最美浙江人》第11部作品)中,编剧韩冰在人物陈斌强的事迹素材里敏感地捕捉到了这一细节:绑带。陈斌强用绑带把自己和母亲绑在一起,方便照顾老年痴呆的母亲。这个绑带就是在母子两代间传递真情的介质,也牵动了听众的心。利用这个“动情点”作为解开整个剧本创作的核心,巧妙有效,这也是细节决定品质的例证。

捕捉“动情点”的方式有很多种,但万变不离其宗,那就是创作者对生活的敏锐观察,对他人的高度共情,从而转化为微剧创作的灵感。那么,如何将“动情点”落到微剧创作的实处?笔者认为可以做以下尝试。

一是打乱时间线、空间点。这是一个有风险的做法,但平铺直叙不是戏剧,恰恰是把“动情点”或者说高潮点安排在匪夷所思的时间线、空间点,才会收到事半功倍的效果。打乱时间线的范例可以参考《飞来吧,明信片》(《最美浙江人》第56部作品),编剧吕卉使用了插叙的手法:当素不相识的网友们严重怀疑主人公在行骗时,一句“亲们,这和我支教的第一堂课有关”,就干净利落地衔接到了闪回中,没有缝隙,不容分心,这是高明的做法。同时,在笔者创作的《永远不会走远》(《最美浙江人》第85部作品)中,也勇敢地打破了空间点,让见义勇为献出生命的母亲胡小丽幻化为灵魂体,陪伴和开

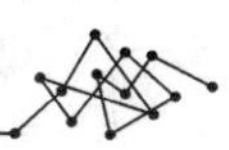

解因没能拉回妈妈而自疚不已的女儿,最终让女儿明白母亲的爱从未走远,从而完成内心的成长。让母女二人在阴阳相隔的两个世界里,展开了一场对话。它符合戏剧创作规律,也符合人性真实,这样"人鬼情未了"式的空间切换手法没有编造的痕迹,反倒让人听了更加相信英雄故事的真实。

二是打破既有逻辑,冲出寻常情感模式。既往经典创作的经验值得借鉴,但也会成为一种思维定式,看得多了,人们看到开头就能猜出结局,没有了情感激荡的感觉。所以在设置"动情点"时,不妨让它落脚在令人意想不到之处。以笔者创作的微剧《漫长的告别》为例,它讲述的是解放前一双温州小儿女因时局动荡离散在海峡两岸50余年,再见时已是鬓发苍苍。按照大家习以为常的理解,再见必然是抱头痛哭,细说从头。然而笔者把"动情点"恰恰落在了相见却不相认,给出台词:"50年过去了,我们都变了,相认又有什么意义呢?能看到他/她,知道他/她过得好,就足够了。"这种真实但非常规的情感表达在高潮处有一种戛然而止的精彩,它将一腔深情内化成为每个听者内心的遗憾与认同,反而起到了"于无声处听惊雷"的戏剧效果。

三是设置对比,利用冲突。浙江广电集团交通之声董慧临老师曾在微剧创作经验介绍时提到一句有趣的话:"你要让主人公受苦,这样大家才会喜欢。"把主人公放到种种困境里,其性格闪光点才会真正得以锤炼和体现,受众的动情度自然也提高了。笔者在根据浙江金华倪奕兵火场救人真实事迹改编的微广播剧《绝不丢脸》(《最美浙江人》第12部)里就运用了这一创作手法:从女儿因为老爸"没钱,抠门"而看不起他开场,到他坚辞被救者致谢的3万元钱,女儿自感惭愧,完成了对父亲的认同。短短几分钟,女儿的思想变化令人信服,也完成了对一个英雄行为的描写和形象塑造。

四是灵活运用台词。所谓台词传神,就是非常精准地传递出人物内心的真实想法。如《中国医生》这部微剧塑造了一位忠于职守、英勇无畏的援非中国医生的形象。剧本本可以把主题定位在医生的奉献精神上,但编剧却不甘心止于此,她把"动情点"落在了剧终的对话上:

【汽车启动声】

士兵:中国医生,我能走路了!我要回家了!

李波:兄弟,最美的风景,就是回家的路!

【中国国歌声】

李波:(独白)我是中国医生!再美的风景,也比不上回家的路。等我回家,我要带老婆孩子去旅游,去享受中国的和平美丽。

【音乐,剧终】

这样的台词,细微的变化,立刻就将微剧主题升华到了一个"呼唤和平"的理念上,变得宏大,从而获得了更多的情感共鸣,这是非常高明的编剧技巧。

综上所述,“动情点”是戏剧创作的核心,更是微剧创作的密钥,只有用好这把密钥,打开人的内心,围绕其展开创作,唤起人心深处的真实情感,才可以称得上是优秀的微剧。

参考文献:

殷满仓:《融媒体时代微广播剧发展探究》,《今传媒》,2015 年第 10 期。

单位:温州广播电视传媒集团音乐之声

作者:林晨

原文详见《中国广播》杂志 2017 年第 7 期

评新闻论文《动情点,微剧创作的密钥》

陈洪标

《动情点,微剧创作的密钥》,是近年不可多得的来自实践探索的高质量论文。整篇论文对新生事物微广播剧的探索性实践进行了个性化总结和研究,这也是业内首次对广播文艺作品的全新领域所进行的前沿思考。

全文论点鲜明、论据充分,论证的过程条分缕析,相当具有实战性,在全国同类数十篇相关主题论文中脱颖而出,入选行业核心期刊《中国广播》杂志“特别策划专题”,是众多集体创作中难得一见的个人创作结果,代表微广播剧领域的领先水平。

微广播剧,即微型广播剧,又称微剧,有完整策划、完整故事情节,有演员角色对话以及系统制作体系支持的传统广播剧的微缩版。时长一般在 10 分钟以内,适合在微信、手机终端、网络等各种新媒体平台上播放,是一种在短时间休闲状态下收听的声音产品。

微剧既是浓缩的戏剧作品,也是一种声音产品。2010 年出现后,与传统广播剧相比较,它仍然是个新生事物,因为其简短而精准越来越多被业界及受众接受和欢迎。

该文的作者,就是一名微剧创作者,文章结合自己的实践,总结和探索了创作微剧的方法。与其说这是一篇论文,不如说是作者一篇工作秘籍更显得亲切可信。

首先文章立意新颖,以“动情点”为切入口,提出抓住“动情点”,是打开所有艺术作品的钥匙,更是微剧创作的灵魂所在。对于微剧创作来说,“动情点”的把握与设置更是至关重要。

其理论依据是找到基于普遍人性上的“动情点”,是戏剧创作的起点。“动情点”即情感的触发点、感情爆发点、情与景的焊接点,也是意境的落脚点,它是戏剧创作的源

泉与核心。微剧和传统广播剧相比，不仅仅是时长有变化，在创作规律、传播途径、审美特征上也出现了一系列的变化。

比如根据市场调查，车载收听人群的收听习惯和有效收听时间往往在8分钟内，这样的篇幅意味着微剧创作只能在三四个场景、五人之内辗转腾挪，必须快、狠、准地找到和表现人物情感的爆发点，围绕它进行场景再现和人物塑造等，这样才能体现出微剧小而精的特点。

其次，文章步步为营，通篇以实例作为依据，进行了环环相扣的论证。作者以一名微剧创作行业领先者的身份，结合自己在浙江省宣传部推出的百部微剧《最美浙江人》中的作品实例，分析如何在纷繁复杂的素材中捕捉和提炼出“动情点”，总结出三条成功的经验，即从人物自身的矛盾冲突、人物关系、事件细节等三个方面捕捉“动情点”容易成功。

捕捉和找到“动情点”只是微剧创作的开始，最关键的是围绕“动情点”怎么展开创作，怎么把“动情点”落实到剧本中。

作者以这些年的创作经验为例，归纳出四种方法：通过打乱时间线、空间点，把“动情点”安排在匪夷所思的时间线、空间点，以收到事半功倍的效果；通过打破既有逻辑，冲出寻常情感模式，让“动情点”落脚在令人意想不到之处；通过设置对比，利用冲突，使“动情点”得以锤炼和体现，来提高受众的动情度；通过灵活运用台词，让“动情点”非常精准地传递出人物内心的真实想法，到达传神的效果，从而获得更多的情感共鸣。

最后，文章和盘托出其核心观点：“动情点”是戏剧创作的核心，更是微剧创作的密钥，只有用好这把密钥，打开人的内心，围绕其展开创作，唤起人心深处的真实情感，才可以称得上是优秀的微剧。

不难看出整篇文章逻辑缜密，层层递进，有理有据，案例生动，从而使这篇论文具有很强的实战性和操作性。除此之外，这篇论文深入浅出，行文精炼，是不可多得的论文写作范文。

图书在版编目（CIP）数据

中国区域广电优秀作品研究．温州．2016—2017 / 王文科，黄建省主编．—杭州：浙江大学出版社，2019.3
ISBN 978-7-308-19018-3

Ⅰ.①中… Ⅱ.①王… ②黄… Ⅲ.①广播电视—新闻报道—作品集—中国—现代 Ⅳ.①I253

中国版本图书馆 CIP 数据核字(2019)第 044832 号

中国区域广电优秀作品研究(温州 2016—2017)
王文科　黄建省　主编

责任编辑　李海燕
责任校对　杨利军　黄梦瑶
封面设计　雷建军
出版发行　浙江大学出版社
(杭州市天目山路 148 号　邮政编码 310007)
(网址:http://www.zjupress.com)
排　　版　杭州中大图文设计有限公司
印　　刷　杭州杭新印务有限公司
开　　本　787mm×1092mm　1/16
印　　张　29
字　　数　585 千
版 印 次　2019 年 3 月第 1 版　2019 年 3 月第 1 次印刷
书　　号　ISBN 978-7-308-19018-3
定　　价　79.00 元
